Elisabeth Herrmann
Stimme der Toten

Judith Kepler ist Tatortreinigerin. Sie wird gerufen, wenn der Tod Spuren hinterlässt, die niemand sonst beseitigen kann. In einem großen Berliner Bankhaus ist ein Mann in die Tiefe gestürzt. Unfall oder Selbstmord? Judith entdeckt Hinweise, die Zweifel wecken. Als sie die Polizei informiert, ahnt sie nicht, welche Lawine sie damit lostritt: Sie gerät ins Visier einer Gruppe von Verschwörern, die planen, die Bank zu hacken. Ihr Anführer ist Bastide Larcan, ein ebenso mächtiger wie geheimnisvoller Mann, der Judith zur Zusammenarbeit zwingt. Denn er kennt Details aus ihrer Vergangenheit, die für sie selbst bis heute im Dunklen liegen. Und in Judith keimt ein furchtbarer Verdacht – kann es sein, dass Larcan in die Ermordung ihres Vaters verstrickt war? Sie weiß, sie wird nicht ruhen, bis sie endlich die Wahrheit erfährt, was als Kind mit ihr wirklich geschah ...

Weitere Informationen zu lieferbaren Titeln der Autorin finden Sie am Ende des Buches.

Elisabeth Herrmann

Stimme der Toten

Thriller

GOLDMANN

Sollte diese Publikation Links auf Webseiten Dritter enthalten,
so übernehmen wir für deren Inhalte keine Haftung,
da wir uns diese nicht zu eigen machen, sondern lediglich auf
deren Stand zum Zeitpunkt der Erstveröffentlichung verweisen.

Das vorangestellte Gedicht ist ein Textauszug aus: Arthur Rimbaud,
Das trunkene Schiff. Aus dem Französischen von Paul Celan, in:
Arthur Rimbaud, Poésies. Gedichte. Zweisprachige Ausgabe.
© Insel Verlag Frankfurt am Main und Leipzig 2007. Alle Recht bei
und vorbehalten durch Insel Verlag Berlin.

Auszüge aus »Zeugin der Toten« von Elisabeth Herrmann
mit freundlicher Genehmigung des List Verlages.
© Ullstein Buchverlage GmbH, Berlin 2011.

Dieses Buch ist auch als E-Book erhältlich.

Verlagsgruppe Random House FSC® N001967

1. Auflage
Taschenbuchausgabe Januar 2019
Copyright © der Originalausgabe 2017
by Wilhelm Goldmann Verlag, München,
in der Verlagsgruppe Random House GmbH,
Neumarkter Str. 28, 81673 München
Umschlaggestaltung: UNO Werbeagentur, München
Umschlagmotiv: © Christophe Dessaigne/Trevillion Images
Redaktion: Angela Troni
CN · Herstellung: kw
Satz: Uhl + Massopust, Aalen
Druck und Bindung: GGP Media GmbH, Pößneck
Printed in Germany
ISBN: 978-3-442-48839-1
www.goldmann-verlag.de

Besuchen Sie den Goldmann Verlag im Netz

Für Shirin, immer wieder!

Und gäb es in Europa ein Wasser, das mich lockte,
so wärs ein schwarzer Tümpel, kalt, in der Dämmernis,
an dem dann eins der Kinder, voll Traurigkeiten, hockte
und Boote, falterschwache, und Schiffchen segeln ließ'.

Si je désire une eau d'Europe, c'est la flache
Noire et froide où vers le crépuscule embaumé
Un enfant accroupi plein de tristesses, lâche
Un bateau frêle comme un papillon de mai.

Arthur Rimbaud, *Das trunkene Schiff*

Prolog

Berlin-Biesdorf, August 2010

Mit einem lauten Knall explodierte die Fensterscheibe. Risse durchzogen das Glas wie ein riesiges Spinnennetz. Wieder ein Knall. Judith konnte sich nicht schnell genug ducken. Die Scheibe des Aquariums zersprang in tausend Splitter, sie zerfetzten Kleider und Haut, und bevor sie mit Kaiserley zu Boden geschleudert wurde, sah sie für den Bruchteil einer Sekunde das Wasser wie eine Säule im Raum stehen. Noch im Fallen ergoss sich eine einzige meterhohe Welle ins Zimmer. Kaiserley und sie prallten auf den Couchtisch, dann auf den Boden. Die Pistole wurde ihr durch die Wucht des Aufschlags aus der Hand geschleudert und landete außer Reichweite unter der Couch. Ein weißer Fisch schlug direkt neben Judiths Gesicht auf. Er zappelte und schnellte wie verrückt nach oben. Kaiserley presste seine Hand auf ihren Mund. Er war klatschnass, Wasser rann aus seinen Haaren auf sie herab. Judiths Herz hämmerte gegen ihre Rippen. Sie schnappte genauso verzweifelt nach Luft wie der Fisch neben ihr.

Dann war es still. Ein letztes Klirren, es tropfte in die Pfützen auf den Boden. Gegenüber, keinen Meter entfernt, hinter dem Couchtisch, lag Merzig. Blut strömte über sein Gesicht. Er zuckte. Und das Funkeln in seinen Augen war nicht mehr der Widerschein seiner merkwürdigen Seele, sondern kam von messerscharfen Splittern aus Glas. Sein Kopf fiel zur Seite. In der Schläfe war ein kleines schwarzes Loch. Horst Merzig, ehemaliger Generalleutnant der Hauptabteilung Aufklärung des Ministeriums für Staatssicherheit, war tot. Judith spürte Kaiserleys Atem auf ihrem Gesicht. Langsam zog er seine Hand weg und legte den Zeigefinger auf seine Lippen. Reglos blieb sie liegen. Und dann knirschten die Scherben hinter ihnen, als jemand darüberschritt.

»Wie schön«, sagte eine Frauenstimme. »Ein bisschen viel Wasser für eine harmlose Teeparty.«

Kaiserley wollte sich aufrichten.

»Ganz ruhig. Nichts überstürzen. Einer nach dem anderen, Hände über den Kopf, Gesicht zur Wand.«

Er rollte von Judith herunter und stand auf. Sie sah noch einmal zu der Pistole, aber die Frau war so nah, dass jede falsche Bewegung Judiths letzte sein könnte. Als sie mühsam auf die Beine kam, schlug der weiße Fisch noch einmal mit dem Schwanz. Dann blieb er reglos liegen. Nur sein Maul öffnete sich, wieder und wieder.

Die Frau war vielleicht Ende vierzig und bemerkenswert schön. Ein südländischer Typ mit schmalem, grazilem Knochenbau, aber durchtrainiert bis in die letzte Faser ihres perfekten Körpers. Sie trug einen dunklen, sportlichen Anzug und schwarze Lederhandschuhe. Ihre braunen Augen blickten bemerkenswert ruhig in die Runde – dafür, dass sie eine klobige Waffe mit Schalldämpfer hielt.

»Kaiserley«, sagte sie.

Judith sog scharf die Luft ein. Natürlich. Wo immer es auf dieser Welt so richtig dreckig zuging, kannte man sich. »Sie sind …?«

»Warrant Officer Angelina Espinoza, Central Intelligence Agency.« Als sie in Judiths verständnisloses Gesicht sah, setzte sie hinzu: »CIA.«

»Du hast nicht nur für die CIA gearbeitet«, sagte Kaiserley.

»Hände hoch!KGB, FSB, MfS … ich arbeite für den, der mich bezahlt. Und im Moment auf eigene Rechnung.«

Sie schritt um die Couch herum und trat so nahe an Judith heran, dass sie sich beinahe berührten.

»Wo sind die Mikrofilme?«

Judith spuckte ihr ins Gesicht. Espinoza holte aus, und Judith duckte sich nicht rechtzeitig. Der Schlag erwischte sie am Hinterkopf. Sie stürzte auf die Knie und sah aus den Augenwinkeln, wie Kaiserley sich auf Espinoza werfen wollte. Der Schuss klang wie ein knallender Champagnerkorken. Kaiserley stieß einen Schrei aus und brach zusammen. Seine Hände pressten sich auf den linken Oberschenkel. Ungläubig starrte er auf den roten, dunklen Fleck, der sich in rasender Geschwindigkeit ausbreitete.

»Keine Angst, ich habe das Schießen nicht verlernt.« Espinoza zielte auf Kaiserleys Kopf. »Ich arbeite heute nur im Stil von Sekretärinnen. Die treffen meistens nicht beim ersten Mal.«

Merzig rührte sich nicht mehr. Seine blutunterlaufenen Augen starrten zur Decke. Die Agentin beugte sich zu Judith herab.

»Die Filme.«

»Was haben Sie mit meinem Vater gemacht?«

»Ich habe ihn erschossen. Keine Zeugen, kein Risiko. Er wusste, auf was er sich einließ. Man kann nur Sieger oder Verlierer sein.« Sie hob die Waffe und machte einen Schritt auf Judith zu. »Wo sind die Filme?«

»Ich weiß es nicht!«, schrie Judith. »Und wenn Sie uns beide abknallen, sie sind weg!«

»Die Polizei hat sie nicht gefunden. Der BND auch nicht. Aber Sie, die Putzfrau, Sie haben etwas. Sie wissen etwas.«

»Nein!«

»Diese Filme sind wertvoll. Man trägt sie bei sich. Man behält sie im Auge. Man versucht, sie erst in letzter Sekunde verschwinden zu lassen. Wo haben Sie sie gefunden? Im Müllschacht? Im Keller? Auf dem Dach?«

Sie drückte ab. Judith warf sich zur Seite, der Schuss verfehlte sie haarscharf. Espinoza spielte mit ihr Katz und Maus. Beim nächsten Mal würde sie treffen. Nicht tödlich. Noch nicht. Sie würde sie jagen, stellen und ausbluten lassen, genauso wie Kaiserley, der mit aschfahlem Gesicht halb ohnmächtig auf die Couch geworfen worden war. Sie dachte an die Flecken und die Scherben und das Wasser und die Königsbarsche und dass sie unter Schock stehen musste, wenn die letzte Sorge ihres Lebens dem Saubermachen galt.

Sie griff den glitschigen, zuckenden Leib eines sterbenden Fischs und schleuderte ihn Espinoza ins Gesicht. Die Frau schrie auf und taumelte einen Schritt zurück. Ekel verzerrte ihr Gesicht und lenkte sie für den kurzen Moment ab, den Judith brauchte.

Ihre Hand schnellte unter das Sofa. Sie griff die Pistole und hechtete aus der Tür. Zwei weitere Champagnerkorken knallten, Putz rieselte von der Wand. Gehetzt sah sie sich um. Die Wohnungstür war zu weit entfernt. Sie lief in Merzigs Schlafzimmer und stellte sich hinter die geöffnete Tür. Sie versuchte sich zu erinnern, wie groß Espinoza war. Dann legte sie den Lauf der Waffe in der Höhe an die Tür, in der sie Espinozas Kopf vermutete, und wartete.

Ihre Augen mussten sich erst an die Dunkelheit gewöhnen. Sie hörte das Klirren von Glas und leise Schritte, die sich über den Flur näherten. Sie sah Merzigs schmales Bett und das matte Linoleum auf dem Fußboden. Ein paar Urkunden und alte Sportpokale, ein kleiner Stapel Bücher auf einem Regal über dem Bett. Ein Foto auf dem Nachttisch in einem schmalen, billigen Rahmen. Auf dem Digitalwecker leuchteten die Ziffern 21:04. Die Zeit, die auf ihrem Totenschein stehen würde. Die Schritte kamen näher.

»Renn!«, schrie Kaiserley. »Judith! Renn!«

Sie hielt den Atem an. Im diffusen Halbdunkel spürte sie mehr, als dass sie sah, wie ein Schatten durch den Türspalt ins Zimmer glitt. Sie drückte ab. Ein ohrenbetäubender Knall zerriss ihr fast das Trommelfell, der Rückstoß schleuderte sie an die Wand. Die Tür hatte ein faustgroßes Loch. Sie hörte, wie ein Körper zu Boden fiel, aber sie wagte nicht, sich zu rühren. Dann sah sie, wie die Tür sich langsam, ganz langsam öffnete.

Kaiserley griff den Kristallaschenbecher, der auf dem Boden neben Merzig gelandet war. Eine andere Waffe hatte er nicht zur Verfügung. Sein Bein schmerzte, und als er den großen, dunklen Fleck auf dem Sofa sah, ahnte er das Ausmaß des Blutverlusts, den er gerade erlitt. Er stand auf und versuchte, sein linkes Bein so wenig wie möglich zu belasten.

Das Wohnzimmer war im wahrsten Sinne des Wortes ein Scherbenhaufen. Er wunderte sich, warum die Nachbarn noch nicht die Polizei gerufen hatten. Dann überschlug er, dass keine drei Minuten vergangen waren, seit Angelina hier aufgetaucht war. Sie kamen ihm nur vor wie eine Ewigkeit. Die Sorge um Judith ließ ihn fast wahnsinnig werden. Seit dem Schuss drang kein Laut mehr aus dem Flur. Er hob den Ascher und humpelte zur Tür. Dann ließ er ihn sinken.

Angelina Espinozas Körper lag in Merzigs Schlafzimmer. Sie rührte sich nicht. Welche Waffe auch immer sie getötet hatte, von ihrem schönen Gesicht war nur noch ein blutiger Klumpen übrig. Die Frau, die Judiths Leben und das ihrer Eltern zerstört hatte, die durch Verrat eine Familie in den Abgrund getrieben und dem kleinen Mädchen, das Judith damals gewesen war, alles genommen hatte – sogar seinen Namen –, sie war tot.

»Judith?«

Mühsam stieg er über Angelinas Leiche und betrat das Zimmer. Judith saß auf Merzigs Bett. Die Pistole lag in ihrem Schoß. Sie hielt einen kleinen Bilderrahmen in den Händen und schaute nicht auf, als er zu ihr kam und sich neben sie setzte.

Das Foto zeigte drei Personen: Stasiagent Richard Lindner – Judiths Vater, eine hübsche blonde Frau – Judiths Mutter und ein Kind, das wie ein Engel in die Kamera strahlte. Über Judiths Gesicht liefen Tränen, aber sie blinzelte nicht und wischte sie auch nicht fort.

»Merzig hat den Haftbefehl für seine eigene Tochter unterschrieben«, sagte sie.

Kaiserley sah wieder auf das Foto. Er wollte den Arm heben und sie an sich ziehen, doch er spürte, dass er sogar dazu zu müde war.

»Er hat… O mein Gott. Merzig war mein Großvater.«

Kaiserley schwieg. Er spürte, wie sie sich an ihn lehnte und den Kopf auf seine Schulter sinken ließ. Sie hatte das schon einmal getan. Er versuchte, sich nicht zu bewegen. Vielleicht verharrte sie dann noch eine Weile so.

»Es tut mir leid«, flüsterte er. »Judith, es tut mir so entsetzlich leid.«

Tränen tropften auf das Bild in ihrer Hand. »Ich hätte ihn umgebracht. Bei Gott, das hätte ich. Und er wusste das.«

»Das hätte ich nicht zugelassen.«

Sie nahm den Kopf weg. Augenblicklich war auch die Wärme fort.

»Was du dir immer einbildest«, sagte sie. Aber es klang nicht mehr so hart wie sonst. Es klang, als ob sie das gewusst hätte.

I

Berlin, sechs Jahre später

Friedrichstraße, sieben Uhr morgens. Rushhour. Judith Kepler war bereit, für einen Parkplatz einen Mord zu begehen.

Rund um den S-Bahnhof kollabierte der Verkehr. Pendler stürzten sich bei Rot über die Straße und streiften die Kühlerhauben der stehenden Wagen mit ihren Aktentaschen und Wintermänteln. Autos fuhren Stoßstange an Stoßstange und bewegten sich nur zentimeterweise vorwärts, die Fahrer degradiert zu machtlosen Revoluzzern, die wütende Hupkonzerte anstimmten. In der eiskalten Morgenluft lag ein Hauch von Anarchie. *Falling down*, dachte Judith. Sie liebte diesen Film. Aussteigen, die Uzi vom Beifahrersitz nehmen und eine Salve in den bleigrauen Himmel jagen. Hey Leute, es ist nur ein ganz normaler Novembermorgen. Ich hatte auch keine Lust aufzustehen. Kein Grund, in euren Blechbüchsen verrücktzuspielen.

Sie schnitt den Irren auf der rechten Spur, der sich mit einem Nummernschild aus dem Landkreis Oder-Spree in den Hauptstadtverkehr gewagt hatte, setzte ihren Transporter mit der Aufschrift *Dombrowski Facility Management* halb auf den Bürgersteig direkt vor seine Nase und würgte den Motor ab. Der Mann am Steuer hinter ihr kollabierte beinahe.

Er hielt neben ihr und ließ das Seitenfenster herunter. »Sie wollen da doch nicht stehen bleiben? Das ist absolutes! Absolutes!«

Judith Kepler achtete nicht weiter auf ihn. Sie nahm ihre Arbeitstasche, legte die Ausnahmegenehmigung, für die Dombrowski ein Vermögen bezahlt hatte (an wen eigentlich?), auf das Armaturenbrett, stieg aus und ignorierte die Geste, mit der ihr der Mann im Schutz seines Blechkastens deutlich zu erkennen gab, was er von ihr hielt. Dann holte sie den Zettel aus ihrer Overalltasche und verglich die angegebene Adresse mit dem Haus auf der anderen Straßenseite. Es wäre nicht nötig gewesen, denn die beiden Streifenwagen und das Absperrband, das die gläserne Drehtür freihielt, hielten die Passanten auf dem Gehsteig zurück, die sich nun ebenfalls stauten und ineinander verkeilten. Es sah aus, als warteten sie alle miteinander frühmorgens vor einem Hotel auf die Ankunft eines Rockstars. Dabei war es nur eine Bank.

CHL. Judith wusste nicht, was diese drei Buchstaben bedeuteten. Sie standen, von blauem Neonlicht angestrahlt, auf dem Dach des Gebäudes, das sich mit seiner funktionalen Glasfassade in nichts von der eintönigen Moderne des Regierungsviertels unterschied. Sie überquerte die Straße und drängte sich durch die Wartenden hindurch bis zu einem uniformierten Polizisten, der sie aufhalten wollte.

»Weitergehen!«, brüllte er sie an. »Hier gibt es nichts zu sehen!«

»Ich muss da rein.«

Judith hielt ihm ihren Firmenausweis entgegen, der erwartungsgemäß nicht den geringsten Eindruck machte.

»Später.«

»Ich habe den Auftrag, hier so schnell wie möglich …«

Ein Mann im Kamelhaarmantel rempelte sie an. Seine Aktenmappe aus Leder glänzte, als würde er sie jeden Abend mit Hingabe wienern.

»Hören Sie«, unterbrach er Judiths Erklärung, »ich müsste schon längst an meinem Arbeitsplatz sein. Wie lange dauert das denn noch?«

Der Polizeibeamte ließ sich nicht aus der Ruhe bringen. »Das kann ich Ihnen nicht sagen. Wenden Sie sich an den Einsatzleiter.«

»Ich muss da rein«, wiederholte Judith.

»Ich auch«, knurrte der Kamelhaarmann.

Er war einen Kopf größer als Judith, roch nach teurem Rasierwasser, strich sich nervös über die millimeterkurzen, dunklen Haare und konnte nicht stillstehen. Ein Läufer, der den Startschuss herbeifieberte. Oder ein Getriebener, der feststellt, dass er die Orientierung verloren hat, dachte Judith. Offenbar war er es nicht gewohnt, in seine Schranken gewiesen zu werden, denn er holte ein Smartphone aus der Jackentasche und checkte stirnrunzelnd die eingegangenen Meldungen. Dabei murmelte er mehrmals: »Das wird Konsequenzen haben«, und zwar so laut, dass es jeder hören musste.

Judith stellte sich auf die Zehenspitzen, um einen Blick in das Innere der Bank zu werfen. Das Gebäude war wohl nicht für den Publikumsverkehr gedacht, denn sie konnte weder Geldautomaten noch Kontoauszugsdrucker sehen, nur eine weite, menschenleere Eingangshalle mit einem Tresen neben den geöffneten Fahrstühlen. An den Wänden hingen riesige Gemälde, die modern wirken sollten, aber in Judiths Augen auch nicht viel mehr waren, als ein paarmal mit dem Farbroller über die Leinwand zu gehen. Links befand sich eine Sitzgruppe, die so neu aussah, als ob sie noch nie jemand benutzt hätte. Alles glänzte. Bis auf die orange-weißen Leitkegel in der Mitte der Halle auf dem spiegelnden Granitboden. Die Spurensicherung benutzte sie, um Tatorte zu markieren. Dort musste die Leiche gelegen haben.

»Selbstmord«, hatte Dombrowski gesagt und den Kopf geschüttelt. » Selbstmord *in* einer Bank. *Davor* könnte ich es ja noch verstehen. Bei der Auftragslage momentan denke ich auch manchmal an den Strick. Was ich mir von meinem Geldautomaten so alles anhören muss … Also, Judith. Schnelle, saubere Sache. Publikumsverkehr. Leichenfundort freigegeben. Viel Vergnügen.«

Das war seine Art, mit dem Tod umzugehen. Judith kannte ihren Chef lange genug, um sie ihm zu verzeihen. Sie rekapitulierte, was sie bei ihm über die verschiedenen Gesteinsarten gelernt hatte und wie man sie sauber bekam. Granit – Wasseraufnahme weniger als 0,32 Gewichtsprozent. Tiefengestein. Extrem hohe Reindichte und Belastbarkeit. Nässeresistent, aber säureempfindlich. Wenn poliert, dann Finger weg von Dampf- und Hochdruckreinigern. Sie überlegte, ob sie zum Transporter zurückgehen und weitere Arbeitsutensilien holen sollte, und entschied sich dagegen. Schrubber, Chlor und Steinwachs müssten reichen.

Zwei Männer, beide von mittlerer Größe und Statur, gekleidet wie Menschen, die es jederzeit vom Schreibtisch für Stunden hinaus in die Kälte treiben kann, tauchten von irgendwoher am Ende der Halle auf. Sie unterhielten sich konzentriert und kamen langsam auf die Eingangstür zu. Vor dem zentimeterdicken Panzerglas blieben sie stehen und schauten während ihrer Unterhaltung auf die wartenden und frierenden Menschen da draußen. Irgendetwas sagte Judith, dass die beiden zur Kripo gehörten. Der Anblick der Wartenden war ihnen egal. Sie machten ihren Job.

Langsam wurde es hell. Ein grauer, windiger Morgen. Der Himmel demotivierend wie Judiths Kontostand. Der Wetterbericht verhieß Regen bei Temperaturen zwischen fünf und sieben Grad. November. Der Monat der Selbstmorde.

»Ich kann auch wieder gehen«, sagte Judith zu dem Polizisten.

Auf den machte ihre Drohung einen ähnlichen Eindruck wie die gemurmelten Verwünschungen des Kamelhaar-Bankers: gar keinen.

Die beiden Männer hinter der Scheibe drehten sich um und schlenderten gemächlich durch die Halle zurück. *Wir* haben

Zeit, hieß das. Wahrscheinlich Leute vom Kriminaldauerdienst, die auf die Ablösung warteten. Der Banker neben Judith versuchte noch, sich bei den beiden bemerkbar zu machen, doch es gelang ihm nicht. Zum wiederholten Mal sah er auf seine Armbanduhr, dann suchte er in der Menge nach Arbeitskollegen, mit denen gemeinsam er größere Chancen hatte, die Absperrung zu überwinden. Als er niemanden entdeckte, nahmen seine hellbraunen Augen wieder Judith ins Visier. Er sah eine schmale, durchtrainierte Frau Mitte bis Ende dreißig in einem blauen Reinigungsoverall, die sich Gedanken darüber machte, wie lange sie ihren Transporter wohl noch quer auf dem Bürgersteig im absoluten Halteverbot stehen lassen konnte.

»Was halten Sie davon?«

»Was?«

Der Banker musste mit ihr geredet haben. Seine Augen standen eine Winzigkeit zu eng beieinander und verliehen dem schmalen Gesicht dadurch einen Ausdruck von Überheblichkeit. Ohne diesen kleinen Makel wäre er im landläufigen Sinne gutaussehend: leidlich groß, harmonische Gesichtszüge und ein charmantes Lächeln, das ihm in diesem Moment allerdings nicht hundertprozentig gelang.

»Wir gehen hinten rum. Zum Lieferanteneingang. Wenn ich mich einfach an die Schöße Ihres überaus kleidsamen Overalls hängen dürfte?« Er grinste. Er fand sich witzig und hatte die Lösung seines Problems direkt vor sich stehen. »Adrian Jäger, *Customer and Press Relationship Manager* der CHL.« Auch die letzten Buchstaben sprach er englisch aus. *Siie Äitsch Ell.* »Kurz: Ich mache hier die Öffentlichkeitsarbeit.« .

Er sah den alten Rollkragenpullover, den Judith unter dem Overall trug, und den aufgestickten Firmennamen. Den unausgeschlafenen Blick und die nachlässig zurückgenommenen Haare. Er reimte sich zusammen, wer sie war und was sie hier wollte, und vielleicht bemerkte er in diesem Moment sogar noch etwas anderes. Sein Blick wurde intensiver. Er übte seine Auftritte wohl an jedem lebenden Objekt, das ihm in die Quere kam. Solange es weiblich war.

»Und Sie? Was machen Sie hier?«

Jäger bahnte sich eine Gasse durch die Umstehenden. Judith folgte ihm. Ein paar Meter weiter blieb er stehen und wartete auf sie.

»Wer sind Sie?«

»Mein Name ist Judith Kepler. Ich bin der Cleaner.«

2

Weiße Kreidestriche erinnerten an die Lage der Leiche, die längst abtransportiert worden war. Dort, wo der Kopf gelegen haben musste, hatte eine Blutlache von den Außenrändern her zu trocknen begonnen. Der Wachmann, der sie begleitet hatte, verabschiedete sich mit einem kurzen, verunsicherten Gruß. Judith stellte die Arbeitstasche ab, ging in die Knie und betrachtete den Boden. Sanft fuhr sie mit dem Finger über die Kreide. Dann sah sie hoch.

Das Atrium reichte hinauf zu einem gläsernen Dach. Jedes der sieben Stockwerke hatte eine eigene Galerie, von der aus man die Büros erreichte. In der obersten Etage stand ein Mann in weißem Overall am Geländer und strich vorsichtig mit einem Grafitpinsel über das schimmernde Metall. Vielleicht war das Opfer ja über die Brüstung geklettert und gesprungen. Judith schätzte die Höhe auf knapp dreißig Meter. In freiem Fall auf Granit. Sie beneidete die Bestatter nicht, die oft den weitaus schlimmeren Job hatten als sie.

Jäger, der Mann, für dessen Berufsbezeichnung man ein Fremd-sprachenstudium brauchte und der sich hinter der Sicherheits-schleuse beim Pförtner hastig, das Handy am Ohr, mit einem Nicken und einem flüchtigen Lächeln von ihr abgewandt hatte, betrat das Atrium. Er ging direkt zu den Fahrstühlen, stutzte, kehrte um und kam zu ihr herüber.

»Ich kann es immer noch nicht glauben.«

Vor den Kreidestrichen blieb er stehen. Sein Gesicht, ungeübt in der Mimik des Mitgefühls, verzog sich zu etwas, das Bedau-ern ähneln sollte.

»Gestern waren wir noch zusammen beim Lunch. Wenn ich das gewusst hätte…«

Er sagte nicht, ob und was das geändert hätte. Beugte sich herab. Strich wie Judith über die Kreide. Betrachtete seine weiße Fingerkuppe. Erhob sich. Folgte mit den Augen den weißen Linien auf dem Boden.

»Warum hier?«

Judith schwieg.

»Warum?«

Er machte ein paar Schritte auf den Eingang zu. Die Drehtür bewegte sich nicht, Schaulustige und Mitarbeiter standen immer noch vor der Absperrung.

»Da geht man zusammen auf Geschäftsreisen und schickt die Kinder auf dieselbe Schule. Da glaubt man, man kennt sich.«

»Vielleicht war es ein Unfall?«

Judith kannte die Reaktionen auf den plötzlichen Tod. Fast immer waren sie eine Mischung aus Ratlosigkeit und Reue. Reue, die Chancen und Zeichen nicht erkannt zu haben. Rat-losigkeit, weil es vielleicht keine gegeben hatte.

»Das halte ich für unwahrscheinlich.« Jäger drehte ihr immer noch den Rücken zu.

Ein weiterer Bankangestellter durchquerte die Halle. Gleiches

Alter, gleiche Größe, gleiche Frisur. Die Sohlen seiner Schuhe quietschten auf dem blanken Boden. Er trug wie alle hier Anzug, weißes Hemd und Krawatte. Wahrscheinlich hielten sie sich einzig durch Farbe und Muster ihrer Binder auseinander.

»Morgen, Herr Jäger.«

Jäger nickte. Alle Hast, alle Unruhe waren angesichts der Tragödie von ihm abgefallen. Er stand in der Mitte der leeren Halle und sah aus wie jemand, den man auf einer einsamen Insel ausgesetzt hatte.

»Schreckliche Sache.« Der Kollege stellte sich neben ihn. »Die Abteilungsleiter wissen schon Bescheid. Außerordentliche Betriebsversammlung um zehn. Können Sie das koordinieren? Kleine Ansprache und so. Übrigens, Harras will Sie sprechen. Zwei Herren von der Kriminalpolizei warten im Konferenzraum. Sieht nach Selbstmord aus.«

»Selbstmord ... Und Harras ist in Berlin?«

»Landet gerade in Schönefeld und hat den Heli bestellt.«

Der Name Harras wirkte wie ein Weckton. Jäger drehte sich um und lief an Judith vorbei, als hätte er sie noch nie gesehen.

Sie öffnete die Tasche und stellte die Arbeitsutensilien bereit. Irgendwo in diesem großen Haus musste es einen Putzraum geben. Die Fahrstuhltüren schlossen sich, die Etagenanzeige blinkte. Immer mehr Menschen kamen über den Lieferanteneingang ins Atrium, schielten beklommen zu der Kreidesilhouette mit dem dunkelroten Fleck und nahmen, wenn der Lift zu lange brauchte, lieber den Weg übers Treppenhaus. Eine junge Frau mit verweinten Augen eilte auf den Empfangstresen zu, stellte ihre Handtasche ab und zog ein Papiertaschentuch aus ihrer Kostümjacke.

»Entschuldigen Sie«, sagte Judith. »Wo gibt es hier Wasser?«

»Wasser?«

Die Angesprochene erkannte Judiths Overall mit der Aufschrift »Dombrowski«. Dann warf auch sie einen scheuen Blick auf die Stelle, wo die Leiche ihres Kollegen gelegen hatte. »Ja, natürlich. Kommen Sie bitte.«

Ihr Make-up löste sich gerade rund um die Augen auf. Sie öffnete eine Tür, die so geschickt in die graue Wandverkleidung eingelassen war, dass Judith sie niemals selbst gefunden hätte. Augenblicklich flammte eine Neonröhre auf und beleuchtete einen schmalen Flur.

»Die zweite Tür rechts. Neben den Toiletten. Wie lange werden Sie ungefähr brauchen? Normalerweise öffnen wir um halb acht. Das schaffen Sie wohl nicht mehr, oder?«

Judith warf einen Blick auf ihre Armbanduhr. Sieben Uhr zweiundzwanzig. »Könnte knapp werden. Ich beeile mich.«

Die junge Frau tupfte sich die Tränen ab und warf einen sorgenvollen Blick auf das Papiertaschentuch in ihrer Hand. »Kann ich Sie allein lassen? Ich muss noch mal vor den Spiegel.«

»Natürlich.«

Judith betrat einen kleinen, gefliesten Raum mit einem tiefen Waschbecken. Im Wandschrank entdeckte sie Schrubber, Besen und Eimer. Während das Wasser in den Eimer lief, griff sie nach dem Schrubber und klemmte sich mehrere Putztücher unter den Arm, ließ eines fallen, bückte sich und stutzte.

Es war nur eine Kleinigkeit. Aber Judith war geschult, kein Detail zu übersehen. Wer einen professionellen Tatortreiniger rief, der wollte nach seiner Rückkehr nichts mehr vorfinden, was an Tod und Verbrechen erinnerte. Keine Gerüche. Keine Flecken. Kein Blut. Judith schuf der Erinnerung eine weiße Leinwand, auf der man von vorne beginnen konnte. Da störte ein halb verwischter, blutiger Abdruck an der Unterseite des Beckens nur, den jemand in der Eile vergessen oder nicht bemerkt hatte. Und dieser Jemand war vor ihr da gewesen.

Sie setzte den Eimer ab, stellte den Schrubber an die Wand,

legte die Tücher auf den Waschbeckenrand, ging in die Knie und betrachtete den Abdruck so genau, wie es das trübe Licht zuließ. Jemand musste sich mit blutgetränkten Handschuhen für einen Moment am Waschbecken abgestützt haben. Dann hatte er sie ausgezogen, sich lange und sorgfältig gewaschen und das Becken gereinigt. Nur die Spuren unter dem Rand hatte er vergessen. Sie waren auf der weißen Keramik getrocknet, hatten aber noch nicht die typische dunkelbraune Färbung angenommen, die entstand, wenn Monosacccharide, Harnstoff, Proteine, Salze und niedrigmolekulare Stoffe längere Zeit der Luft ausgesetzt waren.

Es war Blut. Frisches Blut.

Judith nahm den Eimer und kehrte zurück in die Empfangshalle. Vor den Kreidestrichen blieb sie stehen. Die Silhouette des Körpers erinnerte sie an die Ascheskulpturen von Pompeji. Im Tod hatte das Opfer noch versucht, sein Gesicht zu schützen. Ein Arm angewinkelt, der andere weit ausgestreckt. Die Spurensicherung hatte sorgfältig gearbeitet, die Kollegen von der Rechtsmedizin auch. Die Blutlache war in der Mitte kaum noch feucht.

Spuren waren eine heikle Sache. Sie mussten gemeldet werden, auch wenn sie in den seltenen Fällen, von denen sich die Cleaner untereinander erzählten, ermittlungstechnisch keine Rolle gespielt hatten. Judith stellte den Eimer ab. Theoretisch könnte sie jetzt anfangen. In einer Viertelstunde wäre sie fertig, und nichts mehr in dieser kühlen, strengen Halle würde daran erinnern, dass hier ein Toter gelegen hatte. Der Reinigungstrupp der Bank würde mit seinen Kehr- und Wischmaschinen noch einmal über den Boden fahren, die Drehtür nach draußen würde den Betrieb wieder aufnehmen, die Besucher könnten kommen, ebenso die Gleitzeitmitarbeiter, die Zeitungs- und Postboten. Sie alle würden durch die Halle zu den Fahrstühlen strömen, hinauf in die Büros fahren und den Arbeitstag beginnen. *Freeze?* Der Tod war ein lausiges Stoppschild.

Sie hörte ein leises, unterdrücktes Schluchzen. Es kam von der jungen Frau am Empfangstresen, die gerade versuchte, ihr Namensschild am Revers zu befestigen, ohne sich dabei in die Finger zu stechen. Judith ging auf sie zu.

»Wer hat den Toten gefunden?«

Die junge Frau schluckte und wischte sich wieder über die Augen. »Der Kollege vom Wachdienst auf der Runde heute Morgen.«

»Wann war das?«

»Ich glaube so gegen sechs.«

Auf ihrem Schild stand *Corinna Wrede, Front Officer CHL*.

»Ist noch jemand von der Polizei im Haus?«

»Ja. Warum?«

»Ich muss etwas melden.«

Frau Wrede mochte Anfang zwanzig sein. Ihr gesamtes Auftreten war makellos. Nur die verschmierte Wimperntusche verlieh ihrem puppenhaften Gesicht etwas Pandahaftes. Oder es lag daran, dass sich ihre Augen vor Überraschung weiteten.

»Was denn?«

»Das möchte ich mit den Beamten besprechen.«

»Einen Moment bitte.«

Während sie telefonierte, rechnete Judith nach, wie lange das Blut auf dem Granitboden schon trocknete. Sie kam auf nicht mehr als sechs oder sieben Stunden. Der Tod musste um Mitternacht eingetreten sein. Wahrscheinlich hatte der Wachmann die Leiche bewegt und sich anschließend die Hände gewaschen. Es gab für alles eine Erklärung. Sie ärgerte sich über sich selbst und hätte den Anruf am liebsten rückgängig gemacht.

Es dauerte nicht lange, und die rechte Fahrstuhltür öffnete sich. Einer der beiden Männer vom KDD, die sie von der Friedrichstraße aus durch die Glasscheibe gesehen hatte, nickte der jungen Frontoffizierin zu und steuerte dann auf Judith zu. Er war vielleicht Anfang vierzig, hatte das blasse Herbstgesicht eines Angestellten, der nicht oft an die frische Luft kam, und müde, rotgeränderte Augen. Der Kriminaldauerdienst arbeitete meist dann, wenn alle anderen schliefen. Man sah dem Beamten an, dass er für die Schichtarbeit nicht geboren war.

Er streckte ihr die Hand entgegen. Judith zog den rechten gelben Handschuh aus und wischte sich die Finger verlegen am Overall ab, bevor sie seinen Gruß erwiderte.

»Jobst Wagner, Kriminaldauerdienst«, stellte er sich vor. »Sie wollten uns sprechen?«

»Kepler von der Firma Dombrowski. Ich würde Ihnen gerne etwas zeigen.« Wagner folgte ihr in den Flur. Als sie die Tür zum Waschraum öffnete und ihm aufhielt, hob er verwundert die Augenbrauen, trat dann aber ein. Frau Wrede lugte um die Ecke und sah ihnen nach.

»Jemand war vor mir hier«, sagte Judith. »Und er ist kein Profi. Zumindest nicht, was das Reinigen von Tatorten angeht.«

»Sie sind Cleaner?«

»Ja.«

Wagner kannte ihren Beruf, denn er stellte keine weiteren Fragen. Sie deutete auf die Blutspuren unter dem Waschbeckenrand. Er ging in die Knie und betrachtete die verwischten Abdrücke.

»Waren Sie das?«

»Nein. Ich bin eben erst gekommen.«

»Aber Sie tragen doch auch Handschuhe. Zeigen Sie mal her.«

Wie ein Schulkind streckte Judith die linke Hand aus und hielt ihm auch noch den rechten Schutzhandschuh zur Begutachtung entgegen. Wagner kontrollierte beides und entschuldigte sich dann.

»Sie glauben ja nicht, was wir alles erleben.« Er griff zu seinem Handy. »Kommando zurück. Ich hab noch eine Kleinigkeit für euch. Im Waschraum hinter den Personaltoiletten, Erdgeschoss.« Er nickte Judith zu. »Danke. Wir kümmern uns darum.«

»Darf ich trotzdem draußen schon anfangen?«

»Nein.«

Judith hatte es nicht anders erwartet. Sie kannte auch seinen Beruf.

3

Wenig später kam die Spurensicherung zurück. Frau Wrede mit den Panda-Augen verfiel in hektische Betriebsamkeit und telefonierte sich die Finger wund. Draußen standen nur noch einige ratlose Angestellte, die an der verschlossenen Tür rüttelten, die Augen abschirmten und durch die Scheiben versuchten, einen Grund für ihre Aussperrung auszumachen, bis sie irgendwann ebenfalls den Weg über den Hintereingang nahmen. Judith rief in der Firma an, hatte aber nur Dombrowskis Anrufbeantworter am Apparat. Zu geizig für eine Sekretärin.

Sie verzichtete darauf, ihren Chef über das Handy zu erreichen, und ließ sich in einen der nagelneuen schwarzen Ledersessel neben einem Ficus Benjamini sinken, der so groß und prächtig war, dass Judith ihn für falsch hielt. Die Zeit verging. Wieder herrschte geisterhafte Ruhe in der Empfangshalle. Nur die leisen Telefonate der jungen Frau hinter dem Tresen drangen an Judiths Ohr, aber sie konnte und wollte nichts verstehen. Ab und zu huschte jemand über die Gänge der Galerien. Die Fahrstühle waren ständig in Bewegung, doch sie fuhren nur zwischen den Stockwerken hin und her und nicht bis hinunter ins

Erdgeschoss. Sie fragte sich, ob Wagner vom KDD sie vergessen hatte und wann sie endlich loslegen durfte.

Vor der Bank baute sich ein Kamerateam vom RBB auf, die Schaulustigen hatten sich zerstreut. Nur ein Mann stand noch auf der anderen Straßenseite und sah herüber. Die Gründlichkeit und Ruhe, mit der er das tat, standen in großem Gegensatz zu der Geschäftigkeit des beginnenden Arbeitstages um ihn herum. Mehrfach wichen ihm Passanten aus, weil er ihnen nicht aus dem Weg ging. Er trug weder Schal noch Handschuhe, was bei diesem Wetter dafür sprach, dass er entweder bis aufs Mark abgehärtet war oder längst eine fiebrige Erkältung mit sich herumschleppte. Judith tippte auf Letzteres, denn er wirkte trotz seiner kräftigen Statur angeschlagen. Für einen Moment trafen sich ihre Blicke über die Straße hinweg. Dann fuhr ein Bus vorbei. Als Judith wieder freie Sicht hatte, war der Mann verschwunden.

Auf dem Glastisch lagen einige Prospekte. *Investment Fund Services. Global Securities Financing. CHL Liechtenstein.* Auf dem Umschlag das Foto einer trutzigen Burg mit einem mächtigen viereckigen Wehrturm. Judith griff nach dem Heft, das noch nach Druckerschwärze roch und das wohl bisher niemand in der Hand gehabt hatte. Schneebedeckte Berggipfel vor strahlend blauem Himmel, vermutlich die Schweizer Alpen. Sie müsste mal in einem der alten Atlanten nachsehen, wo dieses winzige Land lag, das aus nicht viel mehr als dieser Burg und ziemlich vielen Banken bestand. Sie mochte die Burg, die auf einem sanft begrünten Bergrücken thronte und wuchtig und uneinnehmbar aussah.

»Frau Kepler?«

Judith fuhr zusammen. Jäger, der Mann für die Öffentlichkeit, hatte sich so leise angeschlichen, dass sie ihn nicht bemerkt hatte. Er setzte sich auf die Couch ihr gegenüber, sie legte den Prospekt zurück.

»Interessieren Sie sich für unser Portfolio?«

Judith war noch nicht einmal die Bedeutung dieses Begriffes geläufig. Seine Frage war nicht ernst gemeint. Keiner unterstellte einer Putzfrau, dass sie sich für internationale Bankengeschäfte interessierte.

»Peanuts«, sagte sie. »Ich hab mein Geld auf den Caymans.«

»Hoffentlich keine Hedgefonds.« Er grinste schon wieder. Trauer war bei ihm wohl streng rationalisiert. »Die Zeit der ungehemmten Spekulationen ist vorbei. Denken Sie an mich und suchen Sie sich was Sicheres.«

»Werde ich mir merken. Das war hoffentlich kein Insidertipp.«

»Würden Sie mich denn dafür ans Messer liefern?«

Eine seltsame Frage in einem Raum, in dem erst vor wenigen Stunden jemand in den Tod gestürzt war. Jäger merkte es und wurde ernst. Er konnte seine Stimmungen austauschen wie Karten in einem schlecht gemischten Spiel.

»Was haben Sie entdeckt?«

Judith sah sich um, aber vom KDD war weit und breit keiner zu sehen. Allmählich lief ihr die Zeit davon. Auf ihrer Dispo hatte sie den Einsatz mit zwei Stunden eingeplant, inklusive An- und Abfahrt. Nun schlich der Zeiger ihrer Armbanduhr langsam in Richtung neun. Kai und Liz waren schon mal zur Fassadenreinigung Richtung Warschauer Straße vorausgefahren. Judith hatte ihren Kollegen versprochen, so schnell wie möglich nachzukommen, und Kai freute sich vermutlich über die unerwartete Zeit der Muße. Hoffentlich hatte er genug Geld dabei, um mit Liz irgendwo einen Kaffee zu trinken, damit die beiden nicht draußen auf ihre Kolonnenleiterin warten mussten.

»Reden Sie mit der Kripo«, wich sie Jägers Frage aus.

»Würde ich ja gerne, aber die sagen nichts. Warum ist das Haus immer noch nicht freigegeben? Warum soll hier die Mordkommission ermitteln? Sie tauchen hier auf und entdecken etwas, das bisher niemandem aufgefallen ist. Wissen Sie eigentlich, was Sie damit in Gang gesetzt haben?«

Judith schwieg.

»Wir sind Ihr Boss.«

Irrtum. Das war Dombrowski. Aber immer wenn man den Kerl mal brauchte, war er nicht da.

»Sie haben Ihrem Auftraggeber gegenüber eine gewisse Pflicht zur Aufrichtigkeit. Als internationaler Kapitaldienstleister wüssten wir gerne vor der Kriminalpolizei, was sich in unseren Räumen tut. Alles andere ist illoyal.«

Er fixierte sie mit einem Blick, der auf Putzfrauen wohl einschüchternd wirken sollte. Aber er schien nicht viel Erfahrung mit Menschen zu haben, die diesen Beruf ausübten. Schüchternheit war etwas, das man sich ziemlich schnell zugunsten der Selbstachtung abgewöhnte. Jäger spürte, dass er einen Tick zu weit gegangen war.

»Frau Kepler, gleich kommt mein Chef aus Liechtenstein und will wissen, was hier passiert ist. Ich muss ihm etwas sagen können.«

»Sie haben den Toten gekannt. Ich nicht.«

»Das ist richtig. Wenn es kein Selbstmord war, muss es ein Unfall gewesen sein. Haben Sie Hinweise gefunden, die einen solchen Verdacht erhärten?«

Judith stand auf. In dieser Welt aus unsichtbarem Geld standen die Räder still, und es war nicht ihre Schuld. Aber sie saß hier genauso fest wie Jäger. Am liebsten hätte sie die Bank auf der Stelle verlassen. Wenigstens hatte sie den Transporter im Blick. Noch war er nicht abgeschleppt.

»Ich muss wissen, was passiert ist.« Jäger erhob sich ebenfalls und kam um den Couchtisch herum auf sie zu. Er blieb neben ihr stehen und sah hinaus in den kalten Morgen, blass und grau wie der verwaschene Beton der Bahnhofsbrücke.

»Der Tote war mehr als ein Kollege. Er war mein Freund. François Merteuille. Er hat eine Frau, Inés, und ein zehnjähriges Mädchen, Annabelle. Heute Abend werde ich meiner Tochter sagen müssen, dass ihre beste Freundin keinen Vater mehr hat. Sie wird Fragen stellen. Alle werden das tun. Geben Sie mir eine Antwort.«

War es Trauer, die sie in seiner Stimme zu hören glaubte? Vielleicht hatte er aber auch einfach nur die richtige Karte gezogen. Judith steckte die Hände in die Overalltaschen. Ihre Rechte berührte den Autoschlüssel. Vorsichtig warf sie einen Blick über die Schulter zu den Aufzügen. Bis auf die Frontoffizierin waren sie allein, und die hatte genug mit ihren verschmierten Augen zu tun.

»Etwas an diesem Selbstmord stimmt nicht.«

»Wie kommen Sie darauf?«

»Weil jemand zwischen dem Eintreten des Todes und dem offiziellen Auffinden der Leiche bei ihm war. Er oder sie hat alle Spuren beseitigt. Bis auf eine.«

»Welche?«

Judith hob die Schultern. Dombrowski würde ihr den Kopf abreißen, wenn er erfuhr, dass sie Täterwissen preisgab. Auch das lernte man als *death scene cleaner*: Abstand halten. Zur Tat, zu den Hinterbliebenen, erst recht aber zu denjenigen, die neugierige Fragen stellten. Jäger fuhr sich über die raspelkurzen Haare. Wieder roch sie sein Rasierwasser. Holzig, frisch. Etwas, das an Wald, Jagd und Wiesen erinnern sollte oder vielleicht auch nur daran, dass es solche Dinge außerhalb dieser Glasfassaden noch gab.

»Frau Kepler, haben Sie etwas gefunden und der Polizei übergeben, das dieses Haus vielleicht verlassen sollte? Wenn ja, dann sagen Sie es mir jetzt. Es könnte sehr, sehr wichtig sein.«

»Nein.«

»Hardware vielleicht? Unterlagen? Eine CD? Einen Stick?«

»Nein.«

»Akten? Ausdrucke? Kontoinformationen?«

»Nein. Hören Sie…«

»Notizen, etwas Handschriftliches?«

»Ich habe Ihnen doch schon gesagt…«

»Was dann? Was zum Teufel haben Sie entdeckt?«

»Blut«, antwortete Judith. »Einfach nur Blut.«

Jäger trat einen Schritt zurück und wies mit dem Kopf auf den schwarzroten Fleck, der noch immer den reinen, spiegelnden Fußboden verunzierte.

»Ja. Nicht zu übersehen. Aber deshalb wurde doch nicht unser ganzer Betrieb lahmgelegt. Ich brauche eine Antwort. Und zwar jetzt.«

Judith presste die Lippen aufeinander. Es gefiel ihr nicht, wie Jäger sie in die Enge trieb. Wie er sie ansah dabei. Fast so, als ob er sich wirklich dafür interessieren würde, was sie dachte. Dabei ging es ihm doch nur darum, einen Informationsvorsprung zu haben.

»Die Waschräume sind abgesperrt«, fuhr er fort und tat, als ob er mit sich selbst reden würde. »Vermutlich ist es dort. Was ist da? Abfalleimer. Seife. Toiletten. Vielleicht…«

Erneut hob er sein Handy ans Ohr, ließ es aber unverrichteter Dinge wieder sinken und richtete seinen Blick auf etwas, das sich hinter ihrem Rücken abspielte. Sie drehte sich um.

Durch die Halle bewegte sich eine Prozession auf Judith und Jäger zu. Voran schritt – gemessen, aber zielstrebig wie ein römischer Kaiser – ein breitschultriger Mann mit silbergrauen Haaren. Sein kantiger Kopf ging beinahe halslos in die Schulterpartie über. Er hätte trotz seiner Größe gedrungen gewirkt, wäre die Eleganz seiner Kleidung nicht exakt darauf abgestimmt, diesen Makel auszugleichen. Der knielange, offene Kaschmirtrenchcoat streckte seine Gestalt und wehte hinter ihm her wie ein Krönungsmantel. Selbst Judith konnte erkennen, dass der Anzug darunter offenbar Maßarbeit war. Seine Schuhe glänzten wie Jägers Aktenmappe, und höchstwahrscheinlich war er nicht derjenige, der sie allabendlich polierte.

Hinter ihm, mit drei Schritten Abstand, folgten die Patrizier. Sie trugen die Uniform der Leistungselite: dunkle Anzüge, teure Uhren, dezente Seidenkrawatten. Eine Frau war auch darunter. Hochgewachsen, blond, vielleicht Ende zwanzig, mit eisigem Hochmut in den klaren, fast nordischen Zügen – jener Maske, die man trug, wenn man von allen um einen herum unterschätzt wurde. Sie hatte eine Aktenmappe dabei, die nicht ihre eigene sein konnte, denn alles an ihr strahlte kühle Zurückhaltung aus. Die Mappe hingegen protzte mit dem Logo eines Taschenherstellers, dessen Linie im Jargon auch gerne »Nuttenerstausstattung« genannt wurde. Sie musste jemand anderem gehören. Als die Meute stehen blieb und sich hinter dem Anführer hierarchisch aufreihte, stand sie neben einem Italo-Manager mit gerötetem Gesicht, der am Wochenende wohl zu lange in der Sonne gelegen hatte.

Im Vergleich zu ihnen wirkte Jäger wie ein Sitzenbleiber auf der Karriereleiter. Hastig steckte er das Handy weg und änderte seine Haltung. Strammstehen. Der hohe Senat des Bankhauses hatte ihn zum Ansprechpartner auserkoren.

Justinian, dachte Judith. In einer staubigen, unbeachteten Bücherkiste, wie sie immer wieder bei Entrümpelungen anfielen, derer sich Judith annahm, wie andere ausgesetzte Tiere mit nach Hause schleppten, hatte sie Felix Dahns *Ein Kampf um Rom* gefunden. Tejas Tod. *Gebt Raum, ihr Völker, unsrem Schritt.* | *Wir sind die letzten Goten.* | *Wir tragen keine Krone mit,* | *Wir tragen einen Toten…*

»Harras.« Cäsar ließ den Blick von Jäger zu Judith wandern. Sie kam ein paar Schritte näher. »Adolf Harras.«

Er musste um die siebzig sein, die letzte deutschsprachige Generation, deren Väter ihren Söhnen diesen Vornamen zugemutet hatten. Es gelang ihm scheinbar mühelos, jünger zu wirken. Seine Züge waren straff und leicht gebräunt, der Händedruck war kräftig. Judith gefiel es, dass er sie in die Begrüßung einbezog.

»Ich bin über die tragischen Ereignisse informiert, aber offenbar nicht auf dem letzten Stand. Bitte ändern Sie das.«

Jäger konnte seine Nervosität nur schlecht verbergen. Vor ihm standen die Alphamännchen seines Stammes, und er wollte sich ihrer Aufmerksamkeit würdig erweisen. »Es gibt noch einige offene Fragen zu den genauen Todesumständen von François Merteuille«, sagte er. »Wir gehen von einem tragischen Unfall aus.«

»Bis zum Beweis des Gegenteils?« Harras' Stimme, bei Judiths Begrüßung noch sanft und freundlich, verschärfte sich. »Das ist zu spät. Ich erwarte, dass die Geschäftsleitung umfassend informiert wird.«

»Es soll Hinweise auf Fremdverschulden geben. Das ist aber noch nicht bestätigt.«

Jäger warf einen schnellen Blick zu Judith, die so tat, als hätte sie nichts bemerkt. Es gab nur einen Menschen, vor dem sie eine Rechtfertigungspflicht hatte, doch der ging nicht ans Telefon und würde ihr die Wartezeit hier als unbezahlten Urlaub abziehen.

Harras hob die buschigen, dunklen Augenbrauen, das einzig Ungezähmte in seinem glatten Gesicht. Ihm war der stumme Hilferuf seines Mitarbeiters an Judith nicht entgangen.

»Sie sind von einer Fremdfirma?«

»Judith Kepler, Dombrowski Facility Management«, antwortete sie. »Ich soll hier den Tatort saubermachen.«

Harras sah sich um. »Den Tatort?«

»So bezeichnet man jeden Raum, in dem etwas von einem Toten übrig bleibt, das normale Leute nicht entfernen wollen.«

»Normale Leute«, wiederholte Harras. Er hatte schnell begriffen, was Judith von anderen unterschied. »Ein Glück, dass die Welt nicht nur aus ihnen besteht.«

Die Patrizier versuchten, den Gedankengang ihres Chefs nachzuvollziehen, und scheiterten. Die Miene der blonden Aktentaschenträgerin verzog sich keinen Millimeter.

»Ein Glück«, sagte Judith.

Harras' Blick wanderte über ihre Gestalt. Im Gegensatz zu vielen anderen weder amüsiert noch abschätzend und schon gar nicht ungehalten darüber, dass eine Putzfrau am Gespräch der Herren beteiligt war. Eher so wie Dombrowski, wenn er sie alle paar Wochen ins Büro winkte, ihr eine zerfledderte Bewerbungsmappe auf den Tisch warf und fragte, was sie von Menschen hielt, die noch nicht einmal ein Anschreiben ohne Fettfleck hinbekamen. Dann zog sie die Mappe zu sich heran und studierte sie. Las zwischen den Zeilen und Rechtschreibfehlern. Betrachtete das Foto einer alleinerziehenden Mutter ohne Schulabschluss und stellte fest, dass ihr Kind zur Welt gekommen war, als die Klassenkameraden gerade ihre Hauptschulzeugnisse erhielten. Las von jungen Männern, die trotz einer guter Gesellenprüfung keinen Job fanden, weil sie die Ausbildung im Pädagogischen Zentrum in Tegel gemacht hatten – dem Jugendknast. Bemerkte, dass der Umschlag mehrmals verwendet worden war und der Fettfleck nicht auf dem Anschreiben, sondern auf der beglaubigten Kopie des Führungszeugnisses prangte. Und Judith wusste, was Beglaubigungen kosteten.

»Sparsam, ordentlich und effizient«, hatte sie gesagt und Dombrowski die letzte Mappe, zu der er sie befragt hatte, zurückgeschoben. »Der Fettfleck ist übrigens von dir.«

Erschrocken hatte Dombrowski erst auf seine kräftigen

Hände, dann auf die dick mit Leberwurst beschmierte Stulle vor sich gesehen. So war Liz zu ihnen gekommen, kaum zwanzig und dünn, als hätte sich das Leben wie ein Vampir über sie geworfen und alle Kraft aus ihr gesaugt. Es war ihr erster fester Job nach ihrem Auszug aus der Notunterkunft, wohin es sie nach einer zweimonatigen Flucht aus Algerien verschlagen hatte. Deutschland. Ausgerechnet dieses kalte, fremde Land, in dem der kurze Zauber des Willkommens längst verflogen war und die Herkunft Nordafrika keinen Schutz und auch kein Bleiberecht mehr bot. Wenn Judith jemals Zweifel gehabt hätte, dass geldwerte Arbeit einem Menschen Stolz und Selbstachtung gaben, dann hätte sie Liz innerhalb weniger Tage zerstreut.

Hoffentlich hatten Liz und Kai einen Platz zum Aufwärmen gefunden. Schließlich konnten sie nichts dafür, dass Judith gerade den kompletten Einsatzplan über den Haufen geworfen hatte, nur weil ihr eine verwischte Blutspur aufgefallen war. Lächerlich. Idiotisch.

Harras schien das nicht zu denken. Seine dunklen Augen hatten wieder ihr Gesicht erreicht. Er nickte ihr anerkennend zu und wollte gerade etwas sagen, als Jäger das kurze Aufflackern von Sympathie zwischen einem Bankdirektor und einer Putzfrau als seine Chance begriff.

»Frau Kepler ist dafür verantwortlich, dass die Untersuchungen noch nicht abgeschlossen sind«, sagte er hastig. »Ihr ist etwas aufgefallen, woraufhin sie umgehend die Polizei informiert hat. Was das war, wollte sie mir allerdings nicht sagen.«

»Es könnte Täterwissen sein.« Judith ärgerte sich, dass Jäger es immer noch versuchte. »Die Polizei wird Sie bestimmt bald informieren. Ich stehe hier genauso ratlos rum wie Sie.«

»Das lässt sich zumindest in unserem Fall ändern. Fürs Rumstehen bezahlen wir uns nicht.« Harras wartete einen Moment, ob jemand aus seinem Tross geneigt war, diesem Witz zu folgen.

Aber Judith war die Einzige, die grinste. Ein schnelles, kaum wahrnehmbares Lächeln huschte als Abschiedsgruß über sein Gesicht, er wandte sich zum Gehen. »Herr Jäger, schicken Sie die ermittelnden Beamten umgehend zu mir. Danke, Frau …«

»Kepler.«

Die Patrizier machten ihm Platz, damit er durch ihre Reihen hindurchschreiten konnte. Mitten unter ihnen überlegte Harras es sich anders und kam noch einmal zu Judith zurück.

»Das war sehr aufmerksam von Ihnen. Ein Unfall, der vielleicht keiner war, hat nicht nur strafrechtliche Konsequenzen. Er bedeutet auch, dass wir alles, woran Merteuille gearbeitet hat, genau prüfen müssen. Herr Jäger, vorerst keine Stellungnahme für die Presse. Bereiten Sie aber für den Fall der Fälle etwas vor.«

Jäger zuckte nicht mit der Wimper.

Harras reichte erst ihm, dann Judith die Hand. »Ich weiß Ihre Verschwiegenheit zu schätzen. Kann ich mich auch in Zukunft darauf verlassen?«

»Ein Cleaner arbeitet, er redet nicht.«

»Gut. Wenn Sie noch etwas brauchen, wenden Sie sich bitte an Herrn Buehrli.«

Herr Buehrli identifizierte sich in der Reihe der Wartenden durch ein knappes Nicken. Er war der Typ, der aussah, als würde er in einem Spaghetti-Western als Erster vom Pferd geschossen werden. Widerspruchslos würde er jeden Wunsch seines Chefs erfüllen. Judith glaubte nicht, dass er sie an der nächsten Straßenecke wiedererkennen würde.

»Wie heißt Ihr Chef?«, fragte Harras.

»Klaus-Rüdiger Dombrowski.«

»Herr Buehrli wird dafür sorgen, dass Sie eine lobende Erwähnung erhalten.«

Buehrli flüsterte der Blonden etwas zu, die nach unten nickte, da sie ihn um mindestens eine Haupteslänge überragte. Sie trug

Schuhe mit hohen Absätzen, was andere in ihrer Position bei einem klein gewachsenen Chef vielleicht vermieden hätten.

Harras wandte sich noch einmal an Judith. »Wie lange brauchen Sie, bis die Halle wieder begehbar ist?«

»Nach Tatortfreigabe keine Viertelstunde.«

»Sind Sie gut in Ihrem Job?«

»Die Beste.«

Erneut ließ er den Blick über ihr Gesicht wandern. Sie wusste nicht, was hinter seiner Stirn vorging, aber sie hielt der Prüfung stand.

»Auf Wiedersehen, Frau Kepler.«

Gefolgt von seiner Nachhut verließ er die Halle in Richtung Aufzug.

Jäger atmetete auf. »Wie haben Sie das denn geschafft?«

»Was denn?«

»Harras mag Sie. Er hat sich sogar Ihren Namen gemerkt. Und meinen auch. Daran arbeite ich seit über sechs Jahren. Und Sie schaffen das in drei Minuten.« Jäger strahlte sie an. Er hatte die Karte mit dem Joker gezogen. »Wir sollten mal zusammen essen gehen.«

Den ganzen Weg zum Fahrstuhl kicherte er über diesen Scherz leise in sich hinein.

4

Spuren?«

Kai riss eine von den Bierbüchsen auf, die trotz aller Verbote nach Dienstschluss immer wieder in den Umkleideräumen von Dombrowskis Firma auftauchten. Er war gut einen Kopf größer als Judith, schlank, aber mit breiten, muskulösen Schultern.

Der dreieckige Kinnbart sollte seinem runden Gesicht und den weichen, kindlichen Zügen wohl etwas mehr Männlichkeit verleihen, allerdings ähnelte es dadurch in Momenten großer Enttäuschung – und dies war offenbar einer – eher einem Schaf. Kai stand halb im Flur, halb in der Tür, immer auf der Hut, seinen Schatz vor Kontrollen zu verbergen. Wenn es sein musste sogar in den unendlichen Tiefen seiner Overalltaschen. Außerdem war die Frauengarderobe für ihn eine Tabuzone.

Er hatte gehofft, Liz abzupassen, doch die war schon ein paar Minuten vorher gegangen, nicht ohne Judith eine ihrer spontanen Umarmungen zu schenken, vor denen diese immer noch zurückschreckte. Solche Berührungen waren Judith fremd. Aber Liz verteilte sie im Vorübergehen wie ein Kind, das seiner Freundin ein für sie gestohlenes Bonbon zusteckt. Vielleicht weil dieses Mädchen mit seinen kaum zwanzig Jahren schon so viel erlebt hatte und es in Judith eine Seelenverwandte spürte? Liz, die immer noch den Blick senkte, wenn Dombrowski sie ansprach (was diesen zwischendurch an den Rand der Verzweiflung gebracht hatte, was er aber mittlerweile akzeptierte), die selbst nach einem Tag in der Fassadengondel noch nach Kakao und Vanille duftete, der keine Arbeit zu schwer war und die trotz ihrer Zartheit einen unbezähmbaren Willen hatte, diesen Job zu meistern. Und für die Judith immer noch eine unausgesprochene Verantwortung trug, weil sie bei Dombrowski zur Fürsprecherin der jungen Algerierin geworden war. Nur diese Anfasserei, dieses sorglose, nichtssagende Berühren, das eigentlich nichts anderes bedeutete als »Bitte«, »Danke«, »Mach's gut«, »Komm gesund nach Hause« oder »Iss das. Ist gut für dich«, war Judith suspekt. Genauso wie die Mahlzeiten, die Liz ihr in kleinen Frischhalteboxen zusteckte.

»Was ist das?«

»Couscous mit Zaghlough. Sehr gut für dich. Du machst schwere Arbeit. Hast du keinen, der sich um dich kümmert?«

Wenn Judith in der Mittagspause den Deckel öffnete, stieg der Duft von Kardamon und Fechel empor, von Safran und Zhatar, Sumach, Datteln und Zimt. Über Liz' schmales, schönes Gesicht huschte dann ein beinahe mütterliches Lächeln, wenn sie ihr all diese Gewürze und Zutaten erklärte. Es war ein seltsames Gefühl, von diesem Mädchen quasi adoptiert worden zu sein. Judith war nicht sicher, ob sie das wollte. Kai hingegen schien geradezu darum zu betteln, aber Liz beachtete ihn nicht. Meist sah sie zu Boden, machte einen Bogen um ihn und vermied es, allein mit ihm zur Schicht zu fahren. Judith hielt sie für grenzenlos schüchtern.

Als Kai bemerkte, dass Judith die Letzte war, trank er einen tiefen Schluck aus seiner Bierdose und versuchte, weniger enttäuscht auszusehen, als er sich fühlte.

»Du hast in der Bank echt noch Spuren gefunden, die die Kripo übersehen hatte?«, fragte er.

Sie schloss den Spind und griff nach ihrer Tasche. »Ja, ein bisschen Blut am Waschbeckenrand im Putzraum. Das konnte wohl kaum vom Opfer selbst stammen, denn das war auf der Stelle tot und lag in der Eingangshalle.«

Kai nickte. Er hielt Judith die Büchse entgegen. Sie lehnte ab.

Und ich darf nun diesen verhinderten Romeo nach Hause schicken, dachte sie. Prompt zuckte sie innerlich zusammen.

Romeo.

Ein paar Splitter waren in Judiths Herz stecken geblieben. Sie schmerzten manchmal, wenn ihr unverhofft Schlüsselwörter aus der Vergangenheit in den Sinn kamen. *Romeo* war eines davon. Es gab Nächte, in denen sie kurz vor dem Einschlafen die Kontrolle über ihre Gedanken verlor. Dann stellte sie sich vor, wie ihr Leben verlaufen wäre, wenn ihre Eltern nicht auf der Flucht aus der DDR gestorben wären. Wenn sie nicht in ein Kinderheim auf Rügen gekommen wäre, wo sie als Fünfjährige ihre Herkunft und ihren Namen verloren hatte. Wenn sie vor Jahren nicht gezwungen gewesen wäre, in einem Einfamilienhaus in Biesdorf jene Frau in Notwehr zu töten, die ihr all das angetan hatte.

Sie atmete tief durch und wandte sich ab, wobei sie beide Hosentaschen nach ihrer Chipkarte abklopfte und so tat, als könne sie sie nicht finden.

»Und was macht man in so einem Fall?«, fragte der Quälgeist in ihrem Rücken.

»Man informiert die Polizei.«

»Kommt das oft vor?«

Gleich neun Uhr abends. Es war ein langer Tag gewesen, und sie wollte nach Hause. Der feine Regen, eher eine Art nasser Nebel, hatte ihnen schon den ganzen Tag zu schaffen gemacht. Judith sehnte sich nach einem heißen Bad mit einem Glas Wein auf dem Wannenrand und Lou Doillons *Places* auf dem Plattenteller. Etwas rüder, als es ihre Art war, drängte sie sich an Kai vorbei in den Flur und suchte in den Taschen ihres Anoraks nach ihrem Hausausweis. Während sie gemeinsam die Baracke verließen, erklärte sie ihrem Kollegen, wie Tatortreiniger sich zu verhalten hatten und welche Hierarchien einzuhalten waren.

Der Regen hatte sich zu dem verstärkt, was man gemeinhin ergiebig nannte. Auf dem riesigen Hof standen Dombrowskis Umzugswagen. Dahinter, durch löchrige Wellblechdächer mehr oder weniger geschützt, die Flotte der privaten Müllabfuhr, mit der sich der Chef mittlerweile eine goldene Nase verdiente. Judith sah, wie Josef, der Herr des Fuhrparks, hastig um einen der Lkws herumlief und die Reifen prüfte. Die Nässe hatte sich wie dunkle Epauletten auf seine Schultern gelegt. Ein hagerer General, der ein letztes Mal die ihm anvertraute Artillerie überprüfte, bevor auch er in den Feierabend ging. Josef war vor langer Zeit ihr Vorarbeiter gewesen. Ob er mit ihr auch so oft ungeduldig gewesen war wie sie mit Kai?

»Normalerweise ist schon alles passiert, wenn du kommst.« Sie hob die Hand, um Josef zu grüßen. Der nickte ihnen zu und drehte an einer Ventilkappe. »Die Rechtsmedizin war da, Ärzte, Bestattungshelfer, manchmal auch Kripo und Spurensicherung. Da bleibt nicht mehr viel zum Detektivspielen.«

»Aber es kommt vor«, beharrte Kai. »Wie unterscheide ich denn, welche Spur schon entdeckt worden ist und welche nicht?«

»Das ist verdammt selten. Mir ist es in all den Jahren nur zwei- oder dreimal passiert. Frag Josef, der war früher auch Cleaner. Vielleicht hat der ja den richtigen Riecher.«

Kai trank den Rest seines Bieres aus und drückte die Büchse zusammen. Judith betrachtete das als Ende der Nachhilfestunde. Sie ging ins Haupthaus und wollte gerade ihren Arbeitsausweis durch den Schlitz des Automaten ziehen, der das alte Stechkartensystem ersetzt hatte, als sie Dombrowski sah. Er lehnte mit verschränkten Armen an der Wand und kaute auf seinem unvermeidlichen kalten Zigarillo herum.

Es kam nur selten vor, dass er sich hier unten zeigte. Früher, vor Judiths Zeit, war er angeblich sogar stichprobenartig bei Einsätzen aufgetaucht. Auf der Ladeklappe eines Umzugswagens, in einer der Fassadengondeln und manchmal sogar auf dem Recyclinghof. Keiner konnte sich sicher sein, von Klaus-Rüdiger Dombrowski nicht genau beobachtet und kontrolliert zu werden.

Das war lange her. Vielleicht hatte er bei der Vielzahl seiner Expansionen irgendwann den Überblick oder die Lust verloren. Vielleicht war er auch einfach nur bequemer geworden, runder, das krause Haar schlohweiß, das Herz trotz mehrerer Operationen die stete Mahnung kürzerzutreten, was jemand wie Dombrowski geflissentlich ignorierte. Er war immer noch der Letzte, der hier abends das Licht ausmachte. Und der Erste, der morgens den Schalter umlegte. Allerdings verbrachte er fast den ganzen Tag in seinem Sperrmüllbüro und ging immer öfter nicht ans Telefon. Manchmal glaubte Judith, dass ihm die alten Zeiten fehlten. Etwa dann, wenn sie mit dem Transporter den Hof verließ, noch einmal zurücksah und er am Fenster stand und den Blick nicht eher abwandte, bis sich das gewaltige Rolltor hinter ihr schloss.

»Ich habe einen Anruf bekommen«, sagte er. Judith nahm es zur Kenntnis. Sie zog die Karte durch den Schlitz und wartete darauf, dass auf dem Display ihre Personalnummer und die Arbeitsstunden auftauchten.

»Sie-Äitsch-Ell.«

Vierzehn Stunden, zwölf Minuten. Wenn das so weiterging, konnte sie für jeden abgearbeiteten Monat einen frei machen.

»Was war da los?«, fragte er.

»Die Kripo hat schlampig gearbeitet.«

»Und da hast du natürlich nichts Besseres zu tun, als sie mit der Nase draufzustoßen und den ganzen Betrieb aufzuhalten. War das der Grund, weshalb du so spät bei deiner Kolonne aufgetaucht bist? Dir ist ja wohl klar, dass ich dir die Zeit abziehe.«

Er schnaufte ärgerlich. Im Lauf der Jahre war er einem Walross immer ähnlicher geworden. Neugierige, runde Augen und ein wohlgenährter Wanst. Die grauen Haare hatte er straff zu einem Pferdeschwanz zurückgebunden, doch über der Stirn standen ein paar Strähnen drahtig ab. Er trug immer das gleiche karierte Hemd und darüber einen Blaumann. Als ob er noch selbst ausrücken würde.

Judith wollte sich an ihm vorbeischieben, doch er trat ihr in den Weg. Sie bemerkte sein verräterisches Blinzeln. Er nahm sie auf den Arm.

Ganz sicher konnte sie nie sein. Ihr Verhältnis war schwankend wie eine Trauerweide im Frühlingssturm. Mal ausschlagend in Richtung Big Daddy, der für alle seine Schäfchen ein offenes Ohr hatte, dann wieder ins andere Extrem: streng, schlecht gelaunt, unfair. Und wenn es hart auf hart kam? Dann stand er zu seinen Leuten wie ein Fels in der Brandung.

»Versuch's«, konterte sie. »Vielleicht gründe ich doch noch einen Betriebsrat.«

»*Le roi c'est moi.*« Dombrowski bildete sich eine Menge darauf ein, in alten Studentenzeiten ein paarmal ordentlich mit Daniel Cohn-Bendit gezecht zu haben. »Also, schieß los, was du mit Harras angestellt hast.«

Judith brauchte einen Moment, um sich an den Namen zu erinnern. Ihr Boss machte Platz, und gemeinsam traten sie aus der Baracke hinaus in Richtung Einfahrt. Sie blieb unter dem Vordach stehen. Regen pladderte in die Pfützen.

»Harras?«, wiederholte sie.

Sie war neugierig, warum ihm der Name eines Chefbankers so leicht über die Lippen ging. Dombrowski tat ihr den Gefallen und fiel auf sie herein.

»Adolf Harras. Steht doch jeden zweiten Tag im Wirtschaftsteil. Einer von den Ackermännern und Winterkörnern. Ohne den geht derzeit nichts im innereuropäischen Zahlungsverkehr. Na ja, zumindest bei den Geschäften, von denen wir nichts mitkriegen sollen.«

Dombrowski warf einen Blick in den düsteren Himmel und seufzte. Judith hatte schon lange den Verdacht, dass ihr Chef mehr über die Schattenmänner der Berliner Republik wusste, als sein alter Blaumann vermuten ließ. Er war seit vierzig Jahren im Geschäft. Er kannte alle links der Mitte. Und einige rechts davon auch. Es hätte sie nicht gewundert, wenn seine gepflegte Feindschaft zum Establishment auch die persönliche Bekanntschaft mit dem Vorstand eines Liechtensteiner Bankhauses einbezog.

»Also. Was war da?«

»Nichts.«

»Warum ruft mich dann sein Assi an und lobt dich unverdientermaßen?«

»Weil ich es verdient habe?«

Dombrowski schnaubte, was so ziemlich alles bedeuten konnte. Von »Erzähl mir keine Märchen« bis »Da wisst ihr beide wohl mehr als ich«. Er geruhte, den Blick von den Regenschnüren abzuwenden, die wie silberne Fäden aus der Dachrinne fielen, und sie anzusehen. »Ich soll bis nächste Woche einen Kostenvoranschlag ausarbeiten. Reinigungsarbeiten im Hochsicherheitsbereich. Für eben dieses hohe Haus. Für über zweitausend Quadratmeter Fläche.«

»Wow.«

Judith fischte sich eine vorgedrehte Zigarette aus ihrem Tabakpäckchen und zündete sie an. Dombrowski schnupperte wie ein Hund, der Mortadella roch.

»Sie wollen dich. Du sollst die Kolonne leiten.«

»Mich? Für Hochsicherheit? Aus Knast und Banken halte ich mich raus.«

»Ich brauche bis morgen dein Führungszeugnis. Bist du vorbestraft?«

Judith hustete. Es klang nach: »Verjährt. Hoffentlich.«

Dombrowskis Gesicht verdüsterte sich. »Hör mal, Mädchen. Ich hab dich damals von der Straße geholt und weiß selbst, dass es da nicht immer zugeht wie bei Hofe. Was genau hast du auf dem Kerbholz? BTM? Beschaffungskriminalität? Sag es mir lieber jetzt, bevor ich mich bei den feinen Herren in die Nesseln setze.«

Judith unterdrückte den Impuls, sich die Arme zu kratzen.

Manchmal juckten die Narben noch. Immer im unpassenden Moment.

»Es waren alles Jugendstrafen. Die müssten längst raus sein aus den Akten.«

»Welchen Akten?«

Akten. Wieder so ein Schlüsselwort aus ihrer Vergangenheit.

Die Frage traf sie unvorbereitet. Dombrowski wusste einiges über sie. Die Kindheit im Heim auf Rügen, die Jugend auf der Straße, der Absturz in die Drogen. Sogar, dass Judith Kepler gar nicht ihr richtiger Name war, sondern der, den sie ihr im Heim gegeben hatten. Ihr Vorleben war eigentlich fast zu viel für einen Mann, der über das Einfühlungsvermögen einer Stielaxt verfügte. Er hatte ihr schon genug geholfen. Sie mochte ihn, sehr sogar. Obwohl er sich manchmal aufführte wie ein Erzkatholik, der seine Tochter beim Lesen der Lutherbibel erwischte. Er hatte sie jedes Mal wieder bei sich aufgenommen, wenn sie nach einer Auszeit bei ihm auftauchte. Die letzte war schon eine ganze Weile her, und sie beide, der Boss und sein Cleaner, betrachteten das als einen ziemlich großen Fortschritt, ohne jemals ein Wort darüber zu verlieren.

Sie hatte sich für dieses Leben entschieden. Den Dreck anderer Leute wegmachen. In blauen Overalls herumlaufen. Abends in der Kälte auf einem Gewerbehof in Neukölln neben einem Mann stehen, der dem am nächsten kam, was sie sich manchmal unter einem Vater vorstellte.

»Gibt es etwas, das ich wissen müsste?«

»Nein.« Sie antwortete mit dem reinsten Gewissen, das sie haben konnte.

Dombrowski spuckte einen Tabakkrümel aus. Bis jetzt war das Rauchen das Einzige, was er sich den Bypässen zuliebe abgewöhnt hatte. Allerdings wusste Judith nicht genau, ob es gesünder war, die Zigarillos stattdessen aufzuessen.

»Na dann. Schönen Feierabend. Bin ja mal gespannt, was ich noch alles über dich zu lesen kriege.«

Judith atmete den Rauch langsam aus und beobachtete, wie die Wolke im Licht der Straßenlaterne nach oben stieg, zerstäubt von Millarden feinen Regentropfen. Sie versuchte, so geistlos wie möglich dazustehen und mit keiner Regung erkennen zu lassen, was seine dahingesagten Sätze in ihr auslösten.

»Wenn du dich da mal nur nicht langweilst«, erwiderte sie schließlich.

Ohne sich noch einmal umzudrehen, warf sie die Zigarette weg, trat hinaus in den Regen und machte sich auf den Weg zu ihrem Transporter.

5

London, Docklands

Hinter der Subway-Station East India waren die Herren in den dunklen Anzügen unter sich. Als hätte ein kräftiger Windstoß all die jungen Mädchen mit den klobigen Plateausohlen, all die müden Schichtarbeiter mit den abgetragenen Sneakers, all die Familien mit den Kinderwagen und den vollgestopften Rucksäcken durch die offene Schiebetür auf den letzten Bahnsteig vor Custom House gefegt.

Bastide Larcan saß leicht vornübergebeugt da und nahm die schaukelnden Bewegungen der Metro in sich auf wie ein Schwimmer, der sich ans Ufer tragen lässt. Er war mittelgroß, gut gekleidet, unauffällig – wie alle im Waggon. Aber sein Blick blieb am Boden, sodass er den Wechsel der Fahrgäste nur an ihrem Schuhwerk verfolgte. Schwarz, manchmal dunkelbraun, poliert und geputzt. Scharf gebügelte Anzughosen, kaum eine

Aktentasche wurde auf dem Boden abgestellt. Die meisten behielten sie auf dem Schoß und hielten sie fest, als befürchteten sie jederzeit einen Überfall, der ihnen Einkaufs- und Namenslisten, Blackberries und Tablets, Lesebrillen, Ausweise, Akkreditierungen und Zulassungsberechtigungen rauben könnte.

Er sah nicht hoch. Schließlich wollte er vermeiden, dass ein flüchtiger Blick an ihm hängenblieb und jemand sich an sein Gesicht erinnerte. An die leicht gebräunte Haut, die auffiel im Vergleich zu den nebelblassen Briten, an die dunklen, kurzen Haare, von erstem Grau durchzogen, und die scharfen Falten um Mundwinkel und Augen, die ihn wie einen Skipper aussehen ließen oder einen Fischer. Ein Fischer im Maßanzug, dachte er, und der Vergleich gefiel ihm. Später würde ihn die Masse schützen. In diesem Waggon, der von Haltestelle zu Haltestelle leerer wurde, hielt er den Blick lieber gesenkt.

Mit einem lauten Kreischen geriet der Zug ein letztes Mal in Schieflage, verlangsamte das Tempo und glitt in den Zielbahnhof. Die Männer erhoben sich. Larcan blieb sitzen, bis sich das Abteil geleert hatte. Das tat er immer so. Den anderen den Vortritt lassen und warten, bis er wirklich der Letzte war. Nicht aus Höflichkeit, es war vielmehr die rein instinktive Handlung eines Mannes, der den Rücken frei haben wollte. Erst dann trat er hinaus in einen für London und die Jahreszeit ungewöhnlich klaren, sonnigen Tag.

Am Eingang zur Messe stand ein Starfighter und trennte die Besucher in diejenigen, die zum ersten Mal auf einer Waffenmesse waren – sie stellten sich selbstbewusst in Positur und schossen Selfies –, und diejenigen, die den ausrangierten Veteranen kaum eines Blickes würdigten und sich gleich in die Schlange vor den Sicherheitskontrollen einreihten.

Die Durchsuchungen waren gründlich und zeitaufwändig. Larcan musste am Detektionstor umdrehen, weil er die Schlüs-

sel des Mietwagens, der zu dieser Stunde auf einem der Kurz-
zeitparkplätze am Flughafen von Marseille stand, in der Hosentasche vergessen hatte. Er warf sie zu Ausweis und Handy in
die Plastikbox. In letzter Sekunde erinnerte er sich an die Geldscheinklammer. Sie trug seine Initialen und war aus Silber, aber
auch das war Metall. Larcan war versucht, an die Frau zu denken, die sie ihm geschenkt hatte, aber er verdrängte den Anflug.
Die *Defense and Security Equipment International, kurz DSEI,*
war Job. Die Geldscheinklammer war privat.

»*Thank you, Sir.*«

Ein junger Mann in Uniform winkte ihn durch. Seine Haut
glänzte ebenholzschwarz, die Bewegungen seiner Hände
waren hastig. Nachdem Larcan im zweiten Anlauf anstands-
los passieren durfte, ließ er sich vom Strom der Besucher in die
Eingangshalle mitziehen. Er war nicht zum ersten Mal im Ex-
hibition Centre London, einer vierhundert Quadratmeter großen Ausstellungsfläche, die sich am nördlichen Quai des Ro-
yal Victoria Docks erstreckte. In der ersten Halle, gleich hinter
dem Eingang, wurden die Goodies der Panzerfahrzeuge präsentiert: Dingos, Boxer und Pumas. Für den Einsatz in Wüs-
tengebieten ebenso geeignet wie für Häuserschluchten in dicht
besiedelten Gebieten. Die Exponate waren umlagert von Be-
suchergruppen, die sich Neuheiten und Weiterentwicklungen
erklären ließen und sich davor gegenseitig in Posen fotogra-
fierten, als hätten sie auf einer Safari gerade den König der Löwen erlegt. Erklärungen zu Härte und Duktilität, Neigungsop-
timierung und Panzerungsbautiefe drangen im Vorübergehen
an Larcans Ohren. Die *DSEI* gehörte neben der *IDEX* in Abu
Dhabi und der *EUROSATORY* in Paris zu den größten Waffen-
messen der Welt. Er würde sich am Nachmittag in Ruhe umsehen und informieren, was es bei Steuerungselementen und
Kameratechnik Neues auf dem Markt gab. Mit Überraschun-

gen rechnete er nicht. Große Geheimnisse wurden nicht auf Messen gelüftet.

Larcans Ziel war der Themsekai. Auf dem Weg dorthin musste er immer wieder größeren Gruppen und Delegationen ausweichen, die sich um einzelne Attraktionen scharten. Einmal glaubte er, ein bekanntes Gesicht zu entdecken – ein junger Mann mit khakifarbenem Hemd und einer Hose, die an Wüstenkriege erinnerte, aber tadellos gebügelt war. Algerier oder Tunesier. Er lachte über einen Scherz und wandte sich ab, als Larcan vorüberschritt. Damit tat er genau das Richtige. Man begrüßte sich an solchen Orten nur, wenn man eine Verabredung miteinander hatte. Alles andere konnte geschäftsschädigend sein.

Das nächste Nato-Gipfeltreffen würde in Warschau stattfinden. Die Schreibtischtäter in ihren Maßanzügen und den glänzenden Schuhen informierten sich und kamen den Haubitzen und Flugabwehr-Raketenpanzern nahe genug, um kurz über das kühle Metall des Geschützturms zu streichen. Larcan fragte sich, ob auch nur einer dieser jungen Männer je in einem Schützengraben gelegen hatte, aber es waren die falschen Gedanken für einen Ort wie diesen.

Etwas war anders als sonst. Er fühlte sich abgelenkt, war nicht fokussiert. Es passierte ihm in letzter Zeit häufiger, dass er über das Leben nach seiner aktiven Zeit nachdachte. Ein Leben ohne Mietwagen, ohne das Apartment in Paris, das in keiner Adressenliste existierte, ohne die geheimen Koffer, in denen sich Bargeld und Pässe befanden. Was war der Grund? Wurde er müde?

Der kalte Wind fuhr ihm durch die Haare, als er ins Freie trat und auf den Quai zuhielt. Ein wirklich ungewöhnlich schöner Tag und sogar für britische Verhältnisse zu mild für Mitte November. Die grauen, kantigen Silhouetten der Korvetten deutscher und britischer Streitkräfte hoben sich scharf gegen den blauen Himmel ab. Das Wasser der Themse, schlammbraun und gekrönt von seifiger Gischt, schwappte zwischen Bordwand und Ufermauer, gurgelte und schmatzte. Weiter draußen lag ein Zerstörer, die brüllenden Motoren mehrerer Zodiacs verrieten, dass das Interesse groß war und die Besucher im Minutentakt hinüberbefördert wurden. Larcan nahm auf der Zuschauertribüne Platz und wartete.

Er musste nicht suchen.

Sie würden sich finden.

Gelangweilt blätterte er durch den Ausstellerkatalog und beobachtete zwischendurch mehrere simulierte Festnahmen auf hoher See, die vor allem Schmugglern und Piraten das Leben schwer machen sollten, aber letzten Endes das Problem auch nur auf konventionelle Weise lösten. Schwer bewaffnete Marinesoldaten verfolgten ein Schlauchboot, überwältigten die Männer und schickten Fingerabdrücke und Pupillenscans ans Mutterschiff. Im Bruchteil einer Sekunde waren sie erkennungsdienstlich erfasst. Ihre mangelnde Gegenwehr in diesem Spiel entsprach durchaus der Realität. Etwas Besseres als eine Festnahme durch deutsche, französische oder britische Streitkräfte draußen am Horn von Afrika oder im Golf von Aden konnte ihnen nicht passieren. Ein bis zwei Jahre regelmäßige warme Mahlzeiten in europäischen Gefängnissen, ein halbherzig geführter Prozess in einem Land, das sie bisher nur vom Hörensagen kannten, und dann, gekräftigt, bekleidet und mit etwas Wegzehrung versehen, die Abschiebung in die Heimat. Zwischenzeitlich bildeten sich ihre Vorgesetzten weiter, indem sie mit der Attitüde afrikanischer Stammesfürsten in goldbetressten Phantasieuniformen durch die Boxengassen der Pavillons flanierten und sich beraten ließen, wie sie ihre Piratenschiffe noch besser ausrüsten konnten.

Krieg war eine Frage des Geldes. Nicht der Moral.

Larcan blinzelte in die blasse Sonne und wartete. Er spürte

ihre Ankunft, noch bevor er sie sehen konnte. Die ruhige, fast gemächliche Stimmung auf der Uferpromenade schlug um. Stimmen wurden lauter. Männer mit Sonnenbrillen und Headsets tauchten auf, positionierten sich am Quai und nahmen die Tribüne ins Visier. Wenig später stürmte die Vorhut aus dem Treppenhaus der Halle ins Freie. Pressefotografen schwärmten aus und verteilten sich am Rand des Weges, den der Tross vermutlich einschlagen würde. Die Männer sprachen in ihre Headsets und gaben grünes Licht. Kameras klickten, ein Pulk von Menschen betrat den Quai, mitten unter ihnen erkannte Larcan die gedrungene Gestalt des französischen Verteidigungsministers. Drei Schritte hinter ihm folgte der Republikaner.

Larcan legte den Katalog zur Seite. Er studierte den Auftritt des Mannes, den er schon so lange kannte und von dem ihn so viele Dinge unterschieden. Zum Beispiel der atemberaubende politische Aufstieg bei den *Les Républicains* in Frankreich. Eigentlich unvorstellbar für jemanden, der unter dem Namen Gregorij Putsko in Irkutsk auf die Welt gekommen war. Aber das Leben schlug seine ganz eigenen Kapriolen. Als Agent des russischen Geheimdienstes hatte Putsko dreißig Jahre gebraucht, um im Herzen der Macht Westeuropas anzukommen: im Verteidigungsministerium der französischen Regierung. Putskos Tarnname war lang und kompliziert. Sie mussten in Moskau Spaß daran gehabt haben, sich ein verarmtes Adelsgeschlecht auszudenken – Mustique, St. Barth, Tahiti. Irgendwo hatten sie einen Namen ausgegraben, an den sich in Frankreich keiner mehr erinnerte und der Larcan nur wenige Male über die Lippen gekommen war. Strippenzieher, Zeitbombe, kalter Krieger, Meisterspion. Larcan nannte ihn schlicht den Republikaner.

Der Mann war groß und schlank, mit mühsam gezügeltem, staatsmännischem Auftreten, wie es nur Elitehochschulen und ein unaufhaltsamer Aufstieg in die engsten Zirkel der Macht formen konnten. Die Hände hinter dem Rücken gefaltet, aufrecht und sichtlich beherrscht, um seinem Chef nicht die Schau zu stehlen, ließ er sich in die Menge der Protokollanten und Assistenten zurückfallen, bis er am Ende des Zuges angelangt war, der sich nun am Quai entlang in Richtung Fähranleger in Bewegung setzte. Larcan entging nicht, wie geschickt der Republikaner sich aus der Gruppe löste. Ein Blick, ein Nicken zu einem der Sicherheitsbeamten, und die Gruppe bestieg die Fähre, während er am Ufer zurückblieb und sich langsam auf den Weg zur Zuschauertribüne machte.

Niemand käme auf die Idee, dass sie sich kannten.

Larcan nahm den Katalog von dem leeren Platz neben ihm, und der Republikaner setzte sich, wobei er erst den schwarzen Wintermantel öffnete und dann die Hose an der Bügelfalte einige Zentimeter nach oben zog, um sie nicht unnötig zu zerknittern.

»*Un bel jour*«, sagte er.

Larcan nickte. »*Un bel jour*«, bestätigte er, womit die Sprache der Unterhaltung festgelegt war.

Beide beobachteten, wie die Fähre ablegte und die Pressemeute sich um die besten Plätze auf dem nächsten Boot balgte. Schließlich wandte Larcan den Kopf. Sein Blick fiel auf das Profil des Republikaners: die hohe Stirn unter den eisgrauen, mit wenigen dunklen Strähnen durchzogenen kurzen Haare, die leicht gebogene Nase, den schmalen Mund, das etwas zu kurze Kinn, das der Vollkommenheit dieses Herrschergesichts ein etwas unpassendes Ende setzte. Eine Zeit lang hatte der Republikaner versucht, den kleinen Makel mit einem Bart zu verdecken. Da dieser aber ebenso gescheckt wuchs wie sein Haupthaar, hatte er das Experiment nach ein paar Monaten beendet. Die straffen Wangen glänzten frisch rasiert. Larcan glaubte, einen Hauch von Grey Flannel zu riechen, ein Aftershave, das er selbst gerne benutzte und daher ungern bei anderen bemerkte.

»Ich will mich nicht in Ihre Arbeit einmischen«, sagte der Republikaner in einem Tonfall, der das genaue Gegenteil verriet. »Aber was zum Teufel ist passiert?«

Larcan kniff die Augen zusammen. Die Sonne stieg höher, die Schatten zogen sich langsam von der Tribüne zurück.

»Merteuille, unser Mann in der Bank, ist tot.«

»Stellen Sie sich vor, diese Information ist bereits bei uns angekommen.« Ironie troff wie Salzsäure aus seiner Stimme. »Und nun?«

»Wir suchen Ersatz.«

»Sie suchen. Erst brauchten Sie Monate, um diesen Mann zu finden und für unsere Sache zu gewinnen, und dann spingt er Ihnen von der Schippe.«

»Er ist tot«, wiederholte Larcan leise.

Der Republikaner stieß einen leisen, verächtlichen Laut aus. »Sollen wir deshalb ein Trauerjahr einhalten? Ist das Ihr Ernst? Wir lassen uns nicht länger vertrösten. Ganz Europa wendet sich gegen uns, wir taumeln in einen neuen Kalten Krieg. Die Sanktionen gegen Russland sind erst der Anfang. Wir müssen reagieren. Nicht mit Nadelstichen. Mit einem Paukenschlag. Allerdings frage ich mich langsam: Sind Sie der richtige Mann für uns?«

Larcan schluckte eine scharfe Erwiderung herunter. »Ich bin der Einzige. Für einen Anschlag dieses Ausmaßes werden Sie keinen zweiten finden. Wechseln Sie den Mann, ändern Sie den Plan.«

»Wir haben Ihnen einen klaren Auftrag gegeben: Finden Sie jemanden, der in dieser Bank unsere Anweisungen exakt ausführt. Dafür haben Sie Monate gebraucht. Monate!«

Larcan unterdrückte einen Seufzer. Wie wenig der Republikaner über die Menschen wusste. Über ihre Sorgen und Ängste. Über ihre fragilen Wertvorstellungen und ihre verzweifelte Suche nach einem Ausweg, wenn sie in die Enge getrieben wurden. Wie unlogisch sie handeln konnten. Wie zäh sie sich an die Hoffnung klammerten, doch noch mit heiler Haut davonzukommen. Wie schlüpfrige Fische waren sie, die zappelten und sich wehrten, und bei der ersten unbedachten Bewegung zurück ins Wasser sprangen und für die Sache verloren waren.

»So viel Zeit haben wir nicht mehr«, fuhr der Republikaner fort. »Es ist mir egal, wie Sie jetzt vorgehen. Jeder ist erpressbar, jeder hat eine Sollbruchstelle. Finden Sie Ersatz. Setzen Sie Daumenschrauben an. Legen Sie noch was drauf. Oder haben Sie Ihre Ausgaben etwa nicht richtig kalkuliert? Fünfhunderttausend. Vielleicht behalten Sie zu viel für sich.«

Larcan lächelte. Es war ein kaltes Lächeln, das seine Augen nicht erreichte.

Unterhaltungen dieser Art waren nicht ungewöhnlich. Seine Auftraggeber wollten, dass er für sie ein Geschäft erledigte. Sie warfen Geldbündel auf den Tisch und verlangten dafür auch noch Respekt. Je dreckiger das Geschäft, desto größer der Respekt, den sie dafür erwarteten.

»Verrat kostet Geld und Zeit«, erwiderte er.

Der Republikaner sah das anders. »Über Geld ließe sich reden. Über Zeit nicht. Wir haben sie nicht. Es wird kein Weg an Friedensverhandlungen im Nahen Osten vorbeiführen.« Er holte eine Sonnenbrille aus der Brusttasche seiner Anzugjacke und setzte sie auf. »Und da haben die Vertreter der westeuropäischen Allianzen nichts zu suchen. Es gibt verschiedene Wege, dies zu erreichen. Ich habe mich an höherer Stelle für Sie eingesetzt. Unser Plan war gut. Ausgezeichnet sogar. Aber am Ende zählt die Umsetzung. Zwei Wochen, keinen Tag länger.«

»Ich brauche mehr Zeit. Und mehr Geld.«

Der Republikaner wandte den Kopf und sah Larcan zum ersten Mal an. Seine Augen blieben hinter den dunklen Gläsern verborgen, aber Larcan spürte den Blick.

»Sie waren ein Meister, was die Verbindung dieser beiden Komponenten betrifft. Erwerben Sie sich nicht den Ruf eines Dilettanten.«

Es klang wie ein wohlmeinender Rat, doch hinter den Worten stand eine unmissverständliche Drohung.

Der Republikaner stand auf, ging durch die Reihe zur Treppe zurück und stieg die Stufen zum Quai hinab. Larcan wartete, bis die zurückkehrende Fähre die Aufmerksamkeit der Leute wieder auf sich zog. Dann mischte er sich unter den Besucherstrom, den es in die Hallen zog.

6

Sie hatte sich für dieses Leben entschieden.

Sie hatte kein anderes.

Der Fahrstuhl war kaputt, Judith musste die acht Stockwerke zu ihrer Wohnung laufen, und auf halber Strecke ging das Licht aus. Zwei Flaschen Wasser und eine Flasche Wein aus dem Spätkauf klirrten in ihrer Plastiktüte. Sie setzte sich auf die Stufen und starrte durch das Fenster ins ebenso dunkle Treppenhaus des gegenüberliegenden Wohnblocks.

Vielleicht war es doch keine gute Entscheidung gewesen, einfach weiterzumachen, als wäre nichts geschehen. Wenn schon eine harmlose Andeutung von Dombrowski sie nervös werden ließ, konnte sie sich jeden Gedanken an Hochsicherheitsbereiche aus dem Kopf schlagen.

Vielleicht hatte sie sich doch auf die falschen Leute eingelassen, die falschen Entscheidungen getroffen, den falschen Namen weitergetragen, die falschen Gefühle gehabt ... Da war er wieder. Der Stich im Herzen.

Parlez-moi d'amour…
Scheißmusik. Liebeslieder.
Romeo. Fuck you!
Im Treppenhaus gegenüber ging das Licht an. Ein etwa acht-
jähriges Mädchen kehrte zurück zu den Stufen, auf denen es
mindestens so lange gesessen haben musste wie Judith im Haus
auf der anderen Straßenseite. Es war dick und trug das dunkle
Haar schulterlang. Über der Nase hing einer von diesen ewig
herauswachsenden Ponys, die sich Kinder oder deren unbegabte
Eltern gerne selbst schneiden. Die Kleine stützte die Arme auf
den Knien ab und legte die Fäuste unters Kinn. Die Ärmel ihres
Pullis waren zu kurz.

Judith hatte das Mädchen schon öfter gesehen. Es gehörte
in die Peripherie ihrer Erinnerung, wo sich all diejenigen ver-
sammelten, an die man nicht dachte oder sich erinnerte und die
man doch wiedererkannte, wenn man ihnen ab und zu über den
Weg lief. Einmal hatte das Kind an der Kasse in der Kaufhalle
vor ihr gestanden. Alle, die in dem neonbeleuchteten, miefigen
Discounter einkauften und nicht hinauf zu den Landsberger
Arkaden fuhren, sagten noch Kaufhalle. Selbst nach dem dritten oder vierten Namenswechsel auf den bunten Neonreklamen.
Es war die Sprache der Alteingesessenen, die nie hier weggezogen waren und die sich inmitten des Kommens und Gehens um
sie herum eine Insel aus Worten gebaut hatten. Kaufhalle. Späti.
Broilerstation. Datsche. Zweimal in der Woche Fisch…

Das Mädchen hatte vor ihren Augen eine Packung von den
Kaugummis geklaut, mit denen man riesige bunte Blasen machen konnte. Judith hatte sich vorgestellt, wie die kleine Die-
bin auf einer der zerborstenen Betonstufen saß, zwischen denen
das Unkraut wucherte, und blaue, rosafarbene und gelbe Ballons
formte. Judith hatte drei weitere Päckchen gekauft, in der Hoffnung, das Mädchen irgendwo draußen noch zu treffen, aber es

war verschwunden. Die Kaugummis lagen immer noch in der Küchenschublade …

Jemand in Judiths Wohnblock kam oder ging gerade. Das Neonlicht über ihr flackerte auf. Sie schreckte hoch und blinzelte geblendet in das Treppenhaus gegenüber. Das Mädchen sah zu ihr. Eine von vielen surrealen Situationen, in die Judith in diesem Viertel immer wieder geriet. Zwei Menschen saßen Luftlinie zwanzig Meter voneinander entfernt, viereinhalb Stockwerke über der Erde in zwei getrennten Gebäuden, jedes ein Universum für sich, und starrten sich an.

Judith hob die Hand. Das Mädchen winkte zurück. Vielleicht lächelte es auch, aber es war zu weit entfernt, um das mit Sicherheit sagen zu können. Schritte näherten sich von unten. Erst regelmäßig, dann immer schleppender, je weiter es hinaufging. Schließlich bog ein junger Mann mit Glatze und Pitbull-Hoodie um die Ecke des letzten Treppenabsatzes. Er sah Judith und die Plastiktüte mit den Getränken.

»Penner«, fluchte er. »Das ist jetzt schon das dritte Mal in diesem Monat.«

Das Licht ging aus. Judith stand auf und tastete sich hoch zum Schalter. Noch bevor sie ihn betätigen konnte, hörte sie das Klirren.

»Scheiße! Was stellen Sie denn hier im Treppenhaus ab!«

In letzter Sekunde hatte er die Flaschen gerettet und reichte ihr die Tüte.

»Danke«, sagte sie.

Ohne Antwort stapfte er weiter. Judith sah erneut hinüber zum anderen Treppenhaus, aber das Mädchen war verschwunden. Noch ehe sie es suchen konnte, wurde es auch dort dunkel. Sie wartete, bis die Schritte des Pitbulls verklungen waren, dann setzte auch sie ihren Weg fort. Sie fragte sich, warum ein Kind sich nachts in einem Hochhaus herumtrieb und ob sie nachsehen sollte, was aus der Kleinen geworden war. Als sie den Schlüssel ins Schloss ihrer Tür schob, verwarf sie den Gedanken jedoch wieder. Sie war zu müde, und der Weg hinüber war ohne Fahrstuhl zu weit.

Judith trat ein, stellte die Plastiktüte in der Küche ab und stellte sich ans Fenster. Das Haus gegenüber war ihr so fremd wie eine andere Stadt. Sie nahm die Weinflasche, öffnete sie und ging ins Wohnzimmer. Auf dem Plattenteller lag noch Lou Doillon.

And ICU in every cab that goes by, in the strangers at every crossroad, in every bar …

Judith ließ die Aufnahme noch einmal laufen. Noch einmal. Und noch einmal. Sie trank zwei Gläser Wein und konnte nicht genug bekommen von der Musik, dieser Stimme und den Worten, die etwas beschrieben, wonach sie sich in manchen Momenten sehnte. Selbst wenn es nur die Trauer war, die dunkle Schwester des Glücks.

Hast du keinen, der sich um dich kümmert?

Es gab Sätze, die waren so unwichtig und blieben trotzdem hängen.

Nachdem das letzte Lied verklungen war und die Nadel sich aus der Rille hob, ging sie auf den Balkon. Das Teleskop unter der Hülle stand da, als ob es in eine tiefe Verbeugung versunken wäre. Der Himmel war zu bedeckt, um einen Blick hinauf zu den Jupitermonden zu wagen. Eigentlich war es dafür viel zu hell in dieser Stadt, die niemals dunkel wurde. Judith trat ans Geländer. In einigen Fenstern gegenüber brannte noch Licht. Ihr fiel das Mädchen auf der Treppe wieder ein und dass sie wissen wollte, warum es dort gesessen hatte.

Morgen, dachte sie. Oder beim nächsten Mal.

7

Nach zwei Wochen fragte sich Adrian Jäger, wie lange das Porträt von François Merteuille noch auf dem Empfangstresen stehen bleiben würde.

Die Beisetzung war am Wochenende gewesen. Das Ereignis hatte noch einmal für Aufregung im Haus gesorgt, zumal die Ermittlungen der Kriminalpolizei bisher keine Hinweise auf Fremdverschulden ergeben hatten. Die Blutspur auf der Unterseite des Waschbeckens war zu verwischt gewesen und der Wachmann zu verwirrt, um seine Schuld daran abzustreiten oder zu gestehen. Er hatte mehrere Befragungen auf dem Präsidium hinter sich. Irgendwann musste er dabei zu dem Schluss gekommen sein, dass nur er als Verursacher der ganzen Verwirrung in Frage kam. Und dass dies, nüchtern betrachtet, die plausibelste Erklärung war. Es sah nach einer Einstellung des Verfahrens aus, dennoch blieb eine leise Unzufriedenheit zurück. Alle wollten nur zu gerne zur Tagesordnung übergehen. Aber bis die Entscheidung der Staatsanwaltschaft gefallen war, bestand Jägers erste Amtshandlung an jedem Morgen darin, den zuständigen Ermittler anzurufen und nach Neuigkeiten zu fragen.

Das Porträt beunruhigte ihn, und so begann jeder Morgen mit einer kaum wahrnehmbaren Dissonanz. Merteuille hatte mit seinen dunklen Augen direkt in die Kamera gesehen. Jäger hatte deshalb den Eindruck, dass der Blick ihm folgte. Ein schwarzes Band verlief quer über die obere rechte Ecke der Aufnahme. Sie hatte DIN-A4-Format und war nicht zu übersehen.

»Guten Morgen, Frau Wrede«, sagte er.

Die junge Frau hinter dem Frontdesk erwartete ihn bereits und lächelte ihn freundlich an. »Guten Morgen, Herr Jäger. Ihre Zeitungen.«

Sie schob einen Stapel Nachrichtenmagazine und Sonntags-ausgaben über den Tresen auf ihn zu, die er noch auf dem Weg zum Aufzug aussortierte und in den Mülleimer warf.

Halb acht. Die normalen Bürozeiten begannen eigentlich spä-ter. Sein Tag startete nicht mit dem Wecker, sondern mit der ers-ten *Tagesschau* um vier Uhr fünfundfünfzig. Im Bad lief CNN, in der Küche BBC. Seine Frau schlief um diese Zeit noch. Ir-gendwann hatte sich das so eingeschlichen. Manchmal sahen sie sich die ganze Woche nicht. Bis zum Frühstück hatte er sich die neuesten Headlines und Börsenkurse auf dem Tablet angesehen, die wichtigen von den unwichtigen getrennt und in der Presse-vorschau abgelegt, wie man das so tat in modernen Zeiten. Nur in der CHL schienen die Uhren stehen geblieben zu sein.

Jeden Morgen bekam er ein Dutzend regionale, überregionale und internationale Tageszeitungen und Börsenblätter ausgehän-digt. Mehrfach hatte er angeregt, die Möglichkeiten des digita-len Zeitalters auch auf die Lektüre anzuwenden. Alle hatten die Tools. Aber immer noch schien die Höhe des Papierstapels, der zu Arbeitsbeginn auf die Abteilungsleiter wartete, so etwas wie ein Gradmesser ihrer Relevanz zu sein.

Jäger erreichte den dritten Stock, stieg aus, lief einige Meter über die Galerie und bog dann nach rechts ab, wo sich die Cafeteria-Ecke befand. Die Schalen mit Obst und Crois-sants waren bereits gefüllt; er wusste nicht, wer das tat, aber es geschah zuverlässig. Er legte die Zeitungen ab, nahm einen Keramikbecher aus dem Regal, stelle ihn auf den Rost der Kaf-feemaschine, drückte auf »Latte macchiato« und bemerkte erst jetzt, dass er sich an der Garfield-Tasse der Abteilungssekretä-rin vergriffen hatte. Solche Fauxpas wurden in der CHL strenger geahndet als Steuervergehen.

Die Hand im Regal, um Ersatz herauszuholen, die Geräu-sche der Maschine im Ohr – erst als ihm jemand auf die Schulter klopfte, fuhr er herum. Vor ihm stand ein Mann, an dessen Existenz er sich nur vage erinnern konnte. Keine Ahnung, wer das war. Er war groß, schmal und blass, sein ovales Gesicht flach und verwechselbar. Die Haare trug er halblang, allerdings nicht mit Absicht, sondern weil er wohl nur einmal im Jahr zum Friseur ging. Offenbar wusch er sie auch nicht oft, denn eine fettige Strähne fiel ihm in die Augen. Mit den ausgebeulten Jeans und dem verpillten Pullover sah er aus wie ein Freak aus einer von diesen verqualmten Bars in Friedrichshain, die Jäger nur von außen kannte. Wenn er sich nicht täuschte, roch der Mann auch noch nach Rauch. Er blinzelte in Richtung Namensschild, das der merkwürdige Mensch nachlässig an die Brust gepinnt hatte. S. Hundtwurf. Komischer Name. *SHE Manager CHL.* Jäger überlegte, was die Abkürzung *SHE* wohl zu bedeuten hatte, denn er kannte sie nicht. Nach einem Frauenbeauftragten sah sein Gegenüber nicht aus.

»Guten Morgen. Herr Jäger? Ich muss Sie dringend sprechen. Allerdings nicht hier – Moment.« Der *SHE Manager* trat einen Schritt zur Seite und sah auf sein Handy, wobei er es mit der Handfläche abschirmte. Nachdem er die eingegangene Meldung gelesen hatte, ließ er es wieder verschwinden. »Hundtwurf. *Safety, health, environment.*«

Die Arbeitsschutzabteilung. Das also bedeuteten die drei Buchstaben.

Jäger sah an sich herunter. »Sollte ich Schuhe mit Stahlkappen tragen?«

Hundtwurf schien Scherze dieser Art gewohnt zu sein. Er verzog noch nicht einmal die schmalen Lippen. »Herr Buehrli ist soeben eingetroffen. Ich schlage vor, wir suchen ihn gemeinsam auf.«

Buehrli war CEO, *Chief Executive Officer*, als Vorstandsvorsitzender der Bank hauptsächlich in Liechtenstein und New

York, aber nur selten in Berlin anzutreffen. Das letzte Mal hatte Jäger ihn am Tag von Merteuilles Tod gesehen, im Gefolge von Harras. Sonst trafen sie sich nur auf der Jahrespressekonferenz, die er gemeinsam mit den Kollegen in Vaduz vorbereitete und die für ihn der Höhepunkt des Jahres war. PR für eines der weltgrößten Clearingunternehmen zu machen hatte er sich internationaler vorgestellt. Er gab sich noch zwei Jahre, dann war es Zeit abzuspringen.

Buehrli war einer von denen, die auf dem Olymp in ewiger Sonne saßen. Jäger hockte ein ganzes Stück weiter unten in den Regenwolken. Er fragte sich, woher Hundtwurf wusste, dass einer der Götter gerade eingetroffen war.

»Jetzt?«, fragte Jäger. Er nahm die Tasse und trank einen Schluck durch den Schaum.

Der Mann, der vermutlich für das Austauschen der Glühbirnen bezahlt wurde, nickte. Zu Jägers großem Erstaunen führte er ihn zurück zu den Fahrstühlen. Hundtwurfs Keycard galt auch für den siebten Stock. Die Chefetage. An die Zeitungen verschwendete Jäger keinen Gedanken mehr.

Er hielt die Kaffeetasse noch immer in der Hand, als sie wieder ausstiegen. Wie ein Schlaglicht blitzte in seiner Erinnerung das Bild der Spurensicherung auf. Männer in weißen Overalls, über die mattglänzenden Streben des Stahlgeländers gebeugt, auf der Suche nach François Merteuilles letzten Sekunden. Was hatte der Kerl hier oben zu suchen gehabt? Noch dazu um Mitternacht?

Als Jäger seinem Kollegen nach rechts auf die Galerie folgte, scheute er sich hinunterzusehen. Die Grenze zwischen Leben und Tod war gerade mal einen Meter zwanzig hoch. Schon als Kind hatte ihm der Gedanke den Atem geraubt, wie einfach es war: ein falscher Schritt, ein Taumeln, ein Anflug von Größenwahn – und sein Körper läge zerschmettert in der Tiefe. Autobahnbrücken, Aussichtsplattformen und Dachterrassen hatten etwas Mystisches für ihn. Sie trieben ihn dazu, bis an den Rand der Brüstung zu gehen, hinabzuschauen und das leichte Schaudern zu spüren. Bis vor kurzem hatte er nicht gewusst, dass es für diese Furcht einen Namen gab – den er allerdings schon wieder vergessen hatte.

Noch nie war ihm die Galerie so gefährlich erschienen wie an diesem Tag. Würde er je auf diese gruselige Art Selbstmord begehen wollen, fiele seine Entscheidung wahrscheinlich auch auf den siebten statt den ersten Stock. Er hielt den Blick auf die Fenster gerichtet, weit über die erwachende Stadt und die Gleise der S-Bahn hinaus, fast bis zum Fernsehturm.

Die dicken Teppiche schluckten jeden Schall. Eine der rattenscharfen Assistentinnen der Geschäftsleitung mit Abschluss an der Hertie School of Governance oder der HEC Lausanne, die er nie gewagt hatte anzusprechen, huschte über den Flur. Hundtwurf ging voran, er schien sich hier oben bestens auszukennen. Vor einer Tür ohne Klinke blieb er stehen, klopfte kurz, hielt seine Chipkarte an den Leser und trat ein, ohne eine Antwort abzuwarten.

Der Raum war groß, die gesamte Längsseite war aus Glas. Jäger wusste, dass sie von außen verspiegelt war, was dem Tageslicht selbst bei Sonnenschein eine eigentümliche, kaum wahrnehmbare künstliche Kühle gab. Gegen die Dunkelheit des frühen Morgens strahlte indirektes Licht von der Decke und tauchte das Holz der Wandvertäfelung in einen warmen Schimmer. Arbeits- und Besprechungsbereich waren gut fünf Meter voneinander getrennt. Am einen Ende der Schreibtisch, am anderen die obligatorischen Corbusier-Sessel in schwarzem Leder, locker um einen niedrigen Glastisch gruppiert. Direkt daneben die Tür zum Sekretariat.

Der Schreibtisch, groß und oval, war bis auf die lederne Unterlage und einige gerahmte Fotos leer. Eines dieser Modelle, in die man den Computermonitor versenken konnte, wie Jäger mit einem Anflug von Neid feststellte. Dahinter saß Buehrli, der sich erhob, als sie eintraten. Er nestelte an seinem rechten Manschettenknopf und begrüßte sie, nachdem er ihn eingefädelt hatte, mit Handschlag. Buehrli war jemand, auf den Gulfstreams am Flughafen warteten und junge Frauen in Drei-Sterne-Restaurants. An seinem Kinderbettchen musste eine Fee mit Namen Führungsqualitäten gestanden haben, und ihre Schwestern, die Glück, Reichtum und Potenz bis ins hohe Alter hießen, hatte sie wohl auch gleich mitgebracht. Um das alles in den Augen der Masse wenigstens etwas zu relativieren, war er keine eins siebzig groß und neigte zur Körperfülle. Sein pralles, frisch rasiertes Gesicht glänzte, die Haare waren dunkel, lockig und mit Pomade gebändigt. Alles in allem hätte er einen anständigen Mafioso abgegeben, doch er zähmte diesen Eindruck durch konservative Kleidung und eine Körpersprache, die zielgerichtet und überlegt wirken sollte. Kurz: Er machte Eindruck. Zumindest auf Jäger.

Hundtwurf hatte in der Sitzgruppe Platz genommen, noch bevor Buehrli sie dazu aufgefordert hatte. Auf dem Glastisch standen eine silberne Thermoskanne, daneben ein Kaffeegedeck aus der Kurland-Serie von KPM und eine Schale mit dem üblichen knochentrockenen Teegebäck. Die Assistentin, die sich wohl auch nie hatte träumen lassen, hier oben mal Kaffee zu servieren, kam durch eine Verbindungstür herein und brachte zwei weitere Tassen. Hilflos suchte Jäger nach einem Platz, an dem er den Garfield-Becher absetzen konnte, und stellte ihn schließlich auf den Couchtisch.

»Judith Kepler«, begann Hundtwurf, sobald sich die Tür geschlossen und alle sich gesetzt hatten. »Die Dame von der Gebäudereinigung, die so aufmerksam war, Merteuilles Blut im Putzraum zu entdecken. Sie erinnern sich?«

Kepler. Judith Kepler. Jäger nickte, auch wenn er Schwierigkeiten hatte, sich an ihr Gesicht zu erinnern.

»Ich habe sie gescannt, und dabei sind einige interessante Dinge herausgekommen, die aus meiner Sicht von einer Beschäftigung dieser Frau im Hochsicherheitsbereich abraten lassen.«

»Welche denn?«, fragte Buehrli. Er nahm die Kanne, bot reihum Kaffee an und schenkte sich, als seine beiden Besucher ablehnten, selbst ein.

»Sperrung der Zugangsdaten durch den BND. Sie muss mal für den Laden gearbeitet haben.«

»Für den Bundesnachrichtendienst?«, fragte Jäger überrascht. Er dachte an den Neubau in der Chausseestraße und die ungeheuerliche Panne, dass ganze Geschosspläne verschwunden waren. Und dann der Wasserschaden vor ein paar Wochen, ausgelöst von bis dato unbekannten Tätern, die die gesamte Baustelle geflutet hatten. Im Moment war der BND alles andere als eine furchteinflößende oder respektgebietende Abteilung des Außenministeriums. Dennoch hätte er Judith Kepler niemals mit dem Auslandsgeheimdienst in Verbindung gebracht.

»Wann?«, fragte Buehrli.

Hundtwurf hob bedauernd die Hände. »Keine Ahnung. Ich habe es auf dem Umweg über den Verfassungsschutz versucht, aber auch dabei kam nichts heraus. Etwas stimmt nicht mit den Daten in ihrem Melderegister. Ich vermute eine falsche Identität.«

Buehrli sog Luft durch die Zähne ein. Jäger versuchte, sich besser an die Frau zu erinnern, die Merteuilles Blut aufgewischt hatte. Etwas an ihr war ihm gleich im ersten Moment seltsam vorgekommen.

Hundtwurf faltete die Hände vor dem Bauch und ließ die Daumen kreisen. »Das muss nichts heißen. Vielleicht war sie mal in einem Zeugenschutzprogramm und versucht jetzt, so unauffällig wie möglich zu leben. Oder sie hat dem BND ein paar Tipps gegeben und sich damit keine Freunde in gewissen Kreisen gemacht. Kein Grund, sein Glück nicht in Wasser und Spüli zu suchen. Aber in einer Bank?«

»Großartig.« Buehrlis Miene verriet, dass er das genaue Gegenteil meinte. »Was soll ich denn jetzt Harras sagen? Die Frau hat Eindruck auf ihn gemacht. Er will ihr etwas Gutes tun. Und jetzt soll ich ihm erklären, dass wir unmittelbar nach einem ungeklärten Todesfall auch noch den BND im Haus hatten?«

»Die Frau ist nicht der BND«, erwiderte Hundtwurf. »Sie hat lediglich eine Flagsetzung, also eine Art Sperrvermerk. So was kann ein Risiko sein. Die CHL sollte sich überlegen, ob sie es eingehen will.«

»Bei einer Putzfrau. Nicht zu fassen.«

»Frau Keplers Führungszeugnis ist einwandfrei. Keine Vorstrafen. Zumindest keine, die sich noch im Bundeszentralregister befinden. Allerdings sammelt sie Strafzettel wie andere Leute Panini-Bilder.«

Buehrli stand auf und trat an die Fensterfront. Jäger wusste, was er sah: Pendlerströme, die um diese Uhrzeit die Straßenschluchten fluteten, sich in alle Richtungen verteilten und in die Seiteneingänge der Bürohäuser rieselten.

»Das ist doch absurd. Was ist mit diesem… Na? Mit der Firma, für die sie arbeitet?«

»Sie meinen Dombrowski? Dombrowski Facility Management.«

»Ja.«

»Altachtundsechziger, war sogar mal in der DKP. Ist dann aber ausgetreten und selbst zum Kapitalisten geworden.«

»Ich habe meinen Umzug mit der Firma gemacht.« Buehrli klang, als hätte man ihm die Maul- und Klauenseuche ins Haus gebracht.

Hundtwurf zuckte mit den Schultern. Macht, was ihr wollt, schien das zu heißen.

Jäger räusperte sich. Schließlich saß er hier nicht zu seinem Vergnügen. »Darf ich fragen, was ich von Seiten der Öffentlichkeitsarbeit zur Lösung des Problems beitragen kann?«

»Ja«, antworteten beide.

Buehrli nahm wieder Platz. »Sie hatten doch Kontakt zu der Dame. Mit Ihnen hat sie gesprochen. Ist Ihnen vielleicht etwas aufgefallen?«

Solange er noch nicht wusste, ob er sich besser auf Harras' oder auf Buehrlis Seite schlagen sollte, wählte Adrian Jäger seine Worte sehr sorgfältig. »Sie hat dem Haus durch ihre Aufmerksamkeit offenbar einen großen Dienst erwiesen.«

Hundtwurf nickte widerwillig.

»Nachdem die Halle freigegeben war, hat sie ihre Aufgabe zügig erledigt. Sie hat weder versucht, in andere Etagen zu gelangen, noch sonst etwas Auffälliges getan.«

Buehrli lehnte sich zurück. »Was sag ich Harras?«, murmelte er. »Was sag ich bloß Harras?«

Hundtwurf hatte die Antwort parat. »Sagen Sie ihm, dass die Dame für Hochsicherheitsbereiche nicht geeignet ist. Und die Firma auch nicht.«

»Dafür brauche ich einen plausiblen, nachvollziehbaren Grund. Schließlich hatten wir sie ja bereits im Haus. Ohne Bescheid zu wissen, natürlich. Wer checkt schon eine alteingesessene Reinigungsfirma? Und der Kostenvoranschlag ist bereits abgezeichnet. Von Harras persönlich.«

Hundtwurf stieß einen Seufzer aus, der alles Leid einer geplagten Kreatur ausdrückte. »Warum fragt mich jeder erst, wenn es schon zu spät ist. Was macht eigentlich das *Compliance Management* den ganzen Tag?«

»Jäger«, sagte Buehrli. Der zuckte zusammen. »Mein Vorschlag: Fühlen Sie der Dame auf den Zahn. Wenn sie wirklich harmlos ist, dann hat die Sache meinen Segen. Wenn nicht, ist sie raus. Punkt.«

Jäger erinnerte sich an seine Essenseinladung. Es war bloß ein Spruch gewesen, keinesfalls ernst gemeint, denn er hatte niemals vorgehabt, sich mit ihr zu treffen. Ein Kompliment. Ein Dankeschön. Einfach etwas Nettes. Sie hatte nicht so ausgesehen, als ob sie das oft zu hören bekäme. Adolf Harras hatte sich an dem Tag seinen Namen gemerkt, da rutschte einem schon mal etwas Unüberlegtes raus.

»Ich weiß nicht, ob das so eine gute Idee...«

»Die Ideen von Harras sind auch nicht besser. Aber wenn ich mich für oder gegen diese Frau aussprechen soll, brauche ich Argumente.«

»Risiko«, murmelte der Sicherheitsfreak. »Zu hohes Risiko. Das ist Ihr stärkstes Argument.«

»Sie ist eine Putzfrau«, entgegnete Jäger. Er hatte keine Lust, sich bei einer *Putzfrau* ins Zeug zu legen. »Also, über was reden wir hier eigentlich? Diese Person soll nach Büroschluss die Teppiche staubsaugen und die Papierkörbe leeren.«

»Eben, eben.«

»Sie soll die Fensterbänke feucht abwischen und die Kaffeemaschine entkalken.«

»Wir verwahren Wertpapiere für über zehn Billionen Euro. Ich muss Ihnen doch sicher nicht erklären, dass unsere Kundenliste ungefähr so vertraulich ist wie das iranische Atomprogramm.«

Jäger reichte es. »Wenn die geltenden Sicherheitsvorschriften eingehalten werden, dann kann jeder durch unsere Büroräume spazieren.«

Buehrli und Hundtwurf wechselten einen schnellen Blick.

»Werden Sie denn eingehalten?«, hakte er nach. Es gab wenige

Gelegenheiten, zu denen er unbequeme Fragen stellen konnte, ohne seine Enthauptung fürchten zu müssen. Sie brauchten ihn. Also fragte er nach. Konnte nicht schaden, auch mal als furchtloser Ehrenmann dazustehen, dem nichts über das Wohl der Firma ging. Schärfte das Profil.

Leider ging Buehrli nicht darauf ein. Er stand auf und reichte Jäger quer über den Tisch die Hand.

»Ergebnisse. Bis morgen. Schaffen Sie das?«

Jäger nickte verwirrt und erhob sich ebenfalls, woraufhin Buehrli ihn zur Verbindungstür dirigierte. Er öffnete sie, die Assistentin hob den eisblonden Schopf und strahlte ihn mit einem liebenswürdigen Lächeln an.

»Schaffen Sie das?« Buehrlis Frage klang drängend.

Jäger, der in Gegenwart dieses bezaubernden Wesens niemals wagen würde, etwas anderes zu behaupten, antwortete: »Selbstverständlich.«

8

Buehrli schloss die Tür. Er ließ die Hand auf der Klinke liegen, als wolle er sie nur ungern loslassen. Schließlich drehte er sich zu Hundtwurf um.

»Gibt es Neuigkeiten im Fall Merteuille?«

»Nicht von der Polizei, und der Staatsanwalt hängt wohl lieber auf dem Golfplatz rum, als sich darum zu kümmern. Verwischte Blutspuren ohne verwertbare Fingerabdrücke, vermutlich Handschuhe. Derzeit schießen sie sich auf den Wachmann ein, der immer noch unter partieller Amnesie leidet und sich nicht erinnern kann, wo überall er sich die Hände gewaschen hat.«

»Von Ihnen«, entgegnete Buehrli scharf.

»Steht in meinem Dossier.«

»Das letzte ist achtundvierzig Stunden alt, und ich habe es gelesen. Merteuille hatte Schulden. Seine Ehe bestand nur noch auf dem Papier. Zwei Lebensversicherungen, eine auf zweihunderttausend, eine auf hunderttausend Euro.«

Der Manager ging zum Schreibtisch, öffnete eine Schublade und holte eine dünne Umlaufmappe heraus, auf der ein Stempel prangte: »*For eyes only*«, streng vertraulich. Als er die Mappe vor sich auf die Lederunterlage warf, rutschte ein Foto heraus. Es war das gleiche, das, mit Trauerflor verziert, unten auf dem Empfangstresen stand. Hundtwurf blieb die Ruhe selbst, auch wenn Buehrli ihm gerade durch die Blume den Vorwurf gemacht hatte, nicht fleißig genug zu graben.

»Keine Verstöße gegen den Unternehmenskodex? Regeltreue? Irgendwelche *Non-compliance*-Situationen?«

Damit meinte Buehrli das komplette Spektrum an innerbetrieblichem Fehlverhalten. Es begann beim Besuch von gewissen Etablissements und endete noch lange nicht bei den privaten Vermögenswerten, unter denen sich keine Aktien von Kunden der CHL befinden durften.

»Absolut sauber«, antwortete Hundtwurf. »Das Einzige, was Merteuille nicht in den Griff bekommen hat, war der Hausbau in Falkensee. Und seine Ehe. Jobmäßig ist ihm nichts anzukreiden.«

Buehrli wäre gerne beruhigt gewesen. Ein zweifelsfrei nachgewiesener Selbstmord hätte einiges dazu beigetragen. Damit konnte man umgehen. Ein bedauerlicher tragischer Einzelfall. Vielleicht Depressionen. Oder ab und zu ein Schluck über den Durst, nachts, wenn man trotz aller vorgeschobener Überstunden doch irgendwann einmal nach Hause musste, obwohl es schon lange kein Zuhause mehr war. Doch seit diese Putzfrau die Kripo alarmiert hatte, gab es zu viele offene Fragen, die weder die Polizei noch seine grundlos überbezahlten Sicherheitsexperten beantworten konnten. Er warf einen Blick auf Merteuilles letzte Karrierestation: Fakturierung der Depotvolumen Kategorie 1.

Im Klartext: Merteuille war ein Buchhalter gewesen, der Rechnungen an Kunden geschickt hatte. Kontoführung, Wertpapierüberträge, Reports – all das machte eine Bank schließlich nicht aus Nächstenliebe. Sie verdiente Geld damit. Merteuille hatte die Kunden der Kategorie 1 betreut. Die kleinen. Die unter zwei Millionen Euro. Buehrli schob das Foto in die Akte zurück. Er hatte das Gefühl, der Tote würde ihm ständig in die Augen sehen.

»Bis jetzt kein Fremdverschulden.«

Trotzdem blieben Zweifel.

Die Überwachungskameras erfassten zwar die Fahrstühle, nicht aber die zwei Meter bis zur Galerie. Buehrli hatte sich die Aufnahme mehrmals zeigen lassen. Merteuille hatte kurz vor Mitternacht seinen Arbeitsplatz im dritten Stock verlassen und war nach oben gefahren. Er hatte müde ausgesehen, vielleicht auch überarbeitet. Am Abend sollte es zum Streit mit seiner Frau gekommen sein, zu selten zu Hause, zu wenig Geld, die Kinder wuchsen sowieso schon ohne den Vater auf, der übliche Geschützdonner vor dem Brief vom Scheidungsanwalt. Mit einem Ausdruck von Erleichterung und Entschlossenheit zugleich hatte er die Fahrstuhlkabine verlassen. Es gab keine Einbruchsspuren, noch nicht einmal Fingerabdrücke. Was zum Teufel hatte er hier oben gewollt? Die Aussicht auf das nächtliche Berlin genießen? Den Blick zum Brandenburger Tor? Auf die Reichstagskuppel? Um sich wenig später aus dem siebten Stock ohne Abschiedsbrief in den Tod zu stürzen? Vielleicht war er depressiv gewesen, das wäre er in Falkensee auch ... Hundtwurf hatte Merteuilles Keycard gecheckt. Er hatte Zugang zum siebten Stock gehabt, sehr ungewöhnlich für einen Mitarbeiter in dieser Position. Erklären konnte ihm das keiner. Hundtwurf schob den Fehler auf die Personalabteilung, die Personalabteilung auf Hundtwurf. Wie im Kindergarten…

Dazu saß ihm Harras im Nacken. Ein Mann, der jedes Mal aus dem Häuschen geriet, wenn er mit »Menschen« zusammenkam. Taxifahrer mussten ihr Leben vor ihm ausbreiten. Serviererinnen nötigte er, ihre Meinung zur weltpolitischen Lage kundzutun. Und dann diese Putzfrau, die sich bloß hatte wichtigmachen wollen…

»Und wenn sie es war?«, murmelte er.

Hundtwurf sah ihn verständnislos an. »Merteuilles Frau? Die wäre nie hier reingekommen.«

»Die Putzfrau meine ich. Diese Judith Kepler. Wegen ihr haben wir doch den ganzen Ärger am Hals.«

»Ich kann mir nicht vorstellen, dass sie etwas mit Merteuilles Tod zu tun hat.«

»Aber vielleicht hat sie die Spuren gelegt? Sie hatte alle Möglichkeiten dazu. Sie war in der Halle, sie hat Arbeitshandschuhe…«

»Warum hätte sie das tun sollen?«

Ja, warum? Warum taten manche Leute Dinge, die anderen nichts als Kopfzerbrechen bereiteten?

»Vielleicht wollte sie die Aufmerksamkeit auf sich lenken. Sie hat einen intelligenten, wenn auch nicht sehr gebildeten Eindruck auf mich gemacht. Solche Leute sind in diesen Jobs oft unterfordert. Dazu eine blühende Phantasie und die Befriedigung, mit einem winzigen Detail ein ganzes Haus schachmatt zu setzen.«

Hundtwurf dachte nach und nickte dann.

Buehrli wusste, dass sie sich, Geld hin oder her, mit diesem

73

Mann einen der Besten jener rätselhaften Branche ausgesucht hatten, die oft am Rande der Legalität und manchmal auch jenseits der Grenzen davon operierten. Hundtwurfs Lebensstationen waren ein abgebrochenes IT-Studium, eine nicht näher beschriebene Position im Vorstand des Chaos Computer Clubs und schließlich *freelancer* für Wikileaks. Danach hatte er für das Innenministerium gearbeitet und erstaunliche Referenzen vorgelegt.

»Finden Sie etwas, das diese Frau eindeutig disqualifiziert.«

»Ich sammle Fakten«, gab Hundtwurf zu bedenken. »Aber ich bewerte sie nicht.«

»Dann haben Sie bisher eben zu wenig gesammelt.«

Der Sicherheitsexperte rieb sich übers Kinn. Er war schlecht rasiert, und das Geräusch, das dabei entstand, konnte Buehrli auf den Tod nicht ausstehen.

»Alle legalen Möglichkeiten sind ausgeschöpft.«

»Und die illegalen?«

»Kann es sein, dass Sie mich gerade dazu ermuntern, Paragraf drei meiner Verpflichtungserklärung für dieses Haus zu ignorieren?«

Buehrli lächelte schwach. »Niemals. Ich will Sie vielmehr an Paragraf neun erinnern, der Ihnen bei der Abwendung einer nachweislichen Bedrohung eine Gratifikation in Höhe von null Komma sechs Prozentpunkten des ansonsten entstandenen Schadens zuspricht.«

»Wie hoch mag der Schaden sein, den eine Putzfrau anrichten kann?«

»Das liegt ganz bei Ihnen.«

Buehrli ging zurück zum Schreibtisch und verstaute die Akte Merteuille wieder in der Schublade. Hundtwurf stand auf. Er schob die Hände in die Hosentaschen, kaute auf der Unterlippe und sah auf einmal aus wie einer von diesen ewigen Studenten an der Humboldt-Universität, die ab mittags in den billigen Schnellrestaurants unter den S-Bahn-Bögen herumlungern.

»Ich will niemandem was ans Zeug flicken.«

»Das sollen Sie auch nicht.« Buehrli schob die Schublade zu. »Aber ein Selbstmord und eine Putzfrau, die Verbindungen zum BND hat, kann ich nicht einfach als Koinzidenz abtun.«

»Trotzdem muss ich vorsichtig sein. Um Judith Kepler hat jemand eine Firewall gezogen. Ich will mir daran gewiss nicht die Finger verbrennen.«

»Was schlagen Sie vor?«

»Ich brauche vierzig-, vielleicht fünfzigtausend Euro. Am besten noch heute Vormittag.«

»Wofür?«

Hundtwurf grinste. »Für Leute, die nicht so sensibel auf Hitze reagieren.«

»Wofür?«, hakte Buehrli nach, ohne das Grinsen zu erwidern.

Sein Gegenüber unterdrückte einen Seufzer. »Es ist in Ihrem eigenen Interesse, wenn ich meine Wege der Informationsbeschaffung nicht offenlege.«

»Es ist«, widersprach Buehrli scharf, »durchaus in unser aller Interesse, ob wir uns gerade über legale oder illegale Wege unterhalten.«

Hundtwurf zuckte mit den Schultern. »Ich beabsichtige, ein paar Hacker anzuheuern. Freiberufler. Sie sind über die ganze Welt verstreut und verdienen ihr Geld damit, alles über andere Leute herauszufinden. Die Leute selbst zu finden. Sich an ihre Fersen zu heften und sie nicht aus den Augen zu lassen. Sie wissen, welchen Drink ihre Zielpersonen abends in der Bar bestellen und neben wem sie morgens im Hotel aufwachen. Was sie im Supermarkt einkaufen und neben wem sie im Flieger sitzen. Welche Kondommarke sie bevorzugen und ...« Hundtwurf brach ab, weil Buehrli ungeduldig die Hand hob.

75

»Wenn es etwas über Judith Kepler gibt,, werden diese Leute es herausfinden. Datenschutz, Telekommunikationsrecht, *playful cleverness, reverse engeneering*, alles zwischen *grey* und *black hat*...«

»Ja, ja«, unterbrach Buehrli. »Also nichts Illegales?«

»Nicht innerhalb dieser Mauern.«

»Und außerhalb?«

Hundtwurf lächelte. »Meines Erachtens gelten die deutschen Datenschutzregeln weder in Israel noch in den USA oder der Schweiz. Es handelt sich um alte Freunde aus der Jugendzeit, rund um den Globus verteilt, die ich um einen Gefallen bitten werde.«

»Und dafür brauchen Sie fünfzigtausend Euro? Wie soll ich die denn verbuchen?«

Hundtwurfs Lächeln bekam etwas Unwiderstehliches. »Unter Gebäudereinigung?«

9

Um die Gondel pfiff ein eisiger Wind. Judith trug mehrere Pullover übereinander, dazu lange Wollunterhosen und zwei Paar Socken. Der Arbeitsoverall schützte gegen die Böen, nicht aber gegen die Kälte und das Wasser, das bei einer unachtsamen Bewegung bis in die Armbeuge laufen und einen Arbeitstag zur Qual werden lassen konnte. Es war Freitag. Ein freies Wochenende lag vor ihr. Der Plan war: die Tür hinter sich schließen und die graue Welt draußen lassen. Ausschlafen. Im Jogginganzug auf der Couch liegen. Die Bücherkisten durchstöbern. Alte Platten hören. Hoffentlich kam sie noch rechtzeitig zur Kaufhalle, um etwas einzukaufen. Judith widerstand der Verlockung, auf die Armbanduhr zu sehen. Seit dem letzten Mal waren sicher kaum zehn Minuten vergangen.

Das Gebäude war ein moderner Glaskasten hinter der Warschauer Brücke, keine Balkons, aber eine komplizierte Fassade mit Lamellen, die je nach Sonneneinwirkung Schatten spenden sollten und schwierig zu reinigen waren. Es war ein Männerjob, aber Judith wollte an die frische Luft, und im Segment Gebäudereinigung bedeutete das eben, schwindelfrei und abgehärtet zu sein. Es war kälter geworden. Der Herbst begrüßte den Winter gerade mit Handschlag.

Ihr Handy klingelte. Sie wusste, dass sie es nicht rechtzeitig aus der Vordertasche herausholen würde, daher reagierte sie nicht darauf. Hinter einem der Fenster saß ein junger Mann mit Kopfhörer und starrte auf einen Bildschirm. Wahrscheinlich hörte er Musik, denn er nickte schleppend wie ein bekiffter Rapper zu einem Takt, den nur er hören konnte. Das Klingeln hörte auf, begann aber wenig später erneut.

Judith stellte den Einwascher neben den Eimer und hockte sich vorsichtig in der Mitte der Fassadengondel auf den Boden. Kai arbeitete zwanzig Meter weiter. Hoffentlich glaubte er nicht, sie sei rausgefallen.

Zweimal derselbe Anrufer. Die Nummer kannte sie nicht. Im selben Moment kam eine SMS.

Sehr geehrte Frau Kepler, bitte entschuldigen Sie, dass ich mich erst jetzt melde. Hätten Sie heute Abend Zeit für mich? Es geht zum einen um Ihre neue Aufgabe in der CHL, zum anderen um mich. Ich möchte Sie gerne wiedersehen. Um sieben im The Great China Wall? Adrian Jäger.

Jäger... der Kamelhaarmantel. Was zum Teufel war nur in ihn gefahren? Judith steckte das Handy zurück in die Brusttasche und wollte gerade aufstehen, als mitten in der Bewegung die Gondel einen Ruck machte. Sie griff ins Leere, verlor das

Gleichgewicht und fiel hin. Die Steuerung baumelte über ihrem Kopf. Erst beim dritten Mal gelang es ihr, den Kasten einzufangen. Sie drückte auf die Knöpfe, aber die Gondel reagierte nicht. Wer auch immer da unten stand und den Befahranlagenmeister spielte, konnte sich auf etwas gefasst machen.

Als die Gondel auf den Boden knallte, fiel der Wassereimer um. Fluchend sprang Judith auf und sah in das besorgte Gesicht von Kai.

»Bist du noch zu retten?«, schrie sie ihn an.

»Ich dachte, dir wär was passiert. Du warst auf einmal weg.«

»Tu das nie wieder. Oder bist du lebensmüde?«

»Außerdem hat mir der Kerl da hinten fünfzig Euro gegeben, wenn ich dich runterhole. Fünfzig Euro heißt für mich, es ist wichtig.«

Judith öffnete den Ausstieg und schob Kai unsanft zur Seite. Ihre Hose sah aus, als hätte sie sich nass gepinkelt. Sie war so wütend, dass sie die Prügelstrafe für abhängig Beschäftigte sofort wieder eingeführt hätte. Kai merkte, dass Wohlverhalten gefragt war.

»Lass mal, ich mach das für dich.«

Er stieg in die Gondel und hob den Wassereimer auf. Schade, dass man das Ding mit der Notschalte nur nach unten bewegen konnte. Sie hätte Kai am liebsten fünfzig Meter über der Erde verhungern lassen.

»Wo ist er?«

Wenn es Adrian Jäger war ...

Kai wies auf einen Mann, der neben der Toreinfahrt an einer Ziegelmauer lehnte und zu ihnen herüberschaute.

»Er hat gesagt, ihr kennt euch.«

Bei seinem Anblick setzte ihr Herzschlag aus. Sie ließ die Hand sinken, mit der sie gerade eine Haarsträhne hinters Ohr streichen wollte. Sie blinzelte, weil sie an eine Täuschung glaubte. Der

Mann stieß sich lässig von der Mauer ab und kam langsam zu ihnen herüber. Judith drehte sich um.

»Raus da.«

Fluchtartig verließ Kai die Gondel. Judith nahm seinen Platz ein, verriegelte die Tür und drückte auf den Startknopf. Der Mann merkte das und lief schneller. Er erreichte sie, als sie gerade eineinhalb Meter geschafft hatte.

»Judith, komm runter!«

»Ich arbeite.«

»Können wir miteinander reden?«

»Nein.«

Warum hielt das verdammte Ding denn schon wieder an? Sie beugte sich vor und sah, wie Kai blitzschnell den Finger von der Steuerung nahm.

»Der Wind«, sagte er entschuldigend. »Es wackelt zu sehr.«

Sie drückte erneut auf den Knopf, aber die Gondel schaukelte nur sacht zwei Meter über dem Boden hin und her.

»Es ist wichtig. Bitte.«

Kai glotzte. Einzig und allein um ihm nicht noch mehr Unterhaltung zu bieten, fuhr sie wieder herunter. Als die Gondel auf dem Boden ankam, stieg sie aus und hielt Kai die Tür auf.

»Rauf mit dir. Weitermachen. Und sichere dich gefälligst!«

Wütend klinkte sie seinen Karabiner ein, und er war schlau genug, nicht zu protestieren. Die Gondel setzte sich in Bewegung. Judith drehte sich zu dem Mann um. Er war einen Kopf größer als sie, und selbst die dicke gewachste Outdoorjacke konnte nicht verbergen, dass er schlank und athletisch wie ein Marathonläufer war. Eisgraue, kurze Haare und immer noch ein Lächeln im Gesicht, mit dem er in der Wüste Staubsauger verkaufen konnte. Sechs Jahre. Sechs verdammte lange Jahre war es her, und er hatte sich keinen Deut verändert.

»Was gibt's?«

»Ich muss mit dir reden.«

Er sah sie an, wie man nur jemanden betrachtet, den man lange nicht gesehen hat. Das hast du immer noch gut drauf, dachte sie. Anderen das Gefühl zu geben deine einzige Sorge gelte ihnen. So lange hast du Zeit gehabt, dich zu melden. Und jetzt auf einmal ist es wichtig. Ich muss nicht raten, für wen. Sie wandte sich ab. Er hatte sich überhaupt nicht verändert.

»Warum?«

Quirin Kaiserley berührte sie am Arm. »Weil ich mal wieder dein Schutzengel bin.«

Das Haus gehörte einem Unterhaltungskonzern, der sich vor einigen Jahren am Ufer der Spree niedergelassen und der Gegend zu einem prosperierenden Aufschwung verholfen hatte. Durch die Fenster der Cafeteria, in der sehr junge und sehr stylishe Leute frisch gepresste Ingwer-Zitronengras-Acai-Säfte schlürften, konnte man die Warschauer Brücke sehen, die Friedrichshain und Kreuzberg miteinander verband. Kaiserley kam mit zwei Gläsern zurück. Misstrauisch roch Judith daran und verzog das Gesicht.

»Was ist das?« Sie wies auf die glibbrigen schwarzen Samenkörner auf dem Boden des Glases.

»Green Tea mit Chia. Der Drink der Woche.«

Sie kostete. Es schmeckte wie flüssige Gummibärchen. »Und das soll gesund sein?«

Er schlürfte mit einem dicken Strohhalm und verschluckte sich. Judith wartete, bis der Hustenanfall vorüber war.

»Also.« Sie sah auf ihre Armbanduhr. »Ich hab das gelernt, falls es dich beruhigt, Schutzengel.«

Er starrte sie verständnislos an. Jedes Mal, wenn sie in sein Gesicht blickte, erkannte sie einen anderen Ausdruck wieder. Genauso hatte er sie angesehen, als sie ihn damals zum ersten und einzigen Mal in seiner Wohnung besucht hatte. Überrascht. Ein wenig amüsiert. Hochmut, nur mühsam zugunsten der Höflichkeit gebändigt.

»Das glaube ich nicht«, sagte er langsam.

»Fassadenreinigung ist ein ganzer Ausbildungsabschnitt. Ich war eine der Besten. Deine Sorge ehrt dich, ist aber unbegründet. Du solltest mal sehen, wie wir auf dem Fernsehturm Rollschuh laufen.«

Jetzt lächelte er. Auch diese Regung kannte sie. Sie milderte die scharf geschnittenen Züge, vertiefte die Falten um die blauen Augen, machte seinen schmalen Mund weicher.

»Du freust dich nicht im mindesten, mich zu sehen.« Als Judith keine Antwort gab, platzierte er einen ebenso bedauernden wie kalkulierten Seufzer. »Ich habe dir zum Abschied etwas geschickt. Hast du es bekommen?«

Ein Abschied. Das war es also gewesen. Nicht der Beginn einer wunderbaren Freundschaft. Nicht der Anfang von etwas, an das sie sich stets zu denken verboten hatte. Er war es nicht wert. Sie sah ihn so unbeteiligt wie möglich an und prägte sich dabei die Einzelheiten ein, die das Damals vom Heute unterschieden. Ein paar graue Strähnen mehr. Die kleinen Falten um die Augen hatten sich vertieft. Der Blick war vielleicht ein wenig müder geworden, es konnte aber auch Milde sein, mit der er sich die Musterung gefallen ließ.

»Nein«, sagte sie schließlich. »Was war es denn?«

»Merkwürdig. Man hat mir versichert, die Übergabe wäre konspirativ, aber reibungslos abgelaufen.«

Es sollte ein Witz sein, doch Judith war nicht zum Scherzen zumute.

»Ach so. Du meinst den iPod. Hab ich weggeworfen. Ist mir zu kompliziert.«

Kaiserley konnte man am besten den Wind aus den Segeln

nehmen, wenn man auf dämlich machte. Das hasste er wie die Pest. »Dit neumodische Zeugs interessiert mir nich.«

»Hör auf«, sagte er leise. »Ich mag es nicht, wenn du so redest.«

»Dann geh doch. Was soll das eigentlich. Willst du das Ding wiederhaben? Da. Hat mir eh nicht gefallen. Oldies.«

Sie holte den Player aus ihrer Hosentasche und knallte ihn vor Kaiserley auf den Tisch. Sie wollte aufstehen, aber er hielt sie zurück.

»Ich weiß nicht, was dich so wütend auf mich macht. Egal was es ist, es muss warten. Du hast ein Problem.«

»Stimmt.« Sie sah wieder auf die Uhr und nickte. »Es wird dunkel, und ich hab nicht genug gemetert. Außerdem bin ich verabredet.«

Das klang gut. Nach Privatleben. Nach: Ich habe was vor. Natürlich würde sie Jägers Einladung nicht annehmen. Aber es gab sie, und sie musste Kaiserley noch nicht einmal anlügen.

»Mit wem?«, fragte er scharf.

»Kennst du nicht. Geht dich auch nichts an.«

Sie trank einen Schluck und hatte den Mund voller aufgeweichter Chiasamen. Sie kaute, aber die Dinger ließen sich nicht zerkleinern. Sprechen war nicht möglich. Also wartete sie darauf, dass er noch ein paar nette Worte zur Erklärung aus dem Füllhorn mit seinen Ausreden zauberte.

»Jemand hat versucht, Informationen über dich einzuholen.«

Sie kaute weiter. Wahrscheinlich sah sie aus wie eine Kuh auf der Weide, aber um daran etwas zu ändern, hätte sie die schwarzen Dinger ausspucken müssen.

»Geschützte Informationen. Wir haben um dich herum so etwas wie virtuellen Stacheldraht gezogen. Genau daran machen sich im Moment einige Leute mit der Kneifzange zu schaffen.«

Sie kaute noch immer.

»Nun kann es sein, dass du vorhast, in die Leibwache der Bundeskanzlerin einzutreten. Oder du möchtest den Sohn des saudiarabischen Botschafters heiraten. Vielleicht sollst du demnächst dem amerikanischen Präsidenten in der Air Force One Gutenachtgeschichten vorlesen oder einen Geldkoffer an somalische Piraten überbringen. Aber so wie ich dich kenne, trifft keine dieser Erklärungen zu.«

Du kennst mich nicht, wollte sie sagen. Endlich gelang es ihr, die Hälfte der Dinger herunterzuschlucken.

»Dann ist man also aus anderen Gründen auf dich aufmerksam geworden. Aus welchen?«

»Wer?«, fragte sie zurück.

»Hacker.« Aus der Innentasche seiner Jacke holte Kaiserley ein paar zusammengefaltete Zettel heraus, die er vor ihr auf dem Bistrotisch ausbreitete. Grob gerasterte Polizeifotos. Das erste zeigte einen jungen Mann mit wilden, dunklen Locken. Typ Davidoff-Model. Die Schrift, die wohl einiges zu ihm erläuterte, sah aus wie Hebräisch.

»Das ist Mor Levi Livnat, achtundzwanzig. Lebt in Tel Aviv und war am Angriff auf die Sony-Seiten beteiligt, was man ihm aber nie nachweisen konnte. Außerdem war er zur Zeit des arabischen Frühlings in Tripolis und hat dort der Opposition mit dem Internet auf die Sprünge geholfen.«

»Livnat …«

Judith beugte sich vor, um das Foto genauer zu betrachten. Er erinnerte sie entfernt an den jungen Mann vor seinem Computer, der Musik gehört hatte. Kaiserley legte das nächste Blatt auf den Tisch. Der Mann darauf wirkte älter, Anfang dreißig. Seine mittellangen Haare waren an den Spitzen ausgebleicht. Er war braungebrannt und hätte als Surfer in Kalifornien durchgehen können. Allerdings vor seiner Festnahme, denn die Fotos waren Polizeiaufnahmen, die das Gesicht von vorne und im Profil zeigten.

»Christo Soares, mehrfach vorbestraft, vor vier Monaten in Kolumbien untergetaucht. Er soll daran beteiligt gewesen sein, fünfhundert Millionen Yahoo-Konten zu hacken. Und hier«, Kaiserley faltete ein drittes Blatt auseinander, »Martina Brugg. Betreibt ein Fotogeschäft in Rapperswil am Zürichsee. Nach Ladenschluss geht sie aber gerne mal als Robin Hood ins Internet und soll die Seite von *Isharegossip* einen Tag lahmgelegt haben. Sie wird mit dem russischen Netzwerk in Verbindung gebracht, das die E-Mails der US-Demokraten regelmäßig leakt und auch noch einiges über Donald Trump in petto hat. Die beiden anderen kennen wir nicht. Noch nicht. Wahrscheinlich sitzen sie in Connecticut und Punjab. Vielleicht aber auch am Tisch nebenan.«

Mit einer Kopfbewegung wies er auf zwei einsame junge Männer, die tief über ihre Laptops gebeugt am Fenster saßen, ohne einen Blick nach draußen zu werfen. Er faltete die Zettel zusammen und steckte sie wieder ein.

»Die internationale Hacker-Elite. Lange her, dass sie die Welt retten wollten. Die meisten sind käuflich. *Freelancer.* Fünf von ihnen werden seit heute Mittag dafür bezahlt, sich auf eine Berliner Putzfrau einzuschießen, und wir haben alle Hände voll zu tun, die Angriffe abzuwehren.«

»Wir?«, fragte Judith. Sie hatte Mühe, nicht zu zeigen, wie sehr sie der Begriff »Putzfrau« aus seinem Mund störte.

»Sie. Du weißt schon.«

Kaiserley hatte den BND schon vor einer Ewigkeit verlassen. Trotzdem schienen seine Kontakte immer noch so gut zu sein, dass er das manchmal vergaß. Er schlürfte einen Schluck Tee, wobei er sorgfältig vermied, die Chia-Pampe mit aufzusaugen. »Also, Klartext jetzt. Was hat das zu bedeuten?«

»Das fragst du mich?« Judith versuchte, einen Zusammenhang zwischen den Hackerangriffen auf den BND und ihrer Person herzustellen, es gelang ihr nicht. »Ich habe keine Ahnung. Vielleicht verwechselt mich jemand.«

»Bist du in eine Sicherheitskontrolle geraten? Hast du im Internet irgendwelche Seiten aufgerufen?«

»Nein. Ja. Nichts Weltbewegendes. *iTunes*. Meine E-Mails.«

Sie konnte Sorge in seinen Augen lesen. Zumindest die wirkte echt.

»Was wollen die von mir?«, fragte sie.

»Gar nichts, wahrscheinlich. Vorerst nur, warum wir deinen Namen vor Nachforschungen schützen. Sie wollen wissen, wer du wirklich bist.«

Das wüsste sie selbst manchmal gerne. Als sie damals zusammen mit Kaiserley das Drama ihrer Kindheit aufgeklärt hatte, war das wie der Startschuss zu etwas Neuem gewesen. Dass sie mit diesem Wissen etwas anfangen, etwas verändern würde. Doch sie war stecken geblieben, irgendwo zwischen Ende und Aufbruch, wie ein Langstreckenläufer, der mit letzter Kraft das Ziel erreicht hat und außer Atem feststellt, dass er nur Teil einer Stafette ist. Sie konnte spüren, dass Kaiserley enttäuscht war. Immer noch in der Fassadengondel. Immer noch die Putze. Keine neue Etappe, kein neues Ziel. Dabei würgte sie fast jeden Tag an den Brocken, die sie ihr damals hingeworfen hatten: Hey, du bist gar kein Nuttenkind, sondern ein Stasibalg! Das ist vielleicht nicht ganz so prickelnd wie »Plötzlich Prinzessin« oder »Sorry, dass du davon erst so spät erfahren hast, aber jetzt komm langsam mal in die Gänge« … Sie spürte die Enttäuschung, die verratenen Erwartungen, die er vielleicht an sie gehabt hatte. Du hast die Mörder deiner Eltern zur Strecke gebracht, Mädel! Du hast den BND gerockt und aufgedeckt, was sie dir als Kind angetan haben! Du weißt endlich, wer du bist! Hallo? Das muss doch zu einer Hundertachtzig-Grad-Wende reichen, oder? Wenn nicht das, was dann? Aber es reichte nicht, verdammt noch mal. Sie verspürte den verrückten Drang, Kaiserley und damit stellvertretend allen, die ihr diesen Horrortrip angetan hatten und dafür Dankbarkeit und Lebenslust erwarteten, eine schallende Ohrfeige zu versetzen.

Kaiserley hatte sie nicht aus den Augen gelassen. Vielleicht konnte er sogar in sie hineinsehen. Er hatte viele Eigenschaften. Die gefährlichste davon war Empathie, weil sie so leicht mit echtem Interesse zu verwechseln war.

»Meinen Namen schützen. Soso.« Sie verschränkte die Arme so fest vor der Brust, als ob ihr Herz eine Festung wäre, in die man Leute wie Kaiserley nicht hineinließ. »Du hast mir selbst gesagt, dass ich sicher bin. Dass mit meinen Papieren alles in Ordnung ist. Dass ich endlich in Ruhe weiterleben und diesen ganzen Mist vergessen kann.«

Kaiserleys Blick wurde intensiver. »Es *ist* alles in Ordnung. Deine Papiere sind wasserdicht. Dein Führungszeugnis haben sie frei gemacht und sogar deine Punkte in Flensburg halbiert. Ich bitte dich nur um eines: Halte dich fern von allem, was eine Überprüfung deiner Person veranlassen könnte. Beantrage in der nächsten Zeit am besten kein Visum. Mach einen großen Bogen um alles, bei dem du einen Ausweis vorzeigen musst.«

»Wie lange denn? Vielleicht will ich ja mal in Urlaub?«

»Machst du nicht.«

»Woher willst du das wissen?«

Er schob die Blätter zusammen. Judith schlug mit der flachen Hand auf das Papier, erschrocken fuhr er zurück.

»Ihr habt mich immer noch auf dem Schirm?«

»Nein.«

Sein Blick war aufrichtig und vertrauenerweckend. Lügner, dachte sie. Lügner, Lügner, Lügner.

»Sei ein paar Wochen einfach mal unauffällig.«

»Wer will das?«

Er beugte sich vor. Seine Stimme wurde leiser. Kurz vorm Flüstern bekam sie einen Klang, der immer noch seine Wirkung auf Judith ausübte. Man fühlte sich auserwählt und eingeweiht zugleich. Ein Glück, dass sie gelernt hatte, ihn zu durchschauen.

»Ein paar Leute, die es gut mit dir meinen.«

»Aus deinem alten Verein?« Sie deutete auf die Blätter. »Wer sind diese Hacker? Wer hat sie auf mich angesetzt?«

»Ich weiß es nicht.«

»Du hast dich dafür verbürgt, dass alles in Ordnung ist«, zischte sie. »Du und die anderen, die es angeblich gut mit mir meinen.«

»Judith, um deine Legende mache ich mir auch keine Sorgen.«

»Legende!« Sie stieß das Wort aus wie eine Beleidigung. »Mein Leben ist keine Legende, kapiert?«

Er nickte. Oh, sie hatte ihn bestens kennengelernt während ihrer gemeinsamen Reise in die Vergangenheit. Quirin Kaiserley, der Verständnisvolle. Der Exagent. Der beste Anwerber aller Zeiten. Auch wenn er den Bundesnachrichtendienst schon lange verlassen hatte, er beherrschte nach wie vor die gesamte Bandbreite der operativen Führung.

»Natürlich. Ich wollte nur wissen, in welche Fettnäpfchen du in letzter Zeit getreten bist, und dich vielleicht davor zurückhalten, gleich ins nächste zu tappen.« Er sah zum Eingang. »Dein Mitarbeiter?«

Judith drehte sich um. Kai trat ungeduldig von einem Fuß auf den anderen und deutete auf seine Uhr. Dann kam er näher.

»Wie lange dauert das noch?«, fragte er. »Es ist nämlich Feierabend, und ich hab noch was vor.«

»Ich auch.« Judith stand auf.

Kaiserley blieb sitzen. »Tut mir leid, wir sind noch nicht ganz fertig.«

Judith überlegte einen Moment.

»Bitte«, hängte er an.

Kai warf ihr den Transporterschlüssel zu und trollte sich, nicht ohne einen letzten neugierigen Blick auf Kaiserley abzuschießen. Der wartete, bis Kai verschwunden war.

»Sagt dir der Name Bastide Larcan etwas?«

Judith überlegte, dann schüttelte sie den Kopf. »Wer soll das sein?«

»Drei der fünf Hacker, die dich heute angegriffen haben, stehen oder standen in Verbindung zu ihm.«

»Und wer ist das?«

»Larcan. Er ist mal auf der *payroll* des *SWR* aufgetaucht.«

»Beim Radio? Als was? Als Moderator der Morningshow?«

Kaiserleys Lippen verzogen sich zu einem nachsichtigen Lächeln. »Des *Sluschba wneschnei raswedki*. Das ist der russische Auslandsnachrichtendienst. Ist aber nur ein Gerücht. Nicht verifiziert.«

»Wie beruhigend.«

»Wir wissen, dass er selbständig ist. Hat wahrscheinlich nichts zu bedeuten.«

Judith ahnte, dass der Mann wohl keinen Waschsalon aufgemacht hatte. »Und all diese Nasen da«, sie deutete auf die Papiere, »haben was mit diesem Lahm zu tun?«

»Larcan, Bastide Larcan.«

»Hat er sie beauftragt?«

»Unwahrscheinlich. Obwohl es die einzige bemerkenswerte Gemeinsamkeit dieser Nasen ist, von irgendwelchen Studentennetzwerken mal abgesehen. Ich bin mir auch sicher, dass sie alle schon mal bei Starbucks waren und *Mr Robot* streamen, es kommt bei diesen Sachen immer auf das Raster an.«

»Streame ich auch. Gute Serie.«

»Na bitte, da hätten wir ja eure Schnittmenge. Also alles kein Grund zur Beunruhigung.«

»War's das?«

Sie schlürfte den Tee aus und beschäftigte sich dabei so hingebungsvoll mit dem Rest des Chia-Schleims, dass Kaiserley merken musste, wie wenig Interesse sie an diesen Themen hatte.

»Und die zweite Frage?«

»Wie geht es dir?«

Sie überlegte. »Gut.«

»Wenn du mal reden willst...«

»Nein, danke.«

»Mein Angebot steht. Judith, damals... Ich habe oft an dich gedacht. Ich weiß so wenig von dir. Ich komme einfach nicht an dich ran. Ich glaube nicht, dass das gut für dich ist.«

»Warum fangen eigentlich fast alle deine Sätze mit *ich* an?«

Kaiserley stand auf, räumte die Teebecher auf das Tablett und hielt ihr den Player entgegen. Widerwillig nahm sie ihn an. Er ging zum Ausgabetresen, wo ihn die junge Koreanerin mit einem strahlenden Lächeln wiedererkannte. Sie nahm ihm die Becher ab, beide redeten ein paar Worte miteinander.

Judith ging vor die Tür. Sie trat einige Schritte vor, legte den Kopf in den Nacken und suchte die Stelle der Fassade, an der sie aufgehört hatte. Morgen würde sie nacharbeiten müssen. Durch die Eingangstür sah sie, dass Kaiserley immer noch mit dem Mädchen redete. Das konnte er: wildfremde Leute für ein paar Minuten zu Freunden machen. Oder für die Dauer eines Einsatzes. Aber dann verschwand er wieder in seinem Leben, und darin gab es keinen Platz für Putzfrauen. Warum war er eigentlich der Einzige, auf den sie wütend war? Es gab weiß Gott genug andere, die das verdient hatten.

Sie zündete sich eine Zigarette an und schlenderte, während sie rauchte, hinüber zu der Gondel. Hacker attackierten also seit einigen Stunden ihre Legende beim BND. Kaiserley, von dem sie seit einer Ewigkeit nichts gehört hatte, hatte aus Pullach oder

der Chausseestraße einen Wink bekommen und passte sie bei der Arbeit ab, um sie zu warnen. Blinder Aktionismus, der einen Auslöser haben musste. Aber welchen? Wer zum Teufel wollte ihre Vergangenheit als Heimkind und Tochter von Stasimitarbeitern wieder ans Licht zerren? Und vor allem warum? Sie müsste dankbar sein, dass Kaiserley sie gewarnt hatte. Stattdessen war sie wütend. Vielleicht wäre es langsam an der Zeit, sich darüber einmal Gedanken zu machen. Sie zurrte den Gurt um die Abdeckplane fest. Kai arbeitete nachlässig. Sie musste ihm mehr auf die Finger schauen.

Wahrscheinlich war alles eine Verwechslung, und Kaiserley sah schon wieder die große Weltverschwörung. Ein Israeli, ein Kolumbianer und eine Schweizerin, zwei weitere Unbekannte. Drei von ihnen hatten Kontakt zu einem Mann mit Namen Lakhan. Lahm. Laokoon. Judith hatte ein miserables Namensgedächtnis. Konnte alles Zufall sein. Man schlief bedeutend besser, wenn man daran glaubte.

Kaiserley kam aus dem Haus. Er zog den Reißverschluss seiner Jacke zu und steckte die Hände in die Taschen. Novembernebel schoben sich vor das Licht der Straßenlaternen. Die Luft war so feucht, dass man glaubte, Wasser zu atmen. Er schlenderte zu ihr und lächelte sie an.

»Wo genau bist du verabredet?«

»In einem Restaurant, das *The Great China Wall* heißt.« Wahrscheinlich ein Asia-Imbiss.

»Im *Great China*? Da kommst du so nicht rein.«

Judith sah an sich herab. Warum sollte sie sich für eine Sauer-Scharf-Suppe extra umziehen? Und wie kam Kaiserley dazu, sie so von oben herab zu behandeln? Wenn Adrian Jäger bis jetzt schlechte Karten gehabt hatte, Kaiserleys Bemerkung wendete das Blatt. Sie würde hinfahren.

»Klar komm ich da rein. Mach's gut.«

Sie wusste, dass er ihr nachsah. So lange, bis sie den Transporter gestartet und sich in den dichten Verkehr auf der Stralauer Allee eingefädelt hatte. Hinter der Warschauer Brücke hielt sie an, gab den Namen des Restaurants in Google Maps ein und wartete darauf, dass es Zeit wurde, Adrian Jäger zu treffen.

10

Der Pariser Platz sah um diese Stunde aus wie der Hof eines Fürsten, dem die Untertanen abhandengekommen waren. Die Gebäude ringsum waren in warmes Licht getaucht, die Quadriga auf dem Brandenburger Tor thronte über den Kupferdächern und den klassizistischen Fassaden, hinter denen sich größtenteils Neubauten versteckten. Der Regen hatte sich wieder in feinen Sprühnebel verwandelt, der sich wie ein Weichzeichner vor das Licht der Laternen legte. Das schlechte Wetter, die Kälte und die Dunkelheit hatten die Touristen vertrieben, sodass Judith, als sie den Transporter vor der französischen Botschaft anhielt, den seltenen Anblick des menschenleeren Platzes genießen konnte.

Kaiserleys Bemerkung hatte sie verletzt. Natürlich war ihr klar, dass sie in ihren Arbeitsklamotten gerade noch vor einer Pommesbude auftauchen konnte. Aber nicht in einem Restaurant in Mitte, noch dazu direkt am Pariser Platz. Sie sah auf das Display ihres Handys. *The Great China Wall*, Hotel Adlon.

Sie fluchte, wendete und hielt direkt vor dem roten Teppich, der ins Hotel führte. Der betresste Portier unter dem Vordach spannte bereits einen Schirm auf, um die Gäste trockenen Fußes ins Haus zu bringen.

Das konnte nur ein Irrtum sein.

»*The Great China Wall*?«, fragte sie.

»Auf der anderen Seite, Eingang Behrensstraße.« Er wollte es nicht, aber er streifte ihren Overall und den dicken Pullover darunter mit einem schnellen Blick.

Judith stellte den Wagen ein paar Meter weiter ab. Sie achtete nicht auf den Portier, der erleichtert die Treppen wieder hochstieg, und lief um die Ecke in die Wilhelmstraße. In den Schaufenstern der Juweliere funkelte die Nachtdekoration. Der Wachposten vor der britischen Botschaft ignorierte sie. Als sie endlich wieder nach rechts in die Behrensstraße einbog und die Rückseite des Hotels erreicht hatte, wusste sie endgültig, dass Kaiserley wieder einmal recht gehabt hatte. Gerade fuhr eine Limousine vor. Zwei junge Frauen stiegen aus. Sie trugen Pelz und stöckelten auf hohen Schuhen an ihr vorbei durch ein Portal aus schlichtem Stein. Dahinter funkelte es in Gold und Schwarz. Ein Page kam herbei und nahm dem Fahrer den Autoschlüssel ab. Mit wehendem weißen Schal eilte der Mann den beiden Frauen hinterher.

Judith drehte sich um und ging quer über die Kreuzung auf die andere Straßenseite. Dort hatte ein Steakhaus, dem schlechten Wetter zum Trotz, die Markise ausgefahren und in völliger Verkennung der Witterung auch noch Stühle auf dem Trottoir stehen. Beim Näherkommen bemerkte sie die Decken und den Heizstrahler. Sie setzte sich an einen der Tische und holte ihr Handy heraus.

Jäger ging sofort an den Apparat.

»Frau Kepler? Ich warte auf Sie.«

Seine Stimme klang fröhlich. Im Hintergrund klirrten Gläser, Lachen und Stimmen vermischten sich mit leiser Musik zum Wohlklang heiterer Lebensfreude. Er hätte genauso gut auf dem Mond sein können, so fern schien Judith das Haus gegenüber. Sie sah das warme Licht durch die Fenster auf die nassen Gehwegplatten fallen.

»Ich kann heute nicht.«

»Bitte tun Sie mir das nicht an. Ich habe mich so auf Sie gefreut!«

Wie kam Jäger dazu, sie in ein solches Restaurant einzuladen?

»Wir können uns auch gerne bei Ihnen in der Nähe treffen«, fuhr er hastig fort. »Das ist kein Problem für mich. Sagen Sie mir, wo, und ich komme hin.«

»Sie sparen sich und Ihrer Firma eine Menge Geld, wenn Sie gleich zur Sache kommen.«

Er lachte unsicher. Die Hintergrundgeräusche wurden wieder lauter.

»Ich wollte mit Ihnen über den Job reden.«

»Welchen Job?«

»Fangen Sie nicht demnächst bei uns an? Mir hat man gesagt, der Auftrag an Ihre Firma sei schon rausgegangen.«

Dombrowski, der alte Fuchs, hatte kein Wort mehr davon erwähnt. Um genau zu sein, Judith hatte die grandiose Idee, ausgerechnet sie zur Einsatzleitung in einer Bank zu bestimmen, längst ad acta gelegt.

»Es gibt da noch ein paar Details, die wir vielleicht bei einem Glas Wein erörtern sollten. Ich weiß nicht, ob Sie schon einmal in einer Bank gearbeitet haben. Wir haben gewisse Sicherheitsstandards …«

Judith ließ das Handy sinken. Natürlich. Warum fiel ihr das jetzt erst ein? Das war der Grund, weshalb die Hysteriker beim BND nichts Besseres zu tun gehabt hatten, als Kaiserley in Bewegung zu setzen. Die CHL war auf sie aufmerksam geworden und hatte ihre Bluthunde auf sie angesetzt. Sie hob das Gerät wieder ans Ohr.

»Sie?«, fragte Judith. »Haben Sie eine Personenabfrage über mich gestartet?«

»Eine … was?«

»Jetzt tun Sie doch nicht so. Jeder, der bei Ihnen arbeitet, wird doch gescannt.«

»Das weiß ich ehrlich gesagt nicht. Aber wo Sie mich so direkt darauf ansprechen, mir ist da heute etwas zu Ohren gekommen. Nur würde ich das gerne unter vier Augen mit Ihnen bereden.«

»Ich warne Sie. Ziehen Sie Ihre Leute von mir ab.«

»Welche Leute, Frau Kepler?«

Judith sprang auf. Ein junger Mann im Inneren des Steakhauses wurde auf sie aufmerksam. Er machte eine Geste, dass er gleich zu ihr herauskommen würde.

»Frau Kepler, Nachforschungen und Führungszeugnisse sind in unserer Branche üblich.«

»In meiner nicht.«

»Ich wollte Ihnen keinesfalls…«

»Haben Sie aber. Vergessen Sie's. Ich bin nicht interessiert an dem Job. Verstanden?«

»Frau Kepler…«

»Nein.« Sie legte auf.

Der junge Mann erschien auf den Eingangsstufen. Er trug ein rotes Hemd und eine schwarze Hose. Es sollte wohl südamerikanisch aussehen. In der Hand hielt er eines von diesen neumodischen Bestellannahmegeräten.

»Möchten Sie die Karte? Ich kann Ihnen die Heizung anmachen.«

»Ein Bier bitte«, sagte sie und setzte sich wieder.

Das Handy behielt sie unschlüssig in der Hand. Sie war versucht, Kaiserley anzurufen und ihm zu sagen, dass das alles nichts weiter als ein Irrtum gewesen war. Israel. Kolumbien. Schweiz. Vielleicht gab es ja Callcenter für solche Aufgaben. Die Hotlines der großen Dienstleister saßen in Irland, Indien oder Italien. Die Welt war so klein geworden im Netz.

Jäger trat aus dem steinernen Tor. Der Page reichte ihm einen

Schirm. Sie wechselten ein paar Worte, wahrscheinlich über das Wetter oder seinen frühen Aufbruch. Bis der Schirm aufgespannt war, hatte Judith Zeit, ihren Stuhl herumzurücken. Sie wollte nicht von ihm erkannt werden. Sie hörte Abschiedsworte, dann eilige Schritte quer über die Kreuzung, direkt auf sie zu. Judith verschwand beinahe in den Sitzpolstern. Sie rollte den Kragen ihres Pullovers so weit hoch wie nur möglich und senkte den Kopf. Jäger blieb keine zwei Meter von ihr entfernt unter der Markise stehen, zog sein Handy heraus und wählte. Niemand nahm ab.

»Verdammte Scheiße!«

Das klang ganz so, als hätte sie ihm den Abend vermiest.

Sie hörte, wie ein Regenschirm entfaltet wurde, dann hastige Schritte, die sich entfernten. Langsam setzte sie das Glas ab. Sie zählte bis hundert, bevor sie sich umdrehte.

Jäger war verschwunden. Der Wachmann vor der Botschaft stand immer noch im Regen. Aus dem Restaurant gegenüber kam eine Gruppe fröhlicher Gäste. Die Frauen hakten sich bei den Männern unter, im Laufschritt legten sie die wenigen Meter zu dem angrenzenden Nachtclub zurück. Judith stand auf, legte zwei Münzen auf den Tisch und machte sich auf den Weg zu ihrem Transporter. Für sie war das Thema CHL erledigt.

Den Wagen fünfzig Meter weiter, der nun gestartet wurde und langsam Richtung Potsdamer Platz davonrollte, hatte sie nicht bemerkt.

11

Kaiserley wartete, bis er wirklich sicher war, dass Judith zu ihrem Transporter ging. Aus sicherer Entfernung hatte er durch die Windschutzscheibe beobachtet, wie sie fast erschrocken das *Great China* von außen betrachtet und dann die Straßenseite gewechselt hatte. Ihre Verabredung war nicht erschienen, und das tat ihm leid für sie. Er wünschte ihr jemanden, der zu ihr passte und sie nicht gleich mit solchen Restaurants überforderte.

Er fuhr einmal um das Denkmal für die ermordeten Juden Europas herum. Erst vor dreißig Jahren hatte Israel die diplomatischen Beziehungen zu Spanien wiederaufgenommen, jenem Land, in dem die mittelalterlichen Pogrome am grausamsten gewütet hatten. Er fragte sich, ob man Schuld in Jahren oder Jahrhunderten abtragen konnte und warum drei Viertel der Spanier schon wieder – oder immer noch? – davon überzeugt waren, dass die Juden auf den Finanzmärkten einen zu großen Einfluss hatten. Es war eine der traurigsten Einsichten, denen er sich im Laufe seines Lebens stellen musste, dass der moderne Mensch in seiner Gesamtheit nicht anders dachte als seine Vorväter.

Die Wischer hinterließen einen schlierigen Film auf den Scheiben. Er blieb an der Kreuzung stehen und wartete auf den Transporter. Judith Kepler fuhr durch die Französische Straße zur Leipziger. Da er ebenfalls dort entlang musste, folgte er ihr über den Alexanderplatz bis zur Mollstraße, wo sie nach rechts Richtung Lichtenberg abbog und die sechsspurige Straße für sich hatte. Kein Grund zur Sorge, sie würde nach Hause finden. Er sah den Rücklichtern hinterher und fuhr geradeaus auf die Prenzlauer Chaussee, bis rechter Hand ein Parkplatz frei war, den er nehmen konnte. Er war sich nicht sicher, ob sein Sohn auf einen Rückruf wartete. Vielleicht war es aber auch einfach nur das Bedürfnis, über die Begegnung mit Judith Kepler zu reden, die in ihm nachhallte wie ein tibetanischer Gong. Er hatte Herzklopfen gehabt. War nervös gewesen. Unsicher, ob sie ihn überhaupt wiedererkennen würde. All das würde er seinem Sohn gegenüber natürlich verschweigen. Aber sie mussten über die Hacker reden, die sich irgendwo da draußen sammelten und Judith Kepler wie Geier umkreisten. Und über Larcan. Bastide Larcan.

»Na?«, fragte Teetee gut gelaunt am anderen Ende der Leitung, noch bevor Kaiserley seinen Namen nennen konnte. »Plant Judith Kepler den Dritten Weltkrieg?«

Pianomusik. Leises Geplauder im Hintergrund. Sein Sohn hatte Gäste.

»Sie war überrascht. Und das glaube ich ihr. Trotzdem bin ich beunruhigt.«

Kaiserley hörte Schritte auf einem Dielenboden und dann, wie eine Tür geschlossen wurde.

»Ich behalte sie im Auge. Mach dir keine Sorgen, Dad. Das habe ich dir doch versprochen. Solche vermeintlichen Auffälligkeiten kommen immer mal wieder vor. Wahrscheinlich eine Blindabfrage oder eine Verwechslung.«

»Die Verbindung zu Larcan …«

»Der Bastard kennt doch jeden, der schon mal illegal gestreamt hat. Hat Kepler etwas mit ihm zu tun?«

Kaiserley verkniff sich ein Lächeln. Genau so hatte er früher auch gearbeitet. Die wirklich interessanten Fragen ganz nebenbei ins Gespräch einflechten.

»Nein.«

»Sicher?«

»Hundert pro.«

»Dann ist ja alles okay.«

Nein, war es nicht. Sein Sohn war loyal – allerdings seinem

Dienstherrn gegenüber, und der BND ließ nicht mit sich Schlitten fahren. Ab und zu konnte er Teetee dazu überreden, für ihn etwas in den Archiven zu recherchieren. Nie wirklich relevante Fälle, sondern nur Secondhandinformationen, etwa wenn Kaiserley ein Detail für sein Buch oder einen Vortrag fehlte. Noch nie war Teetee von sich aus an seinen Vater herangetreten. Und nun, nach über sechs Jahren, wurde Judith Kepler plötzlich wieder interessant? Es musste mit Larcan zu tun haben, sonst wäre Teetee niemals von sich aus auf seinen Vater zugekommen. Er beschloss, einen Schuss ins Blaue abzugeben.

»Könntest du für mich vielleicht mehr über Bastide …«

»Nein.«

»Ob du vielleicht mehr über Bastide Larcan …«

»Nein!« Es klang genervt. »Ich habe dich, obwohl es mir verboten ist, über eine Hyperaktivität an Keplers *firewall* unterrichtet, weil ich das Gefühl habe, dass es dir dann besser geht. Wahrscheinlich habe ich es getan, damit es *mir* dann besser geht, weil ich dich nicht hängenlasse. Ist das nicht alles verrückt?«

»Ja«, bestätigte Kaiserley. Es klang resigniert.

Teetee merkte das. »Larcan ist ein Zufallstreffer im Raster. Was zum Teufel sollte ein international tätiger Waffenhändler von einer Putzfrau wollen?«

»Genau das ist meine Frage.«

»Darauf wirst du von mir keine Antwort bekommen.«

Kaiserley sah hinaus auf die Straße, wo sich der Regen in den Schlaglöchern sammelte und von den vorüberfahrenden Wagen in Fontänen hochgeschleudert wurde. Teetee war nicht ehrlich. Er verschwieg ihm etwas. Zufallstreffer gab es nicht. Alles hatte einen Grund. War er wichtig oder unwichtig? Dieser Frage sollten sie nachgehen. Doch Teetee wimmelte alles ab, was Larcan betraf.

»Dad?«

Kaiserley wusste, was jetzt kommen würde.

»Vielleicht solltet ihr euch mal aussprechen. Du und Kepler. Ihr seid nach dieser ... nun ja ... ziemlich traumatischen Klärung damals auseinandergegangen, einfach so, und jeder hat auf seine Weise allein damit fertigwerden müssen.«

Klärung. Wieder dieses Beamtensprech. Angelina Espinoza, ehemalige CIA-Agentin, hätte sie beide um ein Haar erwischt. Es war einzig und allein Judith Kepler zu verdanken, dass er noch am Leben war. Manchmal spürte er, wenn er an Espinoza dachte, ein leises Kribbeln im Nacken. Einen Eishauch, wie eine sanfte Berührung aus dem Jenseits: Ich bin immer noch da. Auch wenn ihr mich getötet habt, ich werde euch nie verlassen. Ich begleite euch, wohin ihr auch geht. Ich bin in euch. Ich bin der Grund für euer Elend, eure Furcht, eure Einsamkeit. Ihr wolltet wissen, wer euch allesamt verraten hat? Nun seid ihr klüger. Aber lebt ihr mit diesem Wissen wirklich besser?

»Hörst du mir eigentlich zu?«

Kaiserley sprang aus dem Jenseits zurück in die Gegenwart. »Ja. Jeder auf seine Weise. Du sagst es.«

Teetee seufzte auf die Art und Weise, mit der man jemandem sagt: Ich kann mir den Mund fusselig reden, du ziehst sowieso dein eigenes Ding durch.

»Ich kann das nicht ewig machen. Die halten mich schon für bekloppt, weil ich ständig alte Quellen überwache. Die *firewall* für Judith Kepler, das ist wie tote Briefkästen abklappern. Was ich damit meine: Wenn du auf sie achtgeben willst, dann tu es bitte persönlich und halt mich in Zukunft da raus.«

Sein Sohn hatte recht. Aber er kannte Judith Kepler auch nicht. Oder vielmehr nur aus den Dossiers und Abschlussberichten, der uralten Heimakte und dem, was das Jugendamt über sie zusammengetragen hatte in ihrer Teenagerzeit, als sie haltlos und verloren durch die Welt getaumelt war und so ziemlich keinen Mist ausgelassen hatte. Damals wusste sie noch nicht, warum sie ins Heim gekommen war. Mit fünf Jahren hatte sie ihre Eltern verloren – Hochverrat und Republikflucht, im Transitbereich des Bahnhofs Sassnitz 1984 ermordet, und es war der politische und operative Auftrag der Erzieher im Kinder- und Jugendheim Juri Gagarin gewesen, dem traumatisierten und verwirrten Waisenkind einen neuen Namen und eine neue Her- kunft zu geben. Und natürlich mit zu vertuschen, dass die Stasi an dieser Katastrophe genauso schuld gewesen war wie der BND und die CIA. Judith hatte ihm nie etwas über diese Zeit erzählt. Sie musste der Horror gewesen sein. Ihr Dasein, ihr Name, ihre Herkunft – alles wurde ausgelöscht. Stattdessen bekam das fünf- jährige Mädchen mit Gewalt eine neue Biografie eingebläut: die von Judith Kepler, Kind einer Prostituierten, dem man erst mal »Zucht und Ordnung« beibringen musste. Andere gerieten aus weitaus weniger gewichtigen Gründen auf die schiefe Bahn.

Judiths Leben war ein Schlingern und Abgleiten gewesen. Ein Mensch ohne Wurzeln, der es unter großen Mühen zurück in ein halbwegs normales Dasein geschafft hatte. Dafür gebührte ihr höchster Respekt. Sie hätte ihm etwas gehustet, wenn er ihr mit einer Aussprache gekommen wäre.

Teetee war anders. Tobias Täschner, Kaiserleys Sohn, der sich trotz allem, was sie trennte, dafür entschieden hatte, in seine Fußstapfen zu treten. Bis heute war der Vater in Kaiser- ley sich nicht sicher, was genau das zu bedeuten hatte. Dabei landeten viele Kinder von Bundesbeamten im selben Verein wie ihre Väter und Mütter. Auswärtiges Amt, BND, Polizei – es war ein Pluspunkt, wenn man sich bewarb und darauf verwei- sen konnte, dass einem die jeweilige Behörde nicht fremd war. Doch weshalb hatte ausgerechnet sein Sohn die BND-Laufbahn gewählt? Wollte Teetee ihn überflügeln? Oder ihm einfach nur zeigen, dass es auch anders ging?

Die Tür wurde wieder geöffnet, Kaiserley hörte beschwingte Gesprächsfetzen und die Stimme einer jungen Frau, die auf Französisch nach seinem Sohn rief.

»Okay«, sagte er nur. »Danke. Entschuldige bitte die Störung.«

»Kein Problem. Sehen wir uns nächste Woche? Dann reserviere ich einen Tisch an der Place des Vosges.«

»Mach das.«

Er legte auf und startete den Wagen. Es ärgerte ihn, dass Teetee ziemlich genau wusste, woran die seltsame Beziehung seines Vaters zu einer Putzfrau krankte. Am meisten wohl an dem Wort *Putzfrau*.

Ja, dachte er, ich bin eitel und selbstgefällig. Ich habe ernsthaft überlegt, ob eine Putzfrau auf dem gleichen intellektuellen Level sein kann wie ich. Judith ist nicht dumm. Ihr Verstand ist flink und durch andere Dinge geschärft als Bildung und Erziehung. Sie wird sich das auch gefragt haben, und ich bin mir sicher, dass sie anderer Meinung ist als ich.

Kaiserley erreichte seinen Kiez und beobachtete an einer roten Ampel eine Schar Touristen, die sich niemals dafür halten würden. Junge, lachende Leute im gewollt untertriebenen Stil der späten zehner Jahre. Er fragte sich, wann er damit angefangen hatte, die nachfolgenden Generationen »junge Leute« zu nennen. Er beobachtete, wie sie noch bei Rot über die Straße rannten, sich gegenseitig zogen, stolperten, in Pfützen sprangen, so viel Lärm wie möglich verbreiteten und ihn hinter dem Lenkrad seines Wagens zum Spießer degradierten. Famose junge Leute.

Vier Straßen entfernt von seiner Wohnung fand er einen Parkplatz. Nur noch wenige Tage, und die Geschäfte würden die Vorweihnachtszeit einläuten. Er sollte wegziehen. Was er vor Jahren hier gesucht hatte, fand er schon lange nicht mehr.

Als er um die letzte Ecke bog, freute er sich, dass in seiner Wohnung kein Licht brannte. Er wollte allein sein an diesem Abend. Leise Musik, mit einem Glas Rotwein durch die Räume gehen, vielleicht aufmerksamer als sonst auf die Geräusche achten, die alte Häuser so von sich geben. Nachdenken darüber, warum Absolution im Leben eines Moralisten eine derart große Rolle spielte und warum sie immer von anderen kommen musste, um etwas zu gelten.

Larcan, dachte er. Was zum Teufel will Larcan von Judith Kepler?

12

Marseille

Bastide Larcan bestellte eine weitere Flasche Rotwein, obwohl Nathalie abwehrend die Hände hob und behauptete, sie habe schon viel zu viel getrunken. Ihr Lachen klang aufgekratzt, und Larcan nahm ihren Widerspruch nicht ernst, diente er doch hauptsächlich als Entschuldigung für das, was sie beide im Verlauf dieser Nacht noch vorhatten. Er steckte dem Mann mit dem Akkordeon einen Schein zu – nicht, damit er weiterspielte, sondern als Aufforderung zu verschwinden. Die Musik war zu laut, der Mann genauso wenig Franzose wie die Panflötenspieler auf den Märkten Peruaner waren. Wahrscheinlich ein Rumäne, denn Larcan erkannte die Tätowierung eines transsylvanischen Adlers auf seinem Unterarm.

Le vieux port, der alte Hafen von Marseille, war erhellt von den Lichtern der Schiffe und der auf alt getrimmten Laternen. Es war ein ungewöhnlich milder Abend für Mitte November, Nebel zerfloss über dem Wasser. Die Restaurants waren gut besucht. Auf den meisten Tischen standen Etageren mit Meeresfrüchten: Austern, Muscheln, halbe Hummer und Langusten, die riesige Königskrabbe.

Larcan nutzte den Moment, den der Kellner zum Abräumen der Teller brauchte, um sich zurückzulehnen und dem Dreiklang innerer Zufriedenheit zu lauschen, der gerade einen Akkord von höchster Harmonie anstimmte. Er hatte gelernt, Augenblicke wie diese zu schätzen und sie nicht durch Gedanken an Vergangenes oder Zukünftiges zu trüben. Die Seile schlugen an die Masten der Yachten. Das Akkordeon quetschte zwei Restaurants weiter eine Musette hervor. Er glaubte, das Meer zu hören, dessen schäumende Wellen auf die schroffen Felsen der Küste trafen, aber es war zu weit weg. Er täuschte sich.

Er legte die Serviette auf den Tisch. Nathalie fing seine Hand ein und führte sie an ihre Lippen.

»Lass uns gehen«, sagte sie. »Ich will nicht, dass du traurig bist.«

Er zog ihre Hand zu sich herüber und küsste sie ebenfalls. »Wie könnte ich das sein? In deiner Gegenwart?«

Sie war die Erste, die ihn darauf hingewiesen hatte, dass sein Gesichtsausdruck anders war, als er bisher angenommen hatte. Nachdenklich zu sein hieß für ihn immer auch, nachdenklich auszusehen. Er war bestürzt, als er erfuhr, dass dies offenbar nicht der Fall war. Wenn er nachdachte, wirkte er nicht gedankenverloren, tiefsinnig oder philosophisch, sondern traurig. Erst hatte er ihr nicht geglaubt. Dann hatte er sich im Spiegel selbst davon überzeugt. Vielleicht war es das nahende Alter, das ihn veränderte.

Er ließ ihre Hand los. Der Kellner brachte den Wein, öffnete ihn mit schnellen, tausendfach geübten Handgriffen, roch am Korken, zauberte von irgendwoher ein frisches Glas herbei und goss einen Fingerbreit ein. Dann reichte er es dem Gast.

Larcan sog den Duft von harzigen Eichenfässern und roten Trauben ein. Erdig, rau und mild zugleich, wie ein später Herbstmorgen, der sich langsam aus einem Tal am Fuße der Cevennen erhob. Er kostete schlürfend, und der Geschmack bestätigte die Ahnung. Er nickte knapp, der Kellner zeigte das Etikett und schenkte ein.

Nathalie legte die Hand auf ihr Glas und lehnte ab. »Ich bin gleich wieder da.«

Sie stand auf und ging ins Innere des Restaurants. Die anderen Gäste nahmen die Gelegenheit wahr, sie hinter ihrem Rücken ungeniert zu mustern. Nathalie war eine attraktive Frau. Mit ihrer grazilen, doch weiblichen Figur und den dunklen, halblangen Haaren entsprach sie dem Idealbild der Französin. Ihr Hüftschwung und ihre langen, schlanken Beine machten ihren Anblick selbst dann noch zu einem Vergnügen, wenn sie fortging.

Larcan nutzte den Moment, um auf sein Handy zu sehen und festzustellen, dass mehrere Nachrichten eingegangen waren. Nichts, worauf man an so einem Abend zu dieser Stunde noch reagieren musste. Dennoch las er sie kurz durch.

Sam, ein Geschäftspartner, den er schon lange kannte, wollte wissen, ob Larcan wieder im Georges V. absteigen würde. Sie hatten in der kommenden Woche eine Verabredung im Pariser Vorort Villepinte, am Rande der Eurosatory, des *Salon international de Défense et de Sécurité terrestres et aéroterrestres*. Die größte Waffenmesse der westlichen Welt. Es gab Menschen, die diese Messe als »Marktplatz des Teufels« bezeichneten. Sie kannten den Teufel schlecht.

Larcan erinnerte sich an die *IDEX* in Abu Dhabi, wo allein fünfzehn Kriegsschiffe vor Anker gegangen waren, damit das interessierte Fachpublikum sie besichtigen konnte. Oder die *Russian Arms Expo* in Nischni Tagil, die mit einem Haubitzenschuss eröffnet worden war. Die *DSEI* in den Londoner Docklands, gegen die Friedensaktivisten alle zwei Jahre ebenso wütend wie erfolglos Sturm liefen. Nicht das, was dort verkauft wurde, war teuflisch. Dafür aber so manche Absicht derer, die es in die Hände bekamen. In London hatte er den Republikaner zum letzten Mal gesehen. Das Ultimatum war mittlerweile fast abgelaufen, und Larcan hatte immer noch keinen Ersatz für Merteuille gefunden. Früher wäre er jetzt nervös geworden. Hinter dem Republikaner stand eine Schattenarmee, die aus einem dunkel pulsierenden Geflecht von Ansporn und Drohung heraus operierte. Ein Machtapparat, der seine Tentakeln vom Kreml aus immer weiter in die westliche Welt ausstreckte. In guten Tagen waren sie Teil einer verschwörerischen, unschlagbaren Gemeinschaft. In schlechten wie diesen konnte die Gemeinschaft zur Bedrohung werden. Doch Larcan war nicht nervös. Er war … müde.

Kurz schweiften seine Gedanken ab zu dem nassgrauen Novembermorgen in Berlin. Sofort klopfte die Schuld an die Tür seiner Seele und bat um Einlass. Er erinnerte sich an die Friedrichstraße, an die lauten Busse, die hastenden Fußgänger, die hupenden Autos – und er mittendrin, auf der anderen Straßenseite, abgeschnitten von der Außenwelt, als hätte jemand eine riesige Glasglocke über ihn gestülpt. Er fragte sich, wo sein Fehler, wo sein Irrtum gewesen war. Warum ihn seine Menschenkenntnis derart im Stich gelassen hatte. Ob er zum ersten Mal tatsächlich den Moment zum Ausstieg verpasst hatte.

Merteuilles Tod hatte die Perspektive verschoben.

Er schenkte sich einen Schluck Wein nach und widmete sich wieder dem Handy. Eine Nummer aus Israel, Tel Aviv. Larcan erkannte sofort, dass sie zu einem öffentlichen Anschluss gehörte.

Aus reiner Neugierde und weil Nathalie immer noch nicht auftauchte, rief er zurück. Es läutete mehrmals, dann hob jemand ab. Larcan hörte das ausgelassene Rufen von Menschen, die sich amüsierten.

»*Shabbat Shalom*«, sagte eine Stimme.

Sofort erinnerte er sich an den dunkelhaarigen Mann, dem sie gehörte. Mor Livnat, ein junger, ehrgeiziger IT-Spezialist. Sie waren sich in Libyen zum ersten Mal begegnet, in einer Zeit, in der aus Idealisten Kämpfer geworden waren, die Waffen brauchten. Hatte es damals nicht auch eine tragische Liebesgeschichte gegeben? Livnas Geliebte, von Militärs erschlagen auf dem Tahrir-Platz? Der ägyptische Frühling, in dem alles möglich schien, sogar die Liebe eines Israeli zu einer Muslima, in was war er nur geendet? Larcan, der sich hütete, persönliche Gefühle für seine Geschäftspartner zu hegen, hatte sich in diesem Fall eine Ausnahme gestattet. Seine Erleichterung war groß gewesen, Livnat wieder sicher in Tel Aviv zu wissen. Wenn das israelische Außenministerium nicht so verdammt schlecht zahlen würde, der Junge wäre schon längst beim Mossad gelandet. Das war der Grund, warum der sagenhafte Ruf des israelischen Geheimdienstes so bröckelte: Auch Israel litt unter einem Mangel an Idealisten, die für ein Beamtengehalt arbeiten wollten, während die freie Wirtschaft die Besten einfach mit Geld holte.

»*Shabbat Shalom*«, erwiderte Larcan den Gruß.

Es war Freitagabend. Livnat musste irgendwo an der Uferpromenade von Old Yafo oder in einem der Clubs im Florentin Quarter sein, mitten unter Touristen und Einheimischen, die auf den jüdischen Feiertag pfiffen.

Larcan war das erste Mal Anfang der Neunziger in Israel gewesen und hatte als land- und forstwirtschaftliche Geräte getarnte NVA-Waffen eingeführt. Die ehemalige DDR war zu einem Selbstbedienungsladen geworden. Männer wie er hatten die Claims untereinander abgesteckt. Von den russischen

Beständen riet man ihm dringend ab. Die Nationale Volksarmee dagegen war eine solide Sache für einen Anfänger wie ihn. Danach war er einer der Strippenzieher gewesen, die die Finanzierung der drei deutschen U-Boote für die Israelis angeschoben hatten. Seit die Bundesrepublik sich entschlossen hatte, nicht mehr nur zu liefern, sondern auch technisch mit Israel zusammenzuarbeiten, hatte er sich aus diesem Fadenkreuz zurückgezogen. Aber an die heißen Nächte in Tel Aviv erinnerte er sich gut. Es amüsierte ihn, dass sie beide, Livnat und er, sich in einer Hafenstadt befanden und quer über das Mittelmeer hinweg miteinander telefonierten. Livnat war nicht religiös. Er arbeitete 24/7, also rund um die Uhr.

»Sie haben mich angerufen?«, fragte Larcan.

»*Oui*«, antwortete der andere gut dreitausend Kilometer weiter östlich und fuhr in tadellosem Französisch fort. »Es tut mir sehr leid, dass Sie die Reise stornieren mussten. Meine Kollegin im Reisebüro hat mir davon erzählt, und es hat mir keine Ruhe gelassen. Sie hatten sich sehr darauf gefreut, nicht wahr?«

Das hieß: *Ich habe gehört, dass es einen Todesfall gegeben hat. Der Mann passte in ein Suchraster, das Sie vor einiger Zeit bei mir in Auftrag gegeben hatten. Das Raster ist noch nicht gelöscht. Und siehe da, es hat sich wieder jemand darin verfangen ...*

»*Merci.*«

»Ich könnte Ihnen ein neues Angebot ausarbeiten. Nicht so umfangreich wie das letzte und auch nicht so detailliert, aber auf jeden Fall mit Jerusalem.«

Es gibt Ersatz. Weniger qualifiziert, aber geeignet.

Vielleicht wollten Sie ja keinen Piloten, sondern eine Stewardess. Vielleicht keinen Bergsteiger, sondern einen Sherpa. Wenn Sie jemanden gesucht haben, der erpressbar ist und eine Verbindung hat zu jenem Haus in Berlin, an dem Ihnen so gelegen war, dann hätten wir jetzt wieder jemanden.

Nathalie kam aus den Waschräumen zurück und schritt durch das leere Restaurant auf die voll besetzte Terrasse.

»Es könnte eine außergewöhnlich gute Gelegenheit sein. Ich weiß, dass fünf Sterne Ihr Minimum sind. Und Jersualem. Das war doch eine Herzensangelegenheit von Ihnen.«

»Jerusalem …«

»*Bien sûr. Exactement.* Felsendom, Grabeskirche, Klagemauer. Und die Via Dolorosa. Alles inklusive.«

Wir kommen bis ins Allerheiligste. Zum Gral der Tempelritter, wenn es sein muss. In den Tresorraum. Die Büros. Die Chefetage.

Livnat musste etwas Außergewöhnliches entdeckt haben.

»Vielleicht können Sie mir ein Angebot zukommen lassen?«

»*Avec plaisier. Bonne soirée.*«

»Wer war das?«, fragte Nathalie und nahm Platz.

Larcan legte das Handy weg. »Livnat«, antwortete er. Eines Tages hatte er das Lügen ihr gegenüber aufgegeben. Dass sie geblieben war, wunderte ihn bis heute.

Sofort verschwand das Lächeln aus ihrem Gesicht. »Du hast mir etwas versprochen.«

Er nickte. Die Sorge verschattete ihre dunklen Augen und nahm dem Ärger, der in ihrer Stimme lag, etwas von seiner Schärfe.

»Nach diesem Auftrag wolltest du aufhören.«

»Ich möchte nicht mit einer *failed operation* abtreten. Das bin ich der Weltbühne schuldig.«

Er lächelte – seine letzte Äußerung sollte ein Witz sein. Aber ihr schönes Gesicht blieb ernst.

»Es ist mir egal, wie du abtrittst. Hauptsache lebend. Und jetzt ziehst du auch noch Livnat mit hinein. Ich kenne ihn. Er findet sogar heraus, wann du deinen ersten Milchzahn verloren hast. Ein *cyber investigator*, jung, begabt und hungrig. Ich war sein *peer* in Orlando. Man kann sich nicht alle Namen merken. Aber ihn habe ich nicht vergessen.«

Nathalies Ruf als Computerforensikerin war so exzellent wie ihr Gedächtnis.

»Weil du sein Beuteschema analysiert hast?«

»Weil ich nicht in sein Beuteschema passe und wir deshalb in meinem Kurs eine sehr angenehme Arbeitsbeziehung hatten. Er steht auf Schneewittchen. Weiß wie Schnee, rot wie Blut, schwarz wie Ebenholz.« Sie seufzte, es klang kokett. Schon spielte wieder ein kleines Lächeln um ihre Augen. »Wenn du ihm auch nur ein Haar krümmst …«

»Was ist mit deinem Beuteschema?«

Wieder berührten sich ihre Hände. Das sanfte Spiel vertiefte sich, sie beugte sich vor, Verheißung und Verlangen lagen in ihrem Kuss.

Der Wind wehte einige Töne zu ihnen herüber. Larcan hatte das Gefühl, in einem *film noir* zu sitzen und seinem eigenen Soundtrack zuzuhören. Der Rumäne mit dem Akkordeon zwei Restaurants weiter spielte *La Foule*, einen Titel, den Edith Piaf einst gesungen hatte. Er war froh, von Sentimentalitäten wie *Milord* verschont zu bleiben. Noch. Der Mann drehte sich gerade um, sah zu ihnen herüber und kam zurück.

Larcan warf einen Zweihunderteuroschein auf den Tisch, goss die Neige aus seinem Glas aufs Pflaster, nahm die beiden Gläser und klemmte sich die Flasche samt Serviette unter den Arm. »Komm«, sagte er.

Nathalie stand auf und folgte ihm. Er ignorierte den leisen Ton, den sein Handy in diesem Moment von sich gab. Livnats Angebot war eingetroffen. Die Nacht war jung, und er war wieder im Spiel.

13

Judiths Blick streifte die zusammengekauerte Gestalt an der Bushaltestelle im Vorüberfahren nur flüchtig. Erst ein paar Meter weiter wurde ihr bewusst, dass es das Mädchen aus dem Haus gegenüber war. Sie parkte den Transporter, stieg aus und kehrte um.

Die Kleine kauerte auf einem der Plastikschalensitze. Die Nässe hatte sich wie Rost in ihren Anorak gefressen. Sie blickte hinunter auf ein Paar Turnschuhe, die nicht ganz den Boden berührten.

»Hi«, sagte Judith.

Das Mädchen fuhr zusammen. Ein paar Haarsträhnen klebten auf den runden, wie aufgeplustert wirkenden Wangen. Dahinter glaubte Judith schmale, dunkle Augen zu erkennen. Es hielt zwei Päckchen Zigaretten in der Hand. Judith setzte sich auf den leeren Platz daneben.

»Was machst du so spät noch hier draußen?«

Sie hätte auch fragen können, warum ein Kind nach zehn Uhr abends bei dieser Kälte mit Zigaretten an der Bushaltestelle saß. Die Reaktion wäre wahrscheinlich die gleiche gewesen: keine. Das Mädchen drehte nur das Gesicht weg und wippte mit den Füßen.

»Hast du deinen Schlüssel vergessen? Ich weiß, wo du wohnst. Wenn du magst, bringe ich dich nach Hause. Dann gibt's vielleicht weniger Ärger.«

Sie wollte aufmunternd klingen, aber sie erntete nur ein schwaches Schulterzucken. Die Zigarettenpackungen wanderten von einer Hand in die andere. Die Ärmel des Anoraks endeten eine Handbreit über den Knöcheln. Er war zu klein, das Mädchen zu dick, das Polyester spannte und warf hässliche Falten. Die Bündchen waren schon ganz grau vom Hochschieben.

»Sie macht nicht auf.«

»Deine Mutter?«

Das Mädchen nickte. Schnell, vorsichtig. Als ob jeder gesagte Satz ein Risiko wäre.

»Soll ich sie anrufen? Hast du ihre Nummer?«

»Sie geht nicht ran.«

»Seit wann sitzt du denn schon hier?«

Die Hände waren weiß, weißer als der Anorak. Auf den Fingernägeln abgeblätterter grellroter Nagellack. Die Kleine schob sich die Spitze einer Haarsträhne in den Mund und kaute darauf herum.

Judith lehnte sich zurück, bis sie die Wand der Bushaltestelle im Rücken spürte. Sie sah die hohen Häuser, hinter manchen Fenstern brannte Licht, viele blieben dunkel. Die Laternen malten helle Kreise auf den Asphalt. Das Fußwippen neben ihr wurde nervöser, aber das Mädchen stand nicht auf. Also sagte es die Wahrheit.

»Sind die Zigaretten für deine Mutter?«

»Ja.«

»Wann hat sie dich denn losgeschickt?«

Das Kind flüsterte etwas, aber Judith verstand es nicht oder wollte es nicht verstehen. Es klang absurd.

»Wie bitte?«

»Gestern.«

Feuchte Hosensäume. Dreck unter den Fingernägeln. Viel zu dünne Schuhe für dieses Wetter.

»Kommt das öfter vor?«

»Bist du vom Amt?«

»Nein, nein. Ich heiße Judith Kepler. Ich wohne gegenüber. Ich habe dich neulich schon mal gesehen, nachts im Treppenhaus. Hat sie da auch nicht aufgemacht?«

Das Mädchen sah sie zum ersten Mal richtig an und nickte.

»Wie heißt du?«

»Tabea. Tabea Schöttler.«

»Darf ich fragen, wie alt du bist?«

»Neun.«

Tabea drehte den Kopf weg und starrte auf den Fahrplan der Nachtbuslinie. Wie viele Busse waren wohl schon vorbeigekommen? Wie viele Fahrer und Fahrgäste hatten die verfrorene Neunjährige mit Zigaretten an dieser Stelle sitzen gesehen?

»Bist du Deutsche?«, fragte Tabea. »Also eine echte, nicht so eine wie die aus Russland?«

Judith hätte beinahe gelacht, so absurd kam ihr die Frage vor. Sie konnte sich gut daran erinnern, wie es war, allein an Bushaltestellen zu sitzen. Manchmal kam es ihr vor, als hätte sie Jahre ihres Lebens an Bushaltestellen verbracht. Aber sie war nicht ganz so jung gewesen. Vielleicht hatte das Mädchen schlechte Erfahrungen gemacht.

»Aus echtem Schrot und Korn.« Sie rollte das R, damit es zackiger klang. Es sollte ein Scherz sein, aber er kam nicht an. »Soll ich mal nach deiner Mutter sehen?«

»Weiß nich.«

Das hieß: Ja, bitte. Sieh nach ihr und mach, dass alles wieder gut wird. Als Judith aufstand und sich aufmunternd nach Tabea umdrehte, folgte sie ihr. Gemeinsam nahmen sie den kürzeren Weg quer über den Parkplatz.

»Hast du einen Schlüssel?«

»Ja. Aber ich komm nicht rein.«

Tabea öffnete den Reißverschluss und nestelte an einem abgeschabten Schlüsselband herum, bis sie den richtigen gefunden hatte. Mit dem ersten gelangten sie ins Haus. Es unterschied sich in nichts von dem, in dem Judith wohnte. Nur die Wände und Treppengeländer waren in einer anderen Farbe gestrichen: hellblau. Als der Aufzug endlich kam und sie in die Kabine stiegen, drückte Tabea auf die neun.

Im Fahrstuhllicht sah das Mädchen noch vernachlässigter aus. Die Schnürsenkel der Turnschuhe waren schwarz vom Straßenschmutz. Die Kleidung hatte Flecken und Risse, die nicht erst von dieser Nacht stammten.

»Warst du bei Freunden?«, fragte Judith. »Oder Verwandten? Im Jugendclub?«

Tabeas Hände verkrampften sich um die Zigarettenschachteln. »Da ist um zehn Schluss.«

»Und danach?«

Tabea sagte nichts. Die Kabine hielt, die Türen öffneten sich. Judith folgte ihr durch einen langen Flur. Vor einigen Wohnungen standen Schuhe, und je weiter sie sich vom Treppenhaus entfernten, desto absurder wurde das Sammelsurium: alte Pappkartons, vertrocknete Pflanzen, kaputte Kinderwagen, ein Fahrrad ohne Räder. Ganz hinten am Ende des Flurs blieb Tabea stehen. Der zweite Schlüssel passte nicht.

»Lass mich mal.«

Judith klingelte, aber nichts rührte sich. Tabea reichte ihr den Bund, und sie versuchte, den Schlüssel ins Schloss zu stecken – Fehlanzeige.

»Da steckt einer von innen.« Sie klingelte noch einmal. Die Frau musste zu Hause sein. Wahrscheinlich betrunken oder bis zum Kragen voll mit Drogen. Sie klopfte. Vorsichtig, dann kräftiger. »Frau Schöttler? Sind Sie da? Bitte machen Sie auf. Ihre Tochter möchte nach Hause.«

Hinter der Tür blieb es still. Totenstill. Judith beugte sich zu dem Mädchen hinab, um ihm ins Gesicht sehen zu können. Es hatte die Lippen zusammengepresst.

»Als deine Mutter dich losgeschickt hat, wie ging es ihr da?«

»Gut.«

»Hatte sie was getrunken? Oder Medikamente genommen?«

Tabea schüttelte den Kopf, und Judith wusste, dass sie log. Noch einmal klopfte sie, dann gab sie auf. Sie kannte die Stille hinter der Tür, das hatte nichts Gutes zu bedeuten.

»Komm, wir gehen rüber zu mir. Ich mache dir erst einmal ein heißes Bad, und dann rufen wir deine Mutter an. So lange, bis sie ans Telefon geht. Okay?«

»Ich darf nicht zu fremden Leuten.«

Aha. Aber die Nächte an Bushaltestellen und in Treppenhäusern verbringen, das darfst du?, hätte Judith am liebsten gefragt. Doch sie wusste, dass das Kind schon genug litt.

»Ich bin nicht fremd. Du kennst mich jetzt. Ich bin eine Nachbarin. Nachbarn helfen einander. Ich wohne allein. Wenn du magst, mache ich dir eine Pizza.«

Sie hoffte, dass sie noch eine im Tiefkühlfach hatte. Wenn nicht, würde sie eine bestellen. Widerstandslos ließ das Kind sich zurück zum Fahrstuhl ziehen. Judith war versucht, an den anderen Türen zu klingeln. Dass Tabea es nicht schon getan hatte, hielt sie davon ab.

Sie verließen das Haus. Judith blieb auf der Mitte der menschenleeren Anliegerstraße stehen und deutete auf ihre Wohnung im Block gegenüber.

»Da oben, da wohne ich. Nicht toll, zwei Zimmer, aber ein Balkon mit einem Teleskop. Ich schaue mir nämlich gerne die Sterne an. Wenn es mal nicht so viele Wolken gibt, lass ich dich durchgucken. Vielleicht gefällt es dir ja. Sterne sind toll.« Sie drehte sich um. »Tabea?

Das Mädchen war verschwunden. Judith glaubte, eine Bewegung hinter den wuchernden Bodendeckern vor dem Haus auszumachen.

»Tabea!«

Sie zog die Zweige auseinander, stach sich dabei in die Finger und fluchte laut. Ausgetrickst von einem Kind. Wo konnte sich ein Mädchen nachts in einer Hochhaussiedlung verstecken? Sie lief einmal um das Gebäude herum, dann stieg sie die Stufen zu den Müllräumen und Kellerzugängen hinunter. Sie waren abgeschlossen. Vielleicht hatte sie sich hier verkrochen, mit ihrem Schlüssel kam sie vermutlich hinein.

»Tabea! Komm raus!«

Wütend schlug Judith mit der Faust gegen die Eisentür. Rost und Lackreste rieselten herab, Regen tropfte auf die rissigen Stufen. Langsam stieg sie die Treppe wieder hoch. Was sollte sie tun? Beim letzten Mal hatte sie sich aufs nächste Mal vertröstet. Sie ahnte, dass es das nicht mehr geben würde, wenn sie der Sache da oben im neunten Stock nicht auf den Grund ging.

Die Stille hinter einer Tür. Ein Schlüssel, von innen ins Schloss gesteckt. Keine Mutter, so verwahrlost sie auch sein mochte, würde ihr Kind über Nacht draußen lassen, schon gar nicht in dieser Kälte.

Wirklich nicht? Was, wenn sie die Polizei riefe und man nichts anderes fände als eine hilflose Person, die ihren Rausch ausschlief? Wohin würden sie Tabea dann bringen? Judith kannte die Antwort.

Sie ging zu ihrem Transporter und holte das Futteral mit den Dietrichen heraus. Es gab immer wieder Fälle, in denen sie gezwungen waren, Türen zu öffnen. Meist führten sie zu Dachböden oder in Abstellräume. Manchmal waren die Schlösser der Häuser und Wohnungen zuvor aufgebrochen worden, weil man etwas darin vermutete, was später, wenn Judith und ihre Kollegen eintrafen, zur schrecklichen Gewissheit wurde. Die Dietriche klirrten leise, als sie das Futteral öffnete und den Inhalt auf Tauglichkeit prüfte. Schraubendreher, Schlagschlüssel, Spanner, Hook, Halbdiamant, Schneemann. Ein Korken mit einer aufgespießten Nähnadel. Längst abgelaufene Plastikkarten von Hotel-

zimmern. *Lockpicking* stand nicht im Lehrplan von Gebäude-
reinigern. Man wurde eingeweiht von Männern mit schwieligen
Händen im Hinterhof einer Schweißerei, zu der einen Dombrowski eines Tages schickte mit dem nicht ganz ernst gemeinten Auftrag, »Luft zu bohren«. Judith glaubte, in einer dunklen
Ecke einige Tresore gesehen zu haben, allesamt mehrfach auf-
geschweißt, aber sie war sich nicht sicher.

Bohrmuldenschlüssel, wie sie die Wohnungsbaugesellschaft
verwendete, waren vertrackte Dinger. Sie ließen einem nur dann
eine Chance, wenn sie ganz gerade im Schloss steckten. Dann
konnte man sie von außen eventuell zurückschieben. Vielleicht
ginge es auch mit einer Kreditkarte. Wenn die Tür abgesperrt war,
dann war es ein Fall für das Stemmeisen. Egal wie sie die Sache
drehte und wendete, es blieb Einbruch. Also doch die Polizei?

Ein Spießrutenlauf für Tabea in dieser Etage, wenn der Verdacht ein bloßer Verdacht bliebe. Judith hatte das Gefühl, als
dürfte sie keine Minute ungenutzt verstreichen lassen.

Ihr eigener Schlüssel passte nicht für Tabeas Haus. Daher
benutzte sie eine der Karten, um die Tür zu öffnen. Zurück im
neunten Stock kämpfte Judith sich durch den Sperrmüll und
klingelte an der Tür neben den Schöttlers. Obwohl sie Stimmen
oder einen Fernseher hörte, öffnete niemand. Sie versuchte es an
der Wohnung gegenüber, doch dort schien niemand zu Hause
zu sein. Gut. Dann blieb sie ungestört.

Judith legte das Futteral auf den Boden, schlug es auf und
wollte erst den Korken nehmen, in den eine Nähnadel gesteckt
war. Ihre Hand schwebte über den Instrumenten, dann öffnete
sie den Reißverschluss zu einem Seitenfach und zog ein Paar
dünne, sterile Handschuhe heraus, wie sie in Krankenhäusern
und Arztpraxen verwendet wurden. Jede Schlossöffnung hinterließ Spuren. Sie musste das Ganze ja nicht auch noch mit ihren
Fingerabdrücken garnieren.

Dein Führungszeugnis haben sie frei gemacht.

Was für ein arroganter, überheblicher Vogel Kaiserley doch war. *Und sogar deine Punkte in Flensburg halbiert.* Sollte sie etwa auch noch dankbar dafür sein? Das hieß doch im Klartext nichts anderes als: Wir haben dich in der Hand, Baby.

Würde das denn nie aufhören? Konnte bei jedem neuen Job, jeder Adressänderung, jedem Menschen, den sie kennenlernte, plötzlich ein Mann vom BND auftauchen und ihr gute Ratschläge geben, wie sie sich zu verhalten hatte?

Die internationale Hacker-Elite hatte es also auf sie abgesehen. Sie streifte die Handschuhe über. Hier arbeitet gerade die internationale *Lockpicking*-Elite, dachte sie. Ehrliches Handwerk. Nehmt euch daran mal ein Beispiel.

Vorsichtig schob sie die aufgespießte Nadel ins Schloss und spürte sofort den Widerstand. Der Schlüssel ließ sich nicht bewegen, also war er verkantet. Sie legte den Korken weg und tastete nach der Plastikkarte, schob sie in den dünnen Spalt zwischen Tür und Rahmen und kam sofort an den Riegel. Judith gab Druck, wie sie es gelernt hatte, und die Tür öffnete sich.

Gruß an die Sportsfreunde der Sperrtechnik, dachte sie noch. Sie rollte das Futteral zusammen und steckte es in den Hosenbund. Dann trat sie ein.

14

Die Wohnung roch nach Müll und Erbrochenem, mehr nicht. Judith atmete trotzdem so vorsichtig, als müsste sie jeden Moment mit dem Schlimmsten rechnen. Sie tastete nach dem Lichtschalter. Der Flur war eng, weil alles Mögliche im Weg stand: Tüten mit Pfandflaschen, ein kaputtes Schuhregal, die völlig überladene Garderobe. Jacken, Mäntel, Pullover, die keinen Platz mehr auf den Haken gefunden hatten, waren dort liegengeblieben, wo sie hingefallen waren. Weitere Kleidung hatte sich dazugesellt. Links ging das Bad ab, rechts die Küche.

»Frau Schöttler?«

Keine Antwort. In der Küche stapelte sich schmutziges Geschirr. Eine Pfanne stand noch auf dem Gasherd. In dem erstarrten Fett lagen grünliche Klumpen. Sie spürte die Übelkeit dort, wo sie sie am wenigsten gebrauchen konnte: direkt hinter dem Zungenbein.

Tabeas Kinderzimmer. Es war so spartanisch eingerichtet, dass es Judith beinahe die Tränen in die Augen trieb. Ein billiges Bett, ungemacht, die Decke in einem ausgewaschenen, schmutzigen Bezug, auf dem schwach das Motiv einer Comic-Meerjungfrau zu erkennen war. Tisch, Regal, Fernseher. Das einzig Üppige war die sagenhafte Menge an kreischbuntem Spielzeug und dreckigen Plüschtieren. Alles lag ungeordnet zu instabilen Haufen geschichtet oder einfach nur verstreut herum. Ein fleckiger Teppich rollte sich dort, wo die Tür darüberstreifte, nach oben. Gleich hinter der Schwelle waren die eingetrockneten Stellen am größten. Der scharfe Geruch von altem Urin stach in der Nase. Außen an der Tür befand sich ein Riegel. Tabea musste seit ihrer frühsten Kindheit in diesem Loch hausen. Wahrscheinlich war sie stunden- oder sogar tagelang eingesperrt gewesen und hatte noch nicht einmal auf die Toilette gekonnt. Wo war die Mutter?

Im Wohnzimmer stand eine durchgesessene Couchgarnitur. Sie schien der Lebensmittelpunkt zu sein. Auf ihr und um sie herum stapelten sich Pizzakartons und die eckigen, hohen Schachteln vom Asia-Imbiss. Der Aschenbecher auf dem Tisch war ein Suppenteller, an dem Essensreste klebten. Zwei Flaschenhälse lugten unter der Couch hervor. Judith stand in der

Wohnung einer verwahrlosten Alkoholikerin, die sich um nichts mehr kümmern konnte. Schon gar nicht um ihr Kind. Sie kannte solche Wohnungen, oft genug wurden sie gerufen, wenn der Gestank unerträglich geworden war. Mit Glück lebten die Bewohner noch, manchmal aber auch nicht mehr.

Wie lange musste Tabea dieses Elend schon ertragen? Es zog Judith das Herz zusammen.

»Frau Schöttler!«

Es gab nur noch eine Tür. Wütend stieß Judith sie auf. Das Schlafzimmer. Noch bevor sie das Licht anknipste, zog sie reflexartig den Rollkragen hoch und drückte ihn auf die Nase. Es roch nach Dreck, alten Kleidern, billigem Parfüm und unverdautem Alkohol. Und nach etwas, das Judith kannte. Es war nur ein Hauch. Eine Ahnung. Aber es schwebte schon durch den Raum und verdichtete sich zu etwas Schrecklichem.

Die Frau lag auf dem Bett und starrte mit milchigen Augen an die Decke. Der Morgenmantel klaffte auseinander, offenbarte ihren bleichen, fülligen Körper und die obszön gespreizten Beine. Blutiger Schaum war aus dem Mund ausgetreten und hatte die Lippen beim Trocknen verkrustet. Der Hals, kurz und dick wie der einer Schildkröte, war ebenso wie das Gesicht von dunklen Flecken übersät.

Der Ekel, den sie seit dem Betreten der Wohnung in sich spürte, schlug um in Entsetzen. Sie hatte schon viele Tote gesehen, in jedem möglichen Stadium, bis hin zum Skelett. Aber oft waren noch Ärzte vor Ort, manchmal auch die Polizei oder Rechtsmediziner und fast immer die Bestatter. Es gab Leichenschauscheine und Särge, Vorgangs- und Rechnungsnummern. Judith war Teil eines Ablaufs, zwar immer die Letzte, aber am Ende einer Reihe von irgendwie geordneten Umständen. Das hier war anders.

Sie balancierte um das Bett herum, von panischer Angst

gepackt, auf etwas zu treten, das Gleichgewicht zu verlieren und auf die Tote zu stürzen. Als sie das Fenster erreicht hatte, riss sie es auf und atmete tief durch. Sie wusste nicht, warum sie so reagierte. Vielleicht lag es daran, dass diese Frau ein Kind geboren hatte, das sich gerade draußen herumtrieb und immer noch hoffte, alles würde gut.

Judith keuchte und brauchte all ihre Willenskraft, um sich umzudrehen.

Das also war Tabeas Mutter. Man musste kein Arzt sein, die Hautfarbe und die Verkrustungen waren ein deutliches Zeichen. Die Frau war erstickt, entweder durch Fremdeinwirkung oder eigene Schuld.

Die Wohnungstür fiel ins Schloss. Leise, als ob jemand versucht hätte, so wenig Lärm wie möglich zu machen. Starr vor Schreck hielt Judith den Atem an. Etwas raschelte im Flur. Die Tüte mit den Pfandflaschen? Sie tastete nach dem Futteral mit den Dietrichen und versuchte, eines der schmalen und zugleich äußerst spitzen Instrumente herauszufischen. Ihre Finger zitterten dabei so sehr, dass die Ledermappe auf den Boden fiel. Sie fuhr zusammen. Das dumpfe Klirren war sicher bis in den Flur zu hören. Wieder raschelte es. Dann näherten sich Schritte, langsam und vorsichtig wie jemand, der auf der Hut war. Durch den Türspalt sah Judith ein wachsbleiches Gesicht.

Mit zwei Sätzen war sie im Flur, stieß die Gestalt zurück und schlug die Tür hinter sich zu. Tabea stand erschrocken, mit weit aufgerissenen Augen, vor ihr.

»Nicht!«

»Was machen Sie hier? Haben Sie die Wohnung aufgekriegt?«

Tabea wollte an ihr vorbei, aber Judith ließ es nicht zu. Die Klinke fest in der Hand, stellte sie sich dem Mädchen in den Weg.

»Du kannst da nicht rein.«

»Warum nicht? Lassen Sie mich durch!«

»Hör auf. Tabea! Es geht nicht!«

Das Kind wollte ins Schlafzimmer, und je mehr Widerstand Judith leistete, desto panischer versuchte es, das Ziel zu erreichen.

»Nein! Lass es, hörst du denn nicht?«

Tabea stürzte sich auf sie. Um ein Haar wäre Judith zu Boden gegangen, so sehr überraschte sie dieser Angriff. Das Mädchen entwickelte Bärenkräfte, es zog, trat, boxte, und Judith versuchte, es mit einer Hand abzuwehren, aber es gelang ihr nicht. Bevor sie sich von einer Neunjährigen verprügeln ließ, packte sie das Kind und schob es unsanft ein paar Schritte zurück. Ein glühender Schmerz jagte durch ihren Unterarm. Tabea hatte sie gebissen.

»Hör auf! Das bringt doch nichts!«

»Was hast du mit meiner Mutter gemacht? Wo ist sie?«

»Tabea!«

Der nächste Biss. Ein Tritt gegen das Schienbein. Judith wollte dem Kind nicht wehtun, aber gegen diese Rage kam sie nur an, indem sie Tabea die Arme auf den Rücken drehte und sie vor sich her über den Flur in ihr Zimmer stieß. Sie gab dem Mädchen einen kräftigen Schubs. Es fiel auf das Bett und rührte sich nicht mehr. Schwer atmend blieb Judith stehen, auf der Hut, jeden Fluchtversuch sofort zu vereiteln.

»Was ist mit meiner Mama?«

Tabea wollte eine Antwort. Vielleicht wusste sie sie schon und brauchte nur einen Menschen, der das Unfassbare in Worte kleidete. Judith fragte sich, was sie in dieser fremden Wohnung und dem Schicksal anderer Leute zu suchen hatte. Sie wäre am liebsten gegangen.

»Sie war krank, deine Mutter?«

Tabea schüttelte den Kopf, der Pony fiel ihr wieder über die Augen.

»Sie muss krank gewesen sein. Wir sollten jetzt einen Arzt rufen.«

»Was hat sie? Warum darf ich nicht zu ihr?«

Judith setzte sich neben das Kind. Es sah aus, als hätte es den Kampf aufgegeben. Sie überlegte, ob es zu viel der Nähe war, den Arm um Tabea zu legen. Sie hatte keine Erfahrung im Trösten. Liz, die könnte das.

»Ich glaube, sie wacht nicht mehr auf.«

»Du lügst.«

Tabea schnellte hoch und war schon im Flur, während Judith noch versuchte, sich von der durchgelegenen Matraze hochzukämpfen.

»Bleib hier!«

Sie jagte hinterher, doch sie kam zu spät. Die Kleine riss die Schlafzimmertür auf, stürzte sich auf die Leiche ihrer Mutter und umklammerte sie fest. Schluchzend schüttelte sie den leblosen Körper.

»Mama! Wach auf. Wach doch auf, Mama!«

Judith wollte sie wegziehen, aber Tabea schüttelte ihre Hand ab. Schließlich ließ sie es geschehen und verließ das Zimmer.

Erschöpft tastete sie nach ihrem Handy und wählte den Notruf. Sie gab die Adresse an und bat um einen Krankenwagen, auch wenn der nicht mehr nötig war. Dann kehrte sie zurück und blieb in der Eiseskälte, die durch das geöffnete Fenster hereinströmte, neben der Leiche und dem schluchzenden Kind sitzen, sie streichelte die zuckenden Schultern, so wie Liz es vielleicht gemacht hätte, sie murmelte wider besseres Wissen sinnlose Worte wie »Es wird ja gut, es wird ja alles wieder gut«, und als nach einer Viertelstunde, die sich für Judith zu einer endlosen, grausamen Ewigkeit dehnte, endlich der Gong das Eintreffen des Notarztes ankündigte, öffnete sie die Tür und ließ den Mann gemeinsam mit einem Sanitäter herein.

Die folgenden Stunden zogen an Judith vorbei wie ein Film im Zeitraffer. Immer neue Leute tauchten auf. Zuerst zwei Bereitschaftsbeamte vom zuständigen Polizeiabschnitt, dann ein weiterer Arzt, der den Leichenschauschein ausfüllte und bei der Todesursache »ungewiss« ankreuzte. Danach kam die Kriminalpolizei, dann die Spurensicherung. Judith und Tabea saßen in der Küche, bis schließlich eine übermüdet aussehende Frau mit verhärmten Zügen zu ihnen kam und sich als Kriminaloberkommissarin Brigitte Fabian vorstellte. Da war Tabea bereits auf dem Stuhl in Judiths Armen eingenickt. Die Einzige, die hier ein Problem mit Nähe hatte, war wieder einmal Judith. Ihr schlief der Arm ein.

»Sie können jetzt nach Hause gehen«, sagte die Beamtin. »Wenn wir noch Fragen haben, melden wir uns.«

»Was ist mit Tabea?«

»Ich habe das Jugendamt informiert. Zwei Mitarbeiter vom Kindernotdienst sind unterwegs. Die werden sich um das Mädchen kümmern. Sie müssten gleich hier sein.«

»Haben Sie herausgefunden, ob sie Verwandte hat?«

Die Frau lehnte sich an die dreckige Spüle. Sie sah aus, als ob sie gleich im Stehen einschlafen würde. »Sie hat eine Tante in … irgendwo in Thüringen. Wir versuchen, sie zu erreichen. Wir versuchen auch, Kontakt zu ihrem Vater aufzunehmen. Aber das ist nicht einfach.«

»Kann sie so lange zu mir?«

»Wenn sie aufwacht, sollte ein Psychologe in der Nähe sein.«

»Ich glaube, es ist besser, wenn dann jemand da ist, der sie mag.«

»Das ist richtig. Aber Sie haben uns immer noch nicht erklärt, in welchem Verhältnis Sie zur Familie Schöttler stehen.«

»Ich wohne direkt gegenüber. Sie müssen das Kind nicht aus

seiner gewohnten Umgebung herausreißen. Lassen Sie sie bei mir. Zumindest übers Wochenende.«

Die Frau dachte kurz nach, dann sah sie mit einer resignierten Geste auf ihre Armbanduhr. »Haben Sie etwas dagegen, wenn ich Sie begleite?«

»Nein. Natürlich nicht.«

Judith weckte Tabea vorsichtig. Das Mädchen wollte sofort wieder zu seiner Mutter, doch die Fahrbereitschaft der Rechtsmedizin hatte die Leiche schon abgeholt. Noch ein Schock, Tabea fing wieder an zu weinen. Judith versuchte zu trösten und fragte sich zum ersten Mal, ob sie überhaupt geeignet war für das, worauf sie sich da eingelassen hatte.

15

Judith schloss die Tür zu ihrer Wohnung auf und wartete, bis Tabea und die Kommissarin eingetreten waren. Brigitte Fabian ließ den Blick über die spartanische, aber saubere Einrichtung wandern. Das einzig opulente war das Bücherregal, das die gesamte Längsseite des Wohnzimmers einnahm.

»Sie lesen viel«, sagte die Frau und bemerkte die Schallplatten in der anderen Ecke, ebenso zwei halb ausgepackte Umzugskartons.

»Komm«, sagte Judith zu Tabea und zog sie weiter. »Ich mach dir ein Bad, und dann schläfst du dich erst mal aus.«

Sie ließ Wasser einlaufen und schüttete viel zu viel Schaumbad hinein.

»Magst du lieber alleine sein?«

Tabea nickte. Sie trug immer noch ihren Anorak. Judith reichte ihr ein Handtuch und ein T-Shirt von sich und ging hinaus. Im Wohnzimmer war es kalt. Brigitte Fabian hatte die

Balkontür geöffnet und die Hülle des Teleskops entfernt, das sie nun, ohne die leiseste Ahnung vom Umgang mit dem Gerät, auf die gegenüberliegende Häuserfront richtete. Wahrscheinlich glaubt sie, ich bin eine Spannerin, dachte Judith. Schaue mir anderer Leute Leben an.

»Ich kann gar nichts erkennen. Ist es kaputt?«

»Nein. Sie sollten vielleicht die Verschlusskappe entfernen.«

»Ach so.« Die Kommissarin lachte unsicher. Vermutlich wurde sie nicht oft auf Fehler hingewiesen.

»Ich hatte die Jupitermonde im Visier. Vorgestern war das Wetter besser.«

»Verstehe.«

»Aber wenn ich es richtig justiere, kann ich lesen, was er da schreibt.« Sie deutete auf ein erleuchtetes Fenster im Wohnblock gegenüber. »Das wollten Sie doch wissen. Oder?«

»Und? Tun Sie das manchmal?«

»Das ist mir zu langweilig. Wenn man in Lichtjahren denkt, verlieren die E-Mails von Heranwachsenden irgendwann ihren Reiz.«

»Sie sind Gebäudereinigerin.«

»Ja.«

»Und Sie denken in Lichtjahren.«

»Manchmal.«

Die Kommissarin ging zurück ins Wohnzimmer. Während Judith das Teleskop wieder in seine Hülle verfrachtete, rief sie jemanden an und sprach dabei zu leise, als dass man auf dem Balkon etwas verstanden hätte. Sie beendete das Gespräch, als Judith zu ihr trat.

»Das Jugendamt ist einverstanden.« Frau Fabian sah wieder auf ihre Armbanduhr. »Aber nur übers Wochenende. Wir werden noch einmal bei Ihnen vorbeischauen. Ich hoffe, Tabea wird dann mit uns reden.«

Die Kleine hatte sich bis auf den Wunsch, ihre Mutter zu sehen, nicht mehr geäußert.

»Ich bin da.«

»Das gilt nur so lange, bis sie zu ihren Verwandten kann.«

»Klar.«

Die Kommissarin seufzte. Auf dem Weg zur Wohnungstür kam sie an der Küche vorbei. »Darf ich?«

Judith wusste nicht, was sie meinte. Schon hatte ihre Besucherin den Kühlschrank geöffnet und inspizierte den Inhalt mit prüfenden Blicken. Im Seitenfach stand eine halb volle Flasche Weißwein. Sie holte sie heraus, las das Etikett und stellte sie wieder zurück. Judith folgte ihr und verschränkte abwehrend die Arme vor der Brust.

»Wenn Sie etwas trinken wollen, warum fragen Sie nicht danach?«

Die Kommissarin schloss die Kühlschranktür. Sie wollte etwas sagen, aber Judith schnitt ihr das Wort ab.

»Oder halten Sie alle, die hier wohnen, für Alkoholiker?«

»Nein. Aber Sie werden verstehen, dass ich mich vergewissern muss.«

»Ihre Kontrolle kommt etwas spät. Warum hat sich das Jugendamt nicht längst um Tabea gekümmert? Es muss doch jemand bemerkt haben, dass sie in der Schule fehlt. Und wie sie herumläuft.«

»Ich werde es herausfinden. Und Sie? Warum ist es Ihnen nicht schon früher aufgefallen, wo Sie das Mädchen doch so mögen?«

Judith dachte an die Nacht vor zwei Wochen und sah zu Boden.

»Bis morgen, Frau Kepler. Hier. Falls etwas sein sollte.«

Sie reichte ihr eine Visitenkarte, auf der Name, Dienstgrad und Telefonnummer standen. Direktion 6, Kriminalinspektion 1.

Poelchaustraße, Verwaltungsbezirke Lichtenberg, Marzahn-Hellersdorf, Treptow-Köpenick. Eine Frau mit müden Augen, zuständig für ein Gebiet, das mehr Einwohner hatte als manche Großstadt.

Tabea lag im Bett und schlief. Judith deckte sie noch einmal zu und ging ins Wohnzimmer. Sie holte sich eine Wolldecke und überlegte, während sie sich einwickelte, ob sie eine Schallplatte auflegen sollte. Oder ein Glas Wein trinken. Sie ärgerte sich über den unausgesprochenen Generalverdacht und musste gleichzeitig zugeben, dass die Kommissarin richtig gehandelt hatte. Schließlich ließ sie die Tochter einer Toten, die offenbar völlig überfordert mit ihrem eigenen Leben gewesen war, in der Obhut einer Fremden.

Der Tag ließ sie nicht los. Bildfetzen und Gefühle tauchten wieder auf. Kaiserley an der Gondel, mit diesem überheblichen Lächeln im Gesicht, als könne er jede ihrer Reaktionen voraussehen. Die Fotos der Leute, die ihr Leben hacken wollten. Ein Israeli, ein Ami, eine Schweizerin … Lakhan, Lahm, wie auch immer sein Name war, der geheimnisvolle Unbekannte … Tabeas Mutter … Jäger, der wie die personifizierte Erleichterung das *The Great China Wall* verließ …

Sie setzte sich auf und tastete im Dunkeln nach dem Tabakpäckchen. Die Flamme des Feuerzeugs blendete sie und brannte einen leuchtenden Punkt auf ihre Netzhaut, der nur langsam wieder verschwand.

Adrian Jäger. Klassen unter Kaiserleys Niveau. Dass sie ihn versetzt und angeschrien hatte, war ihr egal. Hauptsache, sie hörte nie wieder etwas von dieser Bank. Sie erinnerte sich flüchtig an Adolf Harras und daran, dass er bei ihr einen anderen Eindruck hinterlassen hatte. Vaduz. Liechtenstein. Schweizer Berge.

Ob jemand wie Harras wusste, wie andere Menschen lebten? Ob er eine Vorstellung davon hatte, wie viele Wohnungen es gab, in denen es so aussah wie bei den Schöttlers? Vielleicht hatte er davon gelesen, schließlich spendeten Leute wie er auf Wohltätigkeitsgalas, wo sie ihresgleichen trafen und sechsgängige Menüs mit Weinbegleitung serviert bekamen. Am Hinterausgang ein Wagen der Berliner Tafel, der abholen durfte, was übrig geblieben war.

»Ich kann nicht schlafen.«

Judith fuhr hoch und drückte die Zigarette aus. Tabea stand im Flur, die Bettdecke umgewickelt.

»Soll ich zu dir kommen?«

Das Kind antwortete nicht, sondern drehte sich um und verschwand wieder. Wenig später lag Judith neben Tabea und lauschte dem leisen, schnaufenden Atem. Er erinnerte sie an die Schlafsäle ihrer Jugend und die Nächte, die nie still waren, weil immer irgendwo jemand schnarchte, hustete oder weinte.

Tabea weinte nicht.

»Was passiert jetzt mit mir?«, fragte sie leise.

»Du kommst vielleicht zu deiner Tante.«

»Weiß nicht.«

»Ist sie nett?«

Das Schweigen auf Judiths Frage ließ darauf schließen, dass Tabea bisher nicht sehr viele nette Fremde kennengelernt hatte.

»Gibt es denn sonst niemanden?« Es wollte Judith nicht in den Kopf, dass zwei Menschen völlig autark leben konnten. Dann fiel ihr ein, dass ihr eigenes Leben auch nicht viel anders aussah. Beziehungsmäßig zumindest.

Hast du keinen, der sich um dich kümmert? – Doch, Kaiserley. Alle sechs Jahre.

»Frederik«, sagte Tabea.

»Wer ist das?«

»Mein Vater. In den Sommerferien war ich bei ihm. Er wohnt in Mecklenburg in einem Dorf, das ihm gehört und wo er machen kann, was er will.«

Judith stellte sich einen Mann auf einem Pferd vor, der im rotglühenden Sonnenuntergang seine ausgedehnten Ländereien abritt. »Vielleicht kannst du ja zu ihm?«

»Ich weiß nicht. Sie streiten immer. Dieses Mal nach den Ferien war es besonders schlimm. Er wollte, dass ich bei ihm bleibe.«

»Und du?«

Weite Landschaften, windzerzauster Himmel. Vielleicht gar nicht das Schlechteste für eine Großstadtgöre, die Grün allenfalls von den Etiketten der Kräuterlikörflaschen ihrer Mutter kannte.

»Weiß nicht. Ich war in einem Sommercamp mit Lagerfeuer und Zelten und so, das war nicht so schön. Aber auf einem Hof ist ein Pony, das durfte ich reiten. Das war toll. Ich hätte so gern auch ein Pony.«

Tabea seufzte, und Judith fragte nicht weiter. Kinderträume. Erst wurden sie ihnen von den Erwachsenen auf dem Silbertablett serviert und dann vor der Nase wieder weggezogen.

»Mama hat das nicht gefallen, sie hat Papas Freunde nie gemocht. Dabei sind die ganz anders als die Hartzer hier. Die hatten auch keine Arbeit, aber Frederik hat ihnen gesagt, was sie tun sollen, und dann haben sie es gemacht. Also Zäune reparieren und so. Oder Sport machen und sich abends treffen und Lieder singen am Lagerfeuer. Ein paar von denen waren echt nett zu mir.«

»Wie ... nett?«

»Sie wollten wissen, wie ich heiße und so. Ich hab auch andere Kleider bekommen da. Richtige Kleider. So hübsche, die haben mir gut gefallen. Ich hatte da sogar eine Freundin, Enya hieß die, wie die Sängerin, die so traurige Lieder macht. Wir haben zusammen gespielt und so, und wenn mich jemand nicht gemocht hat, dann hat sie es Frederik gesagt und der hat sich die dann vorgenommen. Das waren die Kinder von den anderen.«

»Welchen anderen?«

»Da gibt es noch zwei Häuser, in denen andere wohnen. Also andere halt. Ich durfte zu denen nicht hin, Frederik wollte das nicht.«

»Warum nicht?«

»Weiß ich nicht.« Tabea drehte sich weg und zwieselte wieder mit ihrer Haarsträhne.

Judith knuffte sich ihr Kissen zurecht und suchte nach einer Lage, in der sie einschlafen konnte, ohne von diesem fremden, warmen Körper in ihrem Bett gestört zu werden. Tabea hatte ihr beim Umdrehen die halbe Decke weggezogen. Sie wollte sie ihr nicht wieder wegnehmen.

»Du wärst gerne wieder bei ihm, oder?«

»Weiß nicht.«

Irgendetwas war da. Wahrscheinlich wusste das Kind nicht, wohin mit seiner Solidarität. Die Mutter hatte Frederik und seine Freunde nicht gemocht. Klar, dass die Tochter da nicht gleich jubelnd umschwenken konnte. Ein paar Dinge bei Frederik hatten Tabea gefallen. Seltsam war nur die Sache mit den *anderen*. Wer damit wohl gemeint war?

»Wie kann ich deinen Vater denn finden?«

Tabea setzte sich so schnell auf, dass die Matratze wackelte. »Das ist ganz einfach. Du musst nur in sein Dorf. Das heißt Schenken und ist auf dem Weg Richtung Rostock an der Autobahn. Lass uns hinfahren, bitte! Ich will nicht zu dieser Tante. Ich kenn sie doch gar nicht. Aber Frederik und Enya und alle anderen. Und das Pony. Bitte lass mich zu dem Pony. Komm mit! Ich will nicht alleine da hin. Wir fahren zusammen hin. Jetzt gleich!«

Das Flehen in Tabeas Stimme hätte einen Stein erweichen können. Es war Judith sehr vertraut, weil sie es selbst als Kind gespürt hatte. Bitte hilf mir doch. Bitte lass mich hier raus. Bitte sperr mich nicht weg… Sie hob die Hand, um dem Mädchen übers Haar zu streicheln – und ließ sie wieder sinken.

»Das geht nicht. Ich muss doch auf dich aufpassen.«

»Musst du nicht!«

»Doch, sonst…« Judith brach ab. Was sonst? Was würde mit Tabea geschehen, wenn ihre Tante sie nicht aufnehmen wollte oder konnte? »Sonst wäre deine Mutter sauer auf mich.«

Na wunderbar. Das größte aller Schuldgefühle schmetterte sie gerade wie eine Keule auf Tabeas Kopf. Judith wartete auf Widerspruch, aber der kam nicht. Gerade, als sie glaubte, das Kind wäre eingeschlafen, hörte sie ein Flüstern.

»Sie war nie auf jemanden sauer.« Den Worten nach ein Lob, dem Klang nach ein bitterer Vorwurf. »Dabei haben sie sie Nutte genannt.«

Judith, die noch nie ein Kind im Arm gehalten hatte, zog Tabea zu sich heran. Sie ließ das Mädchen weinen. So lange, bis die Schluchzer abebbten und schließlich ganz aufhörten.

»Ich bin kein Nuttenkind.«

»Nein, das bist du nicht. Hör nicht auf das, was die Leute sagen.«

Urplötzlich, wie eine Stichflamme, durchzuckte sie der Schmerz. Ausgerechnet jetzt, während dieses nach Schaumbad und Weichspüler duftende Wesen sich an sie klammerte, spürte sie ihn wieder. Er blieb. Bis Tabea eingeschlafen war und noch weit darüber hinaus.

16

Sassnitz/Rügen, September 1986

Das störrische Haar mit Wasser geglättet und zu festen Zöpfen geflochten, die Schürze geschnürt, das Mädchen neben sich fest an der Hand gepackt marschieren sie wie kleine Soldaten über die Straße der Jugend nach Sassnitz. Heute ist Judiths erster Schultag. Sie hat keine Zuckertüte. Der Lederranzen auf dem Rücken drückt, die Sonne scheint. Sie fühlt sich alt und weise. Fast schon erwachsen. Das Mädchen neben ihr kommt wie sie aus dem Kinder- und Jugendheim Juri Gagarin. Haus III. Es heißt Sonja, mehr weiß Judith nicht. Sonja ist kleiner als sie und kräftig, ihre Hand glitscht vor Schweiß. Sie sagt kein Wort. Bei dem strammen Marsch brauchen sie keine Viertelstunde, dann sind sie am Ziel. Die Schule ist dunkel und kühl. Sie riecht nach etwas Schwerem, beißend Süßlichem, das den jahrzehntealten guten Geruch nach Bohnerwachs und Lavendel überlagert und zerstört.

Später, viel, viel später wird Judith Kepler wissen, dass es einen Namen hat: Wolfasept. Ein Desinfektionsmittel aus dem Chemiekombinat Bitterfeld, das ihr gemeinsam mit dem Paradichlorbenzol der Toilettensteine ein Leben lang als Geruch der DDR im Gedächtnis bleiben wird.

Das Klassenzimmer ist hell und freundlich. Neben der grünen Tafel hängt die Fahne, an der Wand das Foto, das auch die Heimleiterin in ihrem Büro hat. Es zeigt einen Mann mit Brille und weißem Haar. Er schaut freundlich auf die kleinen Thälmannpioniere herab, denen die Lehrerin mit straff zurückgebundenen Haaren jetzt die Plätze zuteilt. Judith wird in der vorletzten Reihe sitzen, weit weg von Sonja, die sich beim Eintreten in den Raum von ihr losgerissen und zwei Reihen vor ihr einen

Platz gefunden hat. Aber noch bleibt Judith wie alle anderen hinter ihrem Stuhl stehen und schnallt nur den Ranzen ab. Sie hängt ihn an den Haken an ihrem Tisch und sieht sich neugierig um. So viele fremde Gesichter. Aber jedes Mal, wenn eines der Kinder Judith ansieht und sie lächeln will, wendet es den Blick ab, als sei es bei etwas Verbotenem ertappt worden.

An der rückwärtigen Wand stehen ein Kartenschrank und eine alte Vitrine. Hinter den Glasscheiben kann Judith Modellbaukästen, Glaskolben, Stifteköcher und andere Schätze erkennen. Das Fenster schneidet ein Stück Blau aus dem Spätsommerhimmel. Das Mädchen neben ihr, ein schmales Kind mit flachsblondem Haar, steht da und sieht sie nicht an. Die Lehrerin sagt etwas. Es hat mit Freude am Lernen zu tun und damit, dass sie alle diese Chance verdient haben. Dann sollen sie sich setzen. Nur das flachsblonde Mädchen bleibt stehen. Es sind sechs Gagarin-Kinder in der Klasse, der Rest kommt aus der Stadt.

Neugierig betrachtet Judith die Hinterköpfe der fremden Mitschüler. Ein Junge mit dunklen, kurzgeschorenen Haaren, der Nacken sonnenverbrannt vom Sommer auf den Feldern, mustert sie, bemerkt die Heimschürze und tuschelt mit seinem Banknachbarn. Judith spürt, wie ihr das Blut ins Gesicht steigt. Alle hier scheinen Freunde zu haben. Vielleicht kann sie morgen neben Sonja aus Haus III sitzen. Dann sähe es aus, als ob sie nicht allein wäre. Als ob sie eine Freundin hätte. Das wäre schön.

Die Lehrerin bittet die Schüler noch einmal, sich zu setzen, da sagt das flachsblonde Mädchen: »Ich sitze nicht neben Nuttenkindern.«

Jetzt drehen sich alle zu Judith um. Ein Zischeln und Tuscheln mäandert durch den Raum. Schuhsohlen scharren auf dem Linoleum, Stühle rücken. Zweiundzwanzig Augenpaare durchbohren sie. Ihr wird schwindelig. Sie starrt auf ihre Sandalen und verkrampft die Hände. Das Tuscheln wird lauter. Die Lehrerin nimmt einen Stock und schlägt damit auf den Tisch. Augenblicklich wird es still.

»Setzen.«

Das Mädchen schüttelt den Kopf. Die Stille ist mörderisch. Gleich sprengt sie das Fenster. Die Wände. Den Kopf.

»Setzen!«

»Sie ist ein Nuttenkind! Eine Asoziale!«

»Ruhe!« Die Lehrerin geht auf das Mädchen zu. Judith möchte am liebsten im Erdboden versinken. »Du setzt dich jetzt hin, verstanden? Sonst setzt es was ganz anderes!«

»Sie ist eine Gagarin«, zischt das Mädchen. »Neben so eine will ich nicht.«

»Das hast du nicht zu entscheiden.« Die Lehrerin, die alles andere als eine um Ausgleich und Frieden bemühte Person ist, sondern einzig und allein ihre Autorität in Gefahr sieht, schlägt mit dem Lineal auf den Tisch.

Der Knall lässt Judith zusammenfahren. Sie nimmt ihren Ranzen, steht auf und geht, den Blick auf den Boden geheftet, zu einer anderen Bank. Sie findet einen freien Platz und will mit zitternden Händen den Ranzen aufhängen, da zieht der Junge den Stuhl zur Seite.

»Besetzt«, sagt er.

»Nuttenbalg«, zischt eine andere Stimme.

Die Lehrerin kehrt zum Pult zurück und knallt wieder mit dem Lineal. Dann weist sie damit auf eine Bank in der zweiten Reihe. »Hier. Ruhe jetzt.«

Judith klemmt sich neben ein strammes Mädchen mit verkniffenem Mund, das sie bis zum Rest der Stunde keines Blickes würdigt. Es geht wohl ums Alphabet, so viel bekommt Judith mit. Sie wagt kaum zu atmen. Kein Fenster zerbirst, keine Decke stürzt über ihr ein, kein Boden reißt auf, doch sie weiß, dass es jeden Moment geschehen kann, und will sich ducken. Es ist die Sekunde vor der Explosion, und sie wundert sich, wie lange sie dauert. Als die erste Stunde vorüber ist und alle auf den Hof schwärmen, weiß Judith längst, dass sie hier keine Freundin finden wird. Sie nimmt ihren Ranzen und geht.

Es muss ein heißer Spätsommertag sein, denn ein Vogelschwarm erhebt sich über den Wipfeln der Bäume und wischt wie ein riesiges Tuch über den Himmel. Von ferne hört sie das Meer. Oder ist es nur das Rauschen des Blutes in ihren Ohren, das kocht vor Angst und der wilden, gestohlenen Freude, entkommen zu sein? Ihre Füße tragen sie einfach weiter, als ob sie ein Ziel hätte. Sie kennt die Stadt von einigen Ausflügen, und so läuft sie, ohne nachzudenken, in eine ganz bestimmte Richtung. Das Backsteingebäude scheint es darauf anzulegen, sich ihr immer wieder in den Weg zu stellen. Es will von ihr gefunden werden. Es lockt mit einem geflüsterten Versprechen, das Judith nicht versteht.

Sie klettert über Gleise und wucherndes Unkraut, bleibt schließlich auf dem Bahnsteig stehen. Ihr Kopf schmerzt. Sie hat Durst. Die Leute sehen sie an. Erkennen vielleicht die Schürze und den schäbigen Ranzen und wissen, woher sie kommt. Jemand fragt sie, ob sie eine Fahrkarte hat. Eine Lautsprecherdurchsage lässt sie mit ihrem scheppernden Klang am ganzen Körper beben. Sie wartet auf einen Zug. Aber sie weiß nicht, auf welchen. Ein Hammer dröhnt in ihrem Kopf – sie muss sich ducken, Schutz suchen, verschwinden, am besten in die Erde hinein. Es sind nicht die Leute, die näher kommen und um sie herum eine Wand ziehen. Es ist das, was hinter den Leuten ist.

Diese eine Sekunde vor der Explosion, in der die Welt aufhört sich zu drehen und die Luft zäh wird wie Harz. Judith wundert sich, wie lange sie dauert. Eigentlich... eigentlich bis zum heutigen Tag.

17

Marseille

Bastide Larcan las die Nachricht am nächsten Vormittag im Foyer des Hotels Le Pharo, ein Haus, das sich vorwiegend an Geschäftsreisende wendete, die funktionierende Kommunikationswege und die kühle Sachlichkeit des Interieurs schätzten. Die Klimaanlage wehte die meisten Touristen ohne Vorbuchung noch in der Lobby wieder sanft hinaus auf den Hafenboulevard, wo sie sich etwas suchten, das ihren Vorstellungen von Frankreich, Baguette und pfiffigen Schnurrbartträgern in bretonischen Hemden eher entsprach. Es war ein Vormittag mit einer Luft wie Glas, klar und durchscheinend, mittags wären die Restaurants im *Vieux Port* sicher wieder bis auf den letzten Platz besetzt.

Er stand neben zwei Louis-Vuitton-Koffern, die ihm Nathalie geschenkt hatte und mit denen er sich fühlte wie ein russischer Choreograf auf Durchreise. Sie klärte gerade an der Rezeption die letzten Details ihres Fluges nach Paris. Er sah kurz von seinem Tablet auf die Armbanduhr – ihnen blieb noch knapp eine Stunde. Dann vertiefte er sich in das knappe Dossier, das Livnat ihm über die eigens für Larcan entwickelte Verschlüsselung zugesandt hatte.

Der neue Sherpa war eine Frau.

Ihr Name war Judith Kepler.

Die Buchstaben ihres Namens brannten sich in seine Netzhaut, noch bevor die Information sein Gehirn erreichte, geschweige denn sortiert und abgelegt werden konnte. Dann kam der Schmerz. Er schoss direkt in die Narbe unterhalb des linken Rippenbogens. Dort, wo ihn vor langer Zeit eine Kugel getroffen hatte und mit ihrem Eindringen in seinen Körper ein Geräusch verbunden gewesen war, das ihm bis heute Gänsehaut bescherte. Der singende, scharfe Ton von bremsenden Zügen. Eisen auf Eisen. Schrill und unerträglich, bis es verklang und er die Augen schloss.

Nathalie drehte sich zu ihm um und fragte etwas, das er nicht verstand. Er starb gerade hinter einem Lokschuppen. Er sah sich dort liegen, ein junger Mann im Dederon-Anzug, der auf den Rücken rollte, die Arme ausbreitete und in den unendlich hohen, weiten Himmel starrte. Er roch den Straßenstaub, das Cordit und sein Blut. Er war in seine Vergangenheit katapultiert worden, und Auslöser war nichts als ein Name: Judith Kepler.

Larcan nannte Nathalie auf gut Glück die Uhrzeit ihres Fluges und musste damit richtiggelegen haben, denn sie richtete ihre Aufmerksamkeit wieder auf den Portier. Dann atmete er den Schmerz weg, wie er es gelernt hatte, und scrollte in Livnats Dossier weiter, bis er auf ihr Foto stieß.

Nordische Blässe, schmale Züge. Wache, intelligente Augen, die den Unwillen über die lästige Prozedur des Fotografierens kaum verbergen konnten. Die Haare straff zurückgekämmt, dunkelblond, vermutlich schulterlang und lockig. Leicht abstehende Ohren. Kinn und Kiefer formten die Linie eines auffliegenden Vogels, die Wangen stiegen leicht konkav hinauf zu den Schläfen und der hohen Stirn. Nur zu gerne wollte er weitere Details entdecken und ärgerte sich über die billige Qualität der Passbildautomaten.

Jeder Mensch hat im Laufe seines Lebens drei Gesichter. Das des Kindes, das des Erwachsenen und das des Greises. Die langsame Tektonik der Zeit prägt das Antlitz und verwischt die Übergänge, ein lebenslanges Morphing, das am Ende kaum mehr als eine schwache Ähnlichkeit zum Bild des Kindes erkennen lässt. Nur wer Judith Kepler kannte, brachte dieses Foto vielleicht mit einem anderen zusammen, mit dem einer Fünfjährigen, konnte alle beide vor seinem inneren Auge übereinanderlegen und sie miteinander verschmelzen lassen.

Wie alt war sie? Er scrollte zu den Meldedaten. Geboren 1979 in Sassnitz, Rügen.

Seine Finger zuckten, als hätte das Tablet ihm einen elektrischen Schlag versetzt. Aus den Augenwinkeln bemerkte er zwei Dinge zur gleichen Zeit: Nathalie wendete sich von der Rezeption ab, und der Concierge hatte seinen Wagen aus der Tiefgarage geholt und vorfahren lassen.

Eine winzige Handbewegung und auf dem Screen erschien die harmlose Maske der Air France. Nathalie stellte sich neben ihn und wartete, bis er das Gerät ausgeschaltet und in der Vorderseite des Koffers verstaut hatte. Dann traten sie gemeinsam hinaus in die salzige Luft.

Die kurze Fahrt bis zum Flughafen verlief schweigend. Als sie die A 7 erreichten und er endlich aufs Gas treten konnte, sah sie nach links. Weg von ihm. Er spürte, dass sie nur so tat, als würde sie das Meer betrachten, und starrte auf das graue Asphaltband der Straße. Schweigend erreichten sie den Flughafen, schweigend stellte er den Wagen im Parkhaus ab.

»Es ist wegen gestern, nicht wahr?«, fragte sie ihn.

Indem er ihren Bordtrolley hinter sich herzog, dirigierte er sie durch die kleine Halle von Terminal 2 nach draußen zu einem Erfrischungsstand, wo er zwei *café crème* bestellte und ihnen Plätze im Schatten der Parkhausauffahrt suchte.

»Livnat«, fuhr sie fort. Sie wusste um seine Gewohnheit, nicht zu antworten, wenn er nicht lügen wollte. »Bist du eifersüchtig?«

Larcan erlaubte sich ein kurzes Heben der Augenbrauen. Sie verstand die Andeutung und schüttelte mit einem Hauch von Unwillen den Kopf.

»Er hat mich an dich erinnert.« Sie lachte auf, leise und melodisch. Eine Nixe auf dem Grund der Quelle, die Wanderer von ihrem Weg abbrachte. »So, wie du vor dreißig Jahren gewesen sein könntest. Wie warst du damals?«

»Jünger«, antwortete er.

Die beiden Kaffees wurden gebracht.

Nathalie griff nach einem länglichen Zuckertütchen, riss es auf und ließ den Inhalt langsam in die Tasse rieseln. »Mich interessieren Menschen, die so sind wie du. Oder einmal so werden.«

Sie hob den Kopf und suchte seinen Blick. Larcan spürte den anderen Schmerz in seiner Brust, der nicht von der Narbe kam. Er war kerngesund. Dieses Gefühl kam stets in den Momenten auf, in denen er Nathalie den Zutritt zu seinen Gedanken verweigern musste. Er war kein Haus der offenen Tür. Aber sie versuchte es immer wieder.

Das mit ihnen hatte angefangen, wie er alle seine Affären begonnen hatte – mit Blicken. So, wie sie ihm das damals während seiner Ausbildung beigebracht hatten. Eine Zehntelsekunde länger, als das Kommunikationsmodell von Shannon & Weaver vorschrieb. Syntaktisch, semantisch, pragmatisch. Einsatz der paralinguistischen Elemente. Lehrstuhl für operative Psychologie, Gosen, Kreis Fürstenwalde. Fachbereich dialektischer Materialismus. Promotion über das nonverbale Sozial- und Alltagsverhalten westdeutscher Frauen nach Paul Ekmans *micro expressions*. Transformierung der gewonnenen Erkenntnisse in die Anwerbung informeller Mitarbeiter auf dem Gebiet der BRD. Mikromimik nannte man das heute oder *Facial Action Coding System*, *FACS*, mit dem Ekman mittlerweile für die CIA und das FBI arbeitete.

Nathalie war ein Flirt, eine Affäre. Leicht zu beginnen, leicht zu beenden. Eine kleine Übung, damit sein Charme geschmeidig blieb, den er genauso trainierte wie seine Muskeln. Doch dann war etwas Überraschendes zwischen ihnen geschehen, mit dem sie beide nicht gerechnet hatten. Larcan war sich so sicher gewesen, ein Meister im Manipulieren anderer zu sein. Bis er gemerkt hatte, dass er selbst wie ein Roboter programmiert worden war. Nathalie hatte diesen Erkenntnisprozess in ihm ausgelöst. Er wusste noch nicht, wohin ihn diese Entwicklung führen würde. Doch es blieb spannend. Vielleicht war das der Grund, warum sie nun schon seit über einem Jahr ein Paar waren. Sie hatte ihn durchschaut. Ihn erkannt. In all seiner Größe und in all seiner Erbärmlichkeit.

»Ich will offen zu dir sein«, sagte er leise. »So offen, wie es in meinem Beruf nur möglich ist. Ich habe Livnat einen Auftrag erteilt. Er wird seine Aufgabe erfüllen. Oder hast du Zweifel daran? Wenn ja, dann sag es jetzt. Du kennst ihn. Du kannst ihn beurteilen.«

Nathalie hatte eine Dozentur an der *IACIS*, der *International Association of Computer Investigative Specialists*. Alle Regierungen, die es sich leisten konnten – und damit war nicht unbedingt die finanzielle Seite gemeint –, schickten ihre besten Computerspezialisten auf diese Schulungen. Sie wusste, was Bastide Larcan davon hielt: nichts. Sie waren genauso sinnvoll wie Schnupperkurse auf dem Nürburgring. Man zeigte den Teilnehmern, was möglich war, und bevor sie Gas geben konnten, zog man ihnen den Schlüssel ab. Gesetze waren etwas für Leute, die Geschwindigkeitsbegrenzungen beachteten. An der *IACIS* hielten sie sich daran. Dennoch beharrte Nathalie auf ihrer Sicht der Dinge: Wer bei der Formel-1 des Bösen mithalten wollte, musste die Boliden fahren können. Manchmal setzte sie Unterrichtsstunden an, die in keinem Lehrplan auftauchten. Mit Dozenten, die entweder auf internationalen Fahndungslisten standen oder für einen halben Tag Freigang aus dem Staatsgefängnis erhalten hatten. Diese Stunden blieben Nathalies besten Studenten vorbehalten. Sie waren der Grund, weshalb die *IACIS* den Ruf hatte, dass dort mehr möglich war, als je zugegeben wurde.

Sie seufzte. »Er wusste mehr als ich. Die *Israel Defense Forces* haben ihn zu meinem Lehrgang geschickt. Rausgeworfenes Geld, wenn du mich fragst. Ist er bei seiner *Army-Unit* geblieben?«

Larcan legte einige Münzen neben seinen Kaffee. Sie hatten nicht mehr die Zeit, ihn zu trinken. »Nein«, antwortete er. »Er ist ein *freelancer*, wie ich.«

»Ein Söldner.« Sie tauchte den Löffel in die brühend heiße Flüssigkeit und rührte langsam um. »Ein Staatenloser.«

»Ein Militärunternehmer«, antwortete er. Gerade sie als Französin sollte das verstehen.

»Hat es etwas mit dem Republikaner zu tun?«

Nathalie hatte ihn bei einem Empfang mehrerer Wirtschaftsdelegationen im Élysée-Palast kennengelernt. Larcan hatte die beiden miteinander bekannt gemacht, und hinterher im Taxi zurück in ihre Wohnung hatte Nathalie erleichtert bemerkt, wie froh sie sei, dass er, Larcan, nichts mehr mit solchen Leuten zu tun hatte.

Alte Kombattanten. Die einen standen im Licht der Öffentlichkeit, die anderen mieden es. Dann hatte Nathalie erfahren, dass er wieder mit dem Republikaner in Kontakt stand. Vor ein paar Monaten war das gewesen, das Ergebnis eines kurzen gemeinsamen Spaziergangs durch die Tuilerien. Larcan erinnerte sich an das trockene Sommerlaub, das über die geharkten Wege tänzelte, und an ein Karussell. Ein altes, zweistöckiges Kinderkarussell mit hölzernen Pferden und bunt bemalten Kutschen. Der Republikaner hatte einen Scherz darüber gemacht, bevor sie zum Wesentlichen gekommen waren: dem Grund.

Alle brauchten einen Grund. Immer ging es um das Gute, sogar beim Töten. In den Tuilerien hatte der Republikaner Larcan ein Angebot gemacht. Dieses Mal, so hatte er versprochen, gehe es nicht um Waffen. Sondern darum, die Welt ein wenig besser zu machen. »Das wollen wir doch alle, *n'est-ce pas*?« Ein schmallippiges Lächeln folgte auf diese Feststellung und dann eine knappe Erläuterung, warum eine Liechtensteiner Bank für Russland von so großem Interesse war.

»Hat es denn nun mit ihm zu tun oder nicht?«, bohrte Nathalie nach.

»Wie kommst du darauf?«, fragte Larcan, um Zeit zu gewinnen. Er sah auf seine Armbanduhr. Sie mussten los.

»Weil Livnat teuer ist. Sehr teuer. Du wirst ihn sicher nicht selbst bezahlen, also tut es vielleicht dein russischer Freund.«

Seine Miene vereiste. Langsam stand er auf und ließ die Hände auf der Lehne ihres Stuhles ruhen.

»Du hast gedacht, ich wüsste das nicht?«, fragte sie leise. »Bis jetzt ist dieses Geheimnis außerhalb von Moskau nur drei Menschen bekannt. Einem Verhörspezialisten in Langley, seinem Vorgesetzten und mir.«

Der Vierte, derjenige, der dieses Geheimnis in einem Verhörraum der CIA preisgegeben hatte, war offenbar nicht mehr am Leben.

Er schwieg.

»Dieses Geheimnis ist sicher bei mir. Solange du sicher bist.«

Sie sah zu ihm hoch. Er wich ihrem Blick aus. Wusste sie denn nicht, was sie ihm gerade offenbart hatte? Ein russischer Agent in einer Schlüsselposition des französischen Verteidigungsministeriums. Von welcher Sicherheit sprach sie? Dieses Wissen war lebensgefährlich.

»Was noch?«, fragte er. »Was weißt du noch?«

»Nichts«, log sie. »Pass auf den Jungen auf. Livnat glaubt noch an das Gute.«

So stand er einen Moment da, reglos und stumm. Nathalie legte den Löffel neben die Tasse. Dann nahm sie ihre Handtasche und erhob sich. Das Lächeln, mit dem sie sich zu ihm umdrehte, war das einer Frau, die gelernt hatte, sein Schweigen in das Falschgeld der Rücksichtnahme umzumünzen.

»*À bientôt*«, sagte sie. »Sehen wir uns in Paris?«

»*Naturellement.*«

Ihr Kuss war flüchtig, und sie wollte, dass er es bemerkte. Er brachte sie noch bis zur Sicherheitskontrolle, dann ließ er sie gehen. Hinter dem Glas drehte sie sich um und winkte ihm zu. Es war wie ein Gruß von einem Wesen aus einer anderen Welt. Keine Sekunde dachte er darüber nach, sie an den Republikaner zu verraten.

Du wirst sentimental, sagte er zu sich selbst. Aber verdammt, sie ist es wert. Nur noch dieser eine Job. Danach steigen wir aus und leben an der Côte d'Azur im ewigen Frühling. Vielleicht bin ich ein Narr. Oder ich werde jetzt erst weise.

Im Auto, das nach so kurzer Zeit in der Sonne bereits die Temperatur eines Backofens hatte, warf er einen Blick auf Judith Keplers Foto. Sie wirkte so kühl wie ein Eishauch. Als ob sie zwischen sich und dem Betrachter eine unsichtbare Wand hochgezogen hätte. Lass mich in Ruhe, schien ihr Blick zu sagen. Wag es ja nicht, mir zu nahe zu kommen.

Er startete den Wagen und konzentrierte sich, um bei all den Kreiseln und Zubringern die Autobahn Richtung Avignon zu erwischen. Mit etwas Glück würde er gegen Abend in Ragaz ankommen. Hinter Aix-en-Provence entspannte er sich. Die Strecke kannte er im Schlaf. Das Navigationsgerät würde er erst wieder in der Schweiz anschalten. Seine Gedanken schweiften ab zu der Frau in Berlin, blieben immer wieder im Spinnennetz ihres hellen, kalten Blicks hängen.

Ich werde das persönlich übernehmen, dachte er. Auch wenn es gegen jeden einzelnen meiner Grundsätze verstößt. Sie wird nie erfahren, wer ich wirklich bin.

Er wollte wissen, warum Judith Kepler in sein Leben getreten war, denn er glaubte nicht an Zufälle. Ein Jegliches geschieht, weil zuvor etwas geschehen ist. Das Leben ist ein Billardspiel. Manchmal geht es so oft über Bande, dass man die Ursache vergisst. Aber sie ist immer da. Es hat sie gegeben. Geboren in Sassnitz/Rügen. Dort, wo ich gestorben bin.

Doch die Narbe unter seinem Herzen puckerte, und er wusste, dass er nicht nur Nathalie betrog, sondern auch sich selbst. Es war mehr als Neugier, die ihn trieb. Und er fragte sich, wessen Bande die Billardkugel als Letzte berührt hatte.

18

Das Wochenende verbrachte Judith mit Dingen, die sie sich nie hätte träumen lassen. Am Samstag gingen sie und Tabea in den Zoo, anschließend ins Kino, und am Abend kochten sie Spaghetti mit Tomatensoße. Die Küche sah hinterher aus wie ein Tatort. Judith war froh, dass Tabea sich so leicht ablenken ließ. Vielleicht hatte das Kind noch gar nicht begriffen, dass sein Leben sich schlagartig geändert hatte. Am Sonntag gingen sie wieder ins Kino, danach auf einen Indoor-Spielplatz, der Unsummen kostete, und dann gingen Judith die Ideen aus. Sie war fast dankbar, als es klingelte.

Die Erleichterung verflog in dem Moment, als sie die Tür öffnete. Es war Kommissarin Brigitte Fabian, hinter ihr, gebadet in professioneller Freundlichkeit und einem blankgeputzten Lächeln, eine Frau und ein Mann, vermutlich vom Kindernotdienst und vom Jugendamt, die unverständliche Namen nuschelten und vermutlich darauf setzten, dass man sie gleich wieder vergaß.

Judiths erster Impuls war, die Tür zuzuschlagen. Tabea kam in den Flur gerannt und blieb wie angewurzelt stehen.

»Es ist so weit«, sagte die Kommissarin. »Bist du fertig?«

»Sie haben … Sie wollten doch nur mit ihr reden?«

Brigitte Fabian wich Judiths Blick aus. »Komm, Tabea.«

Tabea schüttelte den Kopf und blies einen hellgrünen Kaugummi auf, um ihn anschließend mit einem Knall zerplatzen zu lassen. Judith ließ die drei eintreten und konnte nichts anderes tun, als abzuwarten, wie sie es anstellen wollten. Es dauerte und gelang ihnen schließlich mit dem Versprechen, dass Judith Tabea jederzeit besuchen dürfe. Zum Abschied legte das Mädchen die Arme um Judiths Taille und klammerte sich fest.

»Haben Sie die Tante schon erreicht?«

Der Mann vom Jugendamt schüttelte den Kopf und zuckte dann mit den Schultern. Er wollte Judith über Tabeas Kopf hinweg zu verstehen geben, dass die familiäre Lage in Thüringen wohl auch kein Kinderspiel war.

»Es gibt doch noch den Vater«, sagte Judith. »Tabea hängt sehr an ihm. Wäre das nicht eher eine Lösung als das Heim?«

»Wir sind kein Heim«, erwiderte die junge Frau. Sie sah geradezu unanständig sauber aus. Eine Haut wie Milch und Honig, glänzende, dunkle, schulterlange Ich-wasch-mir-die-Haare-mit-Feenstaub-Mähne, kaum Make-up. Dazu ein Hosenanzug aus dem oberen Preissegment der Selbstbedienungsketten. »Der Kindernotdienst ist eine Art Auffangstelle. Vorübergehend. Bis eine Lösung gefunden ist.«

»Dann lassen Sie sie hier.«

»Ich will hierbleiben!« Tabeas Griff wurde eisenhart.

Die Pädagogin übte sich in dem, was sie vermutlich in einem Proseminar über Deeskalation gelernt hatte. »Das geht nicht. Ihr seid nicht miteinander verwandt, die Verantwortung wäre viel zu groß.«

Judith mochte es, wenn Leute, die für die Dauer ihres Kennenlernens noch nicht einmal den Mantel auszogen, ihre Verantwortungsbereitschaft einschätzten.

»Das geht«, sagte sie nur.

Die Kommissarin schaltete sich ein. »Tabea braucht Hilfe. Nicht nur am Wochenende. Sie sind berufstätig. Wie soll das funktionieren?«

»Ich kann Urlaub nehmen.«

»Wie lange? Und danach?«

Ihre Blicke kreuzten sich. Brigitte Fabian war ein anderes Kaliber. Vielleicht hätte sich etwas machen lassen, wenn die Feenstaub-Frau nicht so wild entschlossen gewesen wäre, ihren Vorsatz durchzusetzen. Judith wusste, wann sie verloren hatte. Vorsichtig versuchte sie, Tabeas Arme zu lösen.

»Ich komme dich besuchen. Versprochen.«

»Aber ich will nicht ins Heim!«

Die Pädagogin hatte schon den Mund geöffnet, als Judith ihr das Wort abschnitt.

»Es ist nur für ein paar Tage. So lange, bis du zu deiner Tante oder zu Frederik kommst. Und ich besuche dich wirklich.«

Tabea gab auf, als hätte jemand ihr den inneren Stromkreislauf abgeschaltet. Sie ließ sich in den Anorak zwängen, den Judith ebenso wie die anderen Sachen in der Nacht noch im Waschsalon durchs Schnellprogramm gejagt und getrocknet hatte. Teilnahmslos zog sie die alten Sneaker an und ließ die Schnürsenkel offen. Sie sah so unendlich hoffnungslos aus.

Judith kniete sich hin und versuchte, die Bänder in die Ösen einzufädeln. Dabei tropfte eine von Tabeas Tränen auf ihren Handrücken.

»Ich will nicht ins Heim«, flüsterte das Kind.

»Dahin kommst du auch nicht.«

»Schwörst du?«

Judith hatte kein Problem mit dem Schwören. Man tat es nicht für sich selbst, sondern für die anderen, damit es ihnen besser ging. »Klar.«

In Tabeas Augen glimmte wieder ein kleines Leuchten.

Judith knotete die Senkel zu Schleifen und stand auf. Die Kommissarin drehte sich schnell weg. Vielleicht hatte sie etwas von dem geflüsterten Wortwechsel mitbekommen. Um ihren Mund lag auf einmal ein tief resignierter Zug.

»Startklar?«, fragte die Pädagogin so munter, dass Judith ihr am liebsten eine geknallt hätte. »Dann ab die Luzie. Dir wird es bei uns gefallen. Jede Menge Spielsachen und ein paar andere Kinder sind auch da und freuen sich auf dich.«

Das Leuchten erlosch. Die drei nahmen Tabea in die Mitte und begannen noch auf dem Weg zum Fahrstuhl, ihr von den Ferien im Kindernotdienst vorzuschwärmen.

Judith wartete, bis sie weg waren. Dann ging sie in die Wohnung zurück und wartete auf die Erleichterung, wieder allein zu sein. Aber sie kam nicht.

19

Gut, gut. Ich hab's verstanden.«

Dombrowski schnaufte schwer. Zwei Millimeter mehr auf seiner systolischen Quecksilbersäule und er würde tot umfallen. Und das am frühen Montagmorgen.

Judith stand in seinem Büro und wusste, dass alle Erklärungsversuche an ihm abprallen würden. Das Einzige, was hier helfen würde, wäre die Wahrheit. Aber wie würde die klingen? *Sorry, aber ich kann dieses tolle Angebot nicht annehmen, weil ich vor Jahren mal mit dem BND zusammengearbeitet habe und irgendein kleiner Schnüffler in der CHL kurz davor ist, mir auf die Schliche zu kommen?*

»Eine Bankallergie. Interessant. So was habe ich ja … noch … NIE … GEHÖRT!«

Seine Angewohnheit, plötzlich loszubrüllen, ließ Judith zusammenfahren. Sie konnte ihn verstehen. Die CHL hatte den Kostenvoranschlag ohne die kleinste Änderung angenommen, und nun ließ sie die Firma im Stich.

»NOCH! NIE! IM! LE! BEN!«

Seine Faust krachte silbengenau auf den Schreibtisch. Das war selten.

Judiths Tonlage veränderte sich, passte sich seinem Gebrüll an, war nun ebenfalls aggressiver. »Bist du nicht selber mal auf die Straße gegangen und hast gegen das Kapital demonstriert? Und jetzt soll ich denen das Foyer wischen und die Klos saubermachen?«

»Neulich hast du es doch auch gekonnt!«

»Das war was anderes. Das war ein Tatort. Jetzt hat das so etwas … Niedriges. Dienendes. Ich will das nicht. Nicht in einer Bank.«

Dombrowskis Gesicht wurde noch röter. Es sah aus, als würden ihm gleich zwei Hörner durch die Stirn wachsen. »Seit wann machen wir hier denn einen auf politisch korrekt?« Selbst seine Augen bekamen etwas Gefährliches. »Aha, unsere Judith ist also was ganz Besonderes. Unsere Judith ist nicht dafür geschaffen, anderer Leute Dreck wegzumachen. Unsere Judith hat zwar keine Scheiße dieser Welt ausgelassen, aber jetzt, wo es einmal darum geht zu fragen: Was kann ich für andere tun?, ein Mal!, jetzt ist unsere Judith sich zu fein für so was!«

»Das stimmt nicht!«

»Dann geh arbeiten!«

»Nicht in einer Bank.«

»Herrgott!« Er sank auf seinem Stuhl zusammen. »Herrgott noch mal, was ist nur mit dir los?«

Dombrowski fuhr sich mit den Händen übers Gesicht. Wenn er jetzt umkippte, wäre sie daran schuld.

Der abgenickte Kostenvoranschlag lag vor ihm auf dem Tisch. Mittlere Kolonne, sechs Mann, Arbeitszeit von fünf bis sieben Uhr morgens. Einsatzleitung: Judith Kepler, auf besonderen Wunsch eines gewissen Adolf Harras. Die mit dem Sonderlob für besonders umsichtiges Arbeiten. Sie hatte gewusst, dass ihr das ein Bein stellen würde.

»Ich mach's nicht. Vergiss es. Schick mich meinetwegen auf den Fernsehturm oder in die Umzugswagen, aber da gehe ich nicht hin.«

»Dann muss ich absagen.«

»Warum denn? Frag Kürtner. Oder Josef. Sogar Kai oder Liz würden das hinkriegen.«

Ungeduldig trommelte er mit seinen dicken, kurzen Fingern auf die Schreibtischplatte. Er rang nach Worten, sie kamen ihm nicht leicht über die Lippen.

»Kolonnenführung. Die wollen wen mit … pfff … Führungs-qualitäten.«

»Da sind sie bei mir an der falschen Adresse.«

»Jemand, der Verantwortung übernehmen kann.«

»Kann ich nicht.«

»Judith …«

Sie sah zu Boden. Fleckig. Hier müsste auch mal wieder jemand mit dem Shampoonierer ran.

»Ich habe mich über die CHL schlaugemacht.« Sie hörte, wie Dombrowski eine Schublade aufzog und weitere Zettel auf den Vertrag klatschte. »Das ist keine Bank, die bemitleidenswerten Geschöpfen die Wucherhypotheken storniert. Die verwahren Wertpapiere. Die handeln noch nicht mal damit. Die heben sie einfach nur auf. Alles ab… hunderttausend oder so aufwärts. Treuhänderisch. Was weiß ich.«

»Klingt solide«, sagte Judith spöttisch, »so wie du das sagst.«

»Ich hab mal einen Umzug für einen von denen gemacht. Buehrli hieß der. Hübsches Häuschen in Dahlem. Absolut korrekter Mann, hat meinen Leuten noch einen Hunni extra in die Hand gedrückt.«

»Nur?«

Er stöhnte. Dieses Mal klang es resigniert. »Judith. Du bist doch… du kannst doch nicht ewig einen auf Putze machen.«

»Wieso nicht?«

Er wies mit dem Kopf auf den abgeschabten Stuhl vor seinem Schreibtisch. Widerwillig nahm Judith Platz.

»Was soll eigentlich mal aus dir werden? Du bist jetzt fast acht Jahre bei mir. Du hast wirklich was gelernt in der Zeit. Du bist eine meiner zuverlässigsten Mitarbeiterinnen. Du musst doch auch wollen, dass es aufwärtsgeht.«

Nein, will ich nicht. Lasst mich endlich in Ruhe mit euren Vorstellungen von Lebensläufen und Karrieren. Vielleicht will ich einfach nur das bleiben, was ich bin. Daran habe ich mein ganzes beschissenes Leben lang gearbeitet. Es ist nicht viel, nur das, was ich aus dem Dreck retten konnte, in das andere es getreten haben. Aber ich bestimme den Wert. Niemand sonst.

Während Dombrowski seine Moralpredigt hielt und zwischendurch immer mal wieder die Stimme hob – keine beschützende Werkstätte! – Ziele! – Zukunft! –, sah Judith auf den Vertrag und die auf dem Kopf stehenden Buchstaben. CHL

Liechtenstein, konnte sie entziffern, bis sie vor ihren Augen verschwammen. Hilfe! Lass mich jetzt bloß nicht sentimental werden, nur weil sich jemand um mich *kümmert*...

Stille. Ein schwerer Seufzer. Dombrowski sah es ein, indem er den Kopf schüttelte, die Papiere zusammenschob und hochkant auf die Tischplatte klopfte, bis sie ein ordentlicher Stapel waren.

»Arbeitsverweigerung heißt Abmahnung.«

»Wie bitte?«

»Ich gebe dir eine Order, du sagst nein. Erste Abmahnung. Liegt heute noch in deinem Postfach. Da ist die Tür. Ran an die Schicht.«

Judith stand auf. »Vielleicht suche ich mir was anderes. Mac-Clean stellt gerade wieder ein. Achtunddreißig Komma fünf Stunden und kein Schweinefleisch im Casino.«

»Dann geh doch.«

»Das tue ich gerade.«

»Das hat Konsequenzen!«, brüllte er ihr nach und griff zum Telefon.

Sie verließ das Büro und lief hinaus auf den Hof. Ein Lkw donnerte hupend vorbei, er hätte sie um Haaresbreite erwischt. Sie sah ihren Transporter und war nahe daran, einfach einzusteigen und zur Arbeit zu fahren. Aber das ging nicht. Nicht nach so einem... Gespräch. Eher ein Rauswurf. Eine Kündigung? Wer hatte da gerade wem die Tür vor der Nase zugeschlagen? Das war mehr gewesen als ihre normalen Kabbeleien. Sie hatte geglaubt, bei Dombrwoski wenigstens einen klitzekleinen Stein im Brett zu haben. Groß genug, um ein Mal abzulehnen. Das war bisher noch nie vorgekommen. Sie hatte jeden Job erledigt, den er ihr gegeben hatte. Überstunden. Tatorte. Doppelschichten. Wie oft hatte sie den Karren für ihn aus dem Dreck gezogen. Und jetzt das?

Sie rauchte eine hastige Zigarette und versuchte, das Adrenalin aus ihren Adern zu atmen. Langsam, ganz langsam beruhigte sie sich. Es gab keine Enttäuschungen im Leben. Enttäuschung war die glasklare Einsicht, dass man zuvor etwas auf den Leim gegangen war. Im Grunde müsste sie dankbar sein. Letztlich war sie auch für Dombrowski nichts anderes als eine Personalnummer.

Sie warf die Kippe in eine Pfütze und ging in die Umkleideräume. Liz legte gerade den Sicherheitsgurt an und sah erschrocken hoch, als Judith hereinkam.

»Es tut mir leid. Dombrowski war gerade hier und hat gesagt...«

»Was?«, fauchte Judith.

»...dass wir Einsatz tauschen.« Liz prüfte, ob der Gürtel richtig saß. »Du machst Schulen in Moabit. O Judith!«

Liz breitete die Arme aus, aber Judith stand nicht der Sinn nach Trost. Schulen in Moabit. Das war das Allerletzte. Wenn auch nur einer von diesen Anzugträgern aus der Senatsverwaltung zu sehen bekäme, was Judith und ihre Kollegen in den abbruchreifen Toiletten der landeseigenen Lehranstalten zu Gesicht bekamen, wäre Pinkeln im Sitzen Abiturleistungsfach.

Sie wartete, bis Liz ihren Spind abgeschlossen hatte. Sie wollte allein sein, wenn sie ihre Sachen packte. Die Schulen konnte sich Dombrowski sonstwohin stecken.

»Ist alles okay?«

»Ja.«

Liz setzte sich mit einem Ausdruck tiefster Sorge neben sie. »Sprich.«

Aber Judith konnte und wollte nicht reden. Sie spürte den federleichten Arm, der sich um ihre Schultern legte, und wäre am liebsten aufgesprungen. Mit der anderen Hand streichelte Liz über Judiths Knie.

»Ärger? Mit Dombrowski? Er brüllen, nicht beißen.« Ihre Stimme klang leise wie das Lied der Nachtigall und golden wie ein Karamellbonbon. Sie sagte nicht viel, aber ihr Lächeln blitzte oft unerwartet auf und erhellte ihr dunkles, von früher Sorge gezeichnetes Gesicht. »Ist wie Löwe ohne Zahn.«

Ob Liz sie verstehen würde? Die meisten ihrer Gespräche drehten sich um die Arbeit. Die junge Frau begriff schnell, und was sie beim ersten Mal nicht verstand, klappte dafür beim zweiten Mal umso besser. Sie war keine Plaudertasche, meistens arbeitete sie schweigend und konzentriert – alles Eigenschaften, die Judith mehr schätzte als streifenfreies Fensterglas. Aber ob jemand, der in Algerien die geheimen Haftzentren und die Folter des Militärgeheimdienstes überlebt hatte, noch einen Sinn für Judiths Probleme hatte?

Hallende, schnelle Schritte auf dem Flur. Zu leicht und zu energiegeladen für Dombrowski. Klopfen. Kai.

»Judith? Kommst du noch mal irgendwann?«

Liz zog den Arm zurück, Judith stand auf.

»Ich bin krank«, sagte Judith. »Liz übernimmt.«

Kai wollte etwas sagen, und vielleicht hätte sie ihm von dem Streit mit Dombrowski erzählt. Aber Liz saß noch immer da, und sie wollte sich nicht vor beiden offenbaren.

»Ja«, sagte Kai langsam. »Du siehst nicht gut aus.«

»Sag ich doch.«

Er murmelte etwas und trottete davon. Liz folgte ihm. Sie wollte noch etwas sagen, aber Judith wandte sich ab und öffnete ihren Schrank.

Langsam traten aus der Stille die Geräusche hervor, die nicht zu ihrem Alltag gehörten. Das ferne Läuten einer Kirchenglocke. Der brummende Verkehr auf der Stadtautobahn. Schließlich das Wasserrauschen in den alten, verrosteten Heizkörpern. Sie wartete. Aber die Schritte über den Flur kamen nicht. Also nahm sie ihre Wechselklamotten und stopfte sie im Gehen in die Umhängetasche.

20

Judith schloss die Wohnung auf und roch einen fremden, eigenartigen Duft. Aprikose. Langsam ging sie ins Badezimmer und schraubte die Schaumbadflasche zu. Neben der Wanne lag eine Haarklammer mit einem rosa glitzernden Kunststoffstein. Sie trat vor den Spiegel und steckte sie sich links in die Haare, kurz unter dem Scheitel. Sie sah wirklich nicht gut aus.

Den ganzen Tag über wartete sie auf einen Anruf. Mehrmals hatte sie den Hörer schon in der einen Hand, die andere über dem Kurzwahlverzeichnis schwebend, um dann doch kraftlos wieder aufzulegen. Dombrowski hatte ihr eine Abmahnung angedroht. Sie hatte quasi, irgendwie, wenn er es so verstehen wollte, gekündigt. Beides ließ sich wohl mit einem Anruf nicht aus der Welt schaffen. Sie legte sich aufs Sofa und überlegte sich Krankheitssymptome, mit denen sie irgendeinen Arzt zu einem Attest überreden könnte. Vielleicht sollte sie einfach ihren Beruf angeben und erzählen, mit was sie es zu tun hatte. Ärzte würden das verstehen. Hausärzte vor allem. Wem erzählten die eigentlich von ihrem täglichen Kampf gegen Alter, Tod und Krankheit? Was taten sie, wenn sie den Geruch, das Blut und den Eiter nicht mehr ertragen konnten?

Golf spielen.

Familie.

Sich um irgendwas oder irgendwen *kümmern*.

Sie stand auf, wusch sich das Gesicht und nahm die nächste U-Bahn nach Kreuzberg.

Es war ein altes, heruntergekommenes Backsteingebäude, dem eigentlich nur noch eine Radikalsanierung helfen konnte. Lieblose Maler hatten mehrere Schichten Farbe wie einen Flickenteppich entlang der Vorderseite verteilt, um die wild um sich greifenden Graffitis zu verdecken. Die Dachrinnen mussten Löcher haben; der rußige Regen hatte Rinnsale unter dem First und den Fensterbrettern hinterlassen. Das Haus sah aus, als ob es Schnupfen hätte oder weinen würde.

Aber Häuser weinten nicht. Die nicht. Judith betrachtete ein Plakat an der Wand: weiße, offene Handfläche auf rotem Grund, darunter die Schrift »Kindernotdienst« und eine Telefonnummer. Groß und einfach genug, um sie sich bei einem Blick aus der Hochbahn zu merken. Das Grundstück, auf dem das Haus stand, war verborgen hinter einer hohen Sichtblende aus grau gestrichenem Stahl. Die Tür darin war verschlossen. Sie klingelte, und als ihr durch die Gegensprechanlage die verzerrte Stimme einer Frau einen guten Tag wünschte, schoss es Judith durch den Kopf, dass es dazu wohl nicht mehr kommen würde. Sie stellte sich vor und fragte nach Tabea Schöttler.

Statt einer Antwort ging die Tür mit einem leisen Summen auf, und Judith betrat einen rechteckigen Hof mit altem Kopfsteinpflaster, zwischen dem im Sommer Unkraut wucherte. Jetzt war es zu einem verfilzten gelben Teppich geworden, und sie musste aufpassen, um nicht auszurutschen. Links führten einige Steinstufen hoch zum Eingang. Noch bevor Judith die Treppe erreichte, öffnete jemand von innen, und eine Frau erschien. Sie sah genauso sauber und adrett aus wie am Abend zuvor, als sie Tabea abgeholt hatte. Sie trug denselben Hosenanzug – vielleicht hatte sie nur den einen, oder sie kaufte die Dinger gleich im Dutzend –, die spiegelglatten Haare waren im Nacken zu einem Knoten gesteckt. Allein der Anblick solcher Menschen löste in Judith den verrückten Impuls aus, sie mit Matsch zu bewerfen.

»Frau Kepler? Wollen Sie kurz reinkommen?«

Kurz klang nicht gut. Die Frau trat zur Seite. Judith stieg die Stufen hoch, hinein in eine überraschend trockene Wärme und wartete, bis die Frau hinter ihr die Tür geschlossen hatte.

»Ich weiß gar nicht, ob wir uns schon richtig vorgestellt haben. Mein Name ist Mildred Vehlow. Ich bin für den Mädchennotdienst zuständig. Bitte hier entlang.«

Judith folgte ihr durch die linoleumgelben Gänge eines Altbaus, vorbei an gemütlichen Zimmern, die mit Betten aus Kiefernholz und bunten Spielsachen eingerichtet waren. Sie hörte Stimmen, hell, hoch und fröhlich, wusste aber nicht, aus welcher Richtung sie kamen.

Mildred. Judith hatte von einer Studie gehört, bei der die Forscher einen Zusammenhang zwischen Vornamen und Vorurteilen nachweisen wollten. Demnach hatten es die Marvins, Kevins und Mandys bei ihren Lehrern ziemlich schwer, aus dem Stand nach vorne zu kommen, wo sich ohne eigenes Zutun bereits die Neles und Maximilians breitgemacht hatten. Die Mildreds wären vermutlich völlig außer Konkurrenz gelaufen.

»Kaffee?«

Judith nickte. Sie waren in einem kleinen Büro angelangt. Der Blick aus den alten Doppelfenstern ging hinaus auf einen Garten mit Sandkasten und einer Hängeschaukel in den Ästen einer Eiche. Hinter ihrem Rücken hörte sie das Klappern von Geschirr. Auch hier war gut geheizt, und in der Luft hing ein schwacher Geruch von Weichspüler. Wahrscheinlich Mildreds Parfüm. Frauen wie sie liebten Düfte, die nach frischer Wäsche rochen.

»Bitte sehr. Setzen Sie sich doch.«

Judith drehte sich um und nahm auf einem der skandinavischen Fichtensessel mit braunem Cordbezug Platz, die vor Generationen einmal modern gewesen sein mussten. Mildred setzte sich ihr gegenüber. Der Kaffee sah dünn aus.

»Wie geht es Tabea?«

»Gut, den Umständen entsprechend.« Die junge Frau öffnete eine Packung Butterkekse und hielt sie Judith entgegen. »Sie wurde heute Vormittag abgeholt.«

Judith lehnte ab. Mildred frickelte einen aus der Packung, wobei sie schätzungsweise dreißig andere zerbrach, steckte ihn in den Mund und zermalmte ihn. Fast sah es so aus, als käme ein bisschen sonnengelber Rauch aus ihrer Nase.

»Von wem?«

Ihr Gegenüber schluckte. »Wir haben sie vorübergehend in die Obhut des Vaters gegeben.«

»Frederik?«

»Frederik Müller, ja. Tabeas Tante in Tröchtelborn ist damit einverstanden. Er war zwar nicht lange mit der Mutter zusammen, er und Tabea haben aber eine gute Vater-Tochter-Beziehung aufgebaut.«

Judith nahm ihre Tasse, um dem Blick dieser Frau auszuweichen. Mildred pulverisierte den nächsten Keks.

»Tabea hat mir von ihm erzählt.« Sie hätte sich freuen oder wenigstens erleichtert darüber sein sollen, das Problem vom Hals zu haben. »Wo wohnt er?«

»In Schenken, Mecklenburg. Tabea hat wohl erwähnt, dass Sie beide sich angefreundet haben. Er hat mir erlaubt, Ihnen seine Adresse und Telefonnummer weiterzugeben.«

Vielleicht lag es an ihrer Art, Kekse zu essen. Wahrscheinlich, denn ein anderer Grund fiel Judith nicht ein, warum diese nette junge Frau, wesentlich jünger und um ein Vielfaches adretter als sie, so einen Unwillen in ihr hervorrief.

»Das ist sehr freundlich von ihm.« Sie merkte, wie unaufrichtig ihre Worte klangen. Mildred lächelte nur sanft und zustimmend. »Es ist gut, wenn ein Kind nach derart traumatischen Erlebnissen in eine Umgebung kommt, die es kennt und in der es sich angenommen fühlt. Wir haben der Unterbringung vorübergehend zugestimmt und Tabeas Unterlagen an das Jugendamt in Neustrelitz weitergeleitet. Sie hätte nicht bei Ihnen bleiben können.«

Der letzte Satz bohrte sich wie eine heiße Nadel in Judiths Herz.

»Aber bei einer alkoholkranken Mutter?«

Ein Seufzen. Wahrscheinlich wurden ihr solche Fragen ziemlich häufig gestellt. Dabei war sie gar nicht die Ursache für all das Leid. Sie fing es nur auf. Womöglich war es genau das, was Judith so wütend machte. Sie sollten den Aufprall verhindern, statt ihn bloß abzufedern.

»Ich kann Ihnen leider …«

Judith stand auf. Sie hatte das Gefühl, keine Luft mehr zu bekommen. Die Butterkekse rochen wie ein Betäubungsmittel. Noch eine Minute länger und sie würde auf den Flickenteppich kotzen. »Die Adresse, bitte.«

Ohne Eile legte Mildred die Schachtel ab, stand auf und ging zu ihrem Schreibtisch. Sie schrieb etwas auf einen regenbogenbunten Notizblock, riss den Zettel ab und reichte ihn ihr. Sie hatte eine runde, niedliche Kinderschrift.

»Warum nicht?«, fragte Judith. In diesem Moment schien es ihr ungeheuer wichtig, auf diese Frage eine ehrliche Antwort zu bekommen. »Ich habe zwar keinen Bauernhof. Aber ich hätte mich gerne um Tabea gekümmert. Wenigstens vorübergehend.«

Mildreds sanfte, braune Augen bekamen einen Bambi-Schimmer. Noch bevor sie sprach, wusste Judith, was ihr bei dieser Frau die Kehle zuschnürte.

»Dreißig Jahre.« Sie legte den Kugelschreiber sorgfältig neben den Block. »Das ist die Aufbewahrungsfrist von Akten in Vormundschaftsfällen. Sie gilt auch für die Rechtsnachfolge der Jugendhilfe und Heimerziehung in der ehemaligen DDR.

Dreißig Jahre nach Erreichen der Volljährigkeit. Sie waren nicht das, was ich ein einfaches Kind nennen würde.«

Judith sah in das junge, saubere, von keinerlei Zweifel getrübte Gesicht Mildreds und war nahe daran, über den Schreibtisch zu steigen und ihr zu zeigen, was aus nicht einfachen Kindern werden konnte. »Ich weiß nicht, ob Sie in der Lage sind, das zu beurteilen.«

»Möglichweise haben Sie recht. Aber bis zum Beweis des Gegenteils steht Tabeas Wohl im Mittelpunkt des Interesses. Nicht Ihres. Es tut mir leid. Besuchen Sie das Mädchen. Es wird sich freuen.«

21

Adrian Jäger hatte, nachdem er von Judith Kepler eine Absage kassiert hatte, nichts mehr von Buehrli gehört. Bei jedem Telefonklingeln rechnete er nun damit, dessen Assistentin am Apparat zu haben. Isolda Weyland hieß das holde Wesen, aber als der Mittag dieses trüben Montags vorüberschlich und sich immer noch niemand gemeldet hatte, war ihm das auch recht. Er hätte Isolda gegenüber nur ungern zugegeben, dass er von einer Putzfrau versetzt worden war.

Eine von Jägers wichtigsten, aber auch schwierigsten Aufgaben waren die *speaker placements*. Eine Grauzone, denn eigentlich sollte er dem Unternehmen und nicht seinen Vorsitzenden und dem halben Aufsichtsrat dienen. Einladungen als Redner waren heiß begehrt und brachten schnelles Geld und das zu äußerst freundlichen Liechtensteiner Steuersätzen zwischen dreieinhalb und maximal achtundzwanzig Prozent. Gerade verhandelte er mit einem Unternehmen, das sich Harras für eine *keynote*, die Eröffnungsrede, wünschte. Der Chef übernahm solche Jobs allerdings kaum noch. Abgesehen von Krachern wie dem Weltwirtschaftsforum in Davos oder dem G-8-Gipfel, wo meist auch noch ein Foto mit Putin oder Hollande heraussprang (Letzteres hatte er, wie Leute erzählten, die schon mal ins Allerheiligste in Vaduz durften, nicht in seinem Büro aufgehängt. Stattdessen grinste dort immer noch Nicolas Sarkozy von den mit Zirbelholz verkleideten Wänden).

Vor ihm flimmerte die Anfrage eines von Emissions- und anderen Skandalen gebeutelten Autoherstellers über den Bildschirm, der sich von einem hochkarätigen Redner aus den obersten Reihen der CHL Beistand, Aufmunterung und etwas Kaffeesatzleserei im Hinblick auf zukünftige Bilanzen versprach. Buehrli wäre ein geeigneter Kandidat dafür. Gerade wollte er die Chance nutzen, Isolda anzurufen, als sein Telefon klingelte und er sie höchstpersönlich am Apparat hatte. Seine Herzfrequenz stieg so sprunghaft wie sein Testosteronspiegel.

»Weyland«, meldete sie sich knapp. »Buehrli will Sie sehen. Umgehend.«

»Ich fliege!«

Beschwingt von der Aussicht, ihr die Zusage für einen After-Work-Drink abzuringen, stürmte er in den Gang, eroberte eine Fahrstuhlkabine und schwebte ein in den sechsten Stock.

Dort warteten der Personalreferent, ein rothaariger, übernervöser Kerl, der ständig auf seine Armbanduhr sah, und Hundtwurf. Isolda übersah Jägers Blicke und stellte die Tassen ziemlich lieblos auf den Tisch, ohne sie zu verteilen.

»Kaffee kommt gleich.«

»Und Herr Buehrli?«, fragte der Personalreferent. Vielleicht sah er auch nur deshalb so oft auf die Uhr, um sich an der Schweizer Wertarbeit in reinem Gold zu erfreuen und die restliche Welt an dieser Freude teilhaben zu lassen.

»Kommt auch gleich.«

Jäger setzte sich gar nicht erst hin, sondern schlenderte durch die offene Tür zurück ins Vorzimmer, wo das Objekt seiner Begierde gerade einen Liter Filterkaffee in eine silberne Thermoskanne füllte.

»Schon was vor heute Abend?«, fragte er.

»Ja.«

»Morgen?«

»Leider auch.«

Er machte zwei Schritte auf sie zu, obwohl er damit das ungeschriebene Gesetz verletzte, wonach man niemals so nahe an den Schreibtisch eines Kollegen trat, dass man sehen könnte, womit er sich gerade beschäftigte. Sie setzte die Kanne ab und schenkte ihm einen irritierten Blick.

»Irgendwann diese Woche?«

Ein leichtes Lächeln umspielte ihre Lippen. Heute hatte sie die schulterlangen Haare zu einem Knoten geschlungen. Einige helle Strähnen kringelten sich über dem Kragen ihrer blütenweißen Bluse.

»Bedaure. Möchten Sie Milch oder Zucker?«

»Schwarz wie die Nacht, heiß wie die Hölle und süß wie die Liebe«, entgegnete er. »Nächste Woche?«

»Können wir?«

Die Stimme ließ Jäger herumfahren. Buehrli trat ein, warf seinen Mantel über die nächstbeste Stuhllehne und ging in sein Büro, wo er Hundtwurf und den Personalreferenten begrüßte. Isolda drehte den Deckel der Thermoskanne zu und drängte sich an Jäger vorbei, ohne ihn zu berühren. Er wollte ihr folgen, doch dann fiel sein Blick auf ihren Monitor und die Webseite eines Hotels. Ein monströser Kasten in den Alpen. Grüne Wiesen, Blütenmeer, schneebedeckte Gipfel. Waldhaus Flims. Angefragt war eine Juniorsuite für zwei Personen, als Datum hatte sie das kommende Wochenende angegeben. Der Preis für zwei Übernachtungen belief sich auf zweitausendzwanzig Schweizer Franken, ein Betrag, den er gar nicht erst umrechnen wollte.

»Herr Jäger? Brauchen Sie eine besondere Einladung? Frau Weyland, bitte keine Gespräche durchstellen.«

Isolda nickte.

Buehrli spähte durch die offene Tür. Jäger richtete noch einmal seinen Binder. Wieder wich sie ihm aus. Aus den Augenwinkeln bemerkte er, dass sie kurz auf ihren Monitor sah und dann zu ihm. Reflexartig setzte er sein Grinsen auf, und erwartungsgemäß ging sie nicht darauf ein.

Im nächsten Moment schloss Buehrli hinter ihm die Tür. »Guten Tag, meine Herren. Ich will Sie nicht lange aufhalten. Herr Jäger, würden Sie sich netterweise zu uns gesellen?«

»Ja. Ja, natürlich.«

Er nahm neben dem Personalreferenten Platz, der schon wieder auf seine Uhr sehen wollte, es in letzter Sekunde jedoch unterließ. Es war nur bedingt ratsam, teurere Uhren zu tragen als der Boss.

»Herr Hundtwurf.« Buehrli goss sich eine Tasse Kaffee ein und übergab das Wort an den Sicherheitsexperten. »Kurzes *round-up*. Sehr kurz, wir haben um zwölf die Schalte.«

Hundtwurf räusperte sich, was nicht sehr gesund klang. »Judith Kepler. Ich kann Entwarnung geben. Die *firewall* des BND betraf eine andere Person mit fast identischem Namen.«

»Fast? Was heißt hier fast?«

»Keppler mit zwei p. Es tut mir leid. Ich weiß nicht, wie mir das passieren konnte.«

Buehrli setzte die Tasse ab, die er gerade noch zum Mund geführt hatte. »Mit zwei p? Wollen Sie mir damit sagen, Ihre Recherche basierte auf einem Tippfehler?«

Jäger versuchte, eine Mischung aus Besorgnis und Interesse auf sein Gesicht zu zaubern, das nichts von der klammheimlichen Freude verriet, die er empfand. Sieh mal an. Hundtwurf, der Checker. War nicht mal in der Lage, einen Namen korrekt einzugeben.

»Offenbar.«

»Könnten Sie das bitte näher erläutern?«

Hundtwurf beugte sich vor und legte die Unterarme auf den Knien ab. Ein leichter Geruch nach kaltem Zigarettenrauch beleidigte Jägers Nase.

»Nein. Wenn ich könnte, würde ich es. Keine Ahnung. Ich habe in der Materialstelle schon vor langem nach einer neuen Tastatur gefragt, vielleicht lag es daran.«

Buehrli presste die Lippen zusammen. Er mochte es nicht, wenn jemand die Schuld auf andere schob, statt sie bei sich selbst zu suchen.

»Aber egal«, fuhr Hundtwurf fort, dem das aufzufallen schien. »Mein Fehler. Das hätte nicht passieren dürfen. Hier.« Er schob einige Ausdrucke über den Couchtisch. Buehrli warf einen schrägen Blick darauf, rührte sie jedoch nicht an. »Der gesamte Rapport. Überall ist Kepler mit zwei p geschrieben. Und heute …« Er präsentierte ein weiteres Papier, »mit einem. Ich kann es mir nicht erklären.«

»Das ist aber seltsam.« Jäger beugte sich nun ebenfalls vor und nahm die Ausdrucke in Augenschein. »Vielleicht liegt der Fehler beim BND?«

Der Personalreferent zuckte kaum merklich zusammen, was bei seinem ständigen Füßescharren und Anzugsknopf auf- und wieder zumachen nicht weiter auffiel.

»BND?«, fragte er und erwartete Aufklärung, die er aber nicht bekam.

Buehrli würdigte die Ausdrucke keines Blickes.

»Dann ist die Dame mit den beiden p also nicht identisch mit der, die wir ins Haus lassen wollten?«

Hundtwurf zuckte mit den Schultern. »Offenbar nicht.«

Jäger spürte, wie sich ein Knäuel Unruhe in ihm bemerkbar machte. Wie damals in der Schule, wenn er etwas wusste und sich eifrig meldete, der Lehrer jedoch einen anderen Schüler aufrief. Judith Kepler kommt gar nicht!, wollte er sagen. Sie hat kein Interesse. All die Müh für die Katz! Aber dann fiel ihm ein, wie oft er im Unterricht danebengelegen hatte und hinterher heilfroh gewesen war, sich nicht blamiert zu haben. Wahrscheinlich hätte er Buehrli schon viel früher informieren müssen. Stattdessen verschwendete der jetzt seine Zeit kurz vor der Schalte… Besser Mund halten.

»Ihre Offenbarungen sind nicht sehr hilfreich.« Buehrli trank nun doch einen Schluck Kaffee.

Jäger suchte nach Milch und Zucker, vergeblich. Hundtwurf und der Personalreferent rührten die Tassen nicht an. Zweitausendzwanzig Schweizer Franken. Juniorsuite. Waldhaus Flims. Die Hälfte seines Nettoeinkommens für zwei Übernachtungen. Wie viel mochte Isolda verdienen?

»Was ist mit Ihnen, Herr Jäger? Sie wollten sich doch mit der Dame treffen. Hat sich da schon etwas ergeben?«

Seine Entscheidung fiel schneller als das Beil einer Guillotine. Er würde sich hier und jetzt nicht in die Nesseln setzen. »Nein. Tut mir leid, zu viel Arbeit.«

Buehrli schien mit so einer Antwort gerechnet zu haben und konzentrierte sich wieder auf Hundtwurf. »Und Sie? Hatten Sie auch zu viel zu tun, oder könnten Sie uns etwas über *unsere* Judith Kepler sagen? Der mit nur einem p?«

Hundtwurf blätterte in seinen Papieren. »Mit ihr ist alles okay. Mittlerweile, denn das war nicht immer so. Sie hat einen etwas außergewöhnlichen Lebensweg. Schulabbruch, ein paar Jahre auf der Straße, ein bisschen Beschaffungskriminalität und Jugendstrafen wegen BTM.«

Der Personalreferent japste. »Wie bitte?«

»Betäubungsmittelgesetz, Drogen«, fuhr Hundtwurf fort, als ob dies die Einstellungsvoraussetzungen fürs mittlere Management wären. »Alles verjährt, sie hat die Kurve über Synanon gekriegt, eine Ausstiegshilfe für ehemalige Junkies. Das war vor... Moment... ich glaube, sieben oder acht Jahren. Klaus-Rüdiger Dombrowski, ihr Chef, hat sie von der Straße geholt. Seitdem nichts. *Niente.* Absolut, unauffällig, allerdings eine notorische Falschparkerin.«

»O mein Gott«, murmelte der Personalreferent.

Hundtwurf warf ihm einen ärgerlichen Blick zu. »Für mich klingt das ehrlicher als Crystal Meth in der Tiefgarage oder Koks auf der Bundestagstoilette.«

Buehrli machte eine abwehrende Handbewegung und stand auf.

Hundtwurf schob die Papiere zusammen. »Eine Putzfrau mit Abschluss in Harvard ist nun mal schwer zu bekommen.«

»Das... Führungszeugnis?« Der Personalreferent knetete die Hände. »Was ist damit?«

»Einwandfrei«, gab Hundtwurf zurück und konnte sich nicht verkneifen, »mittlerweile« hinzuzufügen.

Adrian Jäger, den das alles hier nicht sonderlich interessierte – Harras' Begeisterung für Judith Kepler war und blieb ein Mysterium, die Frau kam sowieso nicht, warum saßen sie hier eigentlich? –, begann sich Gedanken zu machen, mit wem Isolda wohl übers Wochenende in die Schweizer Berge fuhr.

Buehrli fragte: »Also dann grünes Licht?«

Hundtwurf schwieg. Schließlich seufzte er. »Grünes Licht.«

»Herr Horst, informieren Sie bitte das Gebäudemanagement und den Pförtner. Die Firma Dombrowski wird ab nächstem Ersten die Reinigung der Bank übernehmen. Hausausweise, Chipkarten et cetera nur mit Foto und nach Ausweisvorlage bei Ihnen.«

Der Personalreferent nickte zögernd, als ob er immer noch nicht glauben wollte, wer ihm da demnächst ins Haus schneite.

»Und ... die anderen?«

Buehrli stand auf und ging zu seinem Schreibtisch.

Hundtwurf zog ein weiteres Blatt aus seinem Wust – eine Liste mit sechs Namen. »Alles so weit in Ordnung. Bis auf Elizabeth Djabou. Sie hat trotz eines laufenden Asylverfahrens Zugang zum Arbeitsmarkt erhalten, kann also bei einem negativen Bescheid jederzeit abgeschoben werden.«

Der Personalreferent sah aus, als ob ihm gleich schlecht würde. »Eine Asylbewerberin und eine ehemalige Drogenabhängige?«

Hundtwurf blickte auf die Liste. »Dazu ein ehemaliger Langzeitarbeitsloser, ein Lehrling, der bereits zwei Ausbildungen abgebrochen hat, und, das wird Sie sicher freuen, Herr Horst, auch zwei Seiteneinsteiger, die eine unauffällige Berufslaufbahn vorzuweisen haben.«

»Das kann nicht Ihr Ernst sein.« Horst sah von Buehrli zu Hundtwurf, Jäger ließ er aus. »Sie sind für die Unternehmenssicherheit verantwortlich und lassen ein halbes Dutzend«, er suchte nach einem politisch korrekten Wort, »Individuen zweifelhafter Couleur ins Haus?«

»Die Firma, die die Reinigung bisher übernommen hat, arbeitet mit ähnlich qualifiziertem Personal. Noch mal zum Mitschreiben: Putzfrauen mit Hochschulabschluss gibt es nicht.«

Buehrli sah kurz von den Notizen hoch, in die er sich für einen Moment versenkt hatte. »Inwieweit sind die Mitarbeiter mit den Sicherheitsvorkehrungen vertraut?«

»Ich kann nicht in jeden hineinsehen«, entgegnete Hundtwurf. »Aber ich hoffe, dass meine Briefings im Intranet gelesen werden.«

Jäger erinnerte sich an die Mails mit dem Absender *SHE*,

safety, health, environment, wie er mittlerweile wusste, die er jedes Mal ungelesen gelöscht hatte, weil er nicht viel mehr als Anweisungen zum Bewässern der Büropflanzen darin gesehen hatte.

Buehrli stand immer noch. Er würde sich nicht setzen, bevor sie gegangen waren, und es wurde langsam Zeit dazu, gab er ihnen damit zu verstehen. »Also dann, grünes Licht. Guten Tag, die Herren.«

Jäger verließ als Letzter den Raum. Das Sekretariat war leer, der Monitor schwarz.

Kaum in seinem Büro, googelte er das Waldhaus Flims. Es lag keine sechzig Kilometer von Vaduz entfernt. Erleichterung breitete sich in ihm aus. Assistentinnen der Geschäftsleitung buchten Flüge, Hotels und Mietwagen. Vermutlich hatte sie bloß eine Anfrage für ihren Chef gestartet. Buehrli verbrachte vor der Montagslage ein Wochenende mit seiner Gattin in Graubünden.

Andererseits… Wer legte über zweitausend Euro auf den Tisch, nur um beim Aufwachen dieselbe Gestalt neben sich im Bett liegen zu haben wie zu Hause? Jäger gestand sich ein, dass er durchaus bereit gewesen wäre, so viel für eine Nacht mit Isolda auszugeben. Aber nicht für seine Frau.

Als Nächstes fragte er sich, welchen Preis Isolda wohl zahlte, wenn sie neben einem Kerl wie Buehrli aufwachte, und ob er selbst jemals eine Chance hätte, in diese Liga aufzusteigen. Allerdings verzichtete er darauf, weiter darüber nachzudenken. Dafür fiel ihm Judith Kepler wieder ein und ihre Weigerung, für die CHL zu arbeiten, weil ihr Hundtwurf auf den Schlips getreten war. Aber Hundtwurf hatte sich geirrt, und Kepler konnte am nächsten Ersten anfangen.

Wenn sich alles in seinem eigenen Leben doch nur auch so einfach zur Zufriedenheit fügen würde…

22

Zwei Tage vergingen. Am dritten fand Judith ein Schreiben von Dombrowski Facility Management in ihrem Briefkasten. Abmahnung. Sie warf es noch im Hausflur in den Abfalleimer für die Werbung. Inzwischen war Mittwoch und damit höchste Zeit für ein Attest, aber sie konnte sich nicht dazu aufraffen. Das war es doch, was Leute wie Mildred von ihr erwarteten: Charakterschwäche und Antriebslosigkeit. Bitte schön. Hier habt ihr es.

Abends saß sie in eine Decke gehüllt auf dem Balkon. Sie hatte Jeff Buckley, *Live at L'Olympia* aufgelegt – sie kaufte fast nur noch Vinyl, und wenn es von einem Künstler keine Langspielplatten gab, verzichtete sie – und die zweite Flasche Wein geöffnet. Als sie sich hinunterbeugte, um das Glas erneut zu füllen, geriet sie beinahe aus dem Gleichgewicht. Sie vertrug nicht mehr so viel. Buckley war in Memphis, Tennessee, gestorben. So jung. Eigentlich mochte sie nur Musik von Menschen, die schon tot waren. Helno de Laureaqua. Jeff Buckley. Johnny Cash. Serge Gainsbourg. Herb Ellis. David Bowie. Minnie Riperton. Hillel Slovak. Und Clarence Clemons, Springsteens *Big Man*. Solos in kristallener Einsamkeit, *lying in the heat of the night, like prisoners all our lives …* Saxofon müsste man spielen können, wie Clarence Clemons. Sich nachts auf den Balkon stellen und für die Sterne spielen.

Die letzten Töne verklangen, nur das Knistern der Leerrille war noch einige Sekunden lang zu hören. Dann hob sich der Tonarm und fuhr mit einem leisen Schnarren zurück auf den Halter.

Das einzige Instrument, das Judith spielen konnte, war die Triangel. Halt, da war noch was. Blockflöte. »Im Märzen der Bauer die Rösslein anspannt« – »Die Gedanken sind frei, wer kann sie erraten?« – »Wenn ich groß bin, gehe ich zur Volksarmee, ich lade die Kanone, rumbummbumm, rumbummbumm, ich fahre einen Panzer, täterä tätätätä« – »*There's a lady who's sure all that glitters is gold and she's buying a stairway to heaven*«. Das musste nach der Wende gewesen sein. Als die Musik und andere Dinge gekommen waren und sie in Sassnitz festsaß wie in einem Knast. Berlin. Berlin. »Du bist verrückt, mein Kind.« Als sie ihre Fluchten besser planen konnte und es immer länger dauerte, bis man sie aufgriff und zurück ins Heim brachte…

Mittlerweile spielten jeden Tag kurz nach zwölf die Glocken des Fürther Rathauses Led Zeppelin. Vielleicht hatten sie einen bekifften Dombrowski als Bürgermeister… Judith tastete nach ihrem Handy. Nichts. Gut. Nein, nicht gut. Scheiße. Sie hätte den Chef anrufen sollen. Die einen zogen vors Arbeitsgericht, weil sie Papierkörbe leeren sollten, und sie wollte nicht in einer Bank arbeiten. Wertpapiere. Hundert Millionen aufwärts. Sie versuchte, sich hundert Millionen vorzustellen, aber es gelang ihr nur in Verbindung mit einem dumpfen Gefühl von Verlust. Was hatte noch einen Wert, wenn alles bezahlbar war?

Hallelujah. Sie hauchte ihren Atem in die Luft und beobachtete, wie er sich auflöste. Sie müsste sich mal wieder was zum Rauchen besorgen. Für solche Abende hatte Gott dem Menschen den Rausch geschenkt.

Mühsam befreite sie sich aus der Decke und suchte nach einem fast leeren Tabakpäckchen, das sie irgendwo im Bücherregal versteckt und beinahe vergessen hatte. Sie wusste, dass es da war. Lange nicht mehr daran gedacht. Sie fand es hinter gut zwei Kilo *Der stille Don* und einem Sammelschuber mit *Merian*-Heften aus den siebziger Jahren. Getrocknetes Gras. Nicht viel, aber für einen Joint würde es reichen. Als sie den Schuber zurückstellen wollte, glitt ein Foto heraus und segelte elegant auf den Boden. Es war alt, die Farben waren zu schwachen Rot- und Grüntönen verblasst. Irgendwann würden sie ganz verschwinden und geisterhafte Silhouetten zurücklassen, vage Erinnerungen an Menschen, die einmal gelebt, gelacht, geliebt und …

Sie bückte sich, hob es auf. Vater, Mutter, Kind.

Judith rollte sich in ihrem alten Sessel zusammen und drehte den Joint. Während sie rauchte, spürte sie den Blick der drei durch die Kameralinse auf sich gerichtet, durch all die Zeiten und Jahre hinweg, als ob sie ins falsche Ende des Teleskops blicken würde.

Richard Lindner, Irene Sonnenberg, ich.

Wahrscheinlich war Richard Lindner auch nicht sein richtiger Name. Sie kannte ihren Vater nur aus den Stasiakten und Kaiserleys Märchenstunden. Lindner. Der beste DDR-Spion aller Zeiten. Kaiserley, der beste BND-Anwerber aller Zeiten. Die Superhelden der verfeindeten Geheimdienste. Auf einmal miteinander verbunden durch diese eine Nacht in Sassnitz vor über dreißig Jahren, dem Anfang allen Übels. Jene Nacht, in der ein fünfjähriges Mädchen, geboren und aufgewachsen in Berlin-Pankow, seine Eltern, sein Zuhause, seine Herkunft und seinen Namen verlor. Die Auslöschung hatte in jener Nacht begonnen, mit ihrer Einlieferung ins Heim. Sie hatte gedauert. Das Mädchen musste ein widerspenstiges kleines Ding gewesen sein. Nicht leicht für die Erzieherinnen im Kinder- und Jugendheim Juri Gagarin, die es gewohnt waren, den Willen ihrer Zöglinge ohne viel Gegenwehr zu brechen. Sie hatten die Waffen. Aber was hatte ein Kind? Irgendwann, nach ungezählten Nächten im Keller, nach Schlägen und Seifenlauge, nach Millionen ungehörter Gebete und Ozeanen von Tränen musste das Mädchen aufgegeben haben. Es tat, was man ihm befahl: Es vergaß Berlin-Pankow. Es vergaß seinen Vater und seine Mutter. Es vergaß seinen Namen und wurde zu Judith Kepler. Zum

Nuttenkind. Eine Asoziale. Eine aus der Gosse, aus der nie was wird.

Das Gras war trocken wie Heu im Hochsommer. Es kratzte im Hals. Das Foto lehnte an einem Kerzenleuchter auf dem abgeschrammelten Couchtisch. Der Rauch biss in den Augen, Judith musste sie zusammenkneifen. Die drei blassen Gesichter verschwammen noch mehr.

Aus dem Nuttenkind war eine Ausreißerin geworden. Dann kamen die Drogen. Kleine Diebstähle. Irgendwann ein paar Monate auf der Straße, »Haste ma 'ne Mark?« Noch mehr Drogen. Alkohol. Sucht. Absturz. Ein Rettungsring, zugeworfen von einem Mann mit Walrossbart. Dombrowski. Wie lange sollte sie ihm denn noch dankbar dafür sein?

So lange, wie er Grund genug hat, dich zu feuern, und es doch nicht tut. Trotz und Einsicht standen sich in Judiths Innerstem gegenüber wie zwei Wrestler. Meist gewann die Einsicht. Dombrowski hatte immer auf ihrer Seite gestanden. Zu ihm hatte sie damals den verletzten Kaiserley gebracht. Zu ihm war sie gegangen, nachdem sie einen Menschen in Notwehr getötet hatte.

Noch ein Zug. Die Gedanken vermischten sich mit dem Rauch, schwebten durch den Raum, verschlangen sich zu wolkigen Gebilden, flüsternden Geistern, zu schwerelosen Strudeln, die sie hinabziehen wollten bis ins wirbelnde Zentrum der Zweifel und bitterer Reue. Wärst du doch bloß nie, niemals! in diese schreckliche Geschichte hineingezogen worden. Die Wahrheit ist nur etwas für Leute, die auch damit umgehen können…

Erst vor sechs Jahren war Judith durch Zufall an ihre alte Heimakte gelangt. Das hatte Dinge in Bewegung gesetzt, die bis zum heutigen Tag nicht zur Ruhe kamen. Ihr ganzes Lebensgebäude war explodiert und lodernd eingestürzt, und immer noch verrutschte ab und zu ein verkeilter Steinbrocken in diesen eingefallenen Mauern, polterte herunter, ließ Staub und Asche regnen. Als Kaiserley ihr gegenübergestanden hatte, nach so langer Zeit – es war, als ob Judith die Risse hören konnte, die sich knackend und zischelnd durch ihre Außenwände zogen. Dieses Familienfoto. Rumms. Wieder ein Brocken von oben. Der Angriff der Hacker auf ihre Identität. Ein Spalt im Boden, der sich vergrößerte. Sie lebte in der Ruine ihres Lebens, umgeben von Schutt und instabilen Provisorien. Und dieses Foto erinnerte sie daran, warum das so war.

Es war eine schlechte Aufnahme. Sowieso schon ein bisschen überbelichtet. Das Lächeln der Eltern wirkte ein wenig angestrengt. Das Kind in dem hübschen Sommerkleidchen dagegen war einfach nur glücklich.

Der letzte Zug aus dem Joint. Die Glut fraß sich knisternd durch Gras und Papier. Kein Silberrahmen, kein Altar für diese Familie. Nur ab und zu ein Moment des Innehaltens und Sammelns. Bestandsaufnahme. Wie weit bist du gekommen, seit du zum letzten Mal heulend davorgesessen hast? Keinen einzigen Schritt. Du hängst immer noch in deinen Schuttbergen ab, hast noch nicht mal angefangen mit dem Aufräumen. Judith glaubte, einen leisen Zug von Missbilligung im verblassten Gesicht ihres Vaters zu erkennen. Irgendwo im Hinterkopf wusste sie, dass das Blödsinn war.

Richard Lindner hatte als Romeo gearbeitet, sofern man das arbeiten nennen konnte, was er dort drüben in der Bonner Republik angestellt hatte. Seine Frau Irene Sonnenberg war als Fotolaborantin für die Stasi tätig. Im Jahr 1984 begann das MfS, seine Akten auf Mikrofilm zu bannen. Darunter war auch eine hochgeheime Datei mit den Namen aller Agenten, die im Westen undercover spionierten. Diese Datei sollte später unter dem Namen »Rosenholz« einige Berühmtheit erlangen. Damals war sie das Pfund, mit dem Lindner und Sonnenberg einen Hochverrat planten. Wozu wäre der Bundesnachrichtendienst bereit, wenn sie ihm dreitausend Namen von Stasispionen anböten? Quasi die gesamte westliche Auslandsaufklärung der DDR auf einem Silbertablett servierten? Im Gegenzug verlangten sie die Schleusung nach Westdeutschland, außerdem neue Pässe und Startkapital.

Der BND war begeistert. Ein junger Agent mit Namen Quirin Kaiserley übernahm die Leitung der Operation. Er sollte die Familie mitsamt der Mikrofilme in Sassnitz sicher auf die Fähre nach Malmö geleiten. Alles war vorbereitet. Irene Sonnenberg und ihre Tochter saßen im Zug, Lindner wollte im Transit zu ihnen stoßen. Doch dann... Judith drückte den Joint in dem übervollen Aschenbecher aus. Dann wurde alles verraten, und der Vorhang ging auf zu einem schauerlichen Theaterstück vor der Kulisse des Transitbahnhofs Sassnitz. Am Ende waren Sonnenberg und Lindner tot. Verraten von Angelina Espinoza, einer CIA-Agentin, die schon seit längerem für die andere Seite arbeitete.

Dreißig Jahre später. Judith als erwachsene Frau, konfrontiert mit der Wahrheit. Das zersprungene Aquarium. Die sterbenden Fische. Die Kälte in Angelina Espinozas Stimme, als sie von der Hinrichtung gesprochen hatte.

Ich habe ihn erschossen. Keine Zeugen, kein Risiko. Er wusste, auf was er sich einließ. Man kann nur Sieger oder Verlierer sein.

Er wusste, auf was er sich einließ... Das war es, was Judith ihnen allen niemals verzeihen konnte. Ihr Vater hatte es gewusst, ebenso ihre Mutter und Merzig auch, der sie mit seinen toten, funkelnden Augen angestarrt hatte. Ihr eigener Großvater, der den Haftbefehl unterschrieben hatte... Sie alle hatten gewusst, was sie taten. Nur das fünfjährige Mädchen nicht, das eng an seine Mutter gekuschelt, ein Monchichi auf dem Schoß, im Zug nach Sassnitz saß und nicht im Entferntesten ahnte, dass am Ende dieser Nacht nichts mehr so sein würde wie zuvor.

Komm, Mädchen. Dein Papa wartet.

Judiths Augen brannten, zu lange hatte sie auf das Foto gestarrt. Der Impuls, es zu zerreißen, war so groß, dass sie schon die Hand danach ausgestreckt hatte. Dann ließ sie den Arm sinken. Es gab kein Zurück mehr. Diese Familie existierte nicht. Sie war ein Lügengebilde.

Nachdem sie all das herausgefunden hatte, Seite an Seite mit Kaiserley, dem größten Angeber und Versager aller Zeiten, nachdem ihr Leben in sich zusammengefallen war wie ein Kartenhaus, hatte die Bundesrepublik Deutschland ihr großzügigerweise die Wahl gelassen. Sie könne wieder den Namen und die Biografie ihrer ersten fünf Lebensjahre annehmen, als Tochter zweier Stasimitarbeiter und Enkelin eines Generalleutnants, für immer das Opfer.

Oder Judith Kepler bleiben. Asozial, schwer erziehbar, drogensüchtig, mit einem Bein im Knast, am Trudeln, am Untergehen, am Scheitern ... Bis Klaus-Rüdiger Dombrowski gekommen war und gesagt hatte: »Eine wie dich kann ich brauchen.« Für immer die Putze. Aber Herrin der Ruinen, Trümmerfrau.

Mühsam kam sie auf die Beine und steckte das Foto wahllos in eines der Bücher. Jahre später würde sie es wiederfinden. Vielleicht würde die Bestandsaufnahme dann wohlwollender ausfallen.

Sie wechselte Jeff Buckley gegen Blue Roses aus und wünschte Laura Groves ein langes Leben bei bester Gesundheit. Während sie eine normale Zigarette rauchte und den letzten Wein trank, dachte sie an Tabea. Irgendetwas an diesem ziehenden Gefühl in der Magengrube kam ihr bekannt vor. Der Verlust von etwas, das man nie besessen hat ... Vielleicht sollte sie einen Song darüber schreiben. Worte flogen wie Fledermäuse durch ihren Kopf. Husch. Sie wollte sie einfangen, aber schon waren sie verschwunden.

23

Judith kannte diesen Ton. Leise, piepsig, nervig. Ihr Handy. Sie wickelte sich noch fester in die Decke und wunderte sich, warum ihr so kalt war. Der zweite Ton. Schriller. Das war der Wecker auf dem Kleiderschrank. Es klang wie der digitale Kanon von zwei Duracell-Häschen. Der dritte stand in der Küche. Sie blinzelte. Wartete. Jetzt.

»Bamboleo, Bamboleo…«

Sie hatte einen dieser Sender eingestellt, deren Gesamtarchiv aus drei *Bravo-Best-of-80s*-CDs bestand. In dem Wissen, dass sie die synthetische gute Laune nicht länger als ein paar Minuten ertragen würde. Die Decke war an einer Seite heruntergerutscht, sie war klamm, es war eiskalt. Hinter den Schläfen saßen zwei Schmiede, bereit, den Hammer auf den Amboss zu schlagen.

Sie zuckte zusammen. Im Badezimmer explodierte die Wasserstoffbombe unter den Weckern. Eine chinesische Blechkonstruktion, der Sekundenzeiger ein Rotarmist, der fröhlich mit der *Mao-Bibel* winkte. Zwanzig Sekunden lang trommelten die Klöppel auf die Schellen. Ein Ton, laut und durchdringend, der Menschen in Unterwäsche verwirrt auf die Straße trieb und fragen ließ, wo denn die Russen stünden… Endlich Ruhe. Nach den Gypsy Kings kam der Werbeblock. Nutzschall. Störschall. Egal.

Es klingelte. Mehrmals.

Die Schmiede ließen den Hammer fallen, direkt auf ihre Schläfen. Welcher Tag war heute? Dienstag? Donnerstag? Kurz nach acht. So früh war die Post noch nicht unterwegs.

Es klingelte wieder. Judith blinzelte, richtete sich stöhnend auf und betrachtete das Wohnzimmer wie eine Forschungsreisende eine prähistorische Lagerstätte. Wer hatte hier was getan? Zwei

Weinflaschen, leer. Das konnte sie nicht gewesen sein. Ein voller Aschenbecher, ein halb aufgerauchter Joint. Okay, das schon eher. Das alte Tabakpäckchen war heruntergefallen und hatte den kümmerlichen Rest seines Inhalts über den Boden verstreut.

Ihr Kopf dröhnte. Dazu das Schrillen der Klingel und eine Unerträglichkeit von Boney M. Sie trug einen Jogginganzug und dicke Wollsocken, die linke hatte ein Loch an der Ferse. Als hätte ein unbegabter Zeichner eine Karikatur gemalt: Leben in Lichtenberg. Arbeitslos. Kater. Jogginganzug. Und irgendjemand wollte zu ihr. Vielleicht das Jugendamt. Checken, ob Tabea nicht doch zu ihr ... Judith wurde übel.

Sie taumelte in den Flur und streckte die Hand nach dem Hörer der Gegensprechanlage aus. Am besten, sie stellte sich tot und war gar nicht zu Hause. Sie hörte ein leichtes Kratzen und wunderte sich, woher es kam. Langsam ließ sie die Hand sinken und versuchte, es von »*Rivers of Babylon*« zu isolieren.

Jemand stand auf der Fußmatte vor ihrer Tür.

Das nächste Klingeln ließ sie vor Schreck nach Luft schnappen. Kurz darauf klopfte es.

»Frau Kepler?« Eine Männerstimme. Dunkel. Leichter Akzent. »Bitte öffnen Sie. Ich weiß, dass Sie da sind.«

Kein Jugendamt. Judith schwankte zwischen Enttäuschung, Erleichterung und Neugier. Vorsichtig trat sie an den Spion und lugte hindurch. Reflexartig schnellte ihr Kopf zurück. Der Mann hatte die Hand über die Linse gelegt.

»Was wollen Sie?« Ihre Stimme klang ein wenig verwaschen, aber das war um die Uhrzeit ja wohl zu entschuldigen.

»Nur mit Ihnen reden.«

»Über was?«

»Es wäre für uns beide leichter, wenn Sie dieses Holz zwischen uns entfernen würden.« Er klopfte sachte an die Tür.

»Das ist Stahlblech. Aus gutem Grund. Wer sind Sie und was wollen Sie?«

Schweigen. Judith nutzte es, indem sie drei Schritte in die Küche machte, die Schublade öffnete und das Brotmesser griff. »Also?«

»Mein Name ist Bastide Larcan. Ich bin hier, um Ihnen ein Angebot zu machen.«

Lakhan. Der Name sagte ihr etwas.

Judith schob das Messer in den hinteren Bund der Jogginghose und überprüfte, wie schnell sie es hervorziehen konnte. Ihr Herz hämmerte. Sie räusperte sich leise und hoffte, ihre Stimme würde einschüchternd genug klingen. »Ich bin nicht interessiert.«

»Ich an Ihrer Stelle wäre es.«

»Warum?«

Statt einer Antwort klopfte er wieder. Sie stand wie festgenagelt im Flur und spürte den dumpfen Schmerz hinter den Schläfen. Scheißkater. Zähneputzen. Sie konnte nicht klar denken. Blitzschnell zog sie das Messer und riss die Tür auf.

Der Mann hielt die Hand in der Luft, dort, wo er sie bis eben noch auf den Spion gepresst hatte. Er war mittelgroß, schlank, leicht gebräunt. Adlergesicht, Karajan-Mähne. Stahlblaue Augen.

Einer von den Patriziern, schoss es Judith durch den Kopf. Wenigstens heißt er nicht Adolf. Wenn er so heißt. Mittlerweile kann mir ja sogar ein Eichhörnchen erzählen, sein Name sei Wolf.

Er sah das Messer, das sie drohend erhoben hatte, und trat einen Schritt zurück. Neben ihm auf dem Boden stand ein Pilotenkoffer.

»Ich bin nicht bewaffnet.«

Schlecht verborgene Belustigung beim Anblick ihrer Waffe.

Er musste über sechzig sein, doch auch ohne den nachtschwarzen Mantel wusste Judith, dass er jede Faser seines Körpers trainierte und dass er es nicht unbedingt aus Eitelkeit tat.

»Darf ich?«

Er nahm den Koffer auf und machte eine einladende Geste, als ob dies seine Wohnung und Judith nur durch Zufall auf der falschen Seite der Tür gelandet wäre. Sie ließ das Messer sinken und trat einen Schritt zur Seite. Im Vorübergehen berührte sein Mantel ihren Arm. Ein böses elektrisches Kribbeln schoss bis in ihren Nacken. Gänsehaut. Dieser Mann war gefährlich. Irgendwo hatte sie ihn schon einmal gesehen. Nur wo? Wann? An einem Tatort? Sie hätte ihn niemals hereinlassen dürfen. Sie umklammerte zitternd den Messerschaft, aber ihre Stimme klang normal.

»Kaffee?«

Larcan blieb ein paar Schritte weiter im Flur stehen, dachte kurz nach und drehte sich zu ihr um. »Ja. Sie sehen aus, als könnten Sie einen vertragen.«

Witzig sind wir also auch noch.

Er ging weiter und stellte den Koffer im Wohnzimmer neben dem Sofa ab. Dann trat er an die offene Balkontür und musterte das Stillleben drinnen und draußen. Mit der Schuhspitze berührte er eine der Flaschen, um das Etikett zu erkennen. »Ein guter Wein?«, fragte er.

Judith war ihm gefolgt. Das Messer legte sie in Griffhöhe auf einem Bücherregal ab. »Ganz okay.«

Larcan ging zur Brüstung, tat so, als ob er die Aussicht genießen würde, und kam wieder herein. Er schloss die Balkontür hinter sich mit einer Selbstverständlichkeit, die Judith bedrohlicher vorkam als Gewalt.

»Ich will tatsächlich nur mit Ihnen reden. Keine Angst.«

»Ich habe keine Angst.«

»Aber Sie sind vorsichtig. Das ist gut.«

»Hören Sie, bringen wir die Sache hinter uns. Ist irgendwas mit Tabea?«

»Tabea?«

Fehler. Großer Fehler.

Er wiederholte den Namen, als hätte sie ihm gerade ein gut verpacktes Geschenk überreicht. »Ihre Tochter?«

Judith ging einen Schritt näher an das Regal. Er sah das Messer und lächelte nachsichtig wie ein Dorfschullehrer, der alle Tricks seiner Schäfchen im Voraus kennt.

»Ich komme in friedlicher Absicht.«

»Dann hoffe ich, dass Sie auch so wieder gehen. Und zwar jetzt. Es sei denn, Sie sind Weinvertreter und haben mir was Leckeres mitgebracht.«

»Da muss ich Sie leider enttäuschen. Wollten Sie nicht Kaffee kochen?«

Ein fast verschleppter Akzent. Deutsch war seine Muttersprache, aber er klang, als hätte er sich lange im Ausland aufgehalten. Südländer klangen so. Italiener. Auch Israelis hatten eine ähnliche Sprachmelodie. Franzosen. Plötzlich fiel es ihr wieder ein: Larcan. Kaiserley hatte ihr von ihm erzählt. Drei von der Fünferbande, die die CHL auf sie angesetzt hatte, standen in Verbindung zu einem Mann mit diesem Namen.

Er ist mal auf der payroll *des SWR aufgetaucht. Das ist der russische Auslandsnachrichtendienst.*

Und selbständig gemacht hatte er sich. Judith ließ ihr Gesicht hinter einem Vorhang aus Teilnahmslosigkeit verschwinden, der einzige Schutz, den sie im Moment aufbauen konnte.

Larcan setzte sich aufs Sofa – im Sessel lag noch die zusammengeknüllte Decke –, rettete aber vorher ein altes Buch, das aufgeklappt in der Ritze steckte. Er drehte es um und warf einen Blick auf den Einband.

»Rimbaud.« Wieder ein Lächeln, als würde er flüchtig einen Bekannten auf der anderen Straßenseite grüßen. »Rimbaud in Marzahn.«

»Lichtenberg. Milch? Zucker?«

»Schwarz, *merci.*«

Frankreich also. Judith ging in die Küche und wollte erst die Kaffeemaschine anschalten, entschied sich dann aber dagegen. Pulver reichte. Sie drehte den Heißwasserhahn auf, holte zwei Tassen vom Regal und überprüfte, ob sie sauber waren. Gemessen am Zustand, in dem sie und die Wohnung sich befanden, gingen sie gerade so durch. Zwischendurch warf sie einen schnellen Blick durch die offenen Türen hinüber ins Wohnzimmer. Larcan saß da und blätterte in dem dünnen Bändchen. Sie durfte sich nicht anmerken lassen, dass sie wusste, wer er war. Er sah hoch, sie fühlte sich ertappt.

»Sie wissen, was Rimbauds Dichtung so einzigartig macht?«

Natürlich nicht.

Ivo aus dem Plattenladen hatte ihr an einem verträumten Herbstnachmittag, als der Regen noch mild war und die Luft schwer vom Laub und von dem langen Sommer, von David Bowies »*Heroes*« erzählt. Rimbaud, Heroin und die Mauer. Bowie hatte die Jahre in Berlin einmal als die schlimmsten seines Lebens bezeichnet. Das wurde auf der Gedenktafel an seinem Schöneberger Wohnhaus natürlich nicht erwähnt, dafür aber Rimbaud und das Liebespaar im Schatten der Mauer ...

Judith hatte das Bändchen damals beim Auspacken einer der Umzugskisten ignoriert, die noch nicht einmal der Besitzer mehr haben wollte – stockfleckig, mit einem Geruch nach alten Betten. Erst viel später hatte sie es wieder herausgekramt. Im Moment konnte sie nicht viel dazu sagen. Höchstens, dass Absinth den Wahnsinn kreativ machte.

»Selbstverständlich«, sagte sie so laut, dass Larcan sie verstehen konnte. »Aber ich werde es Ihnen nicht verraten. Kommen Sie selber drauf.«

Er lachte leise. Solange er sich mit durchgeknallten Poeten beschäftigte, dachte er hoffentlich nicht an andere Dinge. Sie ließ das Pulver in die Tassen rieseln und füllte sie dann mit heißem Leitungswasser. Er legte das Buch beiseite, als sie zurückkam, und nahm seinen Becher, ohne daraus zu trinken.

»Setzen Sie sich«, forderte er sie auf.

In ihrer eigenen Wohnung hörte sie das nicht oft. Dennoch nahm sie in einem der abgenutzten Sessel Platz und wartete ab.

»Dieses Treffen bleibt unter uns. Auch diese Unterhaltung hat es nie gegeben. Ich verlasse mich auf Ihre Verschwiegenheit.«

Judith trank einen Schluck. Schauderhaft. Sie ließ Larcan dabei nicht aus den Augen.

»Ich habe einen Auftrag auszuführen. Für jedes Segment suche ich mir andere Mitarbeiter. Für Sie habe ich eine einfache Aufgabe vorgesehen. Es wird Ihnen nicht schwerfallen, sie zu erfüllen. Danach werden Sie nie wieder etwas von mir hören.« Er rechnete wohl mit einer Nachfrage, aber Judith ließ die kurze Pause ungenutzt verstreichen. Er nickte knapp, als ob ihm ihre Art zuzuhören gefiele. »Wie ich weiß, arbeiten Sie demnächst im externen Gebäudemanagement der CHL-Bank. Im High-Security-Bereich. Die Sicherheitsvorkehrungen dort sind entsprechend hoch. Sie werden an einem bestimmten Tag etwas in die Bank hineinbringen und einige simple Anweisungen befolgen. Das ist alles.«

Judith angelte nach dem Tabakpäckchen mit dem echten Tabak, das sie auf Suttners *Die Waffen nieder!* gelegt hatte, und drehte sich eine Zigarette. Ganz auf der Höhe der Zeit war Larcan also nicht. Ihr Streit mit Dombrowski hatte sich wohl noch nicht in Israel, der Schweiz oder Punjab herumgesprochen. Dieser winzige Vorsprung reichte, um ihr etwas Sicherheit zurückzugeben. Sie waren nicht unfehlbar, auch wenn sie sich dafür hielten.

»Ein Bankraub?«

»Sie müssen nicht mehr wissen, als Ihnen guttut. Sie erhalten fünfzigtausend Euro. In bar oder auf ein kontoführendes Institut in einem Land Ihrer Wahl. Schweiz. Luxemburg. Liechtenstein.«

»Liechtenstein«, wiederholte Judith und zündete die Zigarette an. »Wie viel kriegen Sie?«

»Fünfhunderttausend. Allerdings trage ich sämtliche Auslagen. Also handeln Sie nicht.«

Sie lehnte sich zurück und beobachtete den Rauch, der an die Decke stieg. Hätte Kaiserley sie nicht gewarnt, würde sie diesen Mann für einen genialen Irren halten. Das war doch alles Theater. Hüpfte jetzt gleich jemand aus der Ecke und brüllte: »Verstehen Sie Spaß?«

»Fünfzigtausend«, wiederholte er.

»Warum?«

»Weil Sie das Geld brauchen?«

Sein Blick glitt über die staubigen Regale, den Flickenteppich, die Bilder an den Wänden – vergessene Stillleben, abblätternde Waldeslust. Eine Secondhandeinrichtung, zusammengeschustert aus dem Sperrmüll, der in Dombrowskis Umzugswagen übrig blieb. Ihre Höhle. Ihre Ruine. Ihr Zuhause. Sie blieben am Einband von Bertha von Suttners unendlich trauriger, fast vergessener Geschichte hängen.

»Zeitverschwendung«, sagte sie.

»Frau… Kepler.« Das winzige Zögern vor ihrem Namen machte Judith hellhörig. Er beugte sich vor. Er war nicht mehr freundlich. Sondern eiskalt. »Sie verstehen mich nicht. Sie werden diesen Auftrag übernehmen.«

»Nein.«

»Ihre einzige Entscheidung ist die Wahl zwischen Freiwilligkeit und Zwang.«

Ihre Augen verengten sich. Zwang. Dieser Mann wusste nicht, wovon er redete.

»Sie machen sich über meine Freiheiten falsche Vorstellungen«, sagte sie langsam.

Genauso bedächtig schüttelte er den Kopf. »Sie haben gute Freunde, die Sie schützen. Aber gegen uns sind sie machtlos. Bedenken Sie das. Arbeiten Sie mit uns zusammen. Wir stellen keine Fragen, Sie auch nicht. Es ist ein leichter Job. Andere riskieren für weniger ihr Leben.«

Judith stand auf, nahm im Vorübergehen das Messer vom Regal und blieb auffordernd im Flur stehen. »Raus. Dann vergesse ich Ihren Besuch. Vielleicht. Vielleicht überlege ich es mir aber auch anders und erzähle herum, dass abgehalfterte Agenten des russischen Geheimdienstes Frauen in Hochhaussiedlungen belästigen.«

Das gefiel ihm ganz und gar nicht. Fast bewundernd stellte Judith fest, wie gut er sich in der Gewalt hatte, doch sie sah, wie seine Kiefermuskeln arbeiteten.

»Damit erschrecken Sie höchstens die alten Damen im Fahrstuhl.« Schneller, als sie erwartet hatte, folgte er ihr. Das Messer ignorierte er. »Hat Kaiserley Ihnen das eingeredet?«

»Wer soll das sein?«

»Glauben Sie ihm nicht, was er sagt. Glauben Sie niemandem. Nur einem einzigen Menschen.«

Er kam noch näher, stand direkt vor ihr, nahm ihr die Luft zum Atmen. Sie schüttelte den Kopf. Es war genug. Seine Nähe, die leise Stimme – wie nasse Kiesel, die aneinanderrieben. Dabei betrachtete er ihr Gesicht so aufmerksam und interessiert, als würde er darin etwas suchen. Etwas, das über das rein professionelle Interesse an einer Erpressung hinausging.

»Glauben Sie *mir*.«

Sie wich aus, mit dem Rücken an der Wand. Doch er folgte ihr. Widerwillig, mit mühsam gezähmter Ungeduld. Als ob sie zwei Magneten wären, die sich abstießen statt anzuziehen.

»Tun Sie, was *ich* Ihnen sage. Dann kommen Sie vielleicht lebend aus der ganzen Sache heraus.«

Judith schnappte nach Luft.

»Ich habe gekündigt«, stieß sie hervor. Ganz klar war die Sache zwischen ihr und Dombrowski zwar nicht, aber das ging niemanden etwas an. »Ich bin arbeitslos. Kein Job, keine Bank, nichts. Danke für das Angebot. Versuchen Sie es bei MacClean.«

Er legte den Kopf schief, so als ob er das, was sie gerade gesagt hatte, nicht richtig verstanden hätte. »Wer ist MacClean?« Die Frage kam wie ein Geschoss.

»Vergessen Sie's.«

»Warum haben Sie das getan?«

Sie spürte, dass er – noch – nicht bereit war, physische Gewalt anzuwenden, und ließ die Hand mit dem Messer sinken. Er roch angenehm. Nach Zitronenblüten und Bergamotte, nach endlosen Sommern im Süden, nach blauem Meer, aber in seinen Augen funkelte arktische Kälte. Langsam ging sie ihm auf den Geist, sie spürte es. Wahrscheinlich war er mit einer Viertelmillion in Berlin angekommen. Auf der Landsberger Allee waren es dann nur noch zweihunderttausend, und spätestens vor ihrer Tür hatte er die auch noch mal halbiert und im Wohnzimmer beschlossen, es mit einem Viertel davon zu versuchen. Fünfzigtausend Euro. Hatte er geglaubt, wer hier wohnte, kannte solche Zahlen nur aus dem Fernsehen, wenn sie die Arbeitslosenstatistiken brachten?

»Warum haben Sie gekündigt?«

Judith stand immer noch mit dem Rücken an der Wand. Vorsichtig wollte sie einen Schritt nach links machen. Sein Arm schnellte vor und schnitt ihr den Weg ab. Er war verrückt. Alle wurden irgendwann verrückt in diesem Job. Na gut, Kaiserley vielleicht nicht, aber der war auch schon verdammt nah dran.

»Warum?«

Will eine Bank knacken und sucht sich dafür ausgerechnet eine Putzfrau. Sie musste diesen Vollidioten beim BND endlich einmal sagen, dass das so nicht weiterging. Sie…

»Warum?«

»Gehen Sie!«, schrie Judith. »Verschwinden Sie! Hauen Sie ab!«

Sie hob das Messer, aber er war schneller als sie. Ein glühender Schmerz zuckte durch ihren Arm. Die Waffe fiel auf den Boden. Sie krümmte sich, beobachtete, wie er mit dem Fuß auf die Klinge trat, spürte, wie er sie am Arm packte, mit einem Griff, als ob er Mastinos mit einer Hand erwürgen könnte, sah sein Gesicht halb verschwommen, weil der Schmerz ihr die Tränen in die Augen trieb.

»Sie werden tun, was ich Ihnen sage.«

»Den Teufel werd ich!« Sie spuckte ihn an.

Er warf sie auf den Boden, stand schwer atmend auf und holte ein Stofftaschentuch aus der Anzugtasche. Dass es so was noch gab, registrierte eine ferne Abteilung ihres Gehirns, die sich auf nichts anderes als Tatabläufe konzentrierte. Stofftaschentücher.

Larcan wischte sich das Gesicht ab, hob das Messer auf und zog sie mit der anderen Hand am Kragen ihrer Joggingjacke hoch. Ihre Knie zitterten. Sein Besuch bekam eine andere Dimension. Mit einem Stöhnen beugte sie sich vornüber und hielt sich den Arm. Vielleicht hatte er ihn ihr gebrochen.

»Nicht schlecht für den Anfang.« Er steckte das Tuch weg und musterte sie abwartend. Als er feststellte, dass sie keine Fluchtversuche mehr unternahm, hielt er ihr das Messer mit dem Schaft entgegen. Höflicher Mensch.

Sie griff danach, konnte es jedoch nicht halten und ließ es fallen.

»Sie haben also gekündigt. Würden Sie mir den Grund freiwillig mitteilen, oder brauchen Sie es, dass man Sie härter anfasst?«

»Ich…« Sie stöhnte wieder. Die Knochen im rechten Arm schmerzten, als wären sie aus glühendem Eisen. Die Beine gaben nach, und sie suchte mit dem Rücken Halt an der Wand. »Ich wollte nicht in der Bank arbeiten. Abmahnung, unentschuldigtes Fehlen, Rausschmiss.«

»Welchen Grund haben Sie angeführt?«

»Grund?« Judith überlegte. Sie fuhr die Ehrlichkeit auf halbe Kraft herunter. »Ich hab's nicht so mit dem Großkapital. Bin Parteimitglied bei der Linken.«

Larcan hob die Augenbrauen. Das ist wohl ein Scherz, sollte das heißen.

»Also gut, mein Aufnahmeantrag läuft. Geld zieht bei mir nicht.«

»Ein wenig mehr Druck vielleicht?«

»Mit was wollen Sie mir denn drohen? Schlägern? Vergewaltigung? Mord?«

Sie sah, wie er verächtlich den Kopf schüttelte.

»Es geht auch anders. Sie werden die Kündigung rückgängig machen, egal wie. Brauchen Sie Bestechungsgeld?« Er wartete die Antwort gar nicht erst ab. »Sie werden in dieser Bank arbeiten. Und Sie werden meinen Auftrag ausführen.«

»Ich mag Ihren Ton nicht.«

»Das wird sich ändern.«

Er holte seinen Koffer. Judith wagte kaum aufzuatmen. Offenbar hatte er wirklich vor zu gehen. Sie würde umziehen. Neue Schlösser einbauen lassen. Am besten auch einen neuen Namen besorgen… Nein, nicht schon wieder!

»Ich melde mich nächste Woche wieder bei Ihnen. Dann erhalten Sie genaue Anweisungen.«

Um ihn nicht noch einmal zu reizen, schwieg sie. Er ging zur Tür, hatte die Klinke schon in der Hand, überlegte es sich anders und kam noch einmal zurück.

»Sie wollen sicher wissen, warum Sie das tun werden.«

Bevor sie ausweichen konnte, hob er die Hand. Sie zuckte zurück, als ob er sie schlagen wollte, doch er strich ihr nur sanft über die Wange. »Christina…«

Er ging und ließ sie stehen. Ohne Worte, in absoluter Sprachlosigkeit. Sie rutschte die Wand entlang, bis sie, ein Bein angewinkelt, das andere ausgestreckt, zum Sitzen kam.

Christina. Ihre Vergangenheit war eine Hydra. Für jeden abgeschlagenen Kopf wuchsen zwei neue nach.

24

In der Bar Stern Radio kam die Klimaanlage nicht gegen den Dunst aus Rauch, Schweiß und Bier an. Judith stand am Fenster. Allein, was ihr nicht sonderlich viel Mühe bereitete, denn im Gegensatz zu dem lauten Jungvolk um sie herum hatte sie keine Sekunde vor dem Spiegel verschwendet und nach der Dusche nur die Jogginghose gegen eine Jeans eingetauscht. Es war der dritte Abend in Folge, den sie hier verbrachte. Der Barkeeper erkannte sie schon. Kaiserley war wieder nicht zu Hause. Kein Licht, keine Reaktion, selbst auf minutenlanges Klingeln nicht. Sie überlegte, welcher Wochentag wohl im Kalender stand, und kam auf eine fünfzigprozentige Wahrscheinlichkeit, dass es sich um Samstag handeln könnte. Eine ganze Woche hatte sie unentschuldigt blaugemacht.

Am Montag würde sie schwere Geschütze auffahren müssen, und selbst dann war nicht klar, ob Dombrowski sie nach dem letzten Auftritt überhaupt noch zurücknehmen würde. Natürlich würde er das. Hatte er doch bisher immer getan. Und wenn nicht? Was, wenn der Bogen dieses Mal überspannt war? Ein flaues Gefühl rumorte in ihrem Bauch, verband sich mit den anderen Ungewissheiten zu einer Negativladung Elektrizität, die sie kaum stillstehen ließ.

Von ihrem Platz aus hatte sie einen guten Blick auf die Marienburger Straße. Das Pflaster glänzte nass im Schein der Laternen. Ab und zu kamen Paare oder Gruppen fröhlicher Menschen vorbei. Einzelgänger wie sie gab es nicht. Wahrscheinlich krochen die erst wieder aus ihren Löchern, wenn die Luft rein war. Bis drei Uhr morgens gehörte der Prenzlauer Berg all jenen, für die »Frühschicht« ein Wort aus einem Paralleluniversum war.

Das Bier in ihrem Glas war warm und schal geworden. Sie trank es trotzdem. Gesprächsfetzen, Lachen und dazu der verträumte Gitarrenrock von The Last Shadow Puppets hüllten sie ein in die trügerische Wärme des Gefühls, Teil einer Gemeinschaft zu sein. Niemand beachtete sie, trotzdem war sie da. Vielleicht sollte sie öfter ausgehen. Stimmen hören, Musik, Collagen aus fremden Gesprächen. Noch ein paar Abende und sie hätte das Gefühl dazuzugehören.

Ein dunkler, etwas ramponierter Golf GTI schlich die Straße hinab, auf der vergeblichen Suche nach einem Parkplatz. Judith straffte die Schultern und versuchte, die Gestalt hinter den Scheiben zu erkennen, aber da war der Wagen auch schon wieder aus ihrem Blickfeld verschwunden. Sie stellte das Glas auf dem Heizkörper unter der großen Fensterscheibe ab und drehte sich eine Zigarette. Dabei ließ sie den gegenüberliegenden Gehweg nicht aus den Augen. Sie musste nicht lange warten.

Offenbar hatte der Fahrer nicht weit entfernt Glück gehabt. Den Kragen seiner Wachsjacke gegen die feuchte Kälte hochgeklappt lief er zügig auf den Hauseingang zu. Judith wartete, bis er aufgeschlossen hatte. Dann verließ sie die Bar, warf die angerauchte Zigarette in den Rinnstein und rannte über die Straße. Sie erreichte die Tür, kurz bevor sie ins Schloss fiel.

Die Treppenhausbeleuchtung flammte auf. Kaiserley stand vor seinem Briefkasten und drehte sich überrascht zu ihr um. Er ließ den Schlüssel sinken und musterte sie von oben bis unten.

»Du?«

»Ich«, bestätigte sie.

»Ist es dringend?«

»Ich hatte Besuch. Unangemeldet. Das scheint in deiner Branche üblich zu sein. Da passt man sich natürlich an.«

Das Deckenlicht malte tiefe Schatten auf seine Wangen. Die eisgrauen, kurzen Haare schimmerten dunkler durch die Nässe. Judith fragte sich, warum dieser Mann selbst in hartem Kunstlicht noch aussah wie ein Cowboy auf dem Ritt in den Sonnenuntergang. Weil ich ihn so sehe, gab sie sich selbst die Antwort. Es kam nicht oft vor, dass sie Gefühle entwickelte, die irgendetwas mit Eifersucht zu tun hatten. Eigentlich nur in seiner Gegenwart. Die Wärme der Bar hing noch in ihrer Jacke, und sie überlegte, wie er reagieren würde, wenn sie ihn aufforderte, mit ihr ein Bier zu trinken.

»Können wir reden?«

»Komm mit nach oben.«

Auch gut. Er öffnete den Briefkasten und holte heraus, was sich darin befand: zwei Briefe und der übliche Reklamewust.

»Was ist passiert?«

»Nicht hier.«

Kaiserley nickte und schloss den Kasten wieder ab. Gemeinsam stiegen sie die fünf Stockwerke zu seiner Wohnung unter dem Dach hinauf. Bis sie oben angekommen waren, ging die Runde um Judiths Selbstbewusstsein wieder haarscharf an sie. Er öffnete die Tür, ließ sie eintreten und schloss sorgfältig ab.

»Wie sicher ist deine Wohnung?«

Sein Zuhause hatte ihr gefallen, damals. Eine Mischung aus skandinavischer Schlichtheit und sorgfältig ausgewählten Einzelstücken. Viele Bücher, ein paar gute Fotografien an den Wänden, warmes Licht. Sie erinnerte sich daran, dass im Schlafzimmer ein Doppelbett gestanden hatte. Das musste jedoch nichts bedeuten, in ihrem stand schließlich auch eines.

Er folgte ihr ins Wohnzimmer und machte Licht. Judith ließ sich in einen der alten, schlichten Holzsessel fallen, auf die als Sitzfläche und Rückenlehne nur ein Stück dickes cognacbraunes Leder gespannt war. Es glänzte matt im Licht der Stehlampe. Judith kannte sie aus den Schaufenstern von Antiquitätenhändlern, die sich auf Bauhaus und Art déco spezialisiert hatten. Wagenfeld, 1930.

»Ich denke, ich kenne die Tricks«, beantwortete er ihre Frage.

»Denkst du oder weißt du?«

Kaiserley öffnete die Schublade eines Sideboards, auf dem ein gewaltiger Flachbildfernseher stand. Er kam zurück mit einem zigarettenschachtelgroßen Gegenstand. Hinter dem durchsichtigen orangefarbenen Gehäuse wanden sich Drähte und Spulen, an der Seite war ein Schalter, den er nun umlegte.

»Ein *jammer*.« Er sprach das Wort englisch aus.

»Ein was?«

»Eine Art Störsender. Im Umkreis von fünf Metern sendet er Signale aus, die die Isolierung unserer Sprachfrequenzen erschweren.«

Judith nahm das Kästchen in die Hand und betrachtete es.

»Einfach ausgedrückt«, setzte er hinzu.

Sie warf es auf den Couchtisch. Auch dieser ein Original, vermutlich sechziger Jahre: grazile Beine, eine abgerundete dreieckige Platte. Judith kannte diesen Stil vom Entrümpeln. Vielleicht hatte Kaiserley die Sachen von seinen Eltern geerbt. Die erste Nachkriegsgeneration, deren Wohnungen und Häuser nun aufgelöst wurden. Der Tisch war aus hellerem Holz gearbeitet als die Sessel, aber er passte trotzdem dazu. Alles in Kaiserleys Umgebung strahlte trotz der Einzelstücke eine solide, matt polierte Gegenwärtigkeit aus. Er war angekommen. Zumindest in seinen vier Wänden. Einen Moment lang herrschte das ungute Schweigen zweier Menschen, die nicht sicher waren, wie sie sich einander offenbaren sollten.

Kaiserley setzte sich ihr gegenüber. »Es ist spät. Ich muss morgen sehr früh nach Paris.«

»Paris.«

Wieder Schweigen. Schließlich fragte er: »Um was geht es?«

Judith löste den Blick von Robert Doisneaus *Le Baiser de l'hôtel de ville*, eine schwarz gerahmte Fotografie über dem Schreibtisch neben dem Fenster, und sah Kaiserley in die Augen. »Larcan. Er war bei mir.«

Seine Verblüffung war echt. »Larcan? Bastide Larcan? Bist du sicher?«

»Zumindest hat er sich so vorgestellt und keinen Zweifel daran gelassen, dass ich es ihm besser abkaufen sollte. Und weißt du, wie er mich zum Abschied genannt hat? Christina.«

Sie wartete einen Augenblick, um seine Reaktion zu beobachten. Er sog scharf die Luft ein, lehnte sich zurück und starrte an die Decke. Nach wenigen Sekunden kam er mit einem Ruck wieder hoch.

»So hat mich seit… lass mich überlegen… über dreißig Jahren niemand mehr genannt«, fuhr sie fort. »Es klang nett, wie er das gesagt hat. So liebevoll und irgendwie sorgend.«

Kaiserley beugte sich vornüber und starrte auf den Boden. Eichendielen. Oder dunkel gebeizt. Von fleißigen polnischen Putzfrauen zweimal die Woche gewienert.

»Larcans nette Züge sind überschaubar«, sagte er nur.

»Mhm.« Judith beschloss, seine Defensive auszunutzen und die warme, gepflegte, nach Holz, Wachs und irgendeinem flüchtigen After Shave duftende Nichtraucherwohnung zu deflorieren. Sie zog das Tabakpäckchen aus der Tasche und drehte sich eine Zigarette.

»Wann war das?«

»Mittwoch. Vor drei Tagen.« Sie wollte ihm schon vorwerfen, dass sie drei Abende lang auf ihn gewartet hatte, aber am Ende hätte er sich noch etwas darauf eingebildet.

»Was wollte er von dir?«

Sie kramte umständlich nach ihrem Feuerzeug. »Das ist ja wohl erst Punkt zwei auf der Agenda. Also: Woher kennt Larcan meinen Namen? Meinen echten Namen? Den von früher, vor meiner Zeit im Heim?«

Sie zündete die Zigarette an. Der Rauch biss in den Augen. Judith kniff sie zusammen, legte Feuerzeug und Tabak auf den Tisch.

»Ich weiß es nicht.«

»Dann finde es heraus.«

»Judith, ich habe keine…«

»Finde es heraus!«

»Das kann unmöglich…«

»*Fuck you!*« Sie sprang auf, lief mehrmals im Zimmer auf und ab und blieb bebend vor Wut vor ihm stehen. »Ich habe dir geglaubt! Es ist so gut wie nichts übrig geblieben, aber dieses kleine bisschen Vertrauen, dieses Minimum, dieses ›Ich liefere mich aus und kann irgendwie weiterleben‹… selbst das hast du kaputtgemacht!«

»Ich habe keinen blassen Schimmer, wie er an die Informationen gekommen ist.«

»Aber du kennst ihn!«, schrie sie. »Und er dich! Ich werde erpresst! Und du… gottverdammt! Du nicht! Du NICHT! Scheiße!«

»Setz dich.«

»Nein! Bei mir brennt die Hütte. Ich dachte, er killt mich. Soll ich vielleicht zur Polizei rennen und denen erzählen, dass der russische Geheimdienst von mir einen Bankraub verlangt?«

»Was?«

»Ich soll irgendwas für ihn in diese Bank bringen. In die CHL. Was weiß ich. Sprengstoff? Die haben da was vor, und ich soll dabei mitmachen.«

Kaiserley zog sein Handy aus der Tasche.

»Lass das«, sagte sie. »Nur du und ich. Sonst siehst du mich nie wieder.«

Er steckte es sofort weg.

»Womit hat er dich erpresst?«

»Mit fünfzigtausend Euro. Und mit meinem Namen. Christina.«

»Setz dich.«

»Nein.«

Er sprang auf, packte sie an beiden Unterarmen und zwang sie zurück zu ihrem Platz. Schwer atmend ließ sie sich fallen und rieb sich die Stelle, die immer noch von Larcans Angriff höllisch wehtat. Er zog seinen Sessel näher heran und legte die Handflächen aufeinander. Die Bitte-Bitte-Nummer. Sei schön brav, Judith, und mach keinen Aufstand. Sie rauchte mit wütenden, kurzen Zügen.

»Larcan ist nicht der russische Geheimdienst.«

»Das waren deine eigenen Worte. Was ist er dann?«

»Ich weiß nicht viel über ihn. Es gibt Gerüchte, aber keine

Gewissheit. Sein Lebensmittelpunkt ist Paris. Ein Tänzer auf jedem Parkett.«

Judith atmete tief durch. »Vielleicht sollte ich es dir noch mal von vorne erklären. Er kennt meinen echten Namen. Und er weiß, wer du bist. Könntest du jetzt bitte mit dieser Mein-Name-ist-Hase-Nummer aufhören? Was hast du verdammt noch mal mit Bastide Larcan zu tun?«

»Nichts!«

»Was«, schrie sie, »*hattest* du mit ihm zu tun?«

»Nichts! Was genau hat er gesagt?«

»Ob du … ich weiß es nicht mehr genau. Ob du mir irgendeinen Quatsch eingeredet hättest.«

»Quatsch? Dieses Wort hat er benutzt?«

»Nein«, entgegnete sie ungeduldig. Das Knäuel Elektrizität in ihrem Bauch sprühte Funken. Sie musste sich zwingen, ruhig zu bleiben. »Ich hab's nur noch so im Kopf. Das mit den Russen, das hättest du mir eingeredet. So meinte er das.«

Kaiserley sah sie an, als hätte sie ihm unterstellt, im Supermarkt kistenweise Kleinen Feigling zu klauen.

»Er hat dich erwähnt. Er kennt dich. Eindeutig. Was hat das zu bedeuten?«

Mit einem Kopfschütteln, als ob er kein Wort von dem glauben würde, was Judith gerade erzählt hatte, erhob er sich, ging zum Fenster und sah hinunter auf die nächtliche Straße. »Das kann nur bedeuten«, setzte er an, überlegte, fuhr sich mit der Hand durch die Haare und drehte sich dann wieder zu ihr um, »dass Bastide Larcan tatsächlich einen Fehler gemacht hat.«

»Was für einen Fehler denn?« Musste er immer in Rätseln sprechen? Machte ihm das Spaß?

»Er war keiner von uns. Niemals. Weder vor noch nach der Wende. Kurz nach dem Zusammenbruch der DDR gab es mal den Versuch einer Kontaktaufnahme zwischen dem Leiter der

Westaufklärung und dem BND. Zu mehr ist es nie gekommen. Kein einziger ehemaliger Stasiagent ist je beim BND gelandet. Das hätten sie nie gemacht. Die Nähe zu den Russen war einfach zu groß.« Er strich sich mit den Zeigefingern die Nasenflügel entlang. Eine Geste, an die Judith sich erinnerte und die ihr einen Stich in die Magengrube versetzte. »Bastide Larcan weiß offenbar von Sassnitz. Sonst hätte er dich nicht mit Christina angesprochen. Man könnte jetzt immer noch vermuten, dass er vielleicht einer der Heimerzieher war. Oder ein junger Volkspolizist in Stralsund, der den Bahnhof absperren musste und dabei etwas aufgeschnappt hat. Irgendein kleines Licht vom Schweriner Demmlerplatz, dazu beauftragt, im Januar neunzig Akten der Abteilung XV zu schreddern. Und weil selbst das bei der Menge irgendwann langweilig wird, hat er eine der Mappen rausgezogen und durchgelesen. Es kann sonst wer gewesen sein. Jemand vom Rat des Kreises in Sassnitz, jemand vom Jugendamt. Du hast ja schon immer ziemlich viel Mist gebaut.«

Er ließ die Hände sinken und warf ihr einen irgendwie erzieherisch wertvollen Blick zu, auf den Judith verzichten konnte.

»Glaub ich nicht. Die Heimakte ist auch geschreddert worden.«

»Dann vorher. Irgendwann zwischen vierundachtzig und dem Fall der Mauer. Aber ich gebe dir recht, das erscheint mir unwahrscheinlich. Ich tendiere eher dazu, dass er, frag mich nicht, warum, irgendwie in die Operation eingebunden war. Nicht von unserer, der westlichen Seite. Ich meine die HV A. Die Hauptverwaltung Aufklärung. Der Auslandsnachrichtendienst der DDR. Entweder A VII oder A X, Desinformation der BRD. Oder Sabotagevorbereitung. Das könnte auch hinkommen.«

Kaiserley begann auf und ab zu gehen. Vor Judiths Augen verwandelte er sich vom Salonpublizisten in den Exagenten. Der verraten worden war, genau wie sie. Nicht schuldig, aber gebadet und gesalbt in Ich-fühle-mich-ja-so-schrecklich-verantwortlich-für-dich-Bullshit. Unterm Strich war Quirin Kaiserley damals als Einziger mit heiler Haut davongekommen. Noch ein Grund mehr, sofort wieder auf Abstand zu gehen. Aber erst musste eine Erklärung auf den Tisch. Es machte sie wütend, wenn er sie ignorierte und so tat, als sei der Tod ihrer Eltern eine sauber aufgearbeitete wissenschaftliche Forschungsarbeit der Stasiunterlagenbehörde.

»Er könnte überall gewesen sein. Als Residenturkraft in Bonn, legal oder illegal. Oder er hat früher schon in der operativen Beschaffung von Rüstungsgütern gearbeitet. Würde zu seinem weiteren Lebenslauf passen.«

»Waffen?«, fragte Judith verständnislos.

»Waffen.«

»Das … kann nicht sein.«

»Glaubst du mir etwa nicht?«

»Doch«, erwiderte sie. »Ich glaub dir alles. Immer wieder. Weil ich so ein naives kleines Ding bin, dem man bloß zur rechten Zeit einen Schrecken einjagen muss, und schon pariert es und hält auch gerne mal für andere den Kopf hin. Irgendwas hat er vor. Warum will er mich für den Job?«

»Es muss mit der Sicherheitsüberprüfung zusammenhängen. Vermutlich hat jemand in der Bank den Auftrag rausgegeben, dich zu durchleuchten. Mich wundert nur, dass es nicht auf konventionellem Weg geschehen ist, sondern dass derjenige Leute wie Livnat oder Brugg dafür angeheuert hat. Du erinnerst dich? Die beiden Hacker stehen mit Larcan in Verbindung. Vielleicht passt du in sein Suchraster, und sie haben dich ihm gemeldet.«

»Gibt er öfter solche Suchraster in Auftrag?«

»Keine Ahnung. So operiert eher ein Geheimdienst, was für meine Theorie spricht. Also, ich erkläre es dir.« Er nahm wieder

Platz. »Gesetzt den Fall, ich brauche jemanden, der den Corgis der Queen nahe genug kommt, um ihnen … sagen wir mal … im entscheidenden Moment ein Abführmittel zu verpassen.«

Judith starrte ihn mit großen Augen an.

»Du lachst, aber solche Dinge sind tatsächlich geplant worden. Nicht mit der Queen, aber mit einem afrikanischen Despoten, dessen Tiger plötzlich verrücktspielten. Genau dieser Moment der Ablenkung war am Ende entscheidend.«

»Entscheidend für was?«

»Ich sag's mal so: Den Despoten gibt es nicht mehr.«

Er schob ihr einen kleinen silbernen Teller über den Tisch, von dem er vorsichtshalber die beiden Manschettenknöpfe herunternahm, bevor sie ihn zum Aschenbecher umfunktionierte.

»Larcan ist quasi mit der Nase auf dich gestoßen worden. Er sucht jemanden, weshalb er Brugg und Livnat gebeten hat, nach einer geeigneten Person Ausschau zu halten. Zeitgleich hat sich irgendein Sicherheitsfuzzi in der Bank an unserer *firewall* die Zähne ausgebissen. Daraufhin ist er auf die geniale Idee gekommen, nicht mehr selbst herumzudilettieren, sondern echte Profis auf dich anzusetzen. Zwei Interessengruppen, eine Schnittmenge. In der Mitte: du.«

»Ihr kennt euch also doch.«

»Nein.«

»Warum sollte ich dir vertrauen?«

»Warum glaubst du Larcan mehr als mir?«

Judith drückte die Zigarette aus. »Ihr beide in einen Sack und ersäufen. Ich wüsste nicht, um wen es mir weniger leidtäte.«

Kaiserley strich über die Holzlehne des Sessels, als würde er einer unsichtbaren Spur folgen. Er beherrschte sich. Noch. Offenbar hielt er von seiner Ehre etwas anderes als sie.

»Gut.« Er nickte knapp. »Halt mich auf dem Laufenden.«

Judith schnaubte verächtlich und stand auf. Kaiserley erhob sich ebenfalls.

»Wohin willst du?«, fragte er.

Sie zuckte mit den Schultern. »Nach Hause. Wohin denn sonst?«

»Das ist vielleicht«, er brach ab und fuhr dann, vorsichtig nach Worten und dem richtigen Tonfall suchend, fort, »nicht klug. Er war bei dir?«

Sie nickte und ging in den Flur, er folgte ihr.

»Bist du wirklich sicher, dass es Bastide Larcan war?«

Judith erinnerte sich an die Kälte, die dieser Mann ausgestrahlt hatte: wie ein Gletscher. Und an das widersprüchliche Kraftfeld um ihn herum, das sie gleichzeitig angezogen und abgestoßen hatte. »Ja.«

»Dann musst du weg.«

Sie ließ die Hand, die sie schon nach der Türklinke ausgestreckt hatte, sinken. »Weg? Warum?«

»Weil wir zwar deine Biografie schützen können, aber nicht dich.«

»Wir?«

Sie drehte sich zu ihm um. Er war ihr nahe, und zum ersten Mal seit damals spürte sie das jähe Verlangen, ihm durch die Haare zu streichen, seinen Kopf zu sich heranzuziehen und ihn zu küssen.

»Niemand muss mich beschützen«, sagte sie und war froh, dass ihre Stimme sie nicht verriet. Küssen. Ihn. Den Teufel würde sie tun. Nie wieder.

»Kannst du irgendwo unterkommen? Hast du Freunde?«

Natürlich hatte sie keine, das wusste er genau. Sie wollte gehen, aber er hielt sie fest. Der Griff erinnerte sie an etwas. Daran, wie er sie aufgehoben und fortgetragen hatte, damals. Daran, wie er sie im Arm gehalten und »Es ist ja gut, alles ist gut« geflüstert hatte. Ihre Augen brannten. Für einen wahnwitzigen Moment wünschte sie sich, lieber tot zu sein, als vor diesem Mann in Tränen auszubrechen.

»Soll ich etwas für dich organisieren?« Er musterte sie, ahnte vielleicht, was sie gerade fühlte, denn sein Griff lockerte sich und seine Stimme wurde sanfter. »Ich kann eine Freundin anrufen.«

Sie riss sich los. »Nein danke, ich komme schon klar.«

Mit einem Ruck öffnete sie die Tür, schlug auf den Lichtschalter und rannte die Treppe hinunter. Eine Freundin! Wahrscheinlich die, mit der er damals Arm in Arm aus diesem Haus getreten und lachend zu seinem Auto gelaufen war. Während sie, Judith, auf der anderen Straßenseite gestanden hatte, um ihn wiederzusehen. Er hatte ihr das Gefühl gegeben, dass ihre gemeinsame Reise, dieser Horrortrip, vielleicht doch der Beginn von etwas Gutem hätte sein können. Das Gefühl verwandelte sich beim Anblick der beiden Turteltäubchen in etwas Hartes. Etwas Nadelspitzes, wie geschmolzenes Blei, das im kalten Wasser erstarrt. Zischschsch. Du Vollidiotin! Der Intellektuelle und die Putzfrau. Wie blöd bist du eigentlich?

Judith hatte den beiden hinterhergesehen, ohne zu rufen oder sich bemerkbar zu machen. Im Gegenteil, sie verharrte mit klopfendem Herzen versteckt in einem Hauseingang und sandte ein Stoßgebet zum Himmel, dass er sie im Vorüberfahren nicht entdecken möge. Seinen iPod in der Hand, auf dem noch *»Parlez-moi d'amour«* lief und den sie, nachdem die beiden um die Ecke gebogen waren, in den Gulli warf, wo sich die Kabel des Kopfhörers im Rost verhedderten. Nach drei Schritten hatte sie kehrtgemacht und das Ding wieder aus dem Rinnstein geholt. Sachen, die noch zu gebrauchen waren, warf man nicht weg. Jeden Tag nahm sie sich vor, die von ihm aufgespielte Musikdatei zu löschen.

Aber sechs Jahre lang hatte sie es nicht getan.

Als Kaiserley ins Wohnzimmer kam, hing noch der Rauch von Judiths Zigarette in der Luft. Tabak und Einwegfeuerzeug lagen auf dem Couchtisch. Einen kurzen Moment lang hoffte er, sie würde noch einmal klingeln, um beides zu holen. Er trat ans Fenster und spähte hinunter, bis sie das Haus verließ und die Straße überquerte. Sie lief schnell, einmal rutschte sie fast auf den glitschigen Blätterresten aus. Als sie die andere Straßenseite erreichte, sah sie noch einmal hoch. Obwohl er sich sicher war, dass sie ihn in der Spiegelung der regennassen Scheibe nicht sehen konnte, traf ihn ihr Blick mitten ins Herz. Er trat zurück.

Du trägst die Verantwortung für sie, dachte er. Du verhältst dich wie ein Volltrottel, und sie vertraut dir immer noch, sonst wäre sie nicht hergekommen. Du solltest es ihr besser danken. Denn es gibt nicht mehr viele Menschen in deinem Leben, die das tun.

Er ging zum Telefon und wählte eine Nummer. Nach dem dritten Rufton nahm jemand ab.

»Kaiserley hier«, meldete er sich. »Wir müssen dringend über die alten Zeiten reden. Und mit dringend meine ich sofort. Hast du Zeit?«

»Wenn ich eines zu viel habe«, kam es dröhnend zurück, »dann Zeit.«

25

Sie trafen sich selten.

Wahrscheinlich lag es daran, dass sie sich beide als Verlierer fühlten. Kellermann hatte wenigstens ein Urteil bekommen. Zwei Jahre auf Bewährung. Seiner Frau ging es gut, angeblich. Er brummte etwas von einem Kuraufenthalt, blieb aber vage, und Kaiserley wollte ihn nicht durch Nachfragen in Verlegenheit bringen.

Es war ein tiefer Fall gewesen. Aber die Schlagzeilen von damals waren fast vergessen. Ab und zu tauchte Kellermanns Name noch auf, in langatmigen Artikeln, die sich mit den Skandalen und Katastrophen des Bundesnachrichtendienstes beschäftigten. Ein hochrangiger Amtsdirektor, persönlich verstrickt in eine der schlimmsten Geheimdienstaffären – der »Sassnitz-Skandal« hatte sich nur mit allergrößter Mühe und viel gutem Willen von allen Seiten nicht in einen Flächenbrand verwandelt.

Sogar ein Filmangebot hatte es gegeben, wie Kellermann ihm schnaufend vor Wut kurz nach seinem Umzug in die Hauptstadt gestanden hatte. Seit seinem erzwungenen Ruhestand, der ihn kalt erwischt hatte, arbeitete er angeblich als Berater hinter den Kulissen der Berliner Republik. Die typische Berufsbezeichnung für all jene, denen »Privatier« zu abgehoben und »Rentner« zu beleidigend erschien. Das Haus bei München hatten seine Frau und er verkaufen müssen, mit Verlust. Von dem Erlös nach Abzug der Prozesskosten war es ihnen gelungen, eine der letzten bezahlbaren Eigentumswohnungen im Wedding zu ergattern. Zwei Zimmer, Küche, Bad, aber immerhin mit Blick auf den schön geschwungenen Komplex von Bundesbauten am Tiergarten, in dem jetzt all jene wohnten, deren Karrieren reibungsloser liefen.

An Kellermann konnte Kaiserley sehen, wie das Alter auch ihn selbst einmal verändern würde. Mit dem Verlust seines Amtes, seiner Reputation und nicht zuletzt seiner Bezüge war Kellermann geschrumpft. Nicht nur äußerlich. Sein Auftreten, einst raumgreifend und auf polternde Art selbstbewusst, war grauer Unscheinbarkeit gewichen. Als er in das kleine Restaurant am Savignyplatz eingetreten war, hatte niemand hingeschaut. Ein leicht gebeugter Mann mit Hut und Regenschirm, dickem Wollschal, ausgebeultem Trenchcoat und diesen seltsamen Schuhen, die bequem sein mussten, aber aussahen wie recycelte Altreifen.

Viel zu beraten gab es offenbar nicht in diesen Zeiten. Und wenn doch, dann nahmen sich die Lobbyisten und Spindoctors lieber jemanden, der aktiv und mit beiden Beinen mitten im Geschehen stand, und nicht einen wie Kellermann. Blass war er, abgenommen hatte er, die markanten Gesichtszüge eingefallen, die fleischige Nase stand nun in einer seltsamen Asymmetrie zu den verhärmten Zügen. Dafür wirkten die Augen wacher als früher, waren nicht mehr so getrübt von jahrzehntelangem Alkoholmissbrauch. Es war ein harter Entzug gewesen, in jeder Hinsicht. Der Mantel, den er trug, war zu dünn für dieses Wetter, der Pullover beinahe fadenscheinig, und auf die Frage der Bedienung, ob er die Karte benötige, hatte er nur eine abwehrende Handbewegung gemacht.

»Selbstverständlich«, hatte Kaiserley zu der Frau gesagt. Und dann, nachdem sie gegangen war: »Du bist mein Gast.«

Anschließend hatten sie kurz die Eckdaten der jeweiligen Befindlichkeit ausgetauscht. Gewiss geschönt, wohl eher als Selbstvergewisserung gedacht, womit man noch durchgehen konnte, ohne als Aufschneider oder Schönredner zu gelten. Kaiserley kam fraglos besser dabei weg. Kein Wunder, sein Abschied war zwar auch ein Paukenschlag gewesen, aber er hatte wenigstens noch Zeit gehabt, sich ein zweites Leben aufzubauen.

»Neulich warst du wieder im Fernsehen.« Kellermann nippte an seinem Bier. Er genoss den Ausflug, auch wenn er es niemals zugeben würde. »Zahlen die eigentlich was dafür?«

»Die großen Talkshows schon. Rundfunk und Zeitungen nicht. Vor allem den Zeitungen geht es ganz schön an den Kragen.«

»Die Russen, immer noch dein Thema. Die Geheimdienste

dieser Welt. Dabei bist du doch schon so lange raus. Wie können sie dich da immer noch als Experten einladen?«

Kaiserley lächelte. »Du musst ja auch kein Müllsack sein, um über die Müllabfuhr zu meckern. Nächste Woche gibt der russische Botschafter wieder einen seiner Kulturabende. Komm mit, wenn du magst. Du wirst überrascht sein, wen du dort alles triffst.«

Statt zu antworten, zog Kellermann die Karte heran und vertiefte sich mit einer seltsam anzusehenden Mischung aus Neugier und Verachtung darin. »Was ist das denn? Jakobsmuscheln an Pastinakenpüree. Und Blutwurst. Wer denkt sich denn so was aus?«

»*Boudin*«, erwiderte Kaiserley. »Eine französische Spezialität.«

An den Wänden hingen Schwarzweißfotografien von Jacques Brel und Brigitte Bardot. Aus den Lautsprechern ertönte Juliette Greco. Ziemlich gestrig und museal, diese Hommage an eine untergegangene Boheme, aber Kaiserley gefiel sie.

»Ich nehm das Wiener Schnitzel.«

Kellermann schloss die Karte, wie er früher Aktendeckel zugeklappt hatte. Endgültig, bestimmt, mit einer nicht revisionsfähigen, letztgültigen, weil *seiner* Ansage. Als die Kellnerin wieder vorbeikam, bestellte Kaiserley also das Schnitzel und für sich die Jakobsmuscheln. Dazu eine Flasche Sancerre. Kellermann sollte nicht beim Bier bleiben.

Er wusste, dass Sassnitz vermintes Gebiet war. Sie hatten die Vorfälle bei den wenigen Treffen in den letzten Jahren kaum erwähnt. Höchstens mal am Rande gestreift, so wie man einen schweren Unfall erwähnt, den man mit viel Glück überlebt hat. Aber das Wiedersehen mit Judith Kepler hatte eine Erkenntnis in Kaiserley ausgelöst. Etwas, das ausgerechnet sein Sohn als Erster erkannt hatte: Sie schwiegen zu viel.

»Ich muss mit dir reden.«

Kellermann nickte. Er sah sich vorsichtig um, als ob ihn die selbstverständliche Fröhlichkeit an diesem Ort befremdete. »Dann mal raus mit der Sprache. So dringend kann keine Blutwurst sein.«

»Es geht um Judith Kepler.«

Kellermanns Hände, kraftlose Pranken, schlossen sich um das Glas. Er riss den Blick von dem verliebten jungen Paar los, das sich am Nebentisch gerade eine Flasche Champagner köpfen ließ.

»Kepler?«

»Vielleicht erinnerst du dich eher an ihren richtigen Namen: Christina Sonnenberg. August fünfundachtzig, Sassnitz, Rügen.«

»Ich weiß, wer Judith Kepler ist. Das hast du damals verkackt. Ich habe dich und unseren Laden geschützt, und drei Jahrzehnte später musste dann doch alles wieder ausgegraben werden. Und wen hat's erwischt? Na? Mein eigener Arbeitgeber hat mich vor Gericht gestellt. Ich habe meinen Job, meine Kollegen, meine letzten paar Freunde und beinahe noch meine Frau verloren wegen dieser *Judith Kepler*. Schönen Dank auch.«

»Nein«, widersprach Kaiserley leise. »Nicht wegen ihr.«

Kellermann leerte sein Glas und wischte sich den Schaum vom Mund. »Alles, was ich dazu zu sagen hatte, steht in den Gerichtsakten. Es wird ein Leichtes für dich sein, sie einzusehen. Ich dachte, du willst was für deine Memoiren wissen. Sind die immer noch nicht fertig?«

»Es kommt einfach zu viel Neues hinzu.«

»Judith Kepler interessiert mich nicht mehr. Der Dienst, all die Dinge, die damals so wichtig waren … Es ist vorbei. Ich habe das alles hinter mir gelassen. Tut mir leid, wenn es bei dir nicht so ist. Meine Loyalität, mein Lieber, hat mich den Kragen gekostet. Wenn unsere Tochter uns nicht unterstützen würde, könnten wir uns noch nicht mal Evchens Kur leisten.«

Evchen war Kellermanns Frau. Kaiserleys inneres Auge zeichnete das Bild einer zerbrechlichen, verblühten Schönheit, an die er sich kaum noch erinnern konnte. Dass ausgerechnet sie eine Schlüsselrolle in den so lange zurückliegenden tragischen Ereignissen gespielt hatte, erschütterte ihn heute noch.

»Wie geht es deiner Tochter?« Er konnte sich nicht an den Namen erinnern, obwohl er ihn bestimmt schon x-mal gehört hatte.

»Sie ist mit dem Studium fertig«, verkündete Kellermann mit Stolz in der Stimme. »Ist übernommen worden, öffentlicher Dienst.«

Es klang nach Oberfinanzdirektion oder der Logistikschaltstelle des öffentlichen Personennahverkehrs. Kaiserley fragte nicht nach, und Kellermann schien auch nicht gewillt, weitere Auskünfte zu geben.

»Wie alt ist deine Kleine jetzt?«

»Achtundzwanzig. Und bildhübsch. *The next generation.* Mal sehen, ob sie es besser hinbekommen als wir alte Haudegen.«

Kellermann zog sein Handy hervor und suchte nach Fotos, die er stolz präsentierte. Kaiserley sah kaum hin, denn es handelte sich um Familienaufnahmen, bei denen im Hintergrund ein Weihnachtsbaum glitzerte oder jemand Kerzen auf Geburtstagstorten ausblies. Vor fünf Jahren war sie wahrscheinlich längst aus dem Haus gewesen. Hoffentlich weit weg, an einem Ort, wo sie die Vergangenheit ihrer Eltern nicht eingeholt hatte.

»Meine Isi.« Stolz schwang in Kellermanns Stimme mit. Die Zukunft hatte ihn nicht ganz vor die Tür gesetzt. Es gab jemanden, der die Fackel weitertrug.

Kaiserley war auch stolz auf seinen Sohn, ganz bestimmt war

er das. Aber ihm fehlte die Nähe. Die Vertrautheit. Es gab Jahre in Teetees Leben, von denen er keine Ahnung hatte.

Der Sancerre wurde gebracht. Nach dem gesamten Procedere des Entkorkens, Eingießens und Probierens steckte Kellermann endlich das Handy weg. Kaiserley wartete, bis die Kellnerin gegangen war.

»Bastide Larcan. Was fällt dir zu ihm ein?«

Kellermann schlürfte den ersten Schluck Wein. »Nichts. Doch, Moment. Ich hab da mal was gelesen, glaube ich. Ist das nicht ein Kollege von Karlheinz Schreiber und Victor Bout? Waffenhändler?«

»Ziehe niemals in den Krieg. Besonders nicht gegen dich selbst.«

»Ja.« Kellermann lachte leise. »Einer von seinen schlauen Sprüchen. Nicolas Cage hat Bout in *Lord of War* gespielt. Hätte Hollywood mich mal gefragt...«

»Nicolas Cage als Kellermann? Dann hättest du das Filmangebot angenommen?«

»Und George Clooney als Kaiserley. Darauf einen Dujardin.« Sie stießen mit dem Wein an.

»Also, Bastide Larcan. Hat mit den Russen und den Amerikanern zu tun...«

»Ts ts ts...« Kellermann unterbrach ihn. »Nicht mit den Amis, soweit ich weiß. Eher mit den Franzosen. Die wollen ja jetzt auch mitmischen im ganz großen Spiel. Europäische Atommacht. Denen gehen wir mittlerweile ganz schön auf den Senkel.«

»Okay, Russland und Frankreich, das sind also seine Hauptauftraggeber. Darüber hinaus verfügt er über ein Netzwerk von genialen Könnern, hauptsächlich Internetkriminalität.«

Kellermann ließ sich von Kaiserley nachschenken und lehnte sich zurück. Etwas von seiner alten Großmannssucht schimmerte durch, als er von oben herab zustimmend nickte. »Ist wie aus dem Nichts aufgetaucht, damals, nach dem Fall der Mauer. Larcan ist nicht sein richtiger Name. Ich vermute, er hat mehrere Identitäten. In Europa macht er einen auf Franzose. Ganz interessante Type. Hat gleich am Anfang einen glänzenden Deal hingelegt. Ging es da nicht um den ganzen NVA-Schrott?«

»Er ist also Deutscher?«

»Wahrscheinlich. Ein *peacetrader*, so nennen sie sich. Ist allerdings nie auf den Zug von Bout aufgesprungen. Also keine Geschäfte mit kriminellen Warlords und Terrorregimen. Er hat sich auf Technikschnickschnack verlegt. Wärmebildkameras. Basisstationen für *trunked radio systems*. Sensoren und Täuschkörper. Bauteile für Laseranwendungen. Militärische Bildverstärkerausrüstung. Spiegel, Reflektoren, Prismen. Laser, Lichtradare … Alles absolut sauber und von der BAFA abgenickt. Erst im Zielland, sagen wir mal, im Iran, wird mit ein paar Handgriffen aus einem harmlosen Pegelmesser ein Spektralanalysator, der in keinem schicken Atomlabor fehlen darf. So einer ist das. Der MAD hatte Larcan mal im Visier, glaub ich. Auch bei uns muss noch irgendwo was im Keller über ihn liegen. Larcan wusste doch alles. Wer wo weswegen Dreck am Stecken hatte. Wohin die Panzer gehen, die umgebauten Kampfhubschauber, die Korvetten, die angeblich bloß Bananenfrachter waren … Er hat den Geist der Zeit erkannt.« Kellermann lehnte sich wieder zurück.

»Klär mich auf.« Kaiserley war gespannt, wie ein Mann von gestern den Geist von heute beschreiben würde.

»Loyalität gilt nichts mehr. Es geht um Geld. Nur um Geld. Informationen sind die neue Währung. Wir, du und ich, wir haben noch an was geglaubt. Jeder erbärmliche Stasiagent hat noch an was geglaubt. Jeder Arsch vom KGB. Leute wie Larcan glauben an gar nichts. Sie haben sich schon immer an denjenigen verkauft, der den höchsten Preis bietet.«

»Kriegen sie ihn auch?«

Kellermann ignorierte den Zwischenruf. »Die Gewinner nach dem Kalten Krieg. Wir haben die Scherben aufgesammelt und den Dreck weggekehrt. Sie dagegen sind wie die Aasgeier über Osteuropa hergefallen. Frag dich doch mal, warum immer noch so ein tiefer Riss mitten durch den Kontinent geht.«

Kaiserley hatte eine andere Theorie, aber er wollte das Thema nicht vertiefen. Für ihn war mittlerweile Russlands »nichtlineare Kriegsführung« auch ein Brandbeschleuniger. Eine Zersetzungsstrategie, die mit Desinformationen verfolgt wurde, mit regierungsnahen »Einflussagenten« und massiver Manipulation der öffentlichen Meinung. Georgien, Estland, Bulgarien, Schweden – sie alle waren längst Ziele dieser Strategie, die Europa bedeutungslos machen sollte. Deutschland schlief noch im Standby-Modus, auch wenn *Fake News*, Verschwörungstheorien und die Hetze gegen die sogenannten Mainstream-Medien bereits zum Alltag gehörten. Kaiserley hatte den Verdacht, dass dieses Thema, einmal gegenüber Kellermann angerissen, alle anderen in den Hintergrund drängen würde.

»Was macht Larcan heute?«

»Er müsste so alt sein wie du. Ab Mitte der Neunziger wurde es still um ihn. Ich denke, die Claims waren abgesteckt, und er hat sich auf das konzentriert, was er am besten kann: Menschen mit den gleichen miesen Interessen zusammenbringen. Teams bilden für irgendwelche sinistren Operationen. Ein *Freelancer*. Ohne Dienstverpflichtung. *Hire and fire.*«

»Ein moderner Söldner«, murmelte Kaiserley. »War er früher bei der Stasi?«

»Frag ihn, wenn du ihn triffst.« Kellermanns Lachen klang heiser. »Keiner weiß es.«

»Larcan kennt Kepler, und er kennt mich. Außerdem ist er über Sassnitz im Bild. Er muss damals dabei gewesen sein. Nur weiß ich nicht, auf welcher Seite. Wenn er für uns gearbeitet hat, dann müsste ich mich doch an ihn erinnern.«

Kellermann zuckte mit den Schultern. »Bei uns definitiv nicht. Geh zur Stasibehörde. Die finden immer was.«

»Dazu muss ich erst einmal wissen, nach wem ich suchen soll. Wer ist dieser Bastide Larcan? Ich brauche einen Namen. Einen Querverweis. Ein vergessenes Detail, das gar nicht erst den Weg in die Gerichtsakten gefunden hat. Eine verstaubte Kiste im Aktenkeller. Eine Datei auf einem uralten Laptop. Du hast gesagt, es gibt noch was über ihn beim BND. Da muss ich ran.«

Kellermann schob den Teller mit dem Schnitzel weg, das er kaum angerührt hatte. »Es ist zu spät. Ich bin eine Persona non grata. Dein Vertrauen in mich ist sehr schmeichelhaft, aber ich kann dir nicht helfen. Außerdem wäre das … na ja, Geheimnisverrat. Kein Hund kackt zweimal auf dieselbe Stelle, wenn du verstehst, was ich meine.«

»Versuch es wenigstens.«

Doch der alte Wolf wollte nicht. Er griff nach einem Zahnstocher und kaute darauf herum, mit grimmig vorgeschobenem Unterkiefer und einem Gesichtsausdruck, als hätte ein Fußsoldat seinen geschlagenen Feldherrn aufgefordert, persönlich in die verlorene Schlacht zu ziehen.

»Ich glaube, Evchen hätte es gewollt.«

Kaiserley schämte sich für diesen Satz. Erst recht, als ihn Kellermanns Blick traf, der Blick eines in die Enge getriebenen, von Schuld und Gram fast erstickten Menschen. Keine Kur der Welt würde Evchen helfen. Sie alle waren gebrochen. Die einen blieben liegen, während sich die anderen noch ein Stück des Weges weiterschleppten.

»Dass du dich wenigstens bemühst«, schwächte er den Satz ab.

Kellermann nahm sein Glas. Wieder stürzte er den Inhalt

herunter. »Ich hab dir viel zu selten in die Fresse gehauen. Du hast es immer noch drauf, was?«

»Keine Ahnung.«

»Doch, hast du. Glaub ja nicht, ich wäre auf den Kopf gefallen und würde es nicht merken. Viel zu selten in die Fresse. Trotzdem, was für ein verdammt gutes Team wir damals waren.«

»Ja, das waren wir.«

Sie stießen an.

»Es gibt da vielleicht jemanden«, sagte Kellermann schließlich. »Nicht ums Verrecken werde ich dir sagen, wer es ist.«

Kaiserley lächelte. »Alles andere würde mich auch stark wundern. Immerhin wissen wir schon einiges über Larcan. Ein Stasiagent mit Affinität zu Kameras, der in die Sassnitz-Operation involviert...« Er brach ab. Starrte Kellermann an.

Der begriff, dass Kaiserley offenbar gerade eine Eingebung hatte. »Wat is?«

»Sie wollte immer nach Paris.«

»Wer?«

Kaiserley wäre am liebsten aufgesprungen, so sehr elektrisierte ihn das, was sich gerade in seinem Hirn zusammenbraute. »Weißt du das denn nicht mehr? So hat doch alles angefangen! Stasiagent Richard Lindner bietet uns dreitausend Klarnamen von DDR-Spitzeln an als Pfand für sich, seine Frau und seine fünfjährige Tochter. Als wir ihn fragen, warum er das tut, sagt er: ›Sie wollte immer nach Paris.‹«

»Wer?«, fragte Kellermann begriffsstutzig.

»Seine Frau. Lindners Frau. Judiths Mutter. Sie wollte raus aus der DDR. Nach Paris. Oder Malmö. Oder Gott weiß wohin, nur raus. Wo lebt Larcan?«

»Keine Ahnung.«

»In Frankreich! Paris... Nein, das ist unmöglich. Er ist tot.

Espinoza hat ihn damals in Sassnitz erschossen... Er kann nicht... Trotzdem... Er hat uns alle ausgetrickst. Unfassbar! Was sind wir für Idioten!«

Kellermann holte tief Luft. »Hättest du die Güte, mich aufzuklären?«

»Ist das lange her... neunzehnhundertvierundachtzig. Weihnachten im Haus des amerikanischen Stadtkommandanten. Dort fand ein geheimes Treffen statt. Erinnerst du dich? Der abhörsichere Keller. Applebroog, Langhoff, Angelina Espinoza und... du.«

Kellermann nickte. Er schien langsam bei der richtigen Erinnerung angekommen zu sein. »Guten Cognac hatte er und gute Zigarren. Applebroog. Der alte Fuchs.«

»Und dann kam Lindner rein. Schmal wie ein Hemd. Ihm ging der Arsch auf Grundeis. Die Amis hatten ihn mit einer Privatmaschine aus Budapest eingeflogen. Er hat uns die Datei angeboten, und einer von Applebroogs Sergeants hat ihn daraufhin in die Mangel genommen. Aber alles, was Lindner behauptete, hat gestimmt. Sogar, dass er selbst ein Auslandsagent der DDR war. Irgendwann fragte Applebroog, warum er das macht. Die Seiten wechseln. Ein solches Risiko eingehen. Sein Land verraten und dreitausend Spione dazu. Wir haben erwartet, irgendwas ab fünfzigtausend Mark aufwärts zu hören. Stimmt's?«

Kellermann nickte widerwillig.

»Stattdessen sagt er: ›Sie wollte immer nach Paris.‹ Er verlangte die Schleusung und drei Pässe. Mit diesem Satz hat alles angefangen. Weißt du nun, wer Lindner ist? Wer er sein könnte?«

»Nich so richtig...«

Kaiserley unterdrückte einen ungeduldigen Seufzer. »Wenn Lindner Sassnitz überlebt hat, aus irgendeinem Grund hat er das vielleicht... Wir haben ja nie in sein Grab geschaut.«

»Gott bewahre!«

»Wenn Angelina Espinoza ihn nicht getötet, sondern vielleicht nur schwer verletzt hat…«

»Und die Stasi hat das gedeckt?«

»Lindner war verbrannt! Etwas Besseres konnte danach doch gar nicht passieren. Espinoza war felsenfest davon überzeugt, dass sie ihn liquidiert hatte. Und aus dem toten Lindner wurde ein quicklebendiger… na?«

»Na? Was? Wer?«

»Fällt der Groschen so langsam?«

Kellermann, der bis eben erfolglos in den Untiefen seines Gedächtnisses herumgekramt hatte, wurde fündig. Sein zerfurchtes Gesicht erhellte sich, als hätte jemand dahinter eine Glühbirne angeknipst. »Nein!«, dröhnte er.

»Ja!« Kaiserley schrie beinahe. »Die gesamte Operation, alles, was in Sassnitz geschehen ist, diese ganze unendliche Tragödie hat mit einer Stadt begonnen: Paris.«

26

Paris

Die Maschine hatte Verspätung und kam zu allem Überfluss auch noch in Terminal 2 G an. Larcan musste auf den Shuttle zum Hauptgebäude warten und dann durch endlose verglaste Gänge wandern, die wie riesige Röhren aneinander vorbei und übereinander hinweg in Richtung Ausgang führten. Schwer bewaffnete Security, immer zu viert, patrouillierte durch die Hallen. Noch einmal durch den Duty-free-Bereich, ein glitzernder Tempel des Überflüssigen. Cognac, Leder, Seide. Hermès und Bulgari, Champagner und Foie gras. Larcan musste sich durch Horden von Touristen zwängen, die die entscheidenden Läden an der Place Vendôme offenbar verpasst hatten. Obwohl er nur mit Handgepäck gereist war, verging über eine halbe Stunde, bis er endlich ins Freie trat.

Der Flughafen Charles de Gaulle war ein Moloch, dennoch hatte er das Gefühl, zu Hause angekommen zu sein. Der Duft von frisch geröstetem Kaffee, selbst um diese späte Uhrzeit, das maschinengewehrartige Stakkato der Durchsagen, die Rücksichtslosigkeit der Franzosen, die Außenstehende für Unhöflichkeit hielten und die eigentlich nichts anderes war als das Trennen des Wichtigen vom Unwichtigen. Nichts für ungut, ich muss hier jetzt durch. Manchmal noch ein über die Schulter geworfenes »*Pardon*«. Larcan kaufte sich den *Figaro* an einem der wenigen Kioske in der Ankunftshalle und warf einen Blick auf die Armbanduhr. Kurz vor halb zehn. Um ihn herum irrten koreanische Reisegruppen auf der Suche nach ihrem Bus, die Koffer zu fragilen Türmen gestapelt. Ein gestrandeter Familienvater fragte ihn auf Englisch, wo es zur RER nach Disneyland ging. Wahrscheinlich hatte er dort ein Hotel gebucht, denn der Park war längst geschlossen.

Draußen empfing Larcan die im Vergleich zu Berlin milde Luft eines regennassen Herbsttages, und als Nathalie auf ihn zukam, wärmte ihr Anblick sein Herz. Das dunkle Haar fiel ihr offen auf die Schultern. Sie trug einen Kaschmirtrench, darüber lässig eine Stola aus Silberfuchs. In Berlin wäre sie damit schräg angesehen worden, hier dagegen trug jede zweite Frau Pelz. Vor allem, wenn sie den Wagen beim *valet parking* abgegeben hatte, wohin sie nun gemeinsam bis zu dem windgeschützten Wartehaus gingen. Sie küsste ihn auf die Wange, leicht und unverbindlich, aber mit einem verräterischen Funkeln in den Augen, das der Wiedersehensfreude Tiefe gab.

»Ich habe einen Tisch im Le Marché reserviert.«

Larcan kannte das kleine Restaurant an der Place Sainte-

Catherine im Herzen des Marais. Von dort aus waren es nur ein paar Schritte bis zu ihrem Apartment.

Um diese Stunde floss der Verkehr auf den großen Zubringerstraßen einigermaßen erträglich. Erst hinter den Hochhaustürmen von La Défense wurde es wieder eng.

Nathalie saß am Steuer, plauderte über das Wetter und ihre Weihnachtseinkäufe. Sie bedauerte, zu einem letzten Lehrgang zurück nach Orlando zu müssen. »Am Dienstag. Aber ich nehme die Bahn ab der *Gare de Lyon*, du musst mich nicht zum Flughafen bringen«, sagte sie und versprach, rechtzeitig zum Fest zurück zu sein. Sie ignorierte seine einsilbigen Antworten, erzählte von einer neuen Bar in der Rue du Temple und von gemeinsamen Bekannten, die sie bei verschiedenen Anlässen getroffen hatte, um kurz vor dem Ziel die Bombe platzen zu lassen. »Er war übrigens auch da. Der Republikaner. Auf Brunos Vernissage. Ich nehme an, er hat damit gerechnet, dich dort zu treffen.«

»Auf einer Vernissage?« Larcans Kunstverständnis war irgendwo bei Matisse und Picasso stecken geblieben. Alles, was danach den Markt und die Museen erobert hatte, betrachtete er zwar interessiert, aber verständnislos. Erst recht, wenn ihm dieser Kram als Performance oder Installation angepriesen wurde. In vielen Fällen erinnerte es ihn an das, was Kinder sich ausdächten, wenn man ihnen Knetmasse oder eine Kettensäge in die Hände drücken würde.

»Er weiß offenbar, dass Bruno und ich befreundet sind. Und wo ich bin, könnte es ja durchaus sein, dass auch du auftauchst.«

Larcan brummte etwas. Der Republikaner bei Bruno im Marais. Intellektuelle, Schwule, Lebenskünstler – eine Melange, die Larcan mochte, unter der ein Mann wie der Republikaner aber selten fehl am Platze wirken musste.

»Das gefällt mir nicht«, fuhr die Schöne an seiner Seite fort und bog in eine der schmalen, verwinkelten Gassen ein, die von St. Paul in Richtung Place des Vosges führte. Die meisten Geschäfte hatten geschlossen, dafür waren die Bars und Restaurants hell erleuchtet.

Larcans Blick fiel im Vorüberfahren in die Lobby eines kleinen Hotels. Gedimmte Kristalllüster, Seidentapete, Landschaftsgemälde im Stil Watteaus an den Wänden. Eine Bibliothek. Im Kamin flackerte ein Feuer. Die Gäste saßen in schweren Sesseln, einen Drink in der Hand, und lasen oder plauderten miteinander. Er ertappte sich bei dem Gedanken, wie gerne er jetzt mit Nathalie dort sitzen würde.

»Er berührt mein Privatleben. Aber ich möchte nicht mit ihm in Verbindung gebracht werden. Ich will auch nicht, dass er mich bei solchen Anlässen begrüßt, als ob wir beste Freunde wären, und sich dann nach dir erkundigt. Ich möchte selbst bestimmen, wer in meinem Leben eine Rolle spielt und wer nicht.«

Das hieß im Klartext: Eines Tages, zu einem strategisch günstigen Zeitpunkt, wird es einen Tipp aus Langley in den Élysée-Palast geben. Und dann möchte ich keinesfalls mit diesem Mann in Verbindung gebracht werden.

»Vielleicht war es Zufall.«

Das Hotel verschwand im Rückspiegel. Nathalie hielt vor einem unscheinbaren Rolltor und tippte die Zahlenkombination in die Fernbedienung. Quietschend setzten sich die rostigen Gitterstäbe in Bewegung.

»Die Cocktails haben junge Männer gereicht, die nur mit einem Feigenblatt bekleidet waren. Erzähl mir nicht, dass das die Veranstaltungen sind, auf denen sich dieser Mann herumtreibt.«

»Seine Vorlieben sind mir nicht bekannt.« Larcan lächelte, auch wenn sich in ihm eine vage Beunruhigung regte. Er hoffte, die CIA würde sich mit dem Tipp noch so lange Zeit lassen, bis er seinen letzten Auftrag ausgeführt hatte. Es gab nichts in Larcans Leben, das beschützenswert war, nur dieser eine Mensch neben ihm.

Stéphane, der Chef des kleinen Restaurants, begrüßte sie herzlich. Obwohl das Lokal unter Touristen als Insidertipp bekannt war, kehrten ins Le Marché auch die Bewohner des Viertels ein. Auch der Besitzer der Parfumerie schräg gegenüber war da. An diesem Abend trug er einen flaschengrünen Samtblazer mit passender Seidenfliege – eine Erscheinung wie aus dem neunzehnten Jahrhundert. Wenn sich jemand nicht beherrschen konnte und ihn darauf ansprach, erzählte er gerne, dass sein Geschäft zu den ältesten von Paris gehöre und er als Einziger noch die Duftessenz verkaufe, die Marie Antoinette aufs Schafott begleitet hatte. Ob es stimmte? Wenn nicht, dann war es nicht nur gut erfunden, sondern auch *très charmant* vorgetragen. Madame Catherine war ebenfalls da, mit ihrem altersschwachen Mops, außerdem Francine und Mathilde, zwei junge Frauen mit Ganzkörpertattoos, die eine Bar um die Ecke betrieben und ein für ihre Verhältnisse frühes Diner zu sich nahmen, bevor die Nacht begann.

Die bekannten Gesichter, die herüberfliegenden Grußworte und Stéphanes Schulterklopfen riefen in Larcan die Illusion von Heimkehr hervor. Nicht selbst errungen, nicht geerbt, nicht hineingeboren, erarbeitet oder geschenkt, sondern zugeworfen wie ein Ball von der Frau an seiner Seite, der größten Zauberin und Illusionistin. Er fing ihn auf und hielt ihn fest, diesen flüchtigen Augenblick, diese unverdiente Leihgabe.

Larcan hörte die Stimmen um sich herum, das Lachen, das Klirren der Gläser. Er bedankte sich für den Wein, einen offenen Chardonnay, und stieß mit Nathalie an, die sich bereits in die Speisekarte vertiefte. Durch den Plastikvorhang, der die Terrasse des Restaurants vor dem Nieselregen schützte, sah er hinaus auf den von warmem Licht erleuchteten Platz. Die Blumen, die selbst Ende November noch blühten. Die Menschen, auf dem Weg zurück in ihre Hotelzimmer oder hinein in ein Abenteuer, das dieser Abend in Paris jedem verhieß, der sich darauf einlassen wollte. Er betrachtete das Gesicht der Frau, die ihm gegenübersaß, und dachte daran, dass er eines fernen Tages über diesen Moment sagen würde, dass er glücklich gewesen war.

Nathalie sah hoch. »Was ist los mit dir?«

»Nichts.« Er nahm ihre Hand und küsste sie. »Verweile doch, du bist so schön.«

Ihr Blick wurde intensiver. »Steig aus. Es ist mein Ernst. Martine hat mir erzählt, dass am Cap Ferrat im Les Vents eine Wohnung frei wird. Wir könnten sie kaufen, du und ich. Zusammen. Was meinst du?«

Es war das erste Mal, dass sie ein Gebot auf die Zukunft abgab. In Paris lebten sie möbliert. Zwar auf hohem Niveau, doch in den Einbauschränken standen die Koffer, bereit, jederzeit gepackt zu werden und in ein anderes Provisorium überzusiedeln. Nathalie war wie er eine Reisende, ein Zugvogel, in ständiger Erwartung, auf und davon zu fliegen. Larcan hatte solche Beziehungen stets geschätzt. Doch in den letzten Monaten hatte sich etwas verändert.

Er legte ihre Hand vorsichtig ab. »Ich kann nicht. Ich bin dafür bekannt, meine Aufträge auszuführen.«

»Um jeden Preis?«

»Fast jeden.«

Stéphane nahm die Bestellung auf, Loup de mer für Nathalie, das einfache Steak frites für Larcan – hier allerdings wurde das Entrecôte mit einer *beurre Café de Paris* zubereitet, die ihresgleichen suchte. Madame Catherine prostete ihnen zu. Ihre Erscheinung war gelinde gesagt extravagant – ein weit schwingender bunter Rock zu dicken Winterstiefeln und einer Strickjacke. Dazu trug sie eine Tiara im schulterlangen eisgrauen Haar, die vielleicht an sechsjährigen Mädchen mit Hang zu Glitzersteinen und Einhörnern hübsch ausgesehen hätte. Nur ein geschulter Blick erkannte, dass es sich bei dem blinkenden Tand um Weißgold mit echten Brillanten handelte. Sie musste über siebzig Jahre alt sein, und sie dehnte die Vokale und rollte das r, wie Larcan es aus den russischen Einwandererfamilien kannte, in denen über Generationen hinweg die Sprache des Heimatlandes geheiligt wurde.

So saßen sie beisammen an diesem späten Abend in Paris. Die Exilanten, die Spione, die Flaneure, die Bankrotteure und Nachtschattengewächse und dazwischen wie Erinnerungen an eine bürgerliche Existenz die Touristen mit ihren Rucksäcken und Softshell-Jacken.

Nathalie lächelte Madame Catherine zu, die sie aus einem Larcan unbekannten Grund ins Herz geschlossen hatte. Stéphane servierte der alten Dame eine Suppe. Larcan konnte sich nicht erinnern, dass der Wirt ihr jemals eine Rechnung vorgelegt hatte.

»Was müsste ich dir zahlen?«, flüsterte Nathalie.

Larcan, der gerade einen Schluck Wein getrunken hatte, verschluckte sich. »Wie bitte?«

»Nenn mir deinen Preis.«

Er verstand nicht. »Für was, um Himmels willen?«

»Dafür, dass du aussteigst. Mir gefällt dieser Auftrag nicht. Es sind zu viele Menschen daran beteiligt, die ein Risiko darstellen. Livnat, zum Beispiel. Wer noch? Martina Brugg? Die beiden sind bekannt in der Szene. Warum nimmst du keine Newcomer, die noch nicht auf sämtlichen Blacklists stehen? Ich kann sie dir besorgen.«

»Nathalie …«

»Nicht zuletzt der Republikaner.« Sie senkte die Stimme. »Er hat eine steile Karriere hingelegt, die nur einen kleinen Schönheitsfehler hat: Er war zweimal in Moskau. Einmal Mitte und einmal Ende der achtziger Jahre.«

»Woher weißt du das? Von deinem Verhörspezalisten?«

»Egal.«

»Nathalie, nichts ist egal, was diesen Mann und dich betrifft.«

Sie wurde noch leiser. Larcan musste sich über den Tisch beugen, um sie zu verstehen. »Zwei von meinen Jungens arbeiten mittlerweile im Wald. Hauptabteilung S. Ich... habe sie um einen Gefallen gebeten.«

Der Wald – so nannten die Mitarbeiter des russischen Auslandsgeheimdienstes *SWR* ihr Hauptquartier in Jassenewo, am südlichen Stadtrand Moskaus.

»Der Republikaner hatte Kontakt zur Abteilung zwölf, besondere Vorgänge in Zielländern. Von dieser Abteilung aus werden die Schläfer gesteuert. Die amerikanische Abteilung gibt es immer noch. Die deutsche auch.«

»Ich weiß.« Er hoffte, dass sie ihm sein Entsetzen nicht ansah. Und das Lügen auch nicht.

»Allein diese Information genügt, um die Regierung zu stürzen. Erinnere dich an Günter Guillaume und Willy Brandt. Es ist eine Frage der Zeit. Du solltest dich in Sicherheit bringen.« Ihr kleines Lächeln misslang. »Deshalb habe ich solche Angst um dich.«

»Was genau habt ihr vor?«

»Du weißt, dass ich nicht darüber reden kann.«

Madame Catherine tunkte Brot in ihre Suppe und sah mit ihren kleinen, funkelnden Augen zu ihnen herüber. Ihr zahnloses Lächeln war von einer fröhlichen, wohlwollenden Natur, als ob sie den beiden Liebenden am Nebentisch ihr zärtliches Geplänkel von Herzen gönnen würde.

Er überlegte. Wog den Verlust ab, den das Schweigen kosten würde, gegen den Gewinn, Vertrauen zu schenken. Wenn es einen Menschen auf dieser Welt gab, der es verdiente, dann Nathalie. Er nahm das Besteck und wies mit der Gabel auf ihren Teller. »Iss, es wird kalt.«

Gehorsam, aber ohne Appetit, stocherte sie in ihrem Fisch herum.

»Wir werden eine Bank hacken. Nicht irgendeine. Über das Institut wird der gesamte innereuropäische Zahlungsverkehr von Regierungen an Rüstungshersteller abgewickelt. Legal und illegal.«

»Ihr? Das heißt, du und der Republikaner?«

»Ich darf annehmen, dass es Hintermänner gibt.«

»Welche Bank? Clearstream? Citigroup? CHL?«

Er antwortete nicht.

»Und wie?«

Er zuckte mit den Schultern und brach ein Stück Baguette ab.

»Die Konten löschen? Die Geldströme umleiten? Wie?«

»Es werden Schmiergeldzahlungen von Rüstungsfirmen veranlasst.«

»An wen?«

Larcan zuckte mit den Schultern. »Ich habe die Namen noch nicht. Aber es ist davon auszugehen, dass Köpfe rollen werden.«

»Die Köpfe von Menschen, die gar kein Schmiergeld bekommen haben?«

»Durch uns erhalten sie es.«

»Ihr schiebt es ihnen also unter. Und du hast keine Ahnung, wen du da ans Messer lieferst? Du zerstörst vielleicht das Leben von Unschuldigen!«

»Es gibt keine Unschuldigen in diesem Geschäft.«

Sie schob den Teller zurück.

Stéphane wurde aufmerksam und kam an ihren Tisch. »Stimmt etwas nicht?«

Nathalie sah ihn um Entschuldigung bittend an. »Es tut mir leid. Ich fühle mich nicht wohl.«

Sie stand auf, griff nach Mantel und Pelzschal und verließ die Terrasse. Larcan, der noch gar nicht mit seinem Steak angefangen hatte, warf einen Hunderteuroschein auf den Tisch und folgte ihr hastig. Nach ein paar Metern hatte er sie eingeholt.

»Nathalie!«

Er wollte ihren Arm berühren, aber sie schüttelte ihn ab.

»Ich weiß nicht, was ich sagen soll. Du arbeitest wie… ein Henker! Wir alle wissen, auf welcher Seite wir stehen. Nur du nicht. Welche Namen stehen auf deiner Liste?«

»Ich habe dir doch gesagt, ich weiß es nicht.«

»Das ist«, sie holte tief Luft und suchte nach einem passenden Wort, »fahrlässig«, sagte sie schließlich. »Was, wenn Angela Merkel auf dem Zettel steht? Theresa May? Van der Bellen? Der Papst?«

»Dann werden wir ihnen eben ein Konto einrichten, und alles geht seinen Gang.«

»Wir. Du meinst, du und der Republikaner. Und Livnat als Hacker. Wen hast du als U-Boot in der Bank? Hoffentlich jemand, der weiß, was er tut, und anschließend die Möglichkeit hat, das Land zu verlassen.«

Er blieb stehen. »Ich hätte es dir nicht sagen sollen. Es tut mir leid.«

»Nein. Nein!« Nathalie drehte sich zu ihm um. »Mir tut es leid. Entschuldige bitte. Ich bin unprofessionell. Schließlich weiß ich, auf wen ich mich eingelassen habe.«

Sie trat auf ihn zu mit einem Blick, als ob sie ihn küssen wollte. Doch aus ihrem Mund kamen Worte, die Larcan nicht begriff.

»*Nicht schießen!*«, flüsterte sie auf Deutsch.

»Was?«

»*Nicht schießen.*« Sie stand so nahe vor ihm, dass er den Duft des Parfums riechen konnte, das sie sich immer hinter die Ohren tupfte. Das Parfum von Marie Antoinette.

»›*Pas tirer*‹, heißt das. Du hast es im Schlaf gerufen.«

»Ich … ich rede im Schlaf?«

Mit allem hatte er gerechnet. Vielleicht sogar damit, dass es Nathalie sein würde, die ihn eines Tages enttarnte. Doch niemals wäre ihm in den Sinn gekommen, auf welche banale Art und Weise dies geschehen könnte. Wie von weit her hörte er ihre Stimme.

»Ich will nicht wissen, was du sonst noch vor mir verbirgst. Es interessiert mich auch nicht, für wen du dein Leben riskierst.«

»Sag das nicht«, rang er sich ab.

»Aber ich will wissen, um wen ich eines Tages weinen werde. Wer bist du?«

27

Berlin, Februar 1990

Es ist ein außergewöhnlich milder Februar. Der Regen peitscht auf die Windschutzscheibe des VW-Golf, mit dem Bastide Larcan auf den Grenzübergang Bornholmer Straße zufährt. Der Sprecher im Radio verliest Nachrichten, die die Welt noch vor wenigen Wochen nicht geglaubt hätte. Michail Gorbatschow sprengt fast eine Sitzung des Zentralkomitees der KPdSU, weil er eine radikale Erneuerung vorschlägt. Die ersten freien Wahlen zur Volkskammer der DDR würden am 18. März stattfinden. Bundeskanzler Helmut Kohl kündigt Verhandlungen über eine Wirtschafts- und Währungsunion zwischen BRD und DDR an. Die »deutsche Frage« steht im Raum, und Larcan weiß, dass das Bundeskabinett am kommenden Tag Kohls Vorstoß zustimmen wird. Außenminister Genscher ist noch damit beschäftigt, die NATO davon abzuhalten, die US-Flagge in DDR-Boden zu rammen. Walter Momper, der regierende Bürgermeister von Berlin, kontert mit der Schnapsidee, den entmilitarisierten Viermächtestatus von Berlin auf die DDR zu übertragen. Turbulente Zeiten.

Vor drei Wochen erst hatten Bürger die Zentrale der Staatssicherheit in der Normannenstraße gestürmt. Die Bilder waren um die Welt gegangen: Papiere, die wie Flugblätter durchs Treppenhaus flatterten, eingetretene Türen, umgeworfene Schreibtische. Alles unter den Augen der Volkspolizei. Sie wollten die Aktenvernichtung verhindern. Larcan kann darüber nur den Kopf schütteln. Das ist doch längst geschehen.

Das Flutlicht der Grenzanlage bescheint die Völkerwanderung. Seit die Mauer geöffnet ist, reißt der Besucherstrom nicht ab. Der Mitarbeiter der Passkontrolleinheit wirft nur einen flüchtigen Blick auf Larcans französischen Pass. Der Nachrichtensprecher liest weiter. Die *Grüne Woche* hat mehr als eine halbe Million Besucher angezogen, Tausende stürzen sich im Winterschlussverkauf auf herabgesetzte Ware, und die trüben Laternen auf der anderen Seite der Brücke kommen kaum gegen den smogversetzten Nebel an.

Larcan kennt die Strecke gut. Über den Alexanderplatz auf die Frankfurter Allee, die ab Lichtenberg Straße der Befreiung heißt. Dann nach Süden Richtung Karlshorst. Rechts und links des S-Bahnhofes erstrecken sich über achtundzwanzig Hektar die Garnisonshäuser der russischen Truppen. Für den Abend ist ein Treffen mit Major Kokorin angesetzt. Die Not ist groß hinter den hohen Mauern. Er hat über das französische Verteidigungsministerium einen Kontakt zu Vertretern der tschadischen Regierungstruppen, die nach der Niederschlagung des Aouzou-

Konflikts großes Interesse an russischen Waffen zeigen. Die einen haben Waffen und wissen nicht, wohin damit, die anderen brauchen dringend welche. Und mittendrin Larcan.

Doch das Treffen ist erst in drei Stunden. Vorher findet noch eine weitere Zusammenkunft in einer konspirativen Wohnung in der Luisenstraße statt. Dort, wo die heruntergekommenen Gründerzeithäuser dicht an dicht stehen und sich niemand dafür interessiert, wer die ausgetretenen Treppenstufen hinauf in den dritten Stock steigt.

Fichte ist schon da. Er muss die Schritte gehört haben, denn er reißt die Tür auf, noch bevor Larcan klopfen kann. In der Hand einen fast geleerten Cognacschwenker, umweht vom schwachen Alkoholdunst all jener, die über Jahre und Jahrzehnte hinweg mit dem Frust klarkommen mussten, die Welt zu retten und mit niemandem darüber reden zu dürfen. Hager, zu groß für die schmalen Schultern, das Gesicht nach unten gerutscht und in Falten gelegt, ein fast kahler Schädel, leicht irrlichternder Blick.

»Immer rin in die gute Stube.«

Die Zweiraumwohnung ist spießbürgerlich eingerichtet. Weiße Gardinen mit akkuratem Faltenwurf, die Anbauwand mit Colortron-Fernseher, dem letzten Modell der RFT Fernsehgerätewerke Staßfurt, Couchgarnitur mit senfgelbem Cordbezug, sogar ein paar Othello-Kekse in der Bleikristallschale auf dem Tisch. Zweimal die Woche reinigt ein Hauswirtschafterpaar, das noch ein weiteres konspiratives Objekt von Fichte betreut, die Wohnung. Sie wird ausschließlich für geheime Treffen benutzt. Larcan ist sich jedoch sicher, dass sie auch für das eine oder andere Schäferstündchen herhalten muss. Mehrere Radiatoren sorgen in diesem Fall für mollige Wärme.

Neben den Keksen liegt Fichtes Aktenkoffer.

»Schon Nachrichten gehört?«, fragt er und holt für Larcan ein weiteres Glas aus der Anbauwand. »Jetzt geht alles den Bach runter. Ich hab's gewusst. Und weißt du, seit wann? Als die Meute in Leipzig ›Wir sind *ein* Volk‹ geschrien hat. Hätten sie damals nur durchgegriffen.«

Er gießt zwei Finger breit Rémy Martin in die Gläser. Unnötig festzuhalten, dass Goldbrand oder Blauer Würger hier nichts zu suchen haben. DDR-Ware kommt höchstens in die Keksschale.

»Weg damit!«

Fichte reicht Larcan das Glas, sie stoßen an. Der Cognac bahnt sich einen Weg aus glühendem Gold in Larcans Magen. Ob er eine Flasche mitnehmen kann? Die Küchenschränke sind bis oben hin voll mit Bückware. Zigaretten, Schokolade, Wein, Zigarren. Das wäre ein guter Einstand für das Gespräch mit Major Kokorin.

»Na«, Larcan stellt sein Glas neben den Aktenkoffer, »dann lass uns mal anfangen. Das Ministerium gibt es nicht mehr, und die DDR wird bald ein Bundesland der BRD. Was ist mit meinen Unterlagen passiert?«

»Vernichtet. Alle vernichtet.«

»Bist du sicher?«

»Eigenhändig in den Schredder. Hunderte von Aktenmetern. Ich hab jetzt noch Muskelkater.«

Larcan setzt sich. Das sind keine sehr beruhigenden Nachrichten. »Vernichten ist etwas anderes als schreddern. Ihr habt nicht verkollert?«

Verkollern heißt, zerkleinern, wässern und zu Papierbrei auflösen. Die einzige hundertprozentig sichere Maßnahme.

»Wann denn? Wir haben im Oktober den Befehl erhalten, was alles vorrangig verschwinden soll. Da hat doch keiner im Ernst daran geglaubt, dass Schabowski eine Büttenrede hält und die Mauer geöffnet wird! Wir haben geschreddert, was uns in die Hände gefallen ist. Und wenn die Dinger anfingen zu rauchen, haben wir die Akten von Hand zerrissen. Tausende Müllsäcke!«

»Wo genau befinden die sich jetzt?« Larcan kann nicht glauben, dass eine Behörde, die jahrzehntelang wie ein Uhrwerk funktioniert hat, bei ihrer Auflösung geradezu kopflos handelt.

»Keine Ahnung.« Fichte kippt sich den Cognac hinter die Binde. »Vielleicht in Hohenschönhausen in der Roedernstraße, das ist jetzt faktisch das Ersatzquartier.«

Die Flasche ist noch recht voll, demnach hat er erst kurz vor Larcans Eintreffen damit begonnen, seinen Vernichtungsfeldzug auf französischen Cognac in Stasiwohnungen auszuweiten. Larcan gibt ihm noch eine halbe Stunde. Bis dahin muss die Angelegenheit geregelt sein, sonst ist sein Führungsoffizier voll wie eine Strandhaubitze.

Fichte öffnet den Aktenkoffer und zieht einen Orden heraus. »Hier, dein Eigentum. Wir haben es sicher verwahrt, ab jetzt musst du selbst darauf aufpassen. Oder soll ich das Ding für dich entsorgen?«

»Nein.« Ein fünfstrahliger Stern, in der Mitte das Staatswappen der DDR samt Lorbeerzweig, umrahmt von den Worten »Für den Schutz der Arbeiter- und Bauernmacht«. Seine Hand umschließt die kleine, versilberte Platte. Er ahnt, dass das noch nicht alles war.

»Und hier.« Fichte, strahlend wie der Osterhase, der gerade ein ganz besonders hübsch verpacktes Ei überreicht, holt einen hellorangenen Hefter aus dem Koffer, auf dem groß »III« zu lesen ist, darunter eine Registriernummer.

»Was ist das?« Larcans Herz klopft schneller. Hieß es nicht eben noch, alles sei vernichtet?

Sein Führungsoffizier schnippt mit den Fingern gegen die Pappe. »Der Rest vom Schützenfest, sozusagen. Könnte ja sein, dass du es irgendwann noch mal brauchst.«

Er reicht den Hefter weiter, Larcan öffnet ihn. Die Urkunde zur Verleihung des Kampfordens für Verdienste um Volk und Vaterland in Silber. Die Buchstaben verschwimmen vor seinen Augen. Er hat mit vielem gerechnet. Aber nicht damit, dass ausgerechnet das Zeugnis des schlimmsten Verrates von allen der Vernichtung entgangen ist.

Fichte beugt sich über seine Schulter und liest vor. »›Für außerordentliche Wachsamkeit bei der Zielstellung des Feindes, feindlich-negative Kräfte zum Verrat zu inspirieren, bewies Richard Lindner tschekistische Umsicht.‹ Guckste? ›Es ist sein Verdienst, den Verrat an Staatsgeheimnissen vereitelt, den Schutz der Arbeiter-und-Bauern-Macht gewährleistet und dadurch den Vorgang Sassnitz erfolgreich liquidiert zu haben.‹ Mein Gutster. Noch mal schriftlich der Dank des Vaterlandes.«

Fichtes Schulterklopfen bringt Larcan zur Besinnung. Er zerreißt die Urkunde.

»Was machst du denn da?«, kommt die entgeisterte Frage.

Larcan wirft die Fetzen in den Aschenbecher und zündet sie an. Das dicke Papier fängt endlich Feuer, krümmt sich, lodert hell auf und verglüht zu Asche. Fichte springt auf, zieht die Gardine zur Seite und öffnet das Fenster. Kalte Luft dringt herein.

»Sonst noch was?«, fragt Larcan mit rauer Stimme. »Irgendeine letzte Anweisung? Was geschieht mit meiner Legende? Bekomme ich einen neuen Pass? Nehme ich meinen alten Namen wieder an? Wie genau soll ich mir den Dank eines Vaterlandes vorstellen, das es bald nicht mehr gibt?«

»Eins nach dem anderen. Deshalb bin ich ja hier.« Fichte nimmt den Aschenbecher und geht in die Küche. »Für Mitarbeiter wie dich hat Mielkes Nachfolger Schwanitz eine Sonderregelung erlassen. Schließlich wollen wir nicht, dass ihr in Armut endet und euch dem nächstbesten westlichen Geheimdienst an den Hals werft. Nein, nein.«

Er kommt mit einer Packung Chesterfield und dem geleerten Aschenbecher zurück. Beides landet auf dem Tisch. Dann zieht er eine Zigarette aus der Packung und zündet sie an. Larcan hofft, dass nicht irgendwo in der Wohnung Drogen versteckt sind. Fichte würde sich auch darüber hermachen.

»Du bekommst von mir achtzigtausend Westmark in bar und … na ja, keine neue Legende. Tut mir leid.«

»Wie bitte?« Larcan glaubt, er hat sich verhört. »Du hast mir eine Komplettausstattung versprochen!«

»Die Freunde waren scharf auf die Technik, die Stempel und die Vorlagen. Haben sie alles fein säuberlich verpackt, verplombt und in die Kaserne gebracht. Nur ham ses leider auf der Erde abgekippt. Da geht nichts mehr.«

»Sie haben«, Larcan muss Luft holen, »das gesamte Material aus Versehen in den Dreck gekippt? Die Pässe? Die Stempel? Führerscheine? Alles?«

Fichte nickt. »Wie heißt das jetzt? Schitt häppens. Mach dir mal keinen Kopp. Deine Legende ist wasserdicht.«

»Das heißt, ich muss bis an mein Lebensende Bastide Larcan bleiben?«

Sein Gegenüber hebt das Glas in Richtung des leeren Aschenbechers. »Friede sei Lindners Asche. Ein Grab hast du ja schon und damit eine Sorge weniger.«

Larcan würde Fichte am liebsten das Lachen aus der Kehle würgen. Er hat gehofft, die Wohnung mit seiner alten Identität verlassen zu können. Es gibt da jemanden, den er gerne wiedersehen würde. An den er gedacht hat, all die Jahre über, die er als Bastide Larcan im Westen verbracht hat, im Dienst für ein Land, das es bald nicht mehr gibt. Dieses Land kann ihn doch jetzt nicht einfach hängenlassen. Seit der sogenannten Wende ist doch klar, wohin der Hase läuft. Jeder versucht seine Schäfchen ins Trockene zu bringen. Larcan will kein Geld, keinen Orden, keine Urkunde. Er will wieder derjenige sein, der er einmal war. Nur so kann er dem Menschen, den er nie vergessen hat, wieder unter die Augen treten.

Er versucht, den schwimmenden Blick Fichtes festzunageln. »Ich bestehe auf einen neuen Pass mit meinem richtigen Namen.«

»Die HV A VII hat bis zuletzt getan, was sie konnte. Die Häuser wurden gestürmt! Hast du das denn nicht mitbekommen? Wir haben geschuftet bis zur letzten Stunde! Aber ein paar tausend neue Pässe und Legenden, mein Gutster, das erklär mir mal! Wie hätten wir das denn in den paar Wochen schaffen sollen?«

Larcan wünscht sich, Fichte würde endlich aufhören, ihn »Gutster« zu nennen. »Das ist allein eure Sache. Wenn auch nur einer meine Akte, eine vergessene Kopie oder sonst was in die Finger bekommt, dann bin ich dran! Dann wandern wir alle in den Knast! Alle!«

Fichte holt die Cognacflasche und gießt nach. »Ganz ruhig, Brauner. Das ist nicht gesagt. Die Bundesrepublik wird den Teufel tun, einen ganzen Geheimdienst auffliegen zu lassen. Die werden das MfS ganz heimlich, still und leise in den BND überführen.«

»Wenn du dich da mal nicht irrst.« Larcan trinkt einen viel zu großen Schluck. Er muss aufpassen. Die Russen werden ihn sicher mit Wodka erwarten. Er verträgt eine ganze Menge, aber dieses Gespräch über seine Zukunft will er halbwegs nüchtern hinter sich bringen. »Also?«

Fichte greift wieder in den Aktenkoffer. Er holt einen Umschlag und, Larcan traut seinen Augen nicht, einen Quittungsblock hervor. »Bitte sehr. Zählen und unterschreiben.«

Es sind Hunderter, Zweihunderter, Fünfhunderter und zehn Tausender. Achtzigtausend Westmark. Das ist es also wert, sein Leben für die Stasi. Wie klein der Stapel ist.

»Unten rechts bitte.«

Von dem Block sind schon mehrere Durchschläge abgerissen worden. Fichte reist offenbar wie ein Vertreter durch die Lande und gibt seinen Agenten den letzten Handschlag.

»Kriegen das alle?«

»Nur die Besten. Auf uns. Weg damit! Ich soll den Schlüssel in den Gulli werfen. Aber weißt du, was? Meine Tocher und mein Schwiegersohn suchen genau so eine Butze. Vielleicht lässt sich da ja was ...«

Es klingelt. Zweimal und nach einer kurzen Pause ein drittes Mal. Ein schriller Ton, der sich direkt in Larcans Nervenbahnen fräst.

»Wer ist das?«

»Oh.« Fichte setzt das Glas ab. »Das hab ich ja ganz vergessen. Moment.«

Schwungvoll erhebt er sich aus seinem Sessel und geht in den Flur. Auch Larcan steht auf. Er bereut zutiefst, ohne Waffe zu dem Treffen gekommen zu sein. Aber die Russen sind eigen. Sie haben es nicht gerne, wenn man als Zivilist auf ihrem Garnisonsgelände mit einer Makarow herumspaziert.

Fichte kommt mit einem Mann zurück. Etwa Mitte dreißig, einsachtzig, gewellte, dunkle Haare. Ein Gesicht wie aus einem italienischen Sandalenfilm. Perfekt gekleidet, Budapester Schuhe, goldene, aber unauffällige Uhr. Larcan fällt sein Urteil innerhalb von drei Sekunden, wie er es gelernt hat. Ein Alphatier.

Die Chemie im Raum ändert sich schlagartig. Fichte, eben noch gönnerhaft und jovial, steht beinahe stramm. Larcan schätzt ab, ob er den Mann mit einem Handkantenschlag außer Gefecht setzen und die Flucht ergreifen könnte. Doch das Geld liegt immer noch auf dem Tisch, und die neue Legende kann er in den Wind schreiben.

»Guten Abend«, sagt der Mann und reicht Larcan die Hand. Fichte überschlägt sich fast. »Wenn ich vorstellen darf? Einer unserer besten, ach was, *der* beste Auslandsaufklärer, den wir in unseren Reihen haben: Bastide Larcan. Und das ist Major…«

»Gregorij Putsko.«

Fichte verstummt. Der Besucher nimmt Platz. Larcan setzt sich ihm gegenüber in den Sessel, der am nächsten zur Tür steht. Er sammelt die Geldscheine ein und steckt sie zusammengerollt in die Jackentasche.

»Sie sind in Eile.« Der Major nickt ihm freundlich zu. »Ich versichere Ihnen, Kokorin wird auf Sie warten. Sofern Sie ihn nach unserem Gespräch überhaupt noch treffen wollen.«

Fichte grinst leicht benebelt. Er scheint vor Freude über den hohen Besuch völlig aus dem Häuschen. »Auch einen Cognac, Herr Major?«

Larcan begreift das alles nicht. Woher weiß dieser Mann von seinem Treffen?

»Gerne. Rémy Martin. Sie lassen es sich ja richtig gut gehen.«

»Ich verstehe nicht ganz…«, beginnt Larcan.

»Lassen Sie mich diesen Überfall erklären. Sie sind uns kein Unbekannter, Monsieur Larcan. Ich arbeite erst seit kurzem in Paris, und mir sind bereits erstaunliche Dinge über Sie zu Ohren gekommen.«

»Für wen?«

»Können Sie sich das denn nicht denken?«

Fichte reicht dem Russen einen gut gefüllten Schwenker. »Nun denk doch mal scharf nach. Du bist doch sonst nicht auf den Kopf gefallen.«

»KGB?«, fragt Larcan. Im selben Moment hat er das Gefühl, dass die Falle zuschnappt.

Der Major nickt.

»Und was«, Larcan räuspert sich, weil er das Gefühl hat, ihm würde die Kehle zugedrückt, »genau haben Sie gehört?«

»Sie sind ein fähiger Mann. Ohne Frage. Sie sind jung, lernwillig und passen sich erstaunlich schnell den neuen Zeiten an. Sie verteilen das Fell des Bären, noch bevor er überhaupt zu Fall gebracht wurde. Aber Sie denken zu weit in die Zukunft. Vergessen Sie Kokorin. Das ist nicht der richtige Zeitpunkt.«

»So.« Mehr bringt Larcan nicht heraus.

»Überlassen Sie diese Geschäfte den Kriegsgewinnlern. Den Gewissenlosen. Den Habgierigen. Den Kokorins. Für Sie stelle ich mir weitaus Besseres vor.«

Larcan beugt sich leicht vor, um Interesse zu signalisieren. In Wirklichkeit wartet er nur auf einen günstigen Moment, um die Flucht zu ergreifen. Für achtzigtausend Westmark bekommt er mit Sicherheit irgendwo einen neuen Pass. Und ein neues Leben. Er ist ein Narr, weil er sich auf Fichte verlassen hat.

»Und das wäre?«

Der Russe nimmt Larcans Orden, betrachtet ihn, spielt ein wenig damit herum. »Wir brauchen Leute wie Sie in unseren Reihen. Mutig. Der Zukunft zugewandt. Der gesamte europäische Kontinent bebt. Moskau … Sie können sich vorstellen, wie dort die deutsche Frage diskutiert wird. Vor allem seit Gorbatschow von Glasnost und Perestroika nicht nur redet.«

»Offenheit und Umgestaltung.« Larcan nickt. Seine Hände sind schweißnass. Was zum Teufel soll das hier werden? Fichte ist ihm auch keine Hilfe. Der ausgediente Führungsoffizier schlürft seinen Cognac und überlegt vermutlich, wie er die letzten Vorräte außer Haus schaffen kann.

Der Major des KGB legt den Orden fast liebevoll zurück auf den Tisch. »Eine neue Zeit. Wir wollen sie aktiv gestalten. Mit den besten Kundschaftern, die wir engagieren können. Sind Sie dabei?«

Die Frage trifft Larcan völlig unvorbereitet. KGB? Niemals! Er will endlich frei sein. »Ihr Angebot ehrt mich…«

»Sie werden viel reisen und ein wunderschönes Leben führen. Wie hört sich das an?«

»Gut. Sehr gut sogar. Ich danke Ihnen.« So ein Angebot lehnt man nicht ab. Ist er denn wahnsinnig? Er wird diese Wohnung wohl kaum lebend verlassen. Und Fichte, der alte Trottel, auch nicht.

»Sie sind noch nicht richtig überzeugt, nicht wahr?« Die Frage klingt ausgesprochen freundlich. Aber Larcan kennt die Kollegen.

»Nun ja, um ehrlich zu sein…«

Der Major wendet sich an Fichte, der mit leicht schwimmendem Blick der Unterhaltung mehr oder weniger gefolgt ist. »Die Unterlagen bitte.«

Fichte greift in den Koffer und befördert einen zweiten orangefarbenen Hefter ans Licht, dieses Mal mit einer »I« darauf. Larcan traut seinen Augen nicht. Was zum Teufel hat das zu bedeuten?

»Möchten Sie einen Blick darauf werfen?«

»Ja. Selbstverständlich.«

Er schlägt den Deckel auf und kann kaum glauben, was er liest.

… bewies Bastide Larcan tschekistische Umsicht… den Vorgang Sassnitz sowie den feindlichen Agenten Lindner erfolgreich zu liquidieren.

»Das ist eine Fälschung«, hört er sich sagen. »Ich habe Richard Lindner nicht liquidiert. Ich kann das gar nicht, weil…«

… weil ich Lindner bin, setzt er in Gedanken hinzu.

Er ist noch nicht bereit zu begreifen, was er da liest. Zu verstehen, was er da in Händen hält. »Ich bin Richard Lindner!«, würde er am liebsten rufen. Sie löschen mich aus! Es gibt mich nicht mehr! Fichte, du Drecksack, du hast es gewusst. Sie haben sich gar nicht mehr die Mühe gemacht, mir neue Papiere auszustellen. Ich bin gefangen in der Rolle von Bastide Larcan. Diese falsche Urkunde hängt mir den Mord ... den Mord an mir selbst an.

Für den Bruchteil einer Sekunde muss er fassungslos gewirkt haben.

Der KGB-Major nickt verständnisvoll. »Wie gesagt, Sie werden viel reisen und ein wunderschönes Leben führen *müssen*.«

28

Nebel stieg aus den Feldern. Das Licht der Morgendämmerung drang kaum durch die Wolkendecke. Judith saß am Zugfenster und starrte auf die Regenschnüre, die fast waagrecht die Scheibe entlangliefen. Sonntagmorgen. Sie hatte Berlin zu einer Uhrzeit verlassen, zu der sie am Wochenende ins Bett ging. Ihre Augen brannten vor Müdigkeit. Die Reisetasche hatte sie nicht auf der Gepäckablage verstaut, sondern unter der Sitzbank. Sie hielt den Trageriemen umklammert, als könnte sie jederzeit gezwungen sein, aufzuspringen und zu flüchten. Schultern und Nacken schmerzten vor Anspannung. Sie fühlte sich beobachtet. Doch die ältere Frau am Gangplatz schnarchte nur ab und zu und ignorierte sie seit dem Beginn der Reise. Bis auf den Schaffner hatte seit Berlin niemand das Abteil betreten.

In Bad Kleinen stieg sie um und wechselte den Bahnsteig. Während sie auf den Regionalexpress nach Grevesmühlen wartete, dachte sie an all die Orte, die keiner gekannt hatte, bis sie ins grelle Schlaglicht deutscher Geschichte geraten waren: Hoyerswerda. Ramstein. Wackersdorf. Bautzen. Sie war zu jung, um eine Erinnerung an den Einsatz der GSG 9 und den Tod von RAF-Mitglied Wolfgang Grams auf diesem Bahnhof zu haben. Aber sie hatte darüber gelesen. Sie betrachtete den rissigen Beton und fragte sich, ob sie vielleicht genau an der Stelle stand, wo der Terrorist gestorben war.

Außer ihr warteten nur noch eine Handvoll Reisende. Niemand sprach. Alle vergruben sich mit hochgezogenen Schultern in ihren warmen Jacken und Mänteln. Judith hatte den Fahrplan auswendig gelernt. An der vierten Station musste sie aussteigen.

Der Bus wartete mit laufendem Motor hinter der Bahnschranke. Sie bezahlte den Fahrschein, den ihr der schlecht rasierte Mann mit rotgeränderten Augen überreichte.

»Sie halten in Schenken?«

Er brummte etwas Unverständliches und sah ihr nach, als sie durch die fast leeren Reihen nach hinten lief. Sie tastete nach dem Zettel, den Mildred ihr gegeben hatte. Dorfstraße 18, Schenken, dazu eine Festnetznummer. Es war zehn vor sieben. Zu früh, um Tabeas Vater zu wecken. Sie würde einfach unangemeldet dort auftauchen und dann weitersehen.

Die Heizung arbeitete auf Hochtouren. Das und das stete Schaukeln versetzten Judith in eine schlafähnliche Trance, aus der sie erst hochschreckte, als die Stimme des Fahrers aus den Lautsprechern schnarrte.

»Schenkener Forst.«

Im Rückspiegel musterte er sie, als jagten in diesem Moment sämtliche Fahndungsplakate der Republik durch seinen Kopf. Wahrscheinlich war das hier eine der Gegenden, in denen Unbekannte sofort auffielen und Gespräche in Kneipen erstarben, wenn sie eintraten.

Judith nahm ihre Tasche und stieg aus. Von einer Kneipe war weit und breit nichts zu sehen. Sie stand mitten in der Natur, und noch bevor sie sich umdrehen und wieder einsteigen konnte, schlossen sich die Türen mit einem Zischen und der Bus setzte sich in Bewegung. Herausgerissen aus der einlullenden Wärme und dem brummenden Motorengeräusch, ausgesetzt in einer menschenleeren Ödnis an einer Kreuzung ohne Wegweiser, drehte sie sich einmal um sich selbst und versuchte, sich zu orientieren. Das hier musste der einsamste Ort Mecklenburgs sein. Die Rücklichter des Busses wurden in der Ferne vom diffusen Morgendunst verschluckt. Zumindest wusste sie nun, welche Richtung sie nicht einschlagen musste.

Am Pfahl einer erloschenen Laterne hing ein Fahrplan. Sie studierte ihn ausgiebig und erfuhr, dass unter der Woche täglich sechs Busse zwischen Grevesmühlen und Flenksten pendelten. Samstags und sonntags nur drei. Noch konnte sie auf die andere Straßenseite gehen und darauf warten, dass ein Wagen vorbeikommen und sie mit zurück in die Zivilisation nehmen würde.

In den Baumkronen hockten schwarze Schatten – Krähen. Eine schrie auf. Das Echo des heiseren Rufs verhallte über weiten, leeren Feldern und den entlaubten Kronen eines kleinen Buchenwaldes. Welcher Weg führte wohl nach Schenken? Ihr Handy suchte nach einem Netz. Sie stellte die Tasche unter der Laterne ab und lief hundert Meter in die jeweilige Richtung, verpasste dabei zwei Autos, die mit überhöhter Geschwindigkeit die Hauptstraße entlangpreschten und deshalb wohl auch nicht angehalten hätten. Schließlich gab sie dem Norden den Vorzug. Vielleicht lagen hinter dem Wald ja die Pferdekoppeln und Wiesen, von denen Tabea gesprochen hatte. Mit ihrem Gepäck zog sie los.

Nach einem knappen Kilometer glaubte sie zum ersten Mal an einen Fehler. Die Straße verengte sich, die Asphaltierung wich einer von Regen und Witterung aufgeweichten, schlammigen Piste. Ihre Schuhe waren zwar wasserdicht, doch sie spürte, wie die Kälte unter die Kleidung kroch und selbst das zügige

Marschieren nicht half. Die abgeernteten Felder – Mais? Raps? – gingen nach einem verwildernden Streifen Land mit Brombeerhecken über in das Dickicht des Waldes.

Judith ärgerte sich, dass sie keine Handschuhe mitgenommen hatte. In Berlin brauchte sie keine. Berlin war die Stadt der ewigen Wärme. In den U-Bahnhöfen, den Bussen und Bahnen, im warmen Mistral, der aus jedem Ladengeschäft hinaus auf die Straße wehte, in Dombrowskis Transporter – überall kam man ohne Handschuhe durch. Nur bei Fassadenarbeiten bei unter null Grad war es ratsam, sich zu schützen. Bald hatte sie die beißende Kälte vergessen, die nachts durch die dünnen Lagen Zeitungen in den Körper kroch, gegen die der schlafende Mensch machtlos war und die zermürbte wie Folter. Hatte auch den Wind vergessen, der nun ungebremst über die Ebene strich und sie fast erfrieren ließ. Die Luft aus feuchtem Nebel, noch kein Regen, aber auch kein Dunst, betäubte die Wangen und legte sich wie ein nasser Schleier auf die Haut. Schneller. Das Einzige, was half, war Bewegung. Sie schätzte, die Temperatur lag knapp über dem Gefrierpunkt.

Der Weg machte eine Biegung und verschwand im Wald. Judith sah auf ihre Uhr. In einer halben Stunde kam der Bus aus Grevesmühlen zurück in Richtung des winzigen Provinzbahnhofs. Dann zur nächsten größeren Stadt. Dann Berlin. Aber in Berlin wartete jemand auf sie, der ihr Leben zerstören wollte.

Christina. Wie er den Namen ausgesprochen hatte. Kühl, emotionslos. Wie krass dagegen die Brutalität, mit der er sie in die Enge getrieben hatte. In ihrem Innersten flatterte die Angst wie ein gefangener Vogel. Vielleicht war ihre Flucht kopflos und würde in einer Sackgasse enden. Aber das war immer noch besser, als bei jedem Klingeln, jedem Geräusch vor der Tür zusammenzufahren und zu beten, dass es nicht Larcan war, der davorstand.

Sie gab sich noch eine Viertelstunde, schulterte die Tasche und legte einen Zahn zu. Keuchend erreichte sie die Biegung und stellte fest, dass der Weg am Waldrand entlang schnurgeradeaus führte und sich im grauen Nichts verlor. Wie weit lagen die Dörfer hier eigentlich auseinander? Sie spürte, wie sie der Mut und auch die Lust verließen, sich noch weiter zu quälen. Gerade wollte sie umdrehen, als sie es hörte.

Das Geräusch eines lauten, bockenden Motors, der sich durch Pfützen und Schlamm quälte. Es kam näher. Judith stellte sich zwischen die beiden Spurrillen und war fest entschlossen, sich eher überfahren zu lassen, als weiterhin ziellos durch diese Einöde zu streifen.

Erst sah sie die Scheinwerfer, dann tauchte die klobige Silhouette eines Landrovers auf wie ein riesiger, ungelenker Käfer. Er gewann auf den wenigen Metern gerader Strecke an Fahrt, um am nächsten Schlagloch wieder abzubremsen. Braunes Wasser schoss in Fontänen hinter den breiten Reifen ins Gebüsch. Judith hob die Arme. Spätestens jetzt musste der Fahrer sie sehen. Aber er hielt nicht. Stattdessen ließ er ein schrilles, ungeduldiges Hupen ertönen, als ob sie freiwillig hier in der Wildnis stehen und sich mit Freuden überfahren lassen würde.

Sie wich nicht zur Seite. Keine zwei Meter vor ihr blieb er mit laufendem Motor stehen.

Judith hastete zur Beifahrertür und wollte sie aufreißen, doch der Fahrer ließ in letzter Sekunde die Zentralverriegelung einrasten. Vor Wut hätte sie am liebsten gegen den Kotflügel getreten, beherrschte sich aber im letzten Moment, als die Seitenscheibe einen Zentimeter hinunterfuhr.

»Fahren Sie zufällig nach Schenken?« Piepsige Stimme, hilfloser Blick. Ausgesetztes Rehkitz. Zitterndes Kinn. »Ich fürchte, ich habe mich verlaufen.«

Die dunkle Scheibe senkte sich einen weiteren Zentimeter.

Judith erkannte einen Mann. Etwa vierzig, Wollmütze, derbes Bauerngesicht, nicht unsympathisch. Seine Augen blitzten wachsam.

»Kann schon sein, min Deern.« Tiefe, kräftige Stimme. Brandenburgisches Berlinern mit mecklenburgisch-plattdeutschem Einschlag.

»Würden Sie mich vielleicht ein Stück mitnehmen?«

Die Scheibe fuhr noch eine Winzigkeit hinunter. Judith kam sich vor wie in der Peepshow. Was erwartete er zu sehen? Ihre Waffen? Einen Pitbull im Rucksack? Drei böse Räuber, bäuchlings im Schlamm, versteckt unter Brombeergebüsch?

»Was machste denn um die Zeit in Schenken?«

Neugier. Gut. Jetzt bloß nichts Falsches sagen. »Ich besuche jemanden.«

»Wen?«

»Eine Freundin.«

»Wen?«

»Hören Sie …« Judith trat näher an die Scheibe und sammelte alle Willenskraft, um ein Lächeln in ihr Gesicht zu zwingen. »Ich friere mir hier den Arsch ab und habe keine Ahnung, ob ich jemals das Licht der Sonne wiedersehe. Nehmen Sie mich jetzt mit oder nicht?«

Die Scheibe glitt hoch. Judith trat zurück, wobei sie beinahe in einer Pfütze gelandet wäre. Gut. Offenbar war das die Art von Humor, die die Leute hier mochten. Sie lief weiter, ohne sich umzusehen. Sie konnte hören, wie der Wagen ihr in Schrittgeschwindigkeit folgte. Ganz großes Kino. Wahrscheinlich wartete der Typ darauf, dass sie auf der matschigen Piste ausglitt, und hatte gerade richtig Spaß. Kaum wurde der Pfad breiter, quetschte der Wagen sich an ihr vorbei. Als sie auf Höhe der Beifahrerseite war, fuhr die Scheibe wieder herunter. Judith machte sich nicht die Mühe hinzusehen. Verarschen konnte sie sich selbst.

»Komm rein.«

Die Zentralverriegelung sprang auf, der Wagen hielt mitten in einem Schlagloch. Das Wasser schwappte Judith bis zu den Knöcheln. Sie öffnete die Tür und schaffte es erst beim zweiten Anlauf, nicht vom Trittbrett zu rutschen.

»Danke.«

Im Wagen war es warm, ein Radiosender dudelte leise. Der Mann fuhr an und holperte über den Weg. Judith stellte den Rucksack in den Fußraum und behielt einen der Riemen in der linken Hand, die rechte in der Nähe des Türriegels. Ein falsches Wort, eine falsche Bewegung und sie würde aussteigen.

»Schnall dich an.«

Widerwillig griff sie nach dem Gurt und legte ihn um. »Sie fahren also hin?«

»Jou.«

Judith betrachtete sein Profil. Unter der Strickmütze fielen ihm einige dunkelblonde, drahtige Haarsträhnen ins Gesicht. Er trug Handschuhe mit abgeschnittenen Fingern, die Ränder waren ausgefranst. Das Wageninnere roch neu, aber der Mann sah aus, als wäre er auf dem Weg zu einer Baustelle. Oder zu einem Hof.

»Wie heißt deine Freundin?«

»Tabea.«

»Kenne ich nicht.«

»Sie ist noch nicht lange da.«

Langsam entspannte sich Judith. Der Mann war einfach nur misstrauisch gewesen, so was kam vor, mitten auf dem Land bei einem Wetter, das jeden depressiv machen musste.

»Wie weit ist es denn noch?«, fragte sie.

Er drehte an einem Schalter, woraufhin warme Luft über die Frontscheibe gepustet wurde, die sich durch die Feuchtigkeit in Judiths Kleidung beschlagen hatte.

»Knapp drei Kilometer.«

»Nur? Wie viel habe ich denn geschafft?«

Er wandte sich ihr kurz zu und grinste. Seine Nase war schief, als ob er früher einmal in den Boxring gestiegen wäre. Ursprünglich musste sie gerade und kräftig gewesen sein, nun hatte sie einen Knick. Trotzdem wirkte sein Gesicht offen und freundlich.

»Gerade mal die Hälfte. Kommst wohl nicht aus der Gegend, was?«

Sie schüttelte den Kopf.

»Woher denn?«

»Berlin.«

Er brummte und bremste ab, um das nächste Schlagloch zu passieren. Offenbar kannte er jeden Zentimeter des Weges.

»So siehste auch aus. Tabea. Zu wem gehört sie?«

Judith wunderte sich über die Frage. »Keine Ahnung. Sie wohnt bei ihrem Vater. Aber noch nicht lange.«

Er gab etwas mehr Gas. »Wie heißt er?«

»Frederik.«

Er bremste so scharf, dass Judith durch die Windschutzscheibe geflogen wäre, wenn der Gurt sie nicht gehalten hätte.

»Raus.«

»Was?«

»Raus. Verpiss dich. Verschwinde. Dreh um, geh zurück und bete, dass du heil ankommst.«

Judith tastete nach dem Gurtverschluss und öffnete ihn. »Klar. Kein Problem.«

Der Mann trommelte mit den Fingerspitzen aufs Lenkrad. Sie hob ihren Rucksack auf und öffnete die Tür.

»Seid ihr hier alle so merkwürdig drauf?«, fragte sie.

Er kniff die Augen zusammen. Er war wütend. »Das fragst du nicht im Ernst, oder?«

»Doch.«

»Du hast keine Ahnung, wo du bist?«

Der Fahrer wies auf die Piste. Judith erkannte in der Ferne einige Häuser, geduckt und eng zusammenstehend wie eine Herde im Regen vergessener Tiere. Vor Erleichterung wäre sie am liebsten losgerannt.

»Vermutlich genau dort«, erwiderte sie so ruhig wie möglich, »wo normale Leute nicht tot überm Zaun hängen wollen.«

Sie stieg aus und warf die Tür hinter sich zu. Der Mann ließ den Motor aufheulen. Die Reifen drehten durch und schleuderten eine Schlammfontäne in Richtung Judith, der es nicht gelang, rechtzeitig zur Seite zu springen. Der Landrover wühlte sich durch die Pfützen, bockig und viel zu schnell.

Den Rest des Weges schaffte Judith mit links. Sie passierte das erste Haus, das von einem hohen Holzzaun umgeben war. Es wirkte abweisend mit den geschlossenen Fensterläden und dem Schild am Eingangstor, das vor gefährlichen Hunden – in der Mehrzahl! – warnte. Vielleicht lag es auch nur daran, dass es Sonntag war und selbst für ländliche Verhältnisse immer noch sehr früh.

Sie wollte gerade weitergehen, als sich von der anderen Seite ein Rottweiler mit gefletschten Zähnen gegen das Tor warf und loslegte. Das volle Programm, von Knurren über Bellen bis hin zu Geifern und Jaulen. Judith taumelte erschrocken zwei Schritte zurück, woraufhin die Bestie sich nur noch mehr ereiferte und wie ein Gummiball immer höher sprang. Das nächste Haus lag nicht weit, und bis dorthin hatte sich der Hund immer noch nicht beruhigt. Vielleicht war das der Grund, dass sich im Obergeschoss eine Gardine bewegte. Das Frühwarnsystem von Schenken schien hervorragend zu funktionieren.

»Guten Morgen!«, rief sie in Richtung des Fensters, hinter dem intelligentes Leben zu vermuten war. Eine Klingel gab es nicht, auch kein Namensschild. »Ich suche Frederik Müller. Können Sie mir sagen, wo ich ihn finde?«

Keine Reaktion. Judith kehrte zurück auf die Straße, die immer noch eine aufgeweichte Lehmpiste war und erst ein ganzes Stück weiter, an der einzigen Kreuzung des Ortes, in Asphalt überging. An die Stille über dem Dorf musste sie sich erst gewöhnen. Kein Verkehr, kein Hupen, keine kreischenden Straßenbahnräder, stattdessen das ferne Rauschen des Windes in den Baumwipfeln und ein paar ärgerliche Laute, die ihr der Rottweiler hinterherwarf wie eine Beleidigung. Und ein leises, monotones Schaben.

Es kam von einem alten Fahrrad, auf dem ein Mann saß. Das Schutzblech war verbogen, oder der Reifen eierte. Er hielt etwas wackelig auf sie zu, was jedoch mehr am Straßenzustand als an seinen Fahrkünsten lag. Die Wollmütze, die er zum Schutz gegen die Witterung tief in die Stirn und über die Ohren gezogen hatte, nahm ihm außerdem einen Teil der Sicht. Judith schien er erst zu bemerken, als sie ihn ansprach.

»Guten Morgen. Ich suche Frederik. Frederik Müller. Der wohnt doch hier?«

Der Mann, bullig und breitschultrig, stoppte. Er trug Gummistiefel und eine Regenjacke. Beides sah danach aus, als ob er die Sachen auch in einem Stall tragen würde. »Der Müller? Was wollen Sie denn von dem?« Kleine Augen in einem abweisenden Gesicht. Kantig, gedrungen, misstrauisch.

»Ich will Tabea besuchen, seine Tochter.«

Er scannte sie von oben bis unten. »Und warum?«

»Privatsache.«

Er brummte etwas in sich hinein und wies dann unwirsch auf das Haus direkt vor ihr. Es war ein quadratischer Würfel mit spitzem Dach, aus dem zwei Gauben lugten. An den Ecken sowie rund um Fenster und Türen war es mit Ziegelsteinen verbrämt, die Außenwände trugen das verwaschene Einheitsgrau, das Wind, Wetter und Ruß im Laufe der Jahrzehnte auf die Fassaden gemalt hatten. Unter dem strengen Blick des Radfahrers betätigte sie die Klingel. »Müller« stand auf einem kleinen Messingschild. Nichts rührte sich.

»Sie werden wohl nicht erwartet.« Die Genugtuung in seiner Stimme war unüberhörbar.

Judith klingelte erneut. Den schrillen Ton konnte man bis auf die Straße hören. Zum ersten Mal seit ihrer Flucht kam ihr der Gedanke, dass Frederik mit Tabea verreist sein könnte. Unwahrscheinlich, aber die Stille im Haus sprach Bände. Sie klingelte noch einmal.

»Vielleicht sind sie weg?«, fragte sie und trat ein paar Schritte zurück. Ob der Mann hier festwachsen wollte? Er beobachtete sie mit dieser stillen Art von Rechthaberei, die Judith auch ohne Worte verstand. »Ich hätte vorher anrufen sollen.«

»Hätte, hätte, Fahrradkette.«

Sie klingelte wieder. Dieses Mal ließ sie den Finger einfach auf dem Knopf liegen. Es klang, als ob im Haus ein Feueralarm losginge. Kurz darauf wurde die Tür aufgerissen.

»Judith!«

Tabea, in Pyjama und Puschelhausschuhen, rannte die rutschige Treppe so schnell herunter, dass sie beinahe hingefallen wäre.

»Langsam. Langsam!« In Judiths Herz blühte die Freude.

Das Mädchen fing sich gerade noch, stoppte und wandte sich an einen Unsichtbaren, der noch im Haus sein musste. »Judith ist da! Papa! Es ist Judith!«

Mit einem milden Lächeln wandte Judith sich zu dem Radfahrer um, der das Ende seiner Mission erkannte, sich an die Stirn tippte und grußlos davonfuhr.

»Komm rein«, sagte Tabea ungeduldig.

Judith rüttelte am Gartentor, es war abgeschlossen. Tabeas

Vater erschien, der sich gerade einen Pullover über T-Shirt und Jogginghose zog. Er trat auf die Stufen und klimperte dann abwartend mit den Schlüsseln.

»Ich bin Judith Kepler«, stellte sie sich vor. »Entschuldigen Sie den Überfall.«

»Kein Problem.« Er kam langsam auf sie zu, arrangierte den Pullover, der irgendwo an den Schultern festhing, und musterte sie interessiert. Er war Anfang, Mitte vierzig. Das runde Gesicht wirkte gutmütig, sein abwartendes Verhalten war wohl der frühen Stunde und der Überraschung geschuldet. Wenigstens war kein Rottweiler zu sehen. »Kommen Sie rein.«

Er schloss auf und trat zur Seite. Tabea konnte sich nicht mehr zurückhalten und raste auf Judith zu. Der Aufprall hätte beide um ein Haar umgeworfen.

»Meine Süße.« Sie drückte das Kind an sich und spürte seine Arme um ihre Taille. Wieder flutete die Freude durch ihr Herz. Mit diesem Gefühl hatte sie nicht gerechnet.

»Bleibst du hier? Du bleibst doch hier, oder?«

»Ich weiß doch gar nicht, ob ich hier willkommen bin.«

»Bitte, bitte!«

Der Mann schloss sorgfältig wieder ab und sah sich um. »Tabeas Freunde sind auch meine Freunde. Wärmen Sie sich erst mal auf.«

Er ging voran, und Judith, immer noch umklammert von dem Mädchen, folgte ihm in einen erwartungsgemäß dunklen, engen Flur, in dem es nach nassen Klamotten, lange getragenen Gummistiefeln und kalten Bratkartoffeln roch. In der Küche schaltete Frederik die Kaffeemaschine ein und setzte etwas planlos das benutzte Geschirr und eine Pfanne, beides offenbar vom Vorabend, in der Spüle unter Wasser.

»Zieh die nassen Puschen aus!«, herrschte er Tabea an. Es klang gutmütig und autoritär zugleich.

Das Mädchen rannte in den Flur und eine Treppe hoch. Der Trittschall klang nach Holzdielen im ganzen Haus.

»Frederik Müller.« Er stellte zwei Kaffeebecher auf den Tisch und räumte Zeitungen, Werbung und irgendwelche bedruckten Blätter zur Seite, bevor Judith einen Blick darauf werfen konnte. »Ich bin Tabeas Vater.«

»Sie hat mir von Ihnen erzählt. Von Ihnen, dem Dorf, dem Pony ...« ... und den anderen, wollte sie sagen, brach aber rechtzeitig ab. Er sollte nicht das Gefühl haben, sie hätte seine Tochter ausgehorcht.

Er nickte. »Sie sind auch keine Unbekannte. Judith hier, Judith dort. Ich kann mich gar nicht genug bei Ihnen bedanken, dass Sie ihr in diesen schweren Tagen zur Seite gestanden haben. Ich hätte mich sicher noch bei Ihnen gemeldet. Aber im Moment habe ich einfach zu viel um die Ohren. Monikas Beerdigung ist nächste Woche. Tabea ist für die Schule entschuldigt, aber ob wir sie hier irgendwo anmelden können? Ich hab noch keine Antwort vom Schulamt.«

Er holte Milch aus dem Kühlschrank, während über ihnen Tabea im Zimmer hin und her rannte. Er wirkte verlegen, überrumpelt. Judith sah sich verstohlen um. Nach der liebevollen Hand einer weiblichen Mitbewohnerin sah es hier nicht aus.

»Die nächste Gesamtschule ist in Anklam, und von hier aus fährt kein Bus hin. Tabea müsste mit dem Rad fahren. Aber in den heutigen Zeiten ...«

Judith fragte sich, ob Schenken so ein kriminelles Pflaster war. Sie hätte hier mehr Angst vor freilaufenden Wildschweinen und Kampfhunden als vor finsteren Gestalten. Die Kaffeemaschine begann zu gurgeln und zu spucken. Frederik bot ihr den Stuhl am Fenster an. Er selbst nahm ihr gegenüber Platz.

246

»Ja«, pflichtete sie ihm bei. Der Moment war gekommen, ein Gespräch zu beginnen, und sie wusste nicht, wie.

Er faltete die Hände vor sich auf dem Tisch. Kein Ehering. Kräftige, kurze Finger. »Wann sind Sie denn los heute Morgen in Berlin?«

»Früh, sehr früh.«

Frederik musterte sie. Immer noch diese Vorsicht, fast Misstrauen im Blick. »Und was wollen Sie hier? Keine Ausflüchte. Ich will die Wahrheit hören. Wegen Tabea macht sich kein Mensch auf den Weg nach Schenken.«

»Sie irren sich.«

»Ich irre ich mich nie.« Seine Augen verengten sich. Damit bekam sein Gesicht den Ausdruck eines Bauern, dem man gerade versuchte, eine kranke Kuh unterzuschieben. »Aber ich weiß, dass Sie dem Mädel geholfen haben. Uneigennützig, hoffe ich. Wollen Sie Geld? Viel hab ich nicht.«

Judith, die wusste, wie ihr schlammverschmierter Aufzug wirken musste, schüttelte den Kopf.

»Wollen Sie hier rumschnüffeln? Sie sehen nicht aus wie eine vom Amt. Aber auch nicht wie eine von der Abteilung *Ein Herz für Kinder*. Also?«

Frederik hatte einen verdammt guten Blick für Nuancen. Er sah eine unausgeschlafene Frau, die fast ohne Gepäck in aller Herrgottsfrühe die Hauptstadt verlassen und sich auf den Weg in einen Fliegenschiss auf der Landkarte gemacht hatte. Die kurze Zeit, die sie und seine Tochter miteinander verbracht hatten, rechtfertigte das kaum.

Tabea polterte die Treppe herunter. Wenn Judith nicht nach einem Kaffee wieder auf die Straße gesetzt werden sollte, musste sie sich etwas einfallen lassen. Oder einfach die Wahrheit sagen. Er sah aus, als ob er sie vertragen könnte.

»Jemand ist hinter mir her.«

»Wer?«

»Kein Kommentar. Ich muss für ein paar Tage untertauchen.«

»Wie lange?«

»Nur, bis ich weiß, wie es weitergeht. Dann bin ich wieder weg.«

Von der Tür kam ein erschrockener Aufschrei. »Nein! Judith soll nicht weg!« Das Mädchen stürzte auf sie zu. »Sie ist doch grade erst gekommen. Ich muss ihr doch das Pony zeigen. Und mein Zimmer. Ich hab ein eigenes Zimmer, unterm Dach. Und einen eigenen Fernseher.«

»Oho«, sagte Judith anerkennend.

»Nur zu bestimmten Zeiten«, brummte Frederik. »Fernsehen macht dumm.«

»Dürfen wir uns heute Abend einen Film ansehen? Ach bitte!« Aufgeregt wandte Tabea sich von einem zu anderen. »Frederik hat Filme, die die Polizei nicht finden darf.«

»Verstehe.« Judith entging nicht, dass Tabeas Vater kurz zusammengezuckt war. Vermutlich fuhr er alle vier Wochen auf den nächsten Polenmarkt und deckte sich mit Raubkopien ein. Sie fragte sich, ob der Internetempfang in Schenken so schlecht war, dass er nicht wie Kai auf die allseits bekannten halb illegalen Streamingportale ging. »Ich fürchte nur, ich habe nicht so viel Zeit. Ich wollte bloß mal nach dir sehen, ob du es gut hast und ob ich vielleicht irgendwas für dich tun kann.«

»Bleib hier«, sagte Tabea und schmiegte sich an sie. »Bleib einfach hier.«

Ihr Blick flitzte zu Frederik, und Judith ahnte, was unerkannt und unausgesprochen, aber keinesfalls unersehnt in dieser kleinen Seele schlummerte. Vielleicht verfügte Tabeas Vater ja über ähnlich sensible Antennen. Die Kaffeemaschine röchelte, als läge ein Schwindsüchtiger in den letzten Zügen.

Er nahm es zum Anlass, ziemlich schnell aufzustehen und

ihnen den Rücken zuzuwenden. »Oben ist ein Gästezimmer. Viel Gepäck haben Sie ja nicht.«

»Danke.«

Er füllte einen Kaffeebecher, reichte ihn Judith, ohne sie dabei anzusehen, und setzte sich noch einmal. Allerdings sah es jetzt aus, als wäre er auf dem Sprung.

»Hier. Milch.« Er schob die Packung über den Tisch.

»Danke.«

Es war kühl in der Küche. Der Kaffee dampfte in der Tasse. Judith sah aus dem Fenster, konnte aber nicht viel mehr als winterliches Gelände erkennen.

»Der Garten?«

Frederik nickte. Tabea hing an Judith wie eine Christbaumkugel.

»Wir haben Apfelbäume und im Sommer auch Tomaten und Gemüse und so. Hotte ist unser Nachbar, also der auf der einen Seite. Der macht Korn, und im Keller steht eine Mühle, und dann kommt Mehl unten raus.« Die Augen des Mädchens leuchteten über die Wunder des Landlebens. »Das Brot geht so. Ich mag das aus der Kaufhalle lieber. Aber Enyas Mutter macht Marmelade aus Erdbeeren und Aprikosen und so, und die bringt sie Frederik. Jeder gibt jedem was. Eine au… autike… antike Gemeinschaft.«

»Du meinst, eine autarke Gemeinschaft?«, fragte Judith lächelnd. »Das klingt aber spannend.«

Frederik verschränkte die Arme, blickte aus dem Fenster und sah aus, als ob er nichts dagegen hätte, wenn dieses Gespräch langsam zu einem Ende käme. Er wirkte müde. Tabea dagegen war völlig überdreht. Judith hatte beide aus dem Sonntagsschlaf gerissen.

»Du kannst mir gerne ein andermal davon erzählen. Jetzt…«

»Ich zeig dir dein Zimmer! Kommst du?« Damit wollte Tabea sie vom Stuhl ziehen.

»Nu lass deine Freundin doch erst mal ihren Kaffee trinken«, brummte Frederik und wandte sich wieder Judith zu. »Sie sehen aus, als ob Sie noch eine Mütze Schlaf vertragen könnten. Und vor allem eine Dusche.«

Sie sah an sich hinunter. Die Schlammspritzer begannen gerade zu trocknen.

»Ja, sicher.« Noch zwei hastige Schlucke Kaffee, den Rest ließ sie im Becher.

Tabea hüpfte schon die Treppen hoch. Sie bewegte sich erstaunlich behände für ihre Stämmigkeit, zeigte Judith das kleine Gästebad unter der Dachschräge und dann ihr Zimmer. Es war ein kleiner, holzverkleideter Raum mit Deckenbalken und genähten Vorhängen am Fenster. Die Unordnung war eine andere als die in Berlin – Holzspielzeug, Puppen mit Schlafaugen, eine selbst geschreinerte Kinderküche. Alles wirkte irgendwie aus der Zeit gefallen. Kaum Plastik, kein billiges Zeug aus China.

»Du kannst auch hier schlafen.« Tabea räumte hastig ihr Bett ab. Eine zerfledderte Ausgabe von Johanna Spyris *Heidis Lehr- und Wanderjahre* fiel auf den Boden.

»So was liest du?«

Tabea zuckte mit den Schultern. Judith entging nicht, dass sie ein weiteres Buch hastig mit dem Fuß unters Bett schob. Wahrscheinlich die Bückware aus der Ecke »pädagogisch nur bedingt geeignet« – Feen- und Regenbogeneinhorngeschichten. Sie reichte ihr Heidis Abenteuer zurück, Tabea warf den Band achtlos in ein Regal, wo weitere Kinderbücher standen.

»Lieber nicht. Dein Bett ist mir ein bisschen zu klein«, antwortete Judith. »Wo soll ich denn hin?«

»Hier.« Tabea lief in die Diele und riss eine schmale Holztür direkt gegenüber auf.

Das Zimmer sah nicht so aus, als ob Herr Müller oft Gäste

hätte. Karg, verstaubt, ein leerer Schrank unter der Dachschräge, dessen linke Tür offen stand. Der Heizkörper war eiskalt, doch das Zuleitungsrohr erwärmte sich, kaum dass Judith den Thermostat aufgedreht hatte.

»Das ist aber schön hier«, hörte sie sich sagen und setzte sich auf das Bett. Sie hätte auch in einem Keller geschlafen, im Stall oder auf dem Spitzboden. Erleichterung breitete sich in ihr aus, die Müdigkeit kam.

»Spielst du nachher mit mir?«, quengelte Tabea, die misstrauisch beobachtete, wie Judith sich vorsichtig ausstreckte, begleitet vom metallischen Quietschen der Sprungfedern. Das Bett musste eine Million Jahre alt sein.

»Nachher?«

Judith rollte sich auf die Seite und schloss die Augen. Sie hörte noch Tabeas resignierten Seufzer und wie die Tür leise ins Schloss gedrückt wurde. Dann schlief sie ein.

29

Es war der Traum, in dem sie ein Fisch in einem Aquarium war. Sie schwamm durch die spinnwebfeinen Wasserpflanzen, erkundete Höhlen und Schlupfwinkel, begegnete ab und zu Artgenossen, die sie stumm anglotzten und mit ihren Flossen rätselhafte Zeichen gaben. Immer wieder stieß sie an das grünliche Glas, das ihren Lebensraum quadratisch beschränkte. Verschwommen sah sie, dass sich das Aquarium in einem Wohnzimmer befand. Und die Gestalt, die dort drüben stand … War das Kaiserley?

Ein Schlag. Eine fürchterliche Explosion. Das Glas zerbarst, das Wasser schoss aus seinem Gefängnis und riss Judith mit. Sie prallte auf den harten Boden und schnappte nach Luft. Der

Traum klebte an ihr wie Honig. Mühsam setzte sie sich auf und erkannte Frederiks Gästezimmer wieder.

Der Knall. Hatte sie ihn nur geträumt oder war es ein Schuss gewesen? Wer sollte denn in dieser Einöde am Sonntagvormittag herumballern? Sie stand auf und schleppte sich, immer noch schlaftrunken, zum Fenster.

Das Zimmer lag auf der Rückseite des Hauses. Ihr Blick fiel auf ein verlassenes Grundstück mit einigen Sträuchern und Bäumen. Es ging, allenfalls durch einen schmalen Graben begrenzt, in eine Wiese und schließlich in flaches, leicht gewelltes Land über, in der Ferne ein Wald. Der Schenkener Forst?

Sie tappte hinüber in die Dusche, sorgsam darauf bedacht, jedes Geräusch zu vermeiden, was ihr bei dem alten Dielenboden natürlich nicht gelang. Sie wollte noch ein paar Minuten Ruhe, bevor sich Tabea wieder mit all ihrer verzweifelten Zärtlichkeit auf sie stürzte. Judith ahnte, dass es dabei gar nicht so sehr um ihre Person ging, sondern um die uralte Sehnsucht nach der Dreifaltigkeit von Vater, Mutter und Kind. Nach Familie. Im Heim hatte es Mädchen gegeben, die sich wie Ertrinkende auf jeden Erwachsenen stürzten. Sie warfen mit Liebe um sich und verschossen wahllos ihre Pfeile, in der Hoffnung, dass irgendwo eine Spitze tief genug eindringen würde. Vergeblich, soweit Judith sich erinnern konnte. Wer wollte schon eine kleine Gagarin? Sie waren Astronautenkinder ohne einen Heimatplaneten.

Und Sie denken in Lichtjahren.

Ja, das tue ich. Immer noch. Und die Entfernung wird nicht geringer.

In der Dusche fand Judith benutzte Handtücher und Seife. Sie verbrachte eine halbe Ewigkeit unter dem heißen Wasserstrahl, weil sie nicht wusste, wie sie Frederik wieder unter die Augen treten sollte. Sie hatte einen Wildfremden um Asyl gebeten, und er hatte sie glücklicherweise nicht vor die Tür gesetzt. *Jemand ist hinter mir her.* Er würde wissen wollen, wer.

Unmöglich, Tabeas Vater von einem Mann namens Larcan zu erzählen, der blühende Geschäfte als Waffenhändler, Bankräuber und Erpresser betrieb. Ratlos, welche Geschichte sie ihrem Gastgeber stattdessen auftischen sollte, schob sie den Duschvorhang zur Seite und fuhr mit einem Schreckenslaut zusammen. In der Tür stand Frederik. Mit einem Ratsch zog sie die Plastikplane so weit vor ihren Körper, dass sie sich dahinter verstecken konnte.

Frederik hängte ihren Anorak mangels Ablagemöglichkeit an einen Haken. »Ihr Handy hat geklingelt. Ich dachte, es wäre wichtig.« Damit drehte er sich um und ging.

Vorsichtig verließ Judith die Dusche und wickelte sich in ein frisches Badehandtuch, das vorher nicht da gewesen war. Wie lange hatte Frederik schon in der Tür gestanden? War er etwa auch im Gästezimmer gewesen? Und wer zum Teufel rief sie an?

Es war eine unbekannte Nummer mit der Ländervorwahl 0033. Der Anrufer hatte keine Nachricht hinterlassen. Ein vorsichtiger Blick in die Diele – sie schien alleine im Dachgeschoss zu sein. Judith huschte in ihr Zimmer. Die Tasche lag noch so in der Ecke, wie sie sie hingeworfen hatte. Oder doch nicht? Litt sie langsam unter Verfolgungswahn? Und war es wirklich nur ein Wahn?

Auf ihrer Reise in die Vergangenheit, damals, als sie herausfand, warum sie ins Heim gekommen war, hatte Kaiserley ihr ein paar Tricks aus der Klamottenkiste der Schlapphüte verraten. Zum Beispiel die Sache mit den Handys. Selbst wenn man nicht telefonierte, konnten sie getrackt werden. Der Anrufer kannte Judiths Nummer, obwohl sie sie ihm mit Sicherheit nicht verraten hatte. Außer Dombrowski, Kai und Liz hatte sie niemand. Und keiner von den dreien hatte einen Auslandsurlaub erwähnt, geschweige denn, dass einer von ihnen anrufen würde. Es konnte nur Kaiserley sein. Hatte er nicht nach Paris gewollt?

Mit tropfenden Haaren setzte sie sich aufs Bett und versuchte, das Gehäuse des Gerätes zu öffnen. Wenn Kaiserley sie tracken konnte, dann war es für jemanden wie Larcan und seine Gehilfen ein Kinderspiel. Sie verriet also gerade fröhlich und unbedarft jedem, der es wissen wollte, wo sie sich befand. Endlich hielt sie die SIM-Karte in der Hand. Einen Moment zögerte sie. Dann ging sie ins Bad und warf das verräterische Ding ins Klo. Anschließend streifte sie die dreckigen Klamotten wieder über und stieg die Treppe hinunter.

Die Küche war leer. Dafür hörte sie laute Stimmen, die von der Eingangstür kommen mussten. Die Tür war offen, im Windfang stand Frederik und diskutierte mit dem Mann, der Judith den Weg hierher gezeigt hatte. Er lehnte am Gartentor und sagte gerade: »Du musst es selbst wissen. Aber komm hinterher nicht an und…« Er brach ab, als er Judith sah.

Frederik drehte sich zu ihr um. »Ausgeschlafen?«

Sie nickte.

»Ist schon gut, Hotte. Mach dir keinen Kopf.«

Hotte nahm sein Klapperfahrrad, das er an den Zaun gelehnt hatte, und ging ohne Gruß davon.

»Wo ist Tabea?«

»Hinten auf der Wiese. Zusammen mit einer Freundin und dem Pony.«

Judith lächelte. »Enya. Kann ich zu ihr?«

Frederik nickte, ging zurück ins Haus und wartete, bis Judith ihm gefolgt war. »Sie redet von nichts anderem mehr«, sagte er auf dem Weg in die Küche. »Judith hier, Judith da. Woher kennen Sie sich eigentlich?«

»Ich habe ihre Mutter gefunden.«

Er griff ins Regal nach einer Müslipackung und hielt sie fragend in ihre Richtung. Sie nickte und setzte sich wieder auf den Platz, den er ihr am Morgen zugewiesen hatte. Der Kaffeebecher stand immer noch da.

»Ich verstehe nicht ganz. Gefunden?«

»Also, eigentlich habe ich erst Tabea gefunden. Wir kennen uns aus der Hochhaussiedlung in Lichtenberg. Vom Sehen. Und an dem Abend war sie ausgesperrt, saß draußen auf der Straße.« Sie ließ ihn nicht aus den Augen, beobachtete jede seiner Regungen. Wie viel wusste er von dem Elend, in dem seine Tochter aufgewachsen war? »Ich habe das Schloss aufgebrochen und ... Den Rest wissen Sie ja. Tabeas Mutter war da schon tot. Ich habe versucht, die Kleine ein wenig aufzufangen, und durfte sie übers Wochenende mit zu mir nehmen.«

Er schüttete Müsli in eine Schale und holte die Tüte Milch wieder aus dem Kühlschrank. Beides, die Schale und den Tetra Pak, stellte er vor Judith auf den Tisch.

»Danke.«

»Ich habe zu danken.« Er setzte sich ihr gegenüber. »Monika hat ... hatte das alleinige Sorgerecht. Den Umgang mit mir hat sie Tabea untersagt. Und wie die Gerichte heutzutage so sind, ist man als Vater chancenlos.«

Judith wollte fragen, aus welchem Grund man ihm sogar das Umgangsrecht verweigert hatte. Aber damit wäre er genötigt, entweder etwas Schwerwiegendes zuzugeben oder einfach nur mangelndes Interesse an seinem Kind. Frederik wirkte auf sie wie jemand, der seine Vaterrolle irgendwann aufgegeben hatte und sich auch jetzt nicht sonderlich wohl darin fühlte.

»Deshalb hat mich auch erst der Kindernotdienst informiert. Wenn ich gewusst hätte ... Wir haben den Kontakt zueinander verloren. Monika wollte das so. Ein-, zweimal im Jahr in den Schulferien, regelmäßig Unterhalt, mehr nicht. Was will man machen?«

Judith goss Milch in die Schale und nahm sich einen Löffel aus dem Besteckständer. Sie rührte um und begann langsam zu essen. »Ja«, sagte sie schließlich. »Was will man machen.« Und dann: »Kann sie denn bei Ihnen bleiben?«

»Ich weiß es nicht. Das ist Neuland für mich.«

Er sah sie an. Braune Augen, Bartschatten auf den Wangen, muskulöse Schultern. Judith fragte sich, womit er seinen Lebensunterhalt verdiente. Landwirt vielleicht, Dachdecker, Kfz-Mechaniker. Keinesfalls ein Schreibtischjob, dazu sah er zu gesund aus.

»Wird schon«, sagte sie und wollte sich von ihm nicht in ein Gespräch über Erziehungsfragen hineinziehen lassen.

Frederik nickte. »Wenn Sie hierbleiben wollen, müssen Sie schon deutlicher werden. Wer ist hinter Ihnen her? Und warum?«

Judith löffelte das Müsli.

»Ich will wissen, wen ich mir da ins Haus hole. Schon in Tabeas Interesse.«

»Klar«, murmelte sie. Frederik hatte sie nackt gesehen. Ging ihm das gerade durch den Kopf?

»Also?«

Sie beschloss, so nahe wie möglich an der Wahrheit zu bleiben. »Ich hab Mist gebaut. Ist lange her. Jemand hat es rausgekriegt und will mich jetzt damit erpressen. Ich bin abgehauen, weil ich Schiss hatte.«

»Wurden Sie bedroht?«

Judith nickte zögernd.

Frederik wartete, doch nach einer kurzen Weile akzeptierte er Judiths Schweigen. Er atmete tief durch, als ob er gerade eine Entscheidung von höchster Tragweite treffen müsste. »Hier sind Sie sicher«, sagte er. »Für ein paar Tage wird es gehen.«

»Mehr brauche ich auch gar nicht.«

Um seinen Mund zuckte ein knappes Lächeln. »Ich leihe

Ihnen eine Jeans und einen Pullover. So können Sie hier nicht herumlaufen.«

Wenig später stand Judith in einer Hose, die ihr ständig von den Hüften rutschte, und einem Pullover, dessen Ärmel sie hochkrempeln musste, auf der hügeligen Wiese hinterm Haus und feuerte Tabea an. Das Mädchen hüpfte wie ein nasser Sack auf dem Rücken des Ponys, während Enya, eine magere Zehnjährige mit mürrischem Gesichtsausdruck, sich am Rand der Wiese herumdrückte. Enyas Mutter war auch dabei. Sie trug einen knielangen Rock und eine gesteppte Jacke. Ihr Gesicht erinnerte Judith an eine habgierige Spitzmaus.

»Jetzt ist es genug!«, rief sie. »Lass Enya auch mal rauf!«

Sie hatte sich als Katja Zanner vorgestellt und war auch nicht freundlicher geworden, nachdem sie erfahren hatte, dass Judith auf rätselhafte, nicht näher erklärte Art und Weise nun bei Frederik und Tabea wohnte.

»Nur vorübergehend«, hatte Judith das Mädchen korrigiert. Sie wollte nicht, dass die Schenkener aus ihrem Besuch falsche Schlüsse zogen. Frederik lebte allein und war im besten Mannesalter. Als sie beobachtete, wie Katja Tabea von dem Pony zerrte und ihre eigene Tochter hinaufhievte, vermutete sie, dass ihr Auftauchen Anlass zu einigen Spekulationen gab.

Tabea rannte auf sie zu. Die Wangen gerötet, die Augen hellwach von so viel Freude. Wieder schlang sie die Arme um Judith, ließ aber dieses Mal von alleine los, um Enya anzufeuern. Das Pony legte sich brav ins Zeug. Die Mutter kam mit einem hochmütigen Lächeln zurück.

»Pünktchen muss ordentlich geritten werden«, sagte sie. »Das Gehampel verdirbt das Tier.«

Tabea schlug die Augen nieder. Eine kleine Stichflamme Ärger loderte in Judith auf. Sie beobachtete Enya, die kerzengerade auf dem Rücken des Ponys saß. »Seien Sie nicht so hart mit Ihrer Tochter«, sagte sie honigsüß. »Sie bemüht sich doch sehr.«

Katja Zanner öffnete den Mund, schloss ihn wieder, dachte kurz nach und sagte dann: »Sind Sie heute Nachmittag auch dabei?«

»Bei was?«

Tabea sah wieder hoch. »Heute ist das Schlachtfest mit dem Odinsfeuer.«

Die Frau schürzte die Lippen. Es sah verächtlich aus. »Sie ist neu hier, Tabea. Also sei vorsichtig mit dem, was du sagst.«

Judith fragte: »Für wen halten Sie mich eigentlich?« Und dann, als sie Tabeas erschrocken aufgerissene Augen sah: »Für eine von den anderen?«

Tabea wirkte mit einem Mal zutiefst verunsichert. »Nein«, stammelte sie, »das bist du doch nicht.« Und zu der Spitzmaus: »Judith ist meine Freundin.«

»Natürlich.« Katja Zanner drehte sich wieder zu ihrer Tochter um, die in tadellosem Trab um die Wiese ritt. Da sie keine Anstalten machte, Judith und Tabea auch nur noch eines Blickes zu würdigen, war das Gespräch wohl beendet.

»Komm«, sagte Judith und setzte sich in Richtung Dorf in Bewegung.

Der Graben zwischen der Koppel und Frederiks Grundstück war an dieser Stelle tief und voll mit rätselhaftem Unkraut. Sie lief auf das linke Ende der Koppel zu, dort schien es einen Übergang zu geben. Aber das war falsch. Ein Zaun trennte die Grundstücke. Er war mannshoch und oben mit Stacheldraht eingefasst. Irgendwie wirkte er seltsam in dieser weiten, freien Landschaft. Dahinter, halb verborgen von einer wild wuchernden Brombeerhecke, lag ein Hof.

»Wir müssen auf die andere Seite«, sagte Tabea. »Hier geht's nicht durch.«

Also noch mal zurück, vorbei an Mutter und Tochter, die offenbar beschlossen hatten, das komplette Programm der spanischen Hofreitschule abzuspulen.

»Warum ist da Stacheldraht?«, fragte Judith. »Wohnen da die anderen?«

Tabea nickte. »Das Land drumherum gehört den Leuten vom Dorf. Die haben alles abgesperrt, nur zur Straße hin, da durften sie es nicht.«

»Und warum?«

»Weiß ich nicht.«

»Warum der Zaun, meine ich.«

»Weil sie nicht so sind wie wir.«

»Wie seid ihr denn?«

»Deutsch. National. Sozial. Frei.«

Judith blieb stehen. Katja Zanner war weit genug entfernt, damit ihre Spitzmausohren nichts mitbekamen. »Was seid ihr?«

»Deutsch. National. Sozial. Und Frei«, antwortete Tabea, schob sich an Judith vorbei und begann zu den Worten herumzuhüpfen. »Deutsch, national, sozial und frei. Deutsch, national…«

»Ja, ja«, unterbrach Judith den Singsang. »Woher hast du denn diesen Blödsinn?«

Tabea verstummte und hörte schlagartig auf zu hüpfen.

»Ich meine, wer hat dir denn den Floh ins Ohr gesetzt?«

Keine Antwort.

Judith nahm Tabeas Hand und marschierte mit ihr weiter, bis sie das Ende der Koppel erreicht hatten. Linker Hand befand sich ein Obstgarten, dahinter versteckte sich die Rückansicht des Nachbarhauses. Sie mussten nur über den Graben springen und standen wieder auf Frederiks Grund und Boden.

»Hast du das aus der Schule?«

Tabea bockte und schwieg.

»Oder war er das?«, fragte Judith und wies mit einem Nicken aufs Haus.

Tabea tat so, als hätte sie nichts gehört.

»Weißt du überhaupt, was das heißt? Deutsch, national, sozial und...«

»Dass wir keine Zecken sind. Und keine Dachpappen.«

Judith sog scharf die Luft ein. Tabeas Stimme hatte neutral geklungen, fast sanft. »Mit Zecken meinst du...«

»Aso... Asosiale.«

»Und mit Dachpappen?«

»Schwarze. Asülianten.«

Judith schob sich eine Haarsträhne aus dem Gesicht und starrte ratlos hinüber zu den stacheldrahtumschlossenen Nachbarn. »Und die da? Die anderen?«

»Das sind Leute, die nicht so sind wie wir. Sie sind auch Deutsche, aber nicht richtig. Nicht innendrin. Zecken halt. Die... die...« Sie überlegte angestrengt. Ihr rundes Gesicht rötete sich. Für Tabea ging es ums Ganze. Sie wusste, dass sie schon vor der Zannerin einen Fehler gemacht hatte. Judith war zwar ihre Freundin, aber keine, mit der man in Schenken gern gesehen war.

»Schon gut.« Judith strich ihr sanft übers Haar. »Weißt du, was? Wir gehen jetzt rein und trinken einen Kakao. Später, wenn wir allein sind, erzählst du mir ein bisschen mehr.«

Tabea nickte erleichtert, während die Erschütterung in Judith nachhallte. Was zum Teufel hatte man dem Kind hier beigebracht? In welchem Umfeld war es gelandet? Am liebsten hätte sie Frederik verbal an die Wand gestellt. Wusste er denn nicht, wes Geistes Kind seine rechten Nachbarn waren? Judith setzte sich auf die Stufen zum Garteneingang und drehte sich eine Zigarette. Tabea blieb unschlüssig stehen, kam dann zu ihr und hockte sich neben sie.

»Du bist doch nicht so eine?«

»So eine was?«, fragte Judith.

Tabeas Blick huschte zum Nachbargrundstück.

»Eine andere? Ich weiß nicht. Die Welt ist nicht nur schwarz und weiß. Nicht nur gut und böse. Es gibt nette Schwarze und böse Weiße. Ich habe eine Kollegin, die heißt Liz. Sie ist wunderschön, und ihre Haut ist wie Ebenholz. Sie kommt aus einem Land, in dem man Menschen wehtut, wenn sie anderer Meinung sind. Deshalb ist sie hierhergeflohen, einfach nur, um zu überleben und keine Todesangst mehr haben zu müssen.«

Tabeas Gesicht verfinsterte sich. Judith outete sich gerade als veritables Feindbild.

»Hast du in deiner Klasse denn nur Deutsche?«

»Nein. Auch viele Russen. Und Fidschis.«

»Oh. Leute aus der Südsee?«

»Nee.« Tabea kicherte. »Schlitzaugen.«

Es tat Judith weh, diese Worte aus dem Mund eines Kindes zu hören. Sie zündete die Zigarette an und starrte mit zusammengekniffenen Augen zur Koppel hinüber, von der ab und zu Katjas Befehle herüberdrangen. »Richte dich mehr auf!«, oder: »Du musst ihn energischer durchstellen«. Tabea – ein Nazi. Unfassbar. Das Kind war noch nicht einmal zehn Jahre alt.

»Sind die denn alle böse? Deine Klassenkameraden, meine ich.«

»Weiß nicht«, sagte das Mädchen unsicher. »Ich will nicht drüber reden. Das darf ich nicht.«

»Sagt wer?«

Sie nestelte an den Schnürsenkeln ihrer Stiefel herum. Ihr Flüstern war kaum zu verstehen. »Alle.«

Holy shit!

Als Tabea hochsah, weil Judiths entsetztes Schnauben wohl nicht zu überhören gewesen war, waren die Augen des Mädchens voller Angst. »Bitte geh nicht.«

»Tabea, ich fürchte, ich…« Das Jugendamt hatte schon in Berlin nichts unternommen, um das Kind zu schützen. Es war in Schenken vom Regen in die Traufe gekommen, aber alles, was irgendein Behördenmitarbeiter hier sehen würde, wären ein Pony, viel Natur und ein liebevoll sorgender Vater. Im Inneren des Hauses waren Schritte zu hören. »Lass uns später darüber reden, ja?«, sagte Judith hastig.

Ein Lächeln huschte über Tabeas Gesicht. Später hieß, nicht jetzt. Vielleicht nie.

Frederik öffnete die Tür. »Wer raucht denn da?«

»Tut mir leid.« Judith drückte die Zigarette unter der Stufe aus und hoffte, er würde sie nicht wegen der liegengebliebenen Kippe zur Verantwortung ziehen. Am Klang seiner Stimme spürte sie, dass ihn ihr Verhalten verärgerte. »Tabea ist Pünktchen geritten. Sie kann das richtig gut.«

Der Vater brummte zustimmend. »Du musst dich umziehen. Hopp, hopp!«

Das Mädchen sprang auf und rannte ins Haus. Frederik kam die zwei Stufen herunter und setzte sich neben Judith. Die Tür blieb erstaunlicherweise offen, sodass die Wärme vom Hausinneren nach außen wich und es nicht mehr ganz so kalt war.

»Was ist eigentlich mit den Leuten nebenan?«, fragte sie so neutral wie möglich. »Überall Stacheldraht… Sieht ein bisschen aus wie in Guantánamo.«

Sein Gesicht verfinsterte sich. Sie war gespannt, wie er sich aus der Affäre ziehen würde.

»Nicht alle fügen sich in die Dorfgemeinschaft ein«, sagte er schließlich. »Wenn wir Geld hätten, würden wir es kaufen. Ist ein netter Hof mit ordentlich Land dabei. Aber woher nehmen und nicht stehlen.«

»Wir?«

Er antwortete nicht.

»Was machen Sie?«, fragte Judith. »Beruflich, meine ich.«

»Eigentlich bin ich gelernter Schreiner. Es heißt ja immer, Handwerk hat goldenen Boden. Aber was die Leute sich mittlerweile in die Wohnung stellen …«

Tabea, eine Wollstrumpfhose in der Hand, tauchte hinter ihm auf. »Soll ich die anziehen? Mit dem Rock?«

Er nickte knapp. »Los jetzt. Hopp, hopp!«

Das Kind hüpfte davon.

»Für das Odinsfeuer?«

Frederik sah sie überrascht an. »Sie kennen sich aus?«

Judith machte eine abwehrende Handbewegung. »Nein. Nicht richtig.«

»Wir haben sonst keine Ortsfremden dabei.« Es sollte höflich klingen.

Zum ersten Mal, seit sie Frederik kannte, spürte Judith eine minimale Verunsicherung bei ihm. Jeder normale Mensch in einem normalen Umfeld hätte sie eingeladen, daran teilzunehmen. Judith zog das Schweigen einen Tick über die erträgliche Länge hinaus und sagte dann: »Ich wollte sowieso noch einen Spaziergang machen.«

»Dann man tau. Sehen Sie zu, dass Sie vor Einbruch der Dunkelheit wieder im Dorf sind.«

»Sonst?«

Er stand auf. »Sonst gibt's nichts zu essen.«

Sie folgte ihm ins Haus. Drinnen roch es nach Braten, ein Duft, der Judiths Magen knurren ließ. Kochen konnte er also auch. Mildred würde vor Verzückung in Ohnmacht fallen. Stopp. Mildred war mit Sicherheit Veganerin. Wahrscheinlich würde er ihr seine Bio-Hochbeete zeigen und sie mit germanischem Vollkorngetreidebrot gefügig machen.

Bis zur Kreuzung war es nicht weit. Judith passierte das Haus der anderen und lugte neugierig über den Zaun. Es sah hübsch aus. Der Garten musste im Sommer ein Traum sein. Ein kleiner Teich, verschiedene Sträuchergruppen, ein knorriger Birnbaum, der sie an Herrn von Ribbeck auf Ribbeck erinnerte. Überall steckten kleine, bunte Windräder, vom Eingang drang das melodische Klingen eines Glockenspiels herüber. Neben der Haustür standen ein Bobbycar und ein Kinderwagen. Das Schloss des Tores war neu, und rund um den Dachfirst hatten die Eigentümer Überwachungskameras angebracht. Ein Schild warnte vor der Begegnung mit einem Rhodesian Ridgeback oder einem ähnlich zutraulichen Wachhund, aber es war keiner zu sehen. Erst als Judith sich wegdrehte, bemerkte sie das Schild mit der Aufschrift »Zu verkaufen«. Jemand hatte mit dickem Filzer »Viel Glück!« darunter geschrieben.

Sie ging weiter und überlegte, was sie tun konnte. Bestimmt keine Erziehungsdiskussionen mit Frederik vom Zaun brechen. Im Grunde war es eine gute Idee gewesen hierherzukommen. Noch besser wäre es, so schnell wie möglich wieder zu verschwinden. Noch wusste er nicht, wie sie tickte. Oder wen er sich mit ihr ins Haus geholt hatte. Als ob sie einen Virus in sich trüge … Wenn Frederik herausfand, was sie bereits wusste und wie sie dazu stand, würde es auf einen Rausschmiss hinauslaufen. Den Eklat würde Judith Tabea gerne ersparen. Vorerst zumindest.

Sie musste hier weg.

Nur wohin? Und wann? Wie?

Vielleicht gab es an der Kreuzung ja eine Bushaltestelle. Es war später Nachmittag, eine klamme Dämmerung senkte sich herab. Das Odinsfeuer. Wo sie es wohl abbrennen würden?

In der Mitte der Kreuzung stand ein riesiger Findling. Direkt daneben ein hölzerner Wegweiser mit mehreren verwitterten

Brettern, die allesamt in eine Richtung wiesen. Mit oberflächlicher Neugierde las sie: Berlin 267 km. Ihr Blick wanderte nach unten auf die anderen Ortsnamen, die in altdeutscher Schrift in das Holz eingebrannt waren. Wien/Ostmark 908 km. Braunau am Inn 855 km.

Sie sah sich um. Keine Menschenseele war zu sehen. Im Vorgarten eines Hauses stand ein Fahnenmast, die Seile schlugen leise gegen das Metall. Auf dem Findling stand: »Dorfgemeinschaft Schenken. Frei – sozial – national.« Ein leichter Wind kam auf und blähte die Fahne. Sie war rot mit einem weißen Kreis, auf dem weithin sichtbar ein Keltenkreuz prangte.

30

Irgendwo wurde ein Auto gestartet. Das Dorf war so klein, dass es nicht lange dauerte, bis ein Geländewagen über die Schotterpiste auf die Kreuzung zuhielt. Judith erkannte ihn sofort. Es gab weder eine Bank, auf der man sitzen konnte, noch sonst etwas, das Schutz bot. Sie stand neben dem Findling wie auf dem Präsentierteller und drehte dem Wagen, der sich röhrend auf die asphaltierte Kreuzung hievte, den Rücken zu. Aber das war zu einfach. Der Fahrer hielt an. Langsam wandte Judith sich um.

Der Mann, der sie am Morgen ein Stück mitgenommen hatte, betrachtete Judith durchs Fenster. Neben ihm saß eine Frau, auf dem Rücksitz zwei Kinder. Er ließ die Scheibe herunter.

»Und?« Sein Ton war provozierend. »Schon eingelebt?«

Sie ging die paar Schritte auf ihn zu und grüßte die Frau auf dem Beifahrersitz mit einem knappen Nicken. Der Blick, den sie erntete, erinnerte sie an Katja Zanner. Passive Aggressivität. Judith deutete auf den Findling und die Worte, die in den Stein gemeißelt waren. »Ein interessantes Fleckchen Erde«, sagte sie abwartend. »Keine Lust auf die heutige Folklore?«

Das Paar warf sich einen kurzen Blick zu. Judith erkannte, dass eines der Kinder fast noch ein Baby war. Das andere beschäftigte sich hingebungsvoll mit einem Computerspiel.

»Nicht unser Ding«, sagte er knapp.

»Sind Sie vielleicht Frederik Müllers Nachbarn?« Judith erinnerte sich an die Spielsachen und die bunten Windräder in dem Garten. Und an das Zu-verkaufen-Schild.

»Möglich«, brummte der Mann.

»Was ist hier los?«, fragte sie und kam noch näher.

Wieder war es, als ob sich unsichtbare Blicke in ihren Rücken bohren würden. Das halbe Dorf hatte freie Sicht auf die Kreuzung. Sie wurden beobachtet.

Der Mann stellte den Motor ab. Seine Frau murmelte »Peter?«, aber er wollte etwas loswerden.

»Was hier los ist? Wie naiv sind Sie eigentlich? Bevor uns im Übermut von Met, Weib und Gesang wieder die Scheiben eingeworfen werden, machen wir uns vom Acker.«

»Sie sind also die anderen.«

»Nennen die uns so, ja?«

Judith sah sich um. Sie musste dieses Dorf verlassen, und sie hatte keine Zeit, um Verbündete zu werben. »Bitte nehmen Sie mich mit. Ich muss nur schnell meine Sachen holen.«

Jetzt mischte sich die Frau ein. »Auf keinen Fall. Wir kennen Sie nicht.«

»Außerdem haben wir keinen Platz«, ergänzte ihr Mann. »Nehmen Sie den Bus morgen früh.«

»Fährt heute denn keiner mehr?«

»Am Wochenende?« Er sah sich fragend nach der Beifahrerin um.

Die schüttelte, nicht gerade zermürbt von Judiths Sorgen, den

Kopf. »Ich glaube, einer geht noch ab Schenkener Forst. Um kurz nach halb acht.«

Drei Kilometer über Wald- und Forstwege in absoluter Dunkelheit. Judith nickte und trat einen Schritt zurück. »Danke.«

Peter, wie ihn seine Frau genannt hatte, fuhr sich nachdenklich mit dem Zeigefinger über die seltsam geformte Nase. »Tut mir leid. Aber Sie sehen ja. Außerdem…«

»Es wäre nicht förderlich für die gute Nachbarschaft, wenn Sie mich vor aller Augen außer Landes bringen.«

Gegenüber, am Wohnzimmerfenster eines properen Einfamilienhauses mit Doppelgarage, stand jemand am Fenster. Der Rest von Schenkens Blockwarten verhielt sich diskreter.

»Gute Nachbarschaft…« Er stieß ein verächtliches Schnauben aus. »Wir sind die Letzten. Wer nicht schon vorher auf Linie war, hat das Dorf verlassen und seinen Grund für 'nen Appel und 'n Ei an die da verscherbelt. Die übernehmen hier alles. Ein Haus nach dem anderen, ein Dorf nach dem anderen. Vor aller Augen. ›Eroberung des ländlichen Raumes‹ nennt sich das im Jargon. Völkische Siedlungsbewegung.«

»Das heißt…« Judith sah sich um.

Auf den ersten Blick ein mecklenburgisches Dorf wie so viele andere. Im Vorgarten gegenüber stand eine Stele aus Stein, der Pilaster gekrönt von einer waagrechten, geschwungenen Steinmetzarbeit, die ein wenig an ein Widdergehörn erinnerte.

Peter war ihrem Blick gefolgt. »Die Irminsul. Die Weltensäule. Wenn Sie sich für germanischen Schnickschnack interessieren, sind Sie hier genau richtig.«

»Nicht ganz mein Beritt.«

»Unserer auch nicht.«

Er griff schon zum Schlüssel, um das Auto zu starten, da sagte Judith: »Sie wollen verkaufen?«

»Hunderttausend und wir sind weg. Aber finden Sie mal Interessenten, die Bock auf das da haben.« Er wies auf den Findling. Seine Frau presste die Lippen aufeinander und starrte durch die schmutzverkrustete Seitenscheibe. »Die hungern uns aus und warten drauf, dass wir mit dem Preis runtergehen. Vollbrechts haben sie auf dreißigtausend gedrückt, erinnerst du dich noch? Die haben vor ein paar Monaten das Handtuch geworfen. Jetzt hockt eine strammdeutsche Großfamilie auf dem Hof.«

Seine Frau nickte knapp.

»Meine Vorfahren waren Hugenotten. Sie haben diesen Sumpf hier urbar gemacht. Aber gegen den da kommen wir nicht an. Allein der Kinder wegen.«

»Viel Glück«, sagte Judith und meinte es ernst.

Der Mann startete endlich den Motor, doch dann wandte er sich noch einmal an sie.

»Wenn ich Ihnen einen guten Rat geben darf, machen Sie, dass Sie von hier fortkommen. Am besten, bevor die Party beginnt. Sie sehen mir nicht so aus, als ob Sie Spaß an diesen Dingen hätten.«

»An welchen?«

Aber da fuhr die Scheibe schon wieder hoch, und der Wagen setzte sich in Bewegung.

Judith sah ihm mit einem Gefühl hinterher, als ob mit ihm ihre letzte Chance zur Flucht verschwinden würde. Der letzte Bus um halb acht. Jetzt war es kurz nach fünf, und es wurde langsam dunkel. Sie musste sich allmählich auf den Weg machen. Im direkten Vergleich zu dem, was in Schenken geschah, empfand sie ihre Flucht aus Berlin als überstürzt und die Bedrohung dort als fast schon unwirklich. Sie musste doch nur die Tür abschließen und beim nächsten Mal die Polizei rufen. Kaiserley hatte sie ganz verrückt gemacht mit seinen Andeutungen und den diffusen Warnungen, die nie auf den Punkt kamen. Eine leise Stimme in ihr flüsterte, dass genau diese Warnungen ihr schon einmal das Leben gerettet hatten. Aber der Auslöser waren seine Fehler gewesen, und dieses Mal hatte sie sich selbst in diese Lage manövriert. Nur weil sie ihren blöden Mund nicht gehalten hatte und besser sein wollte als die Polizei. Sie dachte an Dombrowskis Knarre und dass dies ein guter Zeitpunkt wäre, sie sich auszuleihen. Vielleicht sollte sie Adolf Harras informieren. Der kannte sich mit Bankraub und Erpressung aus – nicht als Täter, aber in Bankenkreisen waren Typen wie Larcan keine Unbekannten. Oder die Polizei… Nur wie sollte sie den Beamten erklären, warum eine simple Sicherheitsüberprüfung diesen Rattenschwanz an Ereignissen ausgelöst hatte?

»Na? Haben Sie sich verlaufen?«

Unbemerkt war eine Frau hinter dem Findling aufgetaucht. Sie trug einen Stapel Gartenfackeln und sah Judith neugierig an.

»Nein, danke. Ich bin zu Besuch hier und will mich nur ein wenig umsehen.«

»Ach so.« Die Frau war etwas jünger als Judith, ein rotbackiges, kräftiges Geschöpf, das mit dem wadenlangen Rock, der wollenen Steppjacke und dem Kopftuch wirkte wie aus der Zeit gefallen. »Bei wem denn?«

»Bei Frederik Müller.«

»Tatsächlich?« Ihr Lächeln wirkte überrascht und erfreut. »Da haben wir ja endlich mal wieder was zu tratschen.«

»Ich bin eine Freundin seiner Tochter. Nicht *seine* Freundin.«

Da die Frau sich in dieselbe Richtung in Bewegung setzte, in die auch Judith musste, liefen sie nebeneinanderher.

»Ach, nehmen Sie uns doch nicht die kleine Freude! Hier ist wenig genug los. Und Frederik lebt schon so lange allein. Ich bin übrigens Anna.«

»Judith.«

»Dann wissen Sie vermutlich, welche Tragödie die Kleine gerade erlebt hat.«

»Ja.«

»Wir sind alle sehr glücklich, dass Tabea jetzt hier lebt. Berlin war nicht gut für sie, und Monika … na ja.« Anna blieb stehen, um die Fackeln daran zu hindern, eine nach der anderen auf den Boden zu fallen.

»Warten Sie, ich helfe Ihnen.« Judith nahm ihr ungefähr die Hälfte ab.

»Oh, das ist sehr nett. Danke.«

»Es gibt auch noch eine Tante. Irgendwo in Thüringen. Kennen Sie sie?«

»In Tröchtelborn, ja.« Sie gingen weiter. »Gabi hat in Greifswald Land- und Forstwirtschaft studiert, ehe sie geheiratet hat und weggezogen ist.«

»Haben Sie noch Kontakt zu ihr?«

Anna zögerte, dann antwortete sie in dem Ton, mit dem man Fehlkäufe und andere Dinge kommentiert, die die in sie gesetzten Erwartungen nicht erfüllen. »Jeder lebt sein Leben. Woher kennen Sie Tabea?«

»Wir waren Nachbarn in Berlin.«

»Ah ja.« Vielleicht hatte Anna etwas anderes erwartet. Aus dem germanischen Heldenlyrikkreis oder der keltischen Mondgesangsgruppe. Ihre nächste Frage klang etwas kühler. »Haben Sie Monika gekannt?«

»Tabeas Mutter? Nein. Und ich bedaure es sehr. Vielleicht hätte man etwas für sie tun können.«

»Wohl kaum.« Anna schichtete im Gehen die Fackeln um. »Ich hoffe, es hört sich in Ihren Ohren nicht herzlos an, aber sie hätte sich nie von Frederik trennen dürfen.«

»Warum nicht?«

»Weil eine Frau ohne Mann jeden Halt verliert. Sie sind nicht verheiratet, oder? Natürlich sind Sie es nicht, sonst würden Sie ja nicht bei Frederik übernachten.« Sie ging langsamer, blieb schließlich stehen. »Na dann … da wären wir.«

Die beiden Frauen hatten das Dorf hinter sich gelassen. Der Wald, der Schenken umgab wie ein schützender Ring, erhob sich dunkel vor dem verhangenen Abendhimmel. Auf dem freien Gelände davor ragte ein gewaltiger Scheiterhaufen auf. Anna legte die Fackeln auf den Boden, Judith tat es ihr nach.

»Sie kennen das Odinsfeuer?«

Judith verneinte.

»Der November ist der Blutmond, auch Schlachtmond genannt. Wir danken für ein gutes Jahr und eine reiche Ernte.«

»Wir…?«

Anna richtete ihr Kopftuch und lächelte, als ob sie ihre Worte selbst nicht ganz ernst nähme. »Die Heiden von Schenken.«

Offenbar machte Judith einen etwas geistlosen Eindruck.

»Nicht alle von uns, natürlich. Wir haben auch noch ein paar Katholen, aber die meisten von uns sind den Pfaffen nach der Wende gar nicht erst auf den Leim gegangen. Außerdem sind die alten Bräuche etwas, das man bewahren sollte. Zum Beispiel das Odinsfeuer. Alle kommen zusammen und feiern.«

»Nicht alle«, warf Judith ein, was ihr einen schrägen Seitenblick von Anna einbrachte.

»Wer nicht will, der hat schon.« Mit dieser seltsamen Antwort wandte sich die Frau ab und rief: »Guntbart!«

Auf dem Weg zurück zu Frederiks Haus kam ihr Katja Zanner entgegen, im Schlepptau das Pony samt Tochter. Enya saß kerzengerade im Sattel. Judith war versucht, die Straßenseite zu wechseln. Doch dann zwang sie sich zu einem Lächeln, das die beiden nicht erwiderten. Zwei Männer in Zimmermannskluft gingen gemeinsam die Straße entlang und betrachteten Judith intensiver, als man es gemeinhin mit Fremden tut. Einer trug eine Jagdflinte. Von irgendwoher tauchte Hotte mit seinem Fahrrad auf. Aus einem der Häuser drang laute Musik. Es war, als ob Schenken erwacht wäre. Gartentüren wurden geöffnet,

Männer wuchteten Bierkisten aus den Garagen vor den Gartenzaun und sahen Judith hinterher. Frauen huschten mit Kuchenblechen von Haus zu Haus. Jemand auf der gegenüberliegenden Straßenseite öffnete trotz der Kälte die Fenster. Dumpfe, wuchtige Bässe drangen heraus, und eine heisere, vor Wut verzerrte Stimme grölte:

Rassenkrieg in unserm Land
Stellt die Feinde an die Wand!
Feinde, spürt ihr unsre Wut
deutscher Boden – deutsches Blut!
Rassenkrieg in unserm Land
nehmt die Waffe in die Hand ...

31

Was machst du da?« Tabea stand an der Tür.

»Ich muss weg.«

»Nein!«

In drei Schritten war das Mädchen bei ihr, und schon spürte Judith wieder den Klammergriff. Sanft versuchte sie, sich zu befreien.

»Es geht noch ein Bus heute Abend. Den will ich erwischen.«

»Aberaber ...« Große, verständnislose Augen. »Ich dachte, du willst mich besuchen und hierbleiben?«

»Habe ich dich denn nicht besucht?«

»Schon«, gab Tabea zögernd zu. »Aberaber ...« Sie deutete auf das Bett. »So richtig. Mit schlafen. Und ... und Geschichte vorlesen.«

»Geschlafen hab ich auch.«

Die Enttäuschung über das nie gegebene und trotzdem gebrochene Versprechen hing im Raum. Judith packte ihre Haarbürste ein und sah sich um, ob sie auch nichts vergessen hatte, nur um Tabeas Blick nicht zu begegnen. Frederiks Jeans und Pulli lagen zusammengefaltet auf dem Bett. Der Dreck auf ihren eigenen Sachen war getrocknet, ganz hatte er sich dennoch nicht herausreiben lassen.

»Und das Fest?« Tabeas Kinn zitterte. In ihren dunklen Augen, die so viel verbargen von dem, was hinter dem zu langen Pony vorging, stiegen Tränen auf. Judith ließ den Rucksack sinken. »Ich will da nicht alleine hin.«

»Warum denn nicht?«

»Weiß nicht. Es ist…« Sie sah zur Tür, die halb offen stand, als ob sie befürchtete, dass Frederik sie belauschen könnte. »Bittebitte! Nur ein kleines bisschen!«

»Okay. Ich schleiche mich dann zwischendrin weg, damit niemand was merkt.«

Dem Mädchen war anzusehen, dass ihm diese Lösung auch nicht gefiel. Aber das musste Tabeas Weg durchs Leben sein: erst mal mit nichts anfangen und irgendwie doch noch ans Ziel kommen.

Resigniert setzte Judith sich auf das Bett.

Ein germanisches Feuerritual in einem Nazi-Dorf. Wahrscheinlich machte sie sich damit erpressbar bis ans Ende ihres Lebens. So viele Nebensächlichkeiten ergaben mit einem Mal ein klares Bild. Tabeas Frage, ob Judith eine »echte Deutsche« sei. Ein Vater, der kein Umgangsrecht für seine Tochter erhalten hatte (vermutlich die letzte mütterliche Großtat, die Monika Schöttler noch im Vollbesitz ihrer geistigen und körperlichen Kräfte vollbracht hatte und für die man ihr nicht dankbar genug sein konnte). Kinder, die statt Freunde Kameraden hatten und in Sommerlagern Abzählreime lernten, bei denen sich Judith die Nackenhaare sträubten. Und die lügen mussten, von Anfang an. Denn was in Schenken passierte, war ein Fall für den Staatsschutz. Nicht nur weil draußen jetzt der Refrain »*Nachts träum ich von der Waffen-SS, Waffen-SS, Waffen-SS …*« über den schlechtesten Heavy Metal aller Zeiten geröhrt wurde.

»Eine Jagd gibt es auch«, erzählte Tabea im Flüsterton. »Aber wir Kinder dürfen nicht dabei sein. Enya und Thoralf haben es mir gesagt.«

»Thoralf?«, fragte Judith verwirrt und sehnte sich nach den Kevins, Sophies, Maximilianes und schlimmstenfalls auch Mildreds.

»Der wohnt zwei Häuser weiter, direkt neben den anderen.«

Vermutlich die strammdeutsche Großfamilie, von der Peter erzählt hatte.

»Die anderen …« Die waren jetzt wohl schon über alle Berge. Wie hielten diese Leute mit zwei kleinen Kindern es nur hier aus? »Was ist mit denen? Was machen sie falsch?«

Tabeas instinktiver Wunsch, es allen recht zu machen, um selbst so wenig wie möglich anzuecken, ließ sie ihr Schweigegebot brechen. »Die sind links… links irgendwie und versifft.«

»Du meinst«, Judith verschluckte den Ausdruck, mit dem mittlerweile gerne auf alles eingedroschen wurde, was nicht in den strammen Kanon der neuen Rechten passte, »sie haben eine andere Lebensauffassung als ihr. Welche denn?«

Tabea zuckte unsicher mit den Schultern. »Weiß ich nicht. Sie mögen Ausländer und machen Rassenschande.«

Judith stand auf. Frederik musste unten in der Küche sein. Der Bratenduft schwebte mittlerweile durchs ganze Haus und erinnerte Judith daran, dass sie außer einer Schale Müsli noch nichts gegessen hatte. Sorgfältig schloss sie die Tür und kehrte zu Tabea zurück.

»Weißt du denn, was das ist? Rassenschande?«

Das Mädchen kicherte. »Pudding. Schoko und Vanille.«

»Aha.«

»Enya hat das im Sommerlager gesagt. Da gab es immer den Pudding von der Kuh, die im Fernsehen so rumtanzt.«

Judith suchte nach Worten. »Tabea, diesen Ausdruck… ihr benutzt den auch für Menschen.«

Die Antwort war ein eifriges Nicken. »Ja. Aber in Berlin durfte ich es nicht sagen. Obwohl es da ganz viele machen und Enya gemeint hat, dass sie uns umbringen und vergewaltigen und so. Weil sie immer mehr werden und von überall herkommen und unsere Sachen haben wollen.«

»Wer?«

»Die Ausländer. Und die Fidschis. Und die alle.« Tabea knetete die Hände. Dem Kind war nicht wohl bei dem, was es sagte.

Judith ging in die Knie und wartete, bis das Mädchen sie direkt ansah. »Wollte schon mal jemand deine Sachen haben?«

Tabea wich ihrem Blick aus und nickte.

»Wer denn?«

»Ein paar Jungen aus der Schule. Die verhauen mich immer.«

»Und woher kommen die?«

»Weiß ich nicht. Weiß ich nicht!« Tabea hielt sich die Ohren zu und schrie: »Weiß ich nicht! Weiß ich nicht! Weiß ich nicht!«

Judith hörte, wie Frederik von unten etwas rief und dann die Treppe hinaufkam.

»Tabea!« Sie versuchte, dem Mädchen die Hände von den Ohren zu ziehen, aber es schrie immer lauter: »Weiß ich nicht! Weiß ich nicht!«

Frederik stürmte ins Zimmer. »Was ist denn hier los?«

Augenblicklich verstummte Tabea.

»Was ist passiert?«

»Weiß ich nicht! Weiß ich nicht!« Das Kind sprang auf und

tänzelte erstaunlich leichtfüßig an Frederik vorbei in die Diele. Das seltsame *weiß ich nicht* ging in einen Singsang über, der verklang, als sie das Erdgeschoss erreicht hatte.

Judith hob bedauernd die Hände und wollte zu einer Erklärung ansetzen, als Frederik sagte: »Es tut mir leid.«

Mit schweren Schritten ging er zum Fenster und sah hinaus. Judith schickte ein Stoßgebet in den Himmel, dass ihm ihre gepackte Tasche nicht auffallen würde.

»Sie hat das manchmal. Vor allem wenn sie aus Berlin hergekommen ist, was wirklich selten genug war.«

»Vielleicht…« Judith räusperte sich, weil der Schreck ihr fast die Stimme verschlagen hatte. Du musst hier weg, hämmerte es in ihrem Kopf. Und du musst Tabea hier rausholen. »Vielleicht ein Psychologe?«

Frederiks »Nein!« klang wie ein Peitschenknall.

Judith zuckte zusammen. »Aber der Tod ihrer Mutter ist erst ein paar Tage her.«

Er drehte sich zu ihr um. »Das hatte sie schon immer. Es wird vorübergehen.«

Judith nickte. »Vielleicht muss sie sich auch nur ein wenig ausruhen. Ich weiß nicht, ob das Feuer so eine gute Idee ist. Ich hatte das Gefühl, irgendetwas beunruhigt sie.«

»Gut möglich.« Er bedachte sie mit einem nachdenklichen Blick. »Würden Sie denn bei ihr bleiben?«

»Klar. Selbstverständlich.«

Sie sah die Erleichterung in seinem Gesicht. Nicht wegen Tabea, sondern wegen ihr, Judith. Damit war er nämlich aus dem Schneider, musste nicht zwischen ihr und den Leuten im Dorf vermitteln und vermied kritische Fragen auf beiden Seiten.

»*Waffen-SS! Waffen-SS! Waffen-SS!*«, grölte es, untermalt von schauerlichen Gitarrenklängen, von der anderen Straßenseite. Das Lied endete in einer jaulenden Dissonanz.

»Die Söldner«, erklärte Frederik. »Tut mir leid, unser Nachbar ist ein Fan von denen. Ich mag die Mucke nicht.«

»Kann es sein, dass das Zeug auf dem Index steht?«, fragte sie scharf.

Er ging an ihr vorbei Richtung Tür. »Ich dachte, wir sind ein freies Land?«

»Ähm, ja«, begann Judith, kam jedoch nicht weit.

»Wenn ich Ihnen einen wirklich gut gemeinten Rat geben darf: Behalten Sie Ihren Musikgeschmack hier für sich. Und nicht nur den.«

»Sonst?«

Er tat so, als ob er nachdenken würde, und ging dann ohne ein Wort.

32

Judith fand Tabea in der Küche, wo Frederik gerade den Braten aufschnitt. Wieder bot er ihr den Platz am Fenster an. Es war nur für zwei gedeckt.

»Isst du nicht mit?«, fragte Tabea enttäuscht.

Ihr Vater trug bereits eine dicke Jacke und wickelte sich einen Schal um den Hals. »Ich muss los. Du bleibst hier, zusammen mit Judith.«

»Echt?« Das Kind strahlte. »Spielen wir nachher noch was?«

»Lieber nicht«, sagte Frederik schnell.

»Oder wir gucken einen Film?«

»Einen von denen, die die Polizei nicht finden darf?«, fragte Judith ebenso freundlich wie heimtückisch.

Frederiks Gesicht verfinsterte sich, aber seiner Tochter waren diese Nuancen egal.

»Au ja! Den Zeichentrickfilm von der kleinen weißen Maus in Afrika!«

»Das klingt aber spannend.« Judith angelte sich ein Stück Rinderbraten von der Platte, auch wenn sie keinen großen Hunger hatte. Aber der Marsch durch den Forst würde sich ziehen, und vor Mitternacht würde sie auf keinen Fall zurück in Berlin sein.

»Keine Filme«, befahl Frederik barsch. »Und dass du mir nicht an den Schrank gehst! Ist das klar?«

»Aberaber ...«

»Kein Aber.« Hinter seiner Stirn schien sich ein Bild zusammenzusetzen, das er so noch gar nicht bedacht hatte: Judith in seinem Haus, mit unklaren Absichten und einer wenig ausgeprägten Liebe zu Nazi-Musik, die beim Suchen des Films auf eine zusammengerollte Reichskriegsflagge stieß oder eine veritable Sammlung verbotener Abzeichen und Bücher. Ganz zu schweigen von dem, was man den Kindern hier mittels weißen Mäusen in Afrika unterzujubeln gedachte.

»Kein Problem.« Sie strich Tabea kurz über den Kopf. »Erst mal essen wir was, und dann gucken wir vielleicht ein bisschen Fernsehen. Ich glaube, du bist auch ganz schön müde. Das war doch ein toller Tag heute. Pünktchen mag dich.«

»Meinst du wirklich?«

»Klar.« Sie wandte sich an Frederik. »Wann sind Sie denn wieder da?«

»Ich bleibe nicht lange.« Es klang etwas freundlicher. »Zwei Stunden vielleicht. Anschließend ist es sowieso besser, nach Hause zu gehen.«

»Wegen der Jagd?«, fragte Tabea.

»Was denn für eine Jagd?«, hakte er nach, ging in den Flur und kam mit einem Paar fester Lederstiefel wieder.

»Enya hat gesagt ...«

»Du sollst nicht drauf hören, was Enya sagt. Die erzählt nämlich ziemlich viel Quatsch.«

Judith goss sich Soße über die Kartoffeln und probierte.

»Aber sie hat gesagt, wenn es dunkel ist, gehen die Männer in den Wald und ...«

»Schluss jetzt!«

Tabea klappte zusammen wie ein Springmesser. Judith häufte ihr etwas von dem Rotkraut auf den Teller.

»Ist denn noch Jagdzeit?«, fragte sie.

»Nein.« Wütend schnürte Frederik die Stiefel.

Er wirkte wieder aus dem Tritt gebracht, dieses Mal jedoch von seiner Tochter. Offenbar gab es Dinge, vor denen er sie bewahren wollte. Judith hatte in diesem Moment keine Lust darüber nachzudenken, welche das sein könnten, wenn er Tabea in nationalbefreite Dörfer holte und sie Rassenschande-Puddings essen ließ. Sie nahm einen Bissen, kaute, bekam ihn aber kaum hinunter.

»Eins sage ich dir: Wehe, du spurst nicht, dann ist Schluss mit lustig. Keine Filme, keine Spiele. In einer Stunde liegst du im Bett. Wenn du nicht schläfst, setzt's was. Verstanden?«

Tabea wippte sachte vor und zurück. »Weiß ich nicht, weiß ich nicht«, sagte sie zu ihrem Rotkraut.

Frederik seufzte und stand auf. Sein Handy klingelte. Er nahm den Anruf an, raunzte: »Ja! Ich komme gleich«, und verabschiedete sich mit einem hastigen »Bis später«.

»Bis später«, murmelte Judith. Erst als sie die Tür ins Schloss fallen hörte, war es ihr, als ob ein eiserner Ring um ihre Brust sich löste. »Ich muss jetzt gehen.«

Ruckartig hob sich Tabeas Kopf. Judith stand auf und suchte nun ebenfalls im Flur nach ihren Schuhen.

»Aberaber ...«

»Tut mir leid. Ich kann nicht bleiben. Das weißt du doch.«

»Dann hast du gelogen!«

»Ja«, sagte sie. Wo war bloß ihre verfluchte Jacke? »Manchmal lüge ich. Genau wie du. Also mach mir keine Vorwürfe.«

»Ich lüge nicht!«

»O doch, Tabea. Das tust du.« Sie beugte sich zu dem Mädchen hinab, das ihr gefolgt war. »Du tust es für deinen Vater. Du tust es, weil du hierbleiben willst. Du tust es, damit du Pünktchen reiten kannst.« Sie hob Tabeas Kinn und zwang sie, ihr in die Augen zu sehen. »Du lügst«, sagte sie sanft. »Damit du keine andere bist. Keine von den Zecken und den Linksversifften. Du magst sie nämlich. Du magst erst mal alle Menschen, denn so kommen wir auf die Welt. Vielleicht ist es auch das, was dir deine Mama beigebracht hat ...«

Judith brach ab. Tabeas Augen füllten sich mit Tränen.

»Aber du liebst auch Frederik, weil er dein Vater ist. Also lügst du. Wenn du hier bist und dann wieder wenn du in Berlin bist. Tief in dir drin weißt du ganz genau, wer recht hat. Die Welt ist bunt. Wir helfen den Schwachen. Und eigentlich wollen wir uns viel lieber gernhaben als hassen. Fühlst du das? Spürst du das manchmal hier drin?«

Sie piekste sachte auf Tabeas Herz. Eine dicke Träne rollte die Nase entlang.

Sie schniefte, dann nickte sie. »Hat Mama auch gesagt ...«

Judith strich über Tabeas Arm.

»Ich will meine Mama wiederhaben!«

»Ach, meine Maus.« Judith zog das Mädchen an sich und spürte, wie das Schluchzen den kleinen, stämmigen Körper erschütterte.

»Sie hat immer gesagt, sie hört auf damit. Aber dann ist Tommy weggegangen, und dann haben sie ihr gekündigt beim Lidl, und ... und ...«

»Schschsch.« Sie streichelte den bebenden Rücken.

»Enya ist nicht meine Freundin!«, brach es aus Tabea heraus. »Sie lacht über mich, und im Sommerlager haben sie mich verhauen, genau wie die Jungen in Berlin. Weil ich nicht blond bin und ›fettes Schwein‹ haben sie mich genannt und Mama eine… eine Kanakennutte, dabei ist Tommy aus Jamaika…«

Judith strich ihr über die dunkelbraunen Haare.

»Ich will zu dir.«

Das Flüstern war so leise, dass Judith es kaum verstehen konnte.

»Das geht nicht«, sagte sie.

»Warum nicht?«

»Weil es das Jugendamt nicht erlaubt. Aber ich werde mich darum kümmern, dass du hier wegkommst.«

»Ich will zu dir!«

»Tabea…«

»Du magst mich auch nicht!«

Judith nahm das runde, rotgeweinte Gesicht in beide Hände. »Nein. Nein! Ich würde dich sofort zu mir holen, bitte glaub mir das. Aber die Leute vom Amt werden das nicht zulassen.«

»Warum?«

»Weil ich vor vielen Jahren Mist gebaut habe. Ich war in einem Kinderheim und bin ständig abgehauen. Ich hab mit dreizehn auf der Straße gelebt, und ich hab geklaut. Ich habe das Geld für Drogen gebraucht, also hab ich noch mehr geklaut. Einmal war ich sogar im Jugendknast. Das ist lange her…«

Dreißig Jahre. Dreißig verdammte Jahre heben sie diese Scheiße auf. Statt sich darum zu kümmern, was in den Kinderheimen hüben wir drüben passiert ist. Um meine Gagarin-Akte hat sich keine Sau geschert. Und nach der Wende haben sie natürlich sofort eine neue Akte angelegt. Damals war ich zwölf Jahre alt, und wenn ein Land seine Ketten sprengen konnte, warum nicht auch ich? *Sie waren nicht das, was ich ein einfa-*

ches Kind nennen würde. Die Wut auf alle Mildreds dieser Welt brannte ihr beinahe ein Loch in den Bauch.

»Du kannst nicht bei mir leben. Was ist mit deiner Tante? Kennst du sie?«

»Weiß ich nicht. Weiß ich nicht.«

Tabea wollte sich abwenden, aber Judith hielt sie fest. »Was ist mit deiner Tante?«

»Weiß ich nicht!«

Judith hätte das Mädchen am liebsten geschüttelt. »Hör auf zu lügen! Sei ehrlich!«

»Sie hat Frederik einen Fascho genannt. Ein Nazi-Schwein. Aberaber ... er ist gar nicht so! Erst seit er hier ist ...«

»Er ist dein Papa, ich weiß.«

Der Grund für Tabeas Verhalten waren unfassbare Loyalitäts-konflikte. Judith ahnte, dass sie nicht viel ausrichten konnte.

»Willst du zu deiner Tante?«

»Weiß ich nicht.«

Sie seufzte ärgerlich auf. Die Zeit rannte ihr davon.

Da sagte Tabea: »Tante Gabi hat gesagt, ich kann immer zu ihr kommen. Und dass sie mich lieb hat. Ich will hier nicht blei-ben. Ich kann doch Frederik besuchen, so wie früher. Ich will zu Tante Gabi!«

Judith stand auf. »Dann kümmere ich mich darum.«

Tabea wirkte nicht sehr überzeugt.

»Das ist ein Versprechen, meine Kleine. Ich hol dich hier raus.« Keine Ahnung, wie sie das anstellen sollte. Mildred würde sich wohl kaum dazu hinreißen lassen, die Schenkener Idylle als kindeswohlgefährdend anzusehen. Aber die Kommissarin viel-leicht. Brigitte Fabian.

»Ich rufe dich morgen an. Dann weiß ich vielleicht schon mehr. So, jetzt suche ich dir einen schönen Film raus, und wenn Frederik nachher zurückkommt, liegst du brav im Bett. Okay?«

Das Mädchen nickte dankbar. »Sie haben gesagt, heute Nacht jagen sie Fidschis.«

»Wer?«, fragte Judith erschrocken. »Was soll das heißen?«

»Weiß ich nicht. Weiß ich nicht. Weiß ich …«

Judith nahm Tabea in den Arm und drückte sie an sich. »Ist ja gut. Schschsch.«

»Nimm mich mit! Bitte!«

»Ich hab's dir doch erklärt. Das geht nicht.« Sie musste hier weg. So schnell wie möglich. »Habt ihr ein Telefon?«

»Nur Handys.«

An irgendeinem Bahnhof sollte es möglich sein zu telefonieren. Oder jemand lieh ihr im Bus sein Handy. Judith ärgerte sich maßlos, dass ihre SIM-Karte Opfer ihrer Panik geworden war. Und in diesem Haus hatte man im Festnetz vermutlich zum letzten Mal mit einem Wandapparat telefoniert. Dann fiel ihr ein, dass sie Brigitte Fabians Nummer gar nicht dabeihatte. Ein Fehler nach dem anderen. *Heute Nacht jagen sie Fidschis …* Tabea zitterte. Judith wagte sich kaum vorzustellen, was diese Ankündigung zu bedeuten hatte.

»Du bleibst hier, okay? Du gehst nicht aus dem Haus. Ehrenwort?«

Tabea nickte. Sie klammerte sich immer noch an Judith fest. Das Mädchen musste abgelenkt werden.

»Lass uns jetzt den Film suchen. Habt ihr auch noch etwas anderes als diese weiße Maus?«

Tabea ging voran ins Wohnzimmer, in dem die unvermeidliche Couchgarnitur und eine imposante, potthässliche Anrichte beinahe den Raum sprengten. Mit etwas Mühe öffnete sie eine der klemmenden Türen. In dem Fach stapelten sich DVDs, Zigarrenschachteln, Gummibänder, verrostete Gartenscheren und all das, was man so aus den Augen haben will und bei dem man sich doch nur ums Wegwerfen drückt.

Und ein Handy. Ein ziemlich neues sogar. Eines von diesen teuren Smartphones, gerade auf den Markt gekommen, die man nur in Verbindung mit heillos überteuerten Verträgen bekommt oder für die man ein Vermögen hinblättern muss. Hatte Frederik es hier vergessen? Nein. Er besaß offenbar zwei. Mit dem einen hatte er telefoniert und es dann eingesteckt, bevor er gegangen war. Das andere lag hier, unter einem Stapel DVDs, die aussahen wie Ladenhüter. Ein echtes Angeberteil, das man eher herzeigte als versteckte.

»*Die Trapp-Familie*«, kam es von Tabea ohne den geringsten Anflug von Begeisterung. Sie wühlte sich durch die Filme.

Judith griff nach dem Handy. Das Display leuchtete sofort auf. Über sechzig Prozent Akku. Ein brennendes Kreuz, hell lodernd vor dem Nachthimmel, als Hintergrundbild. Judith sog scharf die Luft ein.

Tabea sah zu ihr und dann zu dem Foto. »Das darfst du nicht anfassen«, flüsterte sie. »Das ist Papas Geheimnis.«

»Ach so. Dann legen wir es mal schnell zurück und hoffen, dass er es nicht merkt. Hast du was gefunden?«

»Nur das hier.« Russell Crowe in *Romper Stomper*. Ein australischer Kinofilm über eine Gruppe australischer Neonazi-Skinheads. »Den kenn ich noch nicht.«

»Der ist auch nichts für dich.«

Die Hülle sah aus, als ob sie schon durch viele Hände gegangen wäre. War streamen hier ein Fremdwort? Die Schenkener hatten eine Menge spezielle Vorlieben. Wahrscheinlich wollten sie sich dabei im Netz nicht erwischen lassen. *Full Metal Jacket*. *American History*. Schon besser, trotzdem nichts für eine Neunjährige. *Men Behind the Sun* sah gruselig aus. Die Geschichte einer japanischen Eliteeinheit, der systematisch jedes menschliche Empfinden abtrainiert wurde. *Hitlerjunge Quex*, selbstgebasteltes Cover, vermutlich auf dem Index.

»Hier.« Judith reichte dem Mädchen einen Film, der ebenfalls keine große Begeisterung auslöste. *Und ewig singen die Wälder.* Österreich 1959. »Das ist eine Heimatschnulze, ziemlich dramatisch. Mit Wilderern und heimlicher Liebe. Ich glaube, den gab's auch mal im Fernsehen. Kannst du ihn einlegen?«

Während das Mädchen an dem DVD-Player unter dem Fernseher herumfrickelte, steckte Judith heimlich das Handy ein und schloss die Tür der Anrichte. Als die ersten scheppernden Geigentöne erklangen und auf dem Bildschirm das Technicolor-Alpenpanorama erschien, strich sie Tabea zum Abschied über die Haare.

»Ich komme wieder.«

»Ja«, kam es tonlos zurück.

Sie ging in die Knie, damit sie sich ansehen konnten. »Heute Nacht werden keine Fidschis gejagt. Ich kümmere mich darum.«

Ein anonymer Anruf aus einer Bahnhofskneipe in Bad Kleinen müsste reichen. Jedenfalls wenn die Polizei hier auf Zack war. Judith würde dafür jedoch nicht die Hand ins Feuer legen.

Tränen standen in Tabeas Augen. Sie biss sich auf die Lippen und wandte den Blick ab in Richtung Fernseher. Hastig wischte sie sie weg. Judith stand auf.

»Alles wird gut. Sei ein braves Mädchen und tu, was…« Judith brach ab.

Sie sah sich in einem Schlafsaal, eine fremde Frau saß neben ihr. Es war die Nacht vor fast dreißig Jahren, in der sie ins Juri-Gagarin-Heim in Sassnitz gekommen war. Alles war fremd, der Schock saß tief. Und die Frau machte ihr gerade klar, nach welchen Spielregeln ihr neues Leben verlaufen würde. Sei brav und tu, was ich dir sage, dann wird alles gut.

Es sind nicht die Wahrheiten, die uns ein Leben lang begleiten, dachte sie. Es sind die Lügen.

Tabeas Kopf fuhr herum. Immer noch umklammerte sie die

leere DVD-Hülle mit beiden Händen. »Ich hab dich lieb. Bis zum Mond und zurück.«

»Ich dich auch«, erwiderte Judith. Dann verließ sie hastig das Haus, bevor Tabea sehen konnte, dass auch sie Rotz und Wasser heulte. *Ich hab dich lieb.* Verdammt. Das war echt. An den Gedanken musste sie sich erst gewöhnen.

33

Der Weg zur Bushaltestelle zog sich.

Kohlenkellerdunkelheit. Eigentlich der ideale Ort für ihr Teleskop. Ein *dark spot* wie aus dem Bilderbuch. Noch eine knappe halbe Stunde, dann passierte der Bus die Haltestelle Schenkener Forst. Judith bereute jede Sekunde, die sie in Frederiks Haus vertrödelt hatte, denn sie hatte keine Ahnung, wie weit sie noch laufen musste.

Immer wieder geriet sie auf der holperigen Piste ins Straucheln. Der Weg war schon am Morgen nicht leicht gewesen. Jetzt, ohne Taschenlampe, zeigte er seine Tücken. Sie holte Frederiks Handy heraus, doch das Licht des Displays blendete eher, als dass es eine Hilfe war. Das brennende Kreuz sah unheimlich aus. Sie könnte einen Notruf absetzen. Hallo? Ich bin im Schenkener Forst, eine Neunjährige hat mir gerade erzählt, dass das Odinsfeuer heute Nacht erst der Anfang ist… Nein. Sie würde Tabea nicht dazu benutzen, ihren Vater zu verraten. Das würde er schon ganz alleine tun. Dieses Handy musste bloß in die richtigen Hände kommen.

Natürlich war das Gerät passwortgeschützt, aber die Kripo konnte es sicher knacken und würde darauf vielleicht etwas finden, das Frederik und seinen Freunden zumindest die Qualifikation absprechen würde, in diesem Germanen-Kaff Kinder großzuziehen.

Was war das? Sie blieb stehen. Die Geräusche um sie herum blieben die gleichen: das Brausen des Windes über den Baumwipfeln, ihre Schritte im Matsch, ihr Schnaufen, weil ihre Kondition ziemlich zu wünschen übrig ließ. Die Kälte biss sich in den Wangen fest, und ein Hauch von Holzkohle vermischte sich mit dem Geruch von verrottenden Blättern. Judith zwang sich, kontrolliert zu atmen und den Puls niedrig zu halten. Beides gelang nicht wirklich. Und mit einem Mal schien es, als ob sich aus weiter Ferne ein Geräusch separierte, das nichts mit der Natur um sie herum und in ihr zu tun hatte.

Ein Auto. Noch war das Brummen zu vage, um herauszufiltern, aus welcher Richtung es kam. Sie lief schneller. Um nichts in der Welt durfte sie den Bus verpassen. Nach wenigen Minuten war es deutlich zu hören. Es kam aus Schenken. Panik kroch in Judith hoch.

Sie schlug sich ins Gebüsch, hinter einen mannshohen Brombeerstrauch. Mit etwas Glück würde das Fahrzeug passieren, und sie könnte sich in ein paar Minuten wieder auf den Weg machen. Aber dann gesellte sich ein weiteres Geräusch hinzu, und Judith wusste, dass sie entdeckt worden war. Vor Wut und Verzweiflung hätte sie am liebsten laut aufgeschrien.

Es waren Hunde. Nicht einer, nicht zwei, es musste die gesamte Schenkener Meute sein. Gebell aus tiefen Kehlen, grollend, wütend.

In weiter Ferne tanzten paarweise Lichter über den Weg, blitzten auf und verschwanden wieder. Manchmal huschten große schwarze Schatten vorüber. Das Kläffen wurde lauter. Die Hunde spürten, dass sie ihrem Ziel immer näher kamen.

Es mussten zwei oder drei Autos sein, dazu ein halbes Dutzend Tölen, blutgierig und aufgehetzt. Die wilde Jagd war vielleicht noch zweihundert Meter entfernt. Judith schloss die Augen und versuchte, die Panik zu unterdrücken. Tief atmen. Ein. Aus. Das Wutgebell schwoll an, ein zutiefst bösartiges Grollen mischte sich darunter. Und dann brachen sie durch die Büsche und kamen direkt auf sie zu. Judith spürte, wie etwas sie ansprang. Aus vollem Lauf, mit solcher Wucht, dass sie zu Boden ging. Geifer und heißer, stinkender Atem auf ihrem Gesicht. Das Tier schnappte nach ihrer Kehle. Reißzähne berührten ihre Haut, es tat weh, es würde bluten, aber solange sie sich nicht wehrte, würde es nicht zubeißen. Hoffentlich.

Eine Sekunde später ließ es sie los, weil weitere Hunde über sie herfielen. Zuckende Leiber, die sich gegenseitig wegstießen, wegbissen, entfesselt waren vor Jagdfieber und Gier. Schnüffeln, schnappen, grollen, bellen…

»Aus!«

Keine Reaktion. Die Köter waren außer Rand und Band.

»Aus! Weg da!« Ein Tritt, ein schmerzhaftes Aufjaulen. Unter wütendem Protest zog sich die Meute von ihr zurück. Judith wagte nicht, sich zu rühren.

»Steh auf.«

Jemand packte sie am Kragen, zog sie hoch und stieß sie zurück auf den Weg. Sie landete auf allen vieren und blinzelte. Das Scheinwerferlicht der Autos erleuchtete eine bizarre Szene. Die Hunde bellten immer noch, weil sie sich um ihre Beute gebracht sahen. Dunkle Gestalten säumten den Wegesrand. Ein paar Meter weiter parkten zwei Geländewagen.

Der Mann trat ihr in die Seite. Judith krümmte sich vor Schmerz zusammen. Dennoch gelang es ihr, keinen Laut von sich zu geben. Das änderte sich, als er noch einmal zutrat. Wieder und wieder. Die Attacken begleitete er mit einer Kanonade von Verwünschungen.

»Du Nutte! Du Drecksau! Hast wohl gedacht, du könntest

uns verarschen?« Atemlos von der Anstrengung holte er tief Luft. Der nächste Tritt traf sie ins Kreuz, und Judith glaubte, ihre Rippen knacken zu hören.

Ihr Bein schnellte vor. Der schwere Stiefel traf ihn am Knöchel. Mit einem überraschten Schmerzenslaut sprang er zurück – nicht schnell genug. Judith trat nach und zielte dieses Mal mitten ins Gemächt. Mit einem schauerlichen Aufheulen, das die Hunde als erneute Aufforderung zum Angriff betrachteten, ging er in die Knie. Sie kam hoch, blieb stehen, schwankend, benommen, die Tiere warfen sich auf sie, von vorne, von hinten, umkreisten sie, schnappten, knurrten, rissen ihr mit den Krallen die Haut auf, waren bereit zu töten.

Dann ein Pfiff.

Widerwillig trollte sich die Meute. Ihr Angreifer ging in ein jaulendes Schluchzen über. Aus der Gruppe löste sich die Gestalt von Katja Zanner. In der Hand hielt sie eine Reitgerte.

»Freiwillige vor.«

Die Männer – bis auf Katja Zanner war keine Frau dabei – stießen böse Verwünschungen aus, die alles zwischen »Mal ordentlich rannehmen« und »Selbst dazu noch zu schade« thematisierten.

»Was dann noch von ihr übrig ist, werft ihr irgendwo in einen Straßengraben.«

Judith spuckte Blut und einen halben Schneidezahn aus. »Was ist los? Geht ihr heute mal zu zehnt auf eine Frau los?«

Sie sah nur noch eine blitzschnelle Armbewegung, dann fraß sich ein glühender Schmerz vom Hals quer rüber bis zur linken Schulter. Mit einem Stöhnen klappte sie vornüber. Katja Zanner ließ die Gerte sinken.

»Frederik hat dich bei sich aufgenommen, und wie dankst du es ihm? Na? Höre ich eine Antwort?«

Das pfeifende Geräusch kam so schnell, dass Judith sich nicht mehr rechtzeitig ducken konnte. Dieses Mal erwischte sie der Schlag von links nach rechts. Der Schmerz war schmal und präzise wie ein Schnitt.

»Lass das, Katja!«

Frederik. Er war eine der dunklen Gestalten. Nun löste er sich aus dem Schatten und kam auf sie zu. Judith zitterte vor Schmerz, aber mehr als ein leises Stöhnen kam ihr nicht über die Lippen.

»Es war meine Schuld. Ich hätte das Handy besser verstecken sollen.«

»Ja, du Spast!«, brüllte einer der Männer. »Holst dir die Krätze ins Haus! Wenn wir nicht die Grillanzünder gesucht hätten und mein Akku abgesoffen wäre, ich sag's euch!«

Judith konnte erkennen, dass er für seine Großtat beifallheischend um sich sah.

»Rücken Sie es raus, Frau Kepler.« Frederik wandte sich direkt an sie. «Her damit.«

»Hol's dir doch«, gab Judith zurück.

Blitzschnell drehte sie sich um und lief los. Eine vollkommen idiotische Aktion. Sie hatte keine zehn Meter geschafft, als die Hunde sich erneut auf sie stürzten und sie zu Boden warfen. Dieses Mal schien Katja Zanner es zu genießen, der Meute Zeit zum Spielen zu gönnen. Als die Tiere endlich von ihr abließen, hatte sie einen Riss am Ärmel und ihr Gesicht brannte. Frederik war als Erster bei ihr.

»Sind Sie wahnsinnig? Ich kann Ihnen nicht helfen. Geben Sie mir das Handy.«

»Was ist denn drauf?« Mühsam zog sie das Gerät aus der Jackentasche. »Eure Opfer?«

Er riss es ihr aus der Hand.

»Tabea weiß Bescheid. Ich auch. Was soll das hier werden? Eine Menschenjagd?«

»Sie haben ja keine Ahnung, auf was Sie sich eingelassen haben«, zischte er. »Verschwinden Sie! So schnell Sie können!«

»Und Tabea?«

Doch da war die Zannerin schon bei Frederik und stellte sich neben ihn. Ohne eine Regung beobachtete sie, wie Judith mit einem unterdrückten Stöhnen wieder auf die Beine kam. Frederik presste die Lippen zusammen. Er schaltete das Handy ein, dann wieder aus und steckte es weg.

»Wie wollen Sie das Mädchen schützen?«

»Das geht Sie nichts an.« Seine Stimme war heiser.

Mit einem herrischen Pfiff brachte die Spitzmaus ihre Hunde wieder auf Linie, die immer noch große Lust aufs Zerfleischen zeigten. »Was weiß deine Tochter?«, fragte sie Frederik lauernd.

»Nichts.«

»Alles«, konterte Judith. »Lasst mich gehen, und ich gebe euch Zeit bis morgen früh, bevor der Staatsschutz bei euch klingelt.«

»Der Staatsschutz. Soso.« Katja Zanner wandte sich an ihre Gefolgschaft. »Sie gehört euch.«

»Katja«, begann Frederik, aber sie fuhr ihm über den Mund.

»Wir wissen, dass ein Verräter unter uns ist. Aber dass ausgerechnet du die Ratten ins Dorf einschleppst, hätte ich nicht gedacht.«

»Lass sie. Das gibt Ärger. Wir müssen die Sache abblasen.«

»Ach ja? Das Einzige, was wir tun müssen, ist dieser Schlampe hier das Maul zu stopfen.«

Das war der Moment, in dem Judith begriff, dass es ernst wurde. Und dass Frederik sie nicht beschützen wollte oder konnte vor dem, was diese Gestalten jetzt gerne statt der ausgefallenen Fidschi-Jagd tun würden.

»Na los!«

Die Männer bildeten einen Ring, kamen näher und näher.

»Macht euch nicht unglücklich, Leute! Ruhig Blut!« Frederik stellte sich ihnen in den Weg.

Einer holte ohne Warnung aus und versetzte ihm einen Kinnhaken, ein anderer stieß ihn weg. Der Kreis schloss sich wieder, wurde immer enger. Frederik war draußen, Judith und die Zannerin in der Mitte. Sie sah die Lust in den Gesichtern, Lust auf alles zwischen Schlägen und Mord. Schon rempelten sie sich gegenseitig weg, waren so nah, dass Judith es riechen konnte: die Gier, die sich von den Hunden auf die Menschen übertragen hatte. Sie stolperte einen Schritt zurück – und landete vor der Brust des Irren, der sie zusammengetreten hatte.

»Na?«, fragte er. »Schiss, was?«

Blitzschnell drehte sie sich zu Katja Zanner um. »Hunderttausend«, stieß sie hervor. Keine Ahnung, woher ihr der Gedanke gekommen war. »Hunderttausend Euro. Wenn ihr mich gehen lasst. Für den Hof und für Tabea.«

Katja hob die dünnen Augenbrauen. Ihre Stimme triefte vor Spott. Dennoch hob sie die Hand und brachte den Mob dazu, einen Moment innezuhalten. »Hört, hört, ein Menschenhandel.«

Einige lachten.

»Hunderttausend.«

Das Lachen verstummte.

»In bar. Damit könnt ihr den Hof von den anderen kaufen und seid endlich unter euch. Dann gibt es wieder ein nationalbefreites Dorf mehr. Das ist es doch, was ihr wollt, oder? Kinder könnt ihr selber machen. Geld nicht.«

Katja hob die Peitsche. Judith zuckte zusammen. Aber die Frau legte nur mit einer übertriebenen Geste die Arme ineinander und musterte Judith von oben bis unten.

»Woher will eine wie du hunderttausend haben?«

»Ich hab sie.«

Langsam, als ob sie selbst eine Hündin wäre und eine Lüge wittern könnte, umrundete die Anführerin des seltsamen Haufens Judith. Die Tölen drängten zwischen den Männern hindurch, zitternd vor Begierde. Endlich hatte die Frau ihre Ausgangsposition erreicht.

»Hunderttausend. Und dann?«

»Seht ihr mich nie wieder.«

»Das mag sein. Aber was ist mit dem Staatsschutz?«

»Ich hab denen gesagt, dass eure Musik auch ohne die Texte verboten gehört. Mehr nicht.«

»Wer garantiert uns, dass du deine ungewaschene Fresse hältst?«

Solche Worte aus dem Mund einer Frau, die wirkte, als hätte man schon ihre Wiege aus Kernseife geschnitzt, waren irritierend.

»Macht eine Spende für den bewaffneten Untergrundkampf daraus. Ihr könnt es auch gerne schriftlich haben. Damit wird sich der Staatsschutz mehr für mich als für euch interessieren.«

Unter den Männern kam leise Unruhe auf. »Lass dich nicht vollquatschen! Die lügt doch! Auf so was gibt's nur eine Antwort!« Welche, ließen sie glücklicherweise offen.

Katja hob die Hand, das Meckern stoppte augenblicklich. »Wie lange?«

»Vier Wochen. Ich muss ein paar Sparverträge auflösen und meine Lebensversicherung.«

Der Kerl mit dem Gürtel kam zu ihnen herüber. Den wiegenden Schritt musste er sich aus uralten Western abgeguckt haben, das finstere Gesicht ebenso.

»Die lügt. Stell dir vor, die beiden wären nicht ins Haus gekommen und hätten gemerkt, dass die Zecke weg ist. Dann wäre sie jetzt schon über alle Berge und würde uns die Bullen auf den Hals hetzen.«

Katja schien anderer Meinung zu sein. »Sie will Tabea. Weiß der Himmel, wie sie das Mädel beeinflusst hat.« An Judith gewandt sagte sie: »Hast wohl keinen Mac, der dir ein eigenes macht?«

Judith antwortete nicht.

»Warum tust du das?« In Katjas Augen glomm zum ersten Mal ein Hauch von Interesse auf. »Tabea ist dick, dumm und wasserdicht. Keine Leuchte. So was willst du dir ans Bein binden?«

»Und ihr?«, fragte Judith zurück und ließ den Blick über die Männer schweifen. »Wenn ich mir euer Erbgut so ansehe, sind ja wohl die Hunde das Reinrassigste unter euch.«

Die Faust des Mannes schnellte vor, er packte Judith am Kragen und schüttelte sie. »Du brauchst es wirklich, was? Ich werd dir zeigen, was wir mit Lumpenpack wie dir machen!« Kleine Spucketröpfchen landeten in ihrem Gesicht.

»Dasselbe wie mit den Fidschis?«, keuchte Judith.

Der Mann, größer und kräftiger als sie, ließ sie abrupt los. »Wer hat dir das erzählt? Sag es. Sag es!« Er schlug mit der Faust auf die flache Hand und ließ keinen Zweifel daran, was mit dem Verräter geschehen würde.

Judith wies auf Katja. »Enya.«

»Enya?«, wiederholte Katja den Namen ihrer Tochter, als ob sie ihn noch nie gehört hätte.

Judith schenkte ihr das falscheste Lächeln, das sie auf Lager hatte, was mit einem halben Schneidezahn nicht ganz einfach war. »Ihre Tochter.«

Der Spucker versetzte Judith einen Stoß, der sie nach hinten taumeln ließ. »Weißt du, was ich mit Zecken mache?«, brüllte er. »Weißt du, was ich mit denen mache?«

Die Hunde knurrten. Auch die Männer kamen wieder näher.

»Ich zerquetsche sie. Mit der hohlen Hand. Und vorher mach

ich dich so fertig, dass deine eigene Mutter dich nicht mehr erkennt.«

Einer riss ihn zurück. Die Hunde kämpften nun untereinander um die beste Startposition. »Halt die Fresse!«, brüllte er den Spucker an.

»Ruhe!« Katjas Stimme klang schrill. »Wir haben nicht zum ersten Mal die Bullen hier und werden sicher auch nicht zum letzten Mal Besuch bekommen. Denkt dran, wir haben die im Griff, nicht umgekehrt. Die Nutte kann denen erzählen, was sie will.«

»Nicht, wenn ich mit ihr fertig bin«, drohte der Mann. »Dann sagt sie nämlich gar nichts mehr.«

»Hunderttausend«, wiederholte Judith ihr Angebot. Aus den Augenwinkeln sah sie, wie einer aus der Gruppe ein Messer zog. Vor Angst konnte sie kaum noch atmen. Hinter dem Ring der dunklen Gestalten suchte sie nach Frederik. Wo war er? Vermutlich abgehauen, der Schisser. Die Enttäuschung fraß sich wie Salzsäure in ihren Bauch, gab ihrer Stimme jedoch die Kraft, die sie brauchte. »Hunderttausend in bar. Für Tabea und mich. In vier Wochen.«

Das darauf folgende Gejaule stand dem der Hunde in nichts nach.

»Ruhe!«, kreischte Katja wieder. »Verdammt noch mal! Wir wollen diesen Hof. Wir brauchen ihn. Aber keiner braucht ein fettes Kind, das sich mit Verrätern einlässt.«

Ein Mann hatte sich bis jetzt im Hintergrund gehalten. Im Gegenlicht der Scheinwerfer konnte Judith nur seine Silhouette erkennen, die jetzt auf sie zukam. Und das Jagdgewehr, das er von der Schulter nahm. Noch im Laufen entsicherte er es. Das laute Klacken ließ die anderen zur Seite stieben.

»Guntbart«, sagte einer. »Hör auf. Mach dich nicht unglücklich.«

Noch im Gehen richtete Guntbart den Lauf auf Judith. Alle stoben auseinander. Sogar Katja sah mit einem Mal nicht mehr so aus, als ob sie diese Situation auf der Agenda gehabt hätte. Er blieb stehen und zielte. Judith konnte sein Gesicht nicht erkennen. Langsam hob sie die Hände. Er drückte ab.

Alle schrien auf. Die Kugel pfiff um Haaresbreite an Judith vorbei. Instinktiv riss sie die Arme hoch und duckte sich. Guntbart kam noch näher. Der Nachhall sang in ihren Ohren.

»Judith Kepler aus Lichtenberg«, sagte er. »Ich weiß, wo du wohnst. Tabea hat es mir gesagt. Wenn du glaubst, du hast uns im Sack, dann lass dir eins gesagt sein: Wir haben Freunde in deiner Nachbarschaft. Gute Freunde.«

Keiner sagte ein Wort. Sogar die Hunde blieben endlich mal ruhig.

»Hunderttausend. In vier Wochen. In bar. Mit Spendenbegleitbrief. Hab ich dich da richtig verstanden?«

Judith nickte vorsichtig, die Hände immer noch oben und in der leicht geduckten Demutshaltung: Ich tu, was du sagst. Ich tu alles …

Er ließ die Waffe sinken. »Dann los, Männer. Schließlich haben wir heute noch was vor.«

Damit drehte er sich um, sicherte die Waffe wieder und ging auf einen der beiden Wagen zu. Die anderen folgten ihm. Die Hunde sprangen auf die Ladeflächen. Die Fahrzeuge wendeten und fuhren auf der Strecke davon, auf der sie gekommen waren. Judith hielt genau so lange durch, bis die Rücklichter nicht mehr zu sehen waren. Dann brach sie zusammen.

34

Paris

Ein scharfer Wind blies durch die Arkadengänge der Place des Vosges. Laub trieb über das Kopfsteinpflaster, der Schein der Laternen spiegelte sich in den Pfützen. Es roch nach verrotteten Blättern, Regen und Abwasser – der Duft von Paris im November. Quirin Kaiserley stellte den Kragen seines Mantels auf und beschleunigte seine Schritte. Er hatte für den Mietwagen einen Parkplatz in der Nähe der Metrostation Bastille gefunden, nicht weit entfernt also, aber diese späten Herbstnächte waren ziemlich ungemütlich. Der Wind fuhr unter seinen Mantel und kräuselte die Oberflächen der Pfützen. Auf dem Weg war er an einigen Plakaten zur Präsidentschaftswahl vorbeigekommen und hatte festgestellt, dass keine Partei, weder die Sozialisten noch die Republikaner und schon gar nicht der Front National, Kandidaten ausgewählt hatte, denen er staatsmännisches Auftreten und Handeln zutraute.

Vor dem ehemaligen Wohnhaus von Victor Hugo blieb er stehen. Natürlich hatte das Museum längst geschlossen, aber vielleicht blieb am nächsten Morgen noch Zeit, um einen Blick hineinzuwerfen. Er hatte von der Farbenpracht der Räume gehört, den Chinoiserien und der Büste Renoirs, aber am meisten hatte ihn beeindruckt, dass dieses Haus angeblich immer noch den Geist seines berühmten Bewohners bewahrte. Er ärgerte sich, denn die Ersparnis des späten Fluges machte die entgangene Freude nicht wett. Seufzend wandte er sich ab, ignorierte die Schaufenster der Galerien und hielt auf ein Restaurant an der Ecke zur Rue des Francs Bourgeois zu. Die Tische im Freien waren trotz der schlechten Witterung fast alle besetzt. Das lag zum einen daran, dass die Bistrostühle und die rot-weiß karierten Tischdecken jedes Touristenherz höherschlagen ließen. Zum anderen, weil die Gasöfen eine brutale Wärme verströmten und die Pariser sich das Rauchen immer noch nicht abgewöhnt hatten.

Kaiserley blieb unschlüssig stehen. Er war zu früh. Ein livrierter Kellner eilte auf ihn zu und fragte nach der Reservation.

»Becker«, antwortete er. »*Un table pour* Becker.«

»*Merci. À l'intérieur, s'il vous plaît.*«

Aber Kaiserley wollte nicht drinnen sitzen. Er wies auf einen der freien Tische, die durch den Säulengang vor Regen und allzu heftigen Windböen geschützt waren. Nach einigem Hin und Her, das wohl mehr der Daseinsberechtigung des Livrierten geschuldet war denn einem echten Problem, konnte er Platz nehmen. Im nächsten Schwung überreichte der Mann ihm die Weinkarte und das Menü, und Kaiserley nutzte die Zeit bis zum Eintreffen seines Sohnes, um die Namen von Weinen für fünfhundert Euro die Flasche zu studieren.

»Hi! Sorry für die Verspätung.«

Tobias Täschner, kurz Teetee, riss sich die Strickmütze vom Kopf und ließ sich gegenüber auf das zarte Stühlchen fallen. Jedes Mal, wenn sie sich sahen, hatte Kaiserley den Impuls, seinen Sohn in den Arm zu nehmen. Jedes Mal ließ er es bleiben.

Teetee war bei der Scheidung acht Jahre alt gewesen. Seine Mutter hatte wieder geheiratet, ebenfalls einen Bundesbeamten. Kaiserley hatte ihn nie kennengelernt, ihre Wege hatten sich unaufgeregt und interesselos getrennt. Besser für das Kind, davon war er überzeugt gewesen. Erst viel später hatte er begonnen, die Versäumnisse auch bei sich zu suchen. Es war lange nach seinem unrühmlichen Ausscheiden aus dem Dienst, nach dem tiefen Fall vom ehemaligen Spitzenagenten zum »Nestbeschmutzer« und »Versager«, wie sie ihn damals genannt hatten. Als Teetee sich entschloss, ebenfalls zum BND zu gehen, hatte Kaiserley mit harschem Unverständnis reagiert. Es war ein Gefühl gewesen, als ob der Sohn den fremden Vater damit bestrafen wollte. Schau, ich kann es viel besser als du. Im Gegensatz zu anderen, denen die Väter mit ihren makellosen Karrieren sämtliche Türen öffnen, schaffe ich es sogar, als Sohn eines Verfemten meinen Weg zu gehen.

Und welch ein Weg war das gewesen! Mittlerweile verspürte Kaiserley großen Respekt. Teetee arbeitete inzwischen in der Pariser Residentur des BND, legendiert unter dem Namen Thomas Becker (auch wenn diese Spielchen lächerlich waren angesichts der exponierten Stellung, die er einnahm). Er war immer noch nicht verheiratet, einer der Miterfinder der sogenannten Harpunen-Methode – einer besonders effizienten Abhörtechnik – und großer Verfechter des *economic well-being*. Er trug die Haare wieder etwas länger, was ihm gut stand, genau wie die ersten kleinen Lachfalten um die Augen, und er schien in letzter Zeit mehr Sport zu treiben. Ein gutaussehender Mann, sein Sohn, mit seinen siebenunddreißig Jahren. Kaiserley war stolz auf ihn. Er wünschte sich, er könnte es ihm irgendwann einmal sagen.

»*Bonsoir*, Monsieur Becker«, sagte Kaiserley.

Teetee grinste. »*Bonsoir*, Papa. Nettes Lokal. Woher kennst du es? Aus deiner Zeit in Saint-Cloud?« Er spielte auf die BND-Jahre seines Vaters an, in denen dieser als Spion und Anwerber nicht nur in der DDR, sondern auch im befreundeten Ausland gearbeitet hatte.

»Exakt. Allerdings hatte ich damals nicht viel mit den Franzosen zu tun, um ehrlich zu sein.«

Teetee nickte. Kaiserleys Stärke war die operative Führung gewesen, nicht das Abhängen in stickigen Büros.

Ein drahtiger Kellner drehte die Gasflamme höher. Kaiserley wartete, bis er mit einem schnellen Seitenblick auf die zugeklappten Speisekarten verschwunden war. Der Refrain von Edith Piafs »*Parlez-moi d'amour*« ging ihm nicht mehr aus dem Kopf. Eines der Lieder, die er Judith damals auf den iPod überspielt hatte. Als Ersatz für die Mixtapes seiner Jugend, die sie nie kennengelernt hatte. War das ein Fehler gewesen? Hatte sie etwa mehr in diese paar Lieder, in ihre kurze Begegnung, in diese… Küsse… hineininterpretiert?

»Was ist aus Saint-Cloud geworden?«, fragte er, um das Gespräch nicht einschlafen zu lassen. Er sah seinen Sohn nur selten, Verabredungen mit ihm waren schwierig zu arrangieren. Dieses Treffen hatten sie seit Wochen geplant, um den Kontakt nicht ganz abreißen zu lassen, dennoch brauchte es Mühe von beiden Seiten, die ersten steifen Minuten zu überbrücken. Saint-Cloud, ein stiller Vorort hinter dem Bois de Bologne, wo die ehemalige Residentur des BND gelegen hatte, war ein geeignetes Thema. »Ich habe gehört, sie haben dort einen deutschen Kindergarten eröffnet.«

»Die *École Montessori Bilingue*. Mir tun die armen Kinder leid. Diese Trutzburg mit den Sichtblenden und dem Rolltor… Das war auch für die Firma *very old school*.« Teetee öffnete die Karte. »In La Defense ist es besser. Zentraler. Man hatte ja das Gefühl, ihr habt euch da draußen nur zum Golfspielen getroffen.«

»Nicht nur, aber auch«, erwiderte Kaiserley mit einem kleinen Lächeln. Das Zusammenspiel der Geheimdienste hatte längst ein neues Niveau erreicht. NSA und BND teilten sich mittlerweile die Überwachung des sogenannten islamischen Krisenbogens, allen Irritationen über das »Abhören von Freunden« zum Trotz. »Der Paris Country Club hatte einen legendären Ruf. Manche Meetings haben wir einfach auf dem Green abgehalten. Vermutlich ist der Golfplatz heute noch verwanzt.«

Teetee grinste. »Echt? Ich muss dort manchmal mit den Amis

hin. Montmartre. Sacré-Cœur. Moulin Rouge und der ganze Quatsch.«

Der Kellner brachte Brot, Butter und unaufgefordert eine Flasche Mineralwasser. Kaiserley lehnte sich zurück und beobachtete seinen Sohn dabei, wie er die Bestellung aufgab. Was er sah, gefiel ihm. Teetee hatte trotz seiner jugendlichen Attitüde ein freundliches, durchaus bestimmendes Wesen angenommen. Wahrscheinlich war es seiner neuen Position geschuldet. Sie bestellten das Menü der mittleren Preisklasse und einen guten Bordeaux, der keinem von beiden finanziell das Genick brechen würde.

»Nun denn.« Teetee sah sich um. Die anderen Gäste saßen weit genug entfernt, um ihre Unterhaltung nicht zu belauschen. Ein junges Paar zwei Tische weiter sah sich so tief in die Augen, dass ein Heiratsantrag zu befürchten war. »Lass uns am besten noch vor dem Essen ein, zwei Punkte klären. Ich bin froh, dass du kommen konntest. Wir sehen uns viel zu selten. Frag mich nach meiner Freundin, von mir aus auch nach Mama, ob ich Weihnachten nach Hause komme – was ich nicht vorhabe –, ob sie mir die Leitung von Damaskus oder eine Professur in Erlangen angeboten haben. Über all das können wir reden. Nur über eins nicht.«

Kaiserley beugte sich vor, um seinem Sohn zu zeigen, dass er ihm interessiert zuhörte. Teetee brach ein Stück Brot ab, legte es dann aber nur auf seinen Teller.

»Und das wäre?«

»Judith Kepler.«

Kaiserley zuckte kaum merklich zusammen. Jemand, der nicht geschult worden war wie Teetee, hätte es vielleicht übersehen. So aber stahl sich ein resigniertes Lächeln in die Mundwinkel seines Sohnes.

Das *Amuse-bouche* wurde serviert – irgendetwas, das ein Puppenkoch auf einem Teelöffel arrangiert hatte. Dazu dekantierte der Kellner den Wein, ließ Teetee schnuppern, schwenken und kosten und nahm dessen knappes Nicken ungerührt zur Kenntnis.

»Du selbst«, begann Kaiserley vorsichtig, »hast mich auf Judith Kepler angesprochen.«

Ein leises Schnauben, weder Zustimmung noch Abwehr.

»Du selbst hast mir gesagt, dass ihr alle Hände voll zu tun hattet, die Hackerangriffe auf sie abzuwehren.«

Teetee nahm den Teelöffel, roch daran und probierte vorsichtig.

»Du hast mir sogar die Ausdrucke geschickt. Martina Brugg in Zürich, Mor Levi Livnat in Tel Aviv und noch ein paar andere bekannte Nasen. Sie alle hat jemand auf Kepler angesetzt. Und nun…«

Sein Sohn tupfte sich den Mund mit der Serviette ab. »Inzwischen ist ein Vorgang daraus geworden.«

»Was?« Das junge Paar unterbrach seine Innigkeit und spähte zu ihnen herüber. Kaiserley senkte die Stimme. »Ein Vorgang? Ich hatte dich gebeten, ihre *firewall* routinemäßig zu checken und mir Bescheid zu geben, falls etwas sein sollte. Und jetzt machst du einen Vorgang daraus?«

»Wem bin ich verpflichtet? Dir oder meinem Dienstherrn? Glaubst du wirklich, ich bin der Einzige, der Kepler im Blick behält? Nach allem, was vorgefallen ist? Ich habe keinen Vorgang daraus gemacht. Ich nicht.«

»Wer dann?«

Das Wiederauftauchen des Livrierten verhinderte eine Antwort. Er räumte die Teelöffel ab und trug eine Suppenschüssel auf. Wenig später standen zwei Teller mit warmer, duftender Bouillabaisse vor den beiden Männern. Teetee nahm seinen Löffel als Erster. Kaiserley wartete noch. Ihm war schlagartig der Appetit vergangen.

»Wer?«

Sein Sohn zuckte mit den Schultern. Es war klar, dass er an dieser Wendung der Unterhaltung kein Interesse hatte.

»Wird sie observiert? Sie will als Putzfrau bei einer Bank anfangen. Das ist der Grund für die ganze Aufregung. Mehr nicht. Also lass die Sache fallen.«

»Das ist nicht meine Entscheidung.«

»Aber du hast den Stein ins Rollen gebracht.«

Teetee zielte mit seinem Löffel auf Kaiserley. »Irrtum. Wenn ich Kenntnis davon erhalte, dass eine Person, für die *wir* den Kopf hingehalten haben, für die *wir* uns verbürgt haben, ins Netz von Terroristen und Waffenschiebern gerät, halte ich selbstverständlich nicht den Mund.«

»Mit den Terroristen und Waffenschiebern meinst du Larcan.«

Mit einem Knall legte Teetee den Löffel ab. Das Paar begann zu tuscheln. Wäre die Situation nicht so ernst gewesen, Kaiserley hätte einen Witz darüber gemacht, wie zwei Geheimdienstler in einem stadtbekannten Pariser Restaurant alles taten, um aufzufallen. Fehlte nur noch eine Schlägerei.

»Ich habe dich nie um etwas gebeten, Vater.«

Vater. Aus Teetees Mund klang es fast wie ein Schimpfwort.

»Nicht, als du damals von uns weggegangen bist. Nicht die vielen Male zuvor, wenn du uns mal wieder alleingelassen hast. Auch nicht, als du vor Jahren zu mir gekommen bist und mich um Hilfe wegen Judith Kepler gebeten hast. Noch nicht einmal jetzt. Ich bitte dich nicht, sondern ich fordere dich auf, mich nicht anzulügen.«

Kaiserley überlegte und nickte dann. »Selbstverständlich wollte ich dich sehen. Und ich will mehr über Larcan erfahren.«

»Lies den *Spiegel*. Meinetwegen auch den *Focus*. Triff dich mit ein paar investigativen Journalisten von der *ZEIT* oder der *FAZ*. Auf die Art erfährst du genug über ihn.«

»Ich brauche ein Dossier.«

»Nicht von mir.«

»Also habt ihr eines.«

Kaiserley beobachtete jede noch so kleine Regung seines Gegenübers. Wie Teetee ganz ruhig, sehr bedacht und überlegt die Serviette zusammenfaltete. Wie er sich scheinbar entspannt eine Zigarette anzündete – wann hatte er angefangen zu rauchen? –, wie er mit einem leichten Heben der Augenbrauen signalisierte, was er von Kaiserleys Forderung hielt: gar nichts. Der Kellner brachte einen Aschenbecher, schenkte Wein nach und räumte die Bouillabaisse ab.

»War Larcan einer von den gelöschten Namen in der Rosenholz-Datei? Einer von den Stasiagenten, deren Namen seit der Wende wie durch ein Wunder nicht mehr existieren?«

Teetee seufzte. Etwa so, wie bei einem Kleinkind, das einem auf die Nerven geht, oder einem verspielten Hund. »Woher soll ich das wissen?«

Die Antwort versetzte Kaiserley einen Stich. Wenn Kellermann erstens nicht gelogen hatte – warum zum Teufel hätte er das tun sollen? –, dann existierte noch jede Menge über Larcan in den Archiven. Und wenn sie zweitens wirklich so alt und unnütz waren, wie behauptet, dann musste Teetee ihre Existenz auch nicht verschweigen. Wenn Teetee drittens aber weiter so hartnäckig die Schotten dichtmachte, dann waren die Akten weder alt noch unnütz, sondern aktuell. Nahm er nun noch den Vorgang über Kepler dazu, ergab all das zusammen die beunruhigende Schlussfolgerung, dass da etwas im Gange war. Er versuchte es noch einmal.

»Du hast Judith Kepler auf dem Schirm, genau wie Larcan. Du weißt etwas über ihn. Warum zum Teufel schützt der BND einen Mann wie ihn? Oder habt ihr ihn längst aus einem anderen Grund im Visier?«

Teetee drückte die Zigarette aus und wollte aufstehen. Kaiserley legte ihm die Hand auf den Arm. Mit deutlichem Unwillen blieb sein Sohn sitzen.

»Ich will dich nicht zu etwas drängen, das dir schaden könnte.« Geheimnisverrat, zum Beispiel. Dabei würde Teetee ganz sicher nicht mitmachen.

»Ach ja? Womit hast du eigentlich deine aktive Zeit beim Dienst verbracht? Doch damit, andere zu etwas zu drängen, das ihnen schaden könnte. Ich bin dein Sohn. Der einzige Mensch auf der Welt, der dir etwas bedeuten sollte. Stattdessen versuchst du jedes Mal, wenn wir Kontakt haben, mich zu benutzen!«

»Das ist nicht wahr.« Wie recht er hatte.

»Oh, danke, dass du mich erinnerst«, höhnte Teetee. »Stimmt. Es gab ein oder zwei Anrufe zu Weihnachten, bei denen du mir nicht gleich mit irgendwelchen absurden Forderungen gekommen bist.«

Kaiserley zog die Hand zurück. »Ich bin nicht gut in diesen Dingen«, sagte er leise. »Ich denke öfter an dich, als ich mit dir spreche.«

Teetee rieb sich über die Augen. Er sah aus, als ob er jeden Moment das Lokal verlassen würde. »Nicht gut? Wohl eher hundsmiserabel. Ich wusste, dass es wieder so enden würde. Wir werden uns wohl nie einen Abend sehen und über Kinder und Enkel und all das reden, was bei anderen Leuten normal ist.«

»Wie meinst du das?«

Sein Sohn sah ihn nicht an. Mit Bestürzung erkannte Kaiserley, dass Teetee ihm gerade einen ehrlichen Blick in seinen Gemütszustand gestattete. Nicht die aufgesetzte, jugendliche Frohnatur, nicht der weltmännische, *bossy* Chef einer Aufklärungsabteilung.

»Kinder? Enkel?«

Teetee schüttelte den Kopf, als ob er nicht mehr darauf angesprochen werden wollte.

»Tobias? Rede mit mir! Was ist? Spann mich gefälligst nicht auf die Folter!«

»Sie heißt Claire und ist im vierten Monat.«

»Was?«

Sein Sohn zuckte mit den Schultern und starrte auf das Trottoir vor den Arkadengängen, wo sich der Nieselregen in Pfützen sammelte. »Vielleicht heiraten wir. Ich sag dir Bescheid, wenn es entschieden ist.«

»Das ist«, Kaiserley suchte nach Worten, »das ist großartig. Herzlichen Glückwunsch. Junge oder Mädchen?«

»Wir wollen uns überraschen lassen.«

»Freust du dich?«

»Natürlich freue ich mich. Was für eine Frage! Eigentlich wollte ich es dir gar nicht erzählen. Niemandem.«

»Eine Kollegin?«

»Ja. Du weißt, was das bedeutet.«

»Mehr, als dass sie dich nach Bad Aibling oder Berlin versetzen, blüht dir doch nicht.«

»Claire in Bad Aibling?« Teetees Gesicht drückte seine ganze Skepsis gegenüber einem Arbeitgeber aus, der erwartete, dass man die Dienstvorschriften selbst rückwärts buchstabieren konnte. Vor allem die über Beziehungen untereinander.

»Lerne ich die junge Dame denn mal kennen?«

»Wenn du das willst?«

Kaiserley nickte.

»Aber nur, wenn du nicht gleich wieder mit Judith Kepler anfängst.«

»Versprochen.« Er hob das Glas und stieß mit Teetee an.

Als der Hauptgang serviert wurde – Gänsebrust mit einer moralisch höchst fragwürdigen, aber sensationell zart angebratenen Foie gras –, sprachen sie über die Wohnungsmisere in Paris, Teetees Ambitionen, zwei Jahre länger in der Stadt zu bleiben, und die Aussichten, mit Claire in die Nähe der Liegenschaft 3D30 umzusiedeln – so wurde der Horchposten Bad Aibling inoffiziell genannt. Kaiserley wunderte sich, wie normal ein Gespräch mit seinem Sohn sein konnte. Erst als das Dessert serviert wurde, eine weiße Nougatmousse, von der er nur die Himbeeren pflückte und den Rest stehen ließ, kamen sie wieder auf Judith Kepler. Dieses Mal fing Teetee davon an, als ob er wegen seiner schroffen Abfuhr ein schlechtes Gewissen hätte.

»Du machst dir also Sorgen um Judith Kepler. Warum? Eure Wege haben sich doch getrennt.«

»Ja.«

»Schade eigentlich.« Teetees Bemerkung klang weniger bedauernd denn amüsiert. »Da kommt dir eine Frau schon mal so nahe…«

»Nahe würde ich es nicht gerade nennen.«

»Immerhin fühlst du dich immer noch für sie verantwortlich.«

»Das würdest du an meiner Stelle auch tun.«

»Aber doch nicht so lange. Sechs Jahre ist eure gemeinsame Jagd auf die Verräter von Sassnitz jetzt her, nicht wahr? Claire würde mir den Kopf abreißen, wenn ich mich immer noch für meine Ex interessieren und sie heimlich überwachen lassen würde.«

»Sie ist keine Ex, und ich überwache sie auch nicht.« Kaiserley fühlte sich bei dieser Antwort wie Paulus im Garten Gethsemane. Immer wieder geriet er in die Situation, sich von Judith Kepler zu distanzieren.

»Gib die Frau endlich auf. Sie ist es nicht wert. Alles, was du vielleicht einmal in sie hineininterpretiert hast, ist Nonsens. Sie ist eine einfache Person mit einem einfachen Job, in einem Umfeld, das ich als eher problematisch bezeichnen würde. Du hast es ja versucht, sie da rauszuholen, aber …«

Kaiserley war nichts in dieser Hinsicht Problematisches aufgefallen, als er Judith zum letzten Mal gesehen hatte. »Wie soll ich das verstehen?«

»Wir haben sie nach wie vor auf dem Schirm. Aus gutem Grund und nicht nur, weil du mich darum gebeten hast. Aber seit neuestem ist sie vielleicht kein Fall mehr für den BND, sondern eher für die Kollegen vom Verfassungsschutz.«

Es war eine kleine, stille Bombe, die Teetee gerade platzen ließ. Jetzt war es an Kaiserley, Ruhe zu bewahren. Das Liebespaar zwei Tische weiter orderte gerade die Rechnung, das leichte Geplänkel mit dem Kellner bildete den nötigen Geräuschteppich, um nachzufragen.

»Für den Verfassungsschutz?«

»Judith Kepler hat Kontakte zur rechtsextremen Szene. Sie verbringt ihr Wochenende in Schenken, das ist ein Dorf in Mecklenburg-Vorpommern. Das ganze Kaff steht unter Wind.«

»*Unter Wind*«, ein Insiderbegriff aus dem Verfassungsschutzjargon. Stammte, wie einiges andere, aus dem Jagdlexikon. Der Geruch des Wildes, der bei günstigem Luftzug direkt in die Nase des Jägers streicht.

»Und?« Kaiserley fühlte sich, als hätte Teetee den Inhalt des Weinkühlers über ihm ausgegossen. Das ist nicht wahr, dachte er. Das kann einfach nicht wahr sein.

»Schenken ist eine der sogenannten ›national befreiten Zonen‹, eine No-go-Area. Der Staat hat keinen Einfluss mehr, es wird wirtschaftliche Unabhängigkeit angestrebt, Abweichler und Feinde in den eigenen Reihen werden bestraft. Es ist eine rechtsextreme Strategie, möglichst viele solcher Zonen zu errichten. Sie haben derzeit, genau wie die Reichsbürger, ziemlich großen Zulauf.«

»Das weiß ich.« Kaiserley stürzte den Rest seines Weines herunter. »Aber was hat Judith Kepler *seit Neuestem* damit zu tun?«

»Sie war dort.«

»Und das heißt für dich, sie ist eine Nazisse?«

»Aus welchem Grund sollte ein normaler Mensch sein Wochenende in Schenken verbringen? Weil es im November in Meck-Pom so schön ist? Dieses Dorf haben die Nazis fast komplett übernommen. Ultras. Die stehen alle mit einem Bein im Knast und mit dem anderen... Es gibt Gerüchte. Selbst wenn nur ein Bruchteil davon wahr ist, wird die Kepler irgendwann beim Sprengen einer Hochstromleitung oder beim Abfackeln eines Flüchtlingsheims erwischt.«

Oder bei einem Bankraub, setzte Kaiserley im Stillen hinzu. Was waren das denn für neue Allianzen?

»Ich habe ihr geraten, vorübergehend die Stadt zu verlassen«, sagte er leise.

»Warum das?«

»Bis sich die Sache mit den Hackerangriffen auf ihre *firewall* beruhigt hat.«

»Ist das alles?«, fragte Teetee. »Oder verschweigt ihr beide mir etwas? Du und Kepler? Habt ihr etwa wieder was am Laufen? Hat es mit Larcan zu tun? Sucht er Kontakt zu Rechtsextremen?«

»Nein!«

»Warum bist du dann hinter ihm her?«

»Weil ich«, Kaiserley suchte nach Worten, »weil ich befürchte, dass er etwas mit Kepler vorhat. Es hat Kontakte gegeben.«

»Kontakte?«, japste Teetee. »Echte Kontakte? Nicht nur irgendwelche E-Mails? Zwischen Kepler und Larcan? Was wollte er von ihr?«

»Keine Ahnung.«

»Mannomann! Und das sagst du mir erst jetzt?«

»Ich will nicht, dass das in deinen Vorgang einfließt. Ich will sie beschützen. Und der Grund, weshalb ihr sie immer noch auf dem Schirm habt, ist genau der gleiche. Jetzt haben wir so eine Situation. Aber wo ist der Schutz? Wo?«

»Was will Larcan von Kepler?«

Kaiserley schweig. Teetee pfefferte seine Serviette auf den Tisch und wollte aufstehen.

»Bitte bleib. Ich kann es dir nicht sagen.«

»Aber du weißt es.«

Kaiserley rang sich ein widerwilliges »Ja« ab.

Teetee schnaufte. »Kein Schutz ohne Information. Wenn sie was von uns will, muss sie mit uns zusammenarbeiten. Sag ihr das.«

»Ich habe derzeit keinen Kontakt zu ihr.«

»Das lässt sich arrangieren. Der Verfassungsschutz hat einen Mann in Schenken.«

»Der Verfassungsschutz …«, begann Kaiserley spöttisch.

Teetee würgte ihn jedoch ab. »Wenn Bastide Larcan tatsächlich Kontakt zu Judith Kepler aufgenommen hat, dann wird sie jeden Schutz brauchen, den sie bekommen kann.«

Kaiserley griff nach seinem Portemonnaie, aber Teetee war schneller. Noch etwas, das sich geändert hatte: Mittlerweile zahlte der Sohn für den Vater. Er überreichte dem Ober eine Kreditkarte, der eilig damit verschwand. Sie hatten nur noch ein paar Minuten.

»Ich könnte versuchen, etwas über Larcans Pläne herauszufinden«, begann Kaiserley vorsichtig. Wohl wissend, auf welch dünnes Eis er sich begab. »Wenn du im Gegenzug für mich herausfindest, wo Bastide Larcan vor der Wende gewesen ist.«

Der Kellner kam ein letztes Mal, um den Beleg zu bringen,

Teetee unterschrieb und steckte die Karte ein. »Kepler muss mit uns zusammenarbeiten.«

»Das wird sie nicht tun.«

»Dann kann ich euch auch nicht helfen. Tut mir leid.«

Kaiserley erhob sich. »Nein. Ich muss mich entschuldigen. Ich hätte dich nicht so bedrängen dürfen. Grüß Claire von mir. Unbekannterweise. Ich hoffe, das ändern wir irgendwann.«

»Irgendwann, ja.«

Sie verabschiedeten sich mit einem Händedruck und einer hastigen Umarmung. Dann gingen sie auseinander. Jeder mit genau dem bisschen Mehr an Information, das den Abend nicht zu einem kompletten Misserfolg machte.

Es war spät, und auf dem Asphalt spiegelten sich die Lichter in schillernden Reflexen von Rot und Grün. Kaiserley verließ das belebte Marais und lenkte seine Schritte zum Ufer der Seine, wo er sich auf dem Weg zum Pont Neuf nass regnen ließ. Der Film von Leos Carax fiel ihm wieder ein. Er hatte ihn in einem kleinen Kino in Montparnasse gesehen. Das Mädchen, das den Kopf an seine Schulter gelehnt und geweint hatte, war schon lange vergessen. Aber nicht die Melancholie, die war geblieben.

Ja, es gab eine Frau, mit der er ab und zu das Bett teilte. Würde es jemals jemanden geben, mit dem er schweigend auf einem der Vorsprünge des Pont Neuf stehen und dieselben Gedanken teilen konnte?

Er wusste, dass er Teetee enttäuscht hatte, und hoffte auf eine Chance, das Ruder noch mal herumzureißen. Vielleicht, wenn das Kind auf der Welt war. Oder wenn sein Sohn erkannte, dass die Sorge um Judith Kepler einen anderen Grund hatte als den vermuteten letzten Rest von Berufsehre und Eitelkeit.

Judith Kepler. In einem Nazi-Dorf. Die Enttäuschung traf ihn heftiger als gedacht. Er beugte sich über das Geländer und betrachtete die Nebel, die aus dem trägen Fluss aufstiegen und sich nach ein paar Höhenmetern auflösten. Es war nass und kalt. Er musste zurück.

Ein Schatten löste sich aus der Dunkelheit. Noch bevor Kaiserley reagieren konnte, explodierte etwas in seiner Brust und ließ ihn kopfüber in die Tiefe stürzen. Sein Körper, betäubt vom Aufprall und dem eisigen Wasser, schwebte in der Dunkelheit. Das letzte Bild vor seinen Augen war das eines Paares, Hand in Hand. Zwei Tänzer unter Wasser, die einander nie mehr loslassen würden.

Aber er griff ins Leere.

35

Dombrowski stand in der Tür zur Frauenumkleide und sagte kein Wort. Während Judith in den Arbeitsoverall stieg, hatte sie Mühe, das Zittern ihrer Hände zu verbergen. Es war Montagmorgen, sechs Uhr zwanzig. Frühschicht.

Gestern Mittag war sie in Berlin angekommen, zermürbt von dem Gewaltmarsch bis in die nächste größere Ortschaft (den Bus hatte sie natürlich verpasst), vom langen Warten auf eiskalten, zugigen Bahnsteigen und den Blicken der Pendler, die sie von oben bis unten musterten und sich ihren Reim darauf machten, warum sie schlammverkrustet, mit blutigen Striemen am Hals, geschwollener Lippe und übernächtigt in der hintersten Ecke des Waggons kauerte. Zermürbt auch von dem, was sie erlebt und versprochen hatte. Hunderttausend Euro. Sie war noch nicht mal mit hundert im Plus. Larcan. Er wird sie mir geben, redete sie sich ein. Doch dann bekam sie Angst vor dem, was er dafür verlangen würde. Angst vor dem Vertrauen, das sie ihm offenbar entgegenbrachte. Und, noch schlimmer, vor dem, was er über sie wusste und warum.

Sie hatte es geschafft, sich unter die Dusche zu stellen, obwohl die Schmerzen kaum auszuhalten gewesen waren. Vielleicht hatte ihr Guntbart die Rippen gebrochen. Und selbst wenn nicht – ihr Körper war übersät mit Prellungen und blauen Flecken. Sie heulte, bis das Wasser kalt wurde. Dann stellte sie den Strahl ab, stieg aus der Kabine und begutachtete sich im Spiegel.

Das kriegt ihr zurück, hatte sie gedacht. Jede Schramme. Jeden Tritt. Den halb ausgeschlagenen Zahn. Und jede einzelne von Tabeas Tränen. Das alles kriegt ihr zurück. Dann schloss sie ihre Gedanken ein in den ganz speziellen Tresor ihrer Seele, wo sie gut aufgehoben waren und im Alltag nicht weiter störten.

»Guten Morgen.« Sie räusperte sich. Ihre Stimme klang rau.

Dombrowski sagte nichts, blieb einfach nur vor ihr stehen und sah sie an.

Als sie nach der Arbeitstasche griff, rutschte sie ihr aus der Hand und knallte auf den Boden. Der Transporterschlüssel und eine Butterbrotdose von Liz schlitterten dem Chef bis vor die Füße. Er regte sich immer noch nicht.

Mit einem unterdrückten Stöhnen klaubte Judith die Sachen auf. Als sie sich wieder aufrichtete, holte er sich einen Zigarillo aus der Hemdtasche und klemmte ihn sich zwischen die Zähne.

»Sieh an, sieh an, Timotheus.«

Judith wollte an ihm vorbei, aber sein Arm schoss vor wie eine Schranke. Sie blieb stehen.

»Was verschafft mir die Ehre deines Besuches?«

Mit einer knappen Kopfbewegung zeigte sie auf den Einsatzplan an der Wand. »Ich mach das Sankt Marien mit. Liz hat beim letzten Mal einen Anschiss wegen der Kittel im OP-Bereich bekommen. Ich will das noch mal mit ihr durchgehen.«

»Und du hältst es nicht für nötig, mich darüber zu informieren?«

»Wollte ich ja. War aber Wochenende.«

»So ham wir nicht gewettet, mein Frollein. Rin in die Kartoffeln, raus aus den…« Er ließ den Arm sinken. Als sie in den Flur mit der grellen Neonbeleuchtung trat, veränderte sich seine Miene schlagartig. »Was hamse denn mit dir gemacht?«

»Bin auf der Treppe ausgerutscht.«

Hinten riss jemand die Eingangstür auf, Liz eilte auf sie zu. Als sie Dombrowski und Judith erkannte, verlangsamte sie ihre Schritte.

»Judith?«

»Ja. Ich bin's. Können wir los?«

»Klar. Ich will mich nur…«

Liz blieb vor Dombrowski stehen, der widerwillig seinen Posten verließ, um die junge Frau durchzulassen. Hastig lief sie vorbei und schloss die Tür hinter sich.

»Du hast eine Woche unentschuldigt gefehlt. Noch nicht mal ein Attest hast du mir gebracht. Du weißt, was das heißt.«

Alles in Judith sehnte sich danach, auf der Stelle umzufallen. Die Vorstellung, einen ganzen verdammt harten Arbeitstag vor sich zu haben, war grauenhaft. Allerdings lange nicht so schlimm, wie jetzt endgültig gefeuert zu werden.

»Ich musste nachdenken. Ich habe Quatsch erzählt, über die Banken und das Böse dieser Welt. Ich tu's.«

»Was?«

»Ich gehe in die CHL.«

»Soso.« Er musterte sie von oben bis unten. »Und du glaubst, ich rolle dir jetzt den roten Teppich dafür aus?«

»Nein. Es tut mir leid. Ich bitte dich um Entschuldigung. Ehrlich.« Am liebsten hätte sie auf der Stelle kehrtgemacht und sich einen warmen Platz zum Schlafen gesucht. Und wenn es die

314

Bahnhofsmission gewesen wäre. Sie hatte Angst, in ihrer Wohnung die Augen zu schließen und beim Aufwachen Larcans eiskaltem Blick zu begegnen. Gleichzeitig sehnte sie die Begegnung herbei, um mit ihm in Verhandlungen zu treten. Er hatte ihr ihren Namen geboten und fünfzigtausend Euro. Die Not musste groß sein. Demnach war es sicher möglich, die Summe zu verdoppeln. »Ich hab Mist erzählt, und es dauert eben, bis ich das zugeben kann.«

Dombrowski zog die Augenbrauen hoch und verlagerte den Zigarillo von einem in den anderen Mundwinkel. »Soso«, wiederholte er. »Fein. Selbsterkenntnis ist bekanntlich der erste Weg zur Besserung. Wie kommt es nur, dass ich dir kein Wort davon abkaufe?«

Sie hob zaghaft die Schultern. Die Bewegung verursachte einen heftigen, ziehenden Schmerz.

»Was ist los?«

»Nichts.«

Ein verächtliches Schnauben quittierte die Lüge. »Du steckst in Schwierigkeiten. Hast du dich geprügelt? Brauchst du Geld? Judith, verdammt noch mal!«

»Lass mich arbeiten. Von mir aus auch in dieser verfluchten Bank. Das ist alles, was ich will.«

Er nahm den Zigarillo aus dem Mund, aber in seine Antwort, wie auch immer sie ausfallen wollte, platzte Liz. Sie riss die Tür auf und zuckte zurück, als sie die beiden immer noch wie angewurzelt an derselben Stelle stehen sah.

»Sorry. Ich … müssen wir nicht los?«

Judith sah in Dombrowskis Augen. Diese strengen, bitterbösen enttäuschten Augen. Sie wartete. Er überlegte. Dann nickte er. Am liebsten hätte sie sich ihm an den Hals geworfen und ihn abgeknutscht.

»Abmarsch.«

»Aye, aye.«

Sie lief voraus, Liz folgte ihr. Glücklicherweise schwieg das Mädchen, bis sie das Krankenhaus erreicht hatten, wo der Rest der Kolonne schon auf sie wartete. Der Respekt ihr gegenüber war groß genug, dass keiner sie auf ihre gemeingefährliche Visage ansprach. Einzig Liz öffnete doch noch mal den Mund und wollte eine Frage stellen, die mit »Was ist denn mit dir ...?« oder so ähnlich begann. Judiths Schweigen war Antwort genug.

Judith war klar, dass die Sache mit dem Chef noch lange nicht ausgestanden war, und es widerstrebte ihr, ihn zu belügen. Doch als sie bei Dienstschluss immer noch keine passende Ausrede für ihr Fehlen parat hatte, hielt sie kurz vor der Einfahrt in den Gewerbehof, warf Kai, der glücklicherweise gerade auftauchte, den Schlüssel zu und verschwand, ohne zu duschen oder sich umzuziehen. Auf der Heimfahrt kaufte sie eine neue SIM-Karte.

Das Spiel ging die nächsten Tage so weiter. Wann immer Dombrowski in der Ferne auftauchte, tauchte Judith ab.

Zu Hause war es schlimmer.

Jedes Mal, wenn Judith an der Bushaltestelle vorüberfuhr, sah sie Tabea dort sitzen, in ihrem viel zu engen Anorak, die beiden Zigarettenpäckchen für ihre tote Mutter in den Händen. Und sie fürchtete sich. Wenn jemand auf der Straße sie einen Moment zu lange ansah – war das einer von Guntbarts Leuten? Wenn sie die Fahrstuhltüren hörte – konnte das Larcan sein? Die Versuchung war groß, Mildreds Zettel herauszukramen und Frederik anzurufen. Doch sogar davor hatte sie Angst. Er hatte ihr nicht geholfen in jener Nacht. War ein Mitläufer. Ein Nazi. Das Versprechen, das sie Tabea gegeben hatte, nagte an ihr. Viel mehr als jenes, mit dem sie bei Guntbart und Katja ihr Leben oder wenigstens einen Großteil ihrer Unversehrtheit erkauft hatte. Trotzdem hing der Gedanke wie ein Damoklesschwert über ihr: einhunderttausend Euro. Da blieb wirklich nur noch ein Bankraub. Aber Larcan, sosehr sie ihn fürchtete, meldete sich nicht.

Zunehmend beschlich sie das Gefühl: Das schaffe ich nicht. Nicht alleine, jedenfalls. Es musste doch eine Möglichkeit geben, Tabea auf legalem Weg aus Schenken herauszuholen und Larcan zum Teufel zu jagen. Ihr Instinkt sagte ihr, dass sie dabei besser auf Mildred verzichten sollte. Obwohl, es gab da noch jemanden, an den sie sich wenden konnte. Eine halbe Stunde lang suchte sie die komplette Wohnung ab, bis sie die Visitenkarte unter dem Sofa fand. Brigitte Fabian, Oberkommissarin Direktion 6, Kriminalinspektion 1.

36

Das Gebäude war ein dreistöckiger Betonklotz in der Poelchaustraße, nicht weit von den beiden Hauptmagistralen Märkische und Landsberger Allee entfernt. Der Verkehrslärm begleitete Judith über den Parkplatz und die Stufen bis hinauf zum Eingang. Die Tür war verschlossen, das Vordach schützte nicht vor dem Regen, der ihr fast waagrecht ins Gesicht peitschte. Durch die breiten Schneisen und die Windkanäle zwischen den Hochhäusern heulten Sturmböen. Es war ein früher Nachmittag vor dem ersten Adventswochenende. Das dichte Grau des Himmels hatte es erst gar nicht richtig hell werden lassen.

»Ja bitte?«

»Kepler«, schrie Judith gegen den Wind an. »Ich habe einen Termin mit Frau Fabian.«

Der Türsummer ertönte, und sie betrat den Warteraum mit dem Tresen hinter Panzerglas. In der Ecke stand ein künstlicher Tannenbaum, behängt mit einer Lichterkette. Eine junge Polizistin beendete ein Telefongespräch und kam dann nach vorne zu der Scheibe.

»Frau Fabian ist im Schreibraum. Einfach durch die linke Tür.«

Keine Klinke, nur ein Griff. Wieder wartete Judith, bis jemand von irgendwoher den Öffner betätigte. Dann betrat sie einen langen, hellgrün gestrichenen und ausschließlich mit Neonlicht erhellten Flur, von dem mehrere Türen abgingen. Fast alle standen offen und führten in Räume mit jeweils drei Schreibtischen, von denen die meisten besetzt waren. Telefone klingelten, Kollegen kamen herein und sprachen kurz miteinander. Alles sah nach Schichtwechsel aus.

»Frau Kepler?«

Der letzte Raum am Ende des Flurs war größer und etwas persönlicher gestaltet als die anderen. Irgendeiner der Kripobeamten, die kaum von ihren Computern aufsahen, hatte offenbar ein Faible für Eishockey. Ein Poster an der Wand, dazu ein Schal mit den Vereinsfarben der Berliner Eisbären. Mehr Akten, mehr Mäntel, ein paar Grünpflanzen, die es offenbar nicht leicht hatten, auf der Fensterbank zu überleben. Brigitte Fabian erhob sich von einem Tisch in der Ecke und kam auf Judith zu. Sie sah müde aus, wieder oder immer noch, und das Lächeln, mit dem sie ihren Besuch begrüßte, war gestaucht von Zeitdruck und Stress.

»Ich habe heute Schichtleitung, deshalb kann ich Ihnen nicht viel mehr als die zugesagten zehn Minuten widmen.«

»Kein Problem.« Judith folgte der Frau in ihre Ecke.

»Holen Sie sich doch bitte einen Stuhl. Kaffee?«

»Nur, wenn Sie auch einen trinken.«

Brigitte Fabian sah auf ihre Armbanduhr. »Später.« Sie wartete, bis Judith einen Drehstuhl vom nächsten leeren Schreibtisch hergerollt und Platz genommen hatte. »Was kann ich für Sie tun?«

»Es geht um Tabea. Tabea Schöttler.«

Die Frau nickte. »Sie hatten es am Telefon bereits erwähnt. Waren Sie denn schon beim Jugendamt? Wir sind definitiv die falsche Adresse, wenn es um das Aufenthaltsbestimmungsrecht geht.«

Judith schälte sich aus ihrem Anorak und legte ihn quer über den Schoß. »Das hat der Vater, soweit ich weiß. Und genau da liegt das Problem. Ich habe Tabea neulich besucht. Frederik Müller lebt in Schenken.« Sie wartete, ob sich bei der Erwähnung des Ortes etwas bei Frau Fabian regte. Offenbar nicht. »Das Dorf ist eine sogenannte national befreite Zone.«

Interessiert hob die Kommissarin die Augenbrauen. »Woher wissen Sie das?«

»Es steht auf einem Findling in der Dorfmitte. Müller ist Teil einer Gruppe, die mich an den Ku-Klux-Klan erinnert. Das ist kein Ort für ein Kind. Tabea ist völlig zerrissen zwischen dem Bemühen, ihrem Vater zu gefallen und den Müll nachzuplappern, den man ihr vorsetzt, und dem, was ihre Mutter ihr beigebracht hat. Das ist kein Umfeld.«

»Frederik Müller, Schenken.« Die Kommissarin tippte etwas in die Tastatur und sah dann auf den Monitor. »Über ihn habe ich nichts. Aber dieses Dorf … meine Güte. Da wohnen ein paar von der Kameradschaftsszene.«

»Nicht nur ein paar.«

Fabian seufzte. »Politisch motivierte Kriminalität rechts, das liegt beim LKA fünf-drei-eins, politischer Staatsschutz. Aber es reicht nicht, Frau Kepler. Man kann einen Menschen nicht für sein Umfeld in Haftung nehmen. Ich kann Sie gut verstehen, bitte glauben Sie mir das. Dennoch liegen keine Straftaten vor, für die ich Herrn Müller dem Jugendamt melden könnte. Keine Chance. Er kann wohnen, wo er will.«

»Die Leute dort machen Jagd auf *Fidschis*.«

»Woher wissen Sie das?«

»Tabea hat es mir selbst erzählt.«

»Wann?«

»Letztes Wochenende. Oder, nach dem germanischen Kalender, zum Schlachtfest nach dem Odinsfeuer«, fügte sie nicht ohne Ironie hinzu.

Brigitte Fabian tippte erneut. Dann runzelte sie die Stirn und klickte mehrmals mit der Maus. »Es hat einen Brandanschlag auf ein Asylbewerberheim in der Nähe von Anklam gegeben. Keinerlei Hinweise auf die Täter.«

»Ich kann Ihnen zumindest zwei Namen nennen: Guntbart und Katja. Katja Zanner. Den Nachnamen von diesem Guntbart kenne ich nicht.«

Brigitte Fabian drehte sich nach einem Kollegen um, der gerade zur Tür hereingekommen war. »Thomas? Kommst du bitte mal?«

Thomas war ein Mann mit korrekt gestutztem Backenbart und breiten Schultern. Er zog seine Jacke aus, das Pistolenholster behielt er an, wie alle im Raum. Er war vielleicht Mitte dreißig, im Vergleich zu seiner Kollegin sah sein frisches, leicht gerötetes Gesicht aus, als ob ihm die zwölf Stunden Schicht nicht das Geringste anhaben könnten. »Was gibt's?«

»Das hier ist Judith Kepler. Sie hat vielleicht Informationen über Scholz und Zanner.«

Er kam zu ihnen und reichte Judith die Hand. »Thomas Weber. Darf ich?«

»Natürlich.«

Nachdem er seinen Drehstuhl geholt hatte, setzte er sich neben Judith. Währenddessen rief Brigitte Fabian zwei Seiten des internen Informationssystems auf und drehte den Monitor so, dass Judith die Fotos der Gesichter sehen konnte. Sie stammten vom Erkennungsdienst, vielleicht wirkten sie deshalb nur wenig schmeichelhaft. Der Anblick der beiden bekannten Gesichter löste in Judith ein flaues Gefühl in der Magengrube aus.

»Erkennen Sie jemanden?«

Sie nickte. »Guntbart ist auf jeden Fall bewaffnet. Ein Jagdgewehr, glaube ich. Er und Katja Zanner scheinen mir die Anführer zu sein. Es ist *hardcore*, was in dem Dorf abgeht.« Judith merkte, dass die beiden ihre kaum verheilten Wunden musterten. »Sie jagen Menschen. Das können Sie denen doch nicht durchgehen lassen!«

»Waren Sie dabei?«, fragte Weber.

»Nein.«

»Woher wissen Sie es dann?«

Judith schluckte. Erst jetzt merkte sie, in welche Situation sie sich gebracht hatte. Sie wollte, dass irgendjemand Tabea aus Schenken befreite – und verlangte dafür einen sehr hohen Preis von dem Kind.

»Frau Kepler.« Brigitte Fabian drehte den Monitor wieder weg. »Bitte verstehen Sie uns nicht falsch. Wir sind sehr an der Verfolgung rechtsextremistischer Straftaten interessiert, das können Sie uns glauben. Aber… Sie haben Ihre Information von einem neunjährigen Mädchen. Wir müssten Tabea Schöttler dazu bringen, gegen ihren eigenen Vater auszusagen. Glauben Sie, die Kleine macht das?« Die beiden Kripobeamten wechselten einen vielsagenden Blick. »Wollen Sie wirklich, dass Tabea ihn in den Knast bringt? Nachdem sie schon die Mutter verloren hat? Ist Müller einer der Rädelsführer?«

»Ich glaube nicht«, flüsterte Judith.

»Wir haben nichts gegen den Mann vorliegen. Erst mal wohnt er schlichtweg im falschen Dorf. Das reicht nicht. Es sei denn, wir bekommen eine Zeugenaussage, dass er an dem Überfall auf das Asylbewerberheim beteiligt war.«

Thomas Weber strich sich nachdenklich über den Bart. »Wenn wir Zanner und Scholz endlich drankriegen könnten. Volksverhetzung, Verwendung von verfassungswidrigen Kennzeichen, Störung des öffenlichen Friedens … die beiden haben nichts ausgelassen. Immer mit einem Bein im Knast. Allerdings nichts, was die Blase wirklich mal zerschlagen würde.«

»Es gab zwei Schwerverletzte in Anklam.« Brigitte Fabian stand auf und stellte ihre Handtasche auf den Schreibtisch. »Einen achtjährigen Jungen aus Homs und seine zehnjährige Schwester. Aber keinen einzigen Hinweis, keine Zeugen, keine Spuren. Glauben Sie mir, wenn wir eine Chance sähen, diesen Leuten das Handwerk zu legen … Nur ist das nicht so einfach, wie Sie vielleicht denken.« Sie holte ihr Portemonnaie heraus. »Ich brauche jetzt einen Kaffee. Sie auch?«

»Ja, danke«, antwortete Judith verwirrt. Sie war hergekommen, weil sie geglaubt hatte, dass kein vernünftiger Mensch ein Mädchen in diesem Umfeld aufwachsen lassen würde. Brigitte Fabian sah nicht so aus, als ob ihr die Sache egal wäre. Tun konnte sie trotzdem nichts.

»Du auch?«

Weber schüttelte den Kopf. »Nicht um die Uhrzeit. Ich muss noch einen Bericht fertig machen. Danke, dass Sie vorbeigekommen sind, Frau Kepler. Wir haben diese Leute im Visier. Doch wir brauchen Beweise.«

Judith nickte. Brigitte Fabian verließ den Raum. Niemand achtete auf sie. Thomas Weber ging zurück an seinen Nebentisch und vertiefte sich in irgendwelche Unterlagen. Ganz langsam drehte sie den Monitor wieder herum. Zanner und Scholz. Personendaten, Vorstrafen, Bundeszentralregisterauszug. Niemand bemerkte, wie sie mit ihrem Handy mehrere Fotos machte. Es war immer gut zu wissen, bei wem man mit hunderttausend Euro in der Kreide stand.

Als die Kommissarin zurückkam, stand der Monitor wieder so, wie sie ihn verlassen hatte. Judith war bereits in ihren Anorak geschlüpft.

»Bitte.« Ein Plastikbecher mit schwarzem Kaffee. »Ich wusste jetzt nicht, ob Sie Milch oder Zucker…«

»Schon gut.« Judith nahm den Becher, trank einen Schluck.

Die Frau setzte sich und sah Judith mit ihren müden Augen an.

»Ich kann Ihre Frustration verstehen. Uns geht es genauso, Tag für Tag. Ich kann dem Jugendamt in der nächsten Stadt einen Hinweis geben, das ist für Tabea zuständig. Wichtig ist, dass das Mädchen eine öffentliche Schule besucht und keiner in dem Dorf auf die Idee kommt, ihr Hausunterricht zu erteilen. Sind Sie sich sicher, dass der Vater dazugehört?«

»Das ganze Dorf gehört dazu. Sie haben inzwischen fast alle Andersdenkenden vertrieben. Wie kann so etwas sein? Eine… germanische Siedlung, die komplett abgekoppelt ist von diesem Staat?«

»Das ist sie nicht.«

Judith stellte den Becher ab. »Sie sind blauäugig.«

»Nein. Wir leben in einem Rechtsstaat. Wir dürfen Menschen nicht einfach auf Verdacht festnehmen.«

»Ich war vor Ort! Ich habe es mit eigenen Augen gesehen! Das Odinsfeuer, die Flaggen und Stelen. Auf mich haben sie auch Jagd gemacht.«

»Wollen Sie Anzeige erstatten?«

Judith sah der Frau tief in die Augen. »Ganz ehrlich. Was käme dabei heraus? Meine Aussage gegen ein ganzes Dorf?«

Die Kommissarin schwieg. Judith stellte den Becher ab.

»Danke.«

»Nein, ich habe zu danken. Lassen Sie das Mädchen nicht im Stich. Ich bin jederzeit für Sie da. Wie gesagt, wenn Tabea

Schöttler ihren Vater belastet, indem sie aussagt, dass er bei dem Anschlag in Anklam dabei war ...«

»Nein«, antwortete Judith schnell. »Das wird sie nicht. Vergessen Sie's. Vergessen Sie alles.«

37

In dieser Nacht fiel das Thermometer zum ersten Mal unter null Grad. Der Sturm hatte die Wolken vertrieben. Die Sterne leuchteten so hell wie selten in der Großstadt. Judith hatte ihren alten Schlafsack hervorgeholt und saß, ein Glas Rotwein in der kalten Hand, auf dem Balkon.

Frederik.

Was dieser Mann seiner Tochter antat. Judith begriff schon nicht, wie man sein eigenes Leben derart in den Sand setzen konnte. Aber seine Tochter gleich mit in den braunen Sumpf zu ziehen ...

Lassen Sie das Mädchen nicht im Stich. Ja, wie denn?

Frederik Müller hatte offenbar eine weiße Weste. Sie konnte Tabea daher nur auf legalem Weg befreien, wenn das Kind seinen eigenen Vater bei der Polizei anschwärzte. Was verlangten diese Leute eigentlich? Dass Neunjährige ihre Jobs erledigten? Also blieb nur der illegale Weg: der Pakt mit dem Teufel.

Nachdem Judith sich entschlossen hatte, Larcans Angebot anzunehmen, wurde sie immerhin etwas ruhiger. Jedenfalls solange nichts Unvorhergesehenes geschah. Eines Abends glaubte sie, Geräusche vor ihrer Wohnung zu hören. Das scharfe Küchenmesser steckte griffbereit mit der Klinge im Türrahmen. Mit klopfendem Herzen spähte sie durch den Spion, doch niemand war zu sehen. Am nächsten Morgen fand sie einen Werbeprospekt für ein Möbelhaus auf der Fußmatte. Das Warten zermürbte sie. Vor allem weil sie nicht mehr genau wusste, was Larcan gesagt hatte. Ihr Kindername, das große Geheimnis ihres Lebens, hatte das gesamte Gespräch im Nachhinein überlagert. Sie zermarterte sich das Gehirn, ging wieder und wieder jede einzelne Station ihrer Begegnung durch. Ich in der Küche, er mit Rimbaud im Wohnzimmer. Ich ihm gegenüber, die Zigarette, er macht mir das Angebot. Der Kampf am Bücherregal. Die letzten Worte im Flur.

Ich melde mich nächste Woche wieder bei Ihnen.

Hatte er das wirklich gesagt? Die nächste Woche war längst vorüber, und auch die übernächste begann mit dem unwirklichen Gefühl, einer Spukgestalt begegnet zu sein. Real, sehr real hingegen war Dombrowski, der ihr Hakenschlagen mittlerweile durchschaut hatte und sie eines Morgens an der Ausfahrt abpasste.

»Hier.« Er drückte ihr einen Zettel in die Hand. »Diese Woche Fahnenappell bei der CHL, am nächsten Ersten geht's los.«

Das Schreiben listete auf, was sämtliche Mitarbeiter der Kolonne am besten vorgestern nachzuweisen hatten: Unbedenklichkeitsnachweis. Papiere. Vorstellung im Personalbüro zwecks Ausstellung der Hausausweise. Detaillierter Revierplan. Gestellte Arbeitskleidung, hinter der Schleuse keine persönlichen Gegenstände mehr. Verboten: Kohlesäureflaschen, Salzsäure, Chlor etc.

»Wie soll ich denn da sauber machen? Mit Savon de Marseille?«

»Die bestellen das alles für dich. Musst du mit alles«, Dombrowskis dicker Zeigefinger versuchte, auf dem flatternden Schriftstück die Stelle zu finden. »einem Herrn Hundtwurf absprechen.«

»Hundtwurf?« Der kalte Wind riss ihr fast das Schreiben aus der Hand. »Okay, mach ich. Ich bin also erste Vorarbeiterin?«

»So war es gewünscht.«

»Gut, dann sag ich Liz und Kai Bescheid. Wer ist noch dabei? Meltem? Die war doch schon mal in einer Bank?«

»In einem Reisebüro«, knurrte Dombrowski. »Und Kai brauche ich woanders.«

»Wo denn?«

»Bereitschaft.«

»Bereitschaft.« Judith faltete das Schreiben zusammen und steckte es in die Brusttasche ihres Overalls. Sie versuchte, so ruhig wie möglich zu klingen. »Das bin ich auch.«

»Nicht mehr.« Er streckte die Hand aus. »Den Pager.«

»Was?«

»Du brauchst ihn nicht mehr. Wenn ein Kaltsteher reinkommt, kann ich dich ja wohl kaum aus der Bank abrufen.« Er meinte einen Notfall. Einen von der Sorte, die sich außer einem *death scene cleaner* keiner antat.

Der Funkmeldempfänger hatte für Außenstehende etwas Vorsintflutliches. Für Judith dagegen, die oft in Kellern, Parkhäusern, Tiefgaragen oder anderen abgeschlossenen Räumen arbeitete, in die kaum ein Handysignal vordrang, war der Pager die einzige Möglichkeit, schnell erreicht zu werden. Außer ihr besaß nur Kai so ein Gerät. Er hatte seine Spezialausbildung zum Cleaner im letzten Jahr abgeschlossen. Seitdem war sein Eifer überproportional gestiegen, und Judith beschlich der Verdacht, dass er sich bereits als Thronfolger sah. Ein Blick in Dombrowskis undurchschaubare Miene machte aus dem Verdacht Gewissheit.

»Aha.« Sie klemmte das Ding von ihrem Gürtel ab. »Und was heißt das jetzt für mich?«

»Nichts«, antwortete Dombrowski, nahm den Pager an sich, betrachtete ihn ein paar Sekunden lang und ging dann grußlos zurück in den Gewerbehof.

Judith seufzte. Irgendwann würde sich alles schon wieder

einrenken. Viel schlimmer war, dass Larcan sich nicht meldete. Sie spähte die Straße hinunter. Jeder Wagen, der das Tempo verlangsamte, jeder Passant, dessen Statur der seinen ähnelte, jeder dunkle Winkel, jedes Klingeln ihres Handys erschreckte sie. Trotz allem gelang es ihr nach außen hin, sich kaum etwas anmerken zu lassen.

Nichts Außergewöhnliches an diesem eiskalten grauen Morgen. Nur dass Kai ihren Blick mied, als sie an ihm vorbei zu den Umkleiden ging. Und dass dort jetzt ebenfalls ein kleiner künstlicher Tannenbaum mit Plastikkugeln stand.

38

Flims, Waldhaus

Isolda sagte nicht nein, als Buehrli ihr noch ein Glas Fendant du Valais einschenkte. Die bevorstehende Nacht war nicht anders als betrunken zu ertragen, und je besser der Wein, desto schneller würde ihr Chef fertig sein. Augen zu und an England denken, befal sie sich. Im Übrigen war er gar kein so schlechter Liebhaber. Besorgt, einfühlsam, mit den geübten Berührungen eines Mannes, der das Gefühl brauchte, nicht nur die Welt, sondern auch die Frauen zu beglücken, und der sein Programm routiniert abspulte. Wie alle kleinen Männer versuchte er diesen Makel zu kompensieren. Sehr gut sitzende Anzüge, dezente Uhr, Schuhe mit Einlagen, die immerhin ein paar Zentimeter dazumogelten. Trotzdem reichte er ihr nur bis zur Schulter, als sie die Zirbelstube verließen. Die anderen Gäste sahen ihnen nach. Ein schönes Paar, trotz des Größenunterschiedes. Isolda wäre nie auf die Idee gekommen, für Buehrli auf ihre Pumps zu verzichten.

In ihrer Suite angekommen streifte sie die Schuhe ab und schaltete den Laptop ein. Der Aufdeckservice war bereits da gewesen und hatte Gebirge von Kissen übereinandergetürmt. Buehrli ging ins Bad, während sie im Intranet der CHL schnell ihre Mails checkte.

»Mario Draghi ist nächste Woche in Berlin und kommt anschließend nach Paris«, rief sie in Richtung der halb geschlossenen Tür. »Wollte Harras nicht dabei sein?«

Buehrli, schon im Bademantel, die Zahnbürste in der Hand, sah kurz durch den Spalt. »Das ist doch ein Treffen der Verteidigungsminister der IS-Contra-Staaten. Ich glaube nicht, dass das zum gegenwärtigen Zeitpunkt für die CHL von Interesse ist.«

»Ich würde trotzdem gerne ein informelles Treffen der Protokollanten einberufen.«

»In Paris?«

»Wir haben sie sonst nicht so schnell wieder beisammen. Soweit ich weiß, ist Ian Wicker von der Citigroup ebenfalls dort. Außerdem der halbe Aufsichtsrat von Hellenic Exchanges und Euroclear France. Also warum nicht auch Harras?«

»Wir sehen ihn morgen früh, da kannst du ihn gerne fragen.«

»Ich brauche unbedingt mehr Kompetenzen.« Isolda wies auf den Laptop. »Gerade jetzt, wo die Software-Modernisierung ansteht. Hundtwurf ist kein schlechter Mann, aber ich weiß nicht, ob er das alleine wuppen kann. Wir brauchen endlich ein *corporate center*.«

Buehrli verschwand wieder im Badezimmer. Typisch. Jedes Mal, wenn die Rede darauf kam, ihr mehr Verantwortung zu geben als das Zusammenstellen von Vorlagemappen und Kaffee zu kochen, stellte er die Ohren auf Durchzug.

»Es kann doch nicht sein, dass Hundtwurf der Einzige außer euch beiden ist, der über sämtliche Zugangskompetenzen verfügt. Das ist vorsintflutlich.«

»Frag Harras.«

Buehrli putzte sich die Zähne. Mit einem Seufzen überflog sie den Terminkalender für den nächsten Tag. Acht Uhr Frühstück mit Harras – Kaffee, ein Croissant und wehe, man fragte nach einem zweiten. Diese kostbare Stunde war Arbeits- und keine Essenszeit. Sie würde um sechs aufstehen und ihre Joggingrunde drehen, bevor Buehrli mitbekam, dass sie überhaupt weg gewesen war. Sie dachte an den Bikini, den sie mitgenommen hatte, als sie den Indoor-Pool und die Wellness-Oase des Hotels im Internet gesehen hatte. Vielleicht am Nachmittag. Bis dahin reihte sich ein Meeting ans nächste, dazwischen keine fünf Minuten Verschnaufpause. Marktanalysen und Hintergrundberichte zu den Krisenregionen, allen voran der brodelnde Nahe Osten. Aber auch die Folgen des Brexit und natürlich die Situation von Niger, Mali und Tschad – für eine Wertpapiersammelbank wie die CHL nicht gerade die Traumstaaten, was die Zuverlässigkeit der Kunden betraf.

Buehrli kam aus dem Bad. Er trug einen seidenen Pyjama, sie war immer noch im Kostüm und scrollte sich durch Aktienkurse, geheime, hochbezahlte Analysen von Ratingagenturen und Wirtschaftsmeldungen. Er trat von hinten auf sie zu und öffnete den Reißverschluss ihres Rockes. Mit einem unterdrückten Seufzen wandte sie sich zu ihm um. Nun öffnete er die Knöpfe ihrer Seidenbluse.

»Ich brauche C acht.«

C acht bedeutete beinahe ungehinderten Zugriff auf alle Vorgänge innerhalb der CHL sowie die Befugnis, eigene Topics auf die Agenda zu setzen und Meetings einzuberufen.

»Das ist den Vorstandsmitglieder und CEOs vorbehalten.«

»Aber ich soll die Vorstandsmitglieder und CEOs beraten. Das kann ich nur, wenn ich über alles, was innerhalb der CHL vor sich geht, Bescheid weiß.«

Buehrli streifte ihr die Bluse ab und machte sich am Verschluss ihres BHs zu schaffen. »Das muss Harras entscheiden. Frag ihn morgen, aber er wird vermutlich keine Zeit haben.«

»Für jede Putzfrau hat er Zeit.« Sie klappte den Laptop zu. Der BH fiel auf den Fußboden, Buehrli begann ihre Brüste zu liebkosen. »Ich frage dich. Mir ist da übrigens was aufgefallen.«

»Was denn?« Er zog sie in Richtung Bett.

»Es gab eine Anfrage der Sozialisten an die französische Regierung, ob die CHL illegale Rüstungsexporte unterstützt. Den Vorwurf hat *Russia Today* als Erster lanciert. Ich habe sie an Harras weitergeleitet, aber nie eine Antwort bekommen.«

»Ich kenne den Vorwurf. Er stand schon vor einer Weile in der Presse und wurde längst entkräftet.«

»Vollkommen?«, fragte Isolda.

»Vollkommen«, antwortete Buehrli, reckte sich auf die Zehenspitzen und küsste sie.

39

Montagmorgen. Gestriegelt und gespornt zum Antrittsappell in der CHL zur Einweisung. Hundtwurf schien eine Laufbahn als Zollfahnder verfehlt zu haben. Er war schon im Personalbüro dabei gewesen, als Judith ihren Ausweis erhalten hatte, um ihr die Hausregeln wie Zurechtweisungen an den Kopf zu werfen. Sie erinnerte sich nicht, ihn damals in der CHL gesehen zu haben. Keiner von den Frühaufstehern. Er hatte was gegen sie. Keine Ahnung was, aber er ratterte seine Anweisungen so schnell herunter, als ginge die Zeit von seiner Kaffeepause ab.

»Drittens: Zur *company compliance* gehört außerdem absolutes Stillschweigen über die räumlichen und situativen Gegebenheiten sowie die inhäusigen Arbeitsabläufe, falls Sie einmal unbeabsichtigt Zeugin eines solchen werden sollten.«

S. Hundtwurf, *SHE*. Der Typ spielte sich auf, als ob sie ihn persönlich durch ihre Anwesenheit kränken würde. Dabei wirkte er eigentlich noch am umgänglichsten von allen hier. Hässlich, jedoch nicht verschlagen. Statt Hemd und Krawatte T-Shirt und Jeans, leger, fast schon angeschlampt, wenn man ihn mit dem Personalchef verglich, der diesen Vorgang *noch* persönlicher zu nehmen schien als sein Kollege. Kein Wort, nur ein mehrseitiges Dokument, das dieser seltsame Mensch mit einer Armbanduhr, groß wie eine Goldmedaille, über den Schreibtisch in ihre Richtung schob. Wahrscheinlich wartete er nur darauf, dass sie nach der Unterschrift seinen Kugelschreiber einsteckte.

»Kepler, mit einem p.« Das waren die einzigen Worte, die er an sie richtete.

Dafür kam Hundtwurf jetzt so richtig in Fahrt. »Viertens: Persönliche Gegenstände sind im Haus nicht erlaubt. Darüber hinaus ist es verboten, Gegenstände, die Sie im Haus erhalten oder erworben haben, ohne Genehmigung auszuführen. Dazu gehören auch im Casino erworbene Nahrungsmittel. Fünftens:...«

»Das ist nicht mein erster Hochsicherheitsvertrag.« Judith reichte die unterschriebenen Blätter samt Kugelschreiber dem Personalreferenten, der alles wortlos entgegennahm. »Vielen Dank für Ihre Mühe.«

Hundtwurf nickte und begleitete sie zur Tür. Statt sie den Weg zu den Fahrstühlen alleine gehen zu lassen, zwängte er sich mit ihr in die enge Kabine und drückte höchstpersönlich den Knopf mit dem Buchstaben K für Keller. Dort lagen die Wirtschaftsräume.

Die Fahrt verlief schweigend. Im Gegensatz zu den lichtdurchfluteten Etagen über ihnen wirkte das Tiefgeschoss wie ein Bunker. Die Parkebenen direkt darunter waren vermutlich gemütlicher. Der Mann schlurfte voraus, ein Bewegungsmelder schaltete die Beleuchtung ein. Nach ein paar Metern blieb er stehen,

»Ihre Umkleide.« Die Tür ließ sich öffnen, nachdem Hundtwurf seine Karte an den Leser gehalten hatte.

»Keine biometrische Zugangskontrolle?«

»Kommt noch.«

Mehrere Spinde, eine Holzbank. Sichtbeton, Neonlicht. Ein Spiegel.

»Für die Herren Raum null-siebzehn, gegenüber. Nebenan ist der Putzraum mit insgesamt drei von diesen Rolldingern. Reicht das aus?«

»Sie halten uns ganz schön knapp.« Judith versuchte ein Lächeln. »Sieben Stockwerke in drei Stunden ...«

»Sechs«, korrigierte Hundtwurf und ging voran, um die nächste Tür zu öffnen. »Die Chefetage wird nach wie vor abends gereinigt. Von unserer alten Firma, zu der wir ein enges Vertrauensverhältnis aufgebaut haben.« Es klang, als hätte Judith versucht, die Kollegen von einer Klippe zu stoßen. Er hielt die Karte hoch. »Damit Sie nicht in Versuchung kommen, sind die Zugangsschlüssel fest programmiert.«

»Ich komme nicht in Versuchung.«

Judith trat ein und begutachtete die Fahrwagen. Wieder ließ Hundtwurf sie nicht aus den Augen.

»Bis Montag brauchen wir flüssige Kernseife, Grundreiniger auf Phosphorsäurebasis, puderfreie Latexhandschuhe und sechs Satelliten. Sonst müssen wir unsere eigenen mitbringen und jedes Mal damit durch die Kontrolle. Kostet alles Zeit. Nicht unsere, übrigens.«

»Satelliten?«

Judith setzte ihre Examination bei den Geräten fort. »Außerdem Schürzen, an die ein halbes Dutzend Taschen angenäht sind, für den Kleinkram. Der Rucksacksauger da, wofür ist der gedacht?« Sie deutete auf ein bulliges orangefarbenes Gerät in der Ecke.

»Keine Ahnung«, gab Hundtwurf widerwillig zu. Für ihn musste das hier extrem unter seiner Würde sein. Putzmittel kontrollieren und Fragen zu Rucksacksaugern beantworten, die man eigentlich nur in Flugzeugen oder Kinos benutzte. Vielleicht hatte die CHL ja einen eigenen Kinosaal?

»Und die Waschbetonbürsten sind ziemlich runtergeschrubbt. Warum gibt es nur zwei Einscheibenmaschinen? Wir brauchen eine dritte, sonst sind die sechs Stockwerke in der vereinbarten Zeit nicht zu leisten.«

»Darüber muss ich erst mit der Materialbeschaffung reden.«

»Tun Sie das, bitte. Haben Sie alles notiert, oder behalten Sie es im Kopf?«

Hundtwurf hatte bisher draußen im Flur gestanden. Aber sie musste irgendetwas gesagt haben, das ihn veranlasste, hereinzukommen und die Tür hinter sich zu schließen. Das hatte etwas so durchdacht Endgültiges, dass Judiths Nerven vibrierten. Das fahle Licht von oben betonte die Schatten in seinem Gesicht. Larcan hat ihn geschickt, durchfuhr es sie. Hundtwurf ist einer von seinen Leuten…

»Frau Kepler mit einem p«, sagte er und schob sich zwischen den Rollwagen auf sie zu. Judith griff nach einer Flasche mit Reinigungsmittel, von dem sie wusste, dass es Chlorwasserstoff enthielt. »Werden Sie nicht frech. Ich lasse mich nicht gerne verarschen.«

»Sorry, wenn ich etwas zu vorlaut geklungen habe.« Sie öffnete den Verschluss und wedelte sich etwas von dem Geruch zu. Falls nötig, würde sie ihm den Inhalt ins Gesicht schleudern. »Branchenfremde glauben immer…«

»Gutes Stichwort.« Er blieb zwei Schritte von ihr entfernt stehen. Es war eng. Sie würde sich nur mit Mühe an ihm vorbeidrängen können. »Sie sind gar keine Putzfrau. Sie können vielleicht Herrn Harras hinters Licht führen, mit dieser Waschbeckennummer, die Sie bei Merteuilles Tod abgezogen haben. Vielleicht sogar die ganze CHL. Aber nicht mich. Mich nicht! Wenn ich eines weiß, dann das: Ich vertippe mich nie. Niemals.«

Was redete er da? Judith sah ihn mit großen Augen an. »Ich habe mich nur gefragt, ob Sie vielleicht mitschreiben wollen.«

»Machen Sie mich nicht zum Legastheniker. Eine Putzfrau, die vom BND *protected* wird? Um die im Personenstandsregister eine *firewall* errichtet wurde? Was wollen Sie?«

»Ich weiß nicht, wovon Sie reden. Vielleicht sind Sie überarbeitet. Ich möchte jetzt bitte wieder zu den anderen.«

Ein Lächeln mit leichtem Hang zum Perfiden kräuselte seine Lippen. »Sie haben offenbar mächtige Freunde. Aber verlassen Sie sich nicht zu sehr auf sie. Noch weiß ich nicht, was mit Ihnen los ist. Doch ich werde es herausfinden. Sollte es irgendetwas sein, das der CHL und somit auch mir schadet, dann gnade Ihnen Gott.«

Er ging zurück und öffnete die Tür. Judith schraubte den Verschluss zu, stellte die Flasche mit einem Zögern zurück und folgte ihm dann.

»Ich kann Ihnen gerne eine Liste machen, falls Sie Probleme mit der Rechtschreibung haben.«

Obwohl er mit dem Rücken zu ihr stand, konnte sie hören, wie er scharf einatmete.

»Nicht nötig. Flüssige Kernseife, Grundreiniger auf Phosphorsäurebasis, puderfreie Latexhandschuhe, sechs sogenannte Satelliten und eine zusätzliche Einscheibenmaschine. Verschließen Sie die Tür. Ihre Karte ist bereits aktiviert.«

Judith hielt das Plastikding vor den Leser, und das Schloss

schnappte zu. Sie folgte Hundtwurf zum Aufzug. Schweigend fuhren sie wieder hinauf. Er verabschiedete sich nicht von ihr, sondern blieb einfach im Lift stehen, als sie im Erdgeschoss ausstieg. Links ging es in die Eingangshalle, rechts Richtung Personaleingang. Sie wandte sich nach links.

Die Halle wirkte durch das trübe Nachmittagslicht leer und verlassen. Am Tresen stand dieses Mal ein junger Mann, der nur kurz aufsah, da er offenbar annahm, dass ihr Auftauchen seine Ordnung hatte. Der Lärm der Stadt drang gedämpft durch die dicken Glasscheiben. Judith ging zu der Stelle, wo Merteuille gelegen hatte. Der Granit glänzte spiegelblank, die Zeitschriften und Prospekte auf dem niedrigen Tisch vor der Sitzgruppe wirkten immer noch unberührt. Ein Blatt löste sich aus der dichten Krone des Ficus und segelte wie in Zeitlupe zu Boden.

Judith sah hinauf zur Galerie – und erschrak. Oben stand Hundtwurf. Zwei Sekunden lang sahen sie sich an, dann verschwand er hinter dem Geländer.

40

Bastide Larcan hatte sich im Hotel Das Stue eingemietet, das er wegen seiner Lage und Ästhetik gleichermaßen schätzte. In der Bar gab es die besten Drinks nördlich von Venedig, und obwohl sie Hausgästen wie Besuchern offen stand, verirrten sich nur selten Touristen oder schaulustige Berliner in die eleganten Räume. Das Gebäude war in den dreißiger Jahren des vergangenen Jahrhunderts als Botschaft von Dänemark errichtet worden. Wuchtige Säulen, Eichentreppen, Terrazzoböden, Marmor – ein Fels in der Brandung unruhiger Zeiten. Und zugleich eine architektonische Einschüchterung, die erst der Umbau und die Moder-

nisierung gemildert hatten. Warme Holztöne, dezente Wandtä-
felungen, eine gewaltige Flügeltreppe und in der Mitte, von einer
avantgardistischen Kronleuchterinterpretation in Szene gesetzt,
ein gewaltiges hölzernes Krokodil. Zoo und Tiergarten lagen
direkt vor der Tür.

Larcan durchquerte die Halle und hielt auf die Bar zu, die in
einem modernen Anbau untergebracht war. Dabei warf er noch
einmal einen Blick auf die SMS, die er vor ein paar Tagen erhalten hatte.

Elle fait. Dimanche à vendredi, cinq à sept heures. Accès limité.
Sonntag bis Freitag von fünf bis sieben würde Judith Kepler in
der CHL arbeiten. Sie hatte beschränkten Zutritt, aber das würde
sich schnell ändern. Der Countdown lief, die nächste Spielfigur
kam aufs Brett. Er dachte an Nathalie. Sie verabscheute es, wenn
er Menschen als Werkzeug betrachtete. Aber was waren sie denn
schon anderes als Diener einer Sache? Die *night manager*, die im
Eingang hinter zwei Schreibtischen saßen. Die Angestellten, die
sich diskret in der Nähe der großen Portale aufhielten, um neu
eintreffenden Gästen behilflich zu sein. Der Barkeeper, der ihn
mit einem freundlichen Nicken grüßte. Und schließlich er, Larcan, der um diese Zeit freie Platzwahl hatte. Er stand im Dienst
seines Auftraggebers, er war das Werkzeug des Republikaners,
mit seiner Hilfe wurden die Weichen neu gestellt. Ob zum Guten oder zum Schlechten – wer mochte das schon sagen? Die
Überschriften der Zeitungen, die auf einer Konsole lagen, bestätigten in mehreren Sprachen, dass der Zustand der Welt wohl
kaum ein optimaler war.

Er setzte sich so, dass er den Eingang im Auge hatte, jedoch
selbst nicht auf den ersten Blick entdeckt werden würde. Der
Barkeeper nahm die Bestellung auf – Martini, was Larcan für
den Anlass des Gesprächs und die Tageszeit angemessen erschien. Dann schlug er die *France Soir* auf und beschäftigte sich

damit, seine schlechte Meinung vom Zustand der Welt Artikel für Artikel zu bestätigen.

Er sah erst wieder hoch, als ein junger Mann vor ihm auftauchte und sich mit einem »*Bonsoir*« neben ihm niederließ. Obwohl ihre letzte Begegnung einige Zeit zurücklag und sein Gegenüber damals ausgesehen hatte wie ein Surfer vom Frishman Beach in Tel Aviv, wusste Larcan auf den ersten Blick, wen er vor sich hatte: Mor Levi Livnat. Ein hübscher Bengel mit der leichten Bräune all jener, die das Glück hatten, am Meer zu leben. Schmales Gesicht, hellwache, dunkle Augen, schwarze Haare, die mit viel Sorgfalt so geschnitten waren, dass ihm immer eine Strähne in die Stirn fiel.

Der junge Israeli trug die Kluft des internationalen Hacker-Jetsets: Hoodie, Jeans, Slipper. Alles teure Marken, die das Kunststück schaffen, jemanden lässig und stilvoll zugleich aussehen zu lassen. Larcan kam sich in seinem Anzug steif und overdressed vor. Auch weil er mitbekam, wie sich die beiden jungen Frauen, die offenbar gerade von einer ausgedehnten Shoppingtour zurückkamen und unschlüssig im Eingang der Bar stehen blieben, mit einem Blick auf Livnat entschieden, ihre Tüten einem vorübereilenden Pagen in die Hand zu drücken und in direkter Sichtachse zu ihnen die nächstgelegene Sitzgruppe in Beschlag zu nehmen. Das Gezwitscher ihrer Stimmen klang aufgekratzt. Es erinnerte Larcan an seine aktive Zeit.

»*Bonsoir*«, erwiderte er und blieb im Französischen. »Schön, dass Sie so kurzfristig Zeit haben.« ·

»Für Berlin immer. Ein Cousin von mir ist auf dem Touro College und macht dort seinen Master of Business Administration. Eine schöne Gelegenheit, ihn wiederzusehen.«

Larcan hob kaum merklich die Augenbrauen.

»In erster Linie interessiert mich natürlich der Job. Können wir Namen nennen und offen reden?«

Larcan hatte den Ort aus genau diesem Grund ausgesucht. Die Sitzinseln waren weit genug voneinander entfernt und außerdem durch die hohen Sessellehnen zu gut abgeschirmt, als dass die anderen Barbesucher etwas von ihrem Gespräch aufschnappen konnten. Er gab dem Pagen einen diskreten Wink. Der arme Junge in seiner Livree lauschte mit unendlicher Geduld den beiden jungen Damen, die gerade ihre Bestellung aufgaben, sie revidierten, sich entschlossen, aber nein, vielleicht lieber doch nicht ...

»Sie haben alles dabei?«

Livnat nickte. »Ich werde ein eigenes Mobilfunknetzwerk über eine GSM-Basisstation aufbauen, dann haben wir eine private Funkzelle. Alles Weitere lässt sich mit dem Laptop und einem Router erledigen.« Er beugte sich vor und streifte die eine der jungen Frauen, ein blondes Ding mit langen Beinen und Wohlstandspolitur von Kopf bis Fuß, mit einem schnellen Seitenblick. »Und dann?«

»Dann hacken Sie die Bank.«

»Darf ich fragen, zu welchem Zweck?«

»Ihr Job wird sein, die Kundendaten zu manipulieren.«

Livnat spitzte die Lippen, als ob er einen anerkennenden Pfiff ausstoßen wollte, was er glücklicherweise unterließ. »Handelt es sich bei dieser Bank etwa um das Haus ...«

»*Oui*. Ein Clearingunternehmen, das Wertpapiere für die internationalen Kapitalmärkte verwahrt. Offiziell. Allerdings existieren dort auch etliche Geheimkonten, über die Zahlungen abgewickelt werden, von denen die Öffentlichkeit nichts erfahren soll. Letzteres wollen wir ändern.«

»Ah. So etwas wie die Steuer-CDs, die dem Schweizer Bankensystem fast das Genick gebrochen haben? Und den Eigentümern der Schwarzgeldkonten erst recht?«

»Exakt.«

»Die wurden aber von Mitarbeitern der Banken gestohlen. Das bin ich nicht. Ich müsste von außen in das geschlossene Kernbanksystem eindringen. Wie alt ist die CHL?«

Der Page kam endlich zu ihnen, und Livnat bestellte dasselbe wie Larcan, was der Mann mit einem Nicken und schnellem Rückzug quittierte. Die jungen Frauen kicherten erneut.

»Was meinen Sie damit? Wann die Bank gegründet wurde?«

»Genau.« Livnat beugte sich vor. »Jedes Geldinstitut hat ein eigenes, verbundinternes Softwaresystem, das sich oft über Jahrzehnte hinweg entwickelt hat. Je älter, desto … na ja … anfälliger, würde ich mal sagen. Das Einfallstor sind die Schnittstellen. Sie haben gesagt, das Hauptgeschäft der CHL seien Wertpapiere für internationale Finanzmärkte. Da gibt es die Aufsichtsbehörden, die Steuer und die Bundesbank. Der juristische Bestand muss skalierbar sein, aber die meisten deutschen Banken …«

»Es ist eine Liechtensteiner.«

»Liechtenstein. Ach so. Nun ja, auch die gelten nicht gerade als Paradebeispiel für moderne, parametergesteuerte Abwicklungsprozesse.«

Wieder ploppte das *früher* in Larcans Hirn auf, als die Leute Geld noch aufs Sparbuch einzahlten und der Unterschied zwischen Soll und Haben das einzig Relevante in ihrem kalkulierbaren Leben war. Livnat erklärte ihm offenbar gerade, dass alte Banken veraltete Softwarepakete benutzten. Er war ein Hacker. Einer der besten, die auf dem freien Markt zu haben waren. Also musste er auch über die Systeme Bescheid wissen, die er knacken sollte. Dennoch gefiel es Larcan nicht, wie Livnat dieses Herrschaftswissen präsentierte.

»Sie kommen also rein?«, fragte er kühl.

Livnat grinste. »Die alten Ladys lege ich am liebsten flach. Sie zieren sich zwar erst ein bisschen, aber dann öffnen sie einem ihre Tore mit einem Hallelujah. Am besten wäre es, wenn sie mitten in der Modernisierung wären. Die Deutsche Bank versenkt gerade ›Magellan‹, so heißt das größte Softwareprojekt ihrer Geschichte, angeblich wegen technischer Probleme. Hätten sie es mal in meine Hände gelegt…«

Sein Blick huschte zu der Blonden hinüber. Die schlug graziös die Beine übereinander. Larcan ärgerte dieser Flirt. Er lenkte Livnat ab.

»Ich interpretiere das mal als Ja.«

Der Page servierte den Damen ihre Drinks. Einen Alexander für die Blonde, einen Gin Fizz für ihre dunkelhaarige Freundin. Sie hoben das Glas in Livnats Richtung. Dem fiel endlich auf, dass er aus anderen Gründen in diesem Hotel war.

»Natürlich. Selbstverständlich komme ich in das System. Also eine CD von den geheimen Konten der CHL.«

»Eine Manipulation der Konten«, verbesserte ihn Larcan. Der junge Mann sollte besser zuhören, sonst konnte er noch am selben Abend zurück nach Tel Aviv fliegen.

»Eine Manipulation? Das wird schwieriger. Da brauchen wir jemanden in der Bank, der mir einen Zugang legt.«

»Den haben wir. Allerdings ist es kein Profi.«

»Kein Problem. Ist es ein Banker? Jemand, der die Technik wartet? Er sollte Zugang zum System haben. Oder wenigstens in der Lage sein, einen Schalter zu betätigen.«

»Sie haben die Dame selbst ausgesucht.«

»Wollen Sie mich auf den Arm nehmen?«

»Nein. Auf keinen Fall.«»

»Die Putzfrau? Im Ernst?«

»Ich würde nicht mit Ihnen hier sitzen, wenn ich einen Witz machen wollte.«

»Ja«, antwortete der Israeli. Er hatte endlich erkannt, was von ihm erwartet wurde.

Der Page kam mit Livnats Martini. Der junge Mann nahm das

Glas und stürzte den Inhalt in einem Zug herunter. Dann atmete er tief durch und lehnte sich zurück. »Noch einen!«, rief er dem Livrierten hinterher.

»Judith Kepler?«

Larcan nickte.

»Hören Sie, ich glaube, Sie wissen nicht, was Sie da von mir verlangen. Ich kenne den Lebenslauf dieser Frau. Ich dachte, sie brauchen sie für irgendetwas... keine Ahnung. Diebstahl. Spionage. Ein Attentat, wenn Kunden aus irgendwelchen Schurkenstaaten im Keller ihre Goldbarren zählen wollen. Aber eine Manipulation geheimer Konten? Durch eine Frau, die noch nicht einmal einen ordentlichen Schulabschluss hat? Eine Versagerin? Jemand, der sein Leben verkackt hat und jetzt Flure wischt?«

Larcan hätte nicht sagen können, was genau ihn an Livnats Rede störte. Vielleicht die Herablassung. Die Vorurteile. Die drastische Wortwahl, die doch eigentlich mitten ins Schwarze traf.

»Genau deshalb eignet sie sich hervorragend, um Ihnen zur Seite zu stehen«, sagte er ungerührt. »Niemand wird Frau Kepler ernsthaft verdächtigen, das«, er suchte nach dem richtigen Wort, »Kernbanksystem der CHL manipuliert zu haben. Ich frage Sie nur *ein* Mal, deshalb überlegen Sie sich Ihre Antwort gut. Sind Sie in der Lage, Judith Kepler Anweisungen zu geben, wie sie in dieses System eindringen kann?«

»Eine Putzfrau im *core banking system*... Weiß sie, wie man einen Computer einschaltet?«

»Das nehme ich wohl an.«

Livnat stöhnte leise auf. »Wir können es gerne versuchen. Aber eine falsche Zahl, ein kurzes Zögern... Habe ich eine Ahnung, wie sie tickt und wie viel sie kapiert?«

»Noch einmal, Herr Livnat. Werden Sie Frau Kepler dazu

bringen können, die geheimen Konten einer Liechtensteiner Clearingbank in meinem Sinne zu manipulieren?«

»Sagen Sie mir, um was es geht, und Sie bekommen eine Antwort.«

»Ein Schritt nach dem anderen. Ja oder nein?«

Der nächste Martini kam und unterbrach das Gespräch. Livnat stürzte auch dieses Getränk herunter. Dann trommelte er ungeduldig mit den Fingern auf die Armlehne, stöhnte noch ein paar Mal und lenkte den Blick gen Himmel, als ob ihm von dort oben eine Eingebung zugeflüstert wurde.

»Okay«, sagte er schließlich.

»Was heißt das? Ja oder Nein?«

»Ja.«

Larcan reichte ihm die Hand, Livnat zögerte.

»Es müssen ein paar Vorbereitungen getroffen werden. Daran können wir auch erkennen, ob sie es schafft oder nicht. Lassen Sie uns diese Probe machen.«

»Wie viel Zeit würden Sie dafür veranschlagen?«

»Einen Tag Verzögerung, maximal.«

»In Ordnung.«

Livnat schlug ein. Larcan wollte aufstehen, aber der junge Israeli bat ihn mit einer Handbewegung, noch einmal Platz zu nehmen.

»Ich habe noch etwas für Sie. Sie waren immer ein fairer Geschäftspartner. Ich bin sehr eigen, was das betrifft.«

Larcan war gespannt, womit der Israeli herausrücken würde. Die alte Sache mit den U-Booten? Vermutlich hatte ihm das beim Mossad eine lobende Erwähnung eingebracht. Dann jedoch traute er seinen Augen nicht. Der junge Mann zog aus der Bauchtasche seines Hoodies mehrere eng zusammengefaltete Papiere, die er über den Tisch reichte. Larcan nahm das seltsame Geschenk mit einem leichten Zögern an.

»Was ist das?«

»Papier ist anachronistisch, aber für manche Dinge einfach immer noch unersetzbar. Nur ein sequenzieller Zugriff auf Ihre eigene *firewall*. Sie sollten sie ab und zu überprüfen.«

Larcan sah Kolonnen von Zahlen und Buchstabenreihen. »Sie erwarten nicht, dass ich das entziffern kann.«

»Nein. Dafür müsste all das wieder eingespeist werden, und wer will sich schon die Mühe machen. Es sei denn, Sie wollen meine Analyse in Zweifel ziehen. Dann geben Sie das hier einem Spezialisten Ihres Vertrauens. Der wird Ihnen das Gleiche sagen wie ich.«

»Was denn?«

»Der Bundesnachrichtendienst will wissen, wer Sie sind, Bastide Larcan. Bis neunzehnhundertzweiundneunzig lässt sich Ihr Lebenslauf lückenlos zurückverfolgen. Ab dann gibt es nur noch Ihre Referenzdaten. Geboren neunzehnhundertsiebenundfünfzig in Colmar, das ist im Elsass, glaube ich. Schulbesuch, eine Immatrikulation an der Université Robert Schumann in Straßburg. Kein Abschluss, kein Diplom. Wir finden Sie erst wieder Anfang der neunziger Jahre, einer sehr turbulenten Zeit«, schloss Livnat vielsagend.

»*Toda* – danke.« Larcan gab dem Barkeeper ein Zeichen, die Rechnung zu bringen.

Livnat zog ein Blatt aus dem Stapel heraus. »Das hier ist ein Querverweis zu einer Art Behörde mit einem schrecklich komplizierten Namen. Der Bundesbeauftrage für Stasiunterlagen.«

Sofort wurde Larcan hellhörig. Nach außen hin warf er jedoch nur einen mäßig interessierten Blick auf das Papier. »Ja?«

»Ihr Name wird im Zusammenhang mit einem ehemaligen Meisterspion genannt. Richard Lindner. Der Mann ist neunzehnhundertfünfundachtzig bei einem Autounfall in den Karpaten ums Leben gekommen.«

»Sollte ich ihn kennen? Steht das etwa da drin?«

Livnat zuckte mit den Schultern. »Es geht mich nichts an. Querverweise sind eine blöde Sache. Jemand sagt etwas, ein anderer schreibt es auf, und Jahre später ploppt es wie eine Moorleiche an die Oberfläche... Irgendein Gedächtnisprotokoll von Lindners Führungsoffizier soll existieren. Wo, dürfen Sie mich nicht fragen. Auf jeden Fall müssen Sie mit dem Mann Kontakt gehabt haben.«

»Wie heißt er?«

»Fichte wie Tanne. Sind Sie Lindner? Hat man Sie in einer Karpatenschlucht verrecken lassen und Ihnen dann neue Papiere ausgestellt?«

»Nein. Ich würde darauf gerne mit einem Satz wie ›Rumänien sehen und sterben‹ antworten, aber versteigen Sie sich nicht in solche Annahmen.« Larcan reichte ihm die Ausdrucke zurück.

»Sie wollen nicht wissen, wer sich da so sehr für Sie interessiert?«, fragte Livnat. Er sah aus wie ein Kind, dem man die Geburtstagsüberraschung verdorben hatte.

»Der Bundesnachrichtendienst. Das haben Sie doch gerade gesagt.«

»Ich meinte, wer dahintersteckt?«

»Auch darüber hege ich keinen Zweifel. Es ist ein Mann namens Quirin Kaiserley. Er hat seine aktive Laufbahn beendet, aber seine Kontakte bestehen offenbar immer noch. Ich danke Ihnen, aufrichtig«, setzte er hinzu, weil er Livnat nicht zu sehr demotivieren wollte. »Behalten Sie die Sache im Auge und informieren Sie mich, sollten gravierende Veränderungen eintreten.«

»Ja. Natürlich.«

Larcan erhob sich und ließ die Rechnung auf sein Zimmer schreiben. Als er die Bar verließ, saß der Israeli bereits bei den beiden Damen am Tisch. Ihr Lachen umfing ihn bis in die Halle, und er beschloss, das leise Ziehen in seiner Brust nicht als Neid, sondern als Sehnsucht nach alten Tagen mit aufs Zimmer zu nehmen.

41

Zwei Tage später, am ersten Dezember, ging es los. Die CHL war nach Krankenhäusern der ödeste Job, den man sich vorstellen konnte. Mochten die Herren in den oberen Etagen es auch anders sehen und bei dem Gedanken hyperventilieren, dass täglich eine externe Sechser-Putzkolonne ihre geweihten Hallen betrat. Aber was die Herausforderung der Arbeit betraf, war selbst die Palliativstation von St. Marien unterhaltsamer.

Um Viertel vor fünf trafen sie ein, mussten bei dem übermüdeten, gerade eingetroffenen Pförtner durch die Sicherheitsschleuse und alle persönlichen Gegenstände inklusive Handy abgeben, ehe es hinunter in den Keller ging. Dort zogen sie sich um, streiften die nagelneuen Satelliten über, teilten sich einen Rollwagen zu zweit und schwärmten in die Stockwerke aus. Judith übernahm mit Liz das Erdgeschoss und die erste Etage. Lange Flure mit Teppichböden, pflegeleicht, ordentlich aufgeräumte Großraumbüros, die Papierkörbe kaum benutzt. Ab und zu eine Topfpflanze. Einige Bilderrahmen mit Familienfotos. Die schräge Kaffeebechersammlung, die es in jeder Bürogemeinschaft zu geben schien.

Um sieben kam die Casino-Belegschaft, die sich auch um die Obst- und Süßigkeitenkörbe in den Kaffeeinseln kümmerte. Bis dahin mussten sie fertig sein. An den ersten Tagen verspäteten sie sich etwas, weshalb es zu kurzen Begegnungen mit der Küchenbrigade und den Frühaufstehern kam oder sie einem der Wachleute über den Weg liefen, der sich zum Feierabend noch einen First-Class-Kaffee von einer der Abteilungsleitermaschinen holte.

Einmal fand Judith einen schlafenden Banker vor seinem Computer vor. Der Bildschirmschoner zeigte eine Poollandschaft mit Bikinischönheiten. Auf seinem Namensschild, das er abgelegt hatte, stand »Michael O'Connor, *Business Development Manager*«. Als sie den Staubsauger anwarf, erwachte der Mann, ein etwas fülliger Mittdreißiger, in großer Ratlosigkeit, sah auf die Uhr, murmelte »*Oh my God, oh my God*« und suchte hektisch seine Siebensachen zusammen.

Judith rief ihm ein »Guten Morgen« hinterher, doch er erwiderte den Gruß nicht.

Die Büros in den ersten fünf Etagen unterschieden sich nicht voneinander. In der sechsten dagegen sah es anders aus. Es gab eine Sitzgruppe mit dem unvermeidlichen Ficus – wahrscheinlich ein Ableger aus dem Atrium, ein paar seltsame abstrakte Bilder an den Wänden und Einzelbüros. Die Manager und Vorstände mussten im siebten Stock sitzen, dort, wo die Patrizier und vermutlich auch Harras residierten. Natürlich probierte Judith die Karte aus. Doch Hundtwurf hatte ganze Arbeit geleistet. Der siebte Stock war tabu. Sie konnte ihn weder mit dem Aufzug noch über die Notfalltreppe erreichen.

Meltem wischte in der sechsten gerade das Geländer ab und bekam nicht mit, dass Judith es hinter ihrem Rücken gerade versucht hatte.

»Schon Viertel nach sieben«, rief sie der Kollegin zu. »Wir müssen uns beeilen.«

Das Stakkato hoher Absätze echote aus der Empfangshalle bis unters Dach. Die Frontoffizierin enterte ihr Reich.

»Ist alles noch fremd«, protestierte Meltem und wischte sich den Schweiß von der Stirn.

Ihr Kopftuch war verrutscht. Unter dem Barett dunkle Haare

mit grauen Strähnen. Fast sechzig Jahre alt und immer noch flink wie ein Wiesel. Drei Kinder, acht Enkel. Und ein Häuschen in der Nähe von Trabzon. Judith hatte Fotos gesehen, vom Meer, von Olivenbäumen und einer charmanten kleinen Stadt, in der die Menschen unter schattigen Bäumen saßen und Kaffee tranken. Meltem wollte zurück. Die Kinder nicht. Die Enkel wussten zum Teil nicht einmal, wie es dort aussah.

»Wird schon.«

Judith spähte durch die Glasfront hinüber zum Bahnhof Friedrichstraße. Es würde ein trockener, kalter Tag werden, mit windigen Böen, die die Mäntel auseinanderrissen und die Menschen zur Eile antrieben. Es war ein einziges Hasten, Rennen, Sichausweichen. Nur der Mann auf der gegenüberliegenden Straßenseite stand da wie ein Fels in der Brandung. Larcan.

Judiths Herzschlag setzte kurz aus, um im nächsten Moment mit doppelter Geschwindigkeit loszulegen. Einen Moment schwankte sie, und der Granitboden tief unter ihr kam ihr vor wie träge schwappendes schwarzes Öl.

»Judith?« Meltem warf den Lappen in den Eimer und berührte sie sanft am Arm. »Alles okay?«

»Alles okay. Ich muss bloß mal an die frische Luft. Du machst Schichtende und unterzeichnest das Reinigungsprotokoll.«

»Ich?«, rief Meltem ihr ratlos hinterher.

Sie nahm die Treppe, weil beide Lifte besetzt waren und sie keine Lust hatte, einem der Angestellten zu begegnen. Ihr Putzwagen stand noch im Erdgeschoss. Sie überließ ihn Liz, die ihr fragend hinterhersah, rannte in den Keller, zog sich in Windeseile um und ließ am Ausgang die Kontrolle über sich ergehen. Dann schnappte sie sich ihre Sachen aus dem Schließfach und stürmte hinaus in die Kälte.

Er war fort.

Verdammt! Hilflos sah sie sich um. Hier hatte er doch gestanden und zu ihr herübergestarrt. Fast in die Augen gesehen hatte er ihr.

Sie lief ein paar Schritte weiter bis zur Kreuzung, ließ sich von den Menschenmassen auf die andere Straßenseite ziehen und entschloss sich, die zehn Minuten gestohlene Zeit in einen Kaffee zu investieren. Sie betrat eine Stehbäckerei mit einem langen Tisch an der Fensterfront zur Friedrichstraße. Es duftete nach frisch gepresstem Orangensaft und Brot. In den Auslagen türmten sich belegte Sandwiches und Baguettes. Ihr Magen knurrte. Fast vier Euro für ein Käsebrötchen. Dafür war sie zu geizig. Stattdessen gönnte sie sich ein Croissant und einen Cappuccino, balancierte alles auf einem Tablett zum Fenster und fand einen freien Hocker. Sie hatte kaum Platz genommen, als jemand sein Tablett neben ihres stellte und sich ebenfalls einen Hocker heranzog.

Judith, die gerade das Croissant in zwei Teile brechen wollte, hielt inne. Sie musste nicht nach links sehen. Sie spürte ihn. Sie roch den Hauch Zitrus und Bergamotte. Sie sah seine Hand, noch immer leicht gebräunt, die zwei Zuckerwürfel in einem schwarzen Kaffee versenkte, nach dem Plastikstäbchen griff und umrührte. Jede Faser ihres Körpers war auf Flucht gepolt. Sie wäre am liebsten hinausgerannt, zwang sich jedoch, sitzenzubleiben, das Croissant zurückzulegen und sich die Hände an der Arbeitshose abzuwischen.

»*Un bel jour*«, sagte er.

Judith verstand nicht, was er meinte. Langsam drehte sie den Kopf. Sie sah sein Profil, herrisch, stolz, gewohnt, Anweisungen zu geben, statt sie zu befolgen, und fühlte sich in seiner Gegenwart schrumpfen. »Morgen«, antwortete sie. »Sie sind ja früh auf den Beinen.«

»Haben Sie über mein Angebot nachgedacht?«

»Müssen wir das hier besprechen?«

Ein kühles Lächeln zog an seinen Mundwinkeln. Jetzt erst wandte er den Kopf und ließ den Blick über ihren Aufzug wandern. »Sie würden zu sehr auffallen, dort, wo ich abgestiegen bin.«

»Ah, ein Hotel. Der Handlungsreisende ohne festen Wohnsitz.«

»Sie haben recht. Der Liebhaber ist an der Côte d'Azur geblieben.«

Judith griff nach ihrer Tasse und stellte fest, dass es ihr ohne zu zittern gelang. Was zum Teufel brachte sie an diesem Mann so durcheinander? Wahrscheinlich die hunderttausend Euro, die du ihm abzocken willst, dachte sie. Geschieht auch nicht alle Tage, in einer Stehbäckerei an der Friedrichstraße morgens kurz vor halb acht.

»Sie mögen alte italienische Kriminalromane?«, fragte sie.

»Von Fall zu Fall. Also?«

Um ihre kleine Gesprächsinsel herum tobte die Rushhour der frühen Handwerker und Angestellten. Kaffee und Brötchentüten wechselten die Besitzer. Der Laden war brechend voll, die Tür stand kaum still bei all dem Kommen und Gehen. Niemand beachtete sie, der hohe Geräuschpegel verhinderte, dass irgendjemand ihre Unterhaltung belauschen konnte.

»Ich bin einverstanden. Allerdings nicht zu Ihren Bedingungen. Eine halbe Million kriegen Sie. Und da wollen Sie mich mit fünfzigtausend auf die Rolle schicken?«

»So ist der Plan.«

»Nicht meiner. Der sieht vor, dass ich unter hunderttausend keinen Finger rühre.«

Ein leises, schnaubendes Lachen war die Antwort. Judith nickte und steckte die Reste des Croissants in die Tüte zurück.

»Ich denke, Sie haben keine Wahl, Frau Kepler.«

»So?« Sie rutschte von dem Hochstuhl und schob ihn unter

den Tisch. »Natürlich habe ich die, und ich sage nein. Nicht zu diesen Bedingungen.«

»Ich könnte noch ein bisschen was drauflegen, Christina.«

Schon wieder dieser Name aus seinem Mund. Wie ein Stilett jagte er ihr mitten ins Herz. Sie sah ihm ins Gesicht. Kein Muskel regte sich. Er wartete auf ihre Reaktion. Aber sie hatte den Moment schon zu oft in Gedanken durchgespielt, um noch einmal so eiskalt erwischt zu werden.

»Hunderttausend. Und eine Antwort.«

»Nun habe *ich* die Wahl?«

Sie nickte, griff nach dem Cappuccino und trank ihn, lauwarm, wie er mittlerweile war, aus. Larcan hob die Hand und näherte sie ihrem Gesicht. Instinktiv wich sie zurück. Es hatte nichts mit ihm zu tun, war einfach ein Reflex. Er hielt inne, wartete einen Moment, nahm dann eine Serviette aus einem der Spender und reichte sie ihr. Langsam ergriff sie das Papiertuch und wischte sich damit über den Mund.

Er lächelte. »Es verhandelt sich schlecht mit einem Milchbart.«

Erstaunlich, wie sehr er sich veränderte, sobald er sich eine Gefühlsregung gestattete. Judith schien ihn zu amüsieren.

Sie knüllte die Serviette zusammen und warf sie auf ihr Tablett. »Also?«

»Sie fangen recht spät mit dem Handeln an. Sechzigtausend.«

»Der Letzte, den Sie angeheuert haben, war ein Banker.« Sie sah, wie etwas in seinen Augen aufblitzte. Eine Art verhaltener Ärger. Nun traf ihn ihr Stilett, und sie drehte es gerne in seiner Wunde. »Ich habe sein Blut aufgewischt. Egal, ob er gesprungen ist oder jemand nachgeholfen hat… Wer sagt mir, dass ich nicht die Nächste bin? Wer da drüben«, sie wies mit dem Kopf hinaus aus dem großen Fenster, quer über die Kreuzung auf die CHL, «wusste alles Bescheid? Wer von all den Vorstandsmitgliedern und Anzugträgern, von all den Männern und Frauen mit ihren komplizierten Berufen, wer von denen, die nur mit Chipkarte da reinkommen und sämtliche Sicherheitschecks mit einer Eins plus bestanden haben, wer ist Schuld am Tod dieses Mannes? Sie schicken mich in die Höhle des Löwen, Sie versuchen es einfach noch einmal und glauben, Sie könnten mich mit Peanuts kaufen?«

Larcan räusperte sich. »Es war Selbstmord.«

»Die Polizei ermittelt noch, und es wird alles darauf hinauslaufen, dass der Wachmann beim Berühren der Leiche nicht richtig aufgepasst hat. Aber ich weiß es besser. Denn ich war vor Ort. Ich habe Spuren gesehen, die darauf hinweisen, dass vor ihm jemand an der Leiche war. Warum? Wurde er bestohlen? Hatte er etwas bei sich, das nicht in die falschen Hände geraten sollte? In Ihre, zum Beispiel?«

Larcan schwieg. Draußen auf der Straße stemmten sich die Menschen dem Wind entgegen.

»Er hat getan, was Sie wollten. Aber irgendjemand da drüben in dieser ehrwürdigen Bank hat Ihnen einen Strich durch die Rechnung gemacht. Jetzt soll ich ausführen, was mein Vorgänger nicht zu Ende gebracht hat? Für die paar Kröten?«

Sie wartete, doch er brauchte offenbar Zeit, um die Erkenntnis sacken zu lassen. Schließlich trank er seinen Espresso und holte ein Paar schwarze Lederhandschuhe aus der Manteltasche. »Er war erpressbar. Ich fürchtete, ich hätte die Daumenschrauben zu fest gezogen. Einen Selbstmord hätte ich mir nur schwer verzeihen können. Ich danke Ihnen.«

»Aha.« Verständnislos beobachtete Judith, wie er sich die Handschuhe überstreifte. »Und Mord? Totschlag? Interessiert Sie alles nicht? Ist nicht Ihre Baustelle?«

»Wir können jetzt präziser planen.«

Alles in Judith sehnte sich danach, diesen Mann stehen zu lassen und in die Kälte hinauszurennen. Ihr Widerwille gegen Larcan war so mächtig, dass einzig der Gedanke an Tabea sie davon abhielt. Hunderttausend Euro, trommelte es in ihrem Kopf. Du brauchst das Geld von dem Gangster im Maßanzug, um es Gangstern in Thor-Steinar-Sweatshirts vor die Füße zu werfen. Gibt es keinen dritten Weg? Nein, solange die Mildreds wegschauen und der Kripo, dem Staatsschutz und wem noch alles die Hände gebunden sind, weil diese Verbrecher genau wissen, wie sie alle an der Nase herumführen können.

»Also«, rang sie sich schließlich ab. »Genau meine Rede. Je präziser der Plan, desto teurer. Hunderttausend. In bar. Große Scheine, wenn's geht.«

Wieder dieses Lächeln. Als ob sie ihn amüsieren würde. Sie redeten über Mord. Geheimnisverrat. Über etwas, das so schlimm sein musste, dass es einen Mann das Leben gekostet hatte, und Larcan lächelte.

»Wenn ich mich darauf einlasse, tun Sie dann, was ich Ihnen sage?«

»Das ist Punkt zwei der Verhandlungen.«

»Ich hätte Sie nicht für so geldgierig gehalten.«

Das saß. Sie schluckte. »So? Für was denn dann?«

Er klappte den Mantelkragen hoch und spähte zur Tür, wo sich schon wieder ein Menschenknäuel gebildet hatte. »Idealistisch? Davon überzeugt, nur das Richtige zu tun? Wir hacken eine Bank. Generationen junger Menschen träumen davon, Sand in dieses Getriebe zu streuen. Wofür brauchen Sie so viel Geld?«

Judith atmete tief durch. »Vielleicht um mir zu beweisen, dass ich es wert bin. Und wenn wir noch länger drumherum reden, sind wir bald bei einer Viertelmillion.«

»Geben Sie mir Ihre Chipkarte.«

»Das darf ich nicht.«

»Sie dürften auch nicht mit mir reden. Geben Sie sie mir.«

»Hunderttausend?«

Er unterdrückte einen ungeduldigen Seufzer. »Ich weiß nicht, ob das im Budget drin ist.«

»Hunderttausend?«

»Machen wir einen Deal.«

Sie zog die Chipkarte aus ihrer Hosentasche, clippte sie von ihrem Schlüsselbund ab und gab sie ihm. »Was haben Sie damit vor?«

»Wir wollen doch, dass Ihnen alle Türen des Hauses offen stehen.«

Judith beobachtete, wie er die Karte in ein Etui steckte, das ganz ausgebeult war von schwarzem, silbernem und goldenem Plastik. »Ich soll ganz nach oben?«

»Das bestimme nicht ich. Hier.« Er schob ihr einen kleinen schwarzen Kasten zu, der sie entfernt an Kaiserleys *jammer* erinnerte, umwickelt mit einem kurzen USB-Kabel. »Ein mobiler Router. Damit können Sie ein eigenes WLAN-Netz aufbauen. Den werden Sie da drin brauchen. Und das hier«, er schob ihr ein Handy über den Tisch, ein einfaches Modell, »ebenso. Achten Sie darauf, dass der Akku stets geladen ist. Ach ja, und besorgen Sie sich passende Kopfhörer. Plug-ins am besten.«

»Ich darf nichts ins Haus hineinbringen.«

»Ich denke, wir sind uns einig, dass nichts von dem, was wir gerade planen, mit einer Erlaubnis einhergeht.«

Judith rührte den Router und das Handy nicht an. »Doch. Irgendjemand will, dass wir das tun. Auch Sie sind nichts weiter als ein Befehlsempfänger. Wer steckt dahinter? Was wird das? Eine moderne Version des guten alten Bankraubs?«

»Eher das Gegenteil davon. Wir werden einige Menschen sehr, sehr glücklich machen. Vorerst zumindest. Und uns beide dazu.«

Sie nahm den Router in die Hand. Er fühlte sich gut an mit

353

seinen abgerundeten Ecken. »Und für dieses seltsame Glück müssen Menschen sterben?«

»Ich weiß es nicht.« Larcan nahm seine Espressotasse und trank den letzten Schluck. »Ich kann Ihnen nicht sagen, warum dieser arme Mann sterben musste. Ich habe ihn gebraucht. Und jetzt brauche ich Sie.«

»Hunderttausend.«

»Siebzig.«

»Hundert.«

»Wir unterhalten uns darüber, wenn es Ihnen gelingt, das hier in die CHL einzuschmuggeln und ein inhäusiges WLAN-Netz aufzubauen. Danach gibt es weitere Anweisungen.«

Sie steckte Handy und Router ein. »Gibt es irgendwo eine Gebrauchsanweisung dafür?«

»Bestimmt. Ich melde mich wieder bei Ihnen.«

»Und meine Karte?«

»Morgen.«

Bevor Judith noch etwas sagen konnte, war er aufgestanden und hatte sich an den Wartenden vorbei auf die Straße gedrängt. Sie sah ihm nach, wie er Richtung S-Bahn verschwand, ein mittelgroßer, gut gekleideter Herr, der den Tod seiner Söldner billigend in Kauf nahm, um ans Ziel zu kommen.

Den Rest des Tages würde sie darüber nachdenken, wie sie die beiden Geräte in die Bank schmuggeln, den Verlust ihrer Chipkarte erklären und sich selbst vor einem Mörder schützen konnte.

Sie dachte an Kaiserley und dass dies ein guter Grund wäre, ihn wieder einmal aufzusuchen.

42

Sie brachten ihn nach Berlin. In einer Linienmaschine. Die hinteren Sitzreihen waren vor den Blicken der Passagiere mit Vorhängen geschützt. Dort lag er, festgeschnallt auf einer Trage, vollgepumpt mit Schmerz- und Beruhigungsmitteln. Noch nicht einmal eine Krankenschwester war anwesend, die ihm im Fall einer mehrstündigen Verspätung weitere Medikamente hätte verabreichen können. Lediglich eine Stewardess ging den Sanitätern zur Hand. Der Tropf baumelte am Infusionsständer über ihm und stellte sich schräg, als die Maschine endlich startete.

Kaiserleys Körper schien zu explodieren. Es war sein Wunsch gewesen, die Pariser Klinik so schnell wie möglich zu verlassen, auch wenn ihn die Ärzte als nicht transportfähig eingestuft hatten. Die Kugel hatte ihn in die Brust getroffen und nur knapp die Aorta verfehlt. Der Blutverlust war enorm, das eiskalte Wasser hatte ihm das Leben gerettet – und ein Skipper von einem der Ausflugsboote weiter oben, der an Deck gestanden und heimlich eine Zigarette geraucht hatte. Er war der einzige Zeuge. Doch viel gesehen hatte er nicht. Mann oder Frau? Nicht darauf geachtet. Ein Schuss? Vielleicht, vielleicht auch die Fehlzündung eines Motors. Und dann war ein Mann von der Brücke ins Wasser gefallen, wie ein Stein, und der Skipper hatte die Polizei informiert. Bis sie eintraf, hatten zwei beherzte Passanten den leblosen Körper bereits aus dem Wasser gezogen, den sie kurz darauf mehr tot als lebendig ins nächstgelegene Krankenhaus transportiert hatten.

Das alles war geschehen, aber Kaiserley erinnerte sich nicht. Nur an die dröhnende Stille unter Wasser, die Schwärze um ihn herum und an eine Szene aus einem längst vergessenen Film.

Nachdem die Anschnallzeichen erloschen waren, glitt der

Vorhang zur Seite, und Teetee tauchte auf. Sein Grinsen war liebevoll genug, um es einem angst und bange werden zu lassen.

»Leider gibt es keine Schnabeltassen an Bord. Willst du einen Kaffee mit Strohhalm?«

Kaiserley konnte nicht antworten. Er war machtlos gegen die Fürsorge seines Sohnes, die so anstrengend war, dass er in manchen Momenten dachte, sie würde ihn eher ins Grab bringen als die Folgen der Schussverletzung. Er konnte bloß die Lippen zusammenpressen und den Kopf ein wenig zur Seite drehen, als Teetee ihm schließlich mit einem Kaffeelöffel etwas Flüssiges einflößen wollte. Es sollte vorbei sein. Endlich vorbei sein. Er war nicht geschaffen für Schwäche. Entweder sterben oder aufstehen. Dazwischen gab es für ihn nichts, und dass er diesen Zustand dennoch aushalten musste, machte ihn wütend.

Sie brachten ihn in die Charité. Dort ging das ganze Programm noch einmal von vorne los. Röntgen. MRT. Die Wunde gesäubert und neu verbunden. Ein paar Prellungen durch den Sturz – immerhin aus gut fünfzehn Metern Höhe. Glücklicherweise musste Teetee in den nächsten Tagen zurück nach Paris und versprach, beim nächsten Besuch vielleicht Claire mitzubringen, was Kaiserley am liebsten strikt abgelehnt hätte. Aber noch nicht einmal dazu reichte es. Er fühlte sich schwach wie ein Grashalm, auf den sich gerade ein Elefant zur Mittagsruhe abgelegt hatte. Nicht gesellschaftsfähig. Schnabeltassen-Opa. Ein Glück, dass er noch immer eitel war. Dann stand es wohl nicht ganz so schlecht um ihn.

Die Schwestern wechselten. Die Ärzte auch, sogar die Ermittlungsbeamten, die eines Tages vor seinem Bett standen und versuchten, aus dem Protokoll der französischen Kollegen schlau zu werden.

»Ein Raubüberfall?«

Kaiserleys Portemonnaie war noch da.

»Eine Provokation vielleicht?«

Kaiserley hatte mit niemandem gesprochen.

»Haben Sie Feinde?«

»In Paris?« Wenn es nicht so verdammt wehtäte, hätte er gelacht. »Vor zwanzig Jahren vielleicht.«

Einer der beiden Beamten, ein ungeduldiger Kerl in Lederjacke und Jeans (alle trugen Lederjacke und Jeans, die nicht als stinknormale Ermittler durchgehen wollten), fasste die Rechercheergebnisse zusammen. »Sie waren mal beim BND und hatten einen Prozess wegen Geheimnisverrats.«

»Das ist ziemlich lange her.« Seine Stimme klang schlimmer als Krähengekrächze. »Man hat mich in allen Punkten freigesprochen.«

»Manche Leute sind nachtragend.«

»Vorsicht«, ächzte Kaiserley. »Sie wollen doch nicht etwa behaupten, der BND hätte einen Killer auf mich angesetzt? In Paris? Das scheitert ja schon am Dienstreiseantrag.«

Der schwache Witz kam nicht an.

»Ich mein ja nur … Denken Sie noch mal nach. Irgendetwas muss Ihnen doch aufgefallen sein.«

»Ich weiß nicht, wer das war. Ich kann mich an nichts erinnern.«

Nur an die jähe Freude, die ihn bei Teetees Geständnis erwischt hatte. Und an die Hoffnung, die mit jedem Neuanfang einhergeht. Der Spaziergang durch das nächtliche Paris, das im Regen geglänzt hatte wie frisch gewaschen. Liebespaare unter viel zu kleinen Schirmen, Straßenhändler hinter ihren Auslagen, der Duft von Crêpes und nassem Laub, hupende Autos, deren Lichter über das Pflaster tanzten, dröhnende Musik, lachende Meuten, die Place de la Bastille. Und dann: Stille. Dunkelheit. Schmerz. Und ein Paar, das unter Wasser tanzte.

»Adieu.« Teetee berührte vorsichtig seine Hand. Es war sein

357

Abschiedsbesuch. Kaiserley öffnete mühsam die Augen. »Mein Flieger geht in zwei Stunden. Ich denke, du bist hier bestens versorgt. Wenn was ist, ruf an.«

Kaiserley versuchte ein Nicken. »Du musst... du musst mir einen Gefallen tun.«

Teetees Mimik sprach Bände. Was er davon hielt? Gar nichts. »Larcan...«

»Das geht nicht, wenn ich keinen Auftrag von oben habe.«

»Judith Kepler...«

»Das Thema hatten wir doch schon. Oder? Damit sind wir durch.«

»Wer«, Kaiserley tastete nach dem Handschalter und ließ die Rückenlehne hochfahren, »vom Verfassungsschutz ist in Schenken?«

Teetee, schon in Mantel und Schal, setzte sich mit sichtbarem Widerwillen noch einmal neben das Krankenbett. »Bist du eigentlich noch bei Sinnen?«, fragte er leise. »Das ist ein V-Mann. Den kennt gerade mal sein Quellenführer. Zu deiner Zeit war das vielleicht anders. Da sind die alten Kameraden in Bonn oder Pullach miteinander ein Bier trinken gegangen, und nach dem vierten oder fünften gab es keine Dienstgeheimnisse mehr. Heute läuft das nicht mehr so. Was willst du wissen?«

»Ich kann Judith nicht erreichen. Ich muss wissen, wo sie ist.«

»Ach so.« Teetees gespielte Verwunderung ärgerte Kaiserley. »Das kann ich dir sagen. Sie ist wieder in Berlin. Mehr weiß ich nicht. Und das auch nur vom Hörensagen.«

»Ich dachte, ihr trinkt kein Bier mehr miteinander«, stöhnte Kaiserley, dem das fast aufrechte Sitzen nicht bekam.

»Es ist alles in Ordnung mit ihr. Keine Auffälligkeiten. Sieht man mal davon ab, dass sie am Wochenende gerne mal was Deutschnationales unternimmt.«

»Und Larcan?

Teetee stand auf. Kaiserley kannte seinen Sohn gut genug, um die steile Falte auf dessen Stirn als Warnung zu verstehen, es nicht zu weit zu treiben.

»Finde du erst mal raus, wer dich in Paris fast erschossen hat und warum. Du hast doch gerade nichts am Laufen, oder? Ich wünsche mir nämlich, dass mein Kind seinen Großvater noch kennenlernt.«

Kaiserley wusste nicht, was sein Sohn unter »etwas am Laufen« verstand. Im Moment arbeitete er an einem Buch über die Geschichte des Bundesnachrichtendienstes. Zumindest hoffte er, die Arbeit daran in absehbarer Zeit fortsetzen zu können. Ein paar Artikel über die Taten- und Machtlosigkeit der Bundesregierung gegenüber dem Erstarken des Rechtsradikalismus. Putins brandgefährliche Europastrategie. Ein Schlenker zur NATO. Alles Themen, die relevante Infomationen leicht verständlich zusammenfassten, aber niemandem den Kopf kosteten. Ab und zu ein Expertengespräch. Vor ein paar Jahren noch war er ein gefragter Mann gewesen. Doch das Land hatte mittlerweile andere Sorgen als die Vergangenheit. Eigentlich fühlte er sich ganz wohl damit, dem Scheinwerferlicht adieu zu sagen. Er hatte gerade begonnen, der Ruhe positive Seiten abzuringen. Und dann das.

»Ich habe nichts am Laufen.«

»An deiner Stelle würde ich mir darüber Gedanken machen, warum dich jemand auf offener Straße…«

»Ich weiß es nicht! Versuch einfach…«

»Schluss jetzt!«, platzte es aus Teetee heraus. »Ich versuche gar nichts! Nie mehr! Dir ist dein Leben vielleicht egal. Dann kann ich nichts daran ändern. Aber ich habe eine Verantwortung. Ich weiß nicht, in welchen Dreckslöchern du wieder wühlen musst. Ich akzeptiere mittlerweile, dass ich dir einerlei bin und meine zukünftige Familie auch.«

Kaiserley wollte widersprechen, doch Teetee ließ es nicht zu.

»Kaum fängst du an, in der Vergangenheit zu bohren, passieren solche Dinge. Ich will dich nicht eines Tages vom Asphalt abkratzen müssen. Verstehst du? Verstehst du mich? Und ich will auch nicht mehr in deinen Kram hineingezogen werden! Hör auf damit!«

Kaiserley ließ sich mit einem Stöhnen zurücksinken.

»Deshalb werde ich nie wieder für dich auch nur eine einzige Anfrage starten. Nie wieder. Das ist mein letztes Wort.«

Der Ton war neu. Bestimmend. Befehlend. Es war der Moment, in dem Kaiserley erkannte, dass sich die Vorzeichen ihrer Beziehung umgekehrt hatten. Er war nicht mehr der Leitwolf. Sein Sohn hatte diesen Platz eingenommen.

»Ja«, sagte er matt.

Teetee beugte sich zu ihm herab und gab ihm einen flüchtigen Kuss auf die Wange. »Ich komme am Wochenende wieder.«

»Mach dir keine Umstände.«

Kopfschüttelnd ging Teetee zur Tür und verschwand. Mit einem Stöhnen gelang es Kaiserley, die Nachttischschublade aufzuziehen und eine Bestandsaufnahme seiner Besitztümer vorzunehmen.

Portemonnaie. Hausschlüssel. Handy. Er wollte es einschalten, doch es funktionierte immer noch nicht. Kepler, dachte er. Judith Kepler in einem Nazi-Dorf in Mecklenburg-Vorpommern. Das passte nicht. Oder vielleicht doch? Es geschah so vieles im Moment, das man sich noch vor wenigen Jahren nicht hatte vorstellen können. Freunde entfremdeten sich. Familien gerieten in heillosen Streit. Menschen verrieten den Grundkonsens der Humanität und ließen sich in wilde Ängste hineintreiben, scharten sich um Rattenfänger und Hassprediger. Aber Judith? Sie war zu klug, um diesen einfachen, radikalen Lösungen auf den Leim zu gehen. Wenn er doch nur aufstehen könnte! Aber solange er eine Bettpfanne brauchte... Larcan, der große

Unbekannte. Dieser Mann wusste mehr über Judiths Vergangenheit als sie selbst. Er konnte sie unmöglich einem Menschen überlassen, der Dinge von ihr verlangte, die sie in den Knast bringen würden. Sie. Nicht die Drahtzieher im Hintergrund.

Larcan. *L'arcane.* Das Geheimnis.

Er verfluchte erst sein Handy und dann sein Gedächtnis. Er hatte Kellermanns Nummer vergessen.

43

Judith sah dem neuen Arbeitstag mit gemischten Gefühlen entgegen. Sie hatte gehofft, dass ihre Chipkarte durch wundersame Fügung oder reitende Boten bei Dombrowski abgegeben worden sei, doch Josef wusste von nichts. Kein geheimnisvoller Briefumschlag war bei ihm gelandet, kein Unbekannter hatte ihm ein Versteck zugeflüstert, und er war der Einzige, der so früh am Morgen schon ansprechbar war. Manchmal hatte Judith das Gefühl, er übernachtete sogar in der Firma. Abends der Letzte, morgens der Erste. Niemand hatte ihn je kommen oder gehen sehen. Noch präsenter als der Chef. Nach den beiden kam nur noch Gott.

Liz fuhr. Sie hatte die Heizung auf die höchste Stufe gestellt. Judith, kurz vor dem Ersticken, drehte sie herunter. Ein paar Minuten später stand sie wieder auf fünf. Irgendwann gab Judith auf. Sie war schließlich nicht in der Westsahara groß geworden. Vielleicht fror Liz ja auch aus anderen Gründen.

»Was ist los?«

»Nichts«, antwortete das Mädchen und konzentrierte sich auf den Verkehr. Die anderen saßen hinten und nutzten die Fahrtzeit für ein Nickerchen.

»Du bist anders, seit Dombrowski mich auf dem Kieker hat.«

»Das stimmt nicht.«

»Doch.« Judith kurbelte die Scheibe ein Stück herunter. Ein eiskalter Luftstrom wehte ins Wageninnere. Auf den hinteren Bänken regte sich Protest. »Du hast mir seitdem nichts mehr zu essen mitgebracht.«

»Sorry. Alles zu viel im Moment.«

»Hast du Probleme mit den Papieren?«

Liz lächelte schwach. »Immer.«

»Dombrowski kann dir helfen. Der hat überall Leute sitzen. Hast du mit ihm gesprochen?«

»Nein. Er hat viel Arbeit.«

»Na ja.« Judith rutschte tiefer in den Sitz und überlegte, wie sie dem Pförtner der CHL erklären sollte, dass sie das kostbarste Gut der Bank verschlampt hatte. Vielleicht machte er ja eine Ausnahme und ließ sie ohne Karte durch, aber dafür müssten sie sich besser kennen. Sie hatten gerade mal die erste Arbeitswoche hinter sich, viel zu früh für wohlwollende Ausnahmen.

»Morgen koche ich wieder. Wir haben kein Gas im Moment. Ist teuer.«

»Wer ist wir?« Judith wusste kaum etwas von Liz. Sie arbeiteten zusammen, und bisher hatte sie die freundlichen Gesten ihrer Kollegin gar nicht richtig wertgeschätzt. Auf einmal fehlten sie ihr. Vielleicht hatte sie Liz enttäuscht.

»Freunde. Wir teilen uns ein Zimmer.«

»Wo?«

»Irgendwo.« Liz verlangsamte das Tempo und verließ die Autobahn am Tempelhofer Damm.

»Kann ich dich mal besuchen?«

»Besser nicht. Ist nicht schön. Nicht gut für Gäste.«

Dabei beließen sie es. Judith rieb ein Guckloch in die beschlagene Scheibe und spähte hinaus aufs Tempelhofer Feld, diese riesige Brache im Herzen Berlins. Sie war nicht gut in solchen Dingen. Freundschaften. Beziehungen. Kollegiale Verhältnisse. *Kümmern.* All das war ein Buch mit sieben Siegeln für sie. Das einzige Mal, bei dem es problemlos geklappt hatte, war mit Tabea gewesen. Und obwohl sie ahnte, dass das Kind in seiner Verzweiflung selbst mit einem Autoreifen Freundschaft geschlossen hätte, blieb da dieses Gefühl von… Verantwortung. Zuneigung. Vielleicht auch eine Anwandlung von zärtlicher Liebe. Ich habe sie enttäuscht. Sie wollte weg aus Schenken. Sie ahnt, dass es ihr dort nicht gut gehen wird. Und ich habe sie enttäuscht…

Als Liz die Beifahrertür von außen aufriss, wäre Judith ihr beinahe in die Arme gefallen.

»Sind wir schon da?«, murmelte sie schlaftrunken.

Den Transporter durften sie auf einem der wenigen Besucherparkplätze hinter dem Gebäude abstellen. Vorausgesetzt er war bis halb acht wieder verschwunden. Judith stieg aus und schlich den Kollegen hinterher, die bereits auf den Lieferanteneingang zustrebten.

Ein leiser Pfiff.

Sie blieb stehen.

Wieder ein Pfiff. Hinter einem Verschlag, in dem die Mülltonnen der umliegenden Bürohäuser untergebracht waren, trat ein Mann hervor. Groß, schlank, das Gesicht unter der Kapuze seines Hoodies versteckt. Judith sah sich hastig nach der Kolonne um, die schon um die Ecke gebogen war. Langsam näherte sie sich dem Unbekannten.

»Ich hoffe, Sie haben was für mich.«

Der Mann streifte die Kapuze ab. Über dem Sweatshirt trug er einen Parka. Die Jeans sahen aus wie frisch gebügelt, sie steckten in ladenneuen Timberlands.

»Judith Kepler?«

Ein seltsamer Akzent, den sie nicht einordnen konnte.

»Wer will das wissen?«

»Mein Name ist Joshua. Ich soll Ihnen Grüße von einem gemeinsamen Bekannten bestellen.«

Er zog die Chipkarte aus der Jeanstasche und hielt sie ihr entgegen. Sie wartete.

»Wir werden ab jetzt zusammenarbeiten. Mit dieser Karte haben Sie keine Zutrittsbeschränkung mehr. Bringen Sie nun das, was unser gemeinsamer Freund Ihnen gegeben hat, ins Haus. Sie haben zwei Tage, um da drin eine Verbindung aufzubauen. Haben Sie das verstanden? Hat man es Ihnen gut genug erklärt?«

Der Router befand sich zusammen mit dem Handy in ihrer Arbeitstasche. Und die musste sie vor der Schleuse in ein Schließfach legen.

»Nicht ganz. Wenn Sie eine Idee haben, Joshua?«

Er war jünger als sie. Ein hübscher Bengel, aber genauso verfroren wie Liz, denn er trat nervös von einem Fuß auf den anderen.

»*Not my business.* Ich werde in achtundvierzig Stunden wieder Kontakt zu Ihnen aufnehmen. Entweder es klappt, oder …«

»Oder was?«

Sein Blick glitt über ihren Aufzug. Offenbar entsprach sie nicht seinem Beuteschema, denn mehr als flüchtiges Bedauern schwang bei seiner Antwort nicht mit. »Oder es klappt nicht. Es gibt keinen zweiten Versuch. Das wissen Sie doch.«

Sie trat einen Schritt näher und nahm ihm die Karte ab. »Was genau soll ich tun? Was will er?«

»Keine Ahnung.«

»Geld? Gold? Wertpapiere?«

Joshua, wenn er denn so hieß, schüttelte lächelnd den Kopf, als ob solche altmodischen Dinge in seiner Welt keine Rolle mehr spielen würden. Wären sie nicht gemeinsam in eine ziemlich kriminelle Machenschaft verwickelt, könnte er fast sympathisch wirken.

»Nichts dergleichen, soweit ich weiß. Bleiben Sie ruhig. Sie werden in Kürze alles Weitere erfahren. Ich freue mich auf unsere Zusammenarbeit.«

Er streckte ihr die Hand entgegen, und Judith, perplex wie sie war, erwiderte den Händedruck.

»Ich glaube, jemand sucht Sie.«

Sie drehte sich um. Liz stand an der Hausecke und starrte zu ihnen hinüber. Judith machte ihr ein Zeichen.

»Wie genau wird diese Kontaktaufnahme eigentlich …«

Er war weg. Sie lief hinter den Verschlag, sah sogar hinein, scannte den leeren Parkplatz, auf dem nur Dombrowskis Transporter stand. Joshua war verschwunden.

»O lala«, sagte Liz leise, als Judith ihre Chipkarte an den Leser hielt und durch die Sperre ging. Der Pförtner tat so, als würde er sich für das Bild auf seinem Monitor interessieren. Ein billiger Adventskranz nadelte auf seinem Tresen vor sich hin. »Das hat aber interessant ausgesehen.«

»Bloß ein Bekannter«, erwiderte Judith.

»Was hat er dir gegeben? Seine Kreditkarte? Gehst du jetzt shoppen? Ohne mich?«

»Blödsinn.«

Die nächsten beiden Stunden hatte Judith genug damit zu tun, Liz' neugierige Fragen abzuwehren und sich zu überlegen, wie sie den Router ohne Aufsehen in die Bank schmuggeln konnte. Die Erleuchtung ereilte sie, als sie sich kurz vor Ende der Schicht das Atrium vornahm. Noch war das Frontdesk verwaist, aber wenig später, kurz nach dem Auftauchen der Panda-Lady, setzte sich die Drehtür des Haupteinganges in Bewegung und der Zeitungsbote lief mit seinen verdreckten Botten ein mal quer über den frisch gewischten Granitboden.

Wie simpel war das denn? Und wie dumm konnte man in der Chefetage sein? Jeder x-beliebige Passant kam in die CHL, zumindest in den Eingangsbereich. Weiter nicht. Aber das Atrium war die Schnittstelle. Genau dort, wo der Banker den Tod gefunden hatte …

Sie fuhr noch einmal mit dem Wischer über die Fußspuren. Dabei suchte sie in dieser spiegelblanken Welt aus Glas, Granit, Stahl und Marmor nach einem Versteck. Es bot sich ausgerechnet in dem einzigen lebenden Ding hier unten, sah man einmal von der Frontoffizierin ab. Judith musste nur vor aller Augen das Haus von der Friedrichstraße aus betreten und die Geräte in dem Ficus versenken. Genau. Und sie am nächsten Morgen herausholen. Um dann, irgendwo, ein WLAN-Netz aufzubauen. Wahrscheinlich nachts, denn sie konnte sich kaum vorstellen, dass sie das in einem der voll besetzten Großraumbüros tun sollte. Wie um Himmels willen sollte das funktionieren? Wo war sie ungestört und würde einem Schnüffler wie Hundtwurf am wenigsten in die Quere kommen? Sollte sie sich etwa in die Putzräume einschließen?

Judith grüßte die Panda-Frau, die nicht mehr zu wissen schien, dass sie sich schon einmal begegnet waren. Frau Wredes Adventsgesteck war prachtvoller als das des Pförtners, gerade zündete sie die zweite Kerze an. Ein schwacher Duft von abgebrannten Streichhölzern stieg Judith in die Nase. Viertel vor sieben. Oben wischte Meltem das Geländer ab, es blieben also noch ungefähr zehn Minuten bis Arbeitsende. Die Aufzüge hatten sich schon mehrmals in Bewegung gesetzt. Judith ließ den Rollwagen hinter der Feuertreppe stehen und betrat eine der Kabinen. Sie wartete, bis sich die Türen geschlossen hatten. Dann hielt sie die Chipkarte an den Leser und drückte auf die Sieben. Chefetage. Der Aufzug setzte sich mit einem sanften Ruck in Bewegung.

Joshua hatte ganze Arbeit geleistet. Mit dieser Karte kam sie tatsächlich überallhin. Als die Türen sich öffneten, konnte Judith nicht widerstehen. Das war er also, der Olymp der CHL. Ein lichtdurchflutetes Vestibül unter dem Glasdach mit dickem Teppichboden und etwas anderer Kunst an der Wand, ein paar Impressionisten und wildes, modernes Zeug. Nicht schlecht. Der Blick fiel weit über die Dächer von Berlin und, als sie an das Geländer trat, atemberaubend tief hinunter ins Atrium. Zwei Flure gingen ab, die Türen waren so elegant in die Holzvertäfelung eingelassen, dass sie auf den ersten Blick nur durch die Schilder zu erkennen waren. Messing mit eingravierten Namen. Adolf Harras. Keine Berufsbezeichnung, keine Abkürzung. Keine Klinke. Die fand sich ein Zimmer weiter. Hier war das Schild wieder auf Papier gedruckt. Isolda Weyland, MBA. *Management Assistant*. Dahinter wieder ein Büro ohne Klinke. Guido Buehrli, CEO. Was auch immer das bedeuten mochte.

Sie wollte gerade ihren Erkundungsgang fortsetzen, als ein leises Ping an ihre Ohren drang. Die Aufzugstüren öffneten sich, und eine hochgewachsene, schlanke Frau, noch ziemlich jung und außergewöhnlich attraktiv für dieses Haus, betrat den geheiligten Teppichboden. Eisblonde, glatte Haare, teures Kostüm, Seidenbluse. Keine dreißig, aber ein Auftreten, als würde sie gleich eine Rede vor der UNO-Vollversammlung halten. Bei ihrer letzten Begegnung war sie Judith aufgefallen, weil sie einem kleinen Mann die Aktentasche getragen hatte. Sie senkte den Kopf, um nicht gleich erkannt zu werden, zauberte in letzter Sekunde einen Putzlappen aus ihrem Satelliten und wischte emsig über das Aluminiumgeländer. Die Frau kam in ihre Richtung und hatte schon die Hand zu der einzig offensichtlichen Klinke ausgestreckt – was sie als Isolda Weyland identifizierte –, als sie stutzte und sich auf ihren Pumps elegant zu Judith umdrehte.

»Guten Morgen. Kennen wir uns?«

»Hausmanagement. Ich bin die Vertretung. Kepler mein Name.«

»Aber Sie kommen doch sonst immer abends.«

»Es gab einen krankheitsbedingten Ausfall.«

»Verstehe. Einen schönen Tag noch.«

»Danke«, sagte Judith hastig. »Ihnen auch.«

Wienernd bewegte sie sich in Richtung Aufzug. Die Frau sah ihr hinterher. Wieder musste Judith die Chipkarte benutzen. Was, wenn Isolda Weyland Hundtwurf anrief? Was, wenn irgendjemand herausbekam, dass sie eine Blankokarte besaß? Dieses Mal schien der Aufzug eine Ewigkeit unterwegs zu sein. Die Assistentin der Geschäftsleitung hatte ihre Zeit offenbar auch nicht gestohlen und war schon in ihrem Büro verschwunden. Mit klopfendem Herzen fuhr Judith hinunter in den Keller und traf als eine der Ersten ein. Meltem stand schon vor dem Spiegel und richtete ihr Kopftuch.

»Meltem«, Judith checkte kurz, ob sie noch einen Moment allein blieben, »würdest du mir dein Tuch leihen?«

Die Frau ließ die Arme sinken. »Den Hijab?«

»Ja. Nur kurz. Oder geht das nicht? Ist das verboten?«

Ratlos wandte sich die Kollegin vom Spiegel ab. »Nein. Natürlich nicht. Für was brauchst du Hijab?«

»Ich brauch ihn eben. Nur fünf Minuten. Bitte.«

»Jetzt?« Meltem stürzte in tiefe Ratlosigkeit. Zum einen konnte sie ihrer Vorgesetzten die Bitte kaum abschlagen, zum anderen war ihr ganz offensichtlich nicht wohl bei dem Gedanken.

»Und kannst du mir das Teil binden?«

»Weiß nicht...«

Der Aufzug rumpelte, ganz sicher würde in wenigen Minuten der Rest der Brigade in die Garderobe kommen. »Du bleibst so lange hier unten. Ich bin gleich wieder da. Ja?«

Die Aussicht, nicht unbedeckt auf die Straße zu müssen, schien überzeugend. Meltem nickte und entfernte die Stecknadeln, die das Obertuch hielten, um es dann abzuwickeln. Es war ein Schal aus Baumwolle in einem dunklen Bordeauxton. Währenddessen stieg Judith aus dem Satelliten und überlegte, ob sie Meltem auch noch um ihren Rock bitten sollte. Doch das war nicht nötig. In Berlin liefen so viele Mädchen in hautengen Jeans und mit dickem Make-up herum, für die das Kopftuch weniger mit Verhüllen, sondern eher mit Identität und Protest oder einfach nur dem passenden Outfit zu tun hatte.

»Beeil dich!«

»Aber du brauchst Untertuch. Und wenn Kontur hinten am Kopf…«

»Wickel es einfach rum.«

Meltem trug unter dem Schal eine Art elastische Wollbadekappe. Auf die deutete sie jetzt. »Ohne Bonnet rutscht alles.«

»Ist doch nur für eine Minute.«

»Gut, gut.« Mit wenigen Handgriffen schlang sie den Schal um Judiths Kopf und steckte ihn fest. »Bitte sehr. Ist nicht fest. Ich warte?«

»Du wartest.«

Judith warf einen flüchtigen Blick in den Spiegel neben der Garderobe und erschrak. Es gab wohl nichts, was eine Frau so frappierend veränderte wie ein Kopftuch. Meltem hatte unter Vermeidung jedweder Eitelkeit den Hijab nicht ins, sondern aus dem Gesicht gewickelt. Es war ein fremdes, rundes, durch nichts geschöntes Antlitz, wie von einem schmucklosen Bilderrahmen ausgestellt. Die ersten Falten, der schmale Mund, der sich endlich nicht mehr so anfühlte, als ob sie sich Watte unter die Oberlippe geschoben hätte, die Augen, die mit einem Mal viel kleiner wirkten. Das bin ich?, dachte sie und zog zum ersten Mal den Kauf eines neuen Lippenstiftes in Erwägung.

»Danke. Bis gleich.«

Auf dem Weg zur Treppe öffneten sich die Aufzugstüren, und Liz fuhr den Rollwagen mit Karacho hinaus.

»Judith?«

Der Wagen versperrte ihr den Weg. Für einen Moment war sie Liz' Blicken ausgesetzt, die sie mit einer Mischung aus Neugier und Bestürzung musterte.

»Warum trägst du ein Kopftuch?«

»Darum.«

»Hab ich was verpasst?«

»Was denn?«, knurrte Judith und quetschte sich an dem Wagen vorbei, der so dämlich im Weg stand, als hätte Liz die Karambolage absichtlich herbeigeführt.

»Wo willst du hin? Wir müssen gleich weiter!«

»Ich weiß. Wartet draußen auf mich.«

Damit sprintete sie die Treppe hoch. Der Pförtner sah kaum von seiner Zeitung hoch, als sie die Schleuse passierte. Wahrscheinlich verwechselte er sie mit Meltem.

Es war ein Fehler, ohne Jacke auf die Straße zu gehen. Da half das Kopftuch auch nichts. Der Atem gefror vor dem Mund, es war kaum ein Grad über null. Judith schob die Hände unter die Arme und lief los, so schnell es ging, Richtung Bahnhof Friedrichstraße. Die Bäckereien hatten schon geöffnet, in jedem Schaufenster blinkte Weihnachtsdekoration. Aber es war noch zu früh für den Blumenladen. Immerhin brannte Licht, und nachdem Judith mehrmals energisch gegen die Glasscheibe geklopft hatte, schlurfte schließlich ein griesgrämiger Mann heran und deutete mit dünnem Zeigefinger auf das Schild mit den Ladenöffnungszeiten. Judith zog einen Zwanzigeuroschein aus der Tasche und hielt ihn von der anderen Seite gegen das Glas. Der Mann entriegelte die Tür.

»Kannste nich lesen?«

»Geben Sie mir einen Blumenstrauß. Schnell.« Sie drückte sich an ihm vorbei in den Laden. Die Überreste vom Vortag standen in Kübeln neben der Theke. Einfallslos, schrill und mit gewaltigen Papierkrägen, um die Dürftigkeit zu kaschieren. Judith zog drei heraus und drückte sie dem verblüfften Mann in die Hand. »Bitte packen Sie sie ein.«

»Ja, ja.«

Nicht gerade enthusiastisch begann er sein Werk. Judith trat ungeduldig von einem Fuß auf den anderen. Endlich reichte er ihr das Paket und steckte die zwanzig Euro ein, ohne die Ladenkasse zu betätigen. Dank der Krägen hatte das Teil ein ziemliches Volumen. Genug, um auf den ersten Blick an einen riesigen Strauß zu glauben.

Die Blumen an sich gepresst rannte sie zurück und erreichte die CHL kurz vor halb acht. Die Frontoffizierin sah von ihrem Tresen hoch, als Judith die Eingangshalle betrat.

»Ja bitte?«

»Guten Morgen. Ich soll das hier für Frau Weyland abgeben. Isolda Weyland.«

»Einen Moment bitte.«

Frau Wrede griff zum Telefon. Kurz vor halb acht würde Isolda ihr Büro sicher nicht verlassen, sondern Mails checken und die Börsenkurse aufrufen. Es würde ein paar Minuten dauern, bis jemand organisiert war, der ihr diesen hübsch verpackten Biomüll nach oben bringen würde. Zeit, die Judith nutzen wollte.

»Warten Sie einen Moment.«

»Danke.«

Die Frontoffizierin erkannte sie auch diesmal nicht. Hätte sie noch die Satellitenschürze getragen und den Rollwagen vor sich hergeschoben – kein Problem. Doch das Kopftuch rückte zusammen mit dem Blumenstrauß die Wahrnehmung in eine völlig neue Richtung. Frau Wrede reagierte auf Judith, als ob sie sie noch nie gesehen hätte und auch nicht damit rechnete, dass dies je wieder geschähe.

Viel zu auffällig wäre es, wenn sie sich auf den Ledersesseln niederlassen würde. Denn das stand ihr nicht zu. Aber sie konnte den Ficus mit floristischem Kennerblick begutachten. Bevor Judith den Router und das Handy platzierte, spähte sie noch einmal hinauf zur Galerie. Es war niemand zu sehen.

Der Baum war in einem Kunststoffbottich mit Granulat untergebracht. Judith hatte keine Mühe, beide Geräte darin zu versenken und einen In-Ear-Kopfhörer noch dazu. Hoffentlich rief Larcan zwischendurch nicht an. Bevor sie sich wieder aufrichtete und den Strauß aufhob, den sie auf dem Boden abgelegt hatte, strich sie noch einmal sanft über den Stamm und ein paar Blätter, damit jeder, der sie zufällig beobachtete, ein rein berufliches Interesse vermutete.

»Geben Sie her.«

Judith erstarrte. Die Stimme hinter ihr gehörte Adrian Jäger, der sich ihr auf so leisen Sohlen genähert hatte, dass sie ihn nicht bemerkt hatte. Langsam drehte sie sich um.

»Für Frau Weyland«, flüsterte sie und senkte den Kopf. Jäger nahm ihr das Ungetüm ab, würdigte sie keines weiteren Blickes und drehte ab zu den Aufzügen. Auch die Frontoffizierin hatte gerade Besseres zu tun, als sich um eine stehen gelassene Blumenfrau zu kümmern. Beflügelt von Erleichterung passierte Judith die Drehtür, lief einmal ums Haus, riss sich im Laufen das Kopftuch herunter und enterte den Transporter.

»Meltem ist noch unten«, sagte Liz ungeduldig. »Habt ihr Plätze getauscht, oder was?«

Judith rannte zurück zum Pförtner und erklärte ihm, dass sie etwas vergessen hätte. Er ließ sie passieren. Die Kollegin saß auf der schmalen Bank in der Umkleide und sprang auf, als sie ihre Chefin erkannte.

»Ich kann so nicht auf die Straße!«

»Ich hab doch gesagt, ich bringe ihn dir zurück.«

Judith reichte ihr den Schal. Bewundernd sah sie zu, wie Meltem das Tuch mit einigen wenigen Handbewegungen so über der engen Kappe drapierte, dass es ihr Gesicht umrahmte und locker auf die Schulter fiel.

Gemeinsam gingen sie zu den anderen. Judith rollte sich auf dem Beifahrersitz zusammen und ignorierte Liz' fragende Blicke. Der Transporter fädelte sich in die morgendliche Rushhour ein, und im Seitenspiegel konnte Judith noch für einen Augenblick die CHL erkennen, die ihrem trojanischen Pferd gerade bereitwillig die Haupteingangstür geöffnet hatte.

44

Isolda Weyland hatte den kleinen Spiegel an der Innenseite des Schrankes selbst angebracht. Sie war die einzige Frau auf dieser Etage. Manchmal, wenn sie morgens das Büro betrat, roch sie sogar noch das Rasierwasser ihres Vorgängers. Er hatte ein unwiderstehliches Angebot von der Europäischen Zentralbank erhalten, so gut, dass er gar nicht danach gefragt hatte, wer ihm diesen Posten verschafft hatte. Isolda war die Einzige hier im Haus, die es wusste. Wann immer sie Buehrli einen Kaffee brachte oder andere idiotischen Arbeiten erledigen musste, sie tat es mit diesem stillen Triumphgefühl, dass sie und ihre Leute das Schicksal der CHL in den Händen hielten.

Nur Merteuille… Sein Name schoss wie ein glühender Pfeil in ihren Bauch. Merteuille hatte es gewusst. Kurz vor seinem

Sturz hatte er erkannt, wer ihm da auf den Fersen gewesen war. Sein Schrei, mein Gott, dieser Schrei… Er hatte sich in ihr Innerstes gefräst, ihre Seele einmal von oben bis unten geteilt. Wie er auf dem Granitboden gelegen hatte, die Glieder zerschmettert, all das Blut. Wie sie versucht hatte, ihn zu drehen, wie sie sich vorher noch schnell Handschuhe übergestreift und sich selbst für diese professionelle Routine gehasst hatte. Ihr hilfloser Versuch, nicht zu heulen, nicht in Panik zu geraten. Hinterher hatte sie sich im Waschraum die Seele aus dem Leib gekotzt und dabei diese winzige verräterische Spur hinterlassen.

Isolda schlug die Schranktür zu. Ihr Spiegelbild widerte sie an. Tief durchatmen. Im Inneren alles wieder an seinen Platz stellen. Isolda Weyland werden, die unterforderte Karrierefrau. Komplett hineinschlüpfen in diese Rolle, alles andere beiseiteschieben. Einatmen. Ausatmen. Gut.

Kaffee.

Es klopfte.

Noch bevor sie »Herein!« rufen konnte, wurde die Tür auch schon geöffnet, und Adrian Jäger lugte durch den Spalt. Sie unterdrückte einen unwilligen Seufzer.

»Was gibt's?«

»Trara!« Er zog einen gewaltigen, in Papier eingewickelten Blumenstrauß hinter dem Rücken hervor und überreichte ihn ihr mit einer leicht überzogenen, vermutlich witzig gemeinten Verbeugung.

»Das hier wurde soeben unten für Sie abgegeben.«

»Danke.« Sie nahm den Strauß entgegen, wickelte das Papier ab und hielt drei Packungen welke Blumen in Plastikfolie in der Hand.

Jäger kam näher. »Oh. Da hat es aber einer gut mit Ihnen gemeint.«

Isolda kam zu dem Schluss, dass selbst bei gnadenloser Auslese nichts mehr zu retten war. Die Blumen landeten im Papierkorb. Glitschige Blätter an braunen Stielen.

»Uh. Die riechen ja schon komisch.« Sie faltete das Einwickelpapier auseinander. »Keine Nachricht. Ist der wirklich für mich?«

»Ja.« Jäger betrachtete das Gemüse. »Seltsam. Ich hätte gedacht, es wären mindestens fünfzig langstielige rote Rosen.«

»Aha.«

Sie reichte ihm das Papier, Jäger knüllte es zusammen und warf es zu den Blumen. Isolda öffnete eine Datei auf ihrem Computer und begann Harras' Zeitungen zu ordnen. Ein Wink mit dem Zaunpfahl, dass sie Wichtigeres zu tun hatte, als mit Jäger ihr Blumenranking zu besprechen.

»Das ist ja schon fast eine Beleidigung. Sind Sie jemandem auf die Füße getreten?«

»Nicht, dass ich wüsste. Vielleicht war es eine Verwechslung.«

»Das glaube ich nicht. Eine Frau mit Kopftuch«, er warf einen schrägen Blick auf das zerknitterte Einwickelpapier, auf dem der Name des Geschäfts stand, »von der Blumenhandlung im S-Bahnhof hat ihn gerade für Sie abgegeben. Vielleicht wissen die dort mehr. Soll ich mal nachfragen?«

»Nein«, sagte sie scharf.

»Das ist ja…« Angewidert verzog er das Gesicht. »Abfall. Eigentlich ist es Abfall. So etwas dürfte gar nicht mehr verkauft werden.«

»Herr Jäger.« Die Zeitungen waren geordnet. Sie wollte jetzt die Terminkalender von Harras und Buehrli durchgehen und checken, ob sie die Handouts zu den einzelnen Tagesordnungspunkten korrekt zusammengefasst und versendet hatte. Alles Arbeitsabläufe, die Jäger nichts angingen. »Ich danke Ihnen. Ich kümmere mich selbst darum.«

»Vielleicht hat er irgendeine versteckte Bedeutung.«

Isolda schwankte zwischen Ärger und Belustigung. »Ach ja. Welche denn?«

»Die Blüte meiner Liebe ist verwelkt«, sinnierte er. »Oder ein Memento mori … Jedenfalls kein guter Tagesanfang.«

Sie ging zum Schrank, öffnete ihn und schaltete die darin verborgene Kapselmaschine ein. Den Blick in den Spiegel mied sie. »Er wird besser. Machen Sie sich deshalb keine Sorgen.«

»Vielleicht durch ein Abendessen?«

Erst glaubte Isolda, sie hätte sich verhört.

»Oder sind Sie schon vergeben?«

Sie suchte unter den Sorten, bis sie die mit dem höchsten Koffeingehalt gefunden hatte. »Ich glaube nicht, dass dies in Ihren Zuständigkeitsbereich fällt.«

»In meinen vielleicht nicht.«

Isolda steckte die Kapsel in den Schlitz, stellte eine Tasse unter den Auslauf und drückte auf den Knopf. Ratternd, saugend und dampfend machte die Maschine sich an die Arbeit. »Wie meinen Sie das?«, fragte sie so harmlos, wie es ihr möglich war.

Jäger ging zur Tür. Sein ganzes Auftreten hatte mit einem Mal etwas Lauerndes. Ihr fiel ein, dass sie ihn noch nie gemocht hatte. Er war einer von den Typen, die glaubten, zu Höherem bestimmt zu sein, und nicht begriffen, warum sie immer wieder stecken blieben. Irgendjemand müsste ihm einmal sagen, dass es mehr brauchte im Leben als eine Anspruchshaltung. Zum Beispiel, den Ansprüchen auch zu genügen. Der Kaffee, eher ein Espresso, war fertig.

»Ich sage nur: *codes of conduct*.«

Wenn er glaubte, ihr würde jetzt vor Schreck die Tasse aus der Hand fallen, hatte er sich geirrt. Die *codes of conduct* waren das hausinterne Regelwerk. Eine Erweiterung der *company compliance*, der Selbstverpflichtung, sich an bestimmte Regeln zu halten. In den *codes* kamen einige Verhaltensvorschriften hinzu. Die Schweizer Bank UBS beschäftigte über hundert Spezialisten, die nichts anderes zu tun hatten, als den Mitarbeitern auf die Finger zu sehen. Auf die Finger, wohlgemerkt. Sexuelle Beziehungen innerhalb der Firma waren durchaus ein Kündigungsgrund. Nicht für Buehrli, setzte sie im Stillen hinzu. Sie trank einen Schluck und musterte Jäger dabei von oben bis unten. Wenigstens das verunsicherte ihn. Kaum merklich, aber Isoldas geübtem Blick entging es nicht.

»Es gibt Gerüchte.«

Ach, die alte Nummer. Sie ging an ihm vorbei und setzte sich hinter den Schreibtisch.

»Sie sind nicht das, was Sie vorgeben zu sein.«

Jetzt wurde es spannend. Isolda war sich zu hundert Prozent sicher, dass niemand in diesem Haus von ihren wahren Absichten wusste. Wie sollte ausgerechnet eine Null wie Jäger ihr auf die Schliche kommen?

»Tatsächlich? Reden Sie weiter.«

Ihre Ruhe brachte ihn aus dem Konzept.

»Nun denn, man kann ja eins und eins zusammenzählen.«

»Kann man. Und zu welchem Ergebnis kommen Sie?«

»Dass Sie und Buehrli …«

Er brach ab und wartete darauf, dass sie den Satz vervollständigte. Den Gefallen würde sie ihm nicht tun.

»Dass ich und Buehrli?«

»Nichts.«

Isolda stellte die Tasse mit einer heftigen Bewegung ab. »Ich und Buehrli sind also Ihrer Ansicht nach ein Fall für die *company compliance*. Aber ich und Jäger, was wäre das? Darauf wollen Sie doch die ganze Zeit hinaus. Sie sind verheiratet. Um das herauszufinden, braucht es nicht das mindeste persönliche Interesse an Ihrer Person, sondern einzig und allein einen Blick in Ihre Personalakte. Und glauben Sie ja nicht, die hätte Herr Buehrli noch nie angefordert.«

»Er hat meine Personalakte angefordert?«

Das war eine Lüge. Mit Sicherheit eine, die ihm für einige Zeit den Wind aus den Segeln nehmen würde.

»Ja, hat er. Wenn ich Ihnen einen guten Rat geben darf: Lehnen Sie sich nicht zu weit aus dem Fenster. Auch mir gegenüber nicht. Mir sind die hausinternen Regeln und Richtlinien womöglich besser bekannt als Ihnen.«

Jäger schluckte. »Dann ist es ja gut. Es soll schön sein im Waldhaus Flims. Unsereins kann sich das ja nicht leisten.«

Mit einem verbissenen Lächeln verließ er den Raum.

Nichts war gut. Typen wie Jäger durfte man niemals drohen. Aus einem nicht nachvollziehbaren Grund hatte er geglaubt, bei ihr landen zu können. Doch dann fuhren ihm Buehrli in die Parade und dieses verfluchte Wochenende in der Schweiz. Verdammt! Solche Leute betrachteten es als persönliche Herausforderung, sie zu Fall zu bringen. Wenn er mit Hundtwurf gemeinsame Sache machte und die beiden sie genauer unter die Lupe nahmen, könnte das überaus unangenehm werden.

Sie ging hinaus auf die Galerie. Niemand war zu sehen. Unten im Atrium strömten die Mitarbeiter ins Haus. Die Fahrstühle waren andauernd in Bewegung, aber keiner würde in der nächsten halben Stunde in den siebten Stock kommen. Es sei denn, irgendein Verrückter wollte ihr noch mal Blumen schenken. Eine rätselhafte Sache, sehr rätselhaft.

Isolda wollte zurück in ihr Büro, da sah sie etwas auf dem Boden vor den Fahrstühlen liegen, das dort nicht hingehörte. Ein Wischlappen. Mit spitzen Fingern hob sie ihn auf und warf ihn zu den Blumen in den Papierkorb. Seit wann hatte diese Frau Kepler Zutritt zur Etage der Geschäftsleitung? Sie würde

Hundtwurf bei Gelegenheit darauf ansprechen. Aber erst musste sie ein dringenderes Gespräch erledigen.

Sie wählte eine Nummer. Es dauerte nur Sekunden, bis jemand abnahm.

»Houston, wir haben ein Problem«, sagte sie. »Es heißt Adrian Jäger. Schafft ihn mir vom Hals.«

45

Am nächsten Morgen holte Judith Router und Handy aus dem Ficus und versteckte beide Geräte im siebten Stock zwischen Rückenlehne und Sitzpolster eines der Ledersessel am Ende der Galerie. Sie machte es früh genug, um Isolda nicht noch einmal zu begegnen.

Dafür tauchte Hundtwurf wieder auf. Als ob er witterte, dass sich etwas zusammenbraute. Judith war gerade mit den Papierkörben unten im Großraumbüro fertig, als er wie aus dem Nichts vor ihr stand, ihr wortlos den blauen Müllbeutel aus der Hand riss und den Inhalt auf den gerade erst gesaugten Teppichboden fallen ließ. Mit der Schuhspitze kickte er zerknülltes Papier, Verpackungen von Süßkram und anderes Zeug auseinander.

»Dürfen Sie das?«, fragte Judith.

»Ich darf alles«, entgegnete er und schob die Hände in die Hosentaschen. »Gefahr im Verzug.«

Sie sah sich überdeutlich um. Liz arbeitete auf der anderen Seite im zweiten Großraumbüro. Außer ihnen war niemand in der Nähe. »Wo denn?« Judith deutete auf den Müll. »Wenn Sie das jetzt jeden Tag vorhaben, müssen wir noch mal über das Stundenlimit reden. Was wollen Sie eigentlich?«

»Die Wahrheit. Warum sind Sie hier?«

»Um Leuten wie Ihnen den Dreck hinterherzuräumen«, raunzte sie und ging in die Knie, um alles wieder einzusammeln. Zu ihrem Erstaunen hockte er sich ebenfalls hin und half ihr.

»Sind Sie vom BND?«

»Nein! Haben Sie eine fixe Idee, oder was?«

Die drei Uhren an der Wand zeigten die Zeit in New York, London und Tokio an, den großen Börsenplätzen dieser Welt. In Berlin war es kurz vor halb sieben. Wenn Hundtwurf es sich zur Gewohnheit machte, jeden Morgen so früh aufzutauchen, hatte sie ein Problem.

»Immerhin können Sie putzen«, knurrte er. »Haben Sie das in Pullach gelernt?«

»Nein«, giftete sie zurück und hätte sich dafür ohrfeigen können. Pullach als ehemaliger BND-Standort war nun nicht die geläufigste aller Informationen, mit denen man als Gebäudereinigerin hausieren ging. Doch Hundtwurf schien das nicht zu bemerken, oder er hielt sie sowieso schon für einen Freak. »In einer ordentlichen Lehre mit Zusatzausbildung zum *death scene cleaner*, wenn Sie es genau wissen wollen. Ich mache den Job schon ein paar Jahre. Und ich habe in dieser Zeit einige Dinge gesehen, das können Sie mir glauben. Die Sache mit Merteuille zum Beispiel.«

»Ja?«, fragte er lauernd und hielt ihr den blauen Sack entgegen, damit sie den nächsten Papierkorb leeren konnte.

»Ich hab die Blutspur gemeldet, obwohl ich nicht dazu verpflichtet bin. Wenn mich beim nächsten Job wieder jemand an die Wand stellen will, dann heißt es: Frau Kepler, die kennt doch sogar Adolf Harras! Und das soll eine Putze sein? Mit Verbindungen in die höchsten Liechtensteiner Bankerkreise? Nehmt sie mal aufs Korn. Mit der stimmt was nicht. So schnell geht das.«

Sie wusste nicht, ob sie Hundtwurf damit den Wind aus den Segeln nehmen konnte, aber immerhin kippte er den Müllbeutel nicht noch einmal aus. Beide standen auf, und Judith holte den Sauger, den sie ein paar Meter weiter hatte stehen lassen.

»Dann sagen Sie es doch.«

»Was?«

»Was Sie mit dem BND verbindet.«

»Schätzungsweise«, antwortete Judith und wickelte das Kabel ab. »genauso viel wie mit Adolf Harras. Kann ich jetzt weitermachen?«

Er blieb stehen, die Hände wieder in den Hosentaschen, ein zu groß geratenes, zu selten gebadetes Kind. Die Haare fielen ihm wirr in die Stirn, und er hatte das Hemd verkehrt zugeknöpft. Trotzdem checkte er wahrscheinlich mehr als alle anderen zusammen in diesem Haus. Genau deshalb musste sie ihn loswerden.

»Was haben Sie vor?«

»Sauber machen«, antwortete sie und schaltete den Staubsauger an.

Hundtwurf trollte sich. Liz spähte um die Ecke. Warum tauchte dieses Mädchen in letzter Zeit eigentlich immer im ungünstigsten Moment auf? Morgen würde sich Joshua wieder melden. Bis dahin musste sie Liz irgendwie abgehängt haben. Und einen Platz in dieser Bank finden, wo sie ungestört ein WLAN-Netz aufbauen konnte. Wofür eigentlich? Könnte dieses Netz nicht jeder im Umkreis auf seinem Handy entdecken? Stellte sie sich vielleicht selbst eine Falle? Worauf lief die ganze Aktion hinaus?

Diese Fragen kreisten um sie herum wie ein Schwarm Krähen. Sie konnte sie verscheuchen, aber gleich darauf saßen sie wieder im entfernten Geäst ihrer Gedanken und warteten nur auf einen Moment der Unachtsamkeit, um ihr erneut durch den Kopf zu flattern.

Am Abend setzte Judith sich, dick eingewickelt in ihre Bettdecke und eine Wolljacke, auf den Balkon. Der Himmel war bedeckt, und das würde er die nächsten Tage und Nächte auch bleiben. Der Wein schmeckte schal, die Langspielplatte, die sie ausgesucht hatte, gefiel ihr mit einem Mal nicht mehr. Der Wunsch, Tabea anzurufen und die Stimme des Mädchens zu hören, war beinahe übermächtig. Judith Kepler, das Muttertier, dachte sie. Musst deine Nase überall reinhängen und kommst hinterher nicht damit klar, welche Gefühle das in dir auslöst.

Dann ging ihr Joshua nicht aus dem Kopf, der junge Mann mit der bemerkenswerten kriminellen Gelassenheit. Er hatte wie jemand gewirkt, der wusste, worauf er sich einließ. Noch nicht einmal sie hatte ihn aus der Fassung gebracht. Also durfte es nicht so schwer sein, was sie von ihr verlangten. Andererseits zahlte Larcan ihr einhunderttausend Euro dafür.

Larcan. Christina. Sie durfte ihn nicht entwischen lassen. Er war ihr eine Antwort schuldig. Sie hörte die Reibeisenstimme ihres Großvaters, als wäre alles erst gestern passiert.

»Richard Lindner war neben Saphir einer der besten Romeos, die wir hatten. Lindner arbeitete für die HV A. Mal in Bonn, mal in Hamburg, mal in Leverkusen oder München. Er hat gute Arbeit geleistet. Hervorragend zum Teil. Aber ich mache mir Vorwürfe, dass wir irgendetwas übersehen haben. Den Anfang. Den Moment, wenn ein Mensch zum ersten Mal zweifelt an dem, was er tut.«

»Vielleicht hat er sich einfach nur im Spiegel angekotzt? Hat meine Mutter davon gewusst? Dass er andere Frauen gevögelt hat, um an Informationen zu kommen?«

»Aber natürlich. Sie hat ja auch für das MfS gearbeitet.«

Mein Vater ein Romeo. »Bundesbürger mit besonderen Aufgaben« nannten sie das damals. Meine Mutter eine Fotolaborantin in der Normannenstraße. Eine verratene Republikflucht.

Diese eine Sekunde vor der Explosion, in der die Welt aufhört sich zu drehen und die Luft zäh wird wie Harz... »*Komm, Mädchen, dein Papa wartet.*«

»*Keine Zeugen, kein Risiko. Er wusste, auf was er sich einließ. Man kann nur Sieger oder Verlierer sein.*«

Und jetzt Larcan. Aufgetaucht wie aus dem Nichts. Er wusste alles. *Er wusste alles.*

Wer war dieser Mann? Warum hatte er ausgerechnet sie ausgewählt? Was war es, das sie in seiner Gegenwart so nervös machte? Nicht seine Weltläufigkeit. Nicht sein eiskalter Charme, nicht die glasharte Oberfläche, durch die sich ab und zu ein feiner Haarriss von Menschlichkeit zog. Er hatte ihr den Milchbart abwischen wollen wie ein... wie ein...

Judith blinzelte. Sie war kurz davor, diesem großen schwarzen Schatten, der sie ihr ganzes Leben begleitet hatte, eine Kontur zu geben. Eine gefährliche Verlockung, die schnell zur fixen Idee werden konnte. Halt dich zurück, Mädchen, dachte sie. Das alles hat Zeit. Egal, was du in dieser Bank tun sollst, es wird nicht eher geschehen, bis alle Fragen beantwortet sind. Dann erst kannst du deine Schlüsse ziehen.

Doch das Herz, ihr dummes Herz, es lag wie ein Stein in der Brust und hatte Sehnsucht nach etwas, von dem sie wusste, dass es sie zerstören konnte.

46

Dieses Mal trafen sie sich in der Bar eines Restaurants, das sich Pauly Saal nannte. Ein angenehmer Ort, wie Larcan befand, als er in den holzgetäfelten Raum trat, eine Mischung aus britischem Gentlemen's Club und der unterschätzten Eleganz der sechziger Jahre. Flaschengrün die Wände, dunkelbraun schimmernd das Leder der tiefen Chesterfield-Sofas. Die hohen Fenster erinnerten noch an die ursprüngliche Bestimmung des Hauses in der Auguststraße. Hier war bis zum 30. Juni 1942 die jüdische Mädchenschule untergebracht. Fast alle Lehrer und Schülerinnen waren in den Todeslagern der Nazis umgekommen.

Es war den Betreibern gelungen, die Räume wieder mit heiterem Leben zu füllen. Schöne Menschen, wichtige Menschen, normale Menschen – eine gute Mischung aller Klassen, die zum einen die Küche im Restaurant nebenan schätzten oder einen guten Drink nach dem Dinner.

Larcan war wie immer zu früh dran. Das verschaffte ihm den Vorteil, den Raum auf sich wirken zu lassen und den strategisch besten Sitzplatz auszusuchen. Er fand ihn in der hinteren Ecke, direkt vor dem Fenster. Die Bar war angenehm leer zu dieser Stunde. Alle saßen beim Essen. Er hatte sich mit Livnat für ein kurzes Meeting verabredet, damit anschließend jeder seiner Wege gehen konnte. Der junge Mann hatte Besseres vor, als die Zeit in Berlin mit langweiligen Geschäftsessen zu verbringen.

Er sah ihn an dem unscheinbaren Eingang vorübergehen, die Straßenseite wechseln, seinen Irrtum erkennen und mit schnellen Schritten auf das Entree zueilen. Wenig später saß Livnat vor ihm. Er brachte die Kälte von draußen herein und rieb sich erst einmal die Hände, um sich aufzuwärmen.

»*Un bel jour*«, sagte Larcan.

»*Une journée froide*«, erwiderte Livnat. Ein kalter Tag. Sie blieben in der französischen Sprache.

»Wie ist es gelaufen?«

Livnat sah sich nach dem Kellner um und gab ihm ein Zeichen. Dann wendete er sich wieder an seinen Boss. »Ist das wirklich Ihr Ernst? Diese Frau soll ich anleiten?«

»Ja.«

»Das ist … pardon. Einen …« Er sah auf Larcans Drink, einen Gin Fizz. »Dasselbe wie er.«

Der Kellner nickte und verschwand.

»Also, menschlich gesehen ist sie bestimmt okay. Aber wir haben keine Zeit für *enumeration*. Die werden in dieser Bank ein hybrides *intrusion detection system* haben, und wenn wir auch nur einen *slash* vom RFC-Standard abweichen, sind wir gearscht.«

Larcan nickte und unterdrückte ein genervtes Seufzen. »Das sind wir tatsächlich, wenn Sie es ihr ausschließlich auf diese Weise erklären. Sobald Kepler sich über den Router via USB in einen Computer der Führungsebene eingeloggt hat, sind doch Sie am Zuge.«

»Sie muss die Remote-Desktop-Verbindung erstellen, erst dann kann ich über mein Zombienetz in das geschlossene System eindringen. Schafft sie das? Und vor allem … wenn wir drin sind, was mache ich dann?«

»Sie werden einige Kundenkonten manipulieren.«

»Das weiß ich. Wie genau?« Livnats Blick war hellwach und interessiert. »Werden wir Millionen verschieben? Schmiergelder? Ich will wissen, auf was ich mich einlasse.«

»Das gehört nicht zur Jobbeschreibung.«

Livnat lächelte. Larcan dachte an Nathalie und daran, dass dieser Junge sie an ihn erinnert hatte. Ein schmeichelhafter Vergleich, der ihm gefiel. Das Lächeln stand Livnat. Er machte es genau richtig. Drei Sekunden sollte man damit warten, das vervielfachte die Wirkung. Aber der junge Israeli wusste nichts von Suggestion und manipulativer Beeinflussung, nichts von *display rules* und davon, wie man lernen konnte, seine Affekte zu kontrollieren und die Mechanismen bewusst einzusetzen. Das große Spiel der Manipulation, er hatte es nie gelernt. Livnat hatte einfach nur intuitiv reagiert und damit seinem Gegenüber gezeigt, dass er es ehrlich meinte. Was die ganze Angelegenheit nicht einfacher machte.

»Ich darf mit Ihnen derzeit nicht darüber reden. Wenn wir beide, Sie und ich, im System der Bank sind, erhalten Sie von mir eine Liste.«

»Kontonummern oder Namen?«

Nun musste Larcan beinahe grinsen. Der Kellner kam und brachte Livnats Drink. Sie hoben die schweren Gläser aus Bleikristall und stießen an.

»*L'chaim*«, sagte Larcan.

»*L'chaim*.«

Der Junge probierte und war zufrieden. »Trotzdem«, bohrte er weiter, »muss ich auf einer Auskunft bestehen. Wir haben bis jetzt gut zusammengearbeitet. Es war leicht, meine Spuren zu verwischen. Ebenso leicht war es, der CHL weiszumachen, dass Judith Kepler nichts mit dem BND zu tun hat.«

»Wie haben Sie das hinbekommen?« Larcan war durchaus neugierig.

»Ich habe sie glauben lassen, dass das Ergebnis ihrer Erstabfrage ein Irrtum war. Das Resultat eines Tippfehlers ihres Chefinformatikers. Hundtwurf. Nicht schlecht, der Mann. Hoffentlich fängt er nicht an, an seinem Geisteszustand zu zweifeln. Keppler mit zwei p.« Livnat grinste und hob sein Glas, als ob er dem unsichtbaren Dritten zuprosten wollte. »Für mich war das alles keine große Herausforderung. Die kommt noch. Jeder Einbruch hinterlässt Spuren. Jeder Hackerangriff auch. Wie viel Zeit haben wir, um sie anschließend zu verwischen?«

»Genügend. Für Sie auf jeden Fall. Ich werde zusehen, dass ich Kepler sicher aus dem Haus bekomme.«

Livnat setzte das Glas ab, ohne getrunken zu haben. Eine minimale Irritation, die nur einem geschulten Auge auffiel. Und Larcan beobachtete immer noch verdammt gut.

»Wir sind alle beide vor Ort?«

»Ja. Ich werde einen Wagen mieten, in dem Sie genug Platz für Ihre Ausrüstung haben.«

»Okay. Nehmen Sie was Kleines. *Wardriving* in Berlin. Wer hätte das gedacht.«

Larcan fragte nicht nach der Bedeutung des Wortes. Wenn er das im Gespräch mit Livnat jedes Mal täte, kämen sie wohl gar nicht mehr auf den Punkt.

»Brauchen Sie sonst noch etwas? Reicht Ihr Budget? Sind Sie mit dem Hotel zufrieden?«

»Alles in Ordnung. Bis auf eine Sache.«

»Ja?«

»Jassenewo und Lomonossow.«

Zwei Wörter wie zwei Schüsse. Larcan griff nach seinem Drink. Ruhig, mit freundlich fragendem Gesichtsausdruck, um dem jungen Mann nicht zu zeigen, dass er getroffen hatte. *Point blank*. Mitten ins Schwarze. Jassenewo, das *SWR*-Quartier in Moskau, und die Lomonossow-Universität. Er wusste nicht, welcher von beiden Schüssen der tödliche war.

»Erinnern Sie sich noch an unser letztes Gespräch?«

»Ja«, sagte Larcan vorsichtig. Livnat hatte ihm mitgeteilt, wie viel der BND von ihm wusste. Das war nicht weiter beunruhigend gewesen. Die meisten investigativen Journalisten waren auf dem gleichen Kenntnisstand. Offenbar hatte das dem jungen Mann nicht gereicht. Er hatte weitergebohrt.

»Sie waren für ein Semester russische Literatur des neunzehnten Jahrhunderts immatrikuliert.«

»Stimmt. Das hatte ich ganz vergessen. Ist lange her. Ich war jung.«

»Vierunddreißig, um genau zu sein. Genau das richtige Alter, um sich mal ein halbes Jahr mit Tolstoi und Dostojewski zu beschäftigen.«

»Worauf wollen Sie hinaus?« Larcans Stimme klang ruhig, versehen mit einem kaum wahrnehmbaren gereizten Unterton.

»Und Sie waren mehrfach im *Wald*. So heißt doch der Klotz draußen in Jassenewo, wo jetzt der russische Auslandsgeheimdienst sitzt. Mir liegen Belege für insgesamt fünf Besuche vor, alle im Abstand von ein bis zwei Jahren.«

»Belege? Zeigen Sie sie mir.«

»O nein.« Livnat lächelte wieder, aber dieses Mal wirkte es nicht mehr so jungenhaft wie am Anfang des Gespräches. Es wirkte fast traurig. »Sie arbeiten für den *SWR*, die Nachfolgeorganisation des KGB. Und zwar schon sehr lange.«

Larcan ließ die Eiswürfel in seinem Glas leise klirren. »Ich arbeite für jeden, der mich bezahlt. Genau wie Sie.«

»Ich liebe mein Land. Deshalb liebe ich auch Europa, weil wir enge Verbündete sind. Ich kann nicht gutheißen, was die NATO an ihren Außengrenzen gerade veranstaltet. Genauso wenig halte ich davon, Russlands Bereitschaft zum Gegenschlag herunterzuspielen. Die Manipulation des US-Wahlkampfs war erst der Anfang. Die Russen testen, entgegen aller Verbote, landgestützte Marschflugkörper. Im Gegenzug stationiert die NATO Eingreiftruppen in Polen und im Baltikum. Die Russen antworten mit nuklearfähigen Iskanderraketen in Kaliningrad. Mittendrin in dieser längst stattfindenden Wiederaufrüstung, in diesem hocherhitzten Klima zwischen alten und neuen Supermächten, liegt Europa. Und ganz nebenbei gesagt übrigens auch Israel. Ich frage Sie deshalb, Bastide Larcan: Mache ich mich mit dieser Operation zum Handlanger Putins, der Europa nicht nur von außen, sondern auch von innen destabilisieren will?« Livnat ließ sein Gegenüber nicht aus den Augen. »Ich glaube nicht an das Märchen von den manipulierten Kontodaten. Ich glaube eher an einen Hackerangriff auf eine der Säulen des europäischen Wirtschaftssystems.«

Larcan sah hinaus auf die Straße und die wenigen Menschen, die bei dieser klammen Kälte unterwegs waren. In einem Fenster schräg gegenüber leuchtete ein elektrischer Christbaum. Die Sehnsucht nach einem bürgerlichen Leben klopfte wieder an, doch er ließ sie nicht eintreten. Dies war sein letzter Job. Alles zu seiner Zeit.

»Sie haben die Lage brillant zusammengefasst. Aber nein, mein lieber Mor, Sie arbeiten nicht für den *SWR*.«

»Es geht nicht um Namen«, sagte Livnat. »Es geht um mehr.« Er wartete ab, ob Larcan darauf eine Erwiderung hatte. Als diese nicht kam, fuhr er fort. »Sie verlangen von mir, die Urdatensätze zu manipulieren. Quasi eine Operation am offenen Herzen. Und das alles nur, um ein paar Politikern ein Schwarzgeldkonto unterzujubeln? Ist das nicht langsam ein bisschen zu klein für einen Player wie Russland? Seien Sie ehrlich zu mir.«

»Mein lieber Mor ...«

Livnat unterbrach ihn. »Stopp. Nicht so. Keine Ausflüchte. Arbeiten Sie nun für den russischen Geheimdienst oder nicht?«

Hätte Larcan in seiner Jugend ebenso furchtlos die gleichen Fragen gestellt? Nein. Sie waren ausgebildet worden, um ohne die geringsten Zweifel ihrem System zu dienen. Für dieses System hatte er gelogen, betrogen und geschossen. Die Narbe puckerte. Für dieses System war er sogar gestorben.

Livnats Kontakte waren exzellent. Er würde es herausfinden, früher oder später. Im schlimmsten Fall unmittelbar vor der Operation. Schadensbegrenzung, gepaart mit Aufrichtigkeit. »Ja.«

»*Holy shit*.« Der Israeli sank zurück in seinen Chesterfield-Sessel. »Ich bin raus. Ich bin raus! Das war's. *Never ever* für den russischen Geheimdienst. *Fuck!*«

»Sie sind nicht raus, weil Sie nicht rauskönnen.«

Ein kurzes, misstrauisches Heben des Kopfes. »Und ob ich das kann. Wollen Sie mir drohen?«

»Außer Ihnen gibt es keine Handvoll Profis, die so etwas zustande bringen. In der Kürze der Zeit werden wir Sie nicht ersetzen können. Deshalb bleiben Sie drin im Spiel.«

»Das ist allein meine Entscheidung.«

»Nein.« Er fixierte den jungen Mann, zwang ihn, ihm in die Augen zu sehen. Ihn jetzt nur nicht loslassen. Sondern zu sich in die Tunnelröhre ziehen. So weit, bis eine Rückkehr ausgeschlossen war. »Ein Ausstieg hätte unübersehbare Konsequenzen.«

»Merteuille? Meinen Sie den Toten in der Bank, für den Kepler einspringen soll? Wenn das Ihre Konsequenzen sind...«

»Es sind nicht meine. Die Zeit für Entscheidungen ist vorüber. Die Würfel sind gefallen.«

Wieder dieses Lächeln, dieses jungenhafte Mir-kann-keiner-was-Lächeln. Larcan fühlte sein Herz schwer wie einen Stein in der Brust. Nathalie hatte sich getäuscht. Er war nie wie Livnat gewesen. Die Freiheit, nein sagen zu können, hatte er nicht gekannt. Auch nicht die Kühnheit, so weit zu denken. Er hatte diesen letzten Auftrag angenommen, weil er simpel gewesen war. Bringen Sie jemanden in der Bank dazu, unseren Anweisungen zu folgen. Welchen Anweisungen? Schwarzgeldkonten. Dreckiges Geld. Hochrangigen Politikern untergeschoben. Damals, in Frankreich, als Villepin das bei seinem Erzrivalen Sarkozy versucht hat, waren Stümper am Werk. Die Clearstream-Affäre. Erinnern Sie sich? Der Premierminister wurde erwischt. Ihnen wird das nicht passieren. Sie, mein lieber Larcan, bekommen Profis an die Seite. Die besten, die für Geld zu haben sind.

Und nun stellte einer dieser Profis Fragen. Ich bin ein Feigling, dachte er. Ich war es mein ganzes Leben. Warum muss er mir ausgerechnet jetzt den Spiegel vorhalten?

Livnat hob seinen Drink. Das Glas war noch halb voll. »Ich werde nun diesen Gin Fizz trinken und dann hinausgehen in eine dunkle Berliner Nacht voller Geheimnisse und Verlockungen. Ich stehe Ihnen jederzeit wieder zur Verfügung, sofern Sie sich, wie bisher, lediglich persönlich bereichern wollen.«

»Tun Sie das nicht«, bat Larcan leise. »Werden Sie nicht vom Akteur zum Mitwisser. Die erste Rolle schützt Sie. Die zweite…«

Livnat leerte das Glas in einem Zug und setzte es ab. Der Blickkontakt riss. »Also doch. Sie wollen mir Daumenschrauben anlegen.« Er gab dem Barkeeper ein Zeichen.

»Nein. Es ist, wenn Sie es so verstehen wollen, eine Warnung. Sie sollten sie ernst nehmen.«

»Das tue ich, Monsieur Larcan. Verlassen Sie sich drauf.«

Der Israeli reichte ihm die Hand über den Tisch. Larcan zögerte einen Moment. Der Junge wusste nicht, was er tat. Mit diesen Auftraggebern legte man sich nicht an. Aber Livnat glaubte offenbar, dass für ihn andere Regeln galten. Vielleicht hatte er recht? Er wünschte es ihm, dann griff er zu und erwiderte den Druck.

»Ich werde sehen, was ich ausrichten kann.«

Das Grinsen ließ sich wieder auf Livnats Gesicht nieder. »Sie schaffen das schon. Jeder ist ersetzbar. Was ist mit Martina Brugg? Oder Christo Soares? Ach so, der sitzt im Knast, soweit ich weiß. Fragen Sie Brugg. Die Schweizer sind neutral.«

Der Kellner kam mit der Rechnung. Bevor Livnat die Brieftasche ziehen konnte, hatte Larcan den Beleg auch schon an sich genommen.

»Sie sind mein Gast. Wir sehen uns morgen. Vielleicht könnten Sie überraschend krank werden. Schwer krank. Das wäre eine Möglichkeit.«

»Wenn es unbedingt sein muss.« Livnat stand auf. »Ich wünsche Ihnen alles Gute.«

»Und verlassen Sie das Land. So schnell es geht.«

»Aye-aye, Sir.« Livnat lächelte ihn freundlich an. Er verstand den Ernst der Lage nicht. »Und ... *au revoir.*«

Larcan legte einen Schein zu der Rechnung und blieb noch einen Augenblick sitzen. Den brauchte er, um das, was er gerade gehört hatte, zu verarbeiten. Als Livnat hinaustrat und den Mantel zuknöpfte, schaute er ihm hinterher, bis er aus seinem Blickfeld verschwunden war. Pass auf dich auf, Junge, dachte er.

Dann stand er auf und verließ die Bar. Der Ausgang führte nicht direkt auf die Straße, sondern zunächst in einen Flur. Schräg gegenüber befand sich eine Tür, durch die man in den Innenhof gelangte. Ebenerdige Strahler beleuchteten die Ziegelwände. Gartenstühle und Tische standen im Regen. Ein schöner Platz im Sommer. Eine verwaiste Erinnerung im Winter. Rechts, ein paar Schritte über den Flur, befand sich die Treppe hinaus auf die Auguststraße. Links ging es zum Restaurant. Der Abendchef begrüßte die Gäste am Eingang.

»Auf welchen Namen hatten Sie reserviert?«

Fast alle Plätze in dem großen Restaurant waren besetzt. Der Mann ging zum Reservierungsbuch, das auf einem Pult lag.

»Ich werde erwartet.«

»Herzlich willkommen.« Der Abendchef nahm ihm den Mantel ab und wollte ihn in den Saal begleiten, aber Larcan wies die freundliche Geste mit einer Handbewegung zurück. Er durchquerte den großen Raum und wurde von der belebenden Geräuschkulisse empfangen, wie sie angeregte Unterhaltungen von vielen Menschen verursachen.

Der Repubikaner faltete die Zeitung zusammen, als sein Gast auf ihn zukam und sich setzte. Es fiel Larcan nicht leicht, sein freundliches Lächeln zu behalten. Alles in ihm befand sich in einem Zustand von Aufruhr und Chaos, den er nur mühsam unter Kontrolle behalten konnte.

»*Chudesnyj den*«, sagte der Republikaner und legte damit die Sprache der Unterhaltung fest: Russisch.

»*Njet*«, antwortete Larcan. Er sah sich um. Niemand achtete auf die beiden Herren an dem Tisch nahe der offenen Küche. Zwei Geschäftsleute auf Durchreise, die sich hier zu einer Besprechung trafen. Nichts Ungewöhnliches in Berlin-Mitte an einem Abend Ende November. »Heute ist leider kein schöner Tag. Ich fürchte, wir müssen umdisponieren. Livnat fällt aus.«

Sein Gegenüber neigte den Kopf leicht zur Seite, als hätte er etwas falsch verstanden. »Wie bitte?«

»Er weiß, für wen ich arbeite. Für einen Hacker von seinem Kaliber dürfte das kein Problem gewesen sein. Ich halte ihn nach wie vor für verschwiegen und vertrauenswürdig. Aber wenn er es herausfinden konnte, wer noch?«

Nathalie, schoss es ihm durch den Kopf. Und Livnat. Damit sind es schon zwei außerhalb des *SWR*. Die Sache begann gefährlich zu werden. Er musterte den Republikaner durchdringend.

»Vielleicht waren Sie nicht vorsichtig genug. Wir schützen unsere Quellen. Aber wir sind natürlich nicht dafür verantwortlich, wenn sie Fehler machen, die zu ihrer Enttarnung führen.« Das sollte heißen: Zieh dich gefälligst selbst an den Haaren aus der Scheiße.

»Ich mache keine Fehler.«

»Offenbar schon. Sie haben sich von einem jungen Computerfreak übertölpeln lassen. Und zwar gleich zweimal. Er weiß nicht nur, wer Sie sind, er legt auch noch die Arbeit nieder. Niemand steigt aus. Nicht, solange ich es nicht erlaube.«

»Er ist krank.« Larcan merkte, wie die Wärme im Raum ihm zu schaffen machte. Oder war es die Sorge um den jungen Mann da draußen in der Berliner Nacht, die sich um seine Kehle legte und langsam zudrückte? »Ein Magen-Darm-Virus. Es ist niemandem geholfen, wenn er mitten in der Operation zusammenklappt. Oder Schlimmeres…«

Der Republikaner holte tief Luft, was Antwort genug auf Larcans Lüge war. Dann schob er die Speisekarte über den Tisch.

»Danke«, sagte Larcan. »Ich habe keinen Hunger.«

»Sie haben sich doch hoffentlich nicht angesteckt?« Die Ironie war unüberhörbar. Der Republikaner griff zu seinem Handy. »Also Plan B«, sagte er und tippte eine kurze Nachricht.

»Ich weiß nichts von einem Plan B.«

Das Handy verschwand in der Anzugtasche. »Unsere Operation ist von größter Wichtigkeit, wir können es nicht zulassen, dass sie durch den Dünnschiss eines Hackers sabotiert wird. Wir suchen Ersatz. Umgehend.«

»Das wird ein paar Tage dauern.«

»Haben Sie mich nicht richtig verstanden? *Bljad* – Scheiße!« Der Republikaner senkte die Stimme. »Wir befinden uns mitten in einem hybriden Krieg. Propaganda allein reicht da nicht mehr. Wir müssen den Druck erhöhen. An erster Stelle steht die politische und wirtschaftliche Spaltung Deutschlands und weiterführender Westmächte. Diesen Krieg werden wir nur gewinnen, wenn jeder einzelner unserer Soldaten, an welcher Front auch immer er kämpft, bereit ist, mehr als sein Menschenmögliches zu leisten.«

Seine Rede war von Satz zu Satz kälter geworden. Larcan ließ sich dadurch nicht weiter beeindrucken. Er wusste, dass der Republikaner selbst unter Druck stand. Wenn die Söldner versagten, ging auch der Feldherr unter. So einfach war das. Nicht der Tonfall irritierte ihn, sondern das, was er zwischen den Zeilen heraushörte. Der junge Israeli hatte recht gehabt. Hier ging es um etwas Größeres als darum, ein paar Politiker zu denunzieren. Etwas, das der Republikaner ihm offenbar verschwiegen hatte. Und das gefiel ihm ganz und gar nicht.

Der Kellner trat an den Tisch und wurde unverrichteter Dinge wieder fortgeschickt.

Larcan spürte, wie eine eisige Ruhe in ihm Einzug hielt. Es war, als würde er die Szene als unbeteiligter Dritter beobachten. Zwei russische Agenten, der eine an höchster Stelle im französischen Verteidigungsministerium, der andere ein Schläfer mit hervorragenden Beziehungen, der bei Bedarf geweckt wurde. Der eine sah seine Operation gefährdet, der andere bereitete sich auf seinen Ausstieg vor. Was ging ihn der Krieg Russlands noch an? Den Mann, der einmal für seine Überzeugung gebrannt hatte, gab es nicht mehr. Es war die vielleicht größte Leistung seiner gesamten zweiten Laufbahn, dass er den Republikaner über eine so lange Zeit hatte täuschen können. Das Spiel war zu Ende, doch den Zeitpunkt für den Abpfiff bestimmte immer noch er. Und dies war definitiv nicht der geeignete Moment.

»Allzeit bereit«, sagte er. »Aber Sie müssen noch fünfzigtausend drauflegen.«

Der Republikaner zog ein Gesicht, als hätte Larcan den Eiskühler vom Nebentisch über ihm ausgekippt. »Was?«

»Druck erhöht die Ausgaben. Das wissen Sie doch. Es ist nicht das erste Mal, dass wir das Budget überziehen müssen.«

»Fünfzigtausend?«

Für einen Moment tauchte Judith Keplers Gesicht vor Larcans innerem Auge auf. Wie sie in dem Stehcafé diese absurde Forderung gestellt hatte, als ob sie über die Erhöhung des Mindestlohnes sprechen würden. Er erinnerte sich an ein winziges Aufblitzen von Enttäuschung. Ein absurdes Gefühl, schließlich hatte er sie in diese Lage gebracht. Dass sie versuchte, das Maximum herauszuholen, war verständlich. Trotzdem…

»Habe ich Sie gerade richtig verstanden?«

Larcan schnellte zurück in die Gegenwart. »Ich muss jemanden mit Livnats Fähigkeiten finden, der nicht so viele Fragen stellt«, sagte er.

»Livnat hat also Fragen gestellt?«

»Nur nach meiner Dienstzugehörigkeit.«

»Ich muss telefonieren.«

Ohne eine Antwort abzuwarten, stand der Republikaner auf und verließ den Saal. Larcan bestellte ein Glas Weißwein und wartete. Am liebsten hätte er Livnat angerufen und ihm geraten, sofort unterzutauchen. Dann sagte er sich, dass selbst die Russenmafia irgendwann Feierabend hatte und ab zwanzig Uhr wahrscheinlich der Anrufbeantworter eingeschaltet war. Er machte sich zu viele Sorgen. Er würde Ersatz für den Israeli finden. Schwer in der Kürze der Zeit und vermutlich nicht zu den gleichen Konditionen, aber sie hatten schon ganz andere Komplikationen erlebt. Der Weißwein kam, und gerade als Larcan sich fragte, ob der Republikaner etwa ohne etwas zu sagen in Richtung Flughafen verschwunden war, kehrte er zurück.

Irgendetwas war mit dem Russen geschehen. Als ob er sich auf der Toilette eine Linie Koks reingezogen hätte. Oder er mit einem Mal auf der Beförderungsliste seines Minsteriums stünde. Der Ärger war verflogen. Es reichte sogar zu einem Lächeln, als er sich wieder setzte.

»Geht in Ordnung«, sagte er. »Die Fünfzigtausend sind bewilligt.«

Larcan hob sein Glas. Es musste mehr sein als Geld. Nur was? »Auf Mutter Heimat.«

Judith Kepler würde ihren Lottogewinn bekommen. Er würde einen neuen *freelancer* suchen. Russland würde Europa weiter destabilisieren. Und sobald dies alles geschehen war, würde er selbst noch in derselben Nacht nach Karlshorst hinausfahren und einen Koffer ans Licht holen, den er vor langer Zeit einmal dort gebunkert hatte. Dann würde endlich sein drittes Leben beginnen, das erste in Freiheit. In einem anderen Land, mit einem anderen Namen, aber ganz sicher mit derselben Frau an seiner Seite. Nathalie. Sie würde ihn auslachen, wenn sie erführe, wie Livnat sich aus der Affäre gezogen hatte. Und er sehnte sich danach. Gottverdammt, das tat er.

»Auf Mutter Heimat.« Der Republikaner stieß mit ihm an. »Machen Sie sich keine Sorgen. Wir schützen Sie, Larcan. Vor jedem, der Ihnen zu nahe kommt. Sie sind unser bestes Pferd im Stall. Das haben wir in Paris getan, und das geschieht jetzt auch in Berlin.«

47

Mor Livnat lief die Oranienburger Straße hinunter und würdigte die Neue Synagoge allenfalls mit einem schnellen Seitenblick. Ihn zog es weiter. Durch die Krausnickstraße, vorbei an den letzten wilden Kneipen der Nachwendezeit, ließ er sich mitziehen vom Strom der Passanten in Hinterhöfe voll Graffiti und uraltem Efeu, wo unter jedem Fenster und vor jeder Tür ein junges Mädchen mit verheißungsvollem Blick auf ihn zu warten schien. Sie sprachen englisch, schwedisch und einen seltsamen deutschen Dialekt, den er kaum verstand und der ihm kichernd als *Swabian* erklärt wurde. Berlin, Berlin ... Er liebte diese Stadt. Noch war er jung genug, sie mit allen Sinnen zu genießen. Ob sie auch für die Alten lebenswert war? Cool? Sexy? Vor dem Schloss Charlottenburg spielten sie Boccia, und manche wühlten in den Mülleimern nach Pfandflaschen. *Pfand*. Er hatte nicht gewusst, was dieses Wort bedeutete.

Doch die Nacht war kalt, und die Alten blieben zu Hause. In den Häuserschluchten hallte Gelächter wider. Er wusste, dass ihm nur noch ein paar Jahre blieben. Dann war es vorbei mit der Jugend, und die Verantwortung begann. Für die Eltern, für die Frau, die er sich aussuchen würde, für seine Zukunft. Er konnte nicht sein ganzes Leben lang mit einem Bein im Knast stehen. Der Zentrale Nachrichten- und Sicherheitsdienst lud ihn immer wieder zu informellen Treffen ein, in der Hoffnung, dass er sich doch noch auf die richtige Seite schlagen würde. »Signals Intelligence, das wäre doch was für Sie. Denken Sie mal drüber nach.« Das tat er, hörte aber regelmäßig damit auf, sobald die Sprache auf die Gehälter kam. Jedes kleine Start-up in Tel Aviv zahlte besser als der Mossad.

Es hatte auch Anfragen vom *SWR* gegeben, die er regelmäßig freundlich, aber bestimmt abgelehnt hatte. Der letzte Versuch war erst zwei Jahre her, ausgerechnet in Florida, abends, an der Hotelbar des Orlando Marriott Lake Mary. Ein schrecklicher Kasten, aber mit hervorragender Haustechnik. Der Aufenthalt war kein Urlaub gewesen. *Cyber Incident Forensic Response,* ein Kurs der *IACIS* über das Auffinden und Verwischen von Spuren auf Windows- und Linux-Betriebssystemen. Der Dresscode: Hemd mit Kragen und lange Hosen, weder Flipflops noch T-Shirt. Kein Laptop, kein persönliches Tablet, kein Handy im Klassenraum. Unterricht von acht Uhr morgens bis fünf Uhr abends, eine Stunde Mittagspause. Anschließend aufs Laufband und danach noch an die Bar, in der Hoffnung auf ein weibliches Wesen, das die Einsamkeit des Einzelzimmers erträglich machen würde. Sie hieß Karen und arbeitete für den russischen Geheimdienst. Ihre Kontaktaufnahme war höchst erfreulich verlaufen, aber es war nicht zu einer Zusammenarbeit gekommen. Karen und er standen immer noch in Verbindung. Längst war sie nach Moskau zurückgekehrt, und obwohl sie beruflich an ihm gescheitert war, hatte etwas von jener Nacht überlebt.

Livnat wich einer Gruppe Jugendlicher aus, die offenbar erfolgreich ihren Klassenlehrer abgehängt hatten und nun johlend die Straße für sich reklamierten. Karen. Sie hatte ihm nicht nur die Informationen über Larcan geschickt, sie hatte ihn auch gewarnt, dass etwas Großes im Gange sei. Und ihm einen Link zur Clearstream-Affäre angehängt. Das konnte sie den Kragen kosten. Aber verdammt noch mal, wo wären wir denn, wenn es nicht ab und zu mal zwei Menschen gelang, ihren eigenen Gesetzen zu folgen?

Die Parallelen zur Clearstream-Affäre waren unübersehbar. Den Urdatensatz einer Bank zu manipulieren, Menschen ans Messer zu liefern für etwas, das sie nie getan hatten. Denunziation als Mittel zum Zweck. Eine kleine Schweinerei unter Feinden. Doch die Russen verfolgten mittlerweile andere Ziele: die Eliminierung der Demokratie in Europa. Die CHL zu hacken war kein Nadelstich, es war eine Invasion mit glühendem Schwert. War Larcan ehrlich zu ihm gewesen? Wenn ja, wenn noch nicht einmal er über das Ausmaß des Angriffes Bescheid wusste, dann hatten die Russen sie alle beide verarscht. Ein Glück, dass er im letzten Moment abgesprungen war. Er wünschte seinem ehemaligen Auftraggeber, dass ihm das auch gelänge.

In einem Kellerlokal, in dem geraucht werden durfte, setzte er sich an den halb leeren Tresen. Es war noch zu früh, gerade mal kurz vor zehn, darin ähnelten sich Berlin und Tel Aviv. Während er den Barkeeper beim Mixen beobachtete, dachte er kurz an seinen Cousin und beschloss, den leisen Anflug von schlechtem Gewissen in Alkohol zu ertränken. Schließlich war er beruflich hier, und dieser Ausflug ins Herz der Stadt diente lediglich dazu, sich nach einem unguten Gespräch die nötige Bettschwere zu verschaffen.

Von der jungen Frau sah er zunächst nur die Beine. In stelzenhohen Schuhen stieg sie die schiefe Kellertreppe hinab, ausgetreten von Generationen schwerst arbeitender Kohlenträger oder Bierlieferanten. Haltsuchend tastete sie nach dem Geländer. Aber da war keines. Eine sträfliche Vernachlässigung, denn die Kneipe sah aus, als ob man sie in angetrunkenem Zustand nur mit fremder Hilfe wieder verlassen konnte. Eine niedrige Decke, unter der sich schon jetzt der Rauch sammelte, den die wenigen frühen Besucher auspafften, blutrote Wände, hier und da mit Blattgold verziert, ein paar wilde Gemälde – offenbar im Delirium entstanden, denn nur mit viel gutem Willen konnte man zwei ineinander verknäuelte Körper erkennen –, die Längsseite verkleidet mit einem gewaltigen Spiegel, der den Raum und alle, die ihn belebten, leicht verzerrt abbildete. Er selbst zum Beispiel hatte darin einen fast länglichen Kopf, während der Mann zwei Hocker weiter irgendwie gestaucht wirkte.

Livnat bestellte einen Gin Fizz und beobachtete mit wohlwollendem Interesse, wie es der Frau gelang, heil unten anzukommen.

Sie war eine Schönheit. Ihre Haltung stolz und elegant, die Bewegungen fließend, von einem uralten Wissen um das Zusammenspiel von Verlockung und Zurückhaltung geführt. Sie trug ein offenes Cape und darunter ein knieumspielendes Kleid, das ihre schmale Figur betonte. Beides war weder der letzte Schrei noch von guter Qualität, aber Style war etwas, das man in Berlin seltener zu Gesicht bekam als freundliche Busfahrer. Doch sie hätte selbst ein Geschirrtuch wie einen Krönungsmantel getragen. Die schwarzen Haare waren in der Mitte gescheitelt und am Hinterkopf zu einem strengen Knoten geschlungen. Nichts lenkte ab von ihrem Gesicht, elfengleich, blass, mit blutrotem Mund, allenfalls die riesigen goldenen Kreolen, die sie als einzigen Schmuck trug. Genau sein Geschmack.

Die Frau sah sich um, streifte den Mantel ab und setzte sich zu Livnats unendlichem Bedauern auf den am weitesten von ihm entfernten Barhocker. Ihre Tasche warf sie vor sich neben den Aschenbecher, holte ein kleines Etui heraus und wollte sich eine Zigarette anzünden. Das war seine Chance. Ihr Feuerzeug funktionierte nicht. Ärgerlich schüttelte sie es ein paar Mal, doch der Funke sprang nicht über.

»*May I*?«, fragte Livnat seinen Sitznachbarn und schnappte sich, noch bevor der Mann antworte konnte, dessen Zippo. Der Raum war winzig, bestand eigentlich nur aus dem Tresen und einer langen Bank an der Querseite. Fast wäre er über einen niedrigen Hocker gestolpert. Er fing sich gerade noch, aber sein Auftritt bekam dadurch etwas Slapstickhaftes, das er bewusst in Kauf nahm.

Er reichte ihr die Flamme, sie nahm nach einem kaum wahrnehmbaren Zögern an.

»Danke.«

Also Deutsch. Erstaunlich. Er hätte sie für eine Amerikanerin gehalten, eine von diesen jungen Studentinnen, die keine teuren Kleider und kein aufwändiges Make-up brauchten, nur ihren Hunger auf das Leben.

»Bitte sehr. Darf ich?«

Er nahm neben ihr Platz und reichte dem Besitzer das Feuerzeug zurück. Währenddessen hatte sie ihn von oben bis unten abgescannt und für gut genug befunden, sich von ihm einen Drink ausgeben zu lassen.

Nach dem zweiten Gin Tonic wusste er, dass sie Carla hieß und seit zwei Jahren in Berlin lebte. Sie jobbte mal hier, mal da, und lebte im Augenblick. Zumindest hatte sie keine Pläne, die mit der Eröffnung einer Galerie oder eines veganen Bücher- oder Blumencafés zu tun hatten. Oder sie verriet sie ihm nicht. Er gab sich als Tourist aus, schob wieder seinen Cousin am Touro-College vor, und nach dem dritten Drink küssten sie sich zum ersten Mal.

Es war eine dieser Bars, in der das Küssen so selbstverständlich war wie eine Unterhaltung. Er spürte ihre Hand, die von seiner Taille auf die Hüfte glitt und dann noch ein Stück weiter, dorthin, wo sein Verlangen beinahe schmerzhaft zu pulsieren begann. Im Halbdunkel war höchstens zu ahnen, was ihre langsame, sich wiederholende Auf-und-ab-Bewegung zu bedeuten hatte.

»Nicht hier«, stöhnte er leise. »Hör auf.«

Er würde kommen, hier am Tresen, unter den Blicken des Barkeepers und der anderen Gäste, die netterweise so taten, als ob es ihnen nicht auffiele oder egal wäre.

Sie küssten sich wieder, und um ein Haar wäre er explodiert. Sie lachte leise und verschwörerisch.

»Zu dir oder zu mir?«, flüsterte sie.

Himmel. Er liebte Berlin.

48

Rapperswil, Kanton St. Gallen, Schweiz

Es war so kalt geworden, dass die Pfützen zu milchweißem Eis gefroren waren und Nebelschwaden über dem Zürichsee schwebten. Geister über dem Wasser, dachte Martina Brugg und stoppte den Smart ganz gegen ihre Gewohnheit an der Seepromenade. Sie stieg aus und ging ein paar Schritte am menschenleeren Ufer entlang, um sich das Schauspiel anzusehen. Ein Himmel wie Muranoglas: hell und durchscheinend, von zartem Morgenrot bis zu strahlendem Blau. Der Gipfel des Säntis schon schneebedeckt, weiß die Gletscher der Appenzeller Alpen. Speer, Etzel, die Höhenzüge des Zürcher Oberlandes. Ihr Blick schweifte über dieses Panorama, und ein paar Atemzüge lang spürte sie tiefen Frieden. Es würde ein klarer Tag werden, anders als die vergangenen. Als ob jemand einen Vorhang aufgerissen hätte, und der düstere Zuschauerraum namens Welt auf einmal bis in den letzten Winkel ausgeleuchtet würde. Sie vermisste ihre Sonnenbrille, und an Handschuhe hatte sie auch nicht gedacht. Der Atem gefror vor dem Mund, schnell steckte sie die Hände in die Manteltaschen. Nur eine Minute. Vielleicht würde es am Mittag schon wieder zuziehen, ein paar zarte Wolken, flüchtige Gespinste, sammelten sich schon. Sie atmete tief ein, drehte um und lief zurück zu ihrem Wagen.

Martina Brugg öffnete ihr Fotogeschäft in Rapperswil jeden Morgen um neun Uhr. Pünktlich wie ein Funkwecker. Ihr Leben war eine konstante Abfolge von Abläufen, bemessen, getaktet, berechenbar. Abwechslung brachte das Wetter. Dieser Morgen war trotz seiner gläsernen Schönheit frostig, Schnee lag in der Luft. Das würde ihr einen Tag im Entwicklungslabor bescheren, wo sie sich mit Hingabe alten Diapositiven und Schwarzweißfilmen widmen konnte. Zwischendurch ein oder zwei Kunden, auf der Suche nach personalisierten Weihnachtsgeschenken – ein Fotokalender vielleicht? Ein Mauspad? Weihnachtskarten? Manchmal biometrische Passbilder, ab und zu brauchte jemand Abzüge. Die Spiegelreflexkameras, die teuren Objektive, die Fotokoffer aus Aluminium hätten längst eine zentimeterdicke Staubschicht angesetzt, wenn sie nicht so eine Sauberkeitsfanatikerin wäre.

Mit einem seltsamen Gefühl, das sie an ihre Kindheit erinnerte – erfundene Krankheiten, ein gestohlener Tag im Bett –, hängte sie das »Geschlossen«-Schild ab. Die kleine Extravaganz würde ihre Routine nicht durcheinanderbringen. Sie musste sich nur wieder in das Raster einfügen. Um sechs Uhr aufstehen, joggen, duschen, frühstücken, Wohnung aufräumen. Um halb neun Aufbruch zur Arbeit, gegen sieben zurück. Ein zweites Mal raus auf die Strecke, irgendeine Serie streamen, den Lieferservice liefern lassen, essen, Bett. Das Einzige, was sich diesem Raster entzog, war der Schlaf. Ebenso unerwartete Aufträge wie dieser, der sie dazu zwang, für eine Weile zu verschwinden. Wahrscheinlich war es niemandem aufgefallen. Sie wusste, dass der Rest der Welt im Gegensatz zu ihr nicht in Rastern lebte. Dabei gaben sie einem Halt. Wie hielten es die Menschen nur aus in all dem Chaos, den Zufällen, dem ganzen Durcheinander, das eine einzige Handlung auslösen konnte? Ihr ganzes Leben war es ihr immer nur darum gegangen, die Ordnung wiederherzustellen.

Mehrere Beziehungen und zwei abgebrochene Therapien hatte es sie gekostet, bis sie eingesehen hatte, dass sie nicht kompatibel war. Niemand hatte es bisher längere Zeit an ihrer Seite ausgehalten. Als sie die Rollläden hochfuhr und sich umsah, fiel ihr sofort die leicht veränderte Lage der Schmutzfangmatte auf. Solche Dinge machten sie wahnsinnig, und mehr als einmal hatte sie schon daran gedacht, das kaum noch rentable Geschäft aufzugeben. Jeder Kunde brachte etwas durcheinander. Musste dieses anfassen und jenes verrücken, tatschte auf den Objektiven herum, meckerte über die Abzüge und störte. Störte alles. War aber überlebensnotwendig.

Der Laden schützte ihr zweites Leben, von dem keiner wusste. Rapperswil war eine kleine Stadt. Obwohl sie kaum Sozialkontakte pflegte, würde es auffallen, wenn eine junge Frau Ende zwanzig eine Eigentumswohnung in Eschenbach besaß, nur ein paar Kilometer entfernt mitten in der Natur und mit allerschönstem Panoramablick, sich die Lebensmittel liefern ließ und jedes Jahr in Zürich-Wiedikon einen neuen Pelz in Auftrag gab.

Der Mantel, den sie heute trug und den sie nun im Hinterzimmer sorgfältig auf einen Bügel hängte, war ein geschorener Chinchilla in Ombré, karamellfarben an den Schultern und tiefbraun Richtung Saum. Weich und samtig, ein schützendes Fell, in das sie sich einhüllen konnte, wenn sie hinaus in die Welt musste. Der Kürschner hatte ihr versichert, dass kein Tier dafür leiden musste, und sie war intelligent genug, es ihm nicht zu glauben. Dieser Mantel, der fast fünftausend Franken gekostet hatte, war kein Statussymbol. Es bekam ihn ja kaum jemand zu Gesicht. Sie brauchte vielmehr etwas Wärmendes. Vielleicht brauchte niemand auf der Welt Pelz so sehr wie sie. Im Sommer schloss sie das Geschäft und unternahm ausgedehnte Reisen in kalte Länder.

Sich verhüllen, nur nicht entblößen. Dicke Pullover halfen auch. Ebenso lange Schals, die man sich dreimal um den Hals wickeln konnte. Martina Brugg war dünn, relativ klein (weshalb ein nicht unwesentlicher Teil des Preises für ihre Mäntel der Maßarbeit geschuldet war) und unauffällig. Ein spitzes Gesicht mit buschigen, nie gezupften Brauen, umrahmt von mittelbraunen Haaren, die so lang waren, dass sie die Spitzen, zu einem Zopf geflochten, selbst schneiden konnte. Sie war autark. Sie brauchte Kälte. Und einen Ort zum Leben, an dem ihr niemand unnötige provozierende Fragen stellte. Es lebten viele Leute hier, die eine ähnliche Aversion gegen Fragen hatten. Ab einer Villa im Wert von zehn Millionen Franken aufwärts konnte man am Ufer des Zürichsees genau das zurückgezogene Leben führen, das man sich wünschte.

Zu den zehn Millionen fehlten ihr noch acht, ihre Wohnung war klein, der Smart bescheiden. Sämtliche Verbindungen zu Gachnang, dem kleinen Flecken in der Nähe von Winterthur, in dem sie geboren und aufgewachsen war, hatte sie längst gekappt. Schon als Kind war ihr Herz nicht der braven Gerda zugeflogen, sondern der Schneekönigin aus Andersens Märchen, und noch immer geisterte ein funkelnder Palast durch ihre Träume, irgendwo bei Qaanaaq, gebaut aus Schnee und Gletscherblöcken. Nur die Buchstaben aus Eis, die brachte sie nie in die richtige Reihenfolge. Aber es waren ja Träume, aus denen sie schwer atmend erwachte, stets mit dem Gefühl, ganz nah dran gewesen zu sein an der Lösung. An diesem Wort oder dem einen Satz, der ihr die Augen öffnen würde für das Eine, das Wesentliche, das alle Menschen suchten und niemals fanden.

Mit einem Gipfeli und einem Espresso aus der Kaffeemaschine im Labor setzte sie sich in den Laden und beobachtete, wie die Altstadt langsam erwachte. Immer mehr Geschäfte öffneten. Passanten eilten vorüber, kaum einer verlangsamte seine Schritte und warf einen Blick in ihr Schaufenster. Als sie fertig war und auch noch den letzten Krümel vom Fußboden entfernt hatte, verzog sie sich ins Labor und setzte sich an den Computer.

Der Anruf kam um kurz nach zwölf. Anonym.

Sie hob ab. »Brugg.«

Dann lauschte sie konzentriert und stand dabei auf, um das Schild an der Tür umzudrehen und abzusperren. Der Anrufer hielt sich kurz. Die Schlüssel klirrten noch, als sie an der Reihe war.

»Ja, ich erinnere mich an unser letztes Gespräch.«

Sie sah hinaus auf die Straße. Gegenüber schrieb ein Mitarbeiter des italienischen Restaurants das Tagesgericht auf eine Tafel. Spaghetti mit weißen Trüffeln.

»Ich hatte Ihnen einen Alternativvorschlag unterbreitet. Sie haben abgelehnt.«

Mit gerunzelter Stirn hörte sie zu. Doch dann hellte sich ihr Gesicht auf. Ihre Stimme blieb die gleiche: neutral, mit einer leichten schwyzerdütschen Einfärbung.

»Wenn das so ist, sollten wir uns treffen.« Sie sah auf ihre Armbanduhr. »Ich könnte um fünfzehn Uhr in Zürich sein.«

Ein paar nette Worte zum Abschied, dann legte sie auf.

Zürich war nur eine Dreiviertelstunde mit dem Wagen entfernt. Die SBB war sogar noch schneller. Das Lächeln blieb auf ihrem Gesicht, während sie Mantel und Handtasche holte. Sollte er ruhig ein bisschen zappeln. Sie hatte es nicht eilig. Sie hatte Hunger.

49

Judith?« Dombrowski schnaufte so laut in den Apparat, dass es sich am anderen Ende anhörte wie ein Orkan. »Ein Tatort. Im Westin Grand Hotel, zügig, zügig.«

Es war ein Uhr mittags, und die Kolonne hatte sich gerade bei laufender Standheizung zur Mittagspause in den Transporter gesetzt. Außerhalb von Früh- und Nachtschicht gab es fast nur Außeneinsätze, aber die waren dank der Witterung mittlerweile kaum noch möglich. Kältefrei galt bei Dombrowski als Fremdwort. Solange man niemanden mit dem Eispickel von der Fassade schlagen musste, rückten sie aus.

»Wie? Zügig?«

Sie standen in einem düsteren Parkhaus im Wedding, gegenüber eines großen Möbelhauses, das ihr Chef vor einiger Zeit mit stolzgeschweller Brust als Auftraggeber an Land gezogen hatte. Kurz vor Beginn des Weihnachtsansturms sollte der Kasten nicht nur innen, sondern auch außen blitzen wie eine Christbaumkugel. Glücklicherweise ließen sich die Fenster öffnen, sodass sie nicht mit der Gondel oder – Gott bewahre – dem Kran arbeiten mussten.

»Bullen sind noch da, KTU auch, aber wie du weißt, ist nur ein freigegebener Tatort auch ein Job.« Dombrowski hatte also einen Tipp bekommen. Vielleicht vom Portier, vielleicht vom Bestatter.

»Kriegste das noch hin?«

Judith sah auf ihre Armbanduhr. Die Kolonne hatte bald Feierabend. »Müsste zu machen sein. Aber kümmere dich um das Okay.«

Gott sei Dank, sie waren wieder beim Du. Die Abmahnung schien vergessen. Zumindest so lange, bis Dombrowski sie bei ihrem nächsten Urlaubsantrag wieder aus der Schublade ziehen würde.

Sie warf die Kollegen hinaus, die sich klaglos zum Schnäppchenmarkt des Möbelhauses verdünnisierten, wo sie die Mittagspause fließend in den Feierabend übergehen lassen würden. Judith gönnte es ihnen. Sie schufteten tagaus, tagein und oft über die angesetzte Stundenzahl hinaus. Die Stimmung in der Kolonne war auch deshalb so gut, weil Judith all das bemerkte und in Situationen wie diesen die Zügel locker lassen konnte.

»Liz?« Das Mädchen war als Letzte ausgestiegen und drehte sich noch mal um. »Kommst du mit? Ein Tatort.«

Ob sie das schaffen würde? Ein Hotel. Entweder Suizid oder Totschlag und wenn Letzteres, dann wahrscheinlich so durchgeführt, dass es niemand auf dem Flur mitbekam.

»Ich … ich weiß nicht.«

»Kai hat mir gesagt, dass du dich für die Ausbildung interessierst.«

Zögernd stieg Liz wieder ein und quetschte sich durch die Lücke zwischen den Vordersitzen auf die Fahrerseite. »Ja.«

»Du kannst jederzeit kotzen. Aber erst, wenn die Spurensicherung fertig ist. Vorher auf keinen Fall.«

Liz erwiderte Judiths Grinsen mit einer schiefen Grimasse und fuhr los.

Das Westin Grand lag nicht weit entfernt, obwohl es Judith immer noch vorkam, als würden sie die Welten wechseln. Eben noch in dem alten Arbeiterbezirk mit den vielen Gemüse- und

Handyläden, den türkischen Cafés und kaum einer Frau ohne Kopftuch auf den Straßen, und im nächsten Moment quer über die Brunnenstraße hinüber nach Mitte und dem Alexanderplatz. Die breiten Magistralen, die nach dem Krieg geschlagen worden waren, um Raum für Aufmärsche, Paraden und Kundgebungen zu schaffen. Die Karl-Liebknecht-Straße hinunter, rechter Hand das Scheunenviertel mit seinen vielen Läden und Restaurants, dem Cluster des abflauenden Berlin-Hypes rund um den Hackeschen Markt, vorbei an der Großbaustelle auf dem Schlossplatz und dem Berliner Dom, an dem sich Judith nicht sattsehen konnte. Dahinter die Museumsinsel. Die Monbijoubrücke, die Kolonnaden der Alten Nationalgalerie, das Zeughaus. Große, mächtige Bauten. War Berlin schön? Unter den Linden auf jeden Fall. Die Friedrichstraße – das Gebäude der CHL wurde von den S-Bahngleisen verdeckt. Abbiegen nach links, Westin Grand.

Zwei Streifenwagen vor dem Eingang, mehrere Beamte in der Lobby und vor Fahrstühlen. Der Portier wirkte zunächst besorgt beim Anblick ihrer Arbeitskleidung und der Erstausstattung, dann aber erleichtert.

»Dritter Stock, Zimmer drei, drei, eins. Bitte diskret. Wenn Sie so freundlich wären und das Treppenhaus benutzen würden?«

»Wir werden den Putzwagen brauchen.« Der Mann sah so erschrocken aus, dass er Judith beinahe leidtat. »Dann schicken Sie uns wenigstens einen vom Hotel rauf. Was ist denn überhaupt passiert? Vielleicht kriegen wir es ja auch mit weniger hin. Kommt auf den Tatort an.«

»Ein Gast wurde erschossen.« Der Portier sah sich vorsichtig um. »Die Polizei ist nicht sonderlich sensibel.«

»Das ist sie bei Mord selten. Ist der Tatort denn schon freigegeben?«

»Ich glaube, ja…. Das darf doch nicht wahr sein!« Direkt vor dem Eingang, mitten auf dem breiten Bürgersteig, hielt der Transporter der Rechtsmedizin. »Sie entschuldigen mich bitte?« Der Portier lief hinaus, um den Fahrer des Wagens dazu zu bewegen, diesen exponierten Standort zu verlassen und in die Tiefgarage zu fahren. Eine Hotelangestellte in dunkelblauem Kostüm, die Judith frappant an die Frontoffizierin der CHL erinnerte, nahm seinen Platz ein.

»Komm.«

Liz trottete ihr hinterher. Sie hätte den Job alleine übernehmen sollen. Das Mädchen sah aus, als ob es seine unüberlegte Äußerung, ein *death scene cleaner* werden zu wollen, schon jetzt bereute. Judith hatte Eimer und Chlorwasserstoff dabei, außerdem Schmierseife – immer noch das beste Mittel gegen frische Blutflecken –, Salz, Glycerin, Salmiak, Backpulver und Aspirin. Die kleine Ladung. Großen Blutlachen war damit nicht beizukommen. In dem Fall müsste sie das Vernebelungsgerät aus dem Transporter holen, vielleicht auch Ozon, wobei das meistens nur bei extremen Gerüchen zum Einsatz kam. *Fogging* würde bei der kurzen Liegezeit nicht nötig sein.

Auch wenn sie sich die Zimmernummer nicht gemerkt hätte, der Anblick war immer derselbe. Männer und Frauen in Schutzanzügen, zwei Kripobeamte in Zivil, Polizisten in Uniform. Als Judith und Liz eintrafen, öffneten sich gerade die Fahrstuhltüren, und zwei Mitarbeiter der Rechtsmedizin rollten einen Zinksarg auf einem Gestell heraus. Judith kannte den einen – man lief sich in einer Großstadt wie Berlin immer wieder über den Weg. Sein Name war Mathias, kurz Matze. Ab und zu hatte er ihr eine Zigarette vor der Tür angeboten, wenn es drinnen nicht zum Aushalten gewesen war. Er arbeitete schnell und vergaß trotzdem die Würde nicht – etwas, das Judith sehr schätzte in diesem Geschäft. Matze war einer der wenigen Menschen, denen man nichts zu erklären brauchte und die dennoch verstanden. Die in jeder Situation wussten, was zu tun war. Er war ein großer, hässlicher Mann mit Händen wie Grabschaufeln. Aber es gelang ihm, sich beinahe unsichtbar zu machen, wenn der Moment seines Handelns noch nicht gefragt war. Er rollte den Sarg an die Wand und stellte sich daneben, die Hände auf dem Rücken, den Blick auf einen imaginären Punkt in der Ferne gerichtet.

Die Kripobeamten kümmerten sich nicht um die beiden. Sie sprachen leise miteinander, bis Judith sie erreicht hatte und den Eimer abstellte.

Der Jüngere der beiden, hohe, lichte Stirn, blass, ein Wadenbeißer, betrachtete sie mit kaum verhohlener Abneigung. »Wer hat *Sie* denn informiert? Sie sind ja schneller als der Bestatter. Wer zuerst kommt, mahlt zuerst. Was?«

»Wir warten natürlich.« Judith wollte Liz einen Wink geben und drehte sich um, aber das Mädchen war verschwunden.

Matze rückte einen halben Schritt zur Seite. Sie stellte sich neben ihn an die Wand und versuchte, sich ebenfalls unsichtbar zu machen. Zu früh an einem Tatort zu erscheinen war genauso unpassend wie zu spät. Bloß nicht im Weg herumstehen. Die Leute ihre Arbeit machen lassen. Ruhig bleiben und warten. Es hatte Fälle gegeben, in denen Judith wieder gegangen war. Sie wusste: Die würden sich melden. Irgendwann wurde sie gebraucht.

Wo war Liz? Hatte das Mädchen Angst vor seiner eigenen Courage bekommen?

Die Tür zum Hotelzimmer stand offen. Judith erkannte ein zerwühltes Doppelbett und darauf, aus ihrem Blickwinkel nur ab den Knien zu erkennen, die nackten Beine eines Mannes. Blitzlicht flammte auf. Der Wadenbeißer beriet sich wieder mit seinem Kollegen, einem etwas älteren, gemütlich wirkenden Moppel, der offenbar nichts dagegen hatte, sich herumschubsen zu lassen. »Machen Sie dies, machen Sie jenes...« Das Wort Israelische Botschaft fiel. Der Moppel holte sein Handy heraus und verzog sich ans Ende des Flurs, wo er ungestört telefonieren konnte.

»Und?«, fragte Matze leise. »Läuft allet?«

Judith nickte. »Bei dir?«

»Ooch. Jestorben wird immer.«

Das hatte er früher schon gesagt, als er noch bei einem Bestatter gearbeitet hatte. Mittlerweile war er Fahrdienstleiter der Berliner Gerichtsmedizin und tauchte nur noch selten persönlich an Tatorten auf.

Eine Frau in einem weißen Papieroverall kam aus dem Zimmer und nickte den beiden Beamten zu. »Die Leiche kann jetzt abtransportiert werden.«

Der Wadenbeißer wandte sich an die Kollegen von der Rechtsmedizin. »Also, dann machen Sie mal hin.«

Matze nickte seinem Mitarbeiter zu. Sie gingen in den Raum, blieben am Fußende des Bettes stehen, falteten die Hände und neigten den Kopf. Die Polizisten interessierte dieser kurze Moment der Besinnung nicht. Die KTU-Leute packten ihre Sachen zusammen, der Wadenbeißer zog die blauen Einwegschuhschützer aus und ließ sie einfach liegen. Der Fotograf betrachtete die letzten Bilder auf dem Display seiner Spiegelreflexkamera. Matze und sein Kollege beendeten ihr stilles Gebet, der eine trat ans Kopfende des Bettes, der andere umfasste die Knöchel des Mannes. Gemeinsam hoben sie die Leiche hoch. Judith schloss die Augen. Die Toten verlangten Respekt. Die einen erwiesen ihn, indem sie versuchten, den Täter zu finden. Die anderen, indem sie einem nackten Mann die Würde ließen.

Erst als sie den Reißverschluss des Leichensackes hörte, sah sie wieder hin. Und für einen unfassbaren Augenblick traf sie der tote Blick aus Joshuas erloschenen Augen.

Judiths Knie knickten ein. Der Gemütliche, der gerade zurückgekehrt war, fing sie im letzten Moment auf.

»Hoppla! Ist alles in Ordnung?«

»Ja, danke.«

Der Leichensack war geschlossen. Die beiden Männer setzten den Zinkdeckel auf.

»Sie sind bleich wie ein Handtuch.«

»Es geht schon. Vielen Dank.«

Der Beamte musterte sie kritisch. Menschen, die an Tatorten die Haltung verloren, kannte er wohl zur Genüge. Judith wandte sich ab, damit Matze ihr Gesicht nicht sehen konnte. Er würde sofort wissen, dass etwas nicht stimmte. Sie war noch nie an einem Tatort zusammengebrochen. Er würde garantiert fragen, ob sie den Toten gekannt hatte, und sie würde lügen müssen, und die Polizei würde auf sie aufmerksam und das in einer Situation, die sie niemandem, niemandem erklären konnte. Matze und sein Kollege setzten den Sarg auf den Rollwagen und schoben ihn vorsichtig aus dem Zimmer.

Du wirst langsam verrückt, dachte Judith. Das hast du dir bloß eingebildet. Joshua wollte sich bei dir melden, wenn es so weit ist. Das muss eine Verwechslung sein. Du hast ihn nur so kurz gesehen, es gibt viele junge Männer mit dunklen Haaren. Das kann er nicht sein. Trotzdem, trotzdem…

Wenn der Mann in dem Sarg aus Metall wirklich derjenige war, für den sie ihn hielt, dann war er nach Merteuille der zweite Tote aus dem Umfeld der CHL. Und was das für sie und ihren Auftrag zu bedeuten hatte, darüber wollte sie gar nicht erst nachdenken.

Der Wadenbeißer wurde auf sie aufmerksam. »Eine Tatortreinigerin, der schlecht wird? Ist das Ihr erster Einsatz?«

»Nein, nein.« Judith atmete tief durch.

»Darf ich mal Ihren Ausweis sehen?«

Sie holte die Plastikkarte aus der Brusttasche ihres Overalls und reichte sie dem Mann. »Judith Kepler, Dombrowski Facility Management.«

»Kenn ich«, brummte der Moppel. »Die machen auch Umzüge.«

»Und Entrümpelungen«, setzte Judith hastig hinzu. »Keller, Dachböden, besenrein. Ich kann Ihnen ein paar Visitenkarten dalassen.«

»Nein, danke.«

Sie bekam den Ausweis zurück. Mit einem minimalen Zögern. Als ob der Wadenbeißer sich überlegte, ihn ihr vielleicht gar nicht mehr auszuhändigen. Oder sie genauer ins Visier zu nehmen.

»Was ist denn passiert?«, fragte sie.

Der Moppel machte den Weg frei. »Das können Sie gleich selbst sehen. Wir sind seit heute früh am Werk. Ich denke, jetzt haben wir's. Alles paletti da drinne?«

Ein mehrfaches »Ja« kam aus dem Zimmer. Gut ein halbes Dutzend Leute liefen an Judith vorbei in den Flur. Sie waren so sehr in der Annahme, unter sich zu sein, dass sie Judith gar nicht bemerkten.

»Aufgesetzter Schuss und das im Bett…« Es war ein junger Kriminaltechniker, vermutlich der Assistent, der den Satz zu dem Fotografen sagte. »Unter einer heißen Nacht stelle ich mir was anderes vor.«

»Raub?«, fragte der Fotograf und wischte sich durch seine Aufnahmen.

»Auf den ersten Blick fehlt nichts.«

So unauffällig wie möglich linste Judith dem Fotografen über die Schulter und erkannte auf dem Display die Auffindesituation der Leiche. Im Bett, Blut an der Wand, auf den Kissen, dem Laken, weit ausgebreitete Arme, als hätte er eben noch jemanden liebevoll umschlungen, zur Seite gesunkener Kopf. Joshua. Es war Joshua.

»Ist er das?«

Irritiert sah der Fotograf von seinen Bildern hoch. »Was machen Sie hier?«

»Ich bin der Cleaner. Ich«, Judith schluckte, »beseitige die Spuren.«

»Hoffentlich erst, nachdem wir da waren.« Der Mann grinste. Er war Mitte dreißig, ein sympathisches Gesicht voller verheilter, aber tiefer Aknenarben, die ihn als Jugendlicher wahrscheinlich zu einem Freak gemacht hatten.

Der Tross hatte sich bereits in Richtung Fahrstuhl in Bewegung gesetzt.

»Ich will immer …«, setzte sie an. »Es liegt noch so viel in der Luft an einem Tatort. Es ist fast so …« Sie brach ab.

Der Fotograf hatte blaue Augen und stumpfblonde, kurze Haare. Kein attraktiver Mann. Denoch jemand, der auch ein Gespür für das Seltsame, das Unaussprechliche hatte. Für das, was von einer Tat noch im Raum schwebte und nicht so schnell getilgt werden konnte, wie manche das vielleicht gerne hätten.

»… als ob es wichtig wäre, was ich tue«, schloss Judith unbeholfen.

Er nickte. Er schien zu verstehen und warf einen letzten, beinahe scheuen Blick auf das zerwühlte, blutbefleckte Bett.

»Ein junger Israeli. Bringt ein Mädchen mit aufs Zimmer, die beiden haben Spaß, und dann …«

»Das Mädchen?«

Die Plattitüde von Liebe und Tod stand im Raum, keiner benutzte sie.

»Ein Spiel?«, fragte Judith.

»Dann muss es ein sehr seltsames Spiel sein.«

Vorsichtig griff Judith nach der Kamera, um dem Fotografen

die Möglichkeit zu geben, sie zurückzuziehen. Er ließ es geschehen.

Joshua. Mein Gott. Er war ein Verbrecher gewesen, genau wie sie einer war. Nichts, worüber sie sich moralisch hätte erheben können. Er hatte ein Loch in der Stirn, demnach war es nachts und bei Dunkelheit geschehen, sonst hätte er die Waffe gesehen und sich gewehrt. Er lag da wie ein Schlafender, ein Moment entzückter Erschöpfung, und obwohl es Unsinn war, glaubte Judith, ein Lächeln um seinen Mund zu erkennen. Die nächsten Fotos waren schlimmer. Sie zeigten, warum das halbe Bett und die Wand dahinter voller Blutspritzer waren.

»Kannten Sie den Mann?«

Vor Schreck ließ Judith beinahe die Kamera fallen. Schnell reichte sie sie dem Fotografen zurück. »Nein.«

»Sie wirken, als ob Sie ihn schon mal gesehen hätten.«

»Vielleicht.« Er würde sie nicht verraten. Sie konnte jederzeit behaupten, er hätte ihr die Bilder gezeigt und sie wäre darüber in heillosen Schrecken geraten.

»Dann sollten Sie das der Polizei sagen. Herr Livnat war erst seit zwei Tagen in der Stadt.«

»Livnat?«

Es war, als ob Kaiserley wieder vor ihr sitzen würde, an diesem Coffeeshop-Tisch irgendwo in Treptow, und von den Hackern erzählte, die ein gewisser Larcan an der Angel hatte. Eine Schweizerin, Martina Brugg. Ein Amerikaner, dessen Name sie vergessen hatte, und ein Israeli. Jetzt wusste sie, warum Joshua ihr so bekannt vorgekommen war. Das Polizeifoto auf Kaiserleys Papieren hatte einen sehr jungen Mann gezeigt mit militärisch kurz geschnittenen Haaren. Livnat. Mor Livnat…

Das Gesicht des Fotografen, eben noch interessiert, verschloss sich. Er zog einen Stick aus der Kamera und verstaute sie in einem Alukoffer. Der Aufzug kam zurück, aber der Fotograf war nicht schnell genug, um ihn zu erreichen. Die Türen schlossen sich wieder, sie standen allein auf dem Flur.

»Sie kennen ihn.«

Die beiden fixierten sich. Zwei Fremde, die für einen Moment Vertrauliches ausgetauscht hatten und nun nicht mehr wussten, wie sie sich aus dieser Situation befreien sollten.

»Nein«, sagte Judith. »Nur eine Ähnlichkeit.«

Der Mann nahm seinen Koffer und ging ohne ein Wort davon. Sie wartete, bis er verschwunden war. Dann lehnte sie sich an die Wand und schloss kraftlos die Augen.

In welchem Albtraum war sie da nur gelandet? Sie sollte zur Polizei gehen, aber was dann? Denen erzählen, dass sie die CHL hacken sollte? Zusammen mit einem verhinderten Mossad-Agenten, der in seinem Hotelzimmer beim Liebesspiel erschossen worden war, und einem Waffenhändler vom russischen Geheimdienst? Der es wusste, der alles wusste. Der sogar ihren richtigen Namen kannte. Der Zugang gehabt haben musste zu Akten, die vor langer Zeit vernichtet worden waren. Der vielleicht sogar dabei gewesen war, damals, auf dem Bahnhof in Sassnitz.

All das würde die Polizei natürlich nicht interessieren. Vielleicht könnte sie einen Deal aushandeln, wenn sie Larcan ans Messer lieferte. Aber dann bekäme sie die einhunderttausend Euro nicht. Und Tabea müsste bei Frederik bleiben. Und sie selbst konnte froh sein, wenn sie ohne Haftstrafe und Guntbarts Sanktionen davonkam. Es musste eine andere Lösung geben. Am besten eine, bei der sie am Leben blieb.

Judith zog die Ärmel wieder herunter und betrat das Zimmer. Überall lagen die Hinterlassenschaften der Spurensicherung herum: Klebebänder, Handschuhe, mit bunter Kreide markierte Punkte auf dem Teppich, wo Beweismittel gelegen hatten, die längst in den Asservatenkoffern verschwunden waren. Sie wartete, bis sie das Geräusch der zufallenden Treppenhaustür hörte und das Gefühl hatte, allein zu sein. Dann öffnete sie das Fenster und atmete tief durch.

Der bittere, metallische Geruch von Blut verflüchtigte sich etwas. Unten auf der Friedrichstraße strömten die Menschen wie Ameisen kreuz und quer von einem Geschäft zum anderen. In das monotone Rauschen des Verkehrs mischten sich Rufe, schrille Bremsen, eine entfernte Polizeisirene und das Klappern von Hufen. Eine Kutsche bog um die Ecke. Gewärmt von dicken Decken saßen Touristen in der Kalesche und ließen sich zum Gendarmenmarkt bringen. Fahrradkuriere, Raser, Busse, dazwischen Jogger, Einkäufer, Falschparker, Hektiker, Mütter mit quengelnden Kindern ... Ein rastloses Suchen, ein nicht enden wollendes Gewimmel.

Noch nicht einmal der Tod führte zu einer Sekunde des Innehaltens. Aber woher sollten die da unten es auch wissen? Der Wagen der Rechtsmedizin war in die Tiefgarage verbannt worden. Absperrbänder und Polizeibeamte hielten Abstand. Den Flur dürfte niemand betreten. Sicher, es war ein Tatort. Jemand hatte entschieden, Herr über Leben und Tod zu spielen, und die Blutspuren waren das Einzige, was noch daran erinnerte. Es gab Pensionen, in denen hing ein Kreuz über dem Bett und in der Nachttischschublade lag die Bibel. Doch nicht in diesen großen Hotels, in denen ein Zimmer aussah wie das andere. Pflegeleichte Oberflächen, dicker Teppich, schallschluckende Fenster. Verdunkelungsvorhänge, schmutzabweisende Polster, leere Schränke, in denen die Kleiderbügel so angebracht waren, dass keiner sie stehlen konnte oder wollte. Dicke, glänzende Illustrierte auf dem Schreibtisch, ungelesen, weil sie ausschließlich Werbung für Uhren, Pelze und Schmuck enthielten. Ein in Kunstleder gebundener Almanach mit Notfallrufnummern und dem Angebot des *room service*. Das laminierte DIN-A4-Blatt auf dem Nachttisch verzeichnete über siebzig Satellitensender. Transit. Abwaschbar, antiallergen, idiotensicher. Wie viele Menschen hatten hier schon geschlafen? An wie viele würde man sich erinnern?

»Sorry.«

Judith fuhr herum.

An der Tür stand Liz. Grau im Gesicht, was bei ihrem Teint ein Anzeichen von eklatanter Blässe war. Sie wischte sich mit dem Handrücken über den Mund. »Ich wollte nicht kneifen.«

Judith schloss das Fenster. »Kein Problem. Ich hätte dich nicht so überfallen sollen.«

Liz trat einen Schritt näher, betrachtete mit einer Mischung aus Faszination und Abscheu das Blutspurenmuster auf Bett und Tapete. »Aber ich will es lernen.«

»Wirklich?«

»Ja.«

»Dann schau hin. Schau ganz genau hin.« Judith trat hinter sie. »Egal wie schlecht du dich fühlst, egal wie schlimm oder wie ekelhaft es ist, der Mensch, der hier gestorben ist, hat es nicht verdient.«

»Ich weiß«, flüsterte Liz.

»Das hier ist ein einfacher Tatort. Nur Blut. Ein wenig Knochen, etwas Gewebe. Der Tod war schnell und präzise. Siehst du?« Sie deutete auf die Spritzer an der Wand, die Abrinnspuren und die dunkelroten Flecken auf dem Kissen. »Das ist schnell erledigt. Eigentlich genau das Richtige für jemanden, der diesen Job lernen will. Zieh die Laken ab, das Bettzeug werden sie nicht mehr verwenden können. Und mach eine Seifenlauge. Wir werden das Blut nicht vollständig von der Tapete und aus dem Teppich entfernen können, aber wir machen es den Malern ein bisschen leichter.«

Liz nickte. Sie nahm den Eimer und die Seife mit ins Bad. Als

Judith das Wasser rauschen hörte, ging sie hinaus auf den Flur und holte ihr Handy heraus. Es war so klar und einfach. Joshuas Tod hatte alles verändert. Sie wusste, was zu tun war. Die Bandansage sprang schon nach dem ersten Tuten an, ein Zeichen dafür, dass Kaiserley das Telefon ausgeschaltet hatte.

»Mor Livnat ist tot«, sprach sie auf die Mailbox. »Er wurde erschossen. Ruf mich an. Sofort.«

Die Fahrstuhltüren öffneten sich. Heraus trat Bastide Larcan.

50

Hastig steckte Judith das Handy ein. Ihr Puls wechselte auf die Frequenz eines Presslufthammers. Larcan kam langsam auf sie zu. Nichts in seiner Miene verriet, was er vorhatte. Noch vier Schritte, drei, zwei, einer …

Er ging an ihr vorbei ins Zimmer. Liz kam gerade aus dem Bad, in der Hand einen Putzeimer mit Seifelauge. Sie stoppte so abrupt, dass ein Teil davon auf den Boden schwappte.

»*Bonjour.*«

Larcan sah sich um. Sein Blick wurde von dem blutbefleckten Bett angezogen. Judith, die ihm gefolgt war, ließ ihn nicht aus den Augen.

»*Bonjour*«, flüsterte Liz, die noch eine Spur grauer wurde.

Ahnte sie, dass soeben ein Mann den Tatort betreten hatte, der kein normaler Hotelgast war? Der sich ähnlich verhielt wie Judith, wenn sie sich der Schwelle näherte, die die Welt der Lebenden von jener der Toten trennte? Der langsam um das Bett herumschritt, einen aufgerollten Klebestreifen mit dem Fuß zur Seite schob, die zerwühlten Laken betrachtete, die Rußspuren auf den Oberflächen, die noch von der KTU stammten, dann den ganzen Raum. So als ob Stunden nach dem Auffinden der Leiche noch ein unberührter Fleck geblieben wäre, der nicht genauestens unter die Lupe genommen worden war?

Gedankenverloren, fast spielerisch, zog Larcan die Nachttischschublade auf und ließ sie wieder zugleiten. Dann griff er in die Manteltasche. Judith zuckte kaum merkbar zusammen. In der Hand hielt er einen Fünfzigeuroschein, den er Liz entgegenstreckte.

»*Laissez-nous seul pour quelques minutes s'il vous plaît.*«

Liz stellte den Eimer ab und verließ das Zimmer, ohne den Geldschein anzurühren. Mit einem leichten Schulterzucken steckte Larcan ihn wieder ein.

Judith räusperte sich. »Was haben Sie zu ihr gesagt?«

»Ich habe die junge Dame gebeten, uns für ein paar Minuten allein zu lassen. Niemand wird uns stören. Die gesamte Etage ist gesperrt. Die Aufzüge halten hier nicht. Unten stehen Wachleute. Ist das immer so, wenn Sie kommen?«

»Manchmal.«

Larcan öffnete eine Schranktür unter dem Schreibtisch. Dahinter verbarg sich die Minibar. Er betrachtete das Sortiment und entschied sich dann für eine kleine Flasche Rotwein, ausreichend für zwei Gläser.

»Sie auch?«, fragte er.

Judith schüttelte den Kopf. »Ich trinke nicht an Tatorten.«

»Warum nicht?« Larcan schraubte den Verschluss auf und nahm zwei Gläser aus dem schmalen Fach über der Bar. »Ein Toast. Ein Gedanke. Ein guter Wunsch für die Reise. Die schönsten Bestattungen sind die, bei denen der Wodka am Grab nicht vergessen wird.«

»Ich muss arbeiten. Außerdem ist das hier kein schöner Tatort.«

»Wahrhaftig, nein.« Er reichte ihr ein Glas, sie rührte keinen

Finger. Seine Hand zitterte leicht. Es fiel ihm im gleichen Augenblick auf wie Judith. Er stellte das Glas auf dem Schreibtisch ab. Dann hob er sein eigenes an den Mund und kostete. »*À mon cher ami.* Auf meinen lieben Freund. Wo auch immer er jetzt sein mag.«

Er setzte sich auf den Schreibtischstuhl und bot Judith den Sessel am Fenster an. Sein Gesicht war fahl unter der Bräune. Weder seine Stimme noch seine Haltung verriet ihn. Es waren seine Augen. Leicht gerötet, mit dem müden Blick eines Wanderers, der sich verlaufen hatte.

Sie blieb stehen, verschränkte die Arme und baute so eine imaginäre Mauer auf vor diesem Mann, der an Livnats Tod mit schuld sein musste.

»Woher wussten Sie, was passiert ist?«

»Wir hatten eine Verabredung, hier im Hotel. Als ich kam, war die Lobby gesperrt. Da war mir klar, dass etwas passiert sein musste. Überall Polizei. Dazu Ihr Wagen im Halteverbot, unübersehbar.« Er senkte den Kopf und murmelte: »*Quelle dommage*«, was er Judith nicht übersetzen musste.

»Ich steige aus«, sagte sie.

Larcan starrte in sein Glas. »Tun Sie das nicht. Bitte.«

»Ich steige aus«, wiederholte sie. »Und ich gebe Ihnen jetzt die einmalige Chance, das Land zu verlassen, wenn Sie mir sagen, wer Sie sind.«

»Was werden Sie tun, wenn Sie wissen, wer ich bin?«

»Bastide Larcan ist nicht Ihr richtiger Name. Genauso wie Judith Kepler nicht mein richtiger Name ist. Warum ich ihn trage, ist eine lange Geschichte. Sie geht niemanden etwas an, und kaum einer weiß davon. Aber Sie. Sie tauchen hier auf wie aus dem Nichts und erpressen mich damit.«

»Falsch. Ich habe Ihnen ein Angebot gemacht. Sie haben sogar noch gepokert. Hunderttausend, nicht wahr? Das war der Deal.«

Judith wich seinem Blick nicht aus. Sie verabscheute diesen Mann mit jeder Faser ihres Herzens. Gleichzeitig löste er eine dunkle, fatale Neugierde in ihr aus. Das Gespräch mit ihm war, wie am Anfang eines Höhlensystems zu stehen. Sie hatte Angst. Wollte nicht hinein. Musste aber.

»Welche Rolle haben Sie beim Tod meiner Eltern gespielt?«

Larcan sah auf seine Armbanduhr. Tat so, als ob dies ein Geschäftstermin wäre und nicht das Zimmer, in dem Livnat ermordet worden war. Doch er konnte sie nicht mehr täuschen. Ihm ging die Sache nahe. Sie gehörte nicht zum Plan.

»Kaum etwas von dem, das Sie mir zutrauen.«

Judith atmete scharf ein. »Das ist doch eine ganze Menge.«

»Sie werden es erfahren, aber jetzt muss ich gehen. Sie verstehen, dass meine Anwesenheit hier …«

»Ich steige aus. Haben Sie mir nicht zugehört? Livnat ist nach François Merteuille der zweite Tote. Ich will nicht Nummer drei sein.«

»Das werden Sie nicht, Christina.«

Der Pfeil war stumpf. Er versetzte Judith nur einen kleinen Stoß, verletzte sie jedoch nicht.

»Hören Sie auf, mich Christina zu nennen. Livnats Tod ändert alles. Ich möchte Sie über einen großen Irrtum aufklären.«

»Der da wäre?«, fragte Larcan mit einem ironischen Lächeln.

Er brachte sie immer noch aus der Fassung. Sogar Liz hatte diese intensive Ausstrahlung gespürt. Von diesem Mann ging Gefahr aus. Selbst wenn er ganz entspannt mit einem Glas Rotwein dasaß und das Zittern seiner Hände wieder unter Kontrolle hatte.

»Unterschätzen Sie mich nicht. Neulich in meiner Wohnung war der Überraschungsmoment auf Ihrer Seite. Das passiert Ihnen nur einmal.«

»Tatsächlich?« Noch ein Schluck. Dann der Griff zur Weinflasche. Ruhig mittlerweile, entspannt, als ob sie gemeinsam in einem Restaurant am Tisch säßen und über den letzten Urlaub plaudern würden. *Never complain, never explain.* Wer hatte das noch mal gesagt? Die Queen oder Benjamin Disraeli? Sie würde sich von Larcan nicht in die Defensive drängen lassen.

»Tatsächlich«, antwortete sie und versuchte ein ebenso kaltes Lächeln. Sie wusste nicht, ob es ihr gelang.

Wo war Liz? Würde sie dem Portier Bescheid sagen, dass ein seltsamer Mann am Tatort aufgetaucht war? Eher nicht. Liz war ein Mensch, der Konfrontationen aus dem Weg ging – kein Wunder bei ihrem Lebensweg. Vermutlich saß sie im Transporter und wartete darauf, dass Judith sie irgendwann zurück zur Arbeit rief. Sie waren allein, Larcan und sie. Ob er eine Waffe bei sich hatte? Ein Messer?

Larcan wandte den Kopf und betrachtete die blutbespritzte Wand. »Ein seltsamer Job, den Sie da haben.«

»Ich beseitige das, was Leute wie Sie anrichten. Man sollte sie in Handschellen an jedem einzelnen Tatort vorbeiführen. An den Massengräbern. Den Hinrichtungsstätten. Den Schützengräben. Den in die Luft gesprengten Krankenhäusern. Vorbei an den Särgen von Kindern und Frauen. Wie viele Menschen haben Sie auf dem Gewissen?«

Larcan parierte ihren Blick mit wachem Interesse. Doch er sagte nichts. Stattdessen schraubte er den Verschluss der Weinflasche wieder auf und schenkte sich den Rest ein. Dann warf er sie in den Papierkorb.

»Sie sind ein Waffenhändler. Sie treiben sich dort herum, wo es am dreckigsten ist. Fühlen Sie sich eigentlich wohl dabei? Muss es aussehen wie hier, damit Sie Ihren Wein so richtig genießen können?«

Er dachte nicht lange über ihre rhetorische Frage nach. »Sie haben völlig falsche Vorstellungen von meinem Beruf.«

Judith betrachtete ihn: die manikürten Hände, das sorgsam nach hinten frisierte, graumelierte Haar. Fast glaubte sie, seinen Geruch wahrnehmen zu können, diesen Hauch nach sizilianischen Zitronen und irischem Farn.

»Ihr Beruf ist es, den Mördern das Handwerkszeug zu liefern. Was wollen Sie in der Bank? Sich noch mehr Millionen holen? Schmiergelder verschieben? Was genau ist Ihr Plan, dieser großartige, wunderbare Plan, der Livnat und Merteuille das Leben gekostet hat?«

»Es ist nicht gesagt, dass zwischen diesem Mord und meinem Auftrag ein Zusammenhang besteht.«

»Nicht gesagt«, zischte sie. »Aber deutlich zu sehen. Ich wische nun schon zum zweiten Mal Blut auf, das Sie vergossen haben«

»Keine Fragen, auf beiden Seiten nicht. Sie bekommen einhunderttausend Euro. Ich wünsche Ihnen viel Freude damit, egal wofür Sie es verwenden.«

Er sah ihre Arbeitskleidung, die leicht geröteten, abgearbeiteten Hände, die Haare, die sie am Morgen im Nacken zusammengebunden hatte und die ihr nun in Strähnen ins Gesicht fielen. Welche Frauen Larcan wohl sonst so betrachtete? Bestimmt keine, die ihr Leben lang mit Seifenlauge und Chlorwasserstoff hantierten.

»Was haben Sie mit dem Geld vor? Soweit ich weiß, haben Sie keine Angehörigen. Auch keine engen Freunde, um die Sie sich kümmern müssen.«

Sie wich seinem Blick aus.

»Lassen Sie mich überlegen. Tabea? Wer ist das?«

»Keine Ahnung«, sagte sie und wusste, dass sie sich schon bei ihrer ersten Begegnung verraten hatte.

»Ist sie krank? Eine lebensrettende Operation in den USA? Ein Platz in einem guten Hospiz?«

»Ich weiß nicht, von was Sie reden.« Judith begann mit wütenden Handgriffen das Bett abzuziehen. »Und weil ich es gut mit Ihnen meine, gebe ich Ihnen jetzt die Chance, dieses Zimmer zu verlassen. Dann können Sie zu Hause schon mal den Anzug samt Krawatte aussuchen, in dem man Sie festnehmen wird.«

»Nein«, antwortete er freundlich. »Nein, das wird man nicht. Niemand wird mich festnehmen. Und niemand …«

Er stand auf. Noch bevor Judith es verhindern konnte, hatte er ihr eine Hand auf die Schulter gelegt. Die Berührung durchzuckte sie wie ein elektrischer Schlag. Schnell trat sie einen Schritt zur Seite, das Bettzeug wie zum Schutz vor sich zusammengeknüllt. Larcan ließ die Hand sinken.

»Niemand«, fuhr er fort, »wird Ihnen etwas tun.«

»Raus.«

Sie holte ihr Handy hervor und konnte die Hand gar nicht so schnell zurückreißen, wie er es ihr abgenommen hatte.

»Geben Sie her!«, schrie sie und wollte sich auf ihn stürzen, aber dann schreckte sie zurück, weil sie jede weitere Berührung mit ihm vermeiden wollte.

»Niemand wird Ihnen etwas tun. Für Livnat gibt es Ersatz. Sie werden heute Nacht in die Bank gehen. Alle Türen stehen Ihnen offen, keiner wird Ihr Kommen bemerken.«

»Heute? Nie im Leben!«

»Nehmen Sie den Vordereingang. Das ist der schnellste Weg. Um Mitternacht. Sie erhalten ein Signal, wenn die Blockade der Drehtür aufgehoben ist und die Kameras ausgeschaltet sind. Ich werde auf dem Parkplatz hinter der CHL auf Sie warten. Sie kennen den Ort.«

»Das kann ich nicht!« Ihr Puls flog, ihre Nerven vibrierten. »Ich kann das nicht. Ich arbeite erst seit ein paar Tagen dort. Ich kenne mich überhaupt nicht richtig aus.«

»Doch, das tun Sie. Fünfzehn Minuten später verlassen Sie das Haus und sind um hunderttausend Euro reicher. Und … ich werde Ihnen noch etwas geben.«

»Was denn?«

»Die Antwort auf die eine Frage, die Sie nie gestellt haben.«

»Welche Frage?«

Er warf ihr Handy aufs Bett und ging.

Sie lief ihm hinterher. »Welche Frage?«

Larcan drehte sich noch nicht einmal mehr um. Judith blieb in der offenen Tür stehen, als hätte sie jemand dort festgenagelt. Unfähig, eine Entscheidung zu treffen, die Polizei anzurufen oder ihm hinterherzulaufen und Rechenschaft zu verlangen.

51

Quirin Kaiserley hatte es geschafft, ohne Rollstuhl in die Cafeteria zu gelangen, dort eine Mandarinenschnitte zu essen und so stolz auf diesen Erfolg zu sein, als hätte er einen Bären erlegt. Er musterte die Menschen um sich herum. Ein Mann schob gerade seinen Infusionsständer an den Nebentisch und nahm mühsam Platz. Zwei Teenager, der eine mit einem dicken Verband um den Kopf, versanken in ihren Handyspielen. Weiter hinten saß eine ältere Frau und murmelte vor sich hin. Draußen eilten Ärzte und Pfleger mit wehenden Kitteln über die Straßen des Klinikgeländes.

Die Charité war eine Stadt in der Stadt – alte Gebäude mit Ziegelfassaden, von Efeu überwuchert, mit hohen Fenstern, durch die das Licht von Neonlampen fiel. Wenn die Lampen und das Hochhaus auf der anderen Seite der Luisenstraße nicht wären, könnte man fast glauben, Rudolf Virchow an der nächsten Ecke zu treffen. Kaiserley kannte den Komplex von früheren Besuchen. Damals hatte er allerdings am Krankenbett gesessen und nicht darin gelegen.

Er beobachtete zwei Männer bei dem ehrlichen, aber von einigen Rückschlägen getrübten Bemühen, einen Weihnachtsbaum auf dem gepflasterten Vorplatz aufzustellen. Nachdem es ihnen beim vierten Anlauf gelungen und der Stamm stabil genug verankert war, dass man bei der nächsten Windbö kein Unglück für Passanten befürchten musste, begannen sie mit dem Drapieren der Lichterkette. Kaiserley humpelte noch einmal zum Tresen und ließ seinen Kaffeebecher nachfüllen. Als er ihn geleert hatte, war längst die frühe Dämmerung heraufgezogen und die Lichterkette funktionierte immer noch nicht.

Er dachte an seinen Artikel für eine große deutsche Wochenzeitung – der neue eiserne Vorhang in Afrika, die Grenzsicherungen, mit denen das verschreckte Europa glaubte, sich vor den Flüchtlingsströmen schützen zu können, weshalb es nicht davor zurückschreckte, mit Regimen wie dem Sudan zusammenzuarbeiten. Der Artikel hätte längst fertig sein müssen. Die einzige Rechtfertigung für die Verspätung war sein Gesundheitszustand. Doch wenn er ehrlich zu sich selbst war, hatte sein Zögern auch noch einen anderen Grund: Er hatte den Glauben aufgegeben, dass die Veröffentlichung dieser Informationen irgendetwas bewirken könnte.

Zurück in seinem Zimmer, legte er sich erschöpft aufs Bett. Das Tablett mit dem Abendbrot stand bereits auf dem Nachttisch, dabei war es noch nicht einmal fünf Uhr. Die Tagesabläufe in dieser Klinik irritierten ihn immer noch. Vielleicht ein Überbleibsel aus der Zeit, als Krankenhäuser noch rein karitative Einrichtungen waren und man die Patienten bei Sonnenaufgang gleich mit aus den Federn gerissen und bei Sonnenuntergang das Licht gelöscht hatte … Vielleicht auch nicht. Eher aus

Langeweile denn aus Neugierde rief er über das Krankenhaustelefon die Mailbox seines abgesoffenen Handys an. Eine Nachricht. Judith Kepler.

»*Mor Livnat ist tot. Er wurde erschossen. Ruf mich an. Sofort.*«

Er wiederholte die Aufnahme, sogar noch ein zweites Mal. Die Computerstimme im Anschluss fragte ihn, ob er mit dem Anrufer verbunden werden wolle. Immer noch wie vor den Kopf geschlagen bestätigte er.

»Judith?«

Sie musste in ihrem klapprigen Auto unterwegs sein. Er konnte sie kaum verstehen.

»Wer ist da?«

»Quirin. Was zum Teufel…«

»Nicht jetzt. Wo bist du?«

»In der Charité. Ich… hatte einen Unfall.«

»Einen Unfall?«, fragte sie entsetzt nach. »Ich bin fast zu Hause. Kann ich in einer Stunde bei dir vorbeikommen?«

Er gab ihr die Zimmernummer durch. Dann legte er auf. Um sofort den Hörer wieder hochzunehmen und eine weitere Nummer zu wählen.

52

Judith hatte Glück. Die Vorstellung im Deutschen Theater würde erst in zwei Stunden beginnen, dafür schlossen die Geschäfte an der Luisenstraße größtenteils gerade und die Büros ringsum leerten sich. Sie fand einen Parkplatz und lief dann hastig zum Haupteingang des alten Krankenhausareals. Es war das falsche Ende, denn der Sauerbruchweg, eine Art Hauptstraße, zog sich in die Länge. Die ganze Zeit über verfolgten sie hastig durcheinandergeworfene Gedanken. Kaiserleys Unfall. Mitternacht. Du hast Larcan bedroht. Wie komme ich aus der Nummer wieder raus? Livnat ist tot ...

Als sie endlich das richtige Haus erreicht hatte und die drei Stockwerke nach oben gerannt war, stand sie, völlig außer Atem, einen Moment vor seiner Tür und versuchte sich zu sammeln. Was mache ich hier eigentlich?, dachte sie. Wie soll mir ausgerechnet dieser Mann helfen, der schon so viel Elend in mein Leben gebracht hat?

»Komm rein.«

Er musste sie gehört haben. Die Tür hatte sich so plötzlich geöffnet, dass sie überrascht zusammenfuhr. Sie schlüpfte durch den Spalt – und blieb stehen.

»Wer ist das?«

Auf dem Stuhl am Fenster saß ein älterer Mann, dem der Anzug zu groß geworden war. Tiefe Falten durchfurchten sein Gesicht. Er war blass, nur die knollige Nase schimmerte rötlich. Er musterte sie durchdringend mit wasserblauen Augen.

»Darf ich bekannt machen?« Kaiserley trug Jeans und einen schwarzen Rollkragenpullover. Jede Bewegung schien ihm Mühe zu bereiten, sogar die Tür wieder zu schließen. »Kellermann, ein ehemaliger Referatsleiter und alter Kollege von mir, Judith Kepler.«

»So alt nun auch wieder nicht.« Die Stimme des Mannes klang heiser. Er stand auf und streckte Judith die Hand entgegen. »Ich freue mich, dass wir uns endlich einmal kennenlernen.« Doch sein Lächeln erreichte nicht die Augen, und sein Händedruck währte keine Sekunde.

»Guten Abend.« Judith betrachtete ihn von oben bis unten. Unfassbar, wer ihr hier einfach so präsentiert wurde. Kellermann, der als Einziger nach Sassnitz seinen Job verloren hatte.

430

Das Bauernopfer. Hatte er nicht so lange wegen seiner Frau gelogen? Eine Bonner Sekretärin, die ein Romeo flachgelegt hatte? Wahrscheinlich Richard Lindner, aber so genau hatte Judith sich nie für das Liebesleben ihres Vaters im Dienst der Stasi interessiert. Kellermann und sie waren sich nie begegnet, hatten nur einmal telefoniert. Sie erinnerte sich, dass ihr die Frau leidgetan hatte. »Wie geht es … Eva? War das nicht ihr Name?«

Er war vorher schon blass gewesen. Aber jetzt sah er geradezu ungesund aus. Das schiefe Lächeln, das er sich abrang, wirkte wie eine gequälte Grimasse.

»Gut. Ich weiß, was Sie für uns getan haben.«

Mit einer entschuldigenden Geste wandte sie sich an Kaiserley. »Ich gehe dann mal wieder. Ich will zwei alte Waffenbrüder nicht beim Schwelgen in Erinnerungen stören.«

»Er ist wegen dir hier.«

Kaiserley rückte ihr den zweiten Stuhl herum. Einen dritten gab es nicht in dem kleinen Zimmer. Er selbst setzte sich aufs Bett. Die Rückenlehne stand in fast aufrechter Position, sodass er sich mit einem leichten Stöhnen anlehnen konnte. Judith nahm zögernd Platz.

»Was ist passiert?«

»Ich bin angeschossen worden.«

»Angeschossen? Von wem?«

Sie sah zu Kellermann. Der verzog keine Miene, als ob solche lächerlichen Vorkommnisse in seinem Leben häufiger vorkamen.

»Larcan«, sagte er. »Nicht persönlich, natürlich. Dafür hat er seine Handlanger.«

Judiths Blick huschte von Kellermann zu Kaiserley. In ihrem Gesicht stand ein einziges großes Fragezeichen.

»Kellermann weiß Bescheid.«

»So«, sagte sie. »Wer noch? Dein Arzt? Die Krankenschwester? Die Pressestelle des Bundesnachrichtendienstes?«

Der ältere Mann hob eine Aktentasche vom Boden auf und stellte sie auf seinen Schoß. »Ich sollte Ihnen vielleicht etwas erklären.«

»Nein«, widersprach Judith kühl. »Das soll Herr Kaiserley bitte persönlich machen.«

»Alles halb so wild.« Kaiserley wollte abwehrend den Arm heben, ließ es jedoch auf halber Strecke bleiben. »Die Ermittlungen laufen noch, wie es so schön heißt. Mein Freund hat seine eigenen Theorien, aber ein Raubüberfall sieht anders aus.«

Kellermann schnaubte verächtlich. Judith achtete nicht auf ihn.

»Wann ist es passiert?«

»Vor ein paar Tagen.«

»Wo?«

»In Paris. Nachts. Auf einer Brücke. Die Person kam von hinten. Ich konnte sie nicht erkennen.«

»Paris...«

»Ja.« Kaiserley nickte gequält und wechselte einen Blick mit seinem alten Kumpanen. Die beiden schienen sich über irgendetwas einig zu sein.

»Frau Kepler...«, fing der ausgemusterte Alt-BNDler an, doch Judith hob die Hand und brachte ihn zum Schweigen.

»Ich stelle die Fragen. Was wollen Sie hier?«

»Quirin hat mich darum gebeten, mehr über Bastide Larcan herauszufinden. Ich bin davon überzeugt, dass das, was ich hier habe, von großem Interesse für Sie ist. Eine Art... Danke für damals.«

»Für was?«, fragte sie scharf.

»Dafür dass Sie meine Frau rausgehalten haben. Und dass Sie das Handy damals...«

»Ja?«, fragte Judith lauernd.

»Dass Sie es entsorgt haben. Sie haben es doch entsorgt?«

»Wir hatten einen Deal. Ich wollte, dass Sie und Ihr Laden mich in Ruhe lassen. Für alle Zeiten. Erinnern Sie sich noch? Stattdessen stehe ich immer noch auf eurer Blacklist. Dadurch ist Larcan erst auf mich gekommen. Weil ihr nicht in der Lage seid, eure Versprechen zu halten!«

»Das hätte ich getan, Frau Kepler. Sehr gerne sogar. Aber ich wurde aus dem Dienst entlassen und zu zwei Jahren auf Bewährung verurteilt.«

»Nur?«

»Judith!«

Das war Kaiserley. Warum mischte er sich ein? Wie kam er überhaupt dazu, Kellermann in das ganze Desaster reinzuziehen? Der tat nun, als ob er aufstehen wollte.

»Nichts für ungut, Frau Kepler. Wenn Sie nicht wollen…«

»Zeigen Sie schon her.«

Der Mann öffnete die Mappe. Kaiserley beobachtete sie. Abwartend, nicht neugierig. Also wusste er, was der andere mitgebracht hatte. War Kellermann sein Kontakt zum Bundesnachrichtendienst? Ihr Blick streifte die ausgetretenen Schuhe, den billigen Anzug und das Hemd, das an der Kragenkante fadenscheinig war. An der Hand, mit der er ihr den dünnen Stapel Kopien reichte, trug er den Ehering.

»Was ist das?«

»Die Kopie der Kopie einer Belobigungsurkunde, ausgestellt auf einen gewissen Bastide Larcan für außerordentliche Wachsamkeit bei der ›Zielstellung des Feindes, feindlich-negative Kräfte zum Verrat zu inspirieren‹. So hieß das damals. Seien Sie vorsichtig. Es ist reines Gift.«

Judith starrte auf die Blätter. Kampforden für Verdienste um Volk und Vaterland. Ein Unterschriftsstempel – Erich Mielke.

Der Name, Bastide Larcan. Das Datum, 7.10.1986. Das DDR-Wappen verschwamm vor ihren Augen, die Buchstaben begannen zu tanzen.

Es ist sein Verdienst, den Verrat an Staatsgeheimnissen zu vereiteln, den Schutz der Arbeiter-und-Bauern-Macht zu gewährleisten und dadurch den Verräter Richard Lindner erfolgreich zu liquidieren.«

»Richard Lindner zu liquidieren?«, flüsterte sie. »Richard Lindner?«

Der Name, eintätowiert in ihr Herz mit einer glühenden Nadel. Sie wischte sich über die Augen. Mein Vater, dachte sie. Larcan soll ihn getötet haben? Das kann nicht sein! Das ist eine Falle. Sie wollen nur sehen, wie ich reagiere, damit ich ihnen Larcan auf dem Silbertablett serviere. Wir wissen doch, wer Richard Lindner auf dem Gewissen hatte. Seine Mörderin hat es uns selbst gesagt, bevor sie uns töten wollte. Dich und mich. Hörst du denn nicht? Sag was! Kaiserley, ich rede mit dir! Ihre Gedanken waren so klar, so laut in ihrem Kopf, dass sie eine Sekunde lang nicht begriff, warum er schwieg.

Er starrte hinaus in die Dunkelheit, die durch das Fenster in den Raum fiel und sich in den Ecken einnistete.

»Larcan.« Ihre Stimme war rau wie Schmirgelpapier. Zersplittert von zu vielen Lügen. »Larcan hat meinen Vater nicht getötet. Das waren andere, und wir wissen genau, wer es war.«

Kellermann griff wieder in die Aktentasche und holte weitere Unterlagen heraus. Sie waren noch unleserlicher, vermutlich Kopien von Kopien von Kopien. »Das hier ist die eidesstattliche Aussage von Lindners Führungsoffizier, ein gewisser Fichte, dass er seinen Mann im Februar neunzehnhundertneunzig zum letzten Mal gesehen hat.«

»Seinen Mann?«

»Richard Lindner.«

»Moment. Februar neunzig? Sechs Jahre nach seiner … Ermordung?«

Kaiserley riss sich von dem schwarzen Nichts vor dem Fenster los und holte Luft, um zu antworten. Doch Kellermann, der
große Enthüller, ließ es nicht zu.

»Laut Fichtes Aussage lebte sein Agent und war bei bester
Gesundheit. Er war nur etwas ungehalten. Lindner hatte gehofft, sein altes Leben als unbescholtener DDR-Staatsbürger
wieder aufnehmen zu können. Das ging aber leider nicht mehr.«

»Warum nicht?«

»Ihnen sind die Pässe ausgegangen. Lindner musste bleiben,
wer er war: Bastide Larcan.«

Judith legte die Zettel auf den Tisch. Wie unschuldig sie aussahen. Weißes Papier, bedruckt mit schwarzer Farbe. Die Buchstaben verschwammen, zitterten, begannen ein Eigenleben. Kellermann hatte recht gehabt: Es waren giftige Zaubersprüche, die
sich wie zischelnde Nattern auf sie stürzten, sich festbissen und
in ihre Adern krochen. Sie legte sich jedes Wort des ungeheuer-
lichen Satzes zurecht, den sie als Nächstes sagen wollte.

»Mein Vater Richard Lindner hat seine eigene Ermordung
überlebt?«

»Laut Aussage eines gewissen Fichte, ehemals Mitarbeiter der
HV A, ja.«

Sie deutete auf die Ordensbegründung. »Und was ist das da?
Warum kriegt Larcan, also er selbst, einen Orden für, helft mir,
den Mord an sich selbst?«

»Weil diese Urkunde eine Fälschung ist. Liquidationen werden in solchen Begründungen normalerweise nicht erwähnt.
Schon gar nicht der Name des Opfers.« Kellermann rieb sich
übers Kinn. »Allerdings ist das schwer zu beweisen. Heute wäre
es eine Kleinigkeit. Aber damals? Neunzehnhundertneunzig?
Larcan sollte damals für den KGB arbeiten. Damit haben die

Russen den Druck auf ihn erhöht. Und sobald sie ihn in ihrem Lager hatten, war der Wisch obsolet. Vermutlich hat er ihn aus Sentimentalität über seine eigene Dummheit aufgehoben. Immerhin, einen Orden hat er ja bekommen. Nur nicht für den Mord.« Ein kurzes, knatterndes Lachen.

»Was genau heißt das?«, fragte Judith lauernd. Sie ahnte die Antwort. Doch sie wollte sie aus dem Mund dieses alten, vergessenen Mannes hören. Der immer noch stolz war auf seinen Job, der sich für den schlauesten aller Füchse hielt und sich herabgelassen hatte, für sie noch einmal aus seinem Bau zu kriechen.

»Larcan *ist* Lindner. Sie haben ihn zum Mörder seines eigenen, doppelten Ichs gemacht. Nicht schlecht, Herr Specht. Lindner ist ja tatsächlich seit dieser Sache in Sassnitz wie vom Erdboden verschluckt.«

Für einen Moment kamen die Wände auf Judith zu, und die Tischplatte wölbte sich ihr entgegen. Sie schwankte leicht, hatte den Schwindel jedoch sofort im Griff. »Richard Lindner ist … nein, er *war* mein Vater. Er ist tot.« Großes schwarzes Loch, tu dich auf. Lass einen Tornado in dieses desinfizierte Krankenzimmer einbrechen, der mich einfach aufsaugt. »Ich habe …« Sie räusperte sich. Noch nicht einmal die Stimme gehorchte ihr mehr. »Ich habe Akteneinsicht bei der Stasibehörde beantragt, um mehr über meine Eltern zu erfahren. Sie sind beide tot. Ich habe ein Grab. Ich habe …«

… seine Mörderin erschossen, hatte sie sagen wollen. Aber diese schreckliche Nacht war ihr Geheimnis, es gehörte nur ihr und allenfalls noch Kaiserley, der dabei gewesen war. Der sie in den Arm genommen hatte, damals, im Haus ihres Großvaters, dem Generalleutnant. Als sie auf dem Bett gesessen und das einzige Foto in der Hand gehalten hatte, das von ihrer Familie existierte: ihr Großvater, ihr Vater, ihre Mutter und sie als kleines Mädchen.

Wieder so ein Blick zwischen den beiden Männern.

»Woher haben Sie das?«

Keine Antwort.

Judith wollte die Papiere an sich nehmen, doch Kellermann patschte mit der Hand darauf. »*For eyes only*«, sagte er.

»Was? Reden Sie so mit mir, dass ich Sie verstehe!«

»Das ist vertraulich. Sie dürfen es lesen, aber nicht mitnehmen.«

»Ich will wissen, warum diese Unterlagen ausgerechnet jetzt auftauchen. Wer hat sie all die Jahre versteckt? Wer hat Larcan so lange geschützt?«

Kaiserley sah blass aus. Abgemagert. Rasiert hatte er sich auch nicht, aber erstaunlicherweise stand ihm der Bartschatten. Es war absurd, dass ihr das ausgerechnet in dieser Situation in den Sinn kam. Ihr Herz brannte vor Enttäuschung und hilfloser Wut.

»Wer?«, schrie sie.

»Sei leiser. Du bist in einem Krankenhaus.«

Sie musste tief Luft holen, um sich unter Kontrolle zu bringen. »Wie lange wisst ihr das schon?«

Kaiserley zuckte impulsiv mit den Schultern und verzog dann das Gesicht. Er schien Schmerzen zu haben.

Judith sagte: »Dieser Fichte lügt. Die haben doch alle gelogen damals. Alle! Warum erzählen Sie mir das eigentlich? Mein Vater lebt? Gleichzeitig ist er sein eigener Mörder? Wie abgefahren ist das denn! Richard Lindner wurde von einer Doppelagentin ermordet. Punkt. Natürlich ist das hier eine Fälschung.«

Kellermann räusperte sich. »Frau Kepler, diese Urkunden basieren auf den Vorschlägen der Führungsoffiziere der Abteilung achtzehn der Hauptverwaltung A. Sie wurden nur zweimal im Jahr verliehen, im Februar und im Oktober. Und auch das nur nach genauer Prüfung durch die Kaderabteilung. Ich glaube nicht, dass der Führungsoffizier gelogen hat. Ich gehe eher davon aus, dass es zwei Versionen von dieser Urkunde gibt. Eine für Lindners normale Agententätigkeit und eine, für die er nach der Wende sofort für fünfundzwanzig Jahre in den Knast gewandert wäre.«

»Wo ist dann das Original?«

»Vermutlich beim KGB. Oder FSB, wie er jetzt heißt.«

Worte. Wo waren die Worte, die diesen Sturm beschreiben könnten, der durch Hirn und Herz und Bauch tobte? »Die Urkunde da ist auch nur eine Kopie. Woher haben Sie die?«

Wieder rückte Kellermann auf dem fragilen Stuhl umher, als müsste er die passende Postion auf einem Thron einnehmen. »Lindner, na ja, nennen wir ihn der Einfachheit halber weiter Larcan,« Judith ballte die Fäuste, aber das bekam er nicht mit, »hat ein kleines Versteck irgendwo in Berlin. Für alle Fälle, wenn er schnell verschwinden muss. Alle paar Jahre schaut er nach, ob alles noch an Ort und Stelle ist. Sein Orden, Bargeld … Larcan bevorzugt Dollars, und seine Pässe, ein kanadischer und einer, den Libyen ausgestellt hat. Das ist ein Staat in Nordafrika.«

Judith parierte den oberlehrerhaften Satz mit einem eiskalten Blick. Kellermann ließ sich dadurch nicht aus der Fassung bringen. Er schien es zu genießen, seine kleinen schmutzigen Geheimnisse endlich mal jemandem anvertrauen zu dürfen, dem er damit so richtig den Tag vermiesen konnte.

»Auch falsche Papiere dürfen bekanntlich nicht abgelaufen sein. Wir vermuten, dass er ein weiteres Depot in Paris und eventuell noch eines in Tripolis hat. Die checkt er alle zwei Jahre. Weißt du noch, sechsundneunzig?«

Ein amüsierter Blick zu Kaiserley, der wenigstens den Anstand hatte, nicht ebenfalls loszufeixen. »Neunzehn sechsundneunzig. Damals haben sie die Kaserne abgerissen wegen Einsturzgefahr. Puff, weg! Larcan stand da, als hätte er eine Erscheinung. Hat er sich eben den Keller nebenan ausgesucht. War meine Observierung, deshalb weiß ich das. Unser werter Freund hier hatte den Dienst ja schon verlassen.«

Der werte Freund verschränkte die Arme und ließ Kellermann reden, wahrscheinlich damit er schneller zum Ende kam.

»Zwanzigtausend Dollar futsch, die Urkunde, dazu die Pässe und ... Ach ja, hatte ich das schon erwähnt? Eine Kalaschnikow. Mittlerweile ist er auf handlichere Waffen umgestiegen. Er sitzt ja an der Quelle.«

»Und?«, fragte Judith scharf. »Was beweist das? Larcan ist nicht mein Vater. Er kann es gar nicht sein. Das hätte ich doch gemerkt.«

Kaiserley Stimme klang ruhig und einfühlsam. »Dein Vater, Richard Lindner, hat sich sehr gut mit Fototechnik ausgekannt. Auf diesem Gebiet, immer auf dem neusten Stand natürlich, ist auch Larcan bis heute tätig. Wärmebildkameras, Nachtsichtgeräte, Hightechfernrohre, Radarsysteme, Flugkörperwarnsensoren. Wenn er tatsächlich den Einsatz in Sassnitz überlebt hat, dann ist er in seinem Beritt geblieben. Außerdem hat er nach der Wende überaus detaillierte Kenntnisse über die alten NVA-Bestände und die Arsenale der alten Ostblockstaaten bewiesen.«

Judith sah von einem zum anderen. Waren denn auf einmal alle verrückt geworden? »Er wurde erschossen! Ich hab doch das Grab! Okay, die Stasi hat aus diesem Mord einen Unfall irgendwo in Rumänien gemacht, aber ...«

Schweigen. Wie Eis, das knisternd aus den Ecken auf sie zukroch. In ihrem Herzen kristallisierte. Der Boden schien unter ihren Füßen zu zittern. Staub rieselte herab. Die Wände bewegten sich. Vorboten eines Erdbebens, das die Ruinen ihres Lebens endgültig zerstören würde.

Sie haben mich verarscht. Alle und immer wieder. Diese Karpaten-Story hat sich das MfS ausgedacht, um Lindners Tod zu verschleiern. Aber vielleicht haben sie es getan, um etwas ganz anderes zu verheimlichen: Mein Vater, in Sassnitz erschossen von der Doppelagentin Angelina Espinoza, steht anschließend auf, schüttelt sich den Staub von den Schuhen, bekommt eine neue Identität und macht einfach weiter ... macht einfach weiter ... bekommt eine neue Identität ...

»Vielleicht«, begann Kaiserley, und Judith musste schwer an sich halten, um seine Vielleichts nicht schon im Ansatz abzuwürgen, »vielleicht war es sein Auftrag, sein gottverdammter geheimdienstlicher Auftrag, in Sassnitz nur so zu tun, als hätte Espinoza ihn erschossen.«

»Nur so zu tun? Wie soll das denn gehen?«

»Mit einer schusssicheren Weste zum Beispiel.«

»Dann tut er also so, als ob er tot wäre, und dann?«

»Nimmt er eine neue Identität an. Als Bastide Larcan.«

»Warum denn? Warum?«

Sie hörte ihre Stimme: Die eines verzweifelten Kindes, das nie eine Antwort auf seine Fragen bekommen hatte. Immer nur Lügen, aufgeteilt in mundgerechte Stücke, damit sie leichter zu schlucken waren. Nichts war vorbei. Es hatte sich nur eine dünne Schicht Vergessen darübergelegt. Und die bekam jetzt Risse. Einen nach dem anderen, rasend schnell. Judith spürte, wie in ihrem Inneren etwas aufbrach. Eine dunkle Kraft, von der sie nicht mehr gewusst hatte, dass sie sie besaß. Die ihr half, das zu ertragen, was Kaiserley nun sagte.

»Das ist bloß eine Annahme, Judith. Eine reine Hypothese. Allerdings hätte er in Mielkes Augen dafür durchaus einen Orden verdient.«

»Für was?«, flüsterte sie.

»Richard Lindner hat nie mit offenen Karten gespielt. Er wollte kein besseres Leben für seine Familie. Er wollte Karriere machen. Ich glaube, Judith, er hat deine Mutter und dich nur benutzt.«

»Für was?«

Er musste gar nicht mehr weiterreden.

»Das ist der größte Blödsinn, den ich je gehört habe.«

»Vergiss nicht, aus welchem Holz deine Familie geschnitzt war. Dein Großvater war Generalleutnant der Stasi, er hat den Haftbefehl gegen seine eigene Tochter unterschrieben, ebenfalls eine MfS-Mitarbeiterin. Sein Schwiegersohn Richard Lindner war ein Auslandsaufklärer, ein Romeo, der in Bonn gearbeitet hat. Bis jetzt waren wir guten Glaubens, dass er damals wirklich überlaufen wollte. Auch wenn es ein Schock für dich ist, wir sollten die Möglichkeit in Betracht ziehen, dass Richard Lindner nicht Opfer, sondern Teil der ganzen Operation war. Als Lockvogel, damit wir alle in die Falle gehen. Dafür hat er neue Papiere und einen Orden bekommen.«

Es war das Einzige, das Letzte, an das Judith sich bis jetzt geklammert hatte: dass wenigstens der Tod ihres Vaters einen Sinn gehabt hatte. Doch wenn er gar nicht tot war… wenn es diesen Sinn gar nicht gegeben hatte… wenn er tatsächlich die sogenannten »feindlich-negativen Kräfte« zum Verrat inspiriert hatte und seine eigene Familie damit zum Tod verurteilt hatte… Nein. Das war unmöglich. Ihr Vater war tot, und Larcan hatte ihn umgebracht. Alles andere ergab keinen Sinn. Oder doch? Sie spürte die Blicke der beiden Männer auf sich. *Auch wenn es ein Schock für dich ist… Für dich…* Warum eigentlich nicht für Kaiserley? Er hat es gewusst. Und mir nichts davon gesagt. Wie lange schon? Jahrzehnte? Jahre? Monate? Wochen? Sie musste hier raus. Weg. Sofort. Irgendwohin, wo sie wieder einen klaren Gedanken fassen konnte.

»Wir wissen es nicht«, fuhr Kaiserley in dem Ton fort, mit dem man beim Tierarzt todkranke Hunde einschläfert, »aber ich denke, wir sollten ihn danach fragen. Wann trefft ihr euch eigentlich?«

Hey, Dad, sag mal, die Sache in Sassnitz damals. Nichts für ungut, aber hast du meine Mutter zum Verrat angestachelt, nur damit euch dieser Scheißkerl von Kaiserley in die Falle tappt? Hast du uns wirklich als Lockvögel benutzt? Übrigens, war nett, dich kennengelernt zu haben. Vielleicht können wir ja öfter zusammenarbeiten…

»Fragen?«, flüsterte sie tonlos. Vielleicht wurde sie gerade paranoid. Doch genau dieses Sanfte, Einfühlsame war es, das alle Alarmglocken schrillen ließ. Kaiserley ist dein Freund, flüsterte etwas in ihr. Kann durchaus sein, widersprach sie sich selbst. Aber die beiden haben etwas in petto. Und Freunde hintergeht man nicht. Man sagt vielleicht mal ein Wort, wenn man angeschossen worden ist. Oder wenn aus meinem toten Vater plötzlich ein quicklebendiger russischer Agent wird, für den ich mal eben so eine Liechtensteiner Bank hacken soll. Vor allem überlässt man es nicht Leuten wie diesem Kellermann, die letzten guten Erinnerungen zu guillotinieren.

»Keine Ahnung«, antwortete sie. »Jetzt, wo Livnat tot ist, müssen sie umdisponieren.«

»Tatsächlich?«, knurrte Kellermann.

Er war der Gefährlichere von beiden. Mit allen Wassern gewaschen. Sein seltsames Äußeres täuschte Judith nicht darüber hinweg, dass er andere Zeiten erlebt hatte. Zeiten, in denen er das Sagen gehabt und über jeden noch so miesen Trick Bescheid gewusst hatte. Mochte die Welt sich in ihrem rasanten Tempo weiterdrehen, die menschliche Natur blieb dieselbe. Ebenso wie die Methoden, sie auszutricksen. Kellermann wusste immer noch, wie das Fallenstellen funktionierte. Er war nicht aus Menschenfreundlichkeit hier.

Kaiserley sagte: »Für mich klingt das einleuchtend.«

Der alte Fuchs schüttelte den Kopf. »Ich habe noch nie von einer Geheimdienstoperation der Russen dieses Ausmaßes gehört, die wegen eines simplen Ausfalls verschoben worden wäre.«

»Livnat war kein simpler Ausfall«, zischte Judith. »Er war ein Mensch. Ich mochte ihn.«

Kellermann zuckte mit den Schultern. »Ich dachte, wir können offen reden. Aber wenn Sie so sensibel sind…«

Genervt sah Kaiserley zur Decke. Wahrscheinlich hatten sie vorher die Rollen von *good cop* und *bad cop* verlost, und sein Kumpel übertrieb es mit dem schwarzen Peter.

»Um es netter auszudrücken, wobei nett, sehr geehrte Frau Kepler, das Letzte ist, was mir beim Gedanken an den *SWR* durch den Kopf geht, die *Sluschba wneschnei raswedki*«, seufzte Kellermann, und die russischen Worte klangen in Judiths Ohren nahezu perfekt. »Bei der stehen keine militärischen, sondern zivile Ziele der Auslandsspionage im Vordergrund. Wirtschaftsspionage, Denunziation, Feindpropaganda. Um eine Ausdrucksform zu finden, die moralkompatibler ist: Livnats Tod war einkalkuliert. Es gibt immer einen Plan B. Und C. Und wenn es sein muss, auch D. Dass zwischen Merteuilles Tod und dem erneuten Angriff auf die CHL so viel Zeit vergangen ist, lag ausschließlich daran, dass ihnen der Sprengkopf abhandengekommen ist. Aber die Rakete an sich steht seit geraumer Zeit abschussbereit, sie brauchen nur noch den Idioten, der den Startknopf drückt.«

»Könnten Sie bitte aufhören, Menschen als ›Sprengkopf‹ oder ›Ausfall‹ zu bezeichnen?«, fragte Judith.

»Ich bediene mich des Vokabulars, das an den russischen Kaderschmieden verwendet wird. Wir, die westliche Welt, haben eine andere Auffassung von ethischen und politischen Werten.«

»Das habe ich gemerkt«, spottete sie. »Woher wissen Sie das?«

Ganz klar, die beiden steckten unter einer Decke. Obwohl Kaiserley jetzt so tat, als ob er eine Fluse von seinem Bettzeug entfernen müsste, und Kellermann seine Schuhe betrachtete, als überlegte er, ob es sich überhaupt lohnte, sie noch mal zu putzen.

»Woher? Sie sind beide raus aus dem BND. Schon lange. Vielleicht hat euch jemand einen riesengroßen Bären aufgebunden?«

Kaiserley sah hoch. Ihre Blicke trafen sich. »Von seiner Tochter.«

Kellermann warf den Kopf zurück und stöhnte. »Muss das sein?«

»Judith soll wissen, dass unsere Quellen seriös sind. Im Moment glaubt sie der Stasi mehr als uns.«

»Warum tut Judith das wohl?«, spottete sie und wandte sich an Kellermann. »Ihre Tochter? Die sitzt an Larcan?«

»In der Bank«, knurrte er. »Sie sitzt in der Bank. Undercover, um es mit Ihren Worten zu sagen. Der BND weiß von dem geplanten Angriff. Er weiß auch von Ihnen und von Larcan. Deshalb wäre es gut, wenn Sie sich anhören würden, was wir Ihnen sagen. Nichts wird verschoben. Auch nichts abgeblasen. Egal, was Larcan Ihnen erzählt hat, er hat Sie an der Angel. Und damit kommen wir zum dritten und vielleicht wichtigsten Punkt.« Er erhob sich mit einem leisen Ächzen, ging zum Fenster und sah, die Hände auf den Rücken gelegt, hinunter. »Larcan kennt Ihren richtigen Namen. Das heißt, er weiß bis ins Detail über Sassnitz Bescheid. Womit hat er Sie geködert?« Er drehte sich zu ihr um. »Mit der Vaternummer? War es das?«

Sie sah zu Kaiserley. »Du hast mich verraten.«

»Judith, lass dir helfen. Das ist die einzige Möglichkeit, wie du eventuell noch heil aus der Sache herauskommst.«

»Du hast mich verraten! Ich habe dir vertraut!«

»Glaubst du wirklich, du kannst so ein Ding allein durchziehen und danach ein neues Leben beginnen? Ohne dass es irgendwem auffällt?«

Schneller, als Kaiserley reagieren konnte, schneller, als Kellermann es schaffte, sich vom Fenster aus auf sie zu stürzen, rannte sie zur Tür, riss sie auf – und lief direkt einem Mann in die Arme.

»Langsam, langsam«, sagte der Fremde und wollte sie am Kragen zurück in den Raum schieben.

Sie sah noch, wie Kaiserley sich entsetzt aufrichtete und irgendetwas rief, das wie »Tobias!« klang, da hatte sie ihm auch schon mit solcher Wucht den Ellenbogen in den Magen gerammt, dass er wie ein Springmesser zusammenklappte. Der Flur war frei, sie rannte los.

Die Rufe aus dem Zimmer drangen auf den Flur. Der Mann nahm die Verfolgung auf, doch sie hatte ihn gut erwischt. Obwohl noch relativ jung und sportlich, war er zu langsam. Judith erreichte das Treppenhaus und nahm drei Stufen auf einmal – nach oben, nicht nach unten. Auf dem nächsten Absatz blieb sie stehen. Sie konnte hören, wie er hinunter in Richtung Ausgang lief. Vorsichtig trat sie ans Fenster. Er rannte auf einen Wagen zu, der auf der gegenüberliegenden Seite des Sauerbruchwegs geparkt hatte. Zwei Männer stiegen aus, zu dritt hielten sie auf das Gebäude zu. Die Verstärkung.

Noch einen Absatz weiter hinauf, in den zweiten Stock. Ein großer Altbau. In den Fluren, die links und rechts abgingen, standen Rollwagen mit Thermoskannen. Eine Schwester in Tracht verließ gerade ein Krankenzimmer. Judith zwang sich, ruhig durchzuatmen. Sie war auf der chirurgischen Station. Knochenbrüche, Gehirnerschüttertungen, Blinddarm. Es war kein Streifenwagen gewesen. Sie vermutete eher ein Observationsteam, das immer dann einsprang, wenn sie nicht gleich mit Blaulicht auffahren und das gesamte Polizeipräsidium einweihen wollten. Kaiserley hatte ihr einmal von der ausgeprägten Hassliebe zwischen den einzelnen Behörden erzählt. Gut möglich, dass sie trotzdem über alle Gräben hinweg Unterstützung anforderten. Dazu müsste Judith allerdings erst einmal zur Fahndung ausgeschrieben sein. Die Vorstellung, wie Kellermann beim nächsten Revierposten anrief und erklärte, warum sie eine gewisse Judith Kepler suchen sollten, hatte etwas Absurdes. Bilden Sie einen Satz, in dem die Worte »Putzfrau«, »russischer Geheimdienst« und »Wertpapierbank« vorkommen…

Leise öffnete sie die Tür zu dem Raum, den die Schwester gerade verlassen hatte. Es war dunkel. Nur ein Nachtlicht brannte. Im Bett lag ein Mann. Einzelzimmer. Gut.

Judith schloss die Tür hinter sich und setzte sich auf den Stuhl, der an der Wand stand. Der Patient schlief. Die nächsten Minuten verbrachte sie damit, ihren Puls in den Griff zu bekommen und sich einen Fluchtplan auszudenken. Drei Männer. Einer im ersten Stock bei Kaiserley. Tobias. Verflucht. Wie hatte er sie nur so ans Messer liefern können? Die beiden anderen vermutlich in den Fluren, im Keller, in den anderen Geschossen. Sie konnten nicht in die Krankenzimmer eindringen. Oder doch? Konnten sie es?

Schritte, Stimmen. Das musste einer von ihnen sein. Eine empörte Frau, die etwas erwiderte, wahrscheinlich die Schwester. Rückzug.

Sie wartete noch ein paar Minuten, dann schlich sie zum Fenster. Der Wagen stand immer noch da, doch die Männer waren offenbar noch im Haus unterwegs. Menschen mit Regenschirmen hasteten vorbei. Gerade mal sechs Uhr, für viele nach der Arbeit die einzige Möglichkeit für einen Krankenbesuch.

Was käme als Nächstes? Sie würden in Lichtenberg auf sie warten. Vor Dombrowskis Firma. Vor der CHL. So lange, bis sie irgendwo wieder auftauchte. Sie war der Köder, der Larcan anlocken sollte. Vorsichtig tappte sie zurück zu dem Stuhl und fuhr zusammen, als er beim Hinsetzen verrutschte und leise auf dem Linoleum scharrte. Der Mann im Bett atmete für ein paar Züge lauter, dann war es wieder still.

Tobias. Irgendwoher kannte sie ihn. Sie waren schon einmal aneinandergeraten. Einer von den Typen, für die die Nahkampfausbildung erst beendet war, wenn sie auf den Rollator umstiegen. Sie hatte Fotos von ihm gesehen, auf einer Handvoll Ausweise...

Karsten Michael Oliver Arschloch. Kaiserleys Sohn. In der Wohnung einer Toten waren sie sich begegnet. Der Volltrottel, der ihr vor so langer Zeit so viele Steine in den Weg gelegt hatte. Viel schien er nicht dazugelernt zu haben. Auch nahkampfmäßig nicht. Wie schön, da waren sie ja alle wieder zusammen. Die ganze alte Truppe. Und Kellermanns Tochter undercover in der CHL. Das konnte nur Isolda Weyland sein. Mit einem leisen Stöhnen krümmte sie sich zusammen. Hörte das denn nie auf? Und sie hatte allen Ernstes geglaubt, Kaiserley hätte sich Sorgen um sie gemacht. Sie war ein Lockvogel, nicht mehr. War doch logisch. Nur warum tat es dann so verdammt weh?

Mitternacht. Sie musste es schaffen, bis Mitternacht durchzuhalten. Dann würde sie Larcan wiedersehen. Sie kannte nun die Frage, und er würde sie beantworten.

53

Sie ist weg.«

Wütend kam Teetee zurück ins Krankenzimmer.

In Kaiserley flammte eine kurze, wilde Freude hoch, die jedoch nicht lange anhielt. Er wusste nicht, was schlimmer war: Judith allein da draußen auf einer lebensgefährlichen Mission zu wissen oder in den fürsorglichen Fängen des BND. »Du hättest es mir sagen müssen!«, herrschte er Kellermann an. »Wie stehe ich denn jetzt da? Sie muss doch glauben, ich hätte sie euch zum Fraß vorgeworfen!«

»Keine Leistung ohne Gegenleistung«, gab sein Sohn stattdessen zurück. »Du denkst doch nicht, dass solches Material ohne mein Wissen das Haus verlässt?«

»Ich war der Meinung, Kepler und Larcan interessieren dich nicht.«

»Für wen ich mich interessiere, ist für dich nicht von Belang.«

»Was machst du eigentlich in Berlin?«

»Ich leite eine Sonderkommission, die sich um Wirtschaftsspionage kümmert«, antwortete sein Sohn. »Hast du wirklich geglaubt, mich hinters Licht führen zu können? Die Sache nimmt Dimensionen an, die niemand mehr handeln kann. Wir müssen Kepler finden, bevor sie noch mehr Unheil anrichtet. Wir müssen diesen Wahnsinn stoppen.«

Kellermann meldete sich zu Wort. »Was habt ihr vor?«

Teetee schenkte ihm einen genervten Blick, ging zu einem der dünnbeinigen Stühle und ließ sich darauf nieder. »Auch wenn es Sie verwundern mag, ich habe eine Verschwiegenheitspflicht. Möglich, dass das zu Ihrer Zeit anders war. Aber heutzutage halten wir uns daran.«

»Na«, kam es vom Fenster, »wenn's der Wahrheitsfindung dient … Ich verabschiede mich dann mal.«

Kellermann wollte sich an Teetee vorbeizwängen. Der hob das Bein und verstellte ihm den Weg.

»Nicht so schnell. Von wem haben Sie die Papiere bekommen?«

Der Ältere wiegte verneinend den Kopf. »Auch wenn es *Sie* verwundern mag, Herr Täschner, ich schütze meine Quellen.«

»Ich weiß, wer sie Ihnen zugespielt hat. Der Apfel fällt nicht weit vom Stamm, könnte man meinen. Das hat mehr als eine

Dienstaufsichtsbeschwerde zur Folge. Das gibt eine Strafanzeige, mindestens. Geheimnisverrat. Jedes unserer Dokumente ist als geheim eingestuft. Haben Sie wirklich gedacht, das fällt nicht auf? Also her damit.«

Kellermanns Kiefer arbeiteten. Kaiserley kannte ihn lange genug. Das war eine bittere Niederlage. Er sah, wie sein Kumpan die Aktenmappe öffnete und die Blätter herausholte. Teetee nahm sie in Empfang. Dann examinierte sein Sohn die Tasche und förderte weitere Papiere zutage. Endlich war er zufrieden.

»Danke. Ich weiß Ihre Kooperation zu schätzen. Ihre Quelle mit Sicherheit auch. Wenn ich Ihnen und dir, Vater, einen Rat geben darf: Versucht es gar nicht erst. Keine heimlichen Telefonate mit Kepler, keine weiteren Treffen. Wir kriegen sie. Und Larcan auch.«

»Tobias …«, setzte Kaiserley an.

Doch sein Sohn wollte nicht. Keine ausgestreckte Hand, kein Friedensangebot. Stattdessen ein Blick, in dem eine ganze Bibliothek unausgesprochener Vorwürfe lag.

»Schau dich an«, sagte Teetee. »Wohin es dich gebracht hat. Warum zum Teufel muss ich jedes Mal bei deinem Anblick denken, es könnte das letzte Mal gewesen sein?«

Damit verließ er den Raum. Die ganze negative Energie, die seit dem Eklat mit Judith die Luft hatte vibrieren lassen, verpuffte. Kaiserley lehnte sich mit einem ärgerlichen Stöhnen zurück und starrte an die Decke. Kellermann griff nach seinem Mantel.

»Gratulation. Wer solche Söhne hat, braucht keine Feinde mehr.«

»Tobias tut nur seine Pflicht. Ich war dumm. Ich hätte es wissen müssen. Sie haben Kepler seit der allerersten Abfrage auf dem Schirm. In aller Ruhe haben sie zugesehen, wie sich die Sache weiter entwickelt. Sie haben mich und dich als Zuträger benutzt. Wir waren beide nicht die Hellsten. Was werden sie jetzt tun?«

»Keplers Haus bewachen und sie unter irgendeinem Grund zur Fahndung ausschreiben. Womit kann man sie drankriegen?«

Kaiserley schwang mühsam die Beine auf die Erde. Er stand auf, musste sich aber am Bett festhalten. »Sie war kürzlich in einem Nazi-Dorf. National befreite Zone. Der Verfassungsschutz observiert da oben. Daraus könnten sie ihr einen Strick drehen.«

»Eine Nazisse?«

»Nein. Nichts läge ihr ferner. Ich weiß nicht, warum sie dort war. Sie wird es mir wohl auch nicht mehr erzählen. Hilf mir mal.« Er öffnete den schmalen Einbauschrank und holte seine Winterjacke heraus.

»Was wird das?«

»Ich kann sie da draußen nicht alleine lassen. Ich muss ihr helfen. Egal in welche Richtung sie geht, sie landet in einer Fallgrube.«

»Du willst doch nicht allen Ernstes in ein Nazi-Dorf fahren und dort auf sie warten?«

Kaiserley drückte gleich zwei Schmerztabletten aus einer Blisterverpackung und spülte sie mit ein paar Schlucken Wasser hinunter. »Schenken in Mecklenburg-Vorpommern. Dorthin ist sie gegangen, als es zum ersten Mal richtig eng für sie wurde. Irgendjemand muss dort leben, zu dem sie Vertrauen hat. Bei dem sie Zuflucht findet.«

»Also doch eine Nazisse.«

»Nein! Nein. Ich werde sie aufspüren.«

Er ging zum Fenster. Unten stand immer noch der Wagen des Observierungsteams. Gerade kam Teetee aus dem Haus und wechselte ein paar Worte mit den Männern im Auto, die ihre Suche offenbar erfolglos abgebrochen hatten. Dann verließ er das Gelände. Das Team blieb.

»Sie ist noch hier. Im Haus.«

Kellermann trat zu ihm. »Sonst würden die beiden nicht da unten stehen. Wie ist sie überhaupt hergekommen?«

Kaiserley erinnerte sich daran, dass Judith bisher so gut wie nie ohne ihren Transporter aufgetaucht war. Sogar nach Sassnitz war sie damals damit gefahren. Und als sie sich zum ersten Mal seit langer Zeit wiedergesehen hatten, war ihm die Schrottkarre noch vor der Fassadengondel aufgefallen.

»Vermutlich mit einem uralten Ford Transit. Warum?«

Sein ehemaliger Chef ging zu der Aktenmappe, die noch auf dem Tisch lag, und öffnete sie. Kaiserley traute seinen Augen nicht, als er ihm zwei uralte Wanzen entgegenhielt. Seinen fragenden Blick beantwortete Kellermann mit einem Seufzen.

»Zweimal ist Evchen mir ausgebüxt. Allein in der Stadt herumgeirrt, hat nicht mehr nach Hause gefunden. Ein drittes Mal passiert mir so etwas nicht. Ich mach dann mal einen Spaziergang. Wie sieht die Karre aus?«

»Sie war mal weiß. Kratzer, Beulen, ein Arbeitswagen eben. Die Aufschrift lautet ›Dombrowski Facility Management‹.«

Fast schon vergnügt ließ Kellermann die Wanzen in seine Hosentasche gleiten. »Wie in alten Zeiten, was?«

Kaiserley nickte. Er wollte den Enthusiasmus des anderen nicht bremsen. »Also dann?«

»Du bleibst hier. Ich geh uns mal einen Kaffee holen.«

Erstaunlich behände, fast verjüngt, schlüpfte Kellermann aus dem Zimmer. Kaiserley ging wieder ans Fenster und beobachtete, wie sein alter Kollege das Haus verließ und, ohne angesprochen zu werden, seiner Wege ging.

Judith, wo steckst du?, dachte er. Gebe Gott, dass wir dich finden, bevor sie es tun.

54

Bastide Larcan hatte sein Handy schon ein Dutzend Mal in der Hand gehabt, dieses idiotische Ding, mit dem die Menschen sich Gespräche vorgaukelten. Aber er konnte Nathalie nicht anrufen. Livnats Tod war eine von jenen Nachrichten, die man persönlich überbringt, Auge in Auge, Arm in Arm. Er lag auf dem Bett, todmüde, und wartete darauf, dass dieser Tag endlich vor der Nacht kapitulierte. Diesen Job noch. Nur diesen einen Job…

Als der Aufdeckservice an der Tür klopfte, schreckte er hoch und hatte Mühe, sich zurechtzufinden. Im Traum hatte er an einem Grab ohne Namen gestanden. Es war verschneit gewesen, und er spürte noch die Kälte an seiner Hand, mit der er den Schnee hatte wegwischen wollen. Es war ihm nicht gelungen, so sehr er auch wischte, scharrte, grub. Immer mehr Schnee war gefallen, hatte ihn zugedeckt. Erstickt…

»*Non, merci*«, sagte er dem Mädchen, das mit einem höflichen Nicken wieder verschwand.

Er kroch aus dem Bett wie ein alter Mann. Keine Kraft mehr in den Knochen. Warum war seine Hand so kalt? Nur von diesem Traum?

Duschen, heiß, kalt. Der vertraute Geruch seines Rasierwassers beruhigte ihn. Die Sachen waren schnell gepackt. Wäsche, Tablet, Geldumschlag. Mehr als einen schmalen Pilotenkoffer hatte er nicht bei sich. Er wollte die Vorhänge zuziehen und blieb dann stehen, den Stoff noch in der Hand, als hätte jemand von ferne seinen Namen gerufen. Die Wipfel der Bäume standen zusammen wie tuschelnde Kinder. Sein Handy klingelte. Er drehte sich um, betrachtete das zerwühlte Bett. Nathalies Name stand auf dem Display.

»Er ist tot«, sagte sie, irgendwo in Paris. Er hörte den Straßenverkehr im Hintergrund, wahrscheinlich in der Nähe der Place de la Concorde. Dort hatte die *IACIS* ein Büro. »Du hast mir versprochen, dass ihm nichts passiert.« Ihre Stimme klang kühl und glatt, abweisend wie eine verschlossene Tür.

Er versuchte es trotzdem. »Livnat hat sich mit einer Prostituierten der Russenmafia eingelassen. Ich hatte ihn gewarnt. Er hätte gar nicht mehr in Berlin sein sollen.«

»Warum nicht? Ist er ausgestiegen?«

»Ich wünschte, ich wäre jetzt bei dir und könnte es dir erklären.«

Sie legte auch noch den Riegel vor. »Du musst mir keinen Mord erklären. Was ist mit dir? Willst du auch aussteigen?«

Es klopfte. Laut genug, dass Nathalie es mitbekam.

»Du erwartest Besuch. Sieh dich vor. Ich möchte nicht...«

Wieder klopfte es, diesmal lauter. Larcan ging zur Tür und spähte durch den Spion. Da war niemand.

»Nathalie, ich bin morgen bei dir.«

»*Non*«, antwortete sie. »Ich wünsche dir von Herzen, dass du morgen noch irgendwo auf dieser Erde bist, aber bestimmt nicht bei mir. Dein Koffer steht bei Stéphane im Restaurant. *Au revoir.*«

»Nathalie!«

Sie beendete die Verbindung. Larcan starrte auf das Display, bis das bläuliche Licht erlosch. In die Stille hinein, die aus dem Raum direkt in sein Herz drang und sich dort blitzschnell ausbreitete, klopfte es erneut. Er riss die Tür auf. Vor ihm stand Martina Brugg.

»Grüezi«, sagte sie und marschierte an ihm vorbei in sein Zimmer. Mit ihr schwebte eine Wolke Winterluft herein, die Temperatur im Raum schien um einige Grad zu sinken. Mit einem schnellen Blick checkte Larcan, ob der Flur leer war und niemand ihr Kommen beobachtet hatte. Dann schloss er die Tür und steckte das Handy weg.

»Sind Sie wahnsinnig?«

Brugg blieb kurz vor dem Koffer stehen, umrundete ihn und ließ sich in den Sessel neben dem Fenster fallen. Sie trug einen knöchellangen Pelzmantel zu Moonboots und hatte eine Umhängetasche bei sich, die sie achtlos auf den Boden stellte.

»Was machen Sie hier? Wir hatten einen Treffpunkt und eine Uhrzeit. Wie können Sie es wagen, mich im Hotel aufzusuchen? Woher wissen Sie überhaupt, wo ich abgestiegen bin?«

Mit ihren kleinen, wieselflinken Augen scannte Brugg den Raum. »Eine meiner leichtesten Übungen. Wir mussten den Plan ändern.«

»So.« Es gab nur den einen Sessel. Larcan setzte sich aufs Bett. Er war wütend. Den Kontakt zu einem *freelancer* bestimmte immer noch er. Brugg sah nicht aus, als wäre sie auf der Flucht und sein Zimmer ihre Rettungsinsel, die sie in letzter Not hatte entern können.

»Wer ist *wir*? Ich leite die Operation. Wenn nachjustiert wird, dann ...«

»Genau das ist die Änderung.«

Er begriff nicht. Alles, was er sich zusammenzureimen versuchte, passte nicht. Martina Brugg und er hatten immer eine respektvolle Arbeitsbeziehung gehabt. Nicht eng, nicht freundschaftlich, aber mit klar gesteckten Claims. Von Auftraggeber zu Auftragnehmer. Nun saß diese kleine Person ihm gegenüber, die Beine in grauen Cargopants übereinandergeschlagen, das runde Gesicht von der Winterkälte gerötet, und wollte ihm etwas von einer Planänderungen erzählen. *Seines* Plans. *Seiner* Operation. Die er nicht mehr leiten würde.

»Ja?«, fragte er so höflich, wie es diese Ungeheuerlichkeit gebot.

»Als Erstes: Ich übernehme. Als Zweites: Ihr Söldner ist draußen. Ziehen Sie die Frau ab.«

Larcans Augen verengten sich. »Ihre Legitimation?«

Sie verlagerte ihr Gewicht ein wenig zur Seite, als ob sie es sich bequemer machen wollte. »Unser gemeinsamer Freund hat mir die Leitung übertragen.«

»Warum?«

»Wenn Sie es wirklich genau wissen wollen: Sie werden alt, Larcan. Setzen Sie sich zur Ruhe.«

Er legte die freundliche Maske auf sein Gesicht, die er sich vor langer Zeit antrainiert und immer dabeihatte, so wie andere Leute Kaugummi oder Zigaretten. Er brauchte nur daran zu denken, und schon schob sie sich über seine Züge, ein Tschador aus freundlicher Aufmerksamkeit. Was dahinter geschah, würde Brugg niemals erfahren.

»Unser gemeinsamer Freund …«, begann er, doch sie unterbrach ihn schnell und präzise.

»Noch mal: Ich übernehme. Sie sind raus. Livnat war Mitwisser, aber nicht Mittäter. Sie wissen doch, was das heißt. Da kann man sich schnell Schlimmeres einfangen als eine Magen-Darm-Grippe.«

Etwas drang in sein stilles Herz. Es hätte Wut sein können. Die Wut, plötzlich, mittendrin, abserviert zu werden. Ärger über die freche, respektlose Art, mit der sie ihm den Vorteil ihrer Jugend und Angstlosigkeit unter die Nase rieb. Aber es war Schmerz. Und zwar jener, der einen erwischt, noch bevor die Trauer einen unter ihr dunkles Wasser drückt und ersäuft. Er musste sich räuspern, um die Stimme klar zu bekommen.

»Livnat war einer der loyalsten Mitarbeiter, die ich je hatte. Das sage ich nicht über jeden.«

Sein Miene war immer noch freundlich, doch sein Blick verengte sich. Wurde schärfer, fokussierter auf dieses Gesicht mit dem überheblichen Lächeln und brannte jede ihrer Regungen ungefiltert auf seine Netzhaut. Martina Brugg wusste nicht, wen sie da vor sich hatte. Sie sah einen alternden Mann, der seine besten Jahre hinter sich hatte. Der müde wurde, dem man eine härtere Gangart nicht zutraute. Doch aus der Ruhe in ihm erwuchs ein Wille. Die Müdigkeit war verschwunden. Er fühlte sich so wach wie schon lange nicht mehr.

Brugg merkte, dass sie eine Linie überschritten hatte. »Es tut mir leid.« Sie strich über ihren Pelz, in dem noch die Winternässe haftete. »Das war der Boss. Ich chätts anners g'regelt.«

»Wie wurde es denn geregelt?«

Larcan stand auf und ging zur Minibar. Eine halbe Flasche Champagner, zwei Gläser.

»Putsko hat Spezialisten.«

Sie bekam nicht mit, wie er bei der Erwähnung dieses Namens innerlich zusammenzuckte. Sie war so was von dumm und hielt sich gleichzeitig für das smarteste Geschöpf auf dieser Welt. Der Republikaner wäre nicht erfreut zu hören, wie leichtfertig diese Frau mit seiner Identität umging.

»Spezialistinnen, würde ich eher sagen.« Ein amüsiertes Lächeln huschte über ihr Gesicht, blieb jedoch nicht lange. Larcan reichte ihr ein halb gefülltes Glas, in dem der Schaum verperlte.

»Also nicht die Russenmafia?«

»Natürlich laufen die Ermittlungen der Polizei in diese Richtung. Entsprechende Spuren haben wir gelegt. Die Dame sitzt mittlerweile wieder in ihrem Penthaus mit Blick auf den Roten Platz, nehme ich an. Aber da kennen Sie sich besser aus.«

Sie stießen an, tranken einen Schluck. Der Champagner war kühl. Genau richtig. Er setzte sich wieder.

»In diesem Fall muss ich Sie enttäuschen. Auf den Einsatz solcher Spezialisten habe ich immer verzichtet.«

»Ja.« Sie starrte in ihr Glas, also ob sie die Bläschen zählen wollte. »Mit Laien kommt man nun mal nicht weit. Ich will mit Ihrer Kontaktperson in der Bank sprechen. Rufen Sie sie an.«

»Das kann ich nicht. Wir treffen uns ausschließlich persönlich.« Nicht einmal die Taliban benutzten mehr Handys. Höchstens noch für ihre Bekennervideos.

»Aha. Und wie sind Sie verblieben?«

Larcan zuckte mit den Schultern und schwieg. Zwischen Bruggs Augenbrauen bildete sich eine kleine, steile Falte.

»Ich habe mich wohl nicht deutlich ausgedrückt. Wie sind Sie verblieben?«

Keine Antwort.

»Gut.«

Sie stellte das Glas ab und stand auf. »Es bleibt bei heute Nacht. Wir haben eine Blindspur gelegt, die uns den Rücken freihält. Wenn Ihre Kontaktperson wie ein Profi arbeitet, soll es mir recht sein. Wenn nicht, sind Sie draußen. Alle beide. Uf wiederluege.«

Sind Sie draußen. Eine klare Ansage.

Larcan wartete, bis er sicher sein konnte, dass Martina Brugg das Haus verlassen hatte. Dann nahm er seinen Koffer, checkte aus und fuhr mit einem Mietwagen Richtung Karlshorst. Er wusste schon lange, dass sein Versteck entdeckt worden war und unter Observation stand. Deshalb ließ er auch die verfallenden Russenkasernen links liegen und fuhr die Bahngleise entlang auf kleinen, holprigen Pflastersteinwegen bis zur Ilsestraße.

Die Kleingartenkolonie war im Sommer das grüne Herz der umliegenden Plattenbauten. Im Winter wirkte sie leblos und verlassen. Allerdings nur auf den ersten Blick. In Wirklichkeit tarnte sie ihr geheimes Leben sehr gut. Hinter manchen der verrammelten Fensterläden brannte Licht. Liebespaare suchten ein stilles Plätzchen, wo sie nicht befürchten mussten, beim Fummeln von den früher zurückkehrenden Eltern überrascht zu werden. Junkies filzten Geräteschuppen und nachlässig verschlossene Datschen, um enttäuscht mit einem uralten Kassettenrecorder oder einem Tauchsieder wieder abzuziehen. Obdachlose hefteten sich an ihre Fersen. Ein Platz im Trockenen, dazu vielleicht noch ein funktionierender Radiator und eine Büchse Bohnen oder eingemachte Zwetschgen. Immer auf der Hut vor den Besitzern, die gerne mal nachts um drei die Runde machten, um »nach dem Rechten zu sehen«, oft mit einem Baseballschläger in der Hand.

Larcan fand das Gartenhaus auf Anhieb, obwohl er in den letzten zwanzig Jahren nur dreimal dort gewesen war. Mit Wohlgefallen registrierte er die abgedeckten Beete und den akkuraten Schnitt der Hecke. Immer noch hing das Vogelhaus in den Ästen des knorrigen Apfelbaums, die exakt bis an den Gartenzaun reichten. Larcan musste sich nur etwas recken und dann mit spitzen Fingern durch Sonnenblumenkerne und Schalen wühlen, bis er auf etwas Hartes, Metallisches stieß.

Die Schlüssel waren neu, die Schlösser auch. Wahrscheinlich hatte Frau Kämpf auch schon mal ungebetenen Besuch erhalten. Das Tor quietschte etwas, als er es öffnete. Er hielt inne, lauschte. Es raschelte in den Zweigen. Ein leichter, eiskalter Wind fuhr durch die Bäume, zupfte an verdorrtem Gebüsch. Hinter vielen Hochhausfenstern brannte Licht. Er erinnerte sich an Judith Keplers Wohnung und die Enttäuschung, die er beim Anblick der Plattenbauten gespürt hatte. Doch dann: Rimbaud, *Das trunkene Schiff…*

Im Gartenhaus schlug ihm der feuchte Geruch von Äpfeln und Erde entgegen. Er überprüfte, dass die Vorhänge dicht genug waren, um zusammen mit den geschlossenen Fensterläden kein Licht nach draußen dringen zu lassen.

Frau Kämpf war eine der Mitarbeiterinnen der HV A gewesen, die nach der Wende auf der Straße gelandet waren. Jedes Jahr zu Weihnachten erhielt sie ein Paket mit Dresdner Stollen, in dem, von außen so gut wie unsichtbar, ein kleines Metallröhrchen steckte. Alle zwei Jahre stockte Larcan die Summe in dem Röhrchen etwas auf. Dafür blieb die Kassette unter den Bodenbrettern unangetastet.

Er schob das Feldbett zur Seite und hob das Brett mühelos an. Staub stieg ihm in die Nase. Er griff in die Vertiefung, fand jedoch nichts, nur alten Dreck. Für den Bruchteil einer Sekunde hatte er das Gefühl, ins Bodenlose zu sacken. Was, wenn… Dann stieß er auf kaltes Metall. Er barg die Kassette und untersuchte sie genau, bevor er sie öffnete. Keine Kratzer. Die Zahlenkombination stimmte, der Deckel sprang auf. In Plastikbeutel eingewickelt mehrere Reisepässe und ein Bündel Bargeld. Er nahm alles heraus und legte es in seinen Koffer. Geschafft.

Larcan hatte den Deckel schon geschlossen, da überlegte er es sich noch einmal anders. Er holte seine Brieftasche hervor, klappte sie auf, überlegte, wägte ab. Dann nahm er das Foto aus dem Innenfutter, wo es all die Jahre versteckt gewesen war, und betrachtete es. Die Farben waren verblichen. Kein Wunder, bei der schlechten Qualität der Orwo-Filme. Die Gesichter waren noch deutlich zu erkennen, auch wenn sich eine geisterhafte Blässe über ihre Züge gelegt hatte und sie aussahen, als würden sie einem in einem verfluchten Haus unverhofft als Spuk aus dem Spiegel entgegenblicken. Gespenster. Er legte das Foto in die Kassette, obwohl er wusste, dass es ein Fehler war. Aber er hätte nicht sagen können, warum. Was auch immer die Konsequenzen sein würden, er konnte sie tragen.

Nachdem das Bett an der alten Stelle stand, öffnete er die Tür und warf einen schnellen Blick hinaus in den Garten. Es würde schneien in dieser Nacht. Das leuchtende Dunkel über Berlin, diese von Millionen Lichtern angestrahlte Wolkendecke, würde ihn beschützen. Noch vier Stunden, bis sie sich wiedersahen.

Ich übernehme. Sie sind raus.

Irrtum, Brugg.

Er verließ die Kleingartenkolonie, leise wie die ersten winzigen Eiskristalle, die vom Himmel auf die Erde fielen.

55

Wütend trat Teetee die Zigarette aus. Er stand allein im Innenhof des Gebäudes, diesem Milliardenloch im Bundeshaushalt, das in wenigen Monaten der Hauptsitz des Bundesnachrichtendienstes sein würde und das immer noch eine halbe Baustelle war.

Kurz vor acht, gleich würde das Meeting beginnen. Er hätte es gerne mit dem Paukenschlag von Judith Keplers *freiwilliger* Mitarbeit eröffnet. Nun war er heilfroh, dass er die Klappe gehalten hatte. Die Kollegen standen immer noch vor der Charité, auch wenn die Frau offenbar längst das Weite gesucht hatte. Wir kriegen dich schon noch, dachte er und ging langsam auf das Hauptgebäude zu, einen geisterhaft leeren, noch nicht ganz fertigen Betonbau.

»Alles klar?«

Semmler, ein wieselflinker kleiner Mann aus der Abteilung regionale Auswertung und Beschaffung, hielt ihm die Tür auf. Teetee bedankte sich mit einem knappen Nicken.

»Wie geht es deinem Vater?«

»Gut. Er spinnt schon wieder an seinen Weltverschwörungstheorien.« Teetee rang sich ein abschätziges Lächeln ab, das ihm wehtat. Aber im Moment schützte er seinen Vater am besten, wenn er ihn aufs senile Altengleis schob.

»Würde mir auch so gehen nach dem, was in Paris passiert ist.«

Die Fahrstühle waren noch nicht wieder in Betrieb. Sie schritten die Betontreppe hoch, eine derbe, schwere Konstruktion ohne den mindesten Anflug von Kühnheit. Ihre Schritte wurden als scharrendes Echo von den Wänden zurückgeworfen.

»Was Neues von Interpol und den Franzosen?«, fragte Semmler. »Angeblich hilft es den Opfern sehr, wenn sie wenigstens wissen, wer sie attackiert hat.«

Teetee schüttelte den Kopf. Der französische Auslandsgeheimdienst hatte nach dem Attentat auf Kaiserley ebenso fieberhaft nach den Hintermännern gesucht wie die *Police Nationale*. Die Zeugenaussagen widersprachen sich. Mal sollte es eine Gang arabisch aussehender Jugendlicher gewesen sein, die sich angeblich um Kaiserleys Wagen geschart hatte, mal ein alter Mann mit Hund. (Der wurde gefunden, ebenso wie die Hinterlassenschaft des Hundes. Alles zusammen, Mann, Hund, Haufen, sowie verlässliche Zeugenaussagen, die den allabendlichen Ausgang des Herrn bestätigten, führten dazu, dass man diesen Anfangsverdacht fallen ließ.) Am vielversprechendsten war die Aussage eines Liebespaares, das gesehen haben wollte, wie sich eine junge Frau in der Nähe des Tatortes herumdrückte. Der Mann beschrieb sie als interessant und dunkelhaarig, seine Geliebte erinnerte sich an die Verdächtige als dick und blond.

Die beiden Männer erreichten den ersten Stock. Oben stand Isolda Weyland. Sie sah gestresst aus, was bei ihrem Doppelleben kein Wunder war. Es hatte den Bundesnachrichtendienst eine Menge Drähteziehen gekostet, um die junge Agentin direkt in die Chefetage der CHL zu katapultieren. Das Ergebnis? Eine Katastrophe. Monatelang war gar nichts passiert. Dann der Tod Merteuilles. Jede andere hätte so ein Versagen den Kopf gekostet. Für den Chef war Isolda trotzdem die richtige Frau am richtigen Ort. Auch wenn ihre Informationen lückenhaft blieben. Und dann hatte sie sich den größten aller Fehler erlaubt …

Aber das hatte Zeit. Nicht jetzt. Nicht hier, auf dieser zugigen Treppe, in Hörweite der anderen Teilnehmer dieses abendlichen Meetings.

Isolda zog hastig die Kostümjacke gerade und überprüfte mit einem letzten Blick in ihren Handspiegel ihr Make-up. Das Mädel war nervös, denn gleich würde das auf dem Prüfstand stehen, was diesen ganzen logistischen Aufwand gerechtfertigt hatte.

Ihr Nicken in Teetees Richtung war ebenso freundlich wie ahnungslos. Sie wusste noch nicht, dass sie aufgeflogen war. Nicht in der CHL, bewahre. Dafür waren ihre gefälschten Zeugnisse zu gut. Doch Isolda hatte auch den BND an der Nase herumgeführt, das Vertrauen ihres Dienstherren missbraucht und ihre Stellung auf unverantwortliche Weise ausgenutzt.

Teetee hatte Mühe, den unbefangenen Gesichtsausdruck beizubehalten, als er ihr den Vortritt in den Konferenzraum ließ. Ein Hauch ihres Duftes, etwas, das ihn an Frühling und weiße Blumen erinnerte, vermischte sich mit dem Baustellengeruch. Unschuld. Reinheit. Sie ging hinein und begrüßte den Chef.

Frank Dahlmann, Abteilungsleiter Technische Aufklärung, wusste Bescheid über Isoldas doppeltes Spiel, Teetee hatte ihn eingeweiht. Dieser Abend im BND würde wohl ihr letzter sein. Suspendierung, Kündigung, vielleicht eine Anklage. Unehrenhaft aus dem Dienst entlassen wegen schweren Fehlverhaltens. Der Spruch kam ihm in den Sinn, und er schämte sich dafür, ausgerechnet jetzt an ihn zu denken. *Der Apfel fällt nicht weit vom Stamm.* Solche Sprüche waren Blödsinn. Isolda war Kellermanns Tochter, na und? Er war ja auch Kaiserleys Sohn. Manche lernten eben, wie man es nicht machen sollte. Andere nicht.

Er nahm sich fest vor, Claire anzurufen, sobald er dieses Treffen hinter sich hatte. Dann gab er sich einen Ruck und betrat ebenfalls den Raum. Fast zeitgleich mit ihm tauchten auch die übrigen Teilnehmer des Meetings auf. Eine illustre Runde, die zu dieser Stunde und noch dazu relativ kurzfristig zusammengekommen war: neben Teetee, seinem Chef, Isolda und Semmler auch Reimer Hardinghaus, Abteilungsleiter des Lagezentrums des BND. Dazu Philipp Staudhammer, Referent Pol I für sicherheitspolitische Angelegenheiten des Verteidigungsministeriums, und als Letzte, ein wenig außer Atem und mit einem gehetzten Blick auf ihre Armbanduhr, Solveig Saladin. Die Topanalystin der *Financial Intelligence Unit* des BKA war ein Ass im Aufspüren von Auffälligkeiten in Finanzströmen.

Den Eintretenden entging Teetees Kopfschütteln, das er an Dahlmanns Adresse sandte. Er war als Einziger in dieser abendlichen Runde über das Treffen mit Kellermann, Kaiserley und Kepler informiert.

»Wenn ich noch einmal jemandem Kaffee servieren muss«, flüsterte ihm Isolda im Vorbeigehen zu.

Auf einem Seitentisch in dem nur mit dem Nötigsten ausgestatteten Raum standen Themoskannen, Becher, Wasserflaschen und die unvermeidlichen drei Teller mit Keksen. Teetee reagierte nicht. Ihre Abrechnung kam gleich noch. Und er hatte Bauchschmerzen, weil er es wusste und sie noch nicht.

»Habt ihr schon was wegen Adrian Jäger unternommen?«, fragte Isolda ihn.

»Wem?«

»Dem PR-Mann von der CHL.«

Teetee zog einen der Stahlrohrstühle vom Konferenztisch weg, um sich hinzusetzen. Blieb dann aber stehen. »Wir haben ein paar illegale Seiten auf seinem Rechner installiert.«

»Pornos? Bitte nicht.«

»Streaming- und Download-Dienste aus Spanien und der Karibik.« Eine ihrer leichtesten Übungen. »Damit wird er eine Weile zu tun haben. Außerdem zwei sehnsüchtige Anrufe von einer Liliana, die auf dem Familienanrufbeantworter gelandet sind.«

»Oh.«

»Das war unsere Kirsten aus der Telefonzentrale. Du bist den Kerl los, würde ich sagen.« Aber es wird dich nicht mehr tangieren, fügte er stumm hinzu. Du bist raus aus dem Spiel. Der Gedanke stimmte ihn trauriger, als er wahrhaben wollte.

Isolda setzte zu einer Antwort an, aber Reimer Hardinghaus quetschte sich gerade an ihnen vorbei.

Der Raum war roh verputzt, auf dem Boden immerhin lag ein Filzteppich. Überall roch es nach feuchtem Beton, vermutlich noch von dem Wasserschaden, den Unbekannte vor kurzem angerichtet hatten. Die externen Besucher machten oft Witze – »Watergate« und »Titanic« waren noch die harmlosesten Begriffe. Die BND-Mitarbeiter lachten herzhaft mit oder reagierten wie Isolda mit einem coolen Schulterzucken. Jeder schenkte sich seinen Kaffee selbst ein.

Sie nahmen Platz. In der Mitte des Tisches stand ein Beamer. Nur die Computerforensikerin Solveig Saladin blieb stehen. Mitte dreißig, die schulterlangen Haare mit den ersten grauen Strähnen ohne eine Spur von Eitelkeit zu einem Pferdeschwanz gebunden. Sie installierte gerade ihr Laptop und wartete, bis jeder seinen Platz gefunden hatte.

Kollege Staudhammer, ganz der Würdenträger aus dem Verteidigungsministerium, legte die Fingerspitzen aneinander. Wie die anderen Herren auch trug er Anzug und Krawatte. Bei ihm sah alles einen Tick perfekter aus. Selbst um die Uhrzeit rasiert und dezent duftend, ein Mann Ende vierzig mit glattem Gesicht, bereit, die nächste Stufe der Karriereleiter zu erklimmen, und das am besten mit einer Schlagzeile wie »Euro-Bank vor russischen Hackern gerettet«.

»Nun denn«, begann er und nickte Dahlmann höflich zu, damit dieser sich nicht übergangen fühlte. »Was haben wir denn Neues zu berichten?«

»Frau Saladin?« Teetees Chef übergab ihr das Wort. Sie hatte inzwischen alles betriebsbereit und sah sich um, ob auch jeder die Ohren auf Empfang gestellt hatte.

»Meine Damen, meine Herren. Danke, dass Sie zu so später Stunde noch hergekommen sind, aber die neusten Entwicklungen bei der CHL machen dieses Meeting erforderlich. Kommt eigentlich noch jemand von der AG Psychologische Operationen?«

Die Arbeitsgemeinschaft des Bundesnachrichtendienstes war extra gegründet worden, um Beweise für Putins *russische Beeinflussungsaktivität* zu sammeln. An diesem Abend glänzte sie durch Abwesenheit. Dahlmann schüttelte knapp den Kopf. Saladins Blick wanderte zu Staudhammer, dem einzigen Externen in dieser Runde.

»Und die Sputniks vom VS? Wo sind die?«

So hieß die interne Gruppe des Verfassungsschutzes, die sich ebenfalls darauf konzentrierte, Russlands Attacken auf westliche Regierungen zu beobachten. Staudhammer hob die Augenbrauen zu einer Was-weiß-ich-Miene. Saladin seufzte gerade laut genug auf, damit auch jeder ihre Missbilligung mitbekam.

»Na super. Ich träume ja davon, dass Zusammenarbeit irgendwann mal mehr bedeutet, als hinterher einen Untersuchungsbericht zu überfliegen. Also: Uns ist bekannt, dass ein Cyberangriff auf die Bank unmittelbar bevorsteht. Die CHL ist Europas führender Anbieter von Clearing-Dienstleistungen auf privater wie auf Regierungsebene. Ihr Buchhaltungssystem ist ein interner, komplett abgekoppelter Kreislauf, der von außen weder per Phishing noch mit Schadprogrammen zu hacken ist. Sie müssen sich das wie Haustelefone vorstellen, die nicht ans öffentliche Netz angeschlossen sind. Um diese Telefone abzuhören, muss man in das Haus eindringen und eines dieser Telefone direkt verwanzen. So weit klar?«

Saladin erntete zustimmendes Schweigen. Keiner wollte jetzt mit einer Zwischenfrage kommen, um den Abend nicht unnötig in die Länge zu ziehen.

»Nach Erhalt der Hinweise von Kollegin Kellermann«, Saladin nickte in Isoldas Richtung und wandte sich dann an Teetee, »und Kollege Täschner haben wir uns diese Woche mit der Hauptniederlassung in Liechtenstein in Verbindung gesetzt. Die folgenden Bilder aus der Videoüberwachungsanlage des Hauses in Vaduz stammen von heute Vormittag. Nach den Standards für die anthropologische Identifikation lebender Personen haben wir es mit Martina Brugg zu tun, neunundzwanzig Jahre alt, wohnhaft in Rapperswil am Zürichsee.«

Staudhammer lehnte sich zurück und betätigte im Sitzen den Lichtschalter. Der Raum wurde dunkel, nur die Baustellenstrahler draußen, die die ganze Nacht brannten, verbreiteten diffuse Helligkeit. Saladin warf den Beamer an. Die Kamera musste schräg über dem Eingang des Liechtensteiner Bankhauses angebracht sein, denn Teetee sah zunächst nur eine relativ kleine Frau im Pelzmantel von schwer zu schätzendem Alter. Quer durch die altmodische, gediegen wirkende Eingangshalle ging sie auf einen Schreibtisch zu, hinter dem ein Mann in Uniform saß. Sie stellte eine Frage, der Mann telefonierte kurz, und die Frau nahm vor dem Tisch Platz.

»Brugg ist uns seit mehreren Jahren bekannt. Sie soll maßgeblich an den Hackerangriffen auf die US-amerikanischen Demokraten beteiligt gewesen sein. Mehrtägiger belegter Aufenthalt in der Savushkina Street, Sankt Petersburg, dem Hauptquartier von Putins Trollarmee. Mit an Sicherheit grenzender Wahrscheinlichkeit Support der Trollarmeen, die mit kremlfreundlichen Kommentaren und Verschwörungstheorien den Online-Propagandakrieg gegen die westlichen Demokratien fortsetzen. Und jetzt: Hier, sehen Sie selbst.«

Brugg legte ihr Handy auf dem Tisch ab. Solveig Saladin hielt das Video an und vergrößerte das Standbild. Das Handy war eingeschaltet, auf dem Bildschirmschoner war das Foto eines Nordlichtes zu erkennen. Staudhammer seufzte gelangweilt. Saladin schien genau darauf gewartet zu haben.

»Zeitgleich, meine Herrschaften, geschah das hier.« Zahlenkolonnen, Weiß auf Grün, rasten über die Wand. »Dieses Material hat uns der Sicherheitsexperte der Bank zur Verfügung gestellt. Das Netzwerkprotokoll ist Simplex, also nur in eine Richtung, und Unicast, also nur an einen Empfänger.« Sie bekam mit, dass der eine oder andere im Raum mit ihren Ausführungen nicht viel anfangen konnte. Ein knappes, verständnisvolles Lächeln. »Vereinfacht heißt das: Martina Brugg saugt gerade die Zugangsdaten der Keycards. Und zwar schneller als jeder Vampir.«

»Mit einem Handy?«, meldete sich der Kollege vom BND-Lagezentrum zu Wort. Er war derjenige, der die Ergebnisse dieser kleinen, verschwiegenen Zusammenkunft an die Führungsstelle rapportieren musste. »Ich denke, das geht, wenn überhaupt, nur noch mit diesen alten Nokia-Knochen.«

»Keycards sind keine Computer. Die Verschlüsselung der Chips ist recht einfach und schnell zu knacken. Brugg hat das Programm im Hintergrund auf ihr Smartphone geladen. Sehen Sie das? Sie wartet ziemlich genau zwei Minuten.«

Martina Brugg sah auf ihre Armbanduhr, eine Rolex. Mit einer Entschuldigung stand sie auf, nahm das Handy und verließ die Bankhalle. Das Bild wurde schwarz. Solveig schaltete den Beamer aus, das Licht ging wieder an.

»Was wollte sie in Vaduz?«, fragte Teetee, der seine Verblüffung kaum verbergen konnte. Der Angriff war doch gegen die Niederlassung in Berlin geplant. Genau so hatten es ihnen die Sputniks vom Verfassungsschutz gesteckt. Ein Blick quer über den Tisch zu Isolda. Auch sie wirkte skeptisch. Die Lippen geschürzt, die Arme verschränkt, saß sie da. Als sie Teetees stumme Frage bemerkte, zuckte sie mit den Schultern. Ist mir auch neu, sollte das heißen.

Die Herren am Tisch lachten.

»Ich meine«, korrigierte Teetee sich, »unter welchem Vorwand ist sie da rein?«

»Angeblich um ein Depot zu eröffnen. Die CHL Vaduz verwahrt auch Wertpapiere. Brugg wollte mit einem Mitarbeiter sprechen, hatte dann aber keine Zeit mehr. Was ihr in dieser Hast entgangen sein mag und was der Film nicht zeigt: Sie glaubt, nur *sie* habe die Informationen mit ihrem Staubsauger-Handy gezogen. Aber das stimmt nicht ganz. Der Sicherheitsbeauftragte der CHL hat den Kommunikationskanal für ein paar Sekunden auf Halbduplex gesetzt, weshalb wir Zugriff auf Bruggs Handy haben und wissen, wo sie sich aufhält. Die Keycards wurden übrigens nicht neu codiert. Die Herrschaften sollen ja geschnappt werden.«

»Aha.« Staudhammer war mit einem Mal gar nicht mehr amüsiert. »Die Bank ist also im Bilde über das geplante Attentat? Und es findet in Liechtenstein und nicht in Berlin statt?«

Nun schaltete sich Isolda ein. »Nachdem sich die Hinweise verdichtet haben, dass der Hackerangriff unmittelbar bevorsteht, gab es vor zwei Tagen ein Treffen mit Adolf Harras, dem Vorstandsvorsitzenden der Bank.«

Sie sah zu Dahlmann. Du bist der Chef, sollte das heißen.

Er übernahm. »In Liechtenstein.« Dahlmann ignorierte die unausgesprochene Kritik, die dem Mann aus dem Verteidigungsministerium im Gesicht stand. Sie hatten sich vor nichts und niemandem zu rechtfertigen. »Herr Harras hat uns jede erdenkliche Hilfe und Kooperation zugesichert. Immerhin steht der Ruf seines Hauses auf dem Spiel. Sie wissen doch: Der luxemburgischen Clearstream ist das vor ein paar Jahren passiert. Sie hat sich bis heute nicht von dem Skandal erholt.«

Ein skeptisches Nicken von Staudhammer. Semmler unterdrückte ein Gähnen. »Solveig?«

Der Ball lag wieder bei Saladin. »Herr Hundtwurf, der Sicherheitsbeauftragte der CHL, wurde also eingeweiht. Noch gingen wir ja von einem Angriff in Berlin aus. Aber dann ist Martina Brugg mit dieser alten Masche ausgerechnet in Vaduz aufgetaucht...«

Staudhammer ließ nicht locker. »Was, wenn dieser Sicherheitsbeauftragte Tomaten auf den Augen hat? Vielleicht ist das nur ein Ablenkungsmanöver.«

»Er ist nicht blöd«, erwiderte Saladin. »Immerhin hat uns besagter Herr Hundtwurf... ein schöner Name, nicht wahr?... schon im Fall Kepler Kopfschmerzen bereitet. Sein Misstrauen war ja auch nicht ganz von der Hand zu weisen. Für alle, die es noch nicht wissen: Judith Kepler ist eine alte Quelle von Quirin Kaiserley, einem ehemaligen BND-Mitarbeiter. Deshalb wird sie von uns geschützt. Seit Neuestem arbeitet sie in der Putzkolonne der CHL. Bei einer Sicherheitsüberprüfung ist Hundtwurf diese Verbindung aufgefallen.«

Teetee glaubte bei der Erwähnung von Kaiserley ein leises Stöhnen zu vernehmen. Aber vielleicht täuschte er sich auch.

Saladin fuhr mit den Fingerspitzen über die Kante ihres geöffneten Laptops. Da hatten zwei eine ganz besondere Liebesbeziehung zueinander. »Bei allem Respekt, aber ich kann mir nicht vorstellen, dass Frau Kepler neben ihrer Aufgabe als Gebäudereinigerin auch noch die CHL in Berlin hacken und die Hauptniederlassung in Vaduz pulverisieren soll. Ich gehe vielmehr von einer Aktion Bruggs aus. Im Gegensatz zu Kepler konnten wir eine Verbindung von Martina Brugg zu Larcan belegen.« Sie hielt kurz inne. »Bastide Larcan.«

Die Kollegen vom BND wussten sofort Bescheid.

Staudhammer dagegen fragte: »Bastide Larcan?«

»Ein ehemaliger Stasiagent, der nach der Wende zum KGB übergelaufen ist. Wir haben ihn nie ganz aus den Augen verloren, weil er sich ziemlich exponiert in der Welt herumgetrieben hat. Ein Waffenhändler. Exzellente Kontakte in die französischen Regierungskreise. Einige dreckige Deals gehen auf sein Konto, aber er selbst hat sich die Pfoten stets sauber gehalten.«

Saladin strich sich eine Haarsträhne hinters Ohr. Sie sah aus, als ob sie sich gerne setzen würde. Aber bevor Staudhammers Neugier nicht befriedigt war, ging das nicht.

»Ein Waffenhändler? Sie haben tatsächlich unterstellt, dass eine Putzfrau eine Beziehung zu einem international agierenden, von den Russen gelenkten Waffenhändler hat?«

Teetee konnte in letzter Sekunde ein Schnauben unterdrücken. Der Verfassungsschützer kannte Judith Kepler nicht. Der war alles zuzutrauen. Vor allem nach den neuesten Entwicklungen. Die Verbindung zwischen Larcan und dieser Frau könnte enger nicht sein. Saladin wusste das nicht, deshalb konnte sie auch unbefangen weiterreden. Nur Dahlmann und Teetee waren eingeweiht. Wenn sie Larcan schnappen wollten, ging das nur über Kepler. Aber dazu mussten sie diese Putzfrau erst einmal erwischen... Kommt noch, dachte er mit grimmiger Entschlossenheit. Kommt alles noch.

»Das mag unwahrscheinlich klingen«, fuhr Saladin mit einem nachsichtigen Lächeln fort, »aber Kepler war vor einigen Jahren maßgeblich an der Aufklärung einer Geheimdienstaffäre aus den achtziger Jahren beteiligt.«

»Inwiefern?«, hakte Staudhammer nach.

Dahlmann wechselte seine Sitzposition. »Verschlusssache. Sie können natürlich Akteneinsicht beantragen.«

»Hm.« Staudhammer war mit dieser Auskunft offenbar nicht zufrieden.

Teetee hoffte, dass so bald wie möglich Gras über diese Sitzung wachsen würde. Am besten beschleunigt durch einen erfolgreichen Zugriff auf Brugg und Larcan.

»War das die Sache, die Herrn Kellermann den Kopf gekostet hat?«

Schweigen in der Runde. Isolda saß da wie eine Marmorstatue, schön und kühl, während Semmler etwas auf seinen Block kritzelte, wahrscheinlich die Fußball-Toto-Ergebniswette. Der Kollege vom Lagezentrum überflog stirnrunzelnd seine Notizen. Aber der Mann aus dem Verteidigungsministerium gab keine Ruhe.

»Verstehe. Gut, dass sie abgezogen wurde.«

»Dann glauben Sie also an einen Zufall?«

»Nein.« Dahlmann mischte sich wieder ein und übernahm die Zügel. »Zufälle gibt es nicht. Nur Auslöser, die Ereignisketten in Gang setzen. Wir haben diese Ketten bis zum letzten Glied überprüft. Judith Kepler hat nach unserem jetzigen Wissensstand nichts mit dem Hackerangriff zu tun.«

Staudhammer nickte. Teetee war sich nicht sicher, ob er diese Lüge schluckte. Einen Moment sah es so aus, als ob der Haarspalter noch einmal zur Rede ansetzen wollte, aber schon grätschte Solveig Saladin dazwischen. Gutes Mädchen.

»Apropos Ereignisketten, Martina Bruggs Verbindung zu Larcan ist, wie gesagt, eindeutig belegt. Er hat ihr mehrere Aufträge gegeben. Relativ unbedeutend, zumindest für uns nicht weiter von Interesse. Aber seit ein paar Wochen kommt Zug in die Sache. Brugg hat Kontakt zu einem russischen Server, den wir eindeutig dem *SWR* zuordnen konnten. Zudem hat sie sich zweimal mit Larcan getroffen. Einmal in Genf.« Ein Fingertipp auf der Tastatur, und der Beamer warf das Bild einer Seepro-

menade an die Wand, die gesäumt war von wuchtigen, palast-
ähnlichen Bauten. Eine Schweizer Fahne wehte im Hintergrund.
Brugg aß ein Eis, Larcan lief neben ihr her. Es sah aus, als käme
ein Vater gerade mit seiner Tochter aus dem Kino. »Und einmal
in Paris.«

Das zweite Bild war verwischter. Regen, Pfützen, Larcan und
Brugg in einem Straßencafé. Teetee glaubte es zu erkennen, aber
die Cafés mit den gestreiften Markisen und den geflochtenen
Bistrostühlen sahen alle gleich aus.

»Wann war das?«

»Letzte Woche.«

Teetee rechnete nach. Ihm brannte die Frage auf der Zunge,
ob Brugg sich zeitgleich mit Kaiserley in Paris aufgehalten hatte.
Wenn ja, dann gab es noch einen weiteren gewichtigen Grund,
sich um die Schweizerin zu kümmern. Sie könnte etwas mit dem
Attentat auf seinen Vater zu tun haben. Kaiserley war der Einzige, der Larcan gefährlich werden konnte. Er hörte nur noch
mit halbem Ohr hin, als Saladin weitersprach.

»Martina Brugg hält sich zur Stunde in Zürich auf. Bastide
Larcan hat für Montag kommender Woche einen Flug von Paris
nach Zürich und einen Mietwagen gebucht. Wir können davon
ausgehen, dass er mit Bruggs Hilfe vorhat, die Bank in Liechtenstein zu hacken. Sie wollen das Flaggschiff, den Ozeantanker
unter den europäischen Zentralverwahrern, gemeinsam versenken. Und genau dabei werden sie uns ins Netz gehen.«

Semmler meldete sich zum ersten Mal zu Wort. »Es geht also
um einen proaktiven und präventiven Einsatz?«

»Das muss ich erst noch abstimmen«, ruderte Staudhammer
zurück. »Was sagt Liechtenstein dazu?«

»Grünes Licht«, brummte Dahlmann. »Sie wollen natürlich
informiert werden, genau wie die Schweizer. Am besten, wir
geben die ganze Sache an die Kollegen vom Schweizer Nach-

richtendienst ab. »Mit Täschner als Beobachter vor Ort.« Er holte tief Luft. »So, das wär's, meine Damen und Herren. Vielen Dank. Semmler, bitte bis morgen früh eine Vorlage. Und eine zweite, Sie wissen schon.«

Semmler nickte. Die zweite ging an den Verfassungsschutz, das BKA und das Verteidigungsministerium und enthielt gerade genügend Informationen, um den Vorgang nicht Richtung Altpapierablage zu schieben.

Alle standen auf.

»Sind Sie sich wirklich sicher?«, fragte Teetee. »Am Montag? In Vaduz?«

Solveig Saladin zuckte mit den Schultern. »Zu zweiundachtzig Prozent, ja. Es sei denn, Brugg bekommt Migräne, oder Larcan bricht sich den kleinen Finger. Hat es alles schon gegeben.«

»Herr Täschner? Frau Weyland?« Dahlmann wandte sich zu ihnen um. »Sie beide. Einen Moment noch, bitte.« Teetee raunte er zu: »Und erlösen Sie die Kollegen.«

Isolda sah ihn fragend an, doch er wich ihrem Blick aus und ging zu den Fenstern. Zu sehen gab es nichts, bis auf ein paar flatternde Bauplanen. Er wusste, was gleich kommen würde. Er wollte nicht dabei sein. Solche Exekutionen erinnerten ihn an das, was seinem Vater geschehen war.

An die beiden Kollegen, die immer noch vor dem Krankenhaus standen und auf Kepler warteten, schickte er eine SMS: *Abflug.*

Der Raum leerte sich. Erst als die Tür geschlossen wurde, drehte er sich um. Isolda hatte sich wieder gesetzt. Nervös strich sie sich mit den Händen über die Knie. Dahlmann wartete, bis auch Teetee Platz genommen hatte.

»Frau Weyland. Haben Sie uns vielleicht etwas mitzuteilen?«

56

Isolda Weyland hatte nicht erwartet, dass das Verhängnis ausgerechnet aus dieser Ecke kommen würde. Tobias Täschner – eigentlich ein ganz netter Typ. Hatte sie jedenfalls gedacht. Bis zu dem Moment, als er ihr das Larcan-Dossier an den Kopf geworfen hatte. Oder vielmehr auf den Tisch. Die Blätter flogen auseinander. Eines, das mit der Begründung für den Kampforden, segelte direkt an Dahlmanns Platz. Mit spitzen Fingern drehte er es um und warf einen kurzen Blick drauf.

»Die Verschlusssache Bastide Larcan. Alles, was wir über diesen Kerl gesammelt haben. Womit wir ihn vielleicht eines Tages an den Eiern gekriegt hätten! Verdammt noch mal, Isa! Wie konntest du das tun?«

Eines Tages. Eines Tages! Wie lange wollten sie eigentlich noch warten? Bis Larcan sich eines *Tages* freiwillig mit dem Kulturbeutel vor der JVA einfand? Sie wusste, dass es in dieser Phase sinnlos war, auch nur ein Wort zu ihrer Verteidigung zu sagen. Sollte er sich austoben. Warum musste man erst diesen ganzen Sermon über sich ergehen lassen, bevor man sich die Disziplinarstrafe abholen konnte?

»Und dann auch noch an Kaiserley. Und Kellermann!«

»Die beiden sind nicht der *SWR*«, warf sie ein, »sondern ehemalige Mitarbeiter, die immer noch an die Dienstpflicht gebunden sind.«

»Dienstpflicht!«, schnaubte Teetee. »Komm Kaiserley mal mit so was. Sechs Jahre ist es her, seit Gras über seine letzte Aktion gewachsen ist. Und jetzt das hier.« Er wies auf die Papiere. »Kann hier seit Neuestem jeder seinen persönlichen Rachefeldzug durchführen? Sind wir ein Haus der offenen Tür?«

»Nein«, antwortete sie kalt. »Aber seit wann misst du mit

zweierlei Maß? Wer hat Kaiserley darüber informiert, dass Larcan an Keplers *firewall* kratzt?«

»Das ist in Absprache erfolgt. Falls dir dieser Begriff etwas sagt.« Teetee sah zu Dahlmann, der kurz nachdachte und dann nickte.

Weichei. Wahrscheinlich überlegte der Abteilungsleiter schon, wen von den beiden auf der anderen Seite des Tisches er schassen würde, nur damit seine weiße Weste unbefleckt blieb.

Teetee nahm es als Erlaubnis, weiter auf Isolda herumzuhacken. »Korrigieren Sie mich bitte, Herr Dahlmann, aber nach dem unglücklichen Todesfall von Merteuille war es das erste Mal, dass Larcan sich wieder aus der Deckung getraut hat.«

Merteuille, natürlich. Isolda hatte gewusst, dass ihr diese Sache eines Tages das Genick brechen würde.

»Deshalb war es eine abgesegnete Entscheidung, Kaiserley diese Information zuzuspielen. Sorry, dass wir keinen Aushang am Schwarzen Brett gemacht haben.«

Dahlmann sammelte die restlichen Blätter ein. »Frau Weyland?«

Teetee öffnete den Mund, um an ihrer Stelle zu antworten, ließ es dann aber glücklicherweise bleiben. Sonst hätte sie nicht für seine körperliche Unversehrtheit garantieren können. In Isolda kochte es. Sie hatte geglaubt, Teetee würde sie verstehen. Mit ihr reden. Ihr eine Chance geben, bevor er mit dem ganzen Beweismaterial zu ihrem Vorgesetzten rannte. Unsere Väter, dachte sie. Da glauben wir, wir seien erwachsen und träfen unsere eigenen Entscheidungen, aber wenn es hart auf hart kommt, bleiben wir Söhne und Töchter. Du, der Duckmäuser, der nie aus dem Schatten des legendären Agenten herausgetreten ist, und ich, die Nachahmungstäterin, die sich unter allen Berufen dieser Welt ausgerechnet den ihres Erzeugers aussuchen musste.

»Ich wollte helfen«, sagte sie schließlich. »Kaiserley ist seit

Sassnitz traumatisiert, auch wenn er sich das niemals eingestehen wird. Ich arbeite seit Monaten mit euch gemeinsam daran, Larcan endlich dranzukriegen. Immer wieder schlüpft er uns durchs Netz. Sollte Kaiserley ihn tatsächlich noch aus seiner aktiven Zeit kennen, dann betrachte ich das als einen Vorteil. Mit seiner Hilfe könnten wir ihn aus dem Verkehr ziehen. Er muss ihn identifizieren, aber das vermag er nur anhand von Erkenntnissen, die wir ihm jahrzehntelang vorenthalten haben. Kann nicht endlich einmal Zug in die Sache kommen? Wo liegt das gottverdammte Problem?«

Teetee stand auf, um zu demonstrieren, dass er kaum noch an sich halten konnte. An dir ist auch ein begnadeter Schauspieler verloren gegangen, dachte Isolda.

»Das Problem«, setzte er an. »Das Problem? Natürlich! Seit wann ist es ein Problem, wenn der Rest der Bevölkerung auf exakt dem gleichen Wissensstand ist wie der BND? Offenbar sind wir nur noch eine Vorgangsammelstelle mit beschränkter Befugnis. Herr Dahlmann, die Kollegin Weyland hat vertrauliches Material nach draußen gegeben! Ich bin leider zu spät gekommen, um zu verhindern, dass Kepler, Kaiserley und Kellermann Kenntnis von den Unterlagen erhielten.«

»Kepler auch?« Dahlmann schüttelte den Kopf. »Wie hat sie es aufgenommen? Das muss hart für sie gewesen sein.«

Mehr als das, dachte Isolda. Es wird sie umgehauen haben. Sie wird uns hassen bis an ihr Lebensende. Immerhin haben wir Mitschuld an dem, was in Sassnitz geschehen ist. Doch statt rückhaltloser Aufklärung haben wir ihr verschwiegen, wer Larcan in Wirklichkeit ist. Natürlich nur aus den nobelsten Gründen: aus nationalem Interesse. Weil es für uns von Nutzen war, ihn nicht auffliegen zu lassen. Weil er ein Puzzlestein war, mit dem wir uns über die Jahre hinweg ein Bild der russischen Interessen auf dem europäischen Kontinent machen konnten. Und wir waren gut, verdammt gut sogar. Wir sind kurz davor, ihn hochgehen zu lassen und endlich einen hieb- und stichfesten Beweis zu liefern, wohin Putin strebt. Aber es bleibt bekanntlich immer jemand auf der Strecke. Diesmal ist es Judith Kepler. Sie wird nicht nur uns hassen. Sondern auch Larcan. Trotzdem hat sie ein Recht auf die Wahrheit.

»Das weiß ich nicht«, knurrte Teetee. »Ich war zu spät. Sie ist uns entwischt.«

Dahlmann schwieg einen Moment. »Gut. Lassen Sie uns die Familienangelegenheiten von dem trennen, was in der momentanen Situation am wichtigsten ist. Frau Weyland, Sie sind bis auf weiteres suspendiert. Halten Sie sich zu unserer Verfügung, aber geben Sie bitte Ihren Dienstausweis und die Waffe ab.«

»Suspendiert?«, fragte Isolda.

»Die Entscheidung über die Vorgehensweise einer geheimdienstlichen Operation obliegt nicht Ihnen, sondern demjenigen, der sie seinem Dienstherrn und der Öffentlichkeit gegenüber zu verantworten hat. Sie haben in grober Weise fahrlässig gehandelt. Interne Akten nach draußen zu geben! Sind Sie denn von allen guten Geistern verlassen?«

»Ich dachte, wenn Kellermann und Kaiserley die Frau dazu bringen, mit uns zusammenzuarbeiten…«

Dahlmann schien am Ende mit seiner Geduld. »Es reicht, Frau Weyland. Sie haben uns schon mit Merteuilles Tod haarscharf an den Rand einer Staatsaffäre manövriert.«

»Das war ein Unfall! Ich wollte ihn festnehmen! Das wissen Sie doch alles. Das habe ich wieder und wieder zu Protokoll gegeben.«

»Es hat uns enorme Anstrengungen gekostet, den Fall nicht an die Öffentlichkeit dringen zu lassen. Es war ein Fehler, Sie danach nicht von der CHL abzuziehen.«

»Ein Fehler?« Isolda versuchte, so ruhig wie möglich zu sprechen. Nur nicht schreien, nicht laut werden und schon gar nicht heulen, befahl sie sich. »*Sie* machen gerade einen Fehler. Larcans Angriff auf die CHL wird nicht in Liechtenstein erfolgen, erst recht nicht in der nächsten Woche.«

»Ich halte Frau Saladins Analyse ...«

»Sie ist falsch! Kepler hat Zugang zum siebten Stock. Das hat Mor Livnat für sie erledigt, und nach seinem Tod springt Martina Brugg ein. Ich bin mir sicher, dass alle Tools längst im Haus sind. Der Anschlag steht unmittelbar bevor. In Berlin.«

Dahlmann stand auf. »Und ich bin mir sicher, dass die Schweizer Bundesbehörden gemeinsam mit der Liechtensteiner Landespolizei die entsprechenden Maßnahmen in die Wege leiten werden. Herr Täschner, begleiten Sie Frau Weyland bitte hinaus. Und blasen Sie die Überwachung in der Charité ab. Wir sind nicht mehr zuständig. Soll ich Ihnen zum Feierabend noch was verraten? Ich schlage drei Kreuze deshalb.«

Damit verließ er den Raum. Isolda setzte sich wieder. Sie stützte die Arme auf der Tischplatte ab und barg das Gesicht in den Händen. Das war es also, das Aus. Nachdem sie nicht nur den Kopf für den ganze Laden hingehalten, sondern auch noch alle relevanten Informationen zusammengetragen hatte. Und dann auch noch die Sache mit Buehrli in Vaduz ... Er hatte ihr einen Füller geschenkt. Ein teures Teil, eintausendzweihundert Schweizer Franken, verpackt in Geschenkpapier aus dem Hotelshop. Der Stift lag immer noch unangetastet in ihrer Schreibtischschublade im Büro. Wie eine Nutte hatte sie sich gefühlt, und sich stattdessen strahlend mit einem Kuss bei ihm bedankt. Sie sollte sich in Grund und Boden schämen. Doch der Trotz und die Wut waren stärker.

»Isa ...«

»Halt die Fresse«, fauchte sie und wischte sich über die Augen. Dann holte sie ihren Dienstausweis hervor und warf ihn vor Teetee auf den Tisch.

»Deine Waffe«, sagte er nur und steckte den Ausweis ein.

»Liegt zu Hause. Ich komme direkt aus der Bank, wo ich für euch seit Monaten undercover geackert habe. Da werde ich das Ding wohl kaum jeden Tag durch die Sicherheitsschleuse bringen oder im Handschuhfach aufbewahren.«

»Dann begleite ich dich.«

»Den Teufel wirst du tun. Ich bringe sie morgen früh vorbei. Akzeptier es oder lass es bleiben. Du bist echt das Allerletzte.«

»Sorry, aber da verwechselst du was. Ich bin nicht derjenige, der hier Scheiße gebaut hat.«

»Scheiße gebaut? So nennst du das? Scheiße gebaut? Ich habe Merteuille da unten auf dem Steinboden liegen sehen. Ich habe ihn angefasst! Er war ein Kollege, wir haben uns gekannt und gegrüßt und miteinander geredet. Es vergeht keine Nacht, in der ich nicht schreiend hochfahre und mich frage, ob es verdammt noch mal keinen anderen Weg gegeben hätte? Er ist gesprungen! Aus Angst! Weil ich ihn überrascht habe, als er gerade für Larcan in das Banksystem eindringen wollte. Weil ich ihn auf die Galerie hinausgejagt habe, weil er da... Weil er keinen Ausweg mehr... *Fuck!*«

Diese verdammten Tränen. Wann würde sie endlich aufhören, sich wie eine Heulsuse zu verhalten?

»Isa, ich verstehe dich...«

»Einen Dreck tust du! Warum habt ihr nicht die Polizei gerufen? Warum habt ihr mich mit ihm allein gelassen? Ihr hättet Verstärkung holen sollen. Ihn festnehmen lassen. Es hätte nie passieren dürfen, dass er sich das antut.«

»Es war furchtbar. Ich weiß. Aber hätten wir es an die große Glocke gehängt, würden wir Larcan nie kriegen.«

»O verdammt, Teetee. Wir haben ihn doch fast. Es ist Judith Kepler. Sie ist Merteuilles Nachfolgerin. Seine eigene Tochter! Die ganze Chose mit Zürich und Paris, die Fake-Flugtickets, der Handy-Staubsauger-Scheiß… Sie führen euch an der Nase herum. Die Aktion startet jetzt! Die ziehen ihr Ding durch. Ihr müsst sie nur noch in flagranti erwischen.«

»Dann verstehe ich dich nicht, Isa. Wie konntest du dieses Material *leaken*?«

»Weil…« Sie suchte in ihrer Aktenmappe nach einem Taschentuch. Nie hatte man welche dabei, wenn man sie brauchte. »Weil es uns direkt zu Larcan geführt hätte. Und zu seinem Hintermann. Weil wir dann vielleicht endlich mal eine hieb- und stichfeste Denunziation Russlands hätten präsentieren können, statt uns von Moskau veräppeln zu lassen. Aber ihr glaubt ja lieber einer Martina Brugg als mir.«

»Du wolltest deinen und meinen Vater als Lockvögel einsetzen? Bist du eigentlich noch bei Sinnen?«

»Ich war noch nie so klar im Kopf. Wenn du aufhören würdest, jeden zum alten Eisen zu zählen, der den Dienst quittiert hat, wenn du endlich mal die Scheuklappen ablegen würdest, dann könnte sogar ein Esel wie du es erkennen.«

Isolda nahm ihre Tasche und sah sich kurz um, ob sie auch nichts vergessen hatte. Sie würde diesen Raum, diese Etage, das ganze Gebäude nie wieder betreten.

»Was denn?«

»Dass der Kalte Krieg nie aufgehört hat. Es hat allenfalls eine Atempause gegeben. Sie hacken keine Bank. Sie hacken Europa.«

57

Judith fuhr hoch. Ein seltsames Geräusch hatte sie geweckt. Es kam von dem Kranken, der zu röchelndem Schnarchen übergegangen war. Das klang nicht gut. Sie stand vorsichtig auf und ging zu ihm. Er war ein alter Mann, so viel konnte sie im Halbdunkel erkennen, mit zartem weißem Haarflaum und dem tief eingefallenen Mund von ehemaligen Gebissträgern. Sanft strich sie ihm über die Hand. Ob er im Sterben lag?

Draußen tanzten winzige Schneeflocken, vom Laternenlicht zum Funkeln gebracht. Die Straßen des Krankenhauskomplexes waren mit einer hauchdünnen weißen Schicht bedeckt. Das Auto mit ihren Bewachern war verschwunden, ein dunkles Rechteck auf dem Asphalt markierte den Platz, wo es gestanden hatte. Das musste nichts heißen. Vielleicht waren sie bloß um die nächste Ecke gefahren. Egal, sie musste es riskieren. Noch zwanzig Minuten bis Mitternacht.

Judith ging zurück ans Bett. Sie zupfte dem Kranken die Decke zurecht und berührte ihn am Arm. Dann schlich sie zur Tür und öffnete sie einen Spalt. Der Flur war leer.

Auf leisen Sohlen erreichte sie das Treppenhaus. Niemand hielt sie auf. Am Eingangsportal wartete sie einen Moment, bevor sie den Kragen ihrer Jacke hochschlug und sich schnell, jedoch nicht zu schnell, auf den Weg machte. Bei jedem Wagen, den sie passierte, rechnete sie damit, dass die Scheinwerfer angingen und bewaffnete SEK-Beamte auf sie zustürmten. Doch es blieb still. Einzig ihre schnellen Schritte waren zu hören und ihr Atem, der flüchtige Wolken vor ihrem Mund bildete.

Der Transporter hatte eine Eisschicht auf der Windschutzscheibe, die sie erst mühsam abkratzen musste. Dann fuhr sie los Richtung Friedrichstraße. Sie parkte hinter der Bank und ging quer über die geisterhaft leere Kreuzung auf die andere Straßenseite. Wo tagsüber der Verkehr toste und Tausende in den Büros arbeiteten, war eine künstliche, leblose Nachtruhe eingekehrt. Sie fand Schutz im Eingang eines Bürohauses, zwei Hausnummern entfernt von der Bäckerei, in der sie mit Larcan den Hunderttausend-Euro-Deal ausgehandelt hatte. Der Schatten umhüllte sie, machte sie fast unsichtbar. Stille. Kälte. Angst.

Die CHL war schwach beleuchtet. Nutzloses Licht, nur dafür gedacht, in dieser Straße Präsenz zu zeigen. Sie wunderte sich, warum sie so heftig fror. Es mussten die Nerven sein, zusammen mit dem Eisklumpen im Magen. Sieben Minuten vor Mitternacht. Ein Auto hielt am Straßenrand, keine zehn Meter von Judith entfernt. Ihre Nerven vibrierten. Ein Mann stieg aus, kam direkt auf sie zu.

»Brandenburg Gate?«, fragte er. Ein Tourist.

Judith zeigte ihm, in welche Richtung er fahren musste. Er stieg ein und fuhr weiter. Eine Frau mit Hund schlenderte vorbei, dann ein Liebespaar. Mit unerträglich lautem Quietschen rumpelte eine S-Bahn Richtung Hackescher Markt. Die letzten Nachtschwärmer verließen den Bahnhof, mit klirrenden Flaschen in Jutebeuteln, auf dem Weg zu einer Party. Noch fünf Minuten.

Sie dachte an Tabea. *Bis zum Mond und zurück.* Die Stadt erhellte die Wolken, doch der Mond war nicht zu sehen. Ihre Finger waren eiskalt. Eine letzte Zigarette. Das Tabakpäckchen fiel zu Boden. Erst der dritte Versuch gelang, sie rauchte hastig und trat nach ein paar Zügen die Zigarette aus. Es war so weit.

Sie holte tief Luft, trat hinaus auf die Straße und lief direkt in Larcan.

Er muss auf sie gewartet haben. Zitrone und Bergamotte mischen sich in die letzte Ahnung von Tabakrauch. Er mustert sie, die Hände in den Manteltaschen, einen viel zu leichten Schal um den Hals geschlungen, abwartend. Ihr Verstand braucht ein paar Sekunden, um zu begreifen: Das ist das letzte Mal, dass wir uns begegnen.

Er sieht anders aus. Mitgenommen. Müde. Bartschatten auf den Wangen, die Haare durcheinander, die Schultern leicht nach vorne gezogen, als ob er frieren würde. Seit wann frieren russische Agenten?

Alles um Judith herum blinkt: Gefahr. Das diesige Licht der Laternen, die leere Kreuzung, das Haus schräg gegenüber, in das sie gleich einbrechen wird. Und das Auto, ein schwarzer Mercedes, der nun vor der Bäckerei parkt. Der einzige Wagen weit und breit. Drinnen sitzt jemand, den Judith durch die dunklen Scheiben nicht erkennen kann.

»Christina«, sagt Larcan.

»Richard Lindner«, sagt Judith.

Seine Lippen schneiden einen lächelnden Halbmond in seine Wangen.

Dann holt Judith aus und schlägt ihm ins Gesicht. Sein Kopf fliegt nach hinten, er stolpert vom Gehsteig in den Rinnstein. Doch die Hände bleiben in den Taschen. Keine Gegenwehr. Nur das Lächeln ist jetzt weg, zersplittert in maßloser Verblüffung. Er sieht aus, als würde er sich ernsthaft fragen, womit er das verdient hat. Es juckt ihr in den Fingern, gleich noch einmal auszuholen. Aber das wäre lächerlich. Kindisch. Es kann ohnehin nicht mithalten mit dem, was er verdient hat.

»Sag mir nur eins: Warum?«

Jetzt zieht er die linke Hand aus der Tasche. Für den Bruchteil einer Sekunde zuckt das Bild einer Pistole durch Judiths Vorstellung. Doch er hebt nur den Arm, schiebt mit dieser Bewegung den Aufschlag seines Mantels zurück und sieht auf die Uhr.

»Noch zwei Minuten. Bist du bereit?«

»Ich will eine Antwort.«

Mit einem ungeduldigen, schlecht unterdrückten Seufzen dreht er sich zur CHL um. Das Haus schläft. Nichts rührt sich.

»Wir werden darüber sprechen. Aber nicht jetzt.«

»Jetzt oder nie.«

Wieder dieses Joker-Grinsen. Vielleicht wäre es sympathisch, wenn sich dahinter nicht ausgerechnet der Mensch verbergen würde, den sie am meisten auf der Welt hasst.

»Deine Wahl«, sagt er.

Er dreht sich um in Richtung Wagen und geht los. In diesem Moment begreift sie, dass er es ernst meint. Er wird sich in Luft auflösen, so wie er es immer macht, und sie wird lebenslänglich Steine klopfen in ihrer Ruine.

»Warte!« Sie läuft hinter ihm her. Er bleibt stehen, dreht sich noch mal zu ihr um. Sie hat nur einen Gedanken: Er darf nicht wieder verschwinden. Die diesige Kälte macht alles noch unwirklicher. Winzige Schneeflocken fallen ihm auf die Schultern und verschwinden im selben Moment. »Wirst du da sein, wenn ich wieder rauskomme?«

»Natürlich. Wir haben ja einen Deal.«

Er greift in die Innentasche seines Mantels und zieht etwas hervor – ein Umschlag. Judith wird schlecht, als sie erahnt, was es ist: einhunderttausend Euro. Und ein Hinweis darauf, dass sie nicht Vater und Tochter sind, sondern zwei Verbrecher, die gleich eine Bank hacken werden. Larcan lässt den Umschlag zurückgleiten.

Sie sagt: »Ich will wissen, warum du uns damals verraten hast.«

Von weit her klingen die Glocken des Berliner Doms.

»Mitternacht«, sagt er.

Beide sehen hinüber zur CHL. Ein kleines rotes Licht blinkt über der Drehtür. Bis jetzt ist es Judith gar nicht aufgefallen, doch nun, da es ihr zuzublinzeln scheint, wirkt es blendend und grell wie eine Discokugel.

»Ich werde da sein«, sagt er.

Bevor sie reagieren kann, bevor sie auch nur irgendeine Form von Gegenwehr hinbekommt, tritt er auf sie zu und nimmt sie in den Arm. Augenblicklich ist ihr Hirn schockgefroren. Sie versteht nicht, was da gerade passiert. Sie spürt den kratzenden Stoff seines Mantels auf ihrer Wange, sie riecht die Arktis hinter dem Süden, den er trägt wie eine Tarnkappe, sie ahnt noch die Kraft in seinen Muskeln, die er einmal gehabt haben muss. Dann stürzt der Himmel herab, der Boden kommt auf sie zu. Ihr Körper vereist, wird hart wie ein Baumstamm. Die Reflexe wollen explodieren: wegstoßen, schlagen, treten. Aber sie ist gefangen in dieser falschen Umarmung, die giftiger ist als ein Schierlingsbecher und verlockender als sämtliche Sirenen der Mythologie. Judith lässt sie über sich ergehen, mit geschlossenen Augen, und dann ist es so, als hätte ihr jemand von hinten mit einer rasiermesserscharfen Klinge die Kniesehnen durchtrennt.

Larcan fängt sie auf. »Hoppla, meine Kleine.« Er streicht ihr die Haare aus dem Gesicht – wieder so eine Berührung, die glüht wie eine Misshandlung. »Ist alles in Ordnung?«

Judith ringt nach Luft. Sie taumelt zurück, die eisige Luft drängt sich zwischen sie und ihn und schafft Platz für Vernunft. »Das wäre wohl die Untertreibung des Jahrhunderts.« Gott sei Dank ist ihre Stimme noch da. Vielleicht ein bisschen zu schnodderig.

Sein Blick streift den Wagen. »Du musst los. Ich werde da sein. Versprochen. Außerdem bleiben wir in Verbindung, sobald du das Haus betreten hast. Es läuft alles nach Plan. In einer Viertelstunde sehen wir uns wieder. *Bonne chance.*«

Er wickelt sich den Schal fester um den Hals und geht zum Wagen. Alles in Judith will, dass sie sich umdreht, davongeht und vergisst, diesen Mann jemals getroffen zu haben. Weg, nur weg von hier.

Doch sie spürt, wie etwas in ihr in Bewegung gerät. Es bringt sie dazu, einen Fuß vor den anderen zu setzen und auf die Kreuzung zu gehen. Vorbei an dem Wagen mit den dunklen Scheiben, die Blicke von zwei Fremden im Rücken, die jede ihrer Bewegungen verfolgen. Je näher sie der CHL kommt, desto leichter wird es. Schritt für Schritt. Es ist, als hätte sie die Trümmerfrau hinter der Kreuzung stehen gelassen, und eine Judith, die einst wie Jeanne d'Arc in die Schlacht um ihre Vergangenheit aufgebrochen ist, übernimmt die Stafette. Jedes Mal, wenn sie den Boden berührt, wächst ihre Entschlossenheit. Für Tabea. Für mich. Gegen Larcan.

Bis sie den Haupteingang erreicht und davor stehen bleibt. Und nun? Sie will sich umdrehen und den beiden den ausgestreckten Mittelfinger zeigen: ihr Vollidioten. Soll ich durch Glas gehen oder was? Das Auto steht noch da, keine fünfzig Meter entfernt, die Frontscheibe glänzt schwarz wie Obsidian. Dann tut sich etwas am äußeren Rand ihres Gesichtsfeldes. Die Bewegung beginnt unmerklich und lässt Judith zusammenzucken.

Es ist die Drehtür, die sich langsam, ganz langsam in Gang setzt.

58

Sie ist in der Friedrichstraße.«

Kellermann starrte auf das Display seines Handys. Der Peilsender arbeitete immer noch zuverlässig. Auf dem Nachttisch standen zwei Pappbecher mit kaltem Kaffee.

Es war eine lange Wache gewesen am Fenster des Krankenzimmers. Täschners Observierungsteam war längst verschwunden. Dann, kurz vor Mitternacht, als sie schon glaubten, Kepler hätte sich einen Tunnel aus dem Haus gegraben, war sie aufgetaucht. Im Schatten der düsteren Häuserwände war sie davongeschlichen.

Kaiserley hatte schon nach dem Fensterriegel gegriffen, da spürte er Kellermanns Hand auf seiner Schulter.

»Was willst du ihr denn hinterherrufen? Lass es bleiben.«

Also warteten sie, wohin der kleine GPS-Punkt sie führen würde. Kaiserley hatte gehofft, sie wäre Richtung Lichtenberg unterwegs. Vielleicht sogar Richtung Schenken. Er wollte nicht glauben, was sich da vor seinen Augen tat.

»Was will sie dort, verdammt noch mal?«

»Moment.« Kellermann googelte auf seiner alten Möhre herum. Endlich öffnete sich ein Fenster mit den Ergebnissen.

»Clearstream Holding Liechtenstein.«

Es war wie ein Schlag in die Magengrube. Kaiserley schleppte sich zum Bett und setzte sich. »Es gibt keine Verzögerung. Die Sache wird heute Nacht durchgezogen.«

»Heute Nacht?«

Die Gräben waren tief, wenn sie sich entschlossen hatte, das Ding alleine durchzuziehen.

»Ich muss los.«

Kellermann half ihm eifrig auf. »Ich komme natürlich mit.«

»Nein. Du hast Familie. Außerdem bist du vorbestraft. Willst du beim nächsten Mal in den Bau?«

Das Gesicht seines Gegenübers verfinsterte sich. »Was soll das heißen?«

»Du wirst dich schön von der CHL fernhalten, verstanden? Ich weiß nicht, was dort passiert. Vielleicht ist Larcan in der Bank. Auf jeden Fall aber ein Hacker, der Kepler dazu bringen soll, den Fehler ihres Lebens zu begehen.«

»Willst du Tobias denn nicht Bescheid geben?«

Kaiserley schüttelte den Kopf. »Damit würde ich sie ja schon wieder ans Messer liefern. Ich rufe die Polizei, wenn es ernst wird. Wir brauchen keine Agenten vor Ort, sondern Leute, die bei Bedarf eine Festnahme durchführen. Ich bin der Einzige, der Larcan identifizieren kann.«

Kellermann überlegte. Dann reichte er Kaiserley Autoschlüssel und Handy. »Pass auf dich auf. Und lass den Hurensohn nicht entkommen.«

59

Von irgendwoher ertönte ein schwaches Klingeln. Es hörte nicht auf. Die Drehtür drehte sich immer weiter, Judith atmete tief durch und passierte die Schwelle. Das Klingeln kam von dem Handy im Pflanzenkübel.

Langsam, als wäre sie zum ersten Mal hier und die laufende Drehtür wäre eine Laune der Technik, die ein neugieriger Mensch einfach ausnutzen musste, schlenderte sie auf den Ficus zu. Kein Wachmann stürzte sich auf sie, kein Bataillon Schutzpolizisten enterte die Halle. Die Wärme und die Stille wirkten beruhigend. Sie holte das Handy heraus.

»Ja?«

»Bravo.« Es war Larcan. »Das hast du gut gemacht.«

»Spar dir den Scheiß. Wie geht's weiter?«

Keine Antwort. Judith lauschte angestrengt. Es hörte sich an, als ob er das Mikrofon abgedeckt hätte.

»Wer ist bei dir?«, fragte sie. Sie trat an die Glasfront und schirmte die Augen mit den Händen ab, um besser hinaussehen zu können.

»Geh zum Fahrstuhl.«

»Nein. Ich will erst wissen, wer der Dritte im Bunde ist.«

Unmittelbar vor Judiths Nase zerbarst etwas an der Scheibe. Ein Kiesel. Ein Stein. Eine Kugel. Judith stolperte ein paar Schritte zurück. Ein winziges Loch war im Sicherheitsglas, außenrum ein Spinnennetz aus Haarrissen.

»Was war das?«

»Das Ende der Diskussion.« Seine Stimme klang gepresst. »Du hast noch vier Minuten Zeit, um in den siebten Stock zu gelangen und in das Büro von Adolf Harras zu gehen. Weißt du, wo das ist?«

Larcan hatte eine Waffe. Warum auch nicht? Sie drangen gerade unerlaubt in eine Bank ein, da gehörte so etwas wohl zur Standardausrüstung. Hatte er auf sie geschossen? War das seine Art, nachts in der Mitte Berlins herumzuballern?

»Ja«, antwortete sie zähneknirschend.

»Und leg nicht auf. Diese Verbindung bleibt bestehen. Sie ist lebenswichtig.«

»Weil ich sonst die nächste Kugel verpasst bekomme?« Das kriegst du zurück, Larcan. Alles, was geschehen ist und noch passieren wird, kriegst du zurück.

»Vergiss den Router nicht.«

Sie holte den schwarzen Kasten und die Ohrhörer heraus, stöpselte sie in das Handy und die In-Ear-Plugs in die Ohren. Dann versenkte sie alles in ihrer Jackentasche. Den Router behielt sie in der Hand. Vier Minuten. Besser, sie würde den Aufzug nehmen. Beide standen mit offenen Türen im Erdgeschoss. Sie hielt darauf zu.

In diesem Moment rauschte eine Toilettenspülung.

»Da ist jemand«, flüsterte sie. »In den Waschräumen hinter dem Empfangstresen.«

Keine Antwort.

»Hast du mich gehört?«

»Mach dich auf den Weg. Drei Minuten.«

Kein Aufzug. Das würde sofort auffallen. Lieber die Treppe. Und leise sein, leise. Judith hatte gerade die ersten Stufen erreicht, da hörte sie Schritte.

»He! Sie da!«

Mit klopfendem Herzen drehte sie sich um. Was um Himmels willen war da schiefgelaufen? Die Hand an der Waffe, kam der Wachmann quer durch die Halle auf sie zu. Sie kannte ihn. Sicher hatte er gerade seine Schicht begonnen, denn sie war ihm schon ein-, zweimal am frühen Morgen über den Weg gelaufen. Es war derjenige, der sich gerne mal einen Kaffee mit der Abteilungsleitermaschine brühte. Ein netter Mann Mitte vierzig, das Gemüt eines Bernhardiners. Eines zutiefst misstrauischen Bernhardiners, so wie er jetzt auf sie zukam.

»Was machen Sie hier?«

Die Drehtür bewegte sich immer noch. Warum hielt denn keiner das verdammte Ding an?

Aus dem Ohrhörer drang Larcans Stimme. »Bleib ganz ruhig. Wir klären das für dich.«

Ganz ruhig. Machte er Witze? Sie holte tief Luft. »Ich… ähm… Hallo erst mal.«

Der Wachmann sah zur Drehtür, dann zu Judith. Langsam zog er die Waffe aus dem Holster und baute sich direkt vor ihr auf.

»Sie kennen mich doch. Ich arbeite hier. Mein Hausausweis, bitte sehr.« Judith hielt ihm die Chipkarte entgegen. Er kam noch zwei Schritte näher und verglich das Foto auf der Karte mit ihrem Gesicht.

»Sie fangen aber erst morgens um fünf an. Wie sind Sie hier reingekommen?«

»Durch die Tür. Sie war offen. Da hab ich mich gefragt, ob hier jeder einfach so reinkommen kann und wo denn der Wachschutz bleibt.«

»Waren Sie das?«

»Das mit der Tür? Nein.«

»Ich rufe die Polizei.«

»Gute Idee. Würde ich auch machen an Ihrer Stelle. Schönen Abend noch.«

Sie wollte zum Ausgang zurück, aber er stellte sich ihr in den Weg und entsicherte die Waffe. Das metallische Klicken fuhr wie eine schartige Klinge über Judiths Haut.

»Stehen bleiben.«

»Hören Sie, das ist kein Grund, einen Aufstand zu machen.«

Mit der anderen Hand griff er nach dem Funkgerät und hielt es an den Mund. Dabei ließ er sie nicht aus den Augen. Bevor er jedoch etwas sagen konnte, ertönte von irgendwoher ein leises Plopp. Der Wachmann starrte Judith an, sie starrte zurück. Blut quoll aus seinem Mund. Mit einem Röcheln kippte er vornüber. Im Fallen streifte er sie. Mit einem entsetzten Schrei sprang Judith zurück. Seine Beine zuckten noch ein paar Mal, dann erschlaffte der Körper. Jetzt erst erkannte sie die Gestalt einer ziemlich kleinen Frau, die einen fast bodenlangen Pelzmantel trug und mitten in der Eingangshalle stand. Der Revolver in ihrer Hand schimmerte silbern. Mit einem verächtlichen Kopfschütteln ließ sie ihn sinken.

»Hast du sie noch alle?«

»Wie bitte?«, ächzte Judith. Sie beugte sich hinunter zu dem Mann. Er war tot.

»Ob du Volltrampel auch irgendwas richtig machen kannst?«

Die Frau kam näher. Sie war jünger als Judith, mit einem blassen, runden Wintergesicht, beinahe kindlichen Zügen und eiskalten grauen Augen. Hätte sie keinen Pelzmantel getragen, würde man sie schon im Vorübergehen vergessen. Nur diese Augen, die vergaß man nicht.

»Wer ist das?«, fragte Judith in das Handymikrofon. Noch

immer brannte sich das Entsetzen wie Phosphor in ihren Bauch. »Hallo? Hört mich jemand?«

Larcan antwortete nicht.

»Vorwärts«, antwortete stattdessen die seltsame Person. Das r kam rollend und schwer. Eine Schweizerin. »Brauchst du einen Tritt in den Arsch, oder was? Los!«

Sie wand dem toten Wachmann die Waffe aus der Hand und wollte Judith zu den Aufzügen ziehen.

»Wie viel Zeit?«

Judith riss sich los. »Wer sind Sie? Warum haben Sie den Mann erschossen? Er hat doch nur seinen Job gemacht. Larcan?«

Keine Antwort. Die Frau richtete die Waffe direkt auf Judith. »Larcan!«

Endlich hörte sie seine Stimme. »Was ist passiert?«

»Eine Irre ist hier reinmarschiert und hat den Wachmann erschossen. Vor meinen Augen. Und jetzt bedroht sie mich. Was ist das für eine gottverdammte Scheiße?«

»Wir klären das.«

»Da gibt es nichts zu klären. Ich mache nicht mehr mit!«

Sie warf den Router der Frau direkt vor die Füße. Dann drehte sie sich um und ging. Aber sie kam nicht weit.

Wieder ein Knall, ganz anders als das leise Plopp beim ersten Mal.

Das Geräusch kam aus ihrem Körper, und dann war es, als ob ihr jemand mit einer Peitsche das linke Bein weggehauen hätte. Judith strauchelte, fiel. Der Schmerz jagte wie ein Feuerstoß durch ihren Oberschenkel. Ihre Jeans färbte sich blutrot.

Diese Wahnsinnige hatte sie angeschossen.

»Brugg«, stöhnte Judith. »Sie sind Martina Brugg.«

60

Isolda Weyland saß vor dem dritten Weißwein in einer Bar schräg gegenüber des Friedrichstadtpalastes. Die Vorstellung war vorüber. Sie musste ausverkauft gewesen sein, denn kurz vor elf flutete ein Touristenansturm den Raum, alles Leute im mittleren bis gehobenen Alter. Die Frauen schick, mit Wasserwelle, Lippenstift und Glitzertops, die Herren in kneifenden Anzügen, die sie wohl nur einmal im Jahr trugen, wenn es zu Besuch in die Hauptstadt ging.

Isolda hatte die Bar ausgewählt, weil sie sich in Ruhe betrinken wollte. Sie lag auf dem Weg von der Chausseestraße in Richtung Schöneberger Ufer, wo sie in einer hübschen Zwei-Zimmer-Maisonette-Wohnung lebte, mit einer Küche, die sie noch nie benutzt hatte. Sie war sich nicht sicher gewesen, ob noch etwas zu trinken im Kühlschrank lag. Also hatte sie nach der seltenen Kombination Kneipe plus Parkplatz gesucht und war ausgerechnet in der Friedrichstraße fündig geworden.

Das Lokal war fast leer, als sie eintrat, das Lebendigste war das Bild des Riesenfernsehers an der hinteren Wand, auf dem ein Sportsender lief. Ein Mann hinter dem Tresen, der sich mehr für die Wettzeitung als die paar Gäste interessierte. Und dann auf einmal eine halbe Hundertschaft aufgeputschter, fröhlicher Menschen, die in diversen Dialekten die Show lobten, das Wasserbecken auf der Bühne, das zur Eislauffläche werden konnte, die *Girls Row* natürlich, o lala.

»Darf ich?« Ein schwitzender Mann mit rotem Gesicht nahm neben ihr Platz und zwinkerte seinem Kumpel vielsagend zu.

Nachts in Berlin. Die Leute wollten was erleben. Isolda überprüfte ihr Aussehen im Spiegel hinter der Bar und musste zugeben, dass die besten Stunden das Tages hinter ihr lagen. Die

Augen noch rot vom Heulen im Auto, das Haar zerzaust, die Bluse einen Knopf weit zu offen.

»Was trinken Sie denn da?« Er deutete auf ihr halb volles Glas und winkte dem Barkeeper, der kaum noch hinterherkam bei dieser unverhofften Nachfrage nach Prosecco, Hugo und Bier. »Dasselbe noch mal für die Dame!«

Sie ignorierte ihn, ließ das Glas stehen, griff ihre Tasche und ging zum Ausgang. Holla die Waldfee! Sie würde die U-Bahn oder ein Taxi nehmen müssen. Ihren Mantel fand sie unter einem Gebirge übereinandergeworfener Anoraks. Auf der Straße wirkte die frische, eiskalte Luft wie ein Turbo. Sie hatte Mühe, geradeaus zu gehen.

Mit einer Hand stützte Isolda sich an der Hauswand ab. Die blinkenden Lichter des Revuetheaters, die Scheinwerfer der Autos, der entgegenkommende Strom von Theaterbesuchern verwirrten sie. In welcher Richtung stand ihr Wagen noch mal? Ab sieben wurde abgeschleppt. Warum zum Teufel hatte sie sich auch so die Kante geben müssen?

Der Grund war Täschner. Außerdem Semmler. Staudhammer. Saladin. Dahlmann. All die Nasen, die von nichts eine Ahnung hatten. Die nicht wussten, wie es war, wenn man seine Mutter nur noch in der Psychiatrie zu Gesicht bekam. Die keine Ahnung hatten, wie man sich fühlte, wenn der Vater zum vereinbarten Treffen vier Kilometer zu Fuß lief, um das Geld für den Bus zu sparen. Der Dienst war sein Leben gewesen. Ach was, das Leben ihrer ganzen Familie.

Der Strom der Menschen zog sie mit über die Weidendammer Brücke. Auf der Mitte blieb sie stehen und sah hinunter auf die träge Strömung der Spree. Aus und vorbei. Über ein Jahr hatte sie undercover in der CHL gearbeitet. So lange war schon bekannt, dass ein Angriff auf die Bank geplant war. Sie war ehrgeizig gewesen. Hatte allen zeigen wollen, dass mehr in ihr steckte als die Tochter von Kellermann. Der totgeschwiegen wurde, genau wie Sassnitz. Nachdem sie ihren Vater aus dem Amt gejagt hatten, nicht ohne ihm vorher die gesamte Verantwortung aufzubürden, hatte sie sich nach dem Studium beim BND beworben und war ausgerechnet in Täschners Abteilung gelandet. Eigentlich hätten sie sich auf Anhieb verstehen müssen. Er der Sohn eines »Nestbeschmutzers«, wie sie Kaiserley nach seinem Ausstieg genannt hatten, sie die Tochter eines abgestürzten Halbkriminellen. Selten gab es in einer Abteilung des BND gleich zwei Mitarbeiter, die wussten, was eine solche Fallhöhe bedeutete.

Sie spuckte ins Wasser. Täschner. Diese miese Kanalratte. Er musste von ihrer Archivanfrage gewusst haben. Auch davon, dass sie die Verschlusssache Larcan an ihren Vater weitergeleitet hatte. Es sollte eine kleine Wiedergutmachung sein. Damit er etwas hatte, womit er sich beschäftigen konnte, nachdem sie ihm den Stuhl vor die Tür gestellt hatten. So viele Schuldige hatten die missglückte Operation Sassnitz mit zu verantworten, aber nur einen hatte es erwischt: ihren Vater. Vorbestraft. Sämtliche Bezüge gestrichen. Ein ganzes Leben für den Dienst und dann so ein Abschuss.

Isolda fühlte sich degradiert. Nicht nur das. Der Abzug von der CHL kam zu einem denkbar schlechten Zeitpunkt. Wer sollte sie ersetzen? Solveig Saladin etwa? Auf Buehrlis Ebene wählte man die Assistentinnen nach anderen Maßstäben als den Abschlusszeugnissen aus. Saladin hatte keine Chance. Obwohl, Täschner würde mit Sicherheit eine engagierte junge Nachfolgerin aus dem Hut ziehen, die er Buehrli unterjubeln konnte. Falls der Posten überhaupt wieder besetzt wurde. Immerhin gingen alle davon aus, dass das große Ding nächste Woche in Vaduz startete.

Dahlmann und Täschner hatten recht. Idealisten wurden

nicht mehr gebraucht. Erst recht keine, die bereit waren, so viel zu opfern wie sie.

Der Füller.

Eintausendzweihundert Euro in der Auslage des Hoteljuweliers. Sie war stehen geblieben und hatte die Exponate betrachtet, wie sie das häufig tat. Sie liebte die glitzernden Schmuckstücke, die Schaufenster mit Uhren, die sie sich niemals leisten konnte. Es war weder Absicht noch Berechnung gewesen. Doch Buehrli schien nach dieser Nacht nach Absolution zu suchen, vermutlich für seine schlechte Leistung im Bett. Sie hätte genauso gut ein Buch dabei lesen können... Egal. Was passiert war, war passiert. Sie hatte die Einladung angenommen, weil sie geglaubt hatte, ihn danach um den Finger wickeln zu können. Aber er war hart geblieben. Standhaft. Sie musste grinsen. Zwei Eigenschaften, die er durchaus auch in der Horizontalen gebrauchen könnte.

Unmittelbar nach ihrer Ankunft in Berlin waren sie vom Flughafen direkt in die CHL gefahren. Dort kam ihr der Füller vor wie eine Bezahlung für geleistete Liebesdienste. Sie wollte ihn nicht mehr sehen. Jetzt lag er in der Schublade in ihrem Büro. Täschners Anweisung war klar und deutlich gewesen: Ende. Abzug. Keine Rückkehr.

Es ist mein Füller, dachte sie trotzig. Ich habe ihn mir so schwer erarbeitet, wie ihr es euch nicht im Traum vorstellen könnt. Sie sah sich um. Es waren Luftlinie keine dreihundert Meter zur Bank. Sie war schon öfter um Mitternacht dort aufgetaucht. Wer eine Zugangsberechtigung für den siebten Stock hatte, musste nicht durch die aufwendige Sicherheitskontrolle.

Isolda machte ein paar wackelige Schritte auf dem Trottoir. Es war nur ein kleiner Umweg. Danach würde sie sich den Luxus eines Taxis leisten. Und morgen ausschlafen. Endlich ausschlafen.

Auf dem Weg zur CHL überlegte sie, wie ihre nächsten Schritte aussehen könnten. Auf keinen Fall würde sie Täschner Einfluss nehmen lassen. Wenn es nach ihm ginge, durfte sie die nächsten Jahre in Bad Aibling Glühbirnen zählen. Sie könnte sich für einen Auslandseinsatz bewerben. Oder in die Ausbildung gehen. Oder... den ganzen Kram einfach hinwerfen. Sie hatte Qualifikationen, mit denen sie überall in der freien Wirtschaft durchstarten konnte. Sie war jung. Die Welt war groß. Sie hatte sich geirrt, als sie diesen Weg eingeschlagen hatte. Warum hatte dieser Erbsenzähler von Täschner bloß nicht den Mund halten können? Als ob er der Einzige wäre, der beim BND nicht hin und wieder die beruflichen Möglichkeiten für Privatangelegenheiten nutzte. Wenn er seinen Vater mit Informationen versorgen durfte, warum legte man dann bei ihrem ein anderes Maß an?

Du hast es heimlich gemacht, gab sie sich selbst die Antwort. Aber auf dem offiziellen Dienstweg hätte ich nie die Erlaubnis erhalten... Endlose Gedankenschleifen. Pingpong im Kopf. Dieselben Fragen hatte sie bereits zwei Stunden lang ihrem Weißwein gestellt.

Sie verließ den Menschenstrom, der auf den S-Bahnhof Friedrichstraße zuhielt, und bog nach links Richtung Museumsinsel ab. Das Hauptportal der Bank war nachts geschlossen. Sie musste den Personaleingang nehmen, an dem Wachmann vorbei, wenn er nicht gerade seine Runde drehte. Vielleicht hätte sie für den Marsch andere Schuhe anziehen sollen. Die hohen Absätze rutschten immer wieder auf dem Kopfsteinpflaster weg. Mitternacht war vorüber. Aber das war ihre letzte Chance, noch einmal an ihren Arbeitsplatz zurückzukehren. Die Geschwister-Scholl-Straße zog sich in die Länge. Endlich tauchte weit entfernt die Weihnachtsbeleuchtung von Unter den Linden auf. Noch einmal um die Ecke, in die Georgenstraße, dann am Parkplatz vorbei...

Abrupt blieb sie stehen. Auf der verwaisten Fläche stand ein Transporter mit der Aufschrift »Dombrowski Facility Management«. Irgendwo hatte sie den Namen schon einmal gehört, und er passte definitiv weder zum Ort noch zur Uhrzeit.

Vorsichtig näherte sie sich dem Wagen und versuchte, etwas durch die verschmierten Scheiben zu erkennen. Ein Arbeitsauto, so viel war klar. Zwei Sitzreihen, hinten eine Ladefläche. Eimer, Schrubber, gelbe Handschuhe... Kepler. Judith Kepler war in der CHL.

Alles, wirklich alles ergab mit einem Mal einen Sinn. Du bist es, dachte sie. Ich hatte recht. Der Triumph schwappte wie eine warme Welle über sie. Jetzt bloß keinen Fehler machen. Keine Polizei. Sondern Täschner. Dein Gesicht will ich sehen, wenn du hier auftauchst...

Sie lief die paar Schritte bis zum Personaleingang. Die Pförtnerloge war nicht besetzt, der Wachschutz schien im Haus unterwegs zu sein. Wie es Kepler gelungen war, an ihm vorbeizukommen? Sie zog ihre Karte durch den Schlitz. Das Schloss öffnete sich mit leisem Surren. Vorsichtig, um mit ihren Schuhen kein verräterisches Geräusch zu machen, schlich sie den Gang entlang. Die Sicherheitsschleuse passierte sie ebenfalls mit der Karte. Jetzt waren es nur noch ein paar Schritte bis zum Atrium.

Isolda blieb stehen. Es war totenstill im Haus. Nur ein entferntes Rauschen war zu hören – der Verkehr, die Heizung oder die Klimaanlage. Und der Aufzug. Er fuhr gerade in den siebten Stock.

Gleich hab ich dich, dachte sie und holte ihr Handy aus der Handtasche. Täschner ging nicht ans Telefon. Sie hinterließ keine Nachricht auf der Mailbox, sondern versuchte es gleich noch einmal. Beim vierten Anruf meldete er sich schlaftrunken. Sie hatte Mühe, den Triumph zu unterdrücken. Ich hatte recht, wollte es aus ihr herausprudeln. Ich hatte recht! Sie tun es! Jetzt! Hier in Berlin!

»Isa, was zum Teufel …«

»Sie ist hier«, flüsterte sie. »In der Bank. Du musst kommen. Sofort. Und lass das BKA außen vor. Wir kriegen sie. Alle beide. Jetzt.«

»Hast du was getrunken?«

»Ihr Wagen steht hinter dem Haus. Sie fährt gerade in den siebten Stock rauf. Tobias, das Ding läuft! Beweg gefälligst deinen Arsch hierher!«

Isolda machte noch ein paar Schritte und erreichte das Atrium. Die Drehtür bewegte sich leise. Vor der Sitzgarnitur lag ein Mann in Uniform.

»O mein Gott!«, stieß sie aus.

»Isa? Was ist?«

»Sie … ist bewaffnet.«

»Wer? Kepler?«

»Hier liegt ein Toter. Der Wachmann. Ich kenne ihn.«

Sie verstummte. Der Fahrstuhl war oben angekommen.

»Isa? Isa! Was ist da los? Rede mit mir!«

Stimmen hallten durch den Dom aus Glas, wurden zurückgeworfen und kamen als verzerrtes Echo bei Isolda an. Sie schlich zurück in den Gang, damit sie bei einem zufälligen Blick von der Galerie nicht entdeckt werden würde. Sie schloss die Augen. Der Anblick des Toten erinnerte sie an Merteuille.

»Sie hat einen Mann getötet. Und sie ist nicht allein«, flüsterte sie.

61

Judith betrachtete die Wunde. Ein Streifschuss. Das Blut tränkte ihre Jeans, aber lebensgefährlich war er nicht. Ob sie die Frau von hinten überwältigen konnte? Klein wie eine Zehnjährige. Doch das musste nicht heißen, dass sie schwach war.

»Denk nicht mal dran.« Brugg drehte sich um und musterte Judith abschätzig von oben bis unten. »Eine falsche Bewegung und du bist tot. Für mich bist du ab jetzt nur noch Ballast. Aber Larcan liegt etwas an dir. Er will, dass ich dich lebend hier rausbringe. Also tu, was ich sage. Verstanden?«

Judith nickte.

»Was passiert hier gerade?«, kam Larcans Stimme aus ihrem Ohrhörer. »Ich verliere den Sichtkontakt.«

Judith schnappte nach Luft. »Verdammt! Du hast das alles mit angesehen? Gehört der Mord etwa zum Plan?«

Die Frau warf Judith einen geringschätzigen Blick zu.

»Nein.« Zum ersten Mal klang seine Stimme ratlos. »Der Mann hätte erst ein paar Minuten später vorbeikommen sollen.«

»War das sein Todesurteil? Hast du die Sache noch im Griff? Es sieht verdammt noch mal nicht danach aus!«

»Bleib ruhig. Ganz ruhig. Tu, was wir dir sagen, und du kommst heil wieder raus.«

Der Frau schien die Konversation nicht zu gefallen, trotzdem hielt sie den Mund.

»Bist du dir immer noch sicher, was du da tust, Larcan? Das ist schon der dritte Tote.«

Er schien sich wieder gefasst zu haben. »Dies ist weder die Zeit noch die Stunde, um darüber zu diskutieren. Folge den Anweisungen.«

Die Frau trat zur Seite und ließ Judith vorhumpeln.

»Was geschieht jetzt?«, fragte er.

»Wir sind im siebten Stock«, gab Judith zurück. »Ich kann dir zuwinken, wenn du möchtest.«

»Harras' Büro«, sagte die Frau.

Es waren nur ein paar Schritte, aber die fühlten sich an, wie barfuß über Klingen zu laufen. Judith wusste nicht, warum sie auf einmal mit dieser Kampfmaschine zusammenarbeiten sollte. Irgendetwas lief hier grandios schief. Und es hatte nur zum Teil mit dem toten Wachmann zu tun. Im Haus herrschte geisterhafte Stille. Ihre Schritte wurden durch den Teppichboden gedämpft. Das Quietschen der nächsten S-Bahn klang durch die dicken Glasscheiben wie von weiter Ferne. Die Stadt funkelte.

Judith spürte einen Stoß im Rücken.

»Schneller!«

Sie blieb vor der Tür ohne Klinke stehen. Die Frau hielt die Karte vor den Leser, es folgte das leise Surren des Schlosses.

»Geh.« Ein Stoß. »Los.«

Judith humpelte ins Zimmer. Der Weg zum Schreibtisch schien sich ins Unendliche zu ziehen. Das lag nicht nur an dem brennenden Schmerz in ihrem Oberschenkel. Den konnte sie wegbeißen. Sie fragte sich, was es bedeutete, für diese Frau nur noch Ballast zu sein. Sie brauchen mich nicht, dachte sie. Sie haben mich nie gebraucht. Weder meine Karte noch das Handy. Ich bin nutzlos.

Sie waren angelangt. Kein Computer weit und breit.

»Bleib stehen!«

Judith verharrte in der Mitte des Raumes. Brugg ging zum Schreibtisch und legte die Waffe ab. Dann zog sie ein Paar hauchdünne Plastikhandschuhe hervor, streifte sie über, bückte sich und betätigte irgendeine Taste. Schon sprang das Gerät an, und der Monitor fuhr aus der Schreibtischplatte. Abgefahren.

Auf dem Display erschien ein Panorama der Schweizer Berge und dann die Frage nach dem Passwort.

»So. Setz dich. Am besten da in den Sessel.« Brugg wies auf die Sitzgruppe. »Ich hab jetzt zu tun.«

Die Schweizerin nahm auf Harras' majestätischem Drehstuhl Platz. Die Pistole des Wachmanns lag griffbereit neben ihr. Ihre eigene Waffe mit dem Schalldämpfer musste sie irgendwo in dem voluminösen Pelzmantel verborgen haben. Sie verband den Router via USB mit dem Computer. Der Bildschirm wurde dunkel, und dann raste eine wilde Abfolge von Buchstaben- und Zahlenkolonnen über das Schwarz. Eine kleine LED-Lampe an dem schwarzen Kasten begann wie irre zu flackern.

»Was machen Sie da?«

Judith blieb in sicherer Entfernung stehen. Brugg war eine der besten Hackerinnen der Welt. Sie sah zwar nicht sonderlich eitel aus, bis auf das Fell der toten Tiere, das sie trug, aber vielleicht brauchte jemand, der ausschließlich im Verborgenen arbeitete, ab und zu etwas Beachtung. Wenn sie die Frau auf die Art ablenken konnte… »Darf ich mal schauen?«

»Du sollst dich hinsetzen!« Blitzschnell war die Waffe wieder in Bruggs Hand gelandet.

Judith hockte sich auf die Kante des Sessels, bereit, sofort aufzuspringen. »Larcan will wissen, was Sie tun.«

»Gib ihn mir.«

»Judith?« Seine Stimme klang gepresst. »Egal was passiert, Ruhe bewahren.«

»Gib ihn mir!«

»Larcan? Sie will mit dir sprechen. Ihr seid euch schon einig, oder? Ihr wisst doch, was ihr tut?«

Merteuille. Livnat. Der Wachmann.

Brugg stand auf. Der Blick, mit dem sie Judith in Schach halten wollte, erinnerte an eine Katze, die sich auf die Maus konzentriert.

»Ja.«

»Ich reiche dich jetzt weiter.«

Als ob das dünne Kabel ihre letzte Verbindung wäre. Brugg umrundete den Schreibtisch. Judiths Herz begann zu rasen. Mit gezückter Waffe kam Brugg immer näher.

»Zum letzten Mal«, sagte sie.

Judith zog den linken Stöpsel aus dem Ohr.

Da sagte er: »Christina?«

»Ja?«

Es war nur ein Wort. Sie hatte es ausgesprochen, ohne nachzudenken, hastig und ohne die Spur eines Zögerns oder Zweifelns. Es war herausgeschlüpft, unumkehrbar, nie wieder einzufangen. Es sirrte durch den Raum und schoss davon. Brugg stand vor ihr und holte aus.

»Ja?«, schrie Judith.

Der Schlag traf sie von oben und warf sie zurück in den Sessel. Brugg riss ihr das Handy weg, der zweite Stöpsel flog aus dem Ohr. Vielleicht hatte Larcan noch etwas gesagt. Sie würde es nie erfahren. Die Frau schaltete das Telefon aus und schleuderte es in die andere Ecke des Raumes. Dann richtete sie die Waffe wieder auf Judith.

»Was ...?«

»Ich brauche ihn nicht mehr.«

»Sie meinen ...«

»Ich meine«, antwortete sie gestelzt, »dass wir beide hier oben jetzt ganz allein sind.«

62

Mit einem Fluch riss sich Larcan die Plugs aus den Ohren. Er wählte die Nummer erneut. Keine Verbindung.

Das Auto, in dem er saß, stand hundert Meter vom Haupteingang entfernt. Auf dem Nebensitz lag noch immer Bruggs Laptop. Mit Livnats Daten hatte sie den relativ simplen eigenen Kreislauf des Überwachungssystems geknackt. Alles war gut gegangen. Doch dann war dieser Wachmann aufgetaucht.

»Schluss«, hatte Larcan zu Brugg gesagt. »Ende der Operation. Wir holen sie raus.«

Sie war ausgestiegen. »Ich geh da jetzt rein. Das bekommen wir hin.«

»Nein! Ich befehle Ihnen …«

Dann hatte ihn der Blick aus ihren grauen Augen getroffen. »*Sie* befehlen hier gar nichts mehr.«

»Brugg!«

Die Pistole lag so plötzlich in ihrer Hand, als wäre es ein Zaubertrick. Eine CZ75 Shadow mit aufgesetztem Schalldämpfer. Zu schnell, um seine eigene Waffe zu ziehen.

»Lassen Sie das.«

Er versuchte, ruhig zu bleiben. Sie entsicherte die Waffe. Es war ein leises metallisches Geräusch, das wie ein Messer über seine Knochen schabte. Die Narbe brannte.

»Keine Toten.«

»Dann halten Sie hier die Stellung. Verstanden?«

Sie zielte auf ihn. Ihre Blicke verschmolzen ineinander. Vielleicht spürte sie, dass der alte Mann zu einem unerwarteten Gegner werden könnte.

»Vielleicht bleibt *Christina* dann am Leben.«

Er blickte in die Mündung der Pistole. Das schwarze Loch

zog ihn an, war wie ein Gang, der bis in die Schreckensnacht von Sassnitz zurückreichte. Am Ende des Ganges lag eine Kugel. Klein und messingfarben. Und von den Wänden hallte ein Echo, bellende Hunde, Schreie. Die Silhouette einer Frau im Gegenlicht, an der Hand ein kleines Mädchen.

»Ja«, sagte er.

»Gut.« Brugg ließ die Pistole sinken, aber ihr Misstrauen blieb. »Es liegt an Ihnen. Ganz allein an Ihnen.«

Er sah ihr nach, wie sie über die Straße und auf das große, halbdunkle Haus zuging.

Larcan war versucht, den Republikaner anzurufen, doch das hätte bedeutet, Judith aus der Leitung zu werfen. Es war das erste Mal seit langer Zeit, dass er die Kontrolle über eine Situation verlor. Glasklar erkannte er, wann es begonnen hatte: bei seinem letzten Treffen mit dem Republikaner. Larcan hatte sich einen entscheidenden Fehler erlaubt, nämlich Livnat zu schützen. In diesem Moment hatten sie ihn vom Brett gekickt, Brugg die Leitung übertragen und den Israeli über die Klinge springen lassen. Er war der Nächste. Der Israeli hatte den richtigen Riecher gehabt. Es ging nicht mehr um ein paar Namen. Sie hatten den Plan hinter seinem Rücken geändert. Es ging um mehr, und dafür brauchten sie Brugg. Keinen hippen Surfer. Auch keine Putzfrau. Noch nicht einmal ihn. Nur Brugg.

Er sagte sich, dass er besser verschwinden sollte. Sofort. Aber dann war es Judiths atemloses *Ja* gewesen, das ihn dazu brachte, den Wagen zu verlassen. Ein Ja wie ein Lasso, dass sich um seinen Hals legte und sich immer enger zusammenzog.

Ein paar paar verfrorene Touristen bogen um die Ecke und kamen ihm entgegen. Niemand warf einen Blick in die halbdunkle Bank, auch wenn die Drehtür sich immer noch langsam bewegte. Die Leiche des Wachmanns lag hinter der Sitzgruppe, deshalb blieb sie von Passanten unentdeckt. Larcan konnte die

Beine erkennen. Brugg hatte den Mann kaltblütig ermordet. Und nun war Judith mit dieser Frau, die nur Binärcodes und ihren Kontostand kannte, im siebten Stock.

Larcan betrat den Eingang. Die Drehtür stoppte einen Moment und setzte sich dann wieder in Bewegung. Er hatte gerade einen Fuß in die Halle gesetzt, da bremste draußen ein Wagen mit quietschenden Reifen, schepperte über die Bordsteinkante und landete, begleitet vom Funkenflug des schleifenden Auspuffs, fast in der Glasfassade. Ein Mann sprang heraus und rannte auf den Eingang zu. Larcan stoppte die Tür mit dem Fuß. Ihm gegenüber, ausgesperrt, stand Quirin Kaiserley.

Es war, als ob dieser Moment in Bernstein eingefangen wäre. Alles erstarrte. Sie sahen sich an, zum ersten Mal seit über dreißig Jahren, und wurden in Lichtgeschwindigkeit zurückgeschleudert in den atombombensicheren Keller einer Villa im amerikanischen Sektor von West-Berlin. Dorthin, wo sie sich zum ersten Mal begegnet waren. Im Jahr 1984. Zwei junge Agenten, heißhungrig und nervös wie Rennpferde vor dem Startschuss, jeder auf seiner Seite des Eisernen Vorhangs. Bereit für den einen großen Deal. Dreißig Jahre – ein Wimpernschlag. Einmal atmen. Einmal um sich selbst drehen.

Kaiserley riss sich als Erster los. Er zwängte sich durch den Spalt auf der anderen Seite in die Drehtür. Sie war in vier Segmente geteilt. Wenn Larcan hinausginge, wäre Kaiserley im Haus. So könnten sie wie Katz und Maus ewig im Kreis laufen, ohne dass einer den anderen zu fassen bekäme.

»Es ist vorbei«, sagte Kaiserley. Seine Stimme klang dumpf hinter dem Glas. »Die Kollegen sind in wenigen Minuten hier. Wo ist Judith Kepler?«

Larcan holte seine Waffe aus dem Holster. Eine Sig Sauer P229. Sie lag gut in der Hand und war, wenn es denn so etwas gab, auf ihn eingeschossen. Mein Gott, hatte die Zeit Kaiserley verändert. Wie jung sie damals gewesen waren und mit brennendem Herzen überzeugt davon, das Richtige zu tun...

»Wo ist Kepler?«

Kaiserleys Frage drang kaum noch zu ihm durch. Erkannte er ihn? Sah auch er das alte Spiegelbild eines jungen Mannes vor sich, eines Verräters der Verräter?

Larcan wischte sich über die Stirn. Für einen Moment schien er die Balance zu verlieren. Das Damals und das Heute vermischten sich. Flackernde Bilder, Grenzsoldaten, Flutlicht, Schäferhunde, der Bahnhof von Sassnitz, der Transit... Ein Güterzug, der Schrei, den er nie wieder aus dem Kopf bekommen hatte, der letzte Blick eines Kindes, eines kleinen blonden Mädchens, das zwei Grenzposten brutal abführten, das weinte, das schrie... Dann der Schuss, der ihn zu Boden warf. Ungläubigkeit, fast Staunen, als er erkannte, wer ihn hatte töten wollen. Die Narbe in seiner Brust meldete sich mit einem bösen Puckern.

Kaiserley klopfte mit den Fäusten auf die Scheibe. »Wo ist Judith Kepler?«

Larcan atmete tief durch. Schweiß stand ihm auf der Stirn. Die Pistole lag schwer in der Hand, er könnte die Drehtür wieder in Bewegung setzen, auf Kaiserley warten und ihn erschießen. Und dann? Der vierte Tote. Er war ein Gejagter. Er musste sich entscheiden, hier und jetzt. Nathalie...

»Wo?«

Larcan atmete tief durch. »Im siebten Stock.«

Kaiserleys Blick wanderte zu den Aufzügen – und dem toten Wachmann. Er holte sein Handy heraus.

»Nicht«, sagte Larcan. »Tun Sie das nicht. Sie sollte es überleben. Finden Sie nicht auch?«

Er nahm den Fuß aus der Tür, die sich langsam in Gang setzte. Kaiserley in dem einen Abteil, Larcan in dem gegenüber. Zwei Schritte. Larcan war draußen, Kaiserley drin. Wieder arretierte er die Tür. Er warf die Waffe auf den Boden, in direkte Nähe zum Drehkreuz.

»Holen Sie Kepler da raus. Ihnen bleiben noch acht Minuten, bis die Kamera wieder anspringt. Ach, noch etwas: Sie ist nicht allein da oben.«

Damit trat er zurück auf den Bürgersteig. Die Drehtür schob die Waffe zu Kaiserley. Der bückte sich und nahm sie an sich. Larcan wandte sich ab und lief die Straße hinunter zu seinem Auto. Er wusste, dass er eine ideale Zielscheibe bot. Aber Kaiserley war kein Mann, der anderen in den Rücken schoss.

Bevor er um die Ecke bog, blickte er noch einmal zurück. Die Empfangshalle war leer, einer der Aufzüge fuhr gerade nach oben. Er schickte eine SMS an den Republikaner: *Bljad.*

63

Die Zahlenkolonnen verschwanden, stattdessen öffnete sich ein neues Feld.

»Karin17021999.« Bruggs schmale, blasse Lippen verzogen sich zu einem Lächeln. »Männer. Wahrscheinlich der Hochzeitstag. Also dann, setz dich.«

Sie stand auf und drehte den Stuhl einladend in Judiths Richtung.

»Ich soll…?«

»Du sollst.« Sie griff nach der Waffe.

»Und dann?«

Wieder ein Schlag von hinten. Judith fiel auf den Stuhl. Brugg hatte Harras' Mail-Account geöffnet. Die Buchstaben verschwammen vor Judiths Augen.

»Schreib eine Nachricht, irgendwas.«

Judith schrieb: *Hilfe! Martina Brugg hat gerade den Computer von Adolf Harras gehackt.*

Die Schweizerin riss ihr den Kopf an den Haaren herum und versetzte ihr eine schallende Ohrfeige. Judith fiel auf den Boden. Sie sah Bruggs Stiefel – flache Moonboots. Deshalb war sie so leise gewesen. Der Saum des Mantels schwang sachte hin und her.

»Ihr wollt es mir anhängen. Meine Spuren, meine Fingerabdrücke. Wie willst du es machen?«

Brugg ging in die Knie, um Judiths ins Gesicht zu sehen. »Du benimmst dich anständig. Dann kannst du gehen.«

Mühsam kam Judith wieder hoch. Die Wunde schmerzte bei jeder Bewegung, wenn der zerfetzte Stoff darüberrieb. Sie würde dieses Haus nicht lebend verlassen, keine Chance. Diese Frau war eine Maschine. Sie musste Zeit schinden. Larcan würde ihr helfen. Er hatte es versprochen. Bring sie zum Reden, dachte sie. »Du hast von Spuren keine Ahnung. Allein die Haare, die du hier überall verteilst.«

Brugg strich mit ihrer weißen Gummihand über das glänzende Fell des Mantels. »Tschumpel. Ein echter Nerz, geschoren. Diese Qualität verliert keine Haare. Und falls doch«, sie wies verächtlich auf den leeren Schreibtisch, »seine Frau hat den gleichen. Die beiden schieben hier oben manchmal eine Nummer. Keiner denkt daran, dass die Webcam immer läuft. Sie sollten das Ding abkleben. Setz dich. Ich bin gleich fertig.«

»Was machst du da?« Judith kehrte in die Mitte des Raumes zurück und suchte fieberhaft nach einem Ausweg. Die Fingerabdrücke auf dem Computer. Wie würde Brugg es anstellen? Sie nach unten schleifen, in die große Halle? Ein Stillleben arrangieren, das die Polizei davon überzeugen sollte, dass der Wachmann und sie sich gegenseitig erschossen hatten? Sie würde sich wehren. Das musste Brugg doch klar sein. Larcan, wann kommst du endlich und holst mich hier raus?

»Ich setze ein P-to-P-Netzwerkpaket ab, das auf Defragmentierung der Datensätze programmiert ist. Eine Weiterentwicklung von *Dariks Boot and Nuke*, falls dir das ein Begriff sein sollte.«

»Nein.« Fehler. Mach sie stolz auf das, was sie tut. Bewundere sie. Sei das Kaninchen, das sich vor der Schlange duckt. Jede Minute zählt. Larcan wird übers Treppenhaus kommen, das geht nicht so schnell. Er wird sie aufhalten. Irgendwie. »Ich hab noch immer nicht ganz kapiert, was das hier werden soll.«

Konzentriert starrte Brugg auf den Bildschirm und tippte eine lange Folge von Zeichen ein. Der Router schnurrte, sein Licht flackerte. Die Frau sah kurz hoch. Zum ersten Mal wirkte ihr Gesicht entspannt. Ihre Hand schwebte über der Tastatur. »Wir pulversieren die CHL. Nichts bleibt mehr übrig. Bis auf die Immobilie. Leere Häuser ohne Sinn und Inhalt. Sämtliche Konten, legale wie illegale, verschwinden. Zweiundfünfzig Komma vier Milliarden Euro … pfffft. Bis auf die Wertpapiere. Aber bis sie die den Besitzern wieder zugeordnet haben …«

Judith kam näher. Die Pistole lag zwar in Bruggs Reichweite, aber vielleicht gelang es ihr ja, die Frau abzulenken. Als ob sie Judiths Absicht geahnt hätte, nahm sie die Waffe und legte sie rechts neben die Tastatur.

»Pulverisieren? Warum?«

»Weil über die CHL ein Großteil der westlichen Waffengeschäfte abgewickelt wird.«

»Das ist aber nicht das, was Larcan mir gesagt hat.« Wo zum Teufel blieb er? Die Holzvertäfelung der Wände bewegte sich. Begann im Rhythmus von Judiths Herzschlag zu pulsieren. Das war nicht der Blutverlust. Sie verlor gerade die Kontrolle über ihren Körper.

»So?« Brugg lehnte sich zurück. Ihre Füße erreichten kaum den Boden, die Fingerspitzen ihrer rechten Hand spielten mit dem Pistolenlauf. »Was hat er dir denn erzählt? Dass ein paar böse Politiker geblackmailt werden sollen? Irgendwelche Honks, die schon am nächsten Tag durch korrupte Nachfolger ersetzt werden? Idioten. Mein Wurm ist das Geilste, was je entwickelt wurde. Ich hab ihn den Russen schon ewig angeboten. Jetzt macht er mich endlich unsterblich!«

Judith starrte Brugg an.

»War ein Joke. Na komm.« Sie nahm die Waffe und richtete sie auf Judith. »Willst du mal?«

»Was?« Überall waren ihre Fingerabdrücke. Im Aufzug. An der Drehtür. Auf der Tastatur. »Das glaubt doch kein Mensch. Dass ich das gemacht haben soll.«

»Ist ganz einfach. Du musst nur hier drücken.«

Die Schweizerin stand auf, den Finger am Abzug. Ein Funkeln in den Augen. Es war ihr Moment des Triumphs.

»Tu es nicht«, kam es von der Tür.

Die Worte trafen Judith wie ein Bolzenschuss. Das war nicht Larcan. Sie fuhr herum. Dort stand Kaiserley, eine Waffe im Anschlag. In derselben Sekunde zielte Brugg und drückte ab. Der Knall zerriss die Luft in zwei Hälften, und dazwischen explodierte die Panik. Kaiserley verschwand.

»Nein!«, schrie Judith.

Sie warf sich auf Brugg. Nimm ihr die Waffe weg, nimm ihr die Waffe weg! Das war der einzige Gedanke, zu dem sie noch fähig war. Doch sie hatte die Zähigkeit der Frau unterschätzt. Und die Bootcamps, in denen sie geschwitzt haben musste. Denn ehe sich Judith wehren konnte, spürte sie einen heißen, brennenden Schmerz auf der Wange. Genau dort, wo der Lauf der Pistole gelandet war.

»Ich kill sie!«, schrie Brugg. Ihre Stimme überschlug sich fast vor Wut. »Ich knall sie ab, hörst du? Komm raus!«

Judiths Keuchen und der schwere Atem der Angreiferin vermischten sich, so nahe waren sie einander. Langsam, ganz langsam ließ sie die Frau los und hob die Hände. Brugg packte sie und hielt sie wie einen Schild vor sich, den Waffenlauf immer noch auf Judiths Wange.

»Ich zähle bis drei! Eins, zwei ...«

»Okay.« Kaiserley erschien wieder im Türrahmen. Er musste sich abstützen. »Lassen Sie sie gehen.«

»Verschwinde!«, schrie Judith. »Hau ab! Was willst du hier?«

Er kam auf sie zu. »Geben Sie auf. Das hat doch alles keinen Sinn mehr.«

»Stehen bleiben! Sonst ist sie tot, deine Freundin. Und du auch. Hätt ich dich doch bloß beim ersten Mal richtig erwischt!«

»*Sie* waren das in Paris?«

Judith spürte, dass Martina Brugg kurz davor war, die Nerven zu verlieren. Ihr ging es nicht besser. Der einzig Ruhige war Kaiserley, der die Hände hob und versuchte, auf Deeskalationsmodus umzuschalten.

»Denken Sie doch mal nach. Unten liegt ein toter Wachmann. Sie wollen ihr die Sache in die Schuhe schieben, aber das wird Ihnen nicht gelingen. Die Ballistik folgt Gesetzen. Judith Kepler kann den Mann nicht von hinten erschossen haben. Sie hat weder eine Waffe noch Schmauchspuren an den Händen. Und sie ist auch nicht in der Lage, eine Bank zu hacken.«

Judith spürte, wie der Griff in ihrem Nacken härter wurde. »Das kommt alles noch«, zischte Brugg.

Worte, die wie Stickstoff in Judiths Adern tröpfelten. Sie bringt mich um, hämmerte es in ihrem Kopf. Sie bringt mich um. Sie vernichtet diese Bank, und dann stellt sie mit meiner Leiche Gott weiß was an, nur damit es eine Schuldige gibt. Larcan hat es gewusst. Er muss es gewusst haben! Du bist tot, Larcan. Wenn ich je lebend hier rauskommen sollte, bist du tot.

Kaiserley machte wieder einen Schritt. Der Lauf von Bruggs Pistole wanderte zu Judiths Schläfe.

»Willst du sehen, wie ich deiner Freundin das Gesicht weg-schieße? Willst du das wirklich?«

»Larcan ist abgehauen. Er hat das Weite gesucht. Sie sind allein, Frau Brugg. Das Haus ist umstellt. Es ist aus.«

Mit einem Ruck zog die Schweizerin Judiths Kopf zu sich herunter. »O nein. Du gehst jetzt an den Schreibtisch.«

Kaiserley humpelte langsam quer durch den Raum auf sie zu.

»Wag es nicht«, zischte Brugg, als er sie passierte.

Langsam drehten sie sich in seine Richtung. Es war nichts in der Nähe, womit diese Irre ausgeschaltet werden konnte. Eine falsche Bewegung, und sie würde abdrücken. Als Kaiserley end-lich Harras' Platz erreicht hatte, schloss Judith die Augen.

»Und jetzt einmal auf Enter.«

»Oh«, sagte er.

Der Lauf an Judiths Schläfe zuckte.

»Ich glaube, ich habe mich vertippt.«

»Was?«, schrie Brugg. »Willst du mich verarschen?«

Und dann ging alles rasend schnell. Kaiserley hob die Waffe, doch er war zu gehandicapt, um rasch genug zu zielen. Blitz-schnell hatte Brugg die Pistole auf ihn gerichtet und abgedrückt. Der Knall zerfetzte beinahe Judiths Trommelfell. Kaiserley fiel hinter den Schreibtisch. Judith hieb mit dem Ellenbogen nach hinten, wo sie Bruggs Magen vermutete. Die Waffe rutschte ab, erneut löste sich ein Schuss. Dieses Mal ging er in die Decke. Bevor die Frau erneut zielen konnte, trat Judith ihr mit voller Wucht gegen den Arm. Die Pistole wurde quer durch den Raum hinaus auf den Flur geschleudert. Sie landete vor der gläsernen Galerie, doch Kaiserley lag reglos auf dem Boden und Judith war zu weit entfernt. Entsetzt musste sie mit ansehen, wie Brugg losrannte und als Erste bei der Waffe war. Wie sie die Pistole auf-hob. Wie sie von draußen zielte. Es gab nichts mehr, wo sie sich verstecken konnte.

»Judith«, hörte sie jemanden sagen.

Es musste Kaiserley sein, aber der konnte ihr jetzt auch nicht mehr helfen. Nein, dachte sie. Bitte, bitte nicht!

Das war das Ende. Alles fror ein. Diese Sekunde vor der Explosion, in der die Welt aufhört sich zu drehen und die Luft zäh wird wie Harz. Ein seltsames Lächeln in Bruggs Gesicht. Bilder, die vorüberjagten wie sturmgetriebene Wolken. Lenins Salonwagen. Gold und Samt. Eine Frau, ein Monchichi. Der erste Schultag. Nuttenkind. Die Fähre nach Malmö. Kaiserley. Der Kuss, sie in seinen Armen. Das Aquarium. Der neue Pass. Larcan, Rimbaud in der Hand. Bruggs Mund, der das Wort »Sorry« formte. Wieder ein Schuss.

Aber Judith stand noch. Dafür fiel Brugg zu Boden, als hätte man einen Baum gefällt. Aus einem kleinen Loch in ihrer Schläfe sickerte Blut. Ein Mann stürmte die Galerie. Es war derjenige, der sie noch vor ein paar Stunden im Krankenhaus um ein Haar erwischt hätte. Dahinter tauchte eine Frau auf, die Judith schon einmal hier oben gesehen hatte. Isolda Weyland.

Der Mann – hatte Kaiserley ihn nicht Tobias genannt? – sicherte den Raum, erst dann steckte er die Pistole hinten in den Hosenbund. Brugg war tot, das erkannte Judith mit einem Blick. Hastig drehte sie sich um und lief zum Schreibtisch.

»Bist du verletzt?«

»Geht schon«, sagte Kaiserley mit rauer Stimme. »Geht schon.«

Wie in Trance nahm sie ihn in die Arme. »Ich dachte, sie hätte dich … O mein Gott, ich habe geglaubt, sie hätte …«

Tränen traten ihr in die Augen. Kaiserley brauchte einen Moment, bis er vor der Umarmung resignierte und sie mit einem leisen Stöhnen an sich drückte.

»Es ist vorbei«, sagte er leise.

Sie spürte, wie er sie hielt und ihr über den Rücken und die Haare streichelte. Nichts war vorbei. Gar nichts. Es war, als ob sie aus sich herausgetreten wäre und nur noch mechanisch reagierte. Sie stand unter Schock.

»Die Polizei ist gleich hier«, sagte der Mann, der Tobias hieß. Er reichte Kaiserley die Hand und zog ihn hoch. »Willst du dich einen Moment setzen?«

Kaiserley nickte. Er führte ihn zu der Sitzgarnitur, wo er sich niederließ, leichenblass, die Hand auf der linken Schulter. Währenddessen ging Isolda Weyland zu Harras' Computer.

»Brugg hat es fast geschafft. Nur noch der Eingabebefehl hat gefehlt.«

Sie sah hinunter zu Judith, die immer noch auf dem Boden saß. Mit angezogenen Knien, die Hände zwischen die Beine geklemmt, damit niemand das Zittern bemerkte. »Was haben Sie damit zu tun?«

Judith hangelte sich an der Schreibtischkante hoch. Sie fühlte, wie ihre Knie nachgaben und ihr etwas Metallisches, Ätzendes in die Kehle stieg. Bloß nicht kotzen, dachte sie. »Ich bin zufällig vorbeigekommen.«

»Ist ja ein Ding. Ich auch.«

Tobias stand draußen auf dem Flur und telefonierte. Mit wem? Egal. Polizei. Feuerwehr. Krankenwagen. Kaiserley lehnte sich zurück und schloss die Augen.

»Ich habe meinen Füller vergessen. Und Sie?«

»Zufall. Reiner Zufall«, wiederholte Judith. »Die Drehtür war in Betrieb. Ich bin reingegangen, da kam der Wachmann. Und dann«, sie schluckte, »dann ist sie aufgetaucht.«

Sie vermied es, zur Tür zu sehen. Isolda holte eine Packung Zigaretten hervor und bot Judith eine an.

»Danke. Darf man denn hier rauchen?«

»Genauso wenig, wie man hier um sich schießen darf. Ich denke, Herr Harras wird die Ausnahme gelten lassen.« Sie gab Judith Feuer. »Wo ist Larcan?«, fragte sie leise.

Judith verschluckte sich.

»Hören Sie, verkaufen Sie mich nicht für dumm. Wo ist er?«

»Weg«, sagte Kaiserley. Er hatte erstaunlich gute Ohren.

Isolda sah zu ihm hinüber. »Kaiserley. Ewig her, was? Das letzte Mal hab ich in Pullach auf deinem Schoß gesessen.«

Tobias beendete das Gespräch und kam wieder herein. Er hatte Isoldas letzten Satz nicht mitbekommen. »Das ist mein Vater, Quirin Kaiserley. Darf ich bekannt machen? Isolda Weyland, meine … ähm … Mitarbeiterin. Tobias Täschner. Bundesamt für Fernmeldestatistik.«

»Fernmeldestatistik.« Judith nahm einen tiefen Zug. Wer nur Selbstgedrehte rauchte, für den waren Filterzigaretten so gut wie ungenießbar. Aber sie zitterte immer noch, und Zigaretten galten seit je als Friedensangebote. »Interessant.«

»Vielleicht solltet ihr hier nicht rauchen, wegen der Spurensicherung.«

Isolda stand auf und holte eine Schale mit Keksen vom Couchtisch. Noch bevor sich Judith fragen konnte, wie sie in dieser Situation ans Essen denken konnte, kippte sie den Inhalt in den Papierkorb unter dem Schreibtisch und benutzte die Schale als Aschenbecher. Dann setzte sie sich wieder vor den Computer und starrte gedankenversunken auf den Monitor. Judith kam auf die Beine und ging langsam ans Fenster. Die Straße war von Streifenwagen mit Blaulicht abgeriegelt. Die jaulende Sirene eines Krankenwagens näherte sich von Unter den Linden.

»Weiß jemand, wie die Aufzüge funktionieren?«, fragte Täschner. »Die Drehtür ist auch wieder arretiert. Die Kollegen kommen nicht rein.«

Judith zog ihren Hausausweis hervor. »Probieren Sie es mal damit.«

Isolda schwieg.

Seit wann wusste sie über alles Bescheid? Und warum sagte sie nichts?

Täschner nickte ihnen zu. »Ich kann euch kurz allein lassen? Dad? Auf ein Wort?«

Kaiserley erhob sich und folgte seinem Sohn in den Flur. Er war leichenblass, und auf seiner Schulter wuchs ein Blutfleck wie ein seltsamer wolkiger Pilz. Judith wandte sich vom Fenster ab und bekam gerade noch mit, wie Isolda die Maus losließ.

»Ich würde da jetzt nichts machen. Vielleicht sollten Sie einen Experten rufen.«

»Offen wie ein Bilderbuch.« Die Frau drückte ihre Zigarette in der Keksschale aus. »Was ist das? Ein Router?«

»Ja.«

Isolda löste die Verbindung, wickelte das Kabel um den kleinen Kasten und steckte ihn in die Tasche ihrer Kostümjacke.

»Was machen Sie da?«, fragte Judith leise. Kaiserley war wohl immer noch auf dem Flur. Sie konnte nur Täschner erkennen, der neben Bruggs Leiche stand und sich über die Brüstung der Galerie lehnte, um nach unten zu blicken. »Sie können das doch nicht einfach mitnehmen.«

»Soll ich es etwa in den Händen einer Polizeidienststelle lassen, die mit zwanzig Jahre alten Computern arbeitet? Wo ist Larcan?«

»Ich weiß es nicht. Wahrscheinlich ist er längst über alle Berge.«

Isolda stieß einen ärgerlichen Seufzer aus. »Und mit ihm seine Hintermänner. Die Verbindung ist jetzt getrennt, aber die Kerndatenbank ist ungeschützt. Sehen Sie?«

Auf dem Monitor waren wieder endlose Reihen von Dateinamen zu erkennen. »Jetzt kommt Larcan wenigstens nicht mehr an die Daten ran, nur für den Fall, dass er noch in Reichweite ist.«

Judith lehnte sich an die Schreibtischkante und streifte die Asche ihrer Zigarette in der Schale ab. »Woher kennen Sie ihn eigentlich?«

»Ich kenne ihn nicht. Zumindest nicht so persönlich wie Sie. Was ist Ihre Verbindung zu dem Mistkerl?«

Er ist ein Verräter. Ein russischer Spion. Ein Waffenhändler. Ein Wortbrüchiger. Mein Vater. »Ich bin Putzfrau. Sie haben ein Opfer gebraucht und wollten es mir in die Schuhe schieben.«

»Ihnen? Das gewaltsame Eindringen in das interne Softwaresystem? Bei allem Respekt…« Isoldas Hand schwebte über der Maus. Mit leicht zusammengekniffenen Augen sah sie erst zu den Männern draußen und dann auf den Bildschirm. »Die Tore sind geöffnet. Wir könnten jetzt alles tun.«

Judith kam näher. Etwas in Isoldas Stimme hatte sich geändert. Sie wusste nicht, was. Wahrscheinlich war es ihrem Gegenüber nicht mal selbst bewusst. Das Spiel mit den Möglichkeiten…

»Es ist doch immer dieselbe Frage. Wer verarscht wen?«

»Wie meinen Sie das?«

»Über fünfzig Milliarden. So viel verwahrt die CHL an Wertpapieren und auf den Konten. Von wem? Den Kriegstreibern und Despoten? Den Mördern und Warlords?« Isolda schüttelte den Kopf. »Nein. Von unseren verlässlichen Freunden und Partnern, den lupenreinen Demokraten dieser Welt. Es ist schon verlockend, nicht wahr? Ein paar von den Strippenziehern dranzukriegen. Wir könnten Trumps Beraterteam anschwärzen. Oder Angela Merkel zum Handlanger von Assad machen. Wir könnten tatsächlich die Welt verändern.«

»So viel braucht es gar nicht.« Judith wusste nicht, was sie dazu trieb.

Sie schwebten in der Zwischenzeit, einem Vakuum, das Bruggs Tat und Tod hinterlassen hatten und das erst mit dem

Eintreffen der Polizei beendet wäre. Es waren Dinge möglich, die man normalerweise weit von sich weisen würde. Isolda Weyland, Assistentin der Geschäftsführung, spielte mit der Anarchie. Judith dagegen, das Bauernopfer auf Larcans Spielbrett, stand mit leeren Händen da. Keine Chance mehr, Tabea aus Schenken zu befreien.

»Wenn ich jetzt…« Täschner sprach immer noch mit Kaiserley. Ab und zu warfen die beiden einen Blick zu ihnen herüber. »Wenn ich jemanden so richtig reinreiten wollte. Ihm das Genick brechen. Ihm mindestens eine Freiheitsstrafe verpassen. Was könnte ich tun? Rein theoretisch.«

Isolda überlegte. »Sie könnten die Kerndatensätze manipulieren. Sobald Sie einen Namen und eine Summe eingeben, existiert das Konto, hieb- und stichfest. Irgendwann wird es vielleicht bei einer Revision herauskommen, aber nur wenn sie ganz genau hinsehen. Bei den meisten Kunden der CHL wäre das allerdings nur bedingt ratsam. Warum? Wen würden Sie denn gerne mit einer kleinen Schmiergeldzahlung bedenken?«

Judith warf einen Blick auf den Bildschirm. »Jemanden, der es verdient hat.«

»Sie meinen, der es verdient, hat in den Knast zu kommen?«

»Ja. Und Sie?«

Isolda schwieg.

Täschner kam zurück. »Ist alles in Ordnung?«

»Ja«, antworteten Judith und Isolda wie aus einem Mund.

»Wir gehen schnell runter und lassen die Kollegen rein. Bitte nichts anfassen. Isa?«

Isolda lächelte. »Keine Sorge. Ich wache wie ein Zerberus.«

Kaum hatte er ihr den Rücken zugedreht, war ihr Lächeln wie weggewischt.

»Hunderttausend«, sagte Judith. »Dasselbe für Sie. An wen auch immer. Deal?«

Isolda stand auf und ging zur Tür, die hinaus auf die Galerie führte. Martina Brugg lag noch immer dort. Sie würdigte die Leiche keines Blickes. Abgebrüht war sie. Kühl, überlegt. Während Judith immer noch darum kämpfte, Kontrolle über sich und ihre Gedanken zu erlangen.

Isolda lauschte. »Wir haben knapp zwei Minuten.« Mit hastigen Schritten kehrte sie an den Schreibtisch zurück. »Alles, was jetzt geschieht, bleibt unter uns. Ich bin raus aus dem Geschäft.«

»Was heißt das?«

»Täschner, das Bundesamt für Fernmeldestatistik und ich gehen ab sofort getrennte Wege. Ich bin nicht mehr im Dienst.« Sie tippte einige Wort- und Zahlenkombinationen ein. »Der Name?«

»Welcher Name?«, fragte Judith verblüfft.

»Wollten Sie nicht jemandem ein Bein stellen? Das ist Ihre Chance. Beeilung, bitte.«

»Guntbart Schick, Katja Zanner und ...« Frederik.

»Und?«

Der Vater von Tabea. Der einzige Mensch im Leben des Mädchens. Ein Fascho. Ein Nazi. Und trotzdem ein Vater. Verdammt ...

»Was ist der schwarze Fleck? Kinderpornografie? Drogen?«

»Sie sind Rechtsradikale.«

Isolda nickte. »Je dreißigtausend? Von irgendeiner islamistischen Splittergruppe? Da fallen mir gleich ein halbes Dutzend ein. Das ist quasi eine Denunziation mit Ermittlungsgarantie. Kommt jemand?«

Judith sah zur Tür. Der Anblick der Toten, die halb auf der Seite lag, den Pelzmantel fast malerisch um sie herum drapiert, brachte sie aus der Fassung. Die Anzeige der beiden Aufzüge stand nach wie vor auf E. Erdgeschoss. Aber es waren Stimmen und Schritte zu hören, die durch das Atrium hallten.

»Sie gehen zu den Fahrstühlen«, sagte sie. Isolda tippte. »Fünfzigtausend. Für jeden. Wenn das möglich ist.«

Die Frau am Computer nickte.

»Was machen Sie da eigentlich?«

»Ich lege einen Fake-Account an. Wir brauchen noch ein paar Minuten. Haben Sie das Geburtsdatum der beiden und den Ort?«

Judith holte ihr Handy heraus und suchte nach dem Foto, das sie in der Lichtenberger Polizeidirektion gemacht hatte. »Schick am vierundzwanzigsten April dreiundsechzig in Wismar und Zanner am siebzehnten Februar dreiundachtzig in Neustadt an der Elbe.«

»Okay.« Isolda gab die Zahlen ein.

»Warum tun Sie das?«

Sie sah hoch. Zum ersten Mal stahl sich ein Lächeln auf das kühle Gesicht. »Wir alle haben ein paar Rechnungen offen. Zeit, sie zu begleichen.« Sie überlegte einen Moment, und begann dann mit einer dritten, letzten Eingabe.

»Für wen ist die?«

Isolda rang sich ein knappes Lächeln ab. Sie hob die linke Augenbraue, der geschwungene Flügel eines Vogels, und für einen Augenblick war es, als ob sich ein anderes Gesicht über ihre Züge legte. Viel gröber, wie ein Holzschnitt im Vergleich zu einer feinen Kreidezeichnung, dennoch… Der Haaransatz, die eisblauen Augen, der verhaltene Spott, weil sie etwas wusste, das Judith verborgen bleiben würde. All das hatte sie schon einmal gesehen, in einer anderen, älteren, einer männlichen Version.

»Für jemanden, der mir nahesteht und der es nach allem verdient hat.«

Judith fragte nicht, was Isolda mit »nach allem« und »jemand« meinte. Sie sah, wie sich der Kopf dieser Frau wieder senkte, als ob sie fürchtete, zu viel zu verraten. »Viel Glück«, sagte sie.

»Ihnen auch«, antwortete Isolda, ohne aufzusehen.

64

Es war zwei Uhr morgens, als Judith unter der Auflage entlassen wurde, sich in ein paar Stunden im Präsidium zu melden und ihre Aussage zu wiederholen. Ein Rettungssanitäter hatte sie verbunden. Mit Kaiserley dauerte es etwas länger, doch sie wollte nicht auf ihn warten. Sie hatte es eilig, das Haus zu verlassen, obwohl sie wusste, was sie draußen erwartete: Streifenwagen, Krankenwagen, zwei Dienstfahrzeuge, die vermutlich zu Täschner und den Kripobeamten gehörten. Der Wagen mit den Obsidianscheiben war weg.

Die Enttäuschung war bodenlos. Sie lief zu der Stelle, an der Larcans Auto gestanden hatte. Sie schaute sogar in den Gulli, als ob er sich dort verstecken würde. Spähte die Fassaden hinauf, in die Hauseingänge, setzte sich schließlich auf die Fensterbank der Bäckerei. Sie hätte sich ohrfeigen können, treten, schlagen, um diese bodenlose Blödheit aus sich herauszuprügeln – dass sie allen Ernstes geglaubt hatte, er würde auf sie warten. Natürlich war er weg. Sonst hätte er auch gleich mit gekreuzten Handgelenken in der CHL auftauchen und um seine Verhaftung bitten können.

Die Leere war schlimmer als die Wut. Sie fühlte sich, als hätte ihr ein Staubsauger die Seele aus dem Leib gezogen. Sie dachte an ihre Mutter. Ein jähes Gefühl der Zuneigung zu dieser fremden Frau erwachte, über die Gräben hinweg, die der Tod, die Ewigkeit und die vergangenen Jahre gerissen hatten. Auch Irene Sonnenberg hatte ihm vertraut, gegen alle Vernunft.

Noch ein Streifenwagen kam angerollt, langsam dieses Mal. Die Beamten musterten Judith von oben bis unten. Zeit zurückzugehen, du geschlagene Jeanne d'Arc. Sie griff in die Jackentasche, um den Tabak herauszuholen, und stieß auf etwas, das nicht dort hingehörte. Einen dicken Briefumschlag.

Die Polizisten parkten und schlenderten in die CHL, die mittlerweile taghell erleuchtet war. Ein weiterer Wagen traf ein. Adrian Jäger sprang heraus, das Handy am Ohr, und passierte die Drehtür, ohne einen Blick auf die Gestalt auf der anderen Seite der Kreuzung zu werfen.

Judith wusste, was sie da in den Händen hielt. Trotzdem riss sie den Umschlag auf. Kein Brief, keine Zeile. Nur ein Geldbündel. Einhunderttausend Euro. Larcan hatte gewusst, dass sie sich nicht mehr sehen würden. Die Erinnerung an seine Umarmung schnürte ihr fast die Kehle zu. Sie taumelte zum Rinnstein, weil sie nicht direkt vor die Bäckerei kotzen wollte. Aber viel mehr als ein wenig Würgen brachte sie nicht zustande.

Als es ihr wieder besser ging, holte sie den Transporter und fuhr ihn einmal um die Ecke. Auf der gegenüberliegenden Straßenseite parkte sie, ließ die Standheizung laufen und kurbelte die Scheibe herunter, um besser zu sehen. Ab und zu startete sie den Motor, damit die Batterie nicht den Geist aufgab. Das Atrium war hell erleuchtet. Erneut flatterte Absperrband vor dem Eingang. Das Team vom KDD, ein anderes als beim letzten Mal, unterhielt sich mit Täschner und Kaiserley. Isolda Weyland hatte den Tatort noch vor Judith verlassen dürfen. Sie hatten sich mit einem knappen Nicken voneinander verabschiedet.

Endlich drehte sie ihre Zigarette und wartete. Der Umschlag in ihrer Tasche fühlte sich falsch an, aber darüber würde sie sich später Gedanken machen. Irgendwann waren sie auch mit Kaiserley fertig. Er trat durch die Drehtür, mit schleppenden Schritten und sichtlich angeschlagen, legte den Kopf in den Nacken und sah in den Himmel über der Stadt, der nie ganz dunkel wurde. Dann entdeckte er den Transporter.

Judith stieg aus und warf die Kippe in den Gulli. Die Straße, in der tagsüber das Leben tobte, lag da wie ausgestorben. Er kam auf sie zu.

»Und?«, fragte sie.

»Sie werden jetzt checken, ob eine Verbindung zwischen Brugg und Livnats Tod besteht.«

»Natürlich besteht eine. Sie heißt Larcan. Wo ist er?«

»Das weiß ich nicht.« Sein Blick ruhte auf ihr. Ob er an ihre Worte in Harras' Büro dachte?

»Aber du wirst es herausfinden, nicht wahr?«, fragte sie.

Ein bedauerndes Lächeln. »Du überschätzt meine Möglichkeiten.«

Sie trat einen Schritt näher, als ob sie sich in seinem Windschatten wärmen wollte. »Ich unterschätze sie eher. Ich will alles, was ihr über ihn habt. Sämtliche Kopien. Eure Protokolle. Die Charakteranalysen. Den ganzen Geheimkram. Ich habe euch ein Mal vertraut. Das wird nie wieder vorkommen. Ihr seid mir was schuldig.«

Er schüttelte den Kopf. »Du irrst dich. Sei froh, wenn du mit einem blauen Auge aus der Sache herauskommst. Ich an deiner Stelle ...«

»Du bist aber nicht an meiner Stelle. Ich will Larcan. Dazu muss ich wissen, wie er lebt, was er tut, und vor allem, wo er ist.«

Kaiserley sah sich um. Die beiden Streifenpolizisten, die den Zugang sicherten, interessierten sich nicht für die leise Unterhaltung der beiden Personen auf der anderen Straßenseite. An den Kreuzungen standen Einsatzfahrzeuge, das Blaulicht geisterte über die Fassaden. Niemand konnte sie hören.

»Vermutlich im Ausland«, sagte er leise. »Der BND schätzt diese Operation als eine von Russland gesteuerte gezielte Destabilisierungsaktion ein. Wenn Larcan wirklich ein ehemaliger Stasiagent war, der nach der Wende übergangslos beim KGB gelandet ist, dann hat er den Angriff auf die CHL nicht als Kopf einer kriminellen Hackerbande geleitet, sondern war allenfalls der Chef vom Dienst.«

»Wenn, wenn.« Wieder schoss die Wut in ihr hoch. »Kannst du ihn identifizieren? Kennst du ihn? Bist du ihm schon mal begegnet?«

»Nein.«

Zu schnell.

»Wirklich nicht.« Er wich ihrem Blick aus, indem er so tat, als ob er wegen der Kälte unbedingt in die Hände hauchen müsste. »Wo willst du Larcan suchen? In Moskau? In Tripolis? Lass die Dinge ruhen, Judith. Ich habe dir da oben das Leben gerettet. Zum zweiten Mal. Wie oft soll ich es denn noch tun?«

Sie nickte und starrte auf ihre Boots, mit denen sie fiktive Steinchen von einer auf die andere Seite schob. Er log. Natürlich. Etwas anderes hatte er ja auch nicht gelernt.

»Bekomme ich die Sachen trotzdem?«

»Das wird nicht möglich sein.«

»Es war aber schon mal möglich.«

»Judith, mach es mir doch nicht so schwer. Du musst einen Schlussstrich ziehen. Sassnitz ist vorbei, endgültig. Blick nach vorne, nicht zurück.«

Genau das hatte sie vor.

Ein Wagen kam von Unter den Linden angefahren. Die Polizisten machten sich bereit, aber dann entpuppte er sich als der Transporter der Rechtsmedizin. Er hielt vor der Drehtür. Zwei Männer, die Judith nicht kannte, sprangen heraus. Sie luden zwei Zinksärge ab und standen damit ratlos vor der Drehtür.

Unvermittelt legte Kaiserley ihr eine Hand an die Wange und zog sie, fast mit derselben Bewegung, an sich. Es kam so überraschend, dass Judith völlig überrumpelt war und es geschehen ließ. Die Sehnsucht, das Erlebte zu teilen, war fast übermächtig. Sie spürte die Wärme seines Körpers und die wiedererwachende Kraft, mit der er sie umarmte. Für einen Moment verbarg sie das Gesicht an seiner unverletzten Schulter. Ausruhen. Vergessen. Nie wieder nachdenken. Sie roch sein Rasierwasser, einen Hauch des Desinfektionsmittels, mit dem sie die Wunde behandelt hatten, und wünschte sich, er würde sie nie wieder loslassen.

»Ich helfe dir«, sagte er leise. »Wenn du es willst. Wenn du es ernst meinst mit dem Neuanfang und dem nach vorne blicken. Ich helfe dir.«

Sie nickte. Dann befreite sie sich aus seinen Armen und trat einen Schritt zur Seite. Sie schämte sich. Als wenn es wegen ihm wäre, dass sie die Tränen kaum noch zurückhalten konnte. »Mal sehen.«

Täschner trat aus der Bank. Er wechselte eine paar Worte mit den Polizisten und kam dann zu ihnen herüber. »Alles klar?«

»Geht schon«, antwortete Judith und kletterte wieder in den Transporter.

»Denken Sie an Ihre Aussage. Ach, das hätte ich fast vergessen.« Er zog eine Visitenkarte aus der Tasche und reichte sie ihr. Sein Name, eine Mobilfunknummer, weiter nichts. »Rufen Sie mich bitte in den nächsten Tagen an. Was Sie der Polizei über den Wahnsinnszufall erzählen, der Sie ausgerechnet heute Nacht hierhergeführt hat, ist eine Sache. Aber uns sollten Sie die Wahrheit sagen. Wir sind die Guten. Wir finden den Kerl. Mit Ihrer Hilfe.«

Sie sah zu Kaiserley. Der nickte ihr zu.

»Okay.« Die Karte verschwand in ihrer Tasche.

Sie wollte den Motor starten, doch Täschner trat ans offene Fenster. Irgendetwas hatte er noch auf dem Herzen.

»Überlassen Sie Larcan uns. Ich möchte, dass Sie uns ab jetzt nie mehr in die Quere kommen. Verstanden?«

»Sonst?«

Er wies mit dem Kopf auf die CHL. »Sie sollten Ihr Glück nicht überstrapazieren. Und die Geduld meines Vaters auch nicht. Übrigens«, er wandte sich an Kaiserley, »die Kripo hat noch ein paar Fragen an dich. Seit wann benutzt du eigentlich eine Sig Sauer P229? Hast du überhaupt noch deinen Waffenschein?«

Kaiserley wirkte genervt. »Behördenkram. Bis bald, Judith.«

»Bis bald.«

Sie kurbelte die Scheibe hoch, drehte den Zündschlüssel und fuhr los. Im Rückspiegel sah sie, wie Kaiserley die Hand hob. Sie hupte dreimal. Nicht laut, es war eher ein Gruß in seine Richtung. Dann bog sie auch schon um die Ecke, die CHL verschwand. Das Blaulicht zuckte noch ein paar Mal auf. Schließlich verschwand es ebenfalls. Damit gab es nichts mehr, für dass es sich lohnte zurückzusehen. In einem hatte Kaiserley recht. Vor ihr lag ein neuer Morgen, ein neuer Tag. Alles andere konnte er sich an den Hut stecken.

Nach ein paar hundert Metern hielt sie kurz an und checkte ihre E-Mails. Eine war neu. Der Absender: GuidoBuehrli@chl. com. Kein Betreff, keine einzige Zeile Text. Dafür war Isolda vorhin keine Zeit geblieben. Warum sie ausgerechnet Buehrli als Absender gewählt hatte, würde Judith für immer ein Rätsel bleiben. Aber die Mail hatte zwei Anhänge. Beides Kontoauszüge. Der eine war von Guntbart Schick, der zweite von Katja Zanner. Die Herrschaften waren jeweils mit fünfzigtausend Euro im Plus. Der dritte Auszug, jenes Konto, das Isolda zuletzt angelegt hatte, fehlte. Judith würde nicht fragen, wen die Frau damit glücklich oder unglücklich gemacht hatte.

Mit dem guten Gefühl, alle Schulden bezahlt zu haben, fuhr Judith nach Hause.

Epilog

Vier Wochen später

Judith!«

Tabea raste auf sie zu und warf sie einfach um. Judith landete im kniehohen Schnee.

»Bist du wahnsinnig?«, prustete sie. »Willst du eine Abreibung? Ja? Willst du?«

Das Mädchen schrie vor Lachen, als Judith versuchte, ihm eine Handvoll Schnee in die Kapuze zu stecken. Sie balgten sich und rollten über- und untereinander. So lange, bis Judith alle viere von sich streckte und »Ich gebe auf!« rief.

Frederik kam aus dem Haus. Er blieb im Eingang stehen, die Arme verschränkt. Kein Muskel in seinem Gesicht zuckte. Tabea bemerkte ihn als Erste. Sie ließ von Judith ab, stand auf und klopfte sich den Schnee aus den Kleidern.

»Du gehst ja mit deinen Gästen um.« Er ging zurück ins Haus.

Judith kam keuchend auf die Beine. »Na, da freut sich ja mal jemand, mich zu sehen. Er hat doch gewusst, dass ich komme. Ich hab extra angerufen.«

»Weiß ich doch, weiß ich doch!«

Tabea packte ihre Hand und zog sie die Treppe hinauf. Bevor sie hineingingen, sah Judith sich noch einmal um. Das Haus der Zannerin sah aus, als wäre sie im Urlaub. Heruntergelassene Rollläden, der Garten eine unberührte, glatte Schneefläche. Wo Guntbart wohnte, oder besser vor seiner Festnahme gewohnt hatte, wusste sie nicht. Tabea würde es ihr sicher gleich brühwarm erzählen.

Mit einer seltsamen Mischung aus Scheu und Unbehagen zog sie im Flur die schweren Stiefel aus und folgte dem Mädchen in die Küche. Es roch nach Rouladen. Frederik saß am Küchentisch und schälte Kartoffeln.

Es war das erste Mal, dass sie sich seit jener Nacht wiedersahen. Judith hatte mehrfach überlegt, warum sie die einmalige Chance verpasst hatte, ihn hinter Schloss und Riegel zu bringen.

In Schenken war nach der Veröffentlichung der Schmiergeldkonten kein Stein auf dem anderen geblieben. Auch wenn die Anwälte der beiden Angeklagten immer wieder die Unschuld der beiden Untersuchungshäftlinge betonten, an den Geldzuwendungen aus terroristischen Kreisen ließ sich nicht rütteln. Sie existierten auf zwei Konten der Liechtensteiner CHL. Guido Buehrli musste in gewisser Weise als Kollateralschaden betrachtet werden. Er hatte die geheimen Zahlungen an die Polizei geschickt, wie unschwer am Absender zu ersehen war, obwohl er es immer noch abstritt. Das brachte ihm Lob von Seiten der Ermittlungsbehörden. Und zugleich den Verlust seines Vorstandspostens, den er entschädigungslos räumen musste. Damit blieb ihm nur noch der Ruf als *whistleblower,* nicht gerade die beste Einstellungsvoraussetzung in Bankkreisen.

Das Rätsel von Isoldas dritter Überweisung würde wohl für immer ungelöst bleiben, wenn nicht irgendwann einmal ein eifriger Revisor nachhakte. Judith hatte eine Ahnung, für wen sie das dritte Konto angelegt hatte. Eigentlich war sie schon fast zur Gewissheit geworden. Mit Kaiserley hatte sie seit der Nacht in der CHL nur noch einmal telefoniert. Als sie sich nach seinem Kumpel Kellermann erkundigte, gab er eine seltsame Antwort. »Der ist auf Kreuzfahrt, irgendwo Richtung Feuerland. War immer sein Traum.«

Seltsam deshalb, weil Judith sich noch sehr gut an die abgelaufenen Schuhe und die schwer zu kaschierende Bedürftigkeit seines Aufzugs erinnerte. Und jetzt eine Kreuzfahrt? Das passte nicht.

»Und seine Tochter?«, hatte sie gefragt.

Kaiserleys Antwort war nicht etwa: »Welche Tochter?«, sondern: »Die hat einen neuen Job, in London, glaube ich.«

Vielleicht war ihm erst hinterher aufgegangen, dass Judith nichts von dieser Familienbeziehung wissen konnte. Oder er hatte einfach nicht nachgedacht. Er hatte öfter Sachen gesagt, ohne nachzudenken.

Ich helfe dir. Wenn du es willst. Wenn du es ernst meinst mit dem Neuanfang und dem nach vorne blicken. Ich helfe dir.

Bullshit. Sie brauchte Hilfe bei Larcan.

»Bleibst du über Nacht?«, fragte Tabea und riss Judith aus ihren Gedanken. »Bitte, bitte schlaf hier! Du kannst wieder das kleine Zimmer haben. Ja?«

Judith sah sich um. Schon im Flur waren ihr zwei Umzugskisten aufgefallen. Weitere Kartons, noch zusammengefaltet, standen an der Küchenwand.

»Ich weiß nicht … Ihr geht weg von hier?«

Frederik schälte weiter Kartoffeln.

»Papa hat einen neuen Job. Im Ausland. Auf einer Bohrinsel.«

Judith setzte sich. »Eine Bohrinsel. Na, so was.«

»Ich komme zu Tante Gabi. Nach Tröchtelborn. Wir waren neulich bei ihr, sie freut sich schon auf mich. Sie hat auch ein Haus, da wohnt sie mit ihrem Mann. Ich bekomme sogar ein eigenes Zimmer. Und du auch! Das Haus ist viel zu groß, hat sie gesagt. Weil sie hat schon drei Kinder, und die sind alle erwachsen irgendwie. Du kommst mich doch mal besuchen?«

»Klar.«

Frederik schälte und schälte und schälte. Es war eine Tätigkeit, die höchste Konzentration verlangte, weshalb er noch nicht einmal aufsehen konnte.

»Und sonst?«, fragte sie.

»Enya ist weg. Und Pünktchen auch.«

»Echt?«

»Ja. Ihre Mutter ist abgeholt worden. Enya ist jetzt in Anklam bei den Großeltern. Und Pünktchen ist in einem Stall im Nachbarort. Aber ich darf ihn besuchen. Ich vermisse ihn so sehr.«

Frederik warf eine Kartoffel in einen Topf mit Wasser und griff sofort die nächste.

»Und die anderen?«

Tabeas Kopf ruckte zu ihrem Vater. »Weiß ich nicht...«

»Sind sie noch da?«

»Weiß ich nicht...«

»Tabea, richte Judith doch schon mal das Bett her.« Frederik legte das Messer auf die Schalen und wischte sich die Hände an den Hosenbeinen ab.

»Au ja! Danke!«

Sie fiel ihm um den Hals und küsste ihn ab. Er gab ihr einen Klaps, und das Nächste, was Judith hörte, waren die polternden Schritte, mit denen Tabea die Treppe zum Dachboden hinaufstürmte.

»Sie haben ja Nerven.«

Judith nickte. »Stimmt.«

»Ich hätte nicht gedacht, dass Sie noch mal einen Fuß in dieses nette Dorf setzen.«

»Ich schon.«

Sie betrachtete den Mann, den sie um ein Haar in den Knast gebracht hätte. Sie war froh über ihre Entscheidung. Offenbar lief es in dieser Familie endlich einmal richtig. Vielleicht war Frederik ja noch nicht ganz verloren, wenn er erst mal in einer anderen Umgebung war. Und Tabea konnte in Tröchtelborn aufwachsen, in einem Umfeld, in dem man ihr hoffentlich andere Werte und Maßstäbe beibringen würde.

»Ich verkaufe das Haus.« Er schlug die Schalen in das Zeitungspapier ein, das er untergelegt hatte.

»An wen?«

»Das geht Sie zwar nichts an, aber es ist eine Familie aus Anklam. Freunde von Nachbarn.«

»Welchen Nachbarn? Den Zanners?«, fragte sie scharf.

»Nein. Den … anderen.«

»Ach.« Der Laut kam so verblüfft, dass Frederik sie endlich ansah. »Wie kommt´s?«

»Angebot und Nachfrage.« Er stand auf und wollte das Paket im Mülleimer entsorgen.

»Das Messer ist noch drin. Passiert mir auch ständig.«

Er wühlte in den Schalen, bis er es fand. »Was neulich passiert ist … Ich wollte mich noch bei Ihnen entschuldigen. Ich konnte in dieser Situation nichts für Sie tun.«

»Klar.«

»Nein, ich konnte wirklich nicht.«

»Klar.«

»Das ist alles nicht meine Welt, wenn Sie verstehen, was ich meine.«

»Tu ich nicht.«

»Das war nicht so geplant. Es hätte in der Dorfgemeinschaft seltsam ausgesehen, wenn ich sie nicht hergeholt hätte. Ein Mann, ganz allein in einem großen Haus, und dann kein Platz für sein eigenes Kind?«

»Ich hatte nicht den Eindruck, dass Sie viel Wert auf die Meinung anderer legen.« Judith stand auf, nahm den Topf und trug ihn zum Herd. »Vor allem, wenn es nicht auch Ihre Meinung ist.« Sie versuchte, die Gasflamme zu entzünden, aber es klappte nicht richtig.

»Lassen Sie mich mal.«

Ihre Hände berührten sich, beide zuckten zurück.

»Es gibt Rouladen«, sagte er.

»Ich liebe Rouladen«, antwortete sie.

Die Flamme brannte. Er hob den Deckel vom Bratentopf, rührte um und kostete. Auf der dritten Flamme schmurgelte Rotkraut. Judith ging zurück zum Tisch und klaubte ihr Tabakpäckchen aus der Anoraktasche. Dem Poltern über ihren Köpfen nach zu urteilen stellte Tabea gerade das gesamte Zimmer um.

»Ich geh mal vor die Tür.«

»Machen Sie.«

Eine trockene, knisternde Januarkälte empfing sie. Judith liebte es, wenn der Schnee unter den Schritten quietschte und der Wind ihn wie Puderzucker vor sich her trieb. Sie hatte sich in ihre Jacke gewickelt und war wieder in die Stiefel geschlüpft. Der kurze Wintertag neigte sich seinem Ende zu. Über dem Dorf wölbte sich ein sternenklarer Himmel. Auf der einen Seite senkte sich ein schwach glühender Sonnenball, auf der anderen begann der Mond seine Reise. Wie schön es hier ist, dachte sie. Wie hübsch die kleinen Häuser mit den dicken Hauben aus Schnee sind und der Rauch, der aus den Kaminen aufsteigt. Kaum zu glauben, dass unter diesen Dächern das Böse wohnt. Gewohnt hat, verbesserte sie sich. Zwei von ihnen hatte es schon erwischt, und der Dritte strich gerade die Segel. Bald würde wieder eine normale Familie hier einziehen. Und kurz darauf vielleicht die nächste ins Haus nebenan oder in das von Guntbart. Die völkische Siedlungsbewegung war zumindest hier gestoppt worden.

Hinter ihrem Rücken ging die Tür. Sie erwartete Tabea und lächelte schon, als Frederik sich neben sie setzte. Er hatte sich einen dicken Anorak angezogen, der nach Lagerfeuerrauch und Tannenharz roch.

»Essen ist gleich fertig.«

»Danke.«

»Da nich für.«

Er legte die Arme auf die Knie und sah genau wie sie hinaus in die Dämmerung. Die nächste Minute verging in Schweigen.

»Warum?«

Frederik sah sie erstaunt an.

»Warum gehen Sie weg? Was ist das für ein Job?«

Er zuckte mit den Schultern. »Ein guter.«

»Wo? Tatsächlich auf einer Bohrinsel?«

Er grinste, sagte jedoch nichts.

»Dann ist also wirklich Schluss mit alldem hier?«

Er streckte die Beine aus und zog sie dann wieder zu sich heran. »Ja. *River of no return.*«

»Hört sich nicht nach einem Hit von den Söldnern an.«

»Judith … Ich darf Sie doch Judith nennen?«

»Von mir aus.«

»Sie waren meiner Tochter eine gute Freundin. Ich danke Ihnen dafür. Ich weiß nicht, ob ich mich in Zukunft weiter so intensiv um Tabea kümmern kann. Es wäre eine Beruhigung für mich, wenn Sie ab und zu bei ihr vorbeischauen könnten.«

»Kein Problem.«

Er öffnete den Mund und wollte noch etwas sagen. Aus irgendeinem Grund war Judith neugierig darauf. Vielleicht warum er das alles hier hinter sich ließ und welche Zukunft das war, die ihm keine Zeit für seine Tochter lassen würde. Vielleicht auch eine Entschuldigung. Eine Erklärung, wie er in diesen braunen Sumpf hineingeraten war. Warum ihm das Loslassen so leicht fiel. Die Wahrheit. Einfach nur die Wahrheit. Die schuldete er ihr.

Sie sagte: »Es soll einen Verräter im Dorf gegeben haben. Erinnern Sie sich?«

Frederik antwortete nicht. Stattdessen nahm er ihr die Zigarette aus der Hand. Erst glaubte sie, er wollte sie wegwerfen. Doch er zog daran, tief und ohne zu husten – ein Süchtiger auf dem Trockenen. Er gab sie ihr zurück. »Nein.« Sein Blick richtete sich in die Ferne.

»Katja Zanner hat es gesagt. In der Nacht, als sie mich fast umgebracht hätten. Waren Sie das? Sind Sie nach Schenken gekommen, um irgendetwas heimlich herauszufinden? Sind Sie ein Cop?«

Er wandte den Kopf, sah sie an. Braune Augen, Bernsteinfeuer, von der tief stehenden Sonne entfacht. »Und Sie?«

»Ich?«

»Was sind Sie? Eine putzende Millionärin? Hunderttausend Euro haben Sie für Tabea geboten. Und was bringt Schick und Zanner in den Knast? Hunderttausend Euro.«

Sie hielt seinem Blick stand, so wie sie es gelernt hatte, wenn Menschen sie einschätzten und dabei voll danebenlagen. Aber Frederik lag nicht daneben. Hätte er ihr die Wahrheit über sein Doppelleben gesagt, sähe die Sache anders aus. So würde sie den Teufel tun und es ihm erzählen. Nichts davon, wie die Überweisung zustande gekommen war, und erst recht nichts von dem Briefumschlag unter den erfrorenen Geranien im Balkonkasten. Schon gar nicht, was sie mit dem Geld vorhatte: einen untergetauchten, abservierten russischen Geheimagenten finden, der ihr eine Menge mehr als nur ein paar Antworten schuldete.

»Ich hab gelogen. Soll vorkommen, wenn man Todesangst hat. Was anderes ist mir auf die Schnelle nicht eingefallen. Mit Ihrer Hilfe konnte ich ja nicht rechnen.«

»Hätten Sie aber.«

»Ja?« Schluss mit Blickkontakt.

So schnell, dass Judith gar nicht richtig mitbekam, woher er sie hatte, hielt Frederik eine Pistole in der Hand. Erschrocken fuhr sie zurück. Einen Moment lang betrachtete er die Waffe, dann steckte er sie wieder weg. Er trug ein Holster. Wann hatte er es angelegt?

Als ob Judith die Frage laut gestellt hätte, sagte er: »Ohne die gehe ich nie vor die Tür.«

»Also doch. Sie sind ein Cop. Kripo? LKA fünf? Oder eher Richtung Verfassungsschutz?«

»Später«, sagte er nur. »Irgendwann. Ich hoffe, wir sehen uns mal wieder. Essen ist gleich fertig.«

Damit stand er auf und ging ins Haus.

Mitten in der Nacht kam Tabea und kuschelte sich an Judith. Es war fast so wie damals, als das Mädchen zum ersten Mal bei ihr übernachtet hatte.

»Freust du dich auf deine Tante?«

»Ja«, kam es spontan zurück. »Aber ich bin traurig wegen Papa. Weil wir uns dann wieder so lange nicht sehen.«

»Er kommt dich ja besuchen. Ehrlich gesagt, bin ich froh, dass du hier wegkommst.«

»Ich auch«, flüsterte das Mädchen. »Und Papa auch. Hat er mir selbst gesagt.«

»Warum war er dann überhaupt hier, wenn es ihm nicht gefallen hat?«

Tabea richtete sich auf. Der Schein des Mondes reichte aus, um ihr Gesicht und die großen Augen zu erkennen. »Wegen seiner Arbeit. Aber weißt du, was? Er hat hier gar nicht gearbeitet. Jedenfalls nicht richtig.«

»Komisch.«

»Ja.« Tabea sank wieder in die warme Kuhle von Judiths Arm. »Und was machst du?«

»Ich … ich weiß es nicht.«

»Aberaber du musst doch wissen, was du machst?«

536

Judith dachte nach. »Vielleicht fahre ich nach Paris.«

»Echt? Wann?«

»Keine Ahnung. Mal sehen. In den Sommerferien. Oder über Ostern.«

»Nimmst du mich mit?«

Judith zog Tabea an sich. »Nein. Das geht nicht.«

»Warum willst du da hin?«

»Schschsch. Du sollst schlafen.«

»Warum?«

Judith sah durch das kleine Fenster hinaus zum Mond und zu den Sternen. Sie hätte ihr Teleskop mitnehmen sollen. So eine Gelegenheit bot sich einem selten.

»Ach, weißt du«, sagte sie schließlich. »Ich wollte schon immer mal nach Paris. Oder nach Tripolis. Oder Moskau.«

»Was willst du da?«

Judith lächelte. »Gespenster jagen.«

Danke!

Zeugin der Toten, Judith Keplers Suche nach ihrer Vergangenheit, erschien im Jahr 2011. Sechs Jahre sind seitdem vergangen, eine ziemlich lange Zeit. Die Gründe dafür sind vielfältig, aber den Ausschlag, die Fortsetzung doch noch zu schreiben, gaben mein Verleger Georg Reuchlein und meine Goldmann-Verlagsleiterin Claudia Negele. Ohne ihre Ermunterung, ihren Zuspruch und ihre Begeisterung für meine Heldin Judith Kepler würde es dieses Buch nicht geben.

Von den vielen Menschen, die mir beim Schreiben geholfen und die mich mit ihren Kenntnissen und Fähigkeiten begleitet haben, werden manche an dieser Stelle aus guten Gründen nicht genannt. Es sind Hacker und Banker, die mich in einige ihrer Geheimnisse eingeweiht haben. Natürlich sollte dieses Buch keine Anleitung zum Einbruch ins Kerndatensystem werden. Es ist eine erfundene Geschichte. Eine erfundene Bank. Ein erfundener Hack. Dazu noch aufgeschrieben von mir – blutige Laiin in jeder Hinsicht. Aber es gibt eine Vorlage – die sogenannte Clearstream-Affäre, die im Roman mehrfach zur Sprache kommt. Die Wirklichkeit ist bekanntlich die beste Blaupause. Dass sie mich beim Schreiben immer wieder eingeholt hat, sei es, was die sogenannten »Reichsbürger« und »national befreiten Zonen« betrifft, oder Russlands Interesse an einem Europa, das mehr und mehr seine gemeinsamen Interessen vergisst, war erschreckend.

Ein großer Grund zur Freude hingegen war die erneute

Zusammenarbeit mit Dr. Helmut Müller-Enbergs, Honorarprofessor der Universität Odense, wissenschaftlicher Mitarbeiter der Stasi-Unterlagenbehöde und Leiter der »Forschungsgruppe Rosenholz«. Mit ihm zusammen entstand auch das Kapitel von Larcans Übertritt zum KGB und der herrliche Satz: »Sie werden viel reisen und ein wunderschönes Leben führen *müssen.*« Wer will das nicht? ☺

Danke an Norbert Juretzko, ehemaliger BND-Hauptmann, Schriftsteller und Sicherheitsberater, für die immer offenen Türen in seinem Haus und die Freundschaft zu seiner wunderbaren, immer größer werdenden Familie. Ich hoffe, dass wir noch ein paar weitere literarische Abenteuer miteinander bestehen werden!

Freundlich, schnell, hilfsbereit, vor allem aber sehr geduldig war die Direktion 6 der Berliner Polizei, allen voran Kriminaloberkommissarin Yvonne Schüler. Ich habe großen Respekt vor dem, was der Kriminaldauerdienst leistet. Danke für die Zeit, die Frau Schüler mir geschenkt hat, und die Nachsicht, falls sich doch irgendwo ein paar Fehler eingeschlichen haben sollten. Sie sind allein meine Schuld und nicht die meiner wunderbaren Ratgeber.

Zu Dank verpflichtet bin ich ebenfalls dem *DSEI Media Centre Team*, London, und den Vertretern von Thyssen Krupp und Rheinmetall sowie dem Presse- und Informationsstab des Bundesministeriums für Verteidigung. Es ist schon eine Weile her, dass ich in London recherchiert habe, die gewonnenen Erkenntnisse haben sich für mich jedoch als zeitlos erwiesen.

Dank an Ljudmilla Belkin für die kurze Einführung in die Welt der russischen Schimpfwörter, an Angela Troni für ihr sorgfältiges, engagiertes Lektorat, an meine Geschwister Doris, Stefan, Richard und seine Frau Anke, an Kerstin Kornettka für die Begleitung auf allen Wegen – nicht nur den leichten, auch den schweren, und an alle, die an mich und meine Geschichten glauben. Renate Balke hat das achtzehn Jahre lang getan. Wir vermissen sie unendlich, sie war die beste Freundin, die man sich vorstellen kann.

Und danke an Sie, die Sie dieses Buch gelesen haben. Weil es Sie gibt, darf ich den wunderbarsten Beruf der Welt ausüben. Wenn Sie mehr über mich und meine Arbeit erfahren wollen, finden Sie mich auf facebook unter »Elisabeth Herrmann und ihre Bücher«.

Berlin, im Februar 2017

Der letzte Dank geht an meinen wunderbaren Kollegen Yassin Musharbash und seinen Aufruf, unseren Büchern zwei Worte hinzuzufügen, die in diesen Tagen dringender denn je an die Freiheit des Wortes und die Unversehrtheit von Journalisten und Schriftstellern in der ganzen Welt appellieren:

#FreeDeniz

Elisabeth Herrmann bei Goldmann:

Das Kindermädchen. Kriminalroman
Versunkene Gräber. Kriminalroman
Die siebte Stunde. Kriminalroman
Die letzte Instanz. Kriminalroman
Totengebet. Kriminalroman
Das Dorf der Mörder. Kriminalroman
Der Schneegänger. Kriminalroman

(Alle auch als E-Book erhältlich)

Um die ganze Welt des
GOLDMANN Verlages
kennenzulernen, besuchen Sie uns doch im *Internet* unter:

www.goldmann-verlag.de

Dort können Sie
nach weiteren interessanten Büchern *stöbern*,
Näheres über unsere *Autoren* erfahren,
in *Leseproben* blättern, alle *Termine* zu Lesungen und
Events finden und den *Newsletter* mit interessanten
Neuigkeiten, Gewinnspielen etc. abonnieren.

Ein *Gesamtverzeichnis* aller Goldmann Bücher finden
Sie dort ebenfalls.

Sehen Sie sich auch unsere *Videos* auf YouTube an und
werden Sie ein *Facebook*-Fan des Goldmann Verlags!

www.goldmann-verlag.de
www.facebook.com/goldmannverlag